《欧洲文学史》（1999—2001版）
编委会

李赋宁　总主编

欧洲文学史

（修订版）

第一卷

古代至十八世纪欧洲文学

主编　刘意青　罗经国

修订主编　刘意青　罗芃

商务印书馆
创于1897　The Commercial Press

图书在版编目（CIP）数据

欧洲文学史.1 / 李赋宁总主编；刘意青，罗经国主编；刘意青，罗芃修订主编．—修订本．—北京：商务印书馆，2019（2024.4重印）

ISBN 978-7-100-17118-2

Ⅰ.①欧…　Ⅱ.①李…②刘…③罗…④罗…　Ⅲ.①欧洲文学—文学史　Ⅳ.①I500.9

中国版本图书馆CIP数据核字（2019）第034744号

ŌUZHŌU WÉNXUÉ SHǏ

欧洲文学史

（修订版）

（第一卷）

总主编　李赋宁

主　编　刘意青　罗经国

修订主编　刘意青　罗芃

商　务　印　书　馆　出　版

（北京王府井大街36号　邮政编码100710）

商　务　印　书　馆　发　行

北京虎彩文化传播有限公司印刷

ISBN　978-7-100-17118-2

2019年6月第1版　　开本880×1230　1/32

2024年4月北京第3次印刷　　印张21½

定价：128.00元

修订说明

商务印书馆于1999—2001年出版的《欧洲文学史》（三卷四册）是由李赋宁先生担任总主编，在杨周翰、吴达元、赵萝蕤等学者所编写的《欧洲文学史》的基础上，根据时代的要求，重新组织编写的一部外国文学史专著。该书是国家"八五"重点社科项目，执笔撰稿的专家达90人之多，是一部融合了集体智慧的力作，为我国外国文学史类图书中知名度和认可度最高的综合文学史之一，其权威性和专业性长期为读者所称道。

首版《欧洲文学史》出版近二十年来，其学术价值和可读性一直受到读者认可，但是，在多次重版和重新审读过程中，发现书里还存在疏误，在结构和体例方面仍有可调整和完善的余地。同时，随着时代的发展和时间的推移，也有部分内容需要更新。经过出版社与作者的沟通，由曾参加原版编写工作的刘意青教授和罗芃教授承担本书的修订，他们通力合作，共同完成了这份艰辛的工作。

修订工作主要集中于三个方面：1.修正原版内容中的错误，包括少量不科学的表达和局部结构的调整。2.补全索引中的遗漏。3.查补更新已逝作家的卒年。最后，经过两位修订主编认真审慎的处理，共修订两千七百余处，其中作家信息补充近两百处，索引88处，结构调整和词条重组5处。

经过内容修订和重新装帧之后的《欧洲文学史》（修订版），以崭新的面貌与读者见面，既是对广大读者的回馈，也是对原班作者的致敬，使这部集体智慧之作在新时代焕发异彩，继续为中国学者和读者贡献力量。

商务印书馆编辑部

2018年8月

《欧洲文学史》(1999—2001版)
编者说明

1961年北京大学西语系接受国务院文科教材会议任务，负责主持《欧洲文学史》编写工作，1964年和1979年由人民文学出版社先后出版上、下两卷。《欧洲文学史》出版后得到国内高等院校师生和广大读者的欢迎，曾多次印刷。从这项工作开始到现在，近40年过去了，主编杨周翰、吴达元和赵萝蕤三位教授和参加编写的冯至先生、朱光潜先生等前辈相继作古；校内外一些撰稿者，当年风华正茂，如今已经两鬓染霜。抚今追昔，不胜感慨之至！以今日的眼光看原《欧洲文学史》，不难发现其中存在这样那样的缺陷和问题，但大多数是历史条件使然，不应也无需苛求于前辈。原《欧洲文学史》作为建国后第一部欧洲文学史教科书，为我国外国文学的教学和科学研究作出的贡献是毋庸置疑的。今天，在出版新《欧洲文学史》之际，我们对参加原《欧洲文学史》编写的前辈和其他撰稿人表示崇高的敬意，对已故者表示深切的缅怀之情。

近20年来，国际国内形势发生了巨大变化，两大阵营的对立已经为多极化的时代所取代。改革开放的政策敞开了国门，国际文化交流不断扩大，国际学术合作不断加强，人们的精神解放了，视野拓宽了，知识丰富了，思想认识随之调整和深化。国内高等院校的外国文学教学和研究，无论从规模上，还是从深度上，均非40年前可以比拟。而广大学生和读者的知识结构、思想方法和求知心理也与40年前迥然相异。在这种形势下，重新编写新的《欧洲文学史》不但可能，而且是势在必行。

原《欧洲文学史》编写之初，主持者曾力图避免简单化、片面化的通病，可是在那个以阶级斗争为纲的年代，要想全面、客观、科学地研究介绍外国文学谈何容易！新《欧洲文学史》希望能够实现前辈的夙愿，这不但是我们的历史责任，也是对前辈最大的告慰。我们孜孜以求的目标，是写出一部既能比较全面、客观、科学地反映欧洲文明诞生以来文学嬗变的全过程，又有强烈时代感的新的《欧洲文学史》。为此，我们在坚持以历史唯物论为指导，以坚实丰富的材料为基础的同时，努力把握国内外关于欧洲文学研究的最新进展和成果，吸收新的材料和观点，在实事求是、尊重历史的原则下，融会贯通地运用当代的一些文学理论和文学研究方法。但是，每个时代都有其局限，何况编撰者的学术思想、学术水准，以及材料的收集和其他方面的学术操作，也都存在种种缺失。因此，新《欧洲文学史》不但难免有错误和缺陷，而且很可能仍然存在片面化甚至简单化等弊端。如蒙国内外专家学人俯允指点迷津，批点讹误，我们将铭感于心。

为方便读者阅读和专家批评指正，对本书的编写作如下说明：

1. 本书是国家“八五”重点科研项目，参加编写的工作单位和人员数量比原《欧洲文学史》大为增加。撰稿人除北京大学英语系、西语系、俄语系、比较文学所的教师外，还有中国社会科学院外国文学研究所、中国艺术研究院当代文艺研究室、北京外国语大学、深圳大学、清华大学、对外经济贸易大学、人民文学出版社、南京大学、中山大学、四川外国语学院、武汉大学、北京理工大学、福建师范大学（以撰写字数多少为序），以及香港大学和台湾淡江大学的教授、学者。撰稿人绝大多数是建国后成长起来的外国文学研究者，近十几年里获得国内外文学博士学位的中青年学者占了很大比重。此外，我国在美国和奥地利的数名学者也参加了编写。全体撰稿者严谨踏实的学风、精益求精的精神和通力协作的态度是本书顺利完稿的保证。

2. 本书以唯物史观为指导。一方面继承原《欧洲文学史》材料翔实，不空发论，寓褒贬于叙述之中的优良传统；另一方面排除旧的思维定势的干扰，实事求是地评价文学史上的人物和事件，按其本来的面貌给予恰当的历史定位。例如，以往教科书大都认为教会垄断了中世纪文学，并且基于对基督教的简单否定，进而贬低中世纪文学。本书在介绍中世纪文学时，注意纠正以往的误解，克服从政治概念出发进行价值判断的偏颇态度，对中世纪文学的复杂面貌作了比较详细的剖析，给予中世纪文学恰当的历史地位。又如巴罗克文学以往常常被冠以"矫饰"或"腐朽"之名，教科书中或者只字不提，或者语焉不详。其实巴罗克是17世纪欧洲的一个很重要的文学潮流。本书以较多的篇幅论证了这种文学潮流的各种形态，分析其历史存在的缘由，既肯定其价值，也不讳言其思想艺术缺陷。再如以往所谓"积极浪漫主义"和"消极浪漫主义"的划分，把作家在某一个时期的政治立场作为依据，往往以偏概全，忽视了作家和文学作品的复杂性。本书不再使用这两个术语，而是通过对浪漫主义作家和作品的个案研究来具体探讨他们的历史功过。对一些以往主要因政治原因而被忽视的重要作家、作品，本书也本着尊重历史的态度，恢复他们在文学史上的地位。

3. 本书共分三卷，内容上自古希腊、罗马，下迄20世纪80年代。编委会负责拟定大纲、组织撰写并最后审阅编定全书。编委会的日常工作由刘意青、罗经国主持。经过反复考虑并广泛征求国内同行的意见，本书仍采用原《欧洲文学史》的体例和断代方法，分古代、中世纪、文艺复兴、17世纪、18世纪、19世纪和20世纪七个大的时期段。古代至18世纪每一时期为一章，19世纪分为三章，20世纪分为两章。每章设概述，综合介绍该时期的社会文化背景，以及文学的总体风貌和主要文学潮流，然后逐节介绍各国文学。本书还采用了原《欧洲文学史》的个别章节或段落。

4. 为本书执笔撰稿的专家学者达90人之多,编委会在审阅编定过程中,一方面力求行文符合教科书的语言习惯,另一方面也尊重执笔者个人的风格,不强求一律。另外,由于撰稿人的年龄、学养、研究领域乃至文学观点都不尽相同,所以不同章节之间,在研究的层次、视角、方法和论述结构上也存在一定差异。对于这样一个大型集体项目而言,完全弥合这种差异不但几乎不可能,而且似乎也无此必要。在无伤宏旨的前提下尽量保留原稿的风貌,既能起到调节全书节奏的作用,以免雷同文风形成的单一节奏使读者厌倦,又能够使读者领略到执笔人不同的文学鉴赏和研究方法。较之文风一以贯之的著作,本书的“多声部”也许是个缺陷,但“塞翁失马”、“东隅桑榆”之说,或稍可为之一辩?望海内方家察之。

5. 本书在拟定大纲时,每章每节的字数均曾有大致的设想,然而后来在编写过程中发现最初的设定不尽合理,更重要的是,撰稿人每每突破字数限定。许多撰稿人是国内有影响的专家,他们的稿子包含多年研究的心得,按预定的字数硬性删节,不免削足适履。为使专家们的特点不致湮没,尤其为使那些启人心智的宏论能够较完整地保留下来以飨读者,对字数的限制便在不知不觉之中放宽了。这样做,固然有益,却也造成某些章节之间长短失衡,深望读者能够体会编者的苦心,予以宽宥。在各章节不完全平衡的情况下,一个作家所占篇幅的大小与这个作家的历史地位自然未必对应,这一点也预请读者注意。

在《欧洲文学史》的编写过程中,北京大学校领导、北京大学社会科学处,商务印书馆,以及各有关单位从人员、时间、物质和精神各方面给予我们热情的关怀,本书能够顺利出版,与他们的支持是分不开的。特此表示衷心的感谢。

《欧洲文学史》编委会

《欧洲文学史》(1999—2001版)
第一卷执笔者名单

（以执笔章节先后为序）

辜正坤 （北京大学英语系）

古希腊文学；

文艺复兴时期文学：英国文学：莎士比亚。

覃学岚 （清华大学外文系）

古罗马文学。

吴 芬 （对外经济贸易大学英语系）

中世纪文学：概述；

中世纪文学：中世纪宗教文学（《圣经》除外）；

中世纪文学：中世纪骑士文学《亚瑟王之死》；

中世纪文学：中世纪城市文学：乔叟。

刘意青 （北京大学英语系）

中世纪文学：中世纪宗教文学：《圣经》；

文艺复兴时期文学：英国文学：引子，莫尔，培根；

17世纪文学：英国文学：引子，艾思瑞吉，威彻利，康格里夫，班扬；

18世纪文学：概述。

王继辉 （北京大学英语系）

中世纪文学:中世纪英雄史诗:《贝奥武甫》。

孙凤城　(北京大学西语系)

中世纪文学:中世纪英雄史诗:《希尔德布兰特之歌》,《尼伯龙根之歌》,《谷德仑》;

中世纪文学:中世纪骑士文学:瓦尔特·封·德尔·福格威德,沃尔夫拉姆·封·埃森巴赫,高特夫里特·封·斯特拉斯堡;

18世纪文学:德国、奥地利和瑞士文学:德国文学。

井　茁　(美国)

文艺复兴时期文学:德国文学;

17世纪文学:德国文学。

陈燕萍　(北京大学西语系)

中世纪文学:中世纪英雄史诗:《罗兰之歌》。

沈石岩　(北京大学西语系)

中世纪文学:中世纪英雄史诗:《熙德之歌》;

中世纪文学:中世纪骑士文学:西班牙部分;

中世纪文学:中世纪城市文学:西班牙部分;

文艺复兴时期文学:西班牙和葡萄牙文学(塞万提斯、卡蒙斯除外);

17世纪文学:西班牙和葡萄牙文学;

18世纪文学:西班牙和葡萄牙文学。

罗　芃　(北京大学西语系)

中世纪文学:中世纪城市文学:《列那狐传奇》,《玫瑰传奇》,维庸;

文艺复兴时期文学:法国文学:引子;

17世纪文学:概述;

17世纪文学:法国文学。

吴正仪　（中国社会科学院外国文学研究所）

中世纪文学：中世纪城市文学：马可·波罗；

中世纪文学：但丁和意大利诗歌：意大利诗歌；

文艺复兴时期文学：意大利文学；

17世纪文学：意大利文学；

18世纪文学：意大利文学。

田德望　（北京大学西语系）

中世纪文学：但丁和意大利诗歌：但丁。

彭克巽　（北京大学俄语系）

中世纪文学：中世纪俄罗斯文学：引子；

文艺复兴时期文学：俄罗斯文学和东欧文学：俄罗斯文学；

17世纪文学：俄罗斯文学：引子，《棘鲈的故事》等中、短篇故事；

18世纪文学：俄国文学：引子。

孙静云　（北京大学俄语系）

中世纪文学：中世纪俄罗斯文学：壮士歌。

任光宣　（北京大学俄语系）

中世纪文学：中世纪俄罗斯文学：《往年故事》，《伊戈尔远征记》，战争故事；

18世纪文学：俄国文学：罗蒙诺索夫。

陈九瑛　（中国社会科学院外国文学研究所）

中世纪文学：中世纪东欧文学；

文艺复兴时期文学：俄罗斯和东欧文学：东欧文学；

17世纪文学：东欧文学；

18世纪文学：东欧文学。

石琴娥　（中国社会科学院外国文学研究所）

中世纪文学：中世纪北欧文学；

18世纪文学：北欧文学。

罗经国　（北京大学英语系）

文艺复兴时期文学：概述。

杨国政　（北京大学西语系）

文艺复兴时期文学：法国文学：七星诗社，龙萨，杜贝莱。

夏　玟　（人民文学出版社）

文艺复兴时期文学：法国文学：拉伯雷。

郭宏安　（中国社会科学院外国文学研究所）

文艺复兴时期文学：法国文学：蒙田。

赵德明　（北京大学西语系）

文艺复兴时期文学：西班牙和葡萄牙文学：塞万提斯。

孙成敖　（北京外国语大学）

文艺复兴时期文学：西班牙和葡萄牙文学：卡蒙斯。

胡家峦　（北京大学英语系）

文艺复兴时期文学：英国文学：斯宾塞；

17世纪文学：英国文学：弥尔顿，骑士派和玄学派诗歌。

刘建华　（北京大学英语系）

文艺复兴时期文学：英国文学：锡德尼；

17世纪文学：英国文学：德莱顿。

程朝翔　（北京大学英语系）

文艺复兴时期文学：英国文学：道德剧，穿插剧，神秘剧，英国文艺复兴时期戏剧（莎士比亚除外）。

赵桂莲　（北京大学俄语系）

17世纪文学：俄罗斯文学：《大司祭阿瓦库姆行传》。

魏　玲　（北京大学俄语系）

17世纪文学：俄罗斯文学：《戈列–兹洛恰斯基的故事》，《谢米亚

卡法庭的故事》;

18世纪文学:俄国文学(引子和罗蒙诺索夫除外)。

孟　华　(北京大学比较文学研究所)

18世纪文学:法国文学。

韩加明　(北京大学英语系)

18世纪文学:英国文学。

马文韬　(北京大学西语系)

18世纪文学:德国、奥地利和瑞士文学:瑞士文学。

冯国庆　(奥地利)

18世纪文学:德国、奥地利和瑞士文学:奥地利文学。

目　　录

《欧洲文学史》(1999—2001版)绪言

李赋宁

这本新编《欧洲文学史》提供有关欧洲文学发展的基本知识,供高等学校文科使用,并为进一步的研究打好基础。

这本文学史试图运用历史唯物主义观点来解释文学现象,重视文本分析和美学探讨,强调作品的思想内容和艺术形式的统一,希望通过寓教于乐使优秀、健康的文学起到教育和感化的作用,产生积极的社会影响,促进我国精神文明的建设。

当代英国女小说家艾丽斯·默多克(Iris Murdoch)曾说:"文学是一个连续不断的故事",又说:"艺术以艺术为营养"。她说她自己经常阅读18、19世纪英国小说名著,借以吸取营养。创作离不开文学传统,文学研究更不能脱离文学传统。研究欧洲文学必须熟悉欧洲文学传统。这个文学传统自古代希腊、罗马文学开始,经过中世纪、文艺复兴、古典主义、启蒙运动、浪漫主义、现实主义等时期的文学和不同思潮和流派的文学不断给它注入新的内容,直到1914年至1918年第一次世界大战战后的现代主义文学和1939年至1945年第二次世界大战战后的后现代主义文学。欧洲文学传统的发展过程在这本新编《欧洲文学史》中有比较详细的叙述,兹不赘言。现把欧洲文学传统中的几个重点介绍如下:

首先是古代希腊文学。这是重点中的重点,是欧洲文学传统河流的源头。它包括希腊神话、荷马史诗、希腊悲剧和喜剧、历史、哲学、文艺理论、演说、寓言、抒情诗等方面。可以说欧洲文学的各种文学类型（genre）和体裁，无不溯源于古代希腊文学。后世的欧洲文学继承和发展了这些类型。其中应着重学习荷马史诗、希腊悲剧、柏拉图的《对话录》和亚里士多德的《诗学》，因为这些作品不仅是欧洲文学的高峰，而且对后世的欧洲文学起了极为深远的影响，是欧洲文学传统中最根本的理论和实践的基础。

古代罗马文学继承了古代希腊文学传统，在史诗、喜剧、抒情诗、讽刺诗、历史、演说和诗论等方面有所发展，把由古希腊文学开创的这个欧洲文学传统传递给中世纪文学和文艺复兴时期文学。在罗马帝国后期，基督教兴起，使西方希腊、罗马文化与东方希伯来文化结合在一起，推动了西方文化进一步的发展。这两种文化的结合开始于中世纪欧洲文学，成为欧洲文学传统长河的主流。

中世纪欧洲文学当中法国文学是个重点，因为在查耳曼大帝（亦可称查理大帝）统治下，法国最早在欧洲建立起中央集权的、统一的民族国家，促进了经济的繁荣和文学艺术的发展。法兰西文学吸取了凯尔特民族文学和日耳曼民族文学的精华，利用民间口头文学的素材，继承和发展了古希腊、罗马文学的艺术形式和基督教世界观的思想内容，创作出优秀的中世纪法国文学。例如，法国民族史诗《罗兰之歌》就来源于日耳曼民族（法兰克民族Franks）的民间口头文学，经过无名诗人的提炼升华，成为世界文学当中最光辉灿烂的爱国诗篇之一。又例如，亚瑟王的故事就来自凯尔特民族（威尔士民族Welsh）的民间传说，经过12世纪法国贵族女诗人马丽·德·法兰西（Marie de France）和宫廷诗人克里蒂安·德·特鲁瓦（Chretien de Troyes）的艺术加工，产生了优美的中世纪法国传奇文学（romance），成为欧洲其他民族的传奇文学的典范。另一部中世纪法国文学作品《玫瑰传奇》成为欧洲其他民族文学爱情寓言诗（love allegory）和讽刺寓言诗（satirical allegory）的典范。还有《列那狐传奇》

成为欧洲动物寓言(beast fable)的典范。中世纪法国市民文学(世俗化戏剧farce和描述日常生活中可笑事件的粗俗、幽默故事诗fabliau)也强烈地影响了欧洲其他民族文学。

从中世纪过渡到文艺复兴时期,欧洲文学最重要的作品是但丁的《神曲》。《神曲》最光辉、最深刻地反映了中世纪的宇宙观和人生观,包括神学思想、人类的命运和关于世界前途的理想。《神曲》一方面描述个人的灵魂走向上帝的历程,另一方面还预言了作为政治和社会集体的全人类走向世界和平的崇高目标,因此《神曲》是一部宗教和政治史诗,它对后世欧洲文学起了极为深远的影响。另外,《神曲》达到了崇高思想性和完美艺术性的统一,成为一代又一代欧洲各民族文学中诗歌创作的典范和创作灵感的源泉。以英国文学为例,但丁对乔叟的影响主要表现在两个方面:崇高、纯洁的思想和准确、具体、明晰、优美的语言,而且这两方面又是和谐、自然地结合在一起。乔叟以后的英国诗人,凡是企图全面、深刻地反映人类精神生活的诗人,如斯宾塞、弥尔顿、布莱克、济慈、T.S.艾略特等,无不有意或无意地以但丁的《神曲》为楷模。但丁对于诗歌技巧的卓越掌握,他的流畅的韵律和选词、协调的音乐效果,更是后世英国诗人梦寐以求的奋斗目标。

文艺复兴时期英国文学的代表作品是莎士比亚的戏剧和诗歌。莎士比亚最伟大的作品抒写了灵魂在极端痛苦中所迸发出的悲鸣。哈姆莱特对生死的考虑,对女性的失望、厌恶,对整个人类的绝望。他的装疯,他的复仇。奥瑟罗的妒忌、猜疑、杀妻、自刎。麦克白的野心、失眠、谋杀、篡位,以及后来的白昼见鬼,刚愎自用,暴虐凶残,终遭杀身之祸。李尔王的老迈昏聩,二女不孝,丧尽天良,暴风雨之作威,终于逼得老王发疯,气愤而亡。这四部悲剧里充满了莎氏的名句。如《奥瑟罗》中喻弱女子的生命如短烛。又如《麦克白》中喻人生为一行动的影子,像一名拙劣的演员在台上趾高气扬,不可一世,终于无声无息。人生如痴人说梦,充满了声音和咆哮，可是毫无意义。在这四部悲剧中，莎士比亚不仅显示出他是杰出的诗人，而更使人相信他是一位伟大的哲学家。所有的哲学家都看到人生的短促、无常，世界上、宇宙间一切事物都在变化。在这千变万化当中哲学家企图抓住一个永恒不变的东西。莎士比亚所抓住的就是“人性”。他抓住这个普遍的、永恒的“人性”，而加以理想化、深刻化、典型化，这就使他的伟大悲剧和其他优秀作品流传万世，深深感动读者和观众，并给后人以极大的启迪、教育、鼓舞和欢欣。这是因为莎士比亚始终不渝地相信善良一定能战胜邪恶，相信生活当中美好的事物具有强大的建设性力量，能够改造一切，而罪恶的东西，若不改邪归正，必然毁掉自己，走向灭亡。莎士比亚的人性观点自有它的积极意义。

文艺复兴时期的人文主义精神和教育改革的要求在法国作家拉伯雷的作品《巨人传》里得到充分的表现。德廉美修道院代表新型的学校。它的唯一的校规就是“做你自己想做的事”。在《巨人传》的第二部分快要结束的地方，叙述探索者们终于抵达神示所。他们所得到的神示只有一个字“喝”，意为尽量“汲取知识、智慧和美德”，力求满足文艺复兴时期人们对学问的饥渴，并充分发挥人的聪明才干和一切天赋，因为拉伯雷相信人性在根本上是向善的。

文艺复兴时期西班牙文学的代表作品是塞万提斯的《堂吉诃德》。这部作品一方面模拟、讽刺了从中世纪以来在欧洲流行的骑士传奇小说（chivalric romance），另一方面也开了欧洲现代小说的先河。现代小说是现实主义的，它的精神是反浪漫主义的。19世纪法国文学史家泰纳（Taine）把现代小说称为“反浪漫主义的传奇”（le roman anti-romanesque）。《堂吉诃德》在这个意义上可以被看作最早的一部欧洲现代小说，因为它讽刺了传奇文学的浪漫主义精神。《堂吉诃德》的主题是理想主义和现实主义之间的冲突，是两种世界观之间的矛盾，同时也显示了崇高理想和庸俗现实之间的鲜明对照。这个主题一直贯穿着欧洲现代小说,像战争和爱情主题那样普遍和持久。

启蒙运动时期的法国文学很重要,因为这个时期的作品宣传反封建、反教会,破除迷信、解放思想,并提倡民主和科学这些进步的启蒙运动思想,为18世纪末法国资产阶级民主革命做了意识形态方面的准备。启蒙运动思想家孟德斯鸠、狄德罗、伏尔泰、卢梭等人的作品对欧洲文学起了巨大的影响,推动了欧洲浪漫主义文学运动。法国浪漫主义诗人、小说家、剧作家雨果,德国作家莱辛,早期的歌德、席勒,以及英国浪漫主义诗人华兹华斯、拜伦、雪莱等,都受了启蒙运动思想的影响。这个影响一直延续到俄国伟大作家托尔斯泰身上。

关于欧洲近代史的积极意义,20世纪早期德国历史学家斯本格勒(Oswald Spengler)在他写的《西方的衰落》一书里把西方历史的发展分为三个时期:第一个时期是古代。这个时期的时代精神,斯本格勒称之为“阿波罗精神”(the Apollonian soul)。阿波罗是太阳神,给人类光明和智慧。他又是司医疗和音乐的神,主管科学和艺术。“阿波罗精神”代表古希腊文明。第二个时期是中世纪。这个时期的时代精神,斯本格勒称之为“东方贤人精神”(the Magian soul,来自the three Magi,他们是向初生基督朝圣的东方三大博士),代表中世纪基督教文明。第三个时期是近代。这个时期的时代精神,斯本格勒称之为“浮士德精神”(the Faustian soul),以歌德的作品《浮士德》中主人公浮士德博士而命名。所谓“浮士德精神”,指的是近代欧洲人为了改造社会而追求自然科学和技术知识的进取精神。关于浮士德博士的故事起源于中世纪。文艺复兴时期英国先进思想剧作家、莎士比亚的先驱者之一马娄曾写了《浮士德博士的悲剧历史》。歌德接受了启蒙运动思想,发展了浮士德故事,使浮士德为了造福人类,填海造田,企图建立一个理想社会。由于歌德在他的杰作中首先倡导这种“浮士德精神”,斯本格勒就借用了这种精神来说明欧洲近代历史的特征。歌德继承了古代希腊、罗马文化、中世纪和文艺复兴时期文化，受了启蒙运动思想的影响。在青年时代，他投身于浪漫主义运动（狂飙运动Sturm und Drang），后来又倾向于古典主义。在他的晚年，他把浪漫主义和古典主义融合在一起。因此可以说歌德是他以前欧洲文学传统的集大成者。

19世纪的欧洲现实主义小说可以找到三位最杰出的小说家的作品为代表：英国的狄更斯、法国的巴尔扎克和俄国的托尔斯泰。他们的作品把现实主义小说的地位提高到欧洲文学传统中希腊悲剧和伊丽莎白时代英国戏剧（莎士比亚戏剧）的崇高地位，成为欧洲文学的三大高峰之一。现实主义小说最突出的特点是它的批判态度和它对社会改革的强烈要求。就英国文学来说，19世纪后半叶是写实小说盛行时期。经过了18世纪末的政治革命（法国大革命）和19世纪上半叶的文学革命（浪漫主义文学运动），英国同时又经历了经济和技术上的产业革命，成为“世界的加工厂”，贫富愈来愈悬殊，社会不公正、不平等现象日趋严重。作家们最关心的是“英国国情问题”，各人从不同的角度来批评英国社会，并且提出各种不同的社会改革方案。这些作家在现实主义小说方面作出了卓越的贡献，起了积极的作用。他们当中影响最大、艺术成就最高的是查尔斯·狄更斯和女小说家乔治·艾略特。

关于欧洲现代主义和后现代主义文学的重点在本文中从略。

欧洲文学传统中，优秀作家的作品都具有高度的艺术性。他们塑造了活生生的人物形象，能够概括社会生活本质的典型性格，复杂、动人的情节，并能熟练地运用展示性格真实、准确、生动、丰富、精练的语言和鲜明、具体、发人深思的意象。这一切艺术综合都为作品的思想内容服务，达到了作品内容与形式的高度统一。莎士比亚的《哈姆莱特》就是最好的例子。另外，优秀的作家往往运用人民群众所喜闻乐见的民族形式，采取人民群众所熟悉并且热爱的民间传说或故事，经过艺术加工，赋予它新的、具有深刻意义的内容。索福克勒斯的《俄狄浦斯王》、莎士比亚的《哈姆莱特》和《李尔王》，甚至，在不同程度上，中世纪的《列那狐传奇》，都可以作为例子来说明这一点。

欧洲文学传统中最突出的特点就是作品的思想性和艺术性的统一。有了这种统一，我们才能从作品里既获得智慧、认识真理，又得到快感和美的享受，达到心灵的和谐，悟出做人的道理。优秀的文学作品能够陶冶性情，起到对读者潜移默化的教育作用，因此在建设我国社会主义精神文明的过程中，学习、研究、借鉴欧洲优秀、健康、高尚的文学作品是完全必要的，而且是十分有益的。

这本新编《欧洲文学史》旨在帮助读者和学生既能获得有关欧洲文学传统的基本知识，又能树立积极向上的人生观，对社会作出贡献。

第一章　古希腊文学

第一节　概述

欧洲古代文学主要指公元前9世纪到前1世纪产生在欧洲本土上的文学，其中最辉煌、最有代表性的是古希腊文学和古罗马文学。从总的成就上看，古希腊文学又比古罗马文学更辉煌。纵向看，古希腊、罗马文学基本上是同源的；但横向看，它们又各自具有其独特的历史文化背景。

古希腊位于地中海东北部，其文学产生的历史文化背景主要有两大渊源：一个是欧洲本土的上古文化，一个是欧洲本土之外的埃及、亚细亚文化。

欧洲本土的上古文化存在于公元前第三千纪至公元前12世纪，史称克里特—迈锡尼文化，又称爱琴文化。爱琴文化分布于爱琴海地区，属于青铜时代文化。该文化的中心起初在克里特岛，后来转移至南希腊的迈锡尼。公元前第三千纪后期，克里特岛进入青铜时代，出现象形文字（至今未释读）。克里特文化达到青铜时代的全盛期约在公元前16世纪中叶，那时已出现相当宏伟的宫殿式建筑和各种精制的工艺品等，象形文字也发展成为线形文字A（尚未释读）。约在公元前14世纪，克里特文明遭遇毁灭性打击，史家多归因于火山爆发和地震。

迈锡尼文化则由公元前第二千纪中叶的亚该亚人所创，与同时代的克里特文化水平相当，但风格较为粗犷。亚该亚人是古希腊居民中的一族，在荷马史诗中常用以泛指古希腊人，他们原住希腊北部帖萨利亚一带，公元前第二千纪前期南徙，征服土著居民皮拉司吉人。他们在迈锡尼时代创造的线形文字B已于1952年由英国学者释读成功。据信这种亚该亚人的原始方言成分亦见于古希腊语中。约公元前12世纪至前11世纪，居住在北方的多里安人（又称多利斯人）大举南下，摧毁了迈锡尼文明。从公元前11世纪到前8世纪，史称“荷马时代”或“英雄时代”，欧洲上古文化从此逐渐让位于古希腊文化。

值得特别一提的是，欧洲本土的上古文化很可能一开始就打上了东方文化的痕迹。例如生活在克里特岛青铜时代的居民据信大多数来自西亚，他们势必为欧洲上古文化注入了东方文化的血液。在当时，爱琴文化分布的爱琴海地区是地中海东部文明的发源地，它与东方各国，特别是新王国时期的埃及有过频繁的经济和文化交往。无论在建筑、科学，还是在宗教、哲学等方面，古希腊都可以看到埃及、巴比伦等东方国家的影响，甚至希腊字母也是在腓尼基字母的基础上形成的。从希腊神话中我们也可以看到，欧洲古代文明与亚细亚文明有着某种血缘关系。例如根据希腊神话，欧罗巴是出生于亚细亚的少女，宙斯爱上她之后化为牛把她诱骗到克里特岛上，并使她委身于自己。这一爱情故事通常被看作是西亚、埃及文化与欧洲文化相结合的象征。

第二节 希腊神话

希腊神话是以口头文学形式在各部落流传了几百年后逐渐形成的。关于它的起源，有若干说法：1）起源于自然物的象征，即把自然力和自然物加以人格化，如太阳神、月神、海神、酒神等；2）起源于宗教仪式，如从迎春、庆秋、送冬等宗教性习俗中衍生出的神话，祖先崇拜也是神话产生的一个重要源泉；3)起源于变形的历史传说，比如公元前4世纪的哲学家尤汉姆拉斯认为，神不过是以其功勋和恩惠而被神化了的人。宙斯也仅仅是个伟大的胜利者，他死后被埋葬在克里特，逐渐被奉为神明；4)起源于语言的类似之处或误解，比如有的学者认为阿波罗这个人名源出小亚细亚语，在语义上与“门”、“狼”有联系；此亦可从阿波罗的许多别名，如“狼”、“鼠”、“看门者”、“光”等上面看出；5)起源于艺术的表现，例如某种偶然采用的艺术形式后来被广泛接受。人首狮身的斯芬克斯最初就是希腊艺术从东方借用来的装饰形式；6)起源于讽喻。一些学者趋向于将神话看作道德力量的人格化，例如新柏拉图主义者就喜欢把神话视为各种善恶的象征，神话的形成也因此同人们惩恶扬善的愿望相关联。

希腊神话主要包括神的故事和英雄传说两部分。神的故事主要包括关于开天辟地、神的产生、神的谱系、天上的改朝换代、人类的起源和神的日常活动的故事。在古希腊人的想象中，山川林木、日月海陆，以至雨后的彩虹、河畔的水仙，都是神的身影；生老病死、祸福成败，都取决于神的意志，他们创造了庞大的神的家族。宙斯是众神之首，波塞冬是海神，哈得斯是幽冥神，阿波罗是太阳神，阿耳忒弥斯是猎神，阿瑞斯是战神，赫淮斯托斯是火神，九个缪斯是文艺女神，三个摩伊拉是命运女神。众神居住在希腊最高的奥林匹斯山上。希腊神话中的神和其他比较发达的宗教中的神不同，他们和世俗生活很接近。多数的神很像氏族中的贵族，他们很任性，爱享乐，虚荣心、嫉妒心和复仇心都很强，好争权夺利，还不时溜下山来和人间的美貌男女偷情。以宙斯为代表的大多数神都喜欢捉弄人类，甚至三番五次打算毁掉人类。古希腊人常在神话中嘲笑神的邪恶，指责神的不公正。荷马史诗中有这样的文字：“神给可怜的人以恐惧和痛苦，神自己则幸福而无忧地生活着。”但是，也有像普罗米修斯这样造福人类的伟大的神。普罗米修斯把天火盗到人间，使人类有了划时代的进步。为此，宙斯把他钉在高加索山上，每天放出恶鹰来啄食他的心肝。

英雄传说是对于远古的历史、社会生活和人与自然作斗争等事件的回忆。英雄被当作神和人所生的后代，实际上是集体力量和智慧的代表。英雄传说以不同的家族为中心形成了许多系统，主要有赫拉克勒斯的12件大功，忒修斯为民除害，伊阿宋取金羊毛和特洛伊战争等系统。赫拉克勒斯是有名的大力士，他在摇篮中就扼杀了两条巨蟒。幼年时，恶德女神来引诱他走享乐的道路，但他听从了善德女神的劝告，决心不畏艰险，为众人造福。传说他在成人以后，杀死过有九个头的毒龙和长着蛇头发的女妖美杜萨，甚至还到地府打败了冥王哈得斯，把被囚的忒修斯救回人间，使他们夫妻生活美满。关于赫拉克勒斯的故事充满了英勇豪迈的气概，体现了古代人民热爱劳动、珍视集体的宝贵品质。

神话中还包括一部分关于生产知识的传说，例如普罗米修斯教人如何造屋、航海和治病的故事。也有一部分神话描述了日常生活中的欢乐和愁苦。有一则神话说，司掌农耕的女神德墨忒耳的爱女被冥王抢到地府，她悲怆欲绝，以致大地上不再生长草木。由于宙斯的安排，她每年能和女儿相会一次。她们在一处时，大地温暖和煦，万物滋长繁茂，就有了春；女儿归去以后，大地复归于寒冷肃杀，就有了冬。这则解释时序的神话反映了人间的悲欢离合。从许多神话还可以看出希腊人好客的风俗和对于音乐、舞蹈及竞技等活动的爱好。

希腊神话是长时间形成的，神的性格和职责以及故事情节都有发展变化。在最早的神话中，神的自然属性很强，往往具有图腾崇拜的性质，随着社会生活的发展，神的社会属性逐渐居于主位。荷马史诗中的神统反映了氏族社会的等级关系，例如宙斯在史诗中就像个滑稽可笑、性情乖张的氏族首领。在奴隶社会中，神是奴隶主阶级的象征，在某些悲剧中，宙斯成了一意孤行的暴君——民主制度的敌人。到了公元前5世纪，诡辩派哲人曾经以理性观点来解释神话产生的原因，否认神的存在。但是，贵族集团则尽力扩大神的权威，柏拉图曾经严厉指责古代诗人把神描写得可憎可笑的渎神行为。英雄传说的历史比较简单，它始终保持着野蛮时期和氏族社会的烙印。

希腊神话是古希腊人最初的意识活动成果，它艺术地概括了他们对自然和社会的认识，表达了他们对社会不平现象的义愤，集中了他们的经验和理想，充满乐观精神。在后世作家的描述中，希腊神话具有天真美丽的幻想和清新质朴的风格。

神话是古希腊文学的土壤，此后的诗歌、悲剧等都以神话和英雄传说为题材，它对于后代作家也有重要的影响。

第三节　荷马史诗

欧洲文学史上最早、最伟大的文学作品是两部长篇史诗《伊利亚特》和《奥德赛》。关于这两部作品的作者归属及形成时间问题，迄今尚无定论，我们只能根据现有史料作一些简要的探讨介绍。

关于**荷马**的生活年代诸说不一。在没有定论之前，一些历史学家比较灵活地把它定在公元前10世纪至公元前9、前8世纪之间。关于荷马的出生地也是众说纷纭。希腊至少有七个或更多的城市都声称自己是荷马的故乡，但多数古代文献趋向于说他是希俄斯岛人或小亚细亚的士麦那人。荷马这个名字据说不见于希腊姓氏，有人考证出是“人质”的意思。果真如此，则荷马大概是俘虏出身。另有人证明说荷马是“组合”的意思，那么，这个名字可能暗示某种集体创作方式，或者说是一个假名，因为一些学者坚持认为荷马史诗是由许多作者各异的散篇传说组合而成的。

关于荷马是盲人的说法相当流行。因为古希腊的卖唱者（又称“行吟诗人”）多半是盲人。他们听觉敏锐，音乐感强，加之所吟诵的内容是众多的历史传说，需要较强的记忆力，这也是盲人之所长，所以荷马是盲人的说法是有道理的。在长达两千年的时间里，绝大多数的学者如苏格拉底、亚里士多德、柏拉图等都认为荷马实有其人，但到了18世纪末，从德国学者沃尔夫起，人们开始怀疑这一看法。这个问题与荷马史诗的形成时间与形成方式密切相关，下面略加阐述。

一般认为，荷马史诗的形成经历了两个时期，即口头流传时期和文字流传时期。作为一种口头文学，荷马史诗的最初形成期可能在公元前12世纪到公元前9世纪前后。文字流传期则在公元前6世纪左右，据说是当时的僭主庇西特拉图命人用文字记录下来的。到公元前3至前2世纪，又由亚历山德里亚学者编订，每部各分为24卷。

对荷马史诗产生的过程，最有影响的观点至少有三家：1）小歌说；2）核心说；3）统一说。小歌说认为荷马史诗是由若干各自成篇的“小歌”连缀而成，并非是荷马单人独撰的成果。德国学者沃尔夫于1795年撰文指出，荷马史诗中有若干前后矛盾、中间重复之处，很像是若干民间口头创作的短歌集合体。德国人拉克尔曼和赫尔曼进一步阐述此论点，小歌说遂自成一家之论。核心说承认荷马史诗的基础很可能是由若干短诗构成，但又进一步指出荷马及其门徒并未停留在这一基础之上，而是由此将短篇有机地建构，加工成长篇巨制。这是一种集体创作加个人修改补充的论点。统一说认为荷马的两部史诗具有统一的艺术结构，只可能出自一人手笔，因此，史诗作者就是荷马。此外，还有一些学者提出若干惊人之论，例如英国学者巴特勒在《〈奥德赛〉作者论》一书中考证该史诗的初稿出自一女子手笔，且断言该女子并非希腊人。同时他还认为《奥德赛》一书比《伊利亚特》后产生一百年。此类观点未经学术界公认，聊备参考。综上所述，可知三派观点各有所据，不当拘泥于一家之言。荷马史诗的形成因素是多方面的，不妨说它是古代民歌、神话和英雄传说诸方面的集合。历代学者、诗人、歌手都可能参与其事，经过若干代的补缀修剪，渐具规模，成为具有有机联系的史诗作品。参与者中可能有一位叫荷马的行吟歌手在这方面尤其出色，因此后来的人都把他吟诵过的史诗统称为荷马史诗。

荷马史诗《伊利亚特》的产生时间早于《奥德赛》。全书共24卷，计15693行。其背景和基本情节如下：

《伊利亚特》取自希腊神话素材，其含义是"伊利昂之歌"。相传阿喀琉斯的父母举行婚礼时忘记邀请不和女神厄里斯，厄里斯于是来到席间扔下一只金苹果，上写"赠给最美的女子"。天后赫拉、智慧女神雅典娜和爱神阿弗洛狄忒为了争夺这只苹果，各自许诺仲裁者特洛伊王普里阿摩斯之子帕里斯以最大的好处：赫拉许诺他成为最伟大的君主，雅典娜答应他成为最勇敢的战士，阿弗洛狄忒要给他世界上最美丽的女子。帕里斯裁定阿弗洛狄忒最美。他后来到斯巴达做客，在阿弗洛狄忒的帮助下，拐走了国王墨涅拉俄斯的妻子、绝世美人海伦，并带走大批金银财宝。希腊各部落闻讯异常震怒，推举迈锡尼王阿伽门农为联军统帅，集十万大军，乘战船千余艘，浩浩荡荡跨海远征特洛伊。特洛伊人亦联合附近各部落，组成庞大联军，以特洛伊王子赫克托耳为统帅，决意拼死固守特洛伊城。与此同时，奥林匹斯山上的众神也分成两大派，各助一方。这场残酷的战争进行到第十年时，双方皆损失惨重，而特洛伊城仍久攻未下。这时，由于希腊联军统帅阿伽门农仗势夺走本部第一勇将阿喀琉斯宠爱的一名女俘，阿喀琉斯愤而不再参战，战场情势立转，希腊军频遭败绩。《伊利亚特》即以此为全书楔子，描写阿喀琉斯的愤怒及此后51天内发生的事件，波澜迭起，险象环生。面对特洛伊军的凌厉攻势，阿伽门农王被迫向阿喀琉斯赔礼道歉，然而阿喀琉斯余怒未消，仍拒不出战。在这危急关头，阿喀琉斯的好友帕忒洛克罗斯披挂上阿喀琉斯的盔甲杀入敌阵，却不幸被特洛伊的统帅赫克托耳刺死，阿喀琉斯为此痛不欲生，决意为亡友报仇，愤而再上疆场。特洛伊人望风披靡，阿喀琉斯最后与赫克托耳对阵，赫克托耳不敌，绕城三匝，终为阿喀琉斯所杀，其尸体被阿喀琉斯拖回希腊阵地。特洛伊老王普里阿摩斯冒险入阵，向阿喀琉斯跪求归还儿子的尸体，终获同意，特洛伊人为之隆重举哀，史诗在赫克托耳的葬礼处结束。

据传后来希腊人采纳了足智多谋的奥德修斯的“木马计”，佯败撤军，诱使特洛伊人出城，将内藏兵将的大木马拉入城内。入夜，希腊军突然返航，里应外合，攻下特洛伊城。希腊人将特洛伊人几乎全部杀死，夺回海伦，各携财宝凯旋还乡。

《奥德赛》的故事发生在紧接着特洛伊战争之后的十年中。特洛伊战争中幸存的希腊英雄们都凯旋归国了，智多星奥德修斯却因冒犯海神波塞冬而在海上遇难，滞留异乡。第十年上他漂流到菲埃克斯人的斯刻里亚岛，岛上国王阿尔喀诺俄斯款待了他。在国王请求下，奥德修斯讲述了他离开特洛伊之后的遭遇。原来奥德修斯一行人曾被吹到忘忧果之乡，在那里，吃了该果的路人都不愿回故乡。奥德修斯好不容易才使他的手下人逃离了这种生活，但他们很快又遇到放牧的独眼巨人库克罗普斯。库克罗普斯一个一个地吞食奥德修斯的手下，并准备把奥德修斯留在最后享用。但奥德修斯机智地用酒把巨人灌醉，然后用尖木棍刺瞎了他的独眼，逃回到自己的船上。奥德修斯接着在爱奥利亚着陆，风神送给他一个袋子。但他手下的人误以为里边装着财宝，在途中将其打开，结果里面的各路大风飞了出来，将他们的船又吹回到了爱奥利亚。他们后来又到了把人变成猪的女巫的妖岛，游历了冥土，经过先以歌声迷人，再把人杀死的塞壬妖女所在的岛屿。在经过太阳神的岛屿时，水手们不顾奥德修斯的警告，宰杀了岛上的神牛。太阳神一怒之下，击沉了奥德修斯的船只，除奥德修斯一人幸免于难之外，其余的水手全部葬身海底。他本人被风浪吹到了神女卡吕浦索所在的奥吉吉亚岛，并被迫困守该岛达七年之久。在宙斯和雅典娜等天神的干预下，卡吕浦索被迫释放奥德修斯回家。奥德修斯用四天时间造了一只小船上路，但波塞冬掀起风浪再次摧毁他的小船。这样他最后流落到了斯刻里亚岛。阿尔喀诺俄斯王为奥德修斯的故事所打动，送了许多礼物，并用船将他送回故乡。与此同时，一群求婚者正赖在奥德修斯家里向奥德修斯的妻子佩涅洛佩求婚并大肆挥霍他的家产。奥德修斯不动声色，化装为乞丐，在一次比武过程中将求婚者全部杀死，与分离多年的忠贞不贰的妻子幸福团圆。

荷马史诗的主题是歌颂希腊全民族的光荣史迹，赞美勇敢、正义、无私、勤劳等善良品德，讴歌克服一切困难的乐观主义精神，肯定人与生活的价值。尤其值得提出的是，许多英雄人物同时是劳动能手，国王、王后、公主等都不把劳动看作卑贱之事。恰恰相反，英雄之所以受人尊重，常常和他们具有劳动本领相关。奥德修斯曾在阿吉诺王面前夸耀自己的竞技能力和劳动本领，赫克托耳的妻子安德洛玛刻、奥德修斯的妻子佩涅洛佩、阿吉诺王的妻子阿瑞提都会纺纱织布。荷马史诗在赞美人的种种高尚品质的同时，又常常把人的命运归之于神的意志，充满了浓厚的宿命论思想，人与人之间的斗争常常是神与神之间斗争的缩影。荷马史诗极为生动、丰富地展示了古希腊英雄们的战斗生活及种种历史性场面，如《伊利亚特》第二卷描绘希腊十万大军如叶走沙飞，“席卷浩荡平川滚滚而来”的情景，埃阿斯力敌赫克托耳，帕忒洛克罗斯被赫克托耳杀死后争夺尸体的疯狂拼搏，以及阿喀琉斯大战赫克托耳，绕城三匝的情景，都使读者犹如身临其境般目睹了原始社会异族之间浩大、壮烈、残酷的斗争。此外，荷马史诗还反映了当时的政治、军事制度。当时的战争指挥领袖多由民主选举产生的各部落的酋长担任，他们虽然大权在握，但并不一定能为所欲为。许多大事须取决于全体士兵大会。例如普通士兵忒耳西忒斯可以公然在全军大会上痛骂希腊全军统帅阿伽门农好战贪财，这在现代社会里是难以想象的。作为部将的阿喀琉斯也可以极粗鲁地顶撞主帅阿伽门农，并拒不出战，而阿伽门农亦不能将其以军法论处。荷马史诗反映了古希腊社会的经济生活和社会生活。从《伊利亚特》和《奥德赛》中的许多描写来看，荷马时期已开始形成阶级、私有制和奴隶劳动制度了。军事首长通常比一般士兵拥有更多的私有财产。《伊利亚特》中描写特洛伊宫廷中的女仆们在赫克托耳妻子的指挥下织布纺纱，表明奴隶劳动制正在形成。《奥德赛》中的奥德修斯可以随意处死手下的许多女奴，只因为她们与其妻子的求婚者们同谋，这表明奥德修斯具有奴隶主对奴隶的生杀大权。荷马史诗中的许多描述还为古希腊父系家长制社会形态提供了生动的例证，这主要表现在妇女没有公民权利，男性主宰一切。例如多妻制盛行，妇女不参加公民大会，奥德修斯的儿子居然禁止其母亲佩涅洛佩发表意见，认为“讲话是男人们的事”，而佩涅洛佩也认为儿子的话是“有道理的”等等。荷马史诗是古希腊人生活的百科全书，它体现了古希腊人关于天文、地理、历史、宗教、社会、哲学、艺术和神话等的一切知识。例如史诗常常具体描写古希腊人如何祭献神灵、向神请愿、撒麦屑等仪式，描写种种竞技和葬礼活动，描写古希腊人如何进行农业和手工业生产，描写各类雕刻、陶器等艺术品。《伊利亚特》第18卷中关于阿喀琉斯盾牌的精细描写引起历代学者的惊叹。

特洛伊战争的真正起因是什么？表面上看来，是由于希腊美人墨涅拉俄斯王后海伦被特洛伊王子帕里斯掳走而激起了古希腊各部落联合攻打特洛伊。但如果以历史主义的态度来看待这个问题，则不妨说，经济掠夺是特洛伊战争最主要的起因。古希腊时期的特洛伊在小亚细亚的西北岸，是黑海与地中海的交通要道，商业繁荣，文化发达，非常富庶，于是引起希腊诸王的垂涎和忌惮，两个地区的冲突势所必然。《伊利亚特》所描写的特洛伊战争，其实是一次在神话外衣掩盖下的残酷的经济掠夺战争。

值得特别注意的是，荷马史诗对战争本身很少作正义与否的价值判断。诗人对战争双方的英雄们都不遗余力地加以热情洋溢地赞美和歌颂。这是一种对人本身的歌颂，它超越了狭隘的恩怨是非关系和狭隘的民族主义。

荷马史诗描绘了众多的人物形象，上至天神、下至百姓，均有生动精到的刻画。但是荷马史诗主要还是属于英雄史诗，因此其中刻画的英雄群像非常突出。然而诗人并不是平分笔墨地描摹英雄人物，而是主次分明，详略有度。例如《伊利亚特》的中心人物当推阿喀琉斯和赫克托耳，而对于这两位英雄，诗人又重墨写阿喀琉斯。《奥德赛》的中心人物当然是奥德修斯，但重墨写奥德修斯的同时，诗人也不忘对其他人物加以刻画。对史诗中人物，诗人总是尽可能褒贬客观，毁誉得当。史诗中的人物，不管在外形还是在个性方面无不栩栩如生。

阿喀琉斯勇敢、善战、雄辩、坦率、真诚而又武功盖世，然而他最引人注目的特点是他那烈火般的易怒性格。所以史诗的第一行诗就点出：“阿喀琉斯的愤怒是我的主题”。按照史诗的描写，阿喀琉斯的两次愤怒，造成了两次大伤亡。第一次，由于阿伽门农夺走他的女俘，阿喀琉斯一怒之下不再参战，结果使得希腊联军溃不成军、伤亡惨重；第二次，由于其挚友帕忒洛克罗斯不幸阵亡，阿喀琉斯再次大怒，杀入敌阵，使特洛伊人尸积如山，河水为之不流，引得河神发怒而与阿喀琉斯厮杀。阿喀琉斯爱名誉胜过自己的生命。阿喀琉斯的母亲曾预言，他可能有两种命运，或是居安长寿，乐享天年；或是沙场捐躯，赢得千古英名。阿喀琉斯选择了后者。所以亚里士多德认为阿喀琉斯是悲剧英雄的先驱。阿喀琉斯的弱点是明显的：残忍、任性，过分执拗。眼看自己的同胞流血，他也能漠然地袖手旁观，其傲慢的自尊心高于对自己民族的忠诚。只有当他的挚友被戮时，他才挺身而出。但是阿喀琉斯也时时流露出善良的一面，例如当他接受宙斯的旨谕允许老普里阿摩斯王赎回儿子赫克托耳的尸体时，他的人性恢复了，他怀着恻隐之心向老人伸出手去的场面，被认为是史诗中最感人的时刻。

赫克托耳这个形象的渲染程度虽不如阿喀琉斯，但却更具可信性，他是一个更成熟的悲剧英雄。他的悲剧性表现在两个方面。其一，他预知特洛伊以及他的整个民族、整个家庭（包括他自己）都注定要在这场战争中毁灭，而他依然悲壮地肩负起保家卫国的大任，誓死与命运抗争；其二，他是富于正义感的，把自己的弟弟帕里斯诱拐海伦的行为引为奇耻大辱；他明白希腊军师出有名，而特洛伊是理屈词穷的一方，然而却不得不站在自己民族的利益上违心地义不容辞地战斗。正因为如此，赫克托耳的感情世界比阿喀琉斯的感情世界要更为复杂深沉。阿喀琉斯和赫克托耳都是民族英雄，然而阿喀琉斯是傲慢的凌驾于民族之上的英雄，赫克托耳却是热爱其民族并为其民族拥戴的英雄。赫克托耳告别妻子安德洛玛刻而出战的一幕是历代评论家乐于征引的段落，从其中我们可以看到史诗如何以细腻的笔触描摹了英雄与贤妻依依诀别的感人情景。赫克托耳不如阿喀琉斯骁勇善战，但是他有更强的责任感和刚柔相济的善良的人性，因此他是史诗中相对丰满可信的人物形象之一。

作为“智多星”，奥德修斯被认为不仅是荷马史诗而且是整个欧洲文学的中心形象。他不但是聪明的领导者、勇敢的战士、生产的能手，还是受人爱戴的奴隶主和好丈夫。他性格中最突出的特点是不怕困难，他在不可想象的困境中表现了英雄本色，历经千辛万苦终于回到故乡伊萨卡，用计谋除掉了那些求婚者，最后同深爱他的妻子、父亲和儿子团聚。

荷马史诗的情节结构很有特色，特别是重点突出，繁简分明。十年战争间发生的事件可谓多矣，但诗人却只选取关键的51天中发生的事件来描写。他重点写了4天的战争场面，21天的葬礼。同时把阿喀琉斯与赫克托耳之间的对立又作为重点的重点来描写。

其次，荷马史诗的开场颇具匠心，它从写最勇敢的将领与最高统帅之间的冲突开始，极富戏剧性。而冲突又主要与争夺女人相关：阿伽门农争夺阿喀琉斯的女俘，由此点出阿喀琉斯的愤怒这个中心主题；同时，这又与史诗最初的冲突原因相呼应：墨涅拉俄斯与帕里斯争夺美人海伦，由此引发十年战争。

再其次，荷马史诗在细节描写方面非常出色，如第二卷中对双方军容的描写，作者仔细提到希腊军的船只、士兵数目，对带队将领及其身世等都一一加以介绍，对特洛伊的军事实力亦加以估计。关于阿喀琉斯盾牌的精细描写，则突出了金匠神的高度技巧。

最后，荷马史诗的语言艺术历来为人称道。荷马善用比喻来描写笔下的人物，例如在描摹帕琉斯的儿子时，说他“轻得像羽族中最最快的山鹰打个回旋去追逐一只小鸽子，一路尖叫着紧紧追随，偶尔还突然来一个猛扑”；描写埃涅阿斯时说“埃涅阿斯被打退了，有如儿童们将一头笨驴驱出了庄稼地”；而描写埃涅阿斯的对手时却说“英雄们腾空而起，宛如猛狮扑进了羊圈”。有趣的是，荷马笔下的狮子从来不吼叫，因为据说古希腊人那时没有见过狮子，所以不知道狮子是如何吼叫的。荷马喜欢不用连接词的排比语句。他使用伊奥利亚和爱奥利亚两种方言，不过更多的时候是使用后者。荷马也喜用固定的形容词来给人物一个绰号，例如“牛眼天后赫拉”、“白臂赫拉”、“捷足的阿喀琉斯”、“短脚的忒提斯”等。在荷马的作品中，现实主义与浪漫主义两种手法交相辉映，他也喜欢使用烘云托月之法来加强他的主题。例如《伊利亚特》第3卷中，海伦初次来到特洛伊城上观战，荷马不直接描写海伦如何美，而是借老将军们的窃窃私语来加以渲染：“那样天仙般的美人，难怪成千上万的特洛伊和亚该亚将士愿为她受长期苦难啊！”荷马史诗中也有一些失实的描写，例如《伊利亚特》第11卷632行中所提到的属于涅斯托尔的杯子、第10卷261行中用野猪牙制造的头盔以及埃涅阿斯所持大盾只能是青铜时代的产物，均非荷马史诗时代所具有。此外，他的文风比较枝蔓，有的地方渲染过重。在《奥德赛》和《伊利亚特》中，都有相当多的陈词滥调，当然这几乎是所有的古典作品难以避免的现象。就总体而言，史诗的语言艺术达到了极高的水平，为后世艺术家们提供了一个值得永远借鉴学习的楷模。

荷马史诗在世界文学中具有特别重要的地位和意义。它概括了古希腊人的社会生活与思想意识，达到了产生史诗的那个时代真善美结合的艺术高度。后世的欧洲作家乃至全世界的许多作家常常从荷马史诗中探索素材，直接或间接地从中借鉴艺术技巧。马克思认为，荷马史诗不仅是人类童年时代的产物，而且是人类童年"发展得最完美的地方"的艺术杰作。它是人类文化中一份独一无二的精神财富。

第四节　古希腊诗歌和伊索寓言

赫希俄德生活在公元前8世纪末至前7世纪初，祖籍小亚细亚的库墨，是荷马史诗之后的第一位大诗人。其代表作是教谕诗《农作与时日》和《神谱》。赫希俄德的诗歌创作虽与其前辈的创作大异其趣，但从根本上说来，还是属于传统派，其基本创作手法承袭着历代相传的口头诗歌创作技巧。从他使用的语言来看，仍具有明显的荷马风格。

《农作与时日》共828行，用六音步诗行写成。诗的成因在诗中有所披露。赫希俄德曾与弟弟珀耳塞斯不和。珀耳塞斯通过贿赂使法官将赫希俄德的全部财产判与他。但是赫希俄德勤劳刻苦，不久又积攒了一笔财产。而珀耳塞斯却每况愈下，越过越穷，最后不得不请求赫希俄德的帮助。赫希俄德慷慨解囊，并写了这首劝谕诗来告诫弟弟改过从善。诗歌的题目本身在某种程度上概括了诗歌的主旨：幸运偏爱兢兢业业劳作与善于利用天时的人。

《农作与时日》具有史诗的体裁，但实际上可以说是一部道德格言集和农业历书。史诗认为世界上有两种竞争，一种好的，一种坏的。好的竞争者通过自食其力和勤劳刻苦而超过自己的邻人。坏的竞争者则主要靠奸诈或暴力来超过自己的邻人。赫希俄德劝告弟弟做事要公正，不要去从事充斥于市场和法庭的那种竞争。史诗中讲了若干古希腊神话故事，诸如普罗米修斯盗天火，潘多拉打开装满邪恶的罐子，诸神本和凡人同根等故事。赫希俄德认为人类发展史是一部人类在道德上不断堕落的历史。他讲述了依次出现的幸福的黄金时代、次等的白银时代、青铜时代和互相杀戮的黑铁时代。例如忒拜和特洛伊的英雄们即属于黑铁时代之前的半神半人，他们信奉的是强权即公理，行事多背信弃义。作品中还有一些寓言故事，例如叙述一只鹰和一只夜莺飞向高空，鹰教训夜莺不要愚蠢地和强者竞争。这是古希腊文学中出现的第一个动物寓言。

赫希俄德以相当的篇幅咏唱农夫的年历：昴星初现（11月）时犁田，再现时（40天后）磨镰；秋天雨来时伐木做犁柄；鹤鸣时备耕；布谷鸟叫时播种；燕子回巢，修剪葡萄；猎户座当头，收割葡萄……如此等等。

《农作与时日》较详细地记载了古希腊时期的种种宗教祭日和从事不同工作时的黄道吉日。诗人最后总结说，在不朽的众神面前，聪明人的工作是无可指责的，因为他懂得吉兆，所以能够避免犯罪。

应该特别指出的是，《农作与时日》是古希腊流传下来的第一首以现实生活为题材的诗作，风格清新自然，平易简洁；后来成为古罗马大诗人维吉尔《农事诗》的范本。

据传赫希俄德还写了《神谱》一诗，但一些学者认为《神谱》大概不是他的作品。这首诗主要描写宇宙的形成和诸神的世系与斗争，诗中关于宙斯和提坦神之间的斗争写得比较生动。

古希腊抒情诗有多种体裁，主要分为双行体诗、讽刺诗、琴歌（独唱琴歌和合唱琴歌）及牧歌。

双行体诗是古希腊抒情诗中最早产生的诗体。由于它用高亢的双管伴唱，节奏缓慢、平和，故有人把它称作“芦管诗体”，但通常称为碑铭诗体或哀歌诗体。双行体诗的第一行是六音步长短短节奏的史诗诗行，第二行虽也是史诗诗行，但第三音步缺少两个短音节，第六音步缺少一个长音节。

写双行体诗的古希腊诗人数量众多，难以一一列举。最早写双行体诗的诗人据传是公元前7世纪上半叶以弗所人卡利诺斯。但是最善于写双行体诗的诗人则当推西摩尼得斯（公元前556—前466），他曾经与悲剧诗人埃斯库罗斯比赛写诗，歌颂马拉松战役（公元前490）的英雄，获得胜利。他的诗风刚柔相济，其为温泉关之役（公元前480）中殉国的300名斯巴达健儿所作的墓志铭颇负盛誉。此外，公元前7世纪下半叶的提耳泰俄斯和明涅耳摹斯则分别擅长于写政治和爱情题材的双行体诗。雅典民主制度的创建者梭伦（公元前640—前558）也写过许多双行体诗。公元前6世纪中叶的贵族忒俄格尼斯据传写过1400行双行体诗。在亚历山德里亚时期，双行体诗多用于写爱情诗，其中最著名的诗人是菲勒塔斯（公元前340？—？）。此外，公元前1世纪上半叶的墨勒阿格罗斯亦长于写双行体诗，其《花环诗选》中收有他的双行体诗130首。

古希腊讽刺诗源于民间的口头嘲讽，通常用短长格诗体写成，伴之以双管或竖琴，其节奏轻快、活泼，虽然音乐色彩偏淡，但更接近生活用语。讽刺诗多用于讽刺或诅咒。最著名的讽刺诗作者是阿耳喀罗科斯（公元前714？—前676？）。他的诗尖锐、有力。据说他曾写诗讽刺一位拒绝他求婚的姑娘及其父亲，竟使父女两人羞愤自杀。他的声望在古代曾高到与荷马齐名的地步。公元前7世纪下半叶的塞摩尼得斯所写讽刺诗虽有诗意，然品位不高，例如他写诗讽刺妇女，说她们是动物的后代。公元前6世纪的希波那克斯的讽刺诗则晦涩、粗俗，讽刺不分对象，甚至讽刺自己的父母。公元前6世纪之后，讽刺诗一蹶不振，渐趋衰落。

琴歌采用龟壳琴伴奏，其产生的时代与用笛子伴奏的歌曲同时或稍晚。古希腊的琴与中国古代的箜篌相似，可持于手中弹奏。琴弦最初有三根或五根者，后渐多至五到七根。琴歌又分为独唱琴歌与合唱琴歌两种。

独唱琴歌分节，各节的音步和节奏相同。合唱琴歌则分首节、次节和末节。首次两节的音步和节奏相同，全歌中所有的末节音步和节奏相同。

独唱琴歌抒唱的是个人感触，由诗人或歌手自弹自唱，故抒情味最浓。古希腊有三个诗人的独唱琴歌特别著名，他们是女诗人萨福、贵族阿尔凯奥斯和阿那克里翁。

萨福（公元前612？—？）出生在古希腊的莱斯博斯岛，是古希腊最杰出的女抒情诗人，在当时民主派对贵族的政治斗争中曾被迫流亡国外。她后来在故乡办了一所音乐学校，教授学生学习音乐和诗歌。萨福的抒情诗是配合音乐来歌唱或吟诵的。她一共创作了九卷诗，但留存下来的只有两首比较完整，其余都是一些断章残简。她用各种不同的体裁写诗，单从她留下的断章中就可以看出她使用过50种不同的韵律，各种韵律都洋溢着她的个性色彩。她的语言是比较地道的米蒂利尼方言。萨福诗大都描写缠绵悱恻的爱情，辞句艳丽无比，情调感伤，感情真挚。例如她的名作《致阿那克托里亚》，在描绘如火的激情方面可谓铭心刻骨，沉痛婉转的哀怨之情表现得无以复加。据说萨福是个同性恋者。她的许多诗均于1703年在罗马和君士坦丁堡被公开焚毁，罪名是有伤风化。她被看成是诗国中的女荷马，被柏拉图称为“名列第十的缪斯”，后来因失恋而跳岩自杀。萨福生前是一群女文学家、学者、诗人的首领。据说雅典的著名政治家和诗人梭伦希望“自己能学会萨福的一首歌后离开人世”，由此可知其声望之高。

阿尔凯奥斯（公元前620？—前570？）系米蒂利尼城贵族，是莱斯博斯岛出现的又一位大诗人，与萨福过从甚密，但声名略逊于萨福。当时米蒂利尼的贵族与僭主争夺权力，阿尔凯奥斯与萨福都卷入了这场斗争。阿尔凯奥斯后来被当权者驱逐出境，一生都在戎马生活中度过。雅典人攻打西格昂时，他曾参加过西格昂保卫战，后来又为反对民主的僭君麦兰克洛斯和他的继承者迈尔西罗斯而战。在独裁者辟塔科斯当政后，阿尔凯奥斯离开了莱斯博斯岛，流浪到埃及等地达15年之久，但最后获赦被召回国。在亚历山德里亚时期，阿尔凯奥斯的诗集尚有十卷存世，但现在只有很少一部分流传下来。他的作品大多数是应酬答和诗、政治诗、战争诗、饮酒诗和情诗。其中最多也是最具特色的是和饮酒相关的诗。他为人慷慨豪爽，爱纵情饮酒，同时终生不能忘情于政治，一旦失意，也容易变得消极颓唐。他的诗总体上洋溢着乐观的战斗精神和年轻人的朝气，不时流露出忧国忧民、缅怀故土的情思。他的饮酒歌名闻遐迩，谓之“轮唱体”，是在大家会饮时轮唱的，后来成为一种固定的诗体，为贺拉斯所袭用。阿尔凯奥斯行文流畅，自然优雅，音调和谐，凡所吟唱，大多发自内心深处。后世评论家认为，正是他和萨福的抒情诗使古希腊的抒情诗达到登峰造极的地步。

琴歌的另一位著名作者是**阿那克里翁**（公元前550？—前465？）[①]。他来自忒俄斯岛，因投靠若干王室、充当御用诗人及其他不光彩的行径而名声不佳。他留下六卷诗，歌唱醇酒和爱情，其中有独唱琴歌、双管歌和讽刺诗，但现在我们能看到的，只有一首讽刺诗的残篇和其他若干饮酒歌和爱情歌。他的作品通俗流畅，在希腊作家中独具一格，不同凡响。因此，不论在古代还是在后世，都有许多人模仿他的诗体，并称之为“阿那克里翁体”，例如16世纪的法国诗人龙萨和19世纪的意大利诗人莱奥帕尔迪就曾深受其影响。

合唱琴歌描写的题材较独唱琴歌要广泛，它涉及方方面面的社会生活，利于抒发集体的思想感情。合唱琴歌和舞蹈配合，可以载歌载舞，故颇为广大人民所喜爱。合唱琴歌的种类有颂神歌、日神颂、酒神颂、酒歌、少女歌、婚歌、葬歌、赞美歌和颂扬竞技活动中获胜者的胜利歌。

---

① 关于阿那克里翁的生卒年，各家说法出入太大。据《剑桥古典文学史·希腊文学卷》（英文版）1985年版第216页，则阿那克里翁生于公元前570年，死于前485年。

合唱琴歌最著名的作者是职业诗人**品达罗斯**（约公元前518—前442或438）（下简称品达）。品达出生于忒拜的贵族家庭，曾受教于雅典的一些著名音乐家，足迹几乎达到希腊所有的城市。希腊盛行体育竞技，而竞技活动又和敬神的节日结合在一起，所以品达的诗多歌颂神，歌颂奥林匹克运动会及其他泛希腊运动会上的竞技胜利者和他们的城邦。品达的诗集达17卷，其中的4卷竞技胜利者颂（共计45首诗）至今完整地保存着，其余诗集则只剩下残篇断简。他的早期成名作是《皮托竞技胜利者颂》第10首（公元前498）。品达歌颂氏族贵族的品德和理想，他认为神是全知全能的，具有完美的道德，人的本质是神赐予的，人死后的归宿取决于他们在世时的行为。他歌唱希腊人在萨拉米之役（公元前480）中获得的胜利，表现出一种泛希腊的爱国热情。他的诗风富丽堂皇，词藻华瞻，形式完美。品达的合唱歌对后世欧洲文学有很大影响，有人曾认为他是亚历山德里亚时代之后首屈一指的抒情诗人。罗马的贺拉斯给予他很高的评价。在17世纪古典主义时期，他被奉为"崇高的颂歌"的典范，弥尔顿、歌德等人都一度师承过他的风格。

其他的许多合唱琴歌作者亦值得一提。例如公元前7世纪中叶的阿克尔曼应是最早的合唱琴歌作者，他的风格柔美、雅致，喜爱讴歌爱情与大自然。阿克尔曼的弟子阿离翁则对酒神颂进行了改革，使歌队长和队员对唱，可惜其作品今已不传。斯特西科罗斯（公元前632？—前552？）以抒情笔调创作了许多神话故事，风格迹近荷马，据说有诗集达26卷。此外，公元前6世纪中叶的伊彼科斯和西摩尼得斯的外甥巴库利得斯都写过许多情感热烈或风格清新的合唱琴歌。

牧歌主要兴盛于亚历山德里亚时期，采用史诗体和双行体。一般认为忒奥克里托斯是最有名的牧歌作者。他的诗风缠绵旖旎，稍嫌雕琢，多取材于西西里岛的自然风光和牧人的欢乐生活。公元前3世纪上半叶的比翁和世纪中期的摩斯科斯则模仿忒奥克里托斯的风格写出了不少牧歌。

《伊索寓言》相传是公元前6世纪上半叶古希腊的伊索所作。传说中的伊索是古希腊忒雷斯地方的人，曾在撒摩司岛上做过奴隶。他虽然相貌丑陋，却绝顶聪明。希罗多德、亚里士多德、阿里斯托芬、普鲁塔克等作家都曾在他们的著作中提到过他。现在的伊索寓言大多是公元前4世纪到公元2世纪之间的一些古代作家收集整理的，其中较有名的，是公元2世纪的古希腊作家巴布里乌斯用格律诗改写的120余则伊索寓言。这个寓言诗集风行于世，寓言中有若干故事很可能来源于亚洲和非洲，但亦有一些学者认为伊索寓言只是后人托名之作，真伪如何，无从考证。

伊索寓言主要是通过一些动物的言行来寄寓道德教谕或教训。其中最著名的寓言故事有“狮子和老鼠”、“狐狸和仙鹤”、“兔子和乌龟”、“披着羊皮的狼”、“狐狸和葡萄”以及“牧羊人和狼”等。在“狮子和老鼠”这则寓言中，狮子代表着表面上的强者，老鼠代表着表面上的弱者。一只老鼠从一头睡在树荫下的狮子头上跑过，不幸惊醒了睡狮。气急败坏的狮子用其巨爪要将这只小老鼠毁掉，却经不起小老鼠的苦苦哀求，于是狮子放了它一条生路。后来狮子自己不小心掉进了猎人的陷阱，它又惊又怒，咆哮不已。小老鼠听见了狮子的叫声，于是赶来帮助狮子。它用嘴咬断了绳索，于是狮子得救了。这头强壮的狮子对它的小朋友的帮助感激不已。作为百兽之王，它不胜感慨：“有时候，最弱小者也可以救助最强者。”“狐狸和仙鹤”的寓意则是：惯于玩弄诡计的人不一定总是能得逞。一只狐狸邀请一只仙鹤去就餐，狐狸把汤盛在一个平底的盘子里。可怜的仙鹤长着长长的喙，只能把喙尖打湿一点儿。狡猾的狐狸假惺惺地表示歉意之余，把所有的食物吃个精光。仙鹤假装吃得很满意，它也邀请狐狸去吃饭。它把所有的食物都装在一个长颈瓶子里，这次仙鹤的长喙可以随心所欲地享用食物，狐狸却只能舔舔瓶颈而已。伊索寓言的思想性颇强，高度表现了人民的智慧。由于这种寓言形式短小精悍，形象生动，对后来欧洲作家们影响很大，常被后人模仿和引用。

第五节　古希腊戏剧

西方戏剧艺术肇源于古希腊戏剧。古希腊戏剧的兴盛有其深刻的政治、经济和文化背景。古希腊戏剧最繁荣的时期是公元前6世纪到公元前4世纪。这段时期内，地处海湾、交通方便的雅典在工商业方面日益发达，新兴的工商业奴隶主一时勃起。经济上的壮大势必要求政治上的权力，于是新兴的工商业奴隶主与旧有的土地贵族之间绵延了百余年的权力斗争有了新的结果，雅典终于建成了奴隶主民主制。国家不设国王，最高权力机构是全体公民大会。大会由公民抽签组成，称为"五百人大会"，可行使全体公民大会职权。由公民选举产生的"十将军"则组成公民大会决议的执行机构。这种民主制尽管排斥妇女、奴隶和外乡人，但毕竟赋予每个公民选举权和被选举权，因此，较之从前的奴隶主专制有更多的民主。国内政治上的这种进步还由于对外战争的胜利而得到加强。公元前5世纪初，希腊和波斯之间的经济和政治矛盾引起希波战争，希腊人在马拉松之役和萨拉米之役中获得重大胜利。战后，一些希腊城邦成立提洛海上同盟，以防御波斯侵略，同盟为雅典所控制。此后，雅典的经济和政治势力日益欣欣向荣。政治、经济、外交方面的节节胜利迎来了雅典的黄金时代，也迎来了古希腊文学的黄金时代。

在雅典奴隶主民主制的全盛期，民主制的领袖们大力提倡、鼓励戏剧的创作和演出。他们在雅典卫城修筑露天剧场，每年春秋两季举行盛大的戏剧比赛。剧作家一旦获奖，立刻身价百倍，受人钦敬。不但如此，国家还给公民发放看戏津贴，给演员一定的特权。当然，这样做的目的是很明显的，即对公民进行宣传教育。这种种有利条件，不但使剧场变成了古希腊文化活动的中心，也使它成了自由民主的政治讲坛，更重要的是，极大地促进了古希腊戏剧的繁荣。因此，希腊戏剧能够在西方文学史上取得辉煌的成就，绝不是偶然的。古希腊文学在此期间的主要成就是悲剧、喜剧以及与悲、喜剧相关的文艺理论。

古希腊悲剧起源于祭祀庆典活动。古希腊初民在祭祀酒神狄奥尼索斯时常常举行简单的合唱和对话庆典活动。狄奥尼索斯是宙斯和塞墨勒的儿子，罗马人称之为巴库斯。他是一个早产儿，他母亲塞墨勒在临终前生下他。宙斯把他放进自己的小腿内，直到满月才交给山林之神抚养。狄奥尼索斯本来是一个植物神，但由于擅长种植葡萄、酿酒和饮酒，并曾漫游各地，向人们传授技术，所以他通常被称为酒神，受到人们的爱戴。每年春秋两季，古希腊人都要祭祀他，讴歌他的苦难身世，颂扬他的冒险经历和传授技术的丰功伟绩。人们杀羊来祭奠，并将羊皮披在身上，头上戴羊角，装扮成半羊半人的样子，模拟酒神的侍从，围绕着神坛演唱酒神颂。这就构成悲剧的最初形式。故古希腊语的“悲剧”一词有“山羊之歌”的意思。后来，歌队的领队与其他人之间又产生了对话，这就使戏剧因素进一步增强。公元前560年，僭主庇西特拉图把酒神祭典搬到雅典城中，使这种发源于乡村的表演形式有了在日后戏剧舞台上大显身手的机会。

像所有的艺术形式一样，古希腊悲剧也经历了一个不断演变的过程。首先，在演出形式方面，由于古希腊悲剧脱胎于民间歌舞，因此最初的歌舞气氛特别浓厚，尤其是合唱歌队，在悲剧中占有很重要的地位。它渲染舞台气氛，活跃戏剧场面，充当戏剧角色，同时还是戏剧作者的代言人，代替作者交待剧情或对剧中人物、事件加以评论。演出换幕的时候，歌队在台前挡住观众的视线，使演员得以在后面从容换去面具，变成另一个角色出场，因此歌队此时又具有幕布的作用。其次，演出者的角色作用也经历了若干变化。最初的酒神颂是由歌队提出问题，由作者临时口占作答。所以诗作者实际上已经具有演员作用。公元前534年，一位名叫忒斯庇斯的诗人首次采用一个演员同歌队对话，并使他可以轮流扮演几个角色，戏剧的雏形由此成形，忒斯庇斯遂被称为“戏剧之父”。后来埃斯库罗斯和索福克勒斯先后将演员数目增加到两个、三个，戏剧形式于是渐趋完备。

古希腊悲剧大都取材于神话、英雄传说和史诗，所以其反映的事件和情调都很严肃。亚里士多德在《诗学》中专门讨论了悲剧的含义。他认为悲剧的目的是要引起观众对剧中人物的怜悯和对变幻无常之命运的恐惧，由此使感情得到净化[①]。悲剧中描写的冲突往往是难以调和的。人与命运之间，人与自然环境之间，人与人之间，人与社会之间，几乎无处不存在着尖锐的矛盾。这一切反映在古希腊悲剧中，构成种种惊心动魄、波澜壮阔的斗争场面。悲剧的主人公多半具有坚强不屈的性格和气贯长虹般的英雄主义精神。他们虽然在与命运或逆境抗争的过程中失败了，但其精神不可战胜。这一切赋予悲剧崇高悲壮的风格。严格说来，希腊悲剧所产生的戏剧效果并不是悲，而是一种具有人生哲理意义的困惑与恐惧之情，一种对剧中人物遭受苦难的深刻的同情。

古希腊悲剧中常常渗透一种命运变幻莫测、因果报应不爽的神秘主义因素，宣扬命运不可抗拒的思想，曲折地反映了古希腊人在理想与现实的冲突中产生的妥协意识倾向。但悲剧的主题毕竟是多样的，既反专制、反侵略，也反迫害、反邪恶，歌颂为自由和正义而斗争的英雄行为和爱国思想，具有鲜明的民主色彩。

古希腊悲剧具有布局简单、人物精练、性格鲜明、语言质朴、风格雅致的特点。由于发源于歌舞，诗人在其中具有举足轻重的地位，因此古希腊悲剧常有浓厚的抒情风味。

---

① 国内有的学者认为“净化”一词应译为“宣泄”、“陶冶”或“升华”。

古希腊悲剧的成就在公元前5世纪达到登峰造极的地步，当时的悲剧诗人可谓群星璀璨，创作的作品之多，令人瞠目结舌。除了上面提到的“戏剧之父”忒斯庇斯，有许多悲剧诗人值得一提。例如科里洛斯，曾写过160个剧本，他也是第一个采用面具的诗人，有了面具，一个演员就可以轮流扮演几个人，戏剧性由此大大增强。又例如普拉提那斯，曾写过50部剧本，其中的32部为羊人剧。另一个悲剧诗人佛律尼科斯则是第一个在剧中引进女演员的诗人。他的悲剧《米利都的陷落》是一部名副其实的悲剧，曾使观众为之声泪俱下，但诗人却恰恰因此被罚款，因为古希腊悲剧重在严肃性，并不鼓励无节制的悲哀。这一时期最著名的三大悲剧诗人则是埃斯库罗斯、索福克勒斯和欧里庇得斯。其余值得一提的悲剧诗人还有涅俄佛戎，曾写过120部剧本，其中一部是《美狄亚》。另一个是伊翁，曾写过40部剧本。古希腊悲剧在公元前4世纪衰落，这大概与当时雅典民主政治的衰落相关。他们之后，有两位悲剧诗人须提一下，他们是阿斯提达马斯和开瑞蒙，前者写了240个剧本，后者写了160个剧本。阿斯提达马斯的《帕忒诺派俄斯》颇负盛名，雅典人因此为诗人立了一个铜像。

埃斯库罗斯（公元前525—前456）是古希腊最伟大的悲剧作家。关于埃斯库罗斯的青年时代，我们所知甚少。相传他出生并成长于雅典西北的埃琉西斯。公元前501或前500年左右，雅典重新掀起重大的狄奥尼索斯戏剧竞赛活动。根据现有的记载，埃斯库罗斯参加了这一规模巨大的竞赛活动。他第一次获奖是在公元前484年的雅典剧院中，那时他的年龄是41岁。埃斯库罗斯对古希腊悲剧发展的一个重大贡献是把第二个演员引进到戏剧表演中来。这一引进打破了过去希腊戏剧中只有一个演员和合唱队共同演出的传统模式。演员的增加为戏剧情节的发展和戏剧道白的丰富多彩提供了可能和便利的条件，这为后世戏剧的繁荣兴旺从形式上打开了局面。埃斯库罗斯第一个采用故事连贯的三联剧（或称三部曲）

形式，即三部剧作具有内在联系，但又相对独立成篇。现存的埃斯库罗斯剧作中，只有《俄瑞斯忒斯》属于完整流传下来的三联剧，其余的三联剧都已不完整。

此外，埃斯库罗斯还在服装和道具方面大胆创新，使用许多具有异域风格和令人恐怖的服装和面具，创造出非同寻常的舞台效果。像当时的许多剧作家一样，埃斯库罗斯也亲自参加他自己的大多数作品的演出。由于第二个演员的引入，合唱团的作用和地位在埃斯库罗斯的剧作中有所削弱。

埃斯库罗斯死于西西里的哥拉，享年69岁。在他死后，雅典人史无前例地宣布他的戏剧可以重新参加节日竞赛，并授予他"悲剧之父"的称号。埃斯库罗斯已知剧名的80部剧作中有52部获得过一等奖，然而只有7部传世，它们是：《俄瑞斯忒斯》三联剧（《阿伽门农》、《奠酒人》和《复仇女神》）、《乞援人》、《波斯人》、《七将攻忒拜》和《普罗米修斯》。《波斯人》原是三联剧《菲尼乌斯》中的一部，主要反映希腊的卫国战争。这是现存的埃斯库罗斯剧作中唯一的以现实为题材的悲剧。这一剧本的现实性基础在于剧作者埃斯库罗斯曾亲自参加过剧中描写的希腊人在萨拉米湾击溃波斯舰队的惊险战役。诗人在剧中颂扬了希腊人的爱国热情，抨击了波斯王朝的专制，从而陪衬了雅典的民主与自由精神，展示了侵略者必败的图景。剧本自始至终使人感到诸神是站在希腊人一边的，傲慢的波斯王朝之所以失败，主要在于神，尤其是宙斯对他们的惩罚。这种由诸神决定王朝兴衰的观点被一些批评家看作是这个剧本的不足之处。

《七将攻忒拜》则是三联剧《莱奥斯》中的一部，其余两部均失传。此剧写俄狄浦斯的两个儿子厄特俄克勒斯和波吕涅克斯争夺王位的故事。悲剧中的波吕涅克斯被看作叛国贼，为了夺得王位竟不惜与外邦人串通，带领外国军队攻打忒拜。而厄特俄克勒斯则被描写作正义的一方，与人民一道保家卫国。一些学者认为，埃斯库罗斯借用剧中人物波吕涅克斯影射了当时雅典和斯巴达的一些卖国求荣的叛徒，尤其是影射了当时曾企图利用波斯入侵的机会进行复辟的希庇阿斯。此外，剧本流露出明显的因果报应的观点：俄狄浦斯曾犯过杀父娶母的弥天大罪，因而祸及子孙，使两个儿子厄特俄克勒斯和波吕涅克斯兄弟相残，双双死于非命。就艺术形式而言，《七将攻忒拜》在埃斯库罗斯的创作中占有较为重要的地位。剧本在内容与形式的结合方面达到了一种高度的完美，可与同时代人索福克勒斯的《俄狄浦斯王》相媲美。剧本中第一演员、第二演员与合唱队的关系显示出一种必然性的命运关系。就现存的古希腊悲剧而言，这也是唯一的作此种艺术处理的剧本。

《乞援人》是三联剧《埃及人》中的一部。此剧通常被看成是埃斯库罗斯最早的剧作，其创作期在公元前490年左右。故事写利比亚王达拉乌斯的50个女儿不愿嫁给她们的50个堂兄弟，遂与父亲一起弃国渡海，逃到阿尔哥斯避难，而50个堂兄弟则尾追不舍。她们乞援于阿尔哥斯国王庇拉斯各斯。国王当时处于进退两难的境地：如果他保护达拉乌斯王的女儿，则必与埃及人反目，酿成战争；如果他拒绝保护她们，则将冒宙斯神问罪的危险。庇拉斯各斯决定由阿尔哥斯人民来对此作出裁决。但此时埃及战船上的一个传令官赶到，想要强行掳走达拉乌斯的女儿。阿尔哥斯王挽救了这些女子。当然，这样一来，他与埃及人之间的战争亦势不可免了。阿尔哥斯国王的民主作风赢得了诗人的赞赏，但是诗人亦认为，如果国王在一切条件下都听任民主制，又有可能陷入作茧自缚的境地。此剧还从一个角度让我们了解到古希腊时期的血亲通婚制及其趋于瓦解的迹象，具有重要的史料价值。《乞援人》中有一段颂歌特别值得一提。该颂歌长度达整个剧本的六分之一。我们一般总把埃斯库罗斯看作一位伟大的宗教诗人，但是这首颂歌使我们认识到他也是一位伟大的戏剧抒情诗人。在这首颂诗中，诗人绝少哲理性议论或宗教性说教，而是调动了若干精妙的韵律手段，悠闲自在、轻歌曼舞地演唱了约140行诗。从这一点，我们可以窥见古希腊观众已经有着很高的音乐、戏剧和舞蹈艺术修养，可以在戏剧开始的时候，并不急于看到人物登场，而是悠闲自得地慢慢欣赏并无情节与戏剧人物的歌舞。

《俄瑞斯忒斯》三联剧标志着埃斯库罗斯在戏剧创作上取得的最伟大的成就，也可以说是古希腊戏剧中一部最成功的代表作。剧本结构宏伟，超凡脱俗，语言颇具力度，富于早期剧本的抒情魅力，人物形象亦鲜明生动。三联剧中的第一部《阿伽门农》写希腊联军统帅阿伽门农在远征特洛伊胜利归来之后，却被他的妻子克吕泰墨斯特拉及其姘夫埃吉斯托斯合谋杀死。起因在于阿伽门农最初率军远征特洛伊时，遇海上逆风，无法开航，阿伽门农只好忍痛杀了自己的女儿伊菲格涅亚来祭献女猎神阿尔特弥斯，以平息神怒，获得顺风。克吕泰墨斯特拉杀死阿伽门农是为自己的女儿报仇；埃吉斯托斯与她合谋则是因为阿伽门农的父亲阿特柔斯曾经杀他的两个哥哥来款待他的父亲提埃斯提斯。第二部《奠酒人》则又轮到克吕泰墨斯特拉自己亲生的儿子俄瑞斯忒斯为父亲阿伽门农复仇。俄瑞斯忒斯杀死了自己母亲的奸夫埃吉斯托斯之后，又杀死了自己的生母克吕泰墨斯特拉。到了第三部《复仇女神》的时候，克吕泰墨斯特拉的亡魂找到复仇女神，请求她杀死自己的儿子俄瑞斯忒斯，为自己报仇。俄瑞斯忒斯苦于被复仇女神追逐，于是跑到雅典娜女神神庙求援。雅典娜乃与由12个雅典公民组成的陪审团一同来审理此案。复仇女神在法庭上控告俄瑞斯忒斯犯了杀母之罪，要求将之处以极刑。但阿波罗神却为之辩护，说杀死克吕泰墨斯特拉本是主神宙斯的意思，俄瑞斯忒斯只是奉命行事而已，不可将之定罪。双方遂就杀夫罪与杀母罪孰轻孰重展开了大辩论。雅典娜命令陪审团裁决，而陪审团内12人的投票结果刚好是6比6，于是无法断案。此时，身为庭长的雅典娜投了赦罪一票，遂赦免了俄瑞斯忒斯。

《俄瑞斯忒斯》三联剧在欧洲文学史上具有特殊重要的意义。这不仅因为它是古希腊悲剧中仅存的完整的三联剧，还因为它以高超的艺术形式表现了血族复仇这一古老的氏族习俗必须代之以法律。阿伽门农这一家族几代人冤冤相报、代代复仇，每个复仇者刚报了自己的仇，就成为别人复仇的对象，最终造成自己的悲剧，同时又埋下了新的杀机，恶性循环，没有止境。复仇女神对杀人犯采取报复行为，依据的是古老的氏族伦理原则，并由此维护了母权制；雅典娜则主张对罪犯进行审讯，考察他杀人的动机，体现了一种民主精神，并由此维护了父权制，客观上反映了父权制战胜母权制的社会演化进程。家族仇杀行为诉诸法律裁判，这意味着野蛮的人类社会开始演变为一种具有法治精神的社会。

《普罗米修斯》三联剧是埃斯库罗斯创作的剧本中最著名也是影响最大的作品。三联剧分别是《被缚的普罗米修斯》（公元前479—前478）、《被释放的普罗米修斯》和《带火的普罗米修斯》。后两部剧作已失传。《被缚的普罗米修斯》取材于古希腊神话。普罗米修斯曾是十二提坦神之一。他为了造福人类，勇敢地从天上盗取火种送给人类，引起天神宙斯的震怒。宙斯派遣威力神和暴力神用铁链将他锁在高加索山的悬崖峭壁上。海神俄刻阿诺斯的女儿们赶来安慰普罗米修斯。普罗米修斯向她们讲述了自己如何得罪宙斯而遭受苦难的原因。宙斯原是借助于普罗米修斯的帮助才推翻他自己的父亲而登上王位的，但一旦夺得天上神权，宙斯便想毁灭人类，所以决定严惩盗取天火拯救人类的普罗米修斯。海神俄刻阿诺斯劝普罗米修斯屈服认罪，被普罗米修斯拒绝。半疯的女人伊娥跑来向普罗米修斯倾诉自己的苦难遭遇：她曾被宙斯诱奸，又受到赫拉的迫害而变成牛，四处飘零。普罗米修斯预言她会最终恢复人形，她的后代将解放普罗米修斯。普罗米修斯在赫希俄德的《神谱》中只是一个小神，他之所以敢于对抗宙斯，除了他那种蔑视强暴、不怕牺牲的大无畏精神外，还有两个重要原因。其一在于他是永生不死的；其二在于他知道有关宙斯的一个秘密：宙斯与某一位女神所生的后代将最后推翻宙斯。宙斯千方百计想知道这个秘密的谜底，但是普罗米修斯坚决不透露，并讽刺、嘲弄宙斯及其使者。宙斯用老鹰每日啄食他的心肝，用雷电将他打入地狱。然而普罗米修斯为了人类的幸福而甘愿忍受一切难以忍受的苦难。

《被缚的普罗米修斯》是希腊悲剧中主题最崇高、风格最雄伟庄严的作品之一。普罗米修斯与宙斯的冲突象征着人权与神权的冲突和民主精神与专制暴力统治的冲突。剧本用全宇宙来寓指小小的雅典城邦，把民主派和寡头派表现为超人的神明，把民主斗争提升到关系人类命运的高度，表现了为正义事业而斗争的高尚精神和雄伟气魄。全剧富于哲理和肃穆气氛，探讨了人类最高最美的道德规范。普罗米修斯为谋求人类幸福而斗争、为争取民主自由而反抗暴政的情节，体现了雅典平民反对僭主专制、渴望圣明君主治国的良好愿望。

普罗米修斯为人类带来了光明，为人类发明了各种技艺，为人类而忍受专制暴君的一切凌辱和惩罚。他所做的一切都出自他自己内心深处："我是自愿的！"普罗米修斯鄙视一切暴政的大无畏精神和乐观主义信念来自他手中掌握着的真理。他坚信暴君必定会被推翻；他自己一定会得到解放。剧本热情颂扬了他不畏强权、视死如归的精神。作为民主派的象征，普罗米修斯成了诸神中最伟大的英雄形象，也是人类自身崇高品质的化身。

剧本同时鞭挞了天上的暴君宙斯。他恩将仇报，淫邪专横，刚愎自用，残忍暴戾，是人类现实社会中暴君的缩影。就古希腊的历史现实而言，宙斯这个形象生动地影射了当时雅典僭主。剧本中的其他人物形象也栩栩如生。例如威力神的冷酷、傲慢，赫淮斯托斯的奴才性格，俄刻阿诺斯的世故圆滑等，都刻画得十分生动。伊娥作为被侮辱被损害的女性形象也赢得了观众的一掬同情之泪。在对诸神的态度上，埃斯库罗斯的

《普罗米修斯》代表了人类对天神的谴责，不仅残暴的宙斯受到了强有力的抨击，其他诸神也受到了程度不同的讽刺和嘲弄。

《普罗米修斯》被某些学者看作是人类最伟大的两篇诗剧之一。[①]《普罗米修斯》的合唱队，无论在其特色方面，还是在其戏剧性的合情合理方面，也许是希腊舞台上最出色、最令人满意的。尤其是剧中的歌曲，传达了一种动人心魄的伤感情绪，其精妙可谓无与伦比。当然，就艺术形式而言，《普罗米修斯》也是有缺陷的，例如结构太简单，动作太少，独白和合唱占的比例太大，场与场之间的联系不够紧密等。这些缺点其实也是很多古希腊戏剧的缺点，如果我们明白古希腊戏剧主要是一种诗体戏剧的话，则这种缺点就不值得奇怪了。

《普罗米修斯》三联剧的第二部《被释放的普罗米修斯》和第三部《带火的普罗米修斯》都已失传。据说，在第二部《被释放的普罗米修斯》中，宙斯为了摆脱他父亲克洛诺斯关于他将被推翻的诅咒，同普罗米修斯和解了。而第三部《带火的普罗米修斯》开始时，已经是三万年之后。合唱队员都扮成了提坦诸神。雅典人进行了对普罗米修斯的崇拜仪式和火炬游行，表现出对人类社会进步的信心。

埃斯库罗斯进行创作之时，古希腊悲剧尚处于早期阶段，所以他可以说是古希腊悲剧的真正创始者。从戏剧艺术形式而言，他增加了一个演员，使古希腊戏剧真正朝着戏剧性方向大大跨进了一步。他首先采用三联剧的悲剧形式，使戏剧故事的长度和连续性有了适当的艺术载体；同时，三联剧形式又为各单部剧的相对独立性开拓了空间。剧作家在照顾到各剧之间的有机联系的同时，又可以自由发挥。显然，作为一种诗体剧来说，这是非常有利于戏剧诗人们使用的。他还首先采用了画景、高底靴、

---

① 另一篇是雪莱的《解放了的普罗米修斯》。见吉尔伯特·默雷：《古希腊文学史》，上海文艺出版社，1983年，第233页。

定型面具和鲜明艳丽的服装。可以认为，正是由于埃斯库罗斯，古希腊悲剧才有了较为完备的形式。埃斯库罗斯笔下的人物多半意志坚定、雄伟高大，然而性格比较单一，很少变化。埃斯库罗斯戏剧的情节不够复杂，但也颇具感染力。歌队在埃斯库罗斯的剧中占有重要的地位，一方面推动剧情的发展，另一方面使剧中自始至终保持浓厚的抒情气氛。埃斯库罗斯的诗句庄严、雄浑，夸张色彩甚浓；他的语言优美，词汇丰富，比喻奇特，但有时显得堆砌。埃斯库罗斯在世时颇受崇敬，死后被雅典人追封为古希腊“悲剧之父”。但在后来的时代里，他的影响并不太大。从19世纪起，他的作品才受到广泛重视。

索福克勒斯（公元前496—前406）是雅典奴隶主民主国家全盛时期的悲剧作家，出生于雅典西北郊的科罗诺斯，父亲是个兵器作坊主，早年曾受很好的教育，擅长音乐、体育及舞蹈。公元前480年，希腊人于萨拉米之役击败波斯人后，年轻的索福克勒斯曾被选为庆祝胜利的朗诵队领队少年。他的一生大抵是平静而成功的，先后曾与贵族派领袖客蒙、工商业民主派领袖伯利克里交往甚密。索福克勒斯在政治上是个温和的民主派，两次担任将军一职，曾被选为雅典十将军之一，任期内为重新修订雅典宪法作过努力。诗人在27岁时首次参加悲剧竞赛，即战胜了著名的埃斯库罗斯，并保持这一荣誉20多年，共得过24次奖赏。阿里斯托芬赞他“生前完满，身后无憾”①，因为他所取得的巨大成就和荣誉，人们认为他是个宁静幸福的人；然而却很少有作家如他一样深刻而真实地抒写了人的痛苦与冲突。

索福克勒斯一生写过120到130部剧作，然而仅有七部完整地流传下来。这七部悲剧分别是：《埃阿斯》（公元前442？）、《安提戈涅》（公元前442？）、《俄狄浦斯王》（公元前430）、《厄勒克特拉》（公元前418—前

---

① 《蛙》，1.82。

414）、《特剌喀斯少女》（公元前413）、《菲罗克忒特斯》（公元前409）和《俄狄浦斯在科罗诺斯》，最后一部于公元前401年上演，赢得了头奖。

现存七部悲剧中最有名的是《俄狄浦斯王》和《安提戈涅》，皆取材于忒拜系统的英雄传说。《俄狄浦斯王》是索福克勒斯的代表作。忒拜国王拉伊俄斯受到神示，说他将为亲子所杀，于是抛弃了自己的婴儿——俄狄浦斯，这婴儿被科任托斯国王收为养子。俄狄浦斯长大后从神示得知将杀父娶母，为逃避这可怕的命运而逃离科任托斯。在路上他与一队路人发生争执，打死了为首的老人和卫士，仅一人活着逃走。这老人正是忒拜国王，俄狄浦斯的生父。其后，他来到忒拜，猜破了狮身人面怪兽斯芬克斯的谜语，为忒拜城解除了灾难，遂被拥戴为王，又娶了前王的王后伊俄卡斯忒，她正是俄狄浦斯的生母。过了几十年，忒拜发生瘟疫，神示说，必须严惩杀死前王的凶手，瘟疫才能消除。为了忒拜民众，俄狄浦斯王设法查访凶手，终于发现凶手就是他自己，于是真相大白，杀父娶母的预言应验了。伊俄卡斯忒自杀，俄狄浦斯王悲愤欲狂，刺瞎双目，请求放逐。

《俄狄浦斯王》被公认为希腊戏剧的典范。在情节结构上，此剧所表现出的高度艺术技巧可与《伊利亚特》相比照，诗人也因此被称为“戏剧艺术的荷马”。故事题材非常错综复杂，但诗人以高度的概括能力把问题集中在忒拜王宫前一处，在很短时间内就把矛盾层层揭示出来并加以解决。故事的绝大部分放在剧情以外，由剧中人转述出来。剧作的主线是俄狄浦斯追查杀老王的凶手，通过剧中人物对话来把整个神话抽丝剥茧般地展开。诗人主要通过五个人陆续上场交代五个关键性的情节：克瑞翁带来预言、忒瑞西阿斯被迫说出凶手名字、伊俄卡斯忒劝慰国王时泄露老王被杀地点、科任托斯使者说明俄狄浦斯不是科任托斯王后亲生和老王仆人证明他曾把婴儿俄狄浦斯交给一个牧羊人，即眼前这个科任托斯使者，从而把全部矛盾一一揭开。悲剧的地点、时间和人物处理简明扼要，反映出诗人在题材的剪裁与提炼上具有深厚的艺术功力。

《安提戈涅》的故事发生在“七将攻忒拜”之后。安提戈涅的哥哥波吕涅克斯借岳父的兵力回国和他的兄弟厄特俄克勒斯争夺王位，结果兄弟俩自相残杀而死。克瑞翁以舅父的资格继承王位，他宣布波吕涅克斯为叛徒，不许埋葬他的尸体。克瑞翁是国王，他的命令任何人也不得违抗，但是按照当时不成文的神律，埋葬亲人是必尽的义务，因此安提戈涅不顾禁令，把哥哥埋葬了。克瑞翁被触怒，下令把安提戈涅处死，安提戈涅在囚禁她的墓室里自杀。克瑞翁的儿子海蒙，同时也是安提戈涅的未婚夫，则以自杀反抗父亲的暴虐。

索福克勒斯生活在一个充满了政治和经济矛盾的动荡时期。他的中年虽值雅典最繁荣的时期，但城邦已潜伏着深重的危机。公元前431年，雅典集团和斯巴达集团由于经济和政治矛盾而引发了内战，史称“伯罗奔尼撒战争”。这场战争延续了27年之久，以雅典的挫败告终。从索福克勒斯的剧作，我们可以间接窥见当时的时代风貌。

索福克勒斯对于民主精神是肯定的，对反民主的僭主是反对的。安提戈涅的勇敢行为反映了人民反抗暴君的意志，她虽为一个弱女子，但敢于反抗克瑞翁的命令，埋葬被暴尸于荒野的哥哥波吕克涅斯，她因此而被处死，却获得了道义上的胜利。诗人高度赞美了安提戈涅的善良，对她赋予极大的同情。索福克勒斯悲剧中的英雄人物具有坚强的自由意志，敢于同强敌和命运作斗争，这曲折地反映出剧作家所处时代崇尚英雄主义的精神。

索福克勒斯的悲剧往往被称为“命运悲剧”，如《俄狄浦斯王》的主题即可概括为个人意志和行为与命运的冲突。俄狄浦斯竭力逃避杀父娶母的命运，终于失败了。他是个聪明诚实、关心城邦幸福的国王，有坚强的意志，积极行动并勇于承担责任；他真诚地想为城邦消灾弭祸，却导致自己的毁灭；他竭力反抗可怕的命运，而命运的罗网却将他越缠越紧。索福克勒斯生活在奴隶制城邦盛极而衰的时代，曾经过辉煌发展的雅典面临民主制的衰落。社会的动乱，自由民内部的贫富分化与矛盾激化，奴隶的大规模逃亡与起义，使人们感到无法对付，于是产生一种惶惑不解、事与愿违的沉重心情和无能为力的悲愤情绪。这也是《俄狄浦斯王》一剧沉重的悲剧气氛的思想基础和社会背景。

索福克勒斯进一步革新发展了悲剧艺术，继埃斯库罗斯之后，把合唱颂歌彻底变为戏剧。他的悲剧侧重于写人而非写神，着力描写人物的个性遭遇，不再采用三部曲的形式。他善于描写人物，常采用对照的手法，使人物性格格外鲜明，并使其成为戏剧的推动力，如安提戈涅的倔强性格即推动了剧情的发展。他善于安排戏剧情节，使悲愤气氛步步加强，从而把剧情推向高潮。此外，他的评论简朴有力，富于抒情色彩。在悲剧的表演方面，他把演员增至三人，并且更多地使用舞台布景。索福克勒斯的戏剧结构复杂、严密、自然，布局紧凑、完美，曾受到亚里士多德的高度赞赏。

欧里庇得斯（公元前485？—前406？）是雅典奴隶主民主国家危机时期的悲剧作家，出生于阿提卡拥有土地的贵族家庭，少年时期学过摔跤和拳术，在运动会上得过奖。他从未担任任何官职，但一直细心地观察思考当时的现实，对于政治经济、社会生活、家庭问题等，均有自己的独到见解。他还醉心于哲学，深受诡辩派哲学思想的影响。他在悲剧里提出了许多问题，诸如神性与人性、战争与和平、民主、妇女、家庭以及奴隶的问题，因而被称为“舞台上的哲学家”。同时他也是三大悲剧作家中反映现实生活最具体、最真实的一位。晚年，他反对侵略战争，反对雅典对盟邦的暴政，对神表示怀疑，以致雅典当局不容他，于公元前409年离开雅典，辗转来到马其顿国王的宫廷，最后客死他乡。

欧里庇得斯25岁时首次参加悲剧竞赛，但直到公元前441年，诗人39岁时才第一次获奖。他一生写有80至90部剧，只有18部流传下来，另存有55部其他剧的残篇。18部完整的戏剧分别是从公元前438年至公元前405年左右创作的，它们是：《阿尔刻提斯》、《美狄亚》、《希波吕托斯》、《赫拉克勒斯的儿女》、《安德洛玛刻》、《赫卡柏》、《疯狂的赫拉克勒斯》、《请愿的妇女》、《伊翁》、《特洛伊妇女》、《伊菲格涅亚在陶里斯》、《厄勒克特拉》、《海伦》、《腓尼基妇女》、《俄瑞斯忒斯》、《伊菲格涅亚在奥利斯》、《酒神的伴侣》（死后上演）和《圆目巨人》。

欧里庇得斯所处的时代是雅典由表面的繁荣走向内部危机日益深重的动荡时代。尤其在伯罗奔尼撒战争爆发后，各种矛盾日益尖锐，经济的破产，一般平民的贫困化，人们信仰的危机和道德的沉沦，终于使雅典城走向崩溃和灭亡。在欧里庇得斯的剧作中，我们可以经常感觉到剧作家对希腊的政治现实持怀疑和否定的态度。

《特洛伊妇女》描写特洛伊城被攻破后女俘们的悲惨命运。这是欧洲文学史上第一部反映侵略战争后果的作品，将荷马史诗中充满英雄主义色彩的特洛伊战争描述为残酷野蛮的战争。剧中气氛十分悲惨，城被焚毁，男子被杀绝，妇女沦为奴隶。赫克托耳的母亲、妻子和一个妹妹都成了奴隶，另一个妹妹作为死人的祭品惨遭杀戮，他的幼子也被扔下城墙摔死。诗人借用传统的神话传说，影射他所处的时代；用被摧残者的痛苦来谴责侵略战争的罪恶。诗人借海神的嘴来警告雅典人，并预言了雅典城邦的崩溃："你们这凡间的人真是愚蠢，你们毁了别人的都城，神的庙宇和死者安眠的坟墓，你们种下了荒凉，日后收获的也就是毁灭啊！"

欧里庇得斯创作的另一主题是家庭问题，主要是妇女问题。流传下来的18个剧本中，有12篇是以妇女为主要人物的。其中以《美狄亚》、《特洛伊妇女》、《希波吕托斯》等的妇女形象塑造最成功。在氏族社会瓦解时期，妇女地位还是比较高的，但到了公元前6世纪至前5世纪期间，婚姻制度逐渐固定为一夫一妻制，妇女开始被禁闭在闺阁中，一般不得参加公众活动，更说不上享有政治权力，地位已接近奴隶。而事实上，男子却可以胡作非为，不受道德法律的约束。美狄亚在剧中痛心地说："在一切有理智、有灵性的生物当中，我们女子算是最不幸的。"

《美狄亚》一剧集中地表现了作者对受压迫的妇女的同情。公元前431年首演时，此剧在比赛中只得了三等奖，但这个剧本从古到今都被认为是最动人的悲剧之一。美狄亚是个野蛮国家的公主，她为了和伊阿宋的爱情，帮助他取得金羊毛，背井离乡随他来到希腊，同他结了婚并生有两子。伊阿宋也曾信誓旦旦，表示要终生爱她，永不变心；然而结婚几年后，却要把美狄亚遗弃，另娶科任托斯国王的女儿格劳刻为妻。科任托斯国王克瑞翁还要将美狄亚驱逐出境，尽管她苦苦哀求也无济于事。美狄亚愤怒而生报复之念。她让两个孩子把一件浸染毒药的新衣送与新娘格劳刻，新娘着衣立即死去，国王克瑞翁也抱着女儿中毒身亡。之后，为了惩罚伊阿宋，让他没有后嗣，美狄亚又在极度痛苦中杀死两个孩子，然后乘龙车逃往雅典。

诗人在刻画美狄亚的性格时并没有把她简单化，他把美狄亚表现为一个既能刚又能柔；既富于感情又富于理智；既热情又残忍；既可爱又可怕；既暴躁又温和的矛盾统一体。她对忘恩负义的丈夫决不妥协；她对克瑞翁恨之入骨，但为复仇却能强作欢颜，婉言请求在科任托斯再留一夜。她爱伊阿宋时愿为他牺牲一切，然而在被抛弃后，她的报复是最残忍不过的。她恨时暴跳如雷，但面对科任托斯妇女们却和蔼可亲，言语颇为得体。美狄亚是个高傲倔强的被侮辱、被损害的女人形象。她的犯罪是被迫的，因而可以引起观众的恐惧和同情。但作者并没有把她过分美化，或赞同她残忍的行动。

此剧的结构概括集中，故事绝大部分由美狄亚的保姆在开场中交代清楚，剧中的动作都集中在美狄亚的住所前面，限制在很短时间内，非常扼要。对于女主人公性格鲜明、生动、复杂的描写，既表现了美狄亚的个性特征，又反映了当时一般希腊妇女受压抑的共性特征，已具典型化的雏形。

欧里庇得斯接受了当时诡辩派的怀疑主义思想，对宗教信仰持怀疑态度。《伊翁》、《厄勒克特拉》、《酒神的伴侣》等剧都对神加以攻击。“神”在埃斯库罗斯的剧中是一切权力的象征，在索福克勒斯的剧中仍居有重要位置，但在欧里庇得斯的剧中则成了不公正的、报私怨、捉弄人或喜怒无常的形象。埃斯库罗斯和索福克勒斯描写的是理想中的英雄人物，而欧里庇得斯描写的是现实生活中活生生的人。

欧里庇得斯是民主政治的信奉者，他认为全体公民在法律面前一律平等，人人都应有发言权（《请愿的妇女》）。他憎恨富人的贪婪残暴，同情贫苦的人，对于奴隶所受的压迫和虐待十分愤慨，在《伊翁》一剧中借一个老家人的嘴说：“奴隶身上只有一样东西不体面，这就是奴隶这名称。”

欧里庇得斯使悲剧接近了生活，尽管他的戏剧取材于神话，但反映的是他同时代的生活。在创作手法上，他有两大贡献：写实手法和心理分析。心理描写和展示人物内心的斗争是欧里庇得斯的前辈所没有尝试过的。如《美狄亚》中女主人公的炽热感情和激烈的内心冲突，通过人物的对话和独白，深刻而鲜明地呈于读者眼前。

在欧里庇得斯的悲剧里，歌队已失去重要性。有的悲剧呈大团圆的结局，因为作者在悲剧中加入了喜剧成分；有的甚至带有一种浪漫情调与闹剧气氛，显示了希腊戏剧艺术的新发展。欧里庇得斯的语言自然流畅，但受诡辩派雄辩术的影响，他的剧中有时充满冗长的说理和雄辩。此外，欧里庇得斯不大注重戏剧的结构，有的剧各场之间缺乏紧密的必然联系，尤有两点遭到批评家的指责。一是“开场白”，由一个剧中人先说明剧情；二是诗人往往请出一位“解救天神”来解决临近剧终时的纠纷。现存18出悲剧中，9出出现了“解救天神”。由于思想较新，对当时社会批判又多，欧里庇得斯不大为同代人所了解，死后的名声却很大。他的戏剧对希腊化[①]时期的新喜剧、罗马文学和后世欧洲文学都有很大影响。

古希腊喜剧起源于祭祀酒神的狂欢歌舞和民间滑稽戏。这种滑稽戏产生于墨加拉城邦民主制建立时代（公元前600年左右），后来流传到阿提卡，具有了诗的形式，成为喜剧。公元前487年，雅典正式确定在春季酒神节庆中增加喜剧竞赛项目。

希腊喜剧大半是政治讽刺剧和社会讽刺剧，产生于言论比较自由的民主政治繁荣时代。在内战期间，战乱频繁，城邦内部贫富对立加剧。当时民主权利虽然受到限制，但仍多少有一些言论自由，因此喜剧加强了批判性，得到进一步的发展。这时的喜剧称为“旧喜剧”，讽刺的对象是社会的著名人物，特别是当权人物。剧中人大半是普通人，角色比悲剧的多一些，每剧一般由六个部分组成：开场、进场、对驳场、评议场、插曲、退场，但也不十分严格。主题思想主要表现在对驳场中。斗争一方胜利之后是一些欢乐的场面，显示胜利带来的喜庆。

亚里士多德认为，喜剧是对丑的和滑稽的事件和人物的模仿，但是他有轻视旧喜剧的意思。实际上，旧喜剧的表现形式是轻松的，但它的意图是严肃的。喜剧作家善于利用日常生活中的琐事和滑稽、偶然事件，通过夸大来表现生活的本质，通过嘲笑起到教育作用。

公元前5世纪，雅典产生三大喜剧诗人：第一个是克拉提诺斯，第二个是欧波利斯，第三个是阿里斯托芬。只有阿里斯托芬传下一些完整的作品。

---

① 公元前338年，马其顿国王腓力二世大败希腊雅典与底比斯的同盟军而攻占了希腊。之后亚历山大大帝远征波斯、埃及等地，所向披靡，势力直达印度北部，建立了横跨欧、亚、非的大帝国。亚历山大死后，帝国陷于四分五裂，产生了许多小王国，这些小王国虽各自有自己地方风格的文化传统，但都在不同程度上受到希腊文化的影响，故史称这段时期（公元前4世纪末—前1世纪）为希腊化或希腊主义时期。

阿里斯托芬（公元前446—前385）是雅典公民，父亲在阿提卡附近有一块土地，阿里斯托芬继承了这块土地并得到一笔不大的收入。阿里斯托芬婚后有三个儿子，后来都成为中期的喜剧作家。阿里斯托芬的少年时代大概是生活在农村，因为他对农历和鸟类知识十分熟谙，其作品表现出对劳动的热爱，对大自然的敏感，对民间语言的偏好。阿里斯托芬的一生中大部分时间是在雅典度过的。他的创作运用了雅典人日常生活中无数的详细情节，为剧景的形式和剧情场面增添了鲜明的生活色彩。阿里斯托芬受过很好的教育，通晓古希腊文学与艺术，特别熟悉和喜爱荷马和赫希俄德的史诗、古老的宴会歌曲、流行的颂歌和同时代人的最新的悲剧。他始终是苏格拉底和柏拉图的朋友，在他死时，柏拉图曾替他写过一首墓志铭："美乐女神想要寻找一所不朽的宫殿，终于在阿里斯托芬的灵府里找到了。"阿里斯托芬生活的时代正值伯罗奔尼撒战争期间，雅典城邦正日渐衰落。公元前5世纪后半期，雅典的社会出现了新的分化——新兴的城市富豪（主要是作坊主、商人及高利贷者）和大量增加的城市贫民形成了两极。提洛同盟的建立（公元前478）使雅典成为上邦，拥有对盟邦的统治权。那时国内政治斗争激烈，一派以地主为主，倾向寡头政治，由尼喀阿斯领导；一派以工商界富人为主，实行激进民主政策，由克勒翁领导。现实中的斗争和动荡、各种社会和道德问题都在阿里斯托芬的喜剧中得到了体现。

阿里斯托芬从18岁时开始创作，一生中曾写过44个剧本，其中有4部据说是别人之作，但完整流传下来的只有11部，其余只保存着片断。他的剧本都是用别人的名字上演的。

阿里斯托芬的第一部喜剧《宴会者》（公元前427）曾获二等奖，该剧攻击了当时的高等教育。第二部喜剧《巴比伦人》（公元前426）曾得头奖，剧本成功地描写了一桩极引人反感的丑闻，讽刺以激进民主派领袖克勒翁为首的许多权势人物，因此他被克勒翁控以叛国罪。不过诗人最终摆脱了这场讼事。继《巴比伦人》之后，阿里斯托芬的喜剧提出了所有社会政治生活方面的基本问题，这些问题在伯罗奔尼撒战争的头十年里一直使雅典动荡不安，诸如战争与和平、雅典人和盟邦、民主派和它的领袖等。《骑士》（公元前424）是阿里斯托芬创作的真正的讽刺剧，曾得头奖。该剧反映了当时的内战史事。第二年，《云》上演，该剧批评以苏格拉底为典型的新文化，诗人认为这是他的得意之作，可却被克拉提努斯的《酒瓶》和阿墨普西阿斯的《柯诺斯》挫败，仅得了三等奖。阿里斯托芬写过一部以神话为题材的喜剧《鸟》，这是一部抒情优美、想象丰富的杰作，主题是逃避现实的苦恼生活。公元前414年，《吕西斯特拉特》问世，为了政治避嫌，通过一些秽亵来表现作品中妇女解放的主题。接着阿里斯托芬又写了《地母节妇女》，并于此后几年写了《兰姆诺斯的妇人》、《格立塔特斯》、《脱里法勒斯》等。值得特别提到的是，公元前406年欧里庇得斯之死激发诗人写出了《蛙》。这是以剧本形式作出的一篇文学批评，以夸张的形式表现了埃斯库罗斯和欧里庇得斯的创作信条。公元前392年《公民大会妇女》问世。《财神》是阿里斯托芬现存的最后一部作品，与以往以政治为主题的喜剧不同，这是一部纯粹的社会风俗喜剧。

《阿卡奈人》在公元前425年上演，曾获头奖。这一杰出的喜剧主张和平，矛头直指雅典的主战派。在开场中，狄开俄波利斯在雅典公民大会上主张议和，他派一个送信人替他自己一家同斯巴达人议和，这个人带回了议和酒，狄开俄波利斯欣喜若狂。受战祸最深的阿卡奈人（以合唱团形式出现）却指责他犯了叛国罪，用石头追打他。在对驳场中，狄开俄波利斯揭露了伯罗奔尼撒战争的原因，赢得了一半阿卡奈人的支持，于是另一半阿卡奈人请来了主战派拉马科斯，但狄开俄波利斯将他打败。插曲展示了和平的好处。拉马科斯再度出征。在退场中，拉马科斯拖着受伤的腿被两个士兵抬着上场，而在饮酒比赛中大获全胜的狄开俄波利斯由两个吹长管的女子陪伴上了场，得意洋洋。这部剧不仅仅是一部杰作，它还淋漓尽致地展现了阿里斯托芬的全部创作才华。它通过将雅典公民大会这样庄严隆重的场面写成夸张的漫画式的滑稽闹剧，展现了非常严肃的主题，即反对战争，主张各城邦团结友好，发扬马拉松精神。狄开俄波利斯是个典型的阿提卡农民，机智勇敢；而拉马科斯则是一个外强中干的愚蠢人物。

《鸟》于公元前414年问世，是阿里斯托芬的杰作之一，是古希腊现存的结构最完整的寓言喜剧，是乌托邦喜剧最壮丽的典范。《鸟》的主人公珀斯忒泰洛斯（意为可信仰的）和他的同伴欧厄尔庇得斯（意为有希望的）躲避喧闹而奔忙的雅典生活中的焦虑和不安，和一群鸟在天和地之间建立了一个"云中鹁鸪国"。这是一个理想社会，没有贫富差别，没有剥削。在艺术性方面，《鸟》无疑是阿里斯托芬最杰出的创作，也是欧洲文学史上第一部描写理想社会的作品。

阿里斯托芬是一位非常伟大的作家，被称为"喜剧之父"，他是一位带有"强烈倾向"（恩格斯语）的艺术家。他猛烈抨击希腊民族的自相残杀、雅典对盟邦的高压手段、政治煽动家的愚弄人民、告密者的敲诈、官吏的贪污等现象。他倾向于雅典民主制传统精神，从最初起就确定自己是诗人兼公民和诗人兼政论家。他在自己的整个创作期间，曾不倦地谈到这点，他的创作态度十分严肃，所以诗人最鲜明的自我评价，也许就包含在下面一段戏剧台词里："……他会不断地在喜剧里发扬真理，支持正义。他说他要给你们许多教训，把你们引上幸福之路。"（《阿卡奈人》，655—658行）诗人始终站在人民的立场上，早年他维护自耕农的利益，晚年他维护城市平民的利益。战时他反对内战，反对政治煽动家；战后，他反对贫富不均，竭力维护雅典民主盛世的传统。这在《公民大会妇女》、《财神》等剧中得到了体现。阿里斯托芬对妇女解放问题也十分关注。在《吕西斯特拉特》剧中，妇女表现出卓越才能，获得了政治权力，不过诗人并不主张妇女应得到彻底解放。在艺术手法上，阿里斯托芬一般不太注重结构，也不太注意细节，但他以饱满的精神和独特的才能，令荒诞不经的情景变得令人信服。他的风格粗犷奔放，同时又自然纯朴。阿里斯托芬成功地运用喜剧这一滑稽荒诞形式表现了重大严肃的主题，成为世界文学史上一位不朽的喜剧作家。

第六节　古希腊散文

公元前5世纪，古希腊散文创作方面取得了辉煌的成就。古希腊的散文主要包括演说、哲学和历史著作。

古希腊的演说之所以能繁荣，与雅典奴隶主民主制度的建立有相当大的联系。当时的政治家多半是一些能言善辩之士，他们常常需要在公民大会和议事会上慷慨陈词、语惊四座。例如雅典民主派领袖伯利克里便是一位演说大家。演说要打动观众需要高度的修辞技巧，因此，与之相适应的修辞学也应运而生。修辞学研讨语言运用技巧， 这正是文学艺术的核心艺术技巧。因此，演说及随之而来的修辞学实际上把古希腊文学大大地向前推进了一步。雅典的修辞学是由普罗塔哥拉和普罗狄科斯首创的，而最著名的修辞学家是高尔吉亚（公元前485?—前377?）。古希腊的著名演说家不下十余名，其中最享盛名者可推吕西阿斯、伊索格拉底、狄摩西尼、埃斯喀涅斯和许珀里得斯等。

吕西阿斯（公元前459—前380?）主要以代人写诉讼辞而知名于世。柏拉图《理想国》中提到的酒会便是在吕西阿斯的哥哥、哲学家波勒马科斯家里举行的。吕西阿斯曾写过233篇诉讼辞，传世的有30篇。吕西阿斯文风简洁自然、不事夸张，他的代表性诉讼演说辞是《控告忒翁涅托斯辞》，该文说理透彻、雄辩，行文优美。

伊索格拉底（公元前436—前338）既是古希腊著名修辞学家也是演

说家。他常常用演说散文形式发表他的政治见解，传世的作品有21篇演说辞。其代表作是《泛希腊集会辞》，历时九年才完成。公元前380年，伊索格拉底曾在奥林匹亚集会上宣读过该文。伊索格拉底的文风精致、优美。亚里士多德在《修辞学》中曾大量引用《泛希腊集会辞》的语句，认为它是希腊语的典范。后来的罗马大演说家西塞罗也很推崇伊索格拉底，并模仿其文风，使后世欧洲散文深受影响。

狄摩西尼（公元前384—前322）是另一位著名演说家。其传世作品有61篇，但人们相信其中有27篇是后世的伪作。他在公元前351年、前350年和前341年发表的3篇反对马其顿王腓力的《反腓力辞》可视为代表作。狄摩西尼文风简洁、流畅生动，他兼有吕西阿斯的质朴和伊索格拉底的精致，所以其演说辞被看作是散文的典范。狄摩西尼是一位彻底的爱国者，为了维护希腊各城邦的独立和自由，他以火一样的激情鼓动希腊人起来和腓力及亚历山大抗争。他后来被捕，但不肯屈服投降而服毒自杀。他的人格和其文风一样令后人景仰。

古希腊的哲学著作作为散文来看，也都具有很高的文学成就。其代表人物有德谟克利特、柏拉图和亚里士多德。这三位哲学家的文艺理论和他们的哲学思想一样构成相当严密的体系，值得我们用稍多的篇幅作一简要介绍。

德谟克利特（约公元前460—前370）是原子论哲学的创始人，他写过70余种著作，涉及的学科范围颇广，可惜现在均已失传，只有个别词句散见于其他各家著作中。依据德谟克利特原子论学说，原子流的射出产生事物的影像。当人的心灵感知到这些影像，便会激发出形象和思想。首先，依据这种理论，德谟克利特主张艺术模仿自然，认为“在许多重要的事情上，我们都是在模仿禽兽，做禽兽的小学生。”其次，德谟克利特强调文艺创作须凭职业道德感和热情，他说：“一位诗人在神圣的灵感之下以热情所作成的一切诗句，当然是美的。”再其次，德谟克利特把诗和文艺的美感同善相结合，同功用相结合。他认为艺术的本质寓于美和善的统一。最后，德谟克利特强调了人的审美能力高于动物："动物只要求它所必需的东西，反之，人则要求超过这个。"因此，人"不应追求一切种类的快乐，应该只追求高尚的快乐。"

苏格拉底（公元前469—前390）是古希腊的大哲学家，他虽无著作传世，但其思想却通过口授方式流传下来，散见于其门徒色诺芬和柏拉图等人的著作中。他宣传神学目的论，认为世界上的事物并不存在客观规律，一切都是由神安排好的。因此，贵族奴隶主的统治也是符合神的意志的，显然，这是一种君权神授思想。他后来被民主派政府处以死刑。他对死亡的超然态度被柏拉图生动地描绘在《苏格拉底之死》一文中。苏格拉底的文艺观引申自他的神学目的论，他主张一种美善合一的功用论。他认为每一件东西对于它的目的服务得很好，就是善的和美的；服务得不好，则是恶的和丑的。苏格拉底的文艺观与功利、道德和政治目的有紧密联系，他倾向于文艺为贵族奴隶主政治服务的思想。这种思想为柏拉图和普罗提诺所继承和发展，成为欧洲中世纪思想的核心。此外，苏格拉底对于古希腊流行的模仿说也予以肯定，他并进而强调艺术家应以真实地表现外部形式来传达内在精神，这是一种典型的以形写神的思想。他是西方第一个从形式和内容的统一观点来阐明艺术形象问题的人。

柏拉图（公元前427—前345）是西方客观唯心主义哲学的创始人，曾师从苏格拉底，学了八年哲学，后来在雅典创立了学园，授徒讲学41年。柏拉图像孔子一样，收有许多弟子，其中最著名的人物是亚里士多德。柏拉图的著作多用对话体写成，这也有点像孔子的弟子辑录的对话体《论语》和孟子的对话体著作《孟子》。柏拉图代表著作是《理想国》，书中描绘了他理想中的雅典城邦的政治、道德、军事以及文艺等。《伊安篇》讨论了诗和灵感，《斐德若篇》讨论了文章的条件以及灵感与迷狂，《大希庇阿斯篇》探讨了美与善、美与丑的关系，《会饮篇》讨论了真、善、美的统一,《裴利布斯篇》讨论了快感、痛感与悲剧等文艺审美概念。

柏拉图认为世界上存在一个永恒的、绝对的精神性“理式”(一译“理念”),它是宇宙存在的先天性模式,宇宙中的一切事物都不过是这个理式的模仿或影子,这些模仿和影子不具永恒性和普遍性,也不具真实性。这个无所不在的理式就是神或上帝的代称。

用理式论来解释文艺,柏拉图自然而然地得出若干结论,其中最主要的观点如下:第一,文艺是对现实的模仿,现实是对理式的模仿。这个公式就是理式——现实——文艺。这样一来,文艺和理式之间还隔着一层现实,现实本来就是对理式的虚幻模仿,而文艺只是模仿的模仿,等于是影子的影子,离真理当然更远,更不可信。因此,文艺的地位相当卑下。第二,诗产生于从神那里获得的灵感,诗人们只是神的代言人。当诗人们获得神的灵感的时候,会处于一种迷狂状态,这是因为诗人身上有神附体而产生的现象。显然,诗人若得不到神所赋予的灵感,就难以进入一种失去平常理智的迷狂状态,也就不可能创造出诗来。第三,柏拉图承袭了老师苏格拉底的观点,认为效益和美是有机统一的,有益的就是美的。有益、有用统一于美,成为人性中最好的部分或理性的部分。第四,理性和情感常常有矛盾,好的文艺应该模仿人的理性部分,而不去模仿人的容易激动的情感部分。柏拉图并不反对所有的诗人,他只反对那些模仿人性中低劣部分、摧残理性部分的诗人。所谓人性中低劣的部分,指的是愤怒、恐惧、忧郁、哀伤、恋爱、妒忌、心怀恶意之类的情感。他认为只有颂神的诗,宣扬人性的理性部分、否定情感和感伤的诗,才是好诗。同样,理想国中的诗人必须首先是赞美理想国统治的好人。第五,悲剧和喜剧是无益的文艺形式。柏拉图认为,凡和痛感混合在一起的快感,都不是真正的快感,悲剧使观众以剧中人的灾祸来满足自己的哀怜癖,从而产生快感,这种快感往往是啼笑皆非、悲喜交集的感觉,是痛苦和快感的交织,所以并非真正的快感。何况看惯了悲剧的人,会不知不觉地使自己的言行朝着悲剧性方向发展，所以悲剧是无益的。喜剧里的可笑言行往往正是人们平时极力避免的引为羞耻的言行，现在却借了戏剧形式，使我们产生不应有的快感，因此，喜剧是无益的文艺形式。柏拉图的这种观点后来受到其弟子亚里士多德的批判。柏拉图的文艺观和美学观影响极为深远，他强调了文艺的功利作用，鼓吹文艺为政治服务，这种观点在后来的欧洲文论中一直有颇大的市场。他的灵感、迷狂说首先影响了罗马时期的朗吉努斯，在19世纪则为浪漫主义诗论派所发扬。

亚里士多德（公元前384—前322）是与柏拉图一样极负盛名的哲学家和文艺理论家。他受教于柏拉图约二十多年，公元前335年开始在雅典授徒讲学，称为逍遥派。恩格斯曾称呼亚里士多德为古希腊最博学的人。亚里士多德通晓自然科学和哲学知识，其著作流传下来的有《工具论》、《形而上学》、《物理学》、《伦理学》、《政治学》、《诗学》、《心灵论》等。亚里士多德虽师承柏拉图，但在若干重大问题上，他并不苟同老师的观点。例如对于柏拉图所谓无所不在的理式（或理念）论，亚里士多德就进行了批判。照亚里士多德的看法，一般不可能脱离个别而存在，形式即寓于事物的本质中，理性原则存在于感性事物之中。针对柏拉图过分强调创作的灵感作用，亚里士多德则侧重天才和理性、理智的统一，等等。但是亚里士多德不敢否认神的存在，在他提出的四因论（质料因、形式因、动力因和目的因）中，他将形式因看作制造一切的力量，即“第一推动者”，从而假定了造物主或神的存在。

在欧洲文论史上，亚里士多德首次把当时的科学观点比较全面广泛地应用于文艺理论领域，取得了空前未有的成就。他在文艺论著方面的代表作是《诗学》。

亚里士多德应用当时的科学观点，比较深刻、系统地探讨了文艺与现实的关系，文艺的社会功用，以及文艺的心理基础等问题。他继承并进一步深化了赫拉克利特、德谟克利特、苏格拉底等古希腊哲人关于艺术模仿自然的观点。柏拉图认为文艺只是对理式的影子的模仿，亚里士多德却认为艺术是对神的创造的模仿，艺术模仿的是现实，是现实世界的事物及其必然规律或内在本质，而不是所谓理式的影子。同时，亚里士多德还认为艺术模仿从属于现实并对现实具有变革和教育的作用。亚里士多德划分了三种模仿对象：过去有的或现在有的事；传说中或人们相信的事；应当发生的事。尤其在关于艺术模仿第三种对象（应当发生的事）方面，亚里士多德的观点非常精辟："就做诗的需要来看，一件不可能发生但却可信的事，比一件可能发生但却不可信的事更为可取。"照亚里士多德的观点，艺术作品的产生不是简单的增减过程，更不是机械地做神的传声筒的过程，而是"通过异化"而产生的过程。艺术的本质在于创造，在于"弥补不足"，引起"异化"，而非被动的机械模仿。显然，这是和柏拉图的观点针锋相对的。

亚里士多德还强调了艺术想象的作用，把它等同于创造性模仿。他认为，艺术家从整体方面来把握事物及其发展趋向，使诗的、艺术的想象及其对象通过个别、偶然，揭示出一般和必然，最终使"合情理的不可能"在艺术品中显得是合情理的可能。这一创造过程提示了现实—想象—典型塑造之间的内在联系。

亚里士多德还以诗人的天才与理智取代了柏拉图所谓的诗人的灵感与迷狂说。他认为"诗的艺术与其说是疯狂人的事业，毋宁说是天才人的事业；因为前者不正常，后者很灵敏。"

亚里士多德对悲剧的探讨最为系统。他对悲剧的定义是："悲剧是对一个严肃、完整、有一定长度的行动的模仿；模仿的媒介是语言，语言具有各种悦耳的声音，分别使用于剧的各个部分；模仿的方式则借助人物的动作来表达，而不是采用叙述法；悲剧借引起怜悯与恐惧来使情感得到净化。"（《诗学》第六章）亚里士多德认为诗人的职责主要不在描写已发生的事，而在于描写可能发生的事，即按照可然律或必然律是可能的事。诗有诗的真实，有其自身的规律，这就批判了柏拉图所说的诗不能显示真理的论点。亚里士多德还区分了诗的真实和历史真实；艺术真实和生活真实。诗和艺术的真实甚至可以高于生活的真实，所以艺术并非如柏拉图所言只是影子的影子。

亚里士多德认为悲剧包含动作（情节）、性格、言辞、思想、形象和歌曲六个成分，而其中“最重要的是情节”，“悲剧中没有行动，则不成为悲剧，但没有性格，仍然不失为悲剧。”（《诗学》第六章）“动作”相当于情节，因为情节是用行动来表现的。亚里士多德主张“诗人在安排情节的时候……不应写好人由顺境转入逆境，……不应写坏人由逆境转入顺境，……不应写极恶的人由顺境转入逆境。”（《诗学》第13章）

亚里士多德在论述悲剧的效果时，有一个最著名的观点，这就是悲剧的净化（陶冶）作用。他认为，悲剧能引起怜悯和恐惧。怜悯和恐惧本来是一种痛苦情绪，可是借助于悲剧引发出来的怜悯和恐惧却是一种“特别的快感”，能使观众得到宣泄感情的满足感。当然，这种怜悯和恐惧应该是一种适度的情感，应该有益于人的身心和道德修养。“净化”一词原是古希腊医学术语，又译为“陶冶”、“宣泄”或“平衡”等意。亚里士多德注重这个医学术语，正表明他想传达出这样一个思想：文艺本身就是一剂救治心灵的药方，具有治疗作用，而非如柏拉图所言是所谓伤风败俗的东西。

亚里士多德还讨论了悲剧中情节、地点和时间的一致性。后来文艺复兴时期的卡斯特尔维特罗据此提出了影响深远的“三一律”，从而为17世纪古典主义戏剧创作树立了一个重要准则。此外，亚里士多德还在《论音乐教育》中提到“具有净化作用的歌曲可以产生一种无害的快乐”（《政治学》卷八《政治学教育》），后来18世纪康德提出的无利害关系的审美感显然与这个思想有着一脉相承的联系。

亚里士多德关于悲剧人物的“过失”说也是很有名的。他认为“怜悯是由一个人遭受不应遭受的厄运引起的，恐惧是由这样一个遭受厄运的人与我们相似引起的……”（《诗学》第13章）悲剧的结局常常是悲剧主人公自身的过失造成的，而并不一定是传统的命运或因果报应造成。

亚里士多德认为诗起源于人自幼便有的模仿天性，起源于人对模仿品的快感。所以诗是人类生活中天然就有的娱乐性成分。

亚里士多德的文艺理论在欧洲的影响可能是无与伦比的。他在若干重要文艺理论观点上对柏拉图的曲折的批判对当时的社会具有相当重要的现实意义。考虑到自公元前6世纪以来，若干古希腊哲人（包括色诺芬、赫拉克利特、柏拉图等）对诗和诗人的抨击，亚里士多德的理论性抗争至少维护了艺术的心理学价值和道德价值。他的论述有理有据，不尚空疏。他强调了文艺作品应首先诉诸读者的审美感官这一重要方面。他强调了悲剧的情节，等于是强调了艺术的娱乐性，而不是去空谈悲剧的哲学内容、心理学内容或伦理学内容。他在模仿说方面、斥灵感重天才方面、艺术创作的有机整体方面等都作出了超越前人的贡献。他是古代社会一位有代表性的伟大的文艺理论家。

古希腊最有名的三位历史学家是希罗多德、修昔底德和色诺芬。他们的历史著作基本上与古希腊悲喜剧同时出现。正如中国的《史记》或《左传》一样，这些历史著作也可算是优美的散文著作。

希罗多德（公元前484?—前425?）号称“历史之父”，年轻时曾遍游各地，最远达到巴比伦、埃及等整个中东地区。公元前445年，他到达雅典，并赢得雅典人的尊敬。晚年奋发著书，有代表作《历史》。该书规模宏大。后来的史家将其分为九卷。全书涉及古代世界如吕底亚、波斯、亚述、埃及、米堤亚等地的风土人情、传说、历史记载等。后三卷描写了公元前5世纪初古希腊与波斯之战。书中把古希腊和波斯分别作为当时东西文化的中心，描写这两大文明如何势不可免地走向冲突。希罗多德的历史知识，部分来源于前人的记述，部分来自他自己从广泛游历中获得的见闻。他的描绘有时可能不太精确，但他总是小心地把可信的和不足为凭的史料进行甄别。该书结构颇有气势、行文简洁，并不时穿插奇闻轶事于其中。希罗多德著作展示出他对古希腊文献及其理性思想的广泛把握。他相信宇宙是由命运和机遇控制的，人生事务如沧海桑田、变幻莫测。不过他也认为道德选择仍然是重要的，因为神总是惩罚那些自命不凡者。古希腊、罗马的历史传记写作由希罗多德开了从历史事件中吸取道德教训的先河。

修昔底德（公元前460?—前400?）赢得广泛赞誉的历史名著是《伯罗奔尼撒战争史》。这部书实际上描写了战争的三大阶段：第一阶段从公元前431年到前421年，主要描写雅典与斯巴达之间的冲突；第二阶段从公元前415年到前413年，描写雅典人向西西里进军及失利的情形；第三阶段从公元前413年到前404年，写雅典与斯巴达之间重开战火。此书未完稿，中止于公元前411年。修昔底德本人曾参与过他所描写的战争。实际上当公元前431年雅典与斯巴达初开战端时，他就立刻看出此战的重要性，并周密计划要著书记录下此战争的前因后果。他把描述重心放在战争的军事指挥方面。他的语言直截了当、开门见山，没有希罗多德写史时枝蔓零散的文风。他说，由于参战的见证人所述事实常常互相矛盾，使他在取舍史料时相当棘手。为了给他的史书增添些色彩，他有时也让笔下的主要人物长篇累牍地发表演说。但总的说来，他的文风是严谨的，显示出一位史学家应有的一丝不苟的客观态度，这种治史风格对后世的历史学家影响甚巨。

色诺芬（公元前430—前355?）不仅是历史学家，也是军人和散文作家。他生于雅典。年轻时曾从苏格拉底治学。公元前401年，色诺芬曾跟从一支希腊雇佣军深入波斯参与帮助小居鲁士反对其兄——在位的大居鲁士皇帝。后来该希腊军统帅遇刺，处境十分不利，色诺芬被任命为该军总指挥，率领一万余人的军队安全撤退到红海边。那次撤退距离达2414公里，整整熬了五个月，足见战事的艰难。色诺芬在其代表作《远征记》（又名《万人进军》）中叙述了这次撤退，备述其中的艰难困苦。色诺芬后来屡遭雅典人放逐，郁郁不得志。他还撰写了修昔底德的《伯罗奔尼撒战争史》续篇，叙述了公元前411年到前363年之间的史事。色诺芬还写过若干有关政治、经济、骑马术、狩猎、骑士战之类的文章和几篇苏格拉底式的对话录。色诺芬兼军人、演说家、哲学家、散文家和历史学家于一身，是个典型的多才多艺的雅典作家。色诺芬的著作有亲斯巴达人的偏见，整体布局不太均衡。他的著作表明他并未完全懂得他的老师苏格拉底的思想。他的观点多说教、平庸。但是他有一样最显著的特点，即文风坦诚、平易近人。他的用语简朴、雅致，陈述观点时，思路极为清晰。他的《远征记》是现代希腊学生通常阅读的第一批启蒙史书。

第七节　新喜剧及田园诗等

公元前4世纪下半叶，马其顿征服了整个希腊。亚历山大逝世（公元前323）后，庞大的帝国分化为几个王国，各自实行中央集权制。此后二百多年间，希腊各城邦保有一定程度的独立，时常掀起反马其顿的斗争。但是，由于内忧外患，希腊的政治异常动乱。贫苦平民一再要求废除债务，重分土地。奴隶连续起义，政变频繁，各城邦不断受到马其顿的打击。公元前146年，希腊为罗马所灭。

自公元前4世纪末叶至公元前1世纪，希腊文化在东方广泛传播，并和东方文化互相交流，希腊文化中心逐渐由雅典移至埃及的亚历山德里亚城，其科学、艺术、哲学相当发达，学术界注重书籍整理，建成了规模空前的大图书馆和博物馆，希腊语变成这些地方的通用语言，因此这一时期被称为希腊化时期。但古希腊文学到此已届尾声，文学脱离现实和群众，讲究辞藻，有学究气味和感伤情调，对于当时严重的阶级斗争和对外战争无所反映。比较有成就的是新喜剧、模拟剧、田园诗和史诗。

在希腊化时期，剧场已不再是群众性的政治文化活动中心，而是富人的娱乐场所。新喜剧正是为满足这样的需要而产生的。它不谈政治，通过爱情故事和家庭关系来反映当时的社会风俗，表现贵族青年男女要求自由独立的愿望，它强调情节的曲折和风格的雅致，缺乏深刻的思想内容。新喜剧中出现了一些新的人物类型，如食客、兵士、艺妓和家奴等，常常把奴隶写得聪明机智。新喜剧的讽刺很生动。剧中没有天神出场，也没有合唱队。新喜剧一般分五部分，中间穿插歌舞。最著名的新喜剧作家是米南德。

米南德（公元前342?—前292）是古希腊新喜剧的先驱和代表性作家。他写过105部喜剧，八次得奖。在他去世后多年，雅典还上演他的剧本。他的一些剧本经罗马剧作家普劳图斯和泰伦斯改编后流传了下来。有7部原剧作的残篇后来在埃及发现，其中包括《公断》、《割发》和《萨摩斯女子》。1957年，在埃及还发现了米南德剧本《吝啬鬼》的完整文本，这也是米南德剧本唯一的完整文本。

《恨世者》（公元前316）是米南德的一个获奖剧。剧本讲述一位愤世嫉俗的老人克涅蒙不喜与世人交往，认为他们都是自私自利的人。但是后来，他不幸坠井，他的救命恩人之一却是他妻子的前夫的儿子。这件事给他影响很大，使他改变了从前对人们的看法。

《萨摩斯女子》是米南德比较成熟的剧本。剧中的年轻人摩斯基昂与邻家女子佛兰贡发生私情，生下一子。摩斯基昂的养父得墨阿斯的情妇克律西斯收养了这个私生子。但是得墨阿斯以为婴儿是摩斯基昂和克律西斯所生，大为震怒，不由分说地把克律西斯赶出家门。亏得佛兰贡的父亲尼克拉托斯透露出收养的孩子是他女儿所生，得墨阿斯这才明白了真相。尼克拉托斯也获悉摩斯基昂就是他女儿孩子的父亲。于是双方家长为他们举行婚礼。此剧情节曲折生动，人物个性较鲜明。

米南德的剧本往往有较复杂的爱情背景，人物个性鲜明、风格雅致。米南德注重剧中人物的性格特点，他认为人们的幸运或逆境取决于自己的性格。这些喜剧有助于我们了解人性的社会性弱点和日常生活的复杂纠葛。它们深刻地影响了后世剧作家，尤其是17世纪英国的剧作家。

忒奥克里托斯（公元前310?—前250?）是中古希腊田园诗的首创者。现存署有他姓名的田园抒情诗有30首，短格言诗有24首，不过一些专家们对其中的一些诗作的真伪尚有争议。忒奥克里托斯很注重文学技巧，他的诗风活泼、优美。摩斯科斯和比翁曾模仿他的诗风，但他的最成功的模仿者是古罗马诗人维吉尔。维吉尔在他的《牧歌》中，将忒奥克里托斯的田园诗形式引进了拉丁语诗歌。在16世纪，忒奥克里托斯对欧洲诗人影响颇大，其中英国诗人埃德蒙·斯宾塞所受的影响最大。

阿波罗尼俄斯（公元前295?—前215?）生于埃及亚历山德里亚城，曾师从卡里马科斯。卡里马科斯喜欢学究气浓的短诗，而阿波罗尼俄斯却喜欢荷马风格的简朴的长篇史诗。阿波罗尼俄斯现存的唯一作品是《阿耳戈号航海记》，该诗描写伊阿宋乘阿耳戈号船到黑海西岸科尔喀斯去取金羊毛的故事。诗的风格优美、动人，但结构欠佳。维吉尔的《埃涅阿斯纪》曾利用过此诗的若干情节。

古希腊文学是欧洲文学乃至整个西方文学的开端。它在神话、史诗、散文诗、抒情诗、田园诗、悲剧、喜剧、传记文学、散文以及文艺理论方面都取得了令人惊异的成就。后世西方文学乃至整个世界文学都不同程度地沾溉于它。纵观整个古希腊文学，我们会感到它自始至终洋溢着一种创造性，充满着一种人本精神和现实精神。也许因为它是人类童年的产物，所以总是散发着天真烂漫而又乐观的青春气息。尽管它曾在中世纪遭到埋没，直到文艺复兴时期才被重新发现，它原有的魅力并未消减。

第二章　古罗马文学

第一节　概述

古罗马的发祥地是与希腊隔海相望的意大利半岛。它的历史，同希腊一样，也溯源于神话。相传特洛伊城被攻陷后，埃涅阿斯带着族人逃出，后代中有一公主和战神相爱生下一对孪生兄弟罗慕路斯和勒莫斯，被外祖父抛弃山中，由母狼乳养成人。兄弟二人长大成人后游至今罗马所在地，建了一座城。为了命名和占有这座城市，他们发生了争执，结果弟弟勒莫斯被杀，罗慕路斯遂得以用自己的名字命城名为罗马。据说这是发生在公元前753年的事，古罗马的"王政时期"（公元前753—前510）便由此开始。但据史料记载，罗马在远古时代就有人居住，这些土著居民叫伊达拉里亚人，靠海上抢劫和捕鱼生存。

"王政时期"先后有七个国王相继执政，到了公元前510年，国王塔克文因暴虐无道被逐，王政遂被推翻，罗马从此进入了贵族共和政治时期，史称"共和时期"（公元前510—前27）。公元前5世纪开始，尚武的罗马人不断向外扩张。公元前3世纪罗马征服了意大利，进而扩大其势力到希腊半岛。经过三次"布匿战争"、三次马其顿战争和叙利亚战争，罗马征服了地中海沿岸和巴尔干半岛的大部，成为一个地跨欧、亚、非三洲的奴隶制大国。公元前2世纪到前1世纪，由于大富豪兼并土地，小农经济破产，城市无业游民骤增，奴隶不断起义。公元前74年至前71年爆发的斯巴达克起义，震动了全罗马，给了奴隶主阶级以沉重的打击。奴隶起义给一些大贵族制造了借口，一些大权在握的军事贵族屡屡图谋进行军事独裁，如恺撒(公元前102？—前44)在公元前44年就恃军功欲称帝，被共和派所刺杀。然而恺撒的甥孙兼养子屋大维在征服了埃及、打垮了共和派的军队之后，于公元前27年结束了共和政体，建立了罗马帝国。屋大维被元老院封为“奥古斯都”(意为“神圣者”)，实际上成为皇帝。屋大维执政后，为了避免重蹈恺撒之覆辙，也为了缓和共和派的斗争，保留了一些共和的形式，如选举制、元老院等。他还特别注意收买民心，分给农民钱财和份地，修建娱乐场所，提倡文化，笼络文人，一方面倡导学术，一方面歌颂帝制。从屋大维执政时期(公元前27—公元14)到公元193年，史称“罗马和平”时期。这一时期，奴隶制生产方式进一步发展，帝国版图更加扩大。193年后，捐税沉重、农村凋敝、经济停滞、政治腐败，帝国江河日下。公元2世纪时，早期基督教在下层平民中流传，帝国政府竭力阻止，但是后来基督教却被统治者利用，来巩固政权。从公元3世纪开始，人民不断起义，外族频频入侵，帝国统治内忧外患，到公元395年，罗马帝国分裂为东西两个帝国，东罗马帝国定都君士坦丁堡。公元476年，西哥特人攻进罗马城，以罗马为首都的西罗马帝国宣告灭亡。

古罗马的文化主要是继承希腊文化而逐步发展起来的。在希腊化时期，罗马就曾输入许多希腊作品，加以翻译和模仿。在公元前146年罗马灭亡希腊后，更是将全部希腊神话、诗歌和戏剧据为己有，找了许多从希腊俘虏来的奴隶做家庭教师，让他们编剧作诗，并研究各种科学。这使得罗马文学染上了浓厚的希腊色彩。仅以神话为例，同希腊文化接触后，许多罗马的神便同希腊的神融合起来。如罗马人信奉的主神朱庇特便等同于希腊的宙斯，他的妻子朱诺则等同于赫拉，如此等等，不一而足；至于太阳神阿波罗和文艺女神缪斯则直接进入了罗马神话，连名字也没变。古罗马文学模仿希腊的这一特色如此突出以至于罗马诗人贺拉斯指出："罗马征服了希腊，但从另一种意义上说，是希腊征服了罗马。"

当然，罗马文学也并非全是希腊文学的仿造品，因为它毕竟是罗马社会的产物，其采用的语言是拉丁语，所以又称拉丁文学，拉丁语又从希腊文中吸取了丰富的营养。最早的罗马文学是在劳动和举行宗教仪式时的对唱诗歌和原始的、笑剧式的对话，但留传绝少。

古罗马有文人作家的历史始于公元前3世纪。从希腊俘虏来的奴隶安德罗尼库斯（约公元前280—前204）首次将《奥德赛》译成了拉丁文的诗体形式，从而成为罗马第一个诗人，他还编译了希腊的一些悲、喜剧。正是在这个基础之上独特的罗马诗歌才逐步发展起来。罗马早期诗人还有恩尼乌斯（公元前239—前169），他是一位多才多艺的诗人，同其先驱者安德罗尼库斯一样，他也改编过一些希腊戏剧。

共和国中期，罗马国势扩张，大规模的武力掠夺使奴隶主和贵族积聚了大量财富，生活日趋奢侈。这些奴隶主、贵族和脑满肠肥的富商有钱有闲，需要娱乐享受，然而，他们又不能欣赏希腊的悲剧，也不允许阿里斯托芬式的政治讽刺喜剧上演。戏剧家奈维乌斯就因攻击时政而遭到监禁和流放。这样便只有米南德式的引人发笑的讽刺世俗的轻松喜剧发达起来。这一时期的代表作家是普劳图斯和泰伦斯，他们的剧作虽然反映的是罗马的现实社会生活，但却墨守希腊的成规。

罗马共和国末期和屋大维统治时期合称为罗马文学史上的"黄金时代"。这一时期的文学创作，无论是散文、诗歌还是文艺理论，都取得了较大成就。

共和国末期，政治斗争，尤其是贵族派和平民派之间的斗争，异常激烈。随着阶级矛盾的复杂化和帝国的扩张，罗马统治阶级的法律逐步形成。这些因素使得雄辩术获得了高度的发展。加图首开罗马演说文创作的先河，西塞罗则把古代雄辩术推到了高峰。此外，政治家兼军事家恺撒也是一位杰出的散文作家，其历史著作简明朴实，讲求实际。这一时期的主要诗人是卢克莱修和抒情诗人卡图鲁斯。这就是文学史上的西塞罗时期。

屋大维执政时期，建立了元首制，虽然他的统治是在共和外衣下的军事独裁制，但由于古罗马刚刚经历过长期的内战，加之屋大维采取了稳定社会秩序和促进经济发展的措施，如停止征收苛捐杂税，严禁没收土地，所以动荡的罗马暂时呈现一片和平稳定的景象。这一时期，奴隶主们意识到了国家的"光荣"，在内战时期蒙受损失最大的小土地所有者对新政权也寄予幻想。为了笼络民心，巩固其统治，屋大维十分重视文化建设。针对内战后罗马公民颓废苟安的倾向，他试图利用古代宗教和道德培养公民的责任感，宣传罗马的历史使命。他利用自己的亲信麦凯纳斯会聚文人墨客，为其文化政策服务。麦凯纳斯曾组建过一个"麦凯纳斯文学集团"，著名诗人维吉尔、贺拉斯、奥维德等都属于这个集团。不过，他们的创作也并不完全秉承元首的意旨。此外，代表贵族元老保守势力、反对元首独裁的梅萨拉也在自己周围聚集了一批文人，但是他们的创作往往也奏出一些与元首妥协的曲调，而且容易使人消极地躲避到享乐主义中去。

这一阶段在文学史上通称奥古斯都时期，它缺乏前一时期的哲学探索精神和政治辩论热情，而更多的是肯定现存秩序所带来的和平生活和强大的国力；文学风格也不及前一时期遒劲豪放，但技巧却更趋成熟，追求形式的完美，强调内心的描写。

除了上面提到过的维吉尔、贺拉斯和奥维德这三个主要诗人外，这一阶段值得一提的还有抒情诗人普洛佩提乌斯和梅萨拉集团的抒情诗人提布鲁斯，他们的诗歌都表现了柔弱、抑郁的情绪。

屋大维执政期的散文创作也颇发达，取得了很大的成就。李维（公元前59—公元17）是这一时期重要的散文作家。

屋大维死后的二百年间，史称罗马文学的"白银时代"。文学中的宫廷趣味日趋浓重，到2世纪前半叶达到高潮。贵族青年以公开朗诵空洞无物的诗歌为时髦，文学更加成为少数人的消遣，颓废倾向愈发明显。

这一时期的部分贵族作家仍然向往共和国时代，但在专制淫威钳制言论自由的情况下，他们的思想多倾向于斯多葛派的内心宁静和忍耐，有时悲观绝望，沉于宗教迷信，有时则又阿谀奉承。在充满阴谋、暗杀和恐怖的时日，歌颂帝国或追求“幸福”的抒情诗中断了。而这一时期成就最大的是反映奴隶主下层思想的讽刺文学和反映旧共和派不满情绪的作品，重要作家包括悲剧作家塞内加、寓言诗人菲德鲁斯、小说家阿普列尤斯、讽刺诗人马希尔和朱文纳尔、传记文学作家塔西佗和普鲁塔克、希腊语散文家琉善。此外，这一时期还有一篇比较重要的文艺理论作品《论崇高》，作品用书信体写成，作者相传是朗吉努斯。

帝国末期文学创作进一步衰落。文学作品内容空虚，雕琢藻饰，怅惘地缅怀古代。在创作缺乏生命力的时候，文学活动主要是对古代作品进行诠释。同时，宗教唯心哲学泛滥，宗教文学作品颇为活跃，著名的宗教作家有基洛尼姆斯（340？—420）、奥古斯丁等。帝国东迁后，混含着希腊传统、基督教和亚洲文化的拜占庭文化形成。教会排挤世俗文化，4世纪时焚毁了亚历山德里亚城的图书馆，在东罗马帝国首都君士坦丁堡研究古代文学的学者成批地遭到迫害，文学创作被迫为宗教服务，文学活动限于编写圣徒传、编纂辞书、选辑古代作品等工作，创作极为贫乏。

从4、5世纪起，欧洲文学实际上已经开始向中世纪过渡。

第二节 古罗马戏剧

戏剧在古罗马文学中发展最早，在共和国中期就出现了繁荣局面，这一时期的戏剧主要是希腊米南德式的风俗喜剧。此后戏剧创作曾一度衰败，直到帝国初期所谓的“白银时代”才又有所发展。因而古罗马戏剧只有早期和晚期之分，文学史上的“黄金时代”对于戏剧而言却是成绩寥寥。

早期罗马喜剧的代表作家是普劳图斯和泰伦斯，晚期最重要的悲剧作家是塞内加，他也是整个罗马文学中最重要的悲剧作家。

普劳图斯（提图斯·玛丘斯·普劳图斯，公元前254？—前184）出生于罗马城附近萨尔栖那的一个平民家庭，早年到罗马城学习拉丁文和希腊文，曾在剧场当差干杂活，集资经商，但没有成功。他后来又为面包房推磨，暇时试写剧本，在剧场上演，颇受欢迎，遂以为生。相传普劳图斯著有喜剧130部，但据考证仅有21部出自他的手笔，其他多为后人伪作。普劳图斯的喜剧主要是以希腊新喜剧作家米南德的风俗喜剧为蓝本改作，讽刺罗马社会的腐化风习。其主要作品有《孪生兄弟》、《一坛金子》、《吹牛的军人》、《俘虏》、《商人》、《驴》、《蝗虫》等。其中《吹牛的军人》写一个雅典青年所结识的妓女被一军官霸占，青年的奴隶设计帮青年重获妓女的故事。聪敏机智、口齿伶俐的奴隶在剧中调兵遣将，是主要角色。在这里，军官受到了奴隶的恣意嘲讽和奚落。这个奴隶的形象在莫里哀喜剧的仆人形象中能找到影子。《俘虏》一剧写一个人冒险救主人，使得自己父子团圆的故事。出于巧合，俘虏的父亲惩罚买来的奴隶，正好惩罚了自己的儿子。该剧反映了当时大批战俘被买卖为奴，经常遭残酷处罚的情况，讽刺了奴隶主的压迫行为。《俘虏》被认为是作者最严肃的一部作品。

滑稽喜剧《孪生兄弟》是普劳图斯的主要作品之一，该剧通过自幼失散的一对孪生兄弟被人错认的情节，反映并嘲讽了罗马上层社会的生活和精神面貌。剧中的主人公对自己的妻子不忠，把她的衣物首饰等偷偷地拿出来去送给妓女。在他身上作者塑造了一个为阔人帮腔帮闲的食客形象，向人们揭示了这种人才是真正的奴隶这样一个道理。因为奴隶可以打断锁链，而食客却被饮食这一链条永远牢牢地锁着。莎士比亚的《错误的喜剧》一般认为就是取材于《孪生兄弟》。

《一坛金子》是普劳图斯的又一重要作品。该剧写一个名叫尤里克奥的老头儿偶然地发现一坛金子，唯恐被人知道，于是藏来藏去，失而复得的故事。由于金子的诱惑，尤里克奥几乎由一个诚实的穷人变成了一个丧失人性的吝啬鬼。剧本刻画了一个吝啬人疑神疑鬼、患得患失的心态。尤里克奥最后把金子送给女儿作了嫁妆，心里才始得安宁。金子送走了，他的人性也失而复得了。喜剧关于金子和人性得而失、失而复得的描写具有深刻的社会意义。喜剧向人们提出了一个迫切的社会问题：贫富矛盾、金钱关系的发展破坏了人的内心、家庭以及社会的安宁。后来莫里哀的《悭吝人》即取材于此剧。

普劳图斯在针砭淫乱、贪婪、寄生的腐化风习时，将民主倾向隐蔽在滑稽闹剧之中。他嘲笑贵族、富人，同情奴隶。他的作品语言俏皮、风格粗犷，生动形象地刻画了罗马社会形形色色的人物，如军官、兵士、水手、商人、高利贷者、奴隶、婢女、食客、庸医、老鸨、妓女、浪荡青年、老父、主妇、吝啬鬼、战俘、厨师等，此外还刻画了天神、家神等神话人物。普劳图斯善于创造喜剧性情节，虽有时也有不近情理之处。他还利用独白、旁白等表现形式来揭示人物内心活动。此外，他还常常用序幕或尾声来解释题材来源、作者情况等。他的喜剧有别于希腊喜剧之处在于他基本上抛弃了歌舞队部分而代之以对话的表现手法，因而跟近代喜剧很接近。

泰伦斯（普布留斯·泰伦提乌斯·阿非尔，公元前190—前159），生于迦太基，幼时作为奴隶随主人泰伦提乌斯来到罗马，主人见他聪颖过人，便解除了他的奴隶身份并让他受到了良好的教育。他一开始受人歧视，后因所写喜剧切中时弊而深受欢迎。泰伦斯一共写过六部喜剧，大多由米南德的作品翻译改编而来。六部喜剧全都得以传承。它们多是通过父子、兄弟等家庭成员之间的关系反映不同年龄和不同地位的人与人之间的矛盾。在他笔下，老者大多悭吝保守，少者大多放荡不羁，士兵往往浮夸不实，奴隶往往聪明能干，帮闲食客则总是狡猾伶俐。同普劳图斯一样，泰伦斯同情奴隶和受压迫者，嘲笑奢侈、吝啬而又愚蠢的富人，同时，他主张宽容年轻一代的不检点行为，并为之辩护。

据说泰伦斯曾翻译米南德的喜剧近百种，存留的六部喜剧是《婆母》、《两兄弟》、《佛尔缪》、《安德洛斯的妇女》、《自责者》和《阉奴》，其中前三部在泰伦斯的剧作中占有重要位置。

泰伦斯的喜剧结构严谨、语言文雅但欠生动，人物内心矛盾刻画细腻，人物形象自然。但他的喜剧不如普劳图斯的滑稽有趣，在当时仅受到有教养的观众喜爱。泰伦斯对后世的喜剧产生过相当大的影响，法国的莫里哀、英国的斯梯尔和谢里丹都曾模仿过他的作品。

《婆母》是泰伦斯最有影响的喜剧之一，是一部题材严肃的作品。青年潘菲路斯生活荒唐，曾一度和妓女巴吉丝相好，但后来勉强屈从父命和另一女子结为夫妻。婚后不久，妻子便生了个儿子，夫妻俩都不能肯定谁是婴儿的父亲，于是引起一连串的家庭纠纷。最后，在岳母、婆母的爱护下，尤其是在巴吉丝的帮助之下，潘菲路斯发现孩子的父亲就是他自己，于是夫妻团聚。心地善良、乐于助人的巴吉丝以及维护家庭和睦、希望子媳言归于好的婆母都是作者喜爱的人物。作者对潘菲路斯的心理刻画得很细致；在作者笔下，孝母、爱妻、恋妓之间的矛盾冲突往往使潘菲路斯内心矛盾斗争非常激烈。剧中两家父母都对潘菲路斯的妻子给予了爱护和同情。在作者看来，要维护正常的家庭关系，家庭成员之间应该彼此谅解、关怀。

《两兄弟》一般也被认为是泰伦斯的重要作品之一。剧情也是以家庭为背景、在家庭成员之间展开的。米丘和狄米亚是兄弟俩，米丘没有孩子，过继了弟弟狄米亚的一个孩子。米丘和狄米亚在孩子的教育问题上态度截然不同，米丘教子从宽而狄米亚教子很严。兄米丘过继来的儿子抢劫了奴隶贩子的一个女奴，后来发现他是为其弟弟抢劫的，而这个弟弟正是狄米亚管教得很严的儿子。最后狄米亚悔悟了。这部作品旨在表明父母管教子女应当采取宽容的态度。在作者看来，宽容可以防止子女欺骗父母。作者站在贵族立场，认为穷人所以不干荒唐事是因为他们没有钱；富人有钱，所以免不了要干荒唐事，应予以原谅。

《佛尔缪》是泰伦斯的又一名剧。该剧讲述的是奴隶格达和帮闲食客佛尔缪用巧妙的计策帮一对青年堂兄弟从吝啬的父亲手里挤出钱来，进而得到所爱女子的故事。这一对堂兄弟的父亲都是有钱人，一个贪得无厌，只图女方嫁妆不顾儿子的爱情；另一个则瞒着妻子在外面鬼混。他们的儿子都想娶美女，但又毫无办法。剧中的一个奴隶和一个帮闲的穷人机智而且勇敢，冒险替少主人们促成了婚姻。然而奴隶所得到的回报却是打骂和压榨，帮闲者所得到的也只是一顿酒食。剧作者曾身为奴隶，体验过奴隶的生活之苦，因而字里行间常常流露出对奴隶的同情和对奴隶主的憎恨。剧作生动真实地反映了奴隶主对奴隶、有钱人对穷人的压榨和剥削。奴隶主的悭吝与淫逸，贩奴者的欺骗与狡诈等现象在《佛尔缪》中也得到了深刻的揭露。

塞内加（鲁齐乌斯·安奈乌斯·塞内加，公元前4—公元65），出生于西班牙的科尔杜巴（即现在的科尔多瓦），是罗马最重要的悲剧作家。塞内加幼年受过良好教育，精于修辞学和哲学，做过一任元老。公元41年起，塞内加因为同情共和理想而被流放到科西嘉岛八年，其间，他致力于斯多葛派哲学的研究。后获赦回罗马做王子尼禄的教师。作为哲学家，他宣扬斯多葛伦理学，劝导人们用内心的宁静克服生活中的痛苦，表现了帝国时期罗马贵族的柔弱与悲观。此外，他还宣传同情、仁爱，甚至认为奴隶也应得到平等，以调和阶级矛盾。

塞内加写过九部悲剧和一部讽刺剧。他的悲剧素材多半取自希腊悲剧，内容是宣传斯多葛伦理学，讨论生死、情欲、自由意志、罪恶以及惩罚的问题。讽刺剧《变瓜记》的矛头则直指克劳狄乌斯一世（41—54年在位），说他死后没有升入天堂变成神，而是变成了一个南瓜。塞内加的剧作多用拉丁诗体写成，加之道德教条和格言式的语言颇多，动作少描述多、对话和人物都缺乏真实感。塞内加的悲剧充满了悲怆的绝望情绪和令人畏惧的恐怖场面，作者注重表现人物的内心痛苦，常常采用鬼魂和巫术等超自然的东西来渲染悲剧气氛。

塞内加的剧作不仅诗的格律严格，而且模仿某些希腊剧，把剧情的时间限制在24小时之内，把地点限制在一个地方。这一点对后来的英、法古典主义戏剧家影响很大。这些古典主义戏剧家所倡导的“三一律”，至少是部分地承袭塞内加的传统发展而来的。

关于塞内加的死因有两种说法，一种说法是他参加元老院贵族反对尼禄的专制统治，尼禄令他自杀而死，另一种说法是因其贪财而被暴君尼禄赐死。

《特洛伊妇女》是塞内加的代表作，全剧用诗体写成，不分幕。这出悲剧反映的是特洛伊覆灭后妇女的不幸遭遇。作者在剧中集中笔墨描写了赫卡柏、波吕克塞娜以及安德洛玛刻的悲惨命运，细腻地刻画了她们的悲剧性心理。该剧虽系模仿欧里庇得斯的同名悲剧，但不具备后者所表现出的那种抗暴激情。剧作反映了女俘们成为胜利者的奴婢、肉欲的牺牲品后的不满情绪。她们对自己的命运不能自主，或哀恳，或忍辱，或视死如归，却不奋起反抗和复仇。悲剧通过女俘和胜利者的冲突谴责了希腊人的残酷，肯定了女俘们含垢忍辱的精神，宣扬了斯多葛哲学，让人感到她们虽命运悲惨，却是精神上的胜利者。

第三节 古罗马散文

古罗马散文发端于加图（公元前234—前149）的演说文[①]，繁荣于罗马文学史上的“黄金时代”，即共和国末期和屋大维执政时期。这一时期，罗马的政治斗争、阶级矛盾都异常激烈，另一方面，统治阶级的法律体系已经开始逐步形成，这就使得许多政治家热心于雄辩术的研究，结果散文这一文学形式得以迅速发展。古罗马最杰出的散文作家是西塞罗，另一位有影响的散文作家是恺撒。西塞罗、恺撒之后的近一百年里，罗马散文未取得更多的成就。古罗马文学中最后一位重要的散文作家是琉善，他也是古代欧洲文学史上最后的一位重要作家。

西塞罗（马尔库斯·图留斯·西塞罗，公元前106—前43）年少时曾学习过哲学和法律。最初做过一段时间的律师，43岁时步入政界任执政官，后任西西里总督。内战时期，他曾追随庞培反对恺撒，阻止其军事独裁的图谋。政治上，他站在贵族元老派的立场上，提倡“贤人政治”，主张恢复共和政体；哲学上，西塞罗是折中主义者，他综合希腊学园派、斯多葛派、伊壁鸠鲁派等各派学说，并加以通俗化，让人们易于接受。希腊哲学思想在欧洲、亚洲和非洲的传播与他的贡献是分不开的。后来在“后三头”[②]的斗争中他被安东尼派的人刺杀身亡。

西塞罗的主要散文成就是演说辞和书信。他的书信保存下来的有900封，其中主要的有《致阿提库斯书》16卷、《致友人书》16卷，这些书

① 加图（为了与其曾孙“小加图”相区别，有时亦称“老加图”），生前至少发表过150篇演说，其中80篇尚存残片。他留传至今的唯一著作是公元前160年所写成的《农书》。他的《史源》（七卷）是用拉丁文写的第一部罗马史。

② 公元前44年8月末屋大维、安东尼、雷必达结成的政治同盟，史称“后三头”同盟。

信反映了共和国末期的社会生活，描绘了形形色色的政治人物，风格接近口语。其演说辞留传至今的有58篇，分为法庭演说和政治演说两类。后者以反对民主派喀提林的4篇和模仿狄摩西尼而作的反对安东尼的（《菲力匹克》）14篇最为著名。他的演说注重材料的程式组织，句法考究，词汇丰富，段落对称，音调铿锵，称为“西塞罗句法”。此外，他还善于通过设问、驳对等手段调动感情、加强说服和鼓动力量。在他看来，演说主要是打动听众的情绪而非诉诸理性的判断，因而他常常不惜用诬蔑和歪曲事实的手段，而且还不止一次地在各个政治党派之间倒戈变节。

西塞罗使拉丁散文达到了极高的艺术水平，成为表达思想感情的有力而优美的工具；确立了拉丁文学语言“准确、流畅、清新、雄浑”的原则。其散文风格对当时和后世影响很大，成为欧洲诸民族散文的楷模。当时恺撒曾这样称赞西塞罗：“你的功绩高于军事将领，扩大知识领域比之于扩大罗马帝国的版图，在意义上更为可贵。”

恺撒（盖尤斯·裘力斯·恺撒，公元前102？—前44）是奥古斯都（即屋大维）的舅公兼养父，曾图谋军事独裁，于公元前44年被布鲁托斯和卡西乌斯等共和派所刺杀。

恺撒是著名的军事家、政治家，同时也是一位杰出的散文作家，著有历史著作《高卢战记》七卷和回忆他和庞培之间的战争的《内战记》三卷。《高卢战记》记述了罗马人征服高卢人和日耳曼人的过程。

恺撒的散文语言简洁凝练、朴实无华，体现了罗马人讲求实际的特点，是与西塞罗散文风格判然有别的另一种拉丁文散文典范。

琉善（即鲁齐阿努斯，125—200）出生于叙利亚一个贫苦家庭，曾遍游小亚细亚、希腊和意大利等地，作过律师、修辞教师、官吏。他的著作约有80篇。琉善所处的时代是罗马奴隶社会崩溃瓦解的时期，他的作品讽刺了这一时期的各种宗教、哲学流派。古代希腊诸神也被他嘲笑得体无完肤。

琉善是欧洲古代文学中最后的一位重要作家。他的作品用希腊语写成，具有极强的讽刺性。他最主要的著作有：《诸神的对话》以生动活泼的语言，剥掉了神的尊严；《死者的对话》讽刺虚荣、欺骗和贪婪的社会风习；讽刺故事《伯列格林努斯之死》写流氓利用人们对基督教的信仰进行欺骗；《一个真实的故事》以荒诞不经的航海游记形式，讽刺当时的历史、游记、诗歌、哲学及考据等著作。

琉善的散文风格轻快，富于机智，喜欢引用古希腊文学、历史、哲学中的词句，也染上了雕琢的修辞习尚。

第四节　古罗马史诗

古罗马文学中成就最高的是诗歌，其中自然也包括史诗。共和国末期诗人卢克莱修的传世之作《物性论》既是一部哲理诗，又可算作一部史诗。这部规模宏伟的诗作与其他史诗的不同之处在于它描写万物和人类起源是从唯物主义和无神论的角度出发的，由于其深刻的哲学思想，一般认为更宜将它归入哲理诗一类。

维吉尔是公认的最有才华的古典诗人之一，他的史诗《埃涅阿斯纪》一万余行，是罗马诗歌在艺术上的最高成就，是“文人史诗”的开端，因而在文学史上有着特别的意义。

白银时代的史诗也曾一度繁荣。伊泰利科斯（25—101）的鸿篇巨制《布匿战争》是拉丁文学中最长的史诗，共17卷，12000行，描写第二次布匿战争，带有希腊的古典风格，富于强烈的戏剧性。

卢克莱修（提图斯·卢克莱提乌斯·喀鲁斯，公元前99—前55）生平不详，据4世纪的基督教学者圣哲罗姆称，卢克莱修因患间歇性精神病而服毒自杀。

卢克莱修的唯一传世之作《物性论》共六卷,每卷千余行。诗作在诗人死后才得以发表,原稿早已佚失,抄本多次改动,且湮没了千余年,直到1473年才被意大利人文主义者波古奥发掘出来。

诗人在这部哲理性的史诗中提出了"无物能由无中生,无物能归于无",宇宙一切皆由原子组成这一基本的、唯物论的论点。诗人用大量篇幅解释了雷电、地震、瘟疫等最容易引起迷信的自然现象,描写了万物和人类的起源,歌颂了人类文明,同时也揭露了奴隶主贵族残酷暴虐的罪恶行径。

卢克莱修善于用新颖的词语、生动的比喻来解决抽象概念和哲学思想表达上的困难,如他把远山放牧的羊群比作静止的物体,羊群远远看去作为一个整体似乎看不出有什么变化,而实际上羊群内的每一只羊如同构成物体的原子一样在运动着;他还用字母与单词的关系比喻原子与万物的关系。全诗规模宏大,风格崇高。

维吉尔(普布留斯·维吉留斯·马罗,公元前70—前19)生于意大利北部小城曼图亚附近农村,父亲以种田、养蜂为生。维吉尔小时候在那波里学习过希腊语和伊壁鸠鲁派哲学,还在罗马学过修辞学。由于体弱,学成后曾隐居田庄,后遭兵事,移居罗马城,结识了麦凯纳斯,并成为"麦凯纳斯文学集团"的成员。据说奥古斯都甚为赏识他,公元前26年左右,奥古斯都建议他为罗马创作史诗,于是他深感知遇之恩,旋即从事史诗的创作。

维吉尔十分谦逊,对自己要求很严格,30多岁才发表第一部诗作《牧歌》,这一诗作使他一举成名,而且正是该诗替他打开了通向奥古斯都周围上层社会的大门。维吉尔除了上述《牧歌》外,还创作过一部《农事诗》,前面提到过的史诗《埃涅阿斯纪》是诗人的最后杰作。

《埃涅阿斯纪》计12卷,长达近万行,是维吉尔的代表作,写于诗人一生最后的11年。初稿完成之后,诗人为了熟悉史诗主人公埃涅阿斯漂泊过的地方，曾游历了希腊和小亚细亚。据说他准备对初稿加工三年，但不久便病故了，生前只来得及对个别地方进行润色。他对自己的这部诗作并不满意，曾遗嘱将诗稿付之一炬，只是屋大维下令保存才免遭焚毁。

《埃涅阿斯纪》是遵照奥古斯都的旨意创作出来的。据传说，史诗的主人公特洛伊人埃涅阿斯乃是茹利安族之始祖，而奥古斯都乃茹利安族的养子，于是该诗实际上确认了罗马新统治者的出身，故而有“遵命文学”之称。

《埃涅阿斯纪》描写的是特洛伊王和女神维纳斯所生之子埃涅阿斯到意大利建立新王朝的故事。特洛伊被希腊人攻陷之后，埃涅阿斯与妻子离散，从混乱中逃出，携带老父、幼儿、随从和家族的神祇在海上漂泊了七年之久。史诗一开头叙述他在海上漂流的第七年，被暴风雨吹送到非洲北岸，在迦太基登陆。迦太基的女王狄多盛情款待他并请他讲述自己的遭遇。史诗的第二、三卷便是埃涅阿斯对特洛伊陷落和自己在海上漂泊的悲惨经历的追述。第四卷写女王狄多钟情于埃涅阿斯，想留他作迦太基王，但天上诸神命令埃涅阿斯离开迦太基去寻找神给他指定的建立王朝的新地。狄多见他去意甚坚，只好送他上船，回去便在绝望中自焚身亡。第五、六卷写埃涅阿斯抵达意大利西海岸后举行父亲的葬礼以及与女巫西比尔会面并在她的引导下游历了冥府，在那儿他见到了特洛伊战争中阵亡的英雄和狄多的灵魂，还见到了亡父安齐塞斯的灵魂。亡父向他预言了罗马未来的光荣和奥古斯都的盛世。前六卷所描写的漂流经历与《奥德赛》颇为相似。后六卷所描绘的主人公在意大利半岛登陆后同当地异族展开斗争的战斗场面则与《伊利亚特》几近雷同。埃涅阿斯离开西西里，来到台伯河口的拉丁姆国土，国王拉提努斯热情地款待他并愿意把女儿许配给他，这件事激怒了另一求婚者鲁图利亚的国王图尔努斯，进而引起战争。两军交战三年，各有胜负。又各搬援军，天上诸神各自帮助他（她）们所宠爱的人。埃涅阿斯让他母亲维纳斯去找金匠神给他铸造盔甲和盾牌，盾牌上刻着未来奥古斯都的光荣战绩。最后，埃涅阿斯与图尔努斯决斗，图尔努斯不敌被杀。全诗随着战争的结束而结束。

诗人通过埃涅阿斯的传说，歌颂了罗马祖先建国的功绩和罗马的光荣。诗人把埃涅阿斯的儿子尤鲁斯写成是恺撒和屋大维的祖先，因而肯定了屋大维的“神统”。埃涅阿斯经历艰辛，旨在说明缔造帝国之不易，表现奴隶主珍视帝国和平及爱国的精神。史诗主人公虔诚、孝敬、勇敢、克制、大度、仁爱，集中体现了诗人心目中一个理想的政治领袖所应具备的美德。埃涅阿斯和奥德修斯同是流浪者，但埃涅阿斯负有重大使命，是神旨的执行者；同样是大将，阿喀琉斯为了争夺一个女俘的私人小事而放弃责任，而埃涅阿斯却克制了自己的感情服从使命。从《埃涅阿斯纪》开始，欧洲文学中出现了所谓爱情与责任相冲突的主题。

史诗写的虽然是罗马的光荣，但不时也流露出诗人哀伤的情绪，如主人公在迦太基看见朱诺神庙上刻着特洛伊的故事，叹息道：“人间一切都引发我伤心落泪”等。诗中比较生动的人物是失败者狄多和图尔努斯，诗人对他们给予了很大的同情，使读者感到诗人对“罗马和平”和帝国光荣能否维持抱有一定的怀疑。

维吉尔在创作《埃涅阿斯纪》时虽有意模仿荷马史诗，但按照诗人同时代人的说法，他是想与荷马一比高低，因而二者也必然有着明显的区别。首先，两部史诗情调不同，荷马史诗乐观、勇武、向上、蓬勃乃至凶狠，而《埃涅阿斯纪》则严肃、哀婉、悲天悯人乃至多愁善感；其次，在创作方式和形式特点上，《埃涅阿斯纪》是世界文学史上第一部“文人史诗”，全诗用流畅简练、音节响亮的六音步英雄体写成，而荷马史诗则是歌手、民间艺人口头创作的史诗；再次，两部史诗虽都写英雄，但目的、使命不同，形象各别：荷马史诗重在写英雄冒险行为本身，而《埃涅阿斯纪》则重在写英雄的使命感、责任感，是“遵命文学”的典范；其四，两部史诗所描写的英雄在性格上也存在着较大差异，荷马史诗人物形象生动鲜明，个性显著，而《埃涅阿斯纪》的人物则缺乏个性和生气；最后，在语言特色和艺术手法上，荷马史诗语言朴实而《埃涅阿斯纪》则词藻华丽，荷马史诗在结构上颇富戏剧性，在叙事技巧上，有时集中描写，重点突出，有时又倒叙追述，路转峰回，而《埃涅阿斯纪》总体上则是平铺直叙，略嫌呆板而少奇巧。但后者在艺术上也有其独到之处，如梦幻、象征、暗示、讽刺等手法的首创运用和对人物心理刻画的重视。

《埃涅阿斯纪》包罗万象，地中海各岛屿的草木山水、人情风俗都跃然纸上；诗人注重细节的研究，全诗没有不一致、前后矛盾或重复之处，据说诗人每天仅写三行，其精细由此可见；在修辞和韵律方面，维吉尔也似乎可以说达到了完美的顶峰，因而这部作品不仅对当时的罗马文学、而且对欧洲文艺复兴时期和古典主义文学都产生过巨大影响。但丁认为维吉尔最有智慧、最了解人类，因而在《神曲》中让他作为地狱和炼狱的向导。斯宾塞的《仙后》和弥尔顿的《失乐园》也都有模仿《埃涅阿斯纪》的痕迹。

第五节　古罗马抒情诗

古罗马共和国末期，政治生活动荡，内部纷争激烈，一部分贵族青年对现实不满，沉湎于爱情生活，追求个人幸福。贵族阶级的旧道德和家庭伦理也濒于崩溃。此外，罗马诗人还受到了希腊化时期侧重内心感受、雕琢词藻诗风的影响。这些因素促成了罗马文学上抒情诗这一文学形式的兴起和繁荣。这一时期杰出的诗人是卡图鲁斯。

到了帝国初期，屋大维解决了共和国末期的政治危机，建立了元首制。为了巩固其统治地位，屋大维减免苛捐杂税，放宽土地政策，礼遇文人，重视文化艺术，所有这些使得长期动荡不安的罗马呈现出一片和平稳定景象。帝国的强大使奴隶主贵族意识到国家的伟大，小土地所有者也滋生了新的希望。于是歌颂帝国光荣或追求“幸福”的抒情诗也得到了进一步的发展。这一时期的主要抒情诗人有维吉尔、贺拉斯、奥维德、普洛佩提乌斯和提布鲁斯，其中前三位是罗马最伟大的诗人。屋大维死后，帝国江河日下，抒情诗衰落。

卡图鲁斯（盖尤斯·瓦利留斯·卡图鲁斯，公元前84？—前54）生于意大利北部维罗那一个富有的家庭，曾获得罗马的公民权，经常出入罗马上层社会。在激烈的政治斗争中，他曾和共和派一起反对过恺撒，而且还写过许多辛辣的讽刺短诗，锋芒直接针对无情地劫掠高卢的恺撒及其党羽，但后来妥协了。他还写过当时风行的“亚历山大体”的“学院诗”，这些诗以精巧见长。不过，卡图鲁斯的诗歌天才主要表现在抒情诗上，在这方面他与后来的贺拉斯齐名。

卡图鲁斯的诗作现存116首，其中以致勒斯比亚的一首抒情诗最为著名。诗中的勒斯比亚即诗人与之有过狂热爱情的克洛狄娅。克洛狄娅是当时高卢统治者的妻子，这位绝代美人曾以许多风流艳史闻名罗马。诗人与她保持了很长一段时间的恋情，但后来败露。这一悲剧性的爱情是诗人一生中受到的最沉重的打击。他将激情哀怨抒为诗章，具有动人心弦的力量。诗歌在艺术手法上也极为高明，如诗歌并不去正面歌颂恋人的姿色和魅力，而是将坐在情人对面凝神注视，倾听她绵绵笑语视为极大的福分，这就使读者的想象力可以得到尽情发挥。更值得一提的是诗人在渲染了自己沉湎于爱情而神魂颠倒的情状之后，出人意外地笔锋一转，把个人恩怨与国家兴亡联系起来，结尾处指出闲逸致害，以此来深化诗歌的思想意义。

卡图鲁斯善于用警句式的语言表达浓郁热烈、复杂微妙的感情。他的抒情诗对后世欧洲许多伟大诗人都产生过影响。

贺拉斯（昆图斯·贺拉提乌斯·弗拉库斯，公元前65—前8）生于意大利南部韦诺萨一个获释奴隶的家庭。其父获释后做了拍卖商，家境富裕，因而贺拉斯幼年受到过良好的教育，通拉丁语和希腊语，能诵荷马史诗原文，后到雅典学过哲学。公元前39年经维吉尔介绍加入麦凯纳斯文学集团。公元前44年恺撒被刺后，曾站在共和派一边，共和派失败后，于大赦中回到罗马。由于在麦凯纳斯文学集团中备受推崇，贺拉斯后来在罗马附近获得麦凯纳斯所赠的一座庄园，从此养尊处优，信守中庸之道，知足常乐。

贺拉斯是奥古斯都时期最主要的讽刺诗人、抒情诗人和文艺批评家。其早期的作品有《长短句集》一卷17首和用六音步诗行写成的《闲谈集》（又称《讽刺诗集》）二卷18首。前者表明作者反对内战，幻想黄金时代到来的思想；后者讽刺罗马社会的恶习。作者自称师承公元前2世纪罗马讽刺诗人鲁齐留斯（公元前180—前102），但缺乏鲁齐留斯的政治热情和尖锐性。

使贺拉斯享有盛名的是他后期的《歌集》（又称《颂歌集》）和《诗简》。前者四卷百余首，后者是一本诗体书信集，两卷23首，其中第二卷和第三封给皮索父子的信，被后世称为《诗艺》。

贺拉斯的抒情诗改造了希腊抒情诗的格律，构思巧妙，语言优美，优雅庄重，以友谊、爱情、诗艺为题，熔哲理与感情于一炉，不少人竞相模仿，其仿作史称“贺拉斯体颂歌”。

贺拉斯的抒情诗主要见于《颂歌集》中。其中有一部分被称为“罗马颂歌”，赞美帝国统治者所提倡的淳朴、坚毅、正直、尚武、虔诚等美德，宣扬奴隶主的爱国精神，颂扬屋大维。这一类庙堂文学的代表作是《世纪之歌》。《颂歌集》中其他抒情诗的中心主题可归结为适度的个人享乐。他惧怕贫困，也反对饕餮；既要依附权门，又要洁身自好。贺拉斯的人生哲学便是中庸之道。

贺拉斯的抒情诗多哲学议论，抒情成分较弱，但气魄大、意境深，他成功地把阿尔凯奥斯、萨福、阿那克里翁等首创的各种希腊抒情诗格律运用于拉丁语的诗歌创作，节奏、音律都十分完美。诗人歌颂自己的《纪念碑》一诗构思巧妙，立意新颖，曾为后世许多人仿效。贺拉斯的诗歌主要以表达的准确和恰到好处见称。

维吉尔虽以其史诗《埃涅阿斯纪》而闻名于世，但他同时又是一个重要的抒情诗人，而且正是他的田园抒情诗《牧歌》使他赢得了奥古斯都的赏识，从这种意义上说，没有他的抒情诗也许就没有了《埃涅阿斯纪》。

维吉尔早期的抒情诗是《牧歌》十首，约写于公元前42年到前37年之间。它们采用牧羊人对歌和独歌的形式，抒发牧人的爱情，描绘田园的风光，表现乡村的乐趣，有的也直抒胸臆。第一首和第九首以两个牧羊人对话的形式倾吐失去土地的悲伤和厌战的思想，可能掺入了诗人自己的经历和体验，因为据说他自己的庄园也曾被征收去犒赏老兵，只是由于诗人到罗马求情，在屋大维的一些亲信官吏的帮助下才得以收回。因而，诗人在第一首里便把屋大维比作神明以感激元首使他重获土地。第四首更是对屋大维统治下“黄金时代”的颂歌。当然，诗人在《牧歌》中也流露出了怀疑和伤感情绪，担心和平不能持久，这给作品蒙上了一层感伤的色彩。《牧歌》既有时代轻绮繁缛之风，又能抒发人民的思想感情；既模拟希腊作品，又不乏创新之处。全诗散发出诗人故乡草场的气息，一种田园的芬芳。

这部用了数年工夫才完成的《牧歌》构思精巧、立意新颖、想象丰富、语言优美，因而发表后便广为传诵，风靡一时，后世不少诗人也竞相模仿。

维吉尔的另一诗作《农事诗》共四卷，每卷五百余行，写于公元前37年到前30年间，据说是按照奥古斯都的要求和麦凯纳斯的意愿，模仿赫希俄德的《农作与时日》而作。全诗分别写农业、园艺、畜牧和养蜂。相传屋大维对《农事诗》甚为欣赏，曾连续四日亲自聆听朗诵。

诗人虽未直接描写大田庄制度下奴隶的劳动生活，但他同情并肯定劳动，认为“劳动战胜了一切”。他宣传和平与复兴，号召人们热爱农村生活与农业生产。诗人还将战乱生活与和平宁静的农村生活加以对照，歌颂了古罗马丰饶的自然资源，表达了奴隶主阶层的爱国情感。他描写四季的自然景色和动植物的习性，保存了当时的一些农业知识。诗中还有一些神话插曲，如俄耳浦斯下冥土寻找妻子的故事。

《农事诗》的风格特点在于诗人对种种自然现象十分敏感，赋予生产劳动以诗意，表达了独立小农的情趣。

普洛佩提乌斯（塞克图斯·普洛佩提乌斯，公元前50—前15？）出生于意大利的翁布里亚一个富有的家庭，幼年丧父，但从母亲那儿受到了良好的教育。后来他随母亲到罗马，初学法律，但由于对法律不感兴趣，故转而从事诗歌创作，后加入麦凯纳斯文学集团，与维吉尔、贺拉斯和奥维德结为好友。

普洛佩提乌斯在罗马爱上一个比他大的女子荷斯提娅并为她作过许多情诗，在诗中称她为“卿提娅”。公元前29年，即他第一次与荷斯提娅艳遇的那一年，他发表了双行体诗第一卷《卿提娅》，从而声名大振，据说麦凯纳斯还亲自登门拜访了诗人。

普洛佩提乌斯的双行体诗共四卷（有人分为五卷），内容涉及生活的方方面面，想象丰富、感情真挚，具有很强的感染力。他的诗作感伤色彩很浓，揭示了他对人生潜在悲剧性的深刻理解。他的诗往往专注于自身的利益与事务，读来有一种顾影自怜、不胜哀婉之感。但这些缺点被他的幽默感，尤其是他丰富的想象力所冲淡。在艺术技巧上他的诗以其铿锵有力的韵律节奏见长。他曾被誉为“温柔的诗人”。

提布鲁斯（阿尔比乌斯·提布鲁斯，公元前54？—前19）出生于骑士阶层，继承过祖产，但到公元前41年安东尼和屋大维没收土地分给老兵后已大部丧失。他年轻时曾获得政治家、军人和文学家梅萨拉·科尔温的友谊和庇护，后成为梅萨拉文学集团的重要成员。他的大部分光阴在罗马和乡村庄园度过，尤其喜欢庄园生活。

提布鲁斯与有夫之妇戴利娅的悲剧性恋情是他的第一卷诗的主题。他和戴利娅的关系是在戴利娅的丈夫在外服兵役时建立起来的。这种关系在戴利娅的丈夫回来后仍秘密保持着，直到后来提布鲁斯发现她还有别的情人，经过一番无效的抗议之后才告结束。在诗人的第二卷诗中，戴利娅的位置已由奈梅西丝取代，后者是个高级妓女，有几位相好，提布鲁斯曾埋怨过她的贪婪和铁石心肠，但他的余生却似乎始终俯首帖耳于她。

提布鲁斯现存诗作收在《提布鲁斯诗集》里，他的诗作具有淳朴的田园风味，充满柔情，表达细腻，这使他在罗马哀歌诗人中鹤立鸡群。

奥维德（普布留斯·奥维第乌斯·纳索，公元前43—公元18）出生于苏尔莫，青年时期，其父曾把他送往罗马学习演说修辞，以期把他培养成一名诉讼师。可是他不以父命为然而对诗歌情有独钟，20岁左右开始诗歌创作，与许多诗人有着很密切的交往。其妻出身名门望族，与奥古斯都家庭关系颇为密切，使奥维德得以出入罗马上层社会。在一次由麦凯纳斯召集的庆祝罗马统帅阿格利帕从高卢凯旋的集会上，奥维德在贺拉斯朗诵了其《纪念碑》之后朗诵了自己的诗作，从而使他与维吉尔、贺拉斯齐肩，并称为罗马三大诗人。

56岁时（一说50岁），由于一首诗（一说因为与奥古斯都孙女的宫闱秽事）的关系，诗人被奥古斯都放逐到黑海之滨托米城。流放期间，诗人祈望得到宽恕重返罗马，但未能如愿，最后客死在异乡。

奥维德早期是个放荡不羁的诗人，他曾说："没有了丘比特的热情时，缪斯便也默然无声。"这一阶段创作的诗有《爱情诗》、《爱的艺术》和《古代名媛》，全都用哀歌体写成。《爱情诗》共三卷49首，设想各种情景，追求爱情，以享乐主义为主导思想。《爱的艺术》也是三卷，诗人把求爱写成一种学问，反映出罗马奴隶主精神上的堕落颓废，违反了屋大维“重整道德”的政策，因而曾引起他的不满。《古代名媛》共21首，大多是诗人设想古代传说中的女子如佩涅洛佩、狄多等写给丈夫或情人的书信，或表达离恨，或责怪对方的寡情。

在放逐前，奥维德除完成了他的代表作神话诗《变形记》外，还创作出了哀歌体的《罗马岁时记》六卷。诗人按岁月（从正月到六月）记载了本月的天文现象、历史事件、宗教节日以及风俗传说等，抒发了热爱乡土的情绪，肯定并歌颂了罗马的各种典章制度。

流放期间，奥维德创作了《哀怨集》五卷、《黑海诗简》四卷、均用哀歌体写成，或详述流放的痛苦，或描写流放的旅程以及流放地的生活。

奥维德的诗作文字优美、想象丰富，尤以描写爱情心理见长。莎士比亚曾在《爱的徒劳》一剧中借一位教师之口对奥维德的诗歌给予过很高的评价，普希金在《致奥维德》一书中也缅怀过这位流放诗人。

当然，奥维德最主要的作品还要算其神话诗《变形记》，有关该诗的情况请参见神话部分。

第六节　古罗马寓言诗和讽刺诗

奥古斯都于公元14年去世后，罗马文学由“黄金时代”逐渐步入“白银时代”。这一时期，抒情诗方面除了宫廷诗人斯泰提乌斯[①]描写有闲阶级生活情趣的短诗集《林木志》外，基本上中断了。史诗虽曾一度繁荣，但就其成就而言，并不很高。这一时期的寓言诗和讽刺诗倒是发达起来。早期讽刺诗人有帕西乌斯（34—62），他留下讽刺诗六卷。寓言诗人

① 斯泰提乌斯（45？—95），著有史诗《忒拜之围》和《阿喀琉斯记》（未完成）。

菲德鲁斯的《寓言集》在欧洲寓言的发展中占有一定的地位，后期的两位重要讽刺诗人是马希尔和朱文纳尔。

菲德鲁斯（盖尤斯·尤利乌斯·菲德鲁斯，公元前15—公元50）是希腊北部出生的奴隶，在屋大维宫廷服役，获释。

菲德鲁斯是罗马文学史上唯一重要的寓言诗人，著有《寓言集》五卷，以诗体模仿伊索的动物寓言，含沙射影地讽刺罗马社会的黑暗和政治的腐败。

《寓言集》中最著名的有狼和羔羊的故事，揭露告密者“捏造理由陷害无辜的人”。也有讽喻时政的故事，例如青蛙因为缺水反对太阳结婚，“如果它生出小太阳来，未来不堪设想”，用以讽刺权臣想娶皇帝的亲族，夺取皇权。菲德鲁斯对拉封丹和克雷洛夫有过很大影响。

马希尔（马尔库斯·瓦利留斯·马尔提阿利斯，40?—104?）出生于西班牙，在那里受过良好教育，后来到了罗马，举目无亲，不得不在当地寻求显贵的庇护，寄人篱下，备尝艰辛，最后贫困而死。

马希尔开始创作的时间较晚，著有《斗兽场表演记》一卷，《礼物铭文》二卷，主要诗作是《碑铭体诗集》12卷，1500余首。

《斗兽场表演记》描写斗兽场开幕式上所见的血腥娱乐，歌颂提图斯皇帝（79—81年在位）“与民同乐”，多阿谀奉承之词，缺乏批评眼光。《礼物铭文》备赠礼者随同礼物赠人之用，是适应罗马食客制度的作品，价值不大。

马希尔的诗歌天才集中表现在其主要诗作《碑铭体诗集》（一译《警句诗集》）中。碑铭体诗或称警句短诗，在希腊语中最初是指碑文铭刻，但后来词义扩大，用来泛指任何优美、凝练、犀利、短小精悍的诗歌，无论其诗题为爱情还是哀思，其态度为赞美还是讽刺，均可名之曰碑铭体诗。马希尔为这种诗体建立了不朽的典范。

《碑铭体诗集》大多为讽刺短诗。诗人屈辱依附的地位为诗人观察生活提供了大量的材料，这些观察所得便是他诗作的源泉。诗人曾说："生活中可以议论的，就是我创作的内容"。他的诗作通过虚构的人物，勾勒出一幅幅公元1世纪罗马生活图景，各行各业、不同性格的人物都栩栩如生地展现在读者眼前：无所事事的纨绔子弟，狡猾奸诈的饭店老板，心狠手辣的暴发户，爱钱如命的守财奴，阿谀奉承的遗产争夺者，游手好闲的偷窃者，不诚实的妇女，行骗的医生等等。字里行间渗透着诗人尖刻的嘲笑和辛辣的讽刺。此外，诗人也写了不少以生活中艰难困苦的"小人物"为题材的诗歌，对他们给予深切的同情，例如，在一首哀悼六岁女奴之死的诗歌里，诗人希望自己的父母在黄泉之下能好好地照顾她；诗人还在斯多葛派哲学的影响下写了一些描绘他的生活理想——小康的田园生活的诗歌。

马希尔的诗歌短小精悍，含蓄突兀，富于机智和幽默，形象生动而典型，欧洲文学中的警句诗这一体裁从马希尔起得到定型。

朱文纳尔（德奇姆斯·尤利乌斯·尤文纳利斯，60？—127？）出生于意大利一小城阿奎诺，父亲可能是一个获释奴隶。诗人大器晚成，据说他五十多岁时才开始创作讽刺诗，创作活动主要是在君主制时代，因憎恨皇帝图密善（81—96年在位）和图拉真（98—117年在位），讽刺朝臣而遭到打击报复，八十高龄还被流放到埃及并客死在那里。

朱文纳尔一共留下五卷诗集共十六首。每首从百余行到六百余行不等，用六音步诗行写成。诗人长于借古喻今，诗风严峻而尖锐，他讽刺的对象包括：献媚皇帝的无耻文人和政客；为了金钱或利益而不惜歪曲现实，承认一切现存制度皆完美的哲学家；附庸风雅的暴发商人等，其中最有力的讽刺则直接针对皇帝的淫威。渔人打了一条六斤重的大鱼，没有人敢买，因为这样大的鱼只配献给皇帝，大臣们附和着说："这条大鱼是皇朝的祥瑞，它是自愿投入罗网的。"图密善在位的时候，实行残酷统治，堵塞言路，人民噤若寒蝉。图密善被人刺杀后，图拉真继位，表面上广开言路，许以自由，实际上一如既往。朱文纳尔对于这一切愤慨万分，抒之为诗，大胆揭露。在一首诗中，他这样写道："即使没有天才，愤怒出诗句"。这句诗早已成为名言。19世纪资产阶级革命高涨的年代，朱文纳尔的作品受到了极大的欢迎，人们称他是揭露古罗马暴君和贵族的战士。席勒、海涅、雨果和别林斯基也都给予朱文纳尔以很高的评价，称他为一个伟大的罗马人。

第七节　古罗马神话

古罗马可以说没有自己的神话，罗马的原始神话由于希腊的影响而和希腊神话融为一体。但这并不等于说古罗马就没有神话文学，恰恰相反，后世文学家所用的神话故事材料多从罗马的一部神话作品中提取，这便是有"神话词典"之称的奥维德的神话诗《变形记》。

《变形记》是一部神话诗集，用史诗体的格律写成。全诗15卷，包括250多个故事，集希腊、罗马神话之大成。诗人将这些故事按时间顺序予以安排，以最初的"变形"即天地的开辟、人类的创造开始，最后以恺撒变成星宿的故事结束全诗。

诗人采用故事套故事，人物轮换讲故事，描写织品、器皿上的故事画，写完一个故事又写另一个性质相反的故事等方式，使250多个故事巧妙地串成一个有机整体。全诗的细节前后贯通，线索衔接自然，表现出高超的叙事技巧。诗人流利的诗句、优美的音律、丰富的想象、深刻细腻的心理刻画、独具匠心的结构技巧，使许多古老的神话和传说获得了新的生命。

《变形记》在艺术上的另一特色是强烈的戏剧性：诗人时而着力渲染故事的悲剧性，塑造伟大的英雄形象；时而又风趣地描写故事的喜剧性，勾勒滑稽可笑的神的形象。

《变形记》的哲学基础是卢克莱修“一切都在变”的朴素唯物思想，但“变形”描绘中也夹杂着毕达哥拉斯“灵魂转移”这一唯心学说的影响，因而故事中的人物无不变为动物、植物甚或顽石：阿拉克涅变成了蜘蛛，恺撒变成了天上的星宿等。神话诗对神的“天堂”和“等级”的描写，实际上是对罗马社会各阶层的写照。在诗人笔下，神的尊严外衣往往被剥去而现出人的性格，如朱庇特、马尔斯、维纳斯、朱诺等一个个都残暴、任性、荒淫、奸诈、邪恶，借以揭发罗马上层社会的种种恶习弊端。诗作同情受侮辱受压迫的弱者，肯定纯真诚挚的爱情，歌颂恺撒、屋大维的功劳。另一方面，诗作中也有放纵情欲的描写和罪恶心理的刻画，具有一定的消极作用。

《变形记》是希腊神话和罗马传说的宝库，为后世文学家提供了重要的材料和创作灵感。在结构技巧上，为后来的框架故事，如《十日谈》、《坎特伯雷故事集》等开了先河。此外，但丁、莎士比亚、蒙田、莫里哀、歌德的创作都程度不同地受到过他的影响，据说莫里哀晚年床头经常放着一部《变形记》。

第八节　古罗马小说

古罗马小说，成就显然超过了古希腊。虽然就作家和作品的数量而言并不可观，但无论是从宽泛的意义还是从严格的意义上都可以说欧洲文学史上的第一部小说诞生在罗马。

彼特隆纽斯（盖尤斯·彼特隆纽斯，？—65？）可能出生于富裕家庭，做过比蒂尼亚省督和执政官，终生追求享乐，荒淫的尼禄皇帝（54—68年在位）曾授以“起居郎”之职，这一称号后来进入他的名字。他同尼禄皇帝过从甚密的关系引起近卫军长官提格林努斯的仇视，66年被指控参与谋杀尼禄,遂自杀身亡。小说《萨蒂里卡》一般公认是他的作品,这是一部喜剧传奇式的小说。现存第15、16两章的残片(全书约20章),基本上是散文,夹杂诗歌,特里玛尔奇奥这个庸俗的暴发户的宴会是书中比较完整的一节。

小说通过主人公恩柯尔皮乌斯的自述,广泛而详尽忠实地记录了1世纪意大利南部半希腊化城市流行的享乐生活。主人公是个窃贼,同他的两个伙伴一起到处行窃,干了许多荒唐勾当。书中主要部分写主人公到庸俗的暴发户、获释奴隶特里玛尔奇奥家参加的一次宴会。当时获释的奴隶数量日增,他们靠投机、放高利贷、买卖奴隶致富。作者站在贵族立场,讽刺这些人的庸俗趣味。特里玛尔奇奥的田地大得"连乌鸦都飞不到头",奴隶多得"分了40个等级",在他的田庄上,一天出生70个小奴隶。作者着力描绘了宴会的奢侈。小说中穿插了一些民间传说的故事和文学批评,最著名的故事是讽刺以弗所地方一个寡妇在丈夫陵墓里和看守犯人尸体的兵士恋爱的故事。书中人物语言符合他们的方言特点。小说里的猥亵成分反映了当时贵族堕落的精神面貌。

小说文笔典雅,机智风趣。尽管作品残缺不全,且多为夹杂着诗歌的散文,但人们还是倾向于把它看作欧洲文学史上的第一部流浪汉小说,作者彼特隆纽斯自然也就是欧洲第一部小说的作者了。不过,普遍公认的"小说之父"却是阿普列尤斯。

阿普列尤斯(鲁齐乌斯·阿普列尤斯,124?—175?)生于北非一个官吏家庭,受过良好教育。曾漫游各地,到过希腊、小亚细亚、罗马及亚历山大城,研究过哲学、幻术及降神诸术,因而曾被控以妖术惑人。晚年在迦太基教修辞学。

阿普列尤斯精于散文创作,著有《讲演集》和《柏拉图学说论集》等。但他最著名的作品是小说《金驴记》(又称《变形记》),用自叙形式写成。青年鲁齐乌斯因事赴希腊北部帖萨利亚——有名的巫术之邦,他留宿于高利贷者米罗家中。米罗的妻子是个女巫，青年看见她幻形为鸟，甚是羡慕，便偷了她的魔药敷在自己身上也想变成一只鸟，不料鸟未变成却变成了一头驴子。女巫的婢女告诉他须食玫瑰始能恢复人形。后被关入马厩，遭马践踏，夜里被一群强盗偷去，受人鞭打。后来落到奴隶主庄园，又先后辗转卖给磨坊主和菜农，然后又被军人劫去卖给贵族厨奴，且曾为一群牧师、强盗和商人驮运过货物，备受虐待。然而驴形人心的鲁齐乌斯却因此而得以窥见盗贼、巫士等各式各样的人欺骗掠夺的秘密。最后，一个伊希斯女神用玫瑰喂他才得以恢复人形，此后，鲁齐乌斯便皈依了伊希斯教门。

《金驴记》以主人公的遭遇为纽带，忠实而广泛地描写了罗马外省的生活。贵族地主纵犬咬死小农三个儿子，强占土地；罗马军官强夺人民财产；富人豢养野兽，举办斗兽会等等。小说还叙述了不少由于贪图钱财、遗产，或由于情欲而引起的凶杀。作者利用主人公变驴后的遭遇和感受，刻画了穷人和奴隶受奴役和虐待的处境。主人公虽变成了驴却保持了好奇的性格；虽不能说话，但仍是一个能思考、有见识的观察者。由于人们对他没有戒备，所以他能耳闻目睹人们最卑鄙的思想和行为。同时，小说也写了不少巫术、怪异，贯穿着埃及宗教的神秘精神。

《金驴记》对后世文学产生过很大影响，薄伽丘、塞万提斯等所受影响尤深。

第九节　古罗马传记文学

传记文学是古罗马文学对后世的另一贡献。传记文学这一文学形式早在古希腊时期就已颇为发达，只是传世甚少。古代传记起源于挽歌和悼词。古代历史学家突出个人的作用，把某些哲学家、文学家、军人、演说家的事迹书为文字，成为传记，但仍属历史范畴；希腊化时期，对古籍的整理和注释需要介绍作者的生平和著述，也形成传记的一种；自传、回忆录之类带有自我辩解或生活总结性质的作品则构成传记的又一种。西塞罗记述他任执政官经历的作品、奥维德的《哀怨集》卷四和李维[1]的《罗马史》分属上述的两类。

罗马早期传记大部分失传。1、2世纪则以塔西佗、苏埃托尼乌斯和普鲁塔克三人最有影响。

塔西佗（普布留斯·科尔涅留斯·塔西图斯，55？—118？），很可能出生于高卢南部，父母情况不详，科尔涅留斯系贵族家姓，但并无史据表明他出身贵族。然而，他在优裕的环境中长大却是确定无疑的。他曾师承一流雄辩大师马尔库斯·阿佩尔和尤利乌斯·塞昆都斯，系统地学习过修辞学。塔西佗被称为贵族共和派最后一个代表，是帝国时期著名的历史学家兼传记作家，其主要著作是《历史》和《编年史》。

公元98年发表的《阿古利可拉传》，写罗马驻不列颠总督阿古利可拉的一生。主人公阿古利可拉系作者岳父。作品用夹叙夹议的手法叙述了阿古利可拉的一系列活动（主要是军事活动），成功地刻画了他的性格，进而达到了替他辩护、为他树碑立传的目的。同时作品还说明了即使在暴政下也可能存在不同流合污、不阿谀奉承的“伟大人物”。作品在描写主人公政治活动的过程中，偶尔也穿插个人的遭遇，如主人公的幼子之死。作品中不列颠酋长的誓师辞是一篇动人的演说，其情绪实际上反映了罗马共和派要求自由的企望。

《历史》残存四卷余，写公元69年至96年间的事；《编年史》残存约12卷，写公元14年至68年间的事。两部作品的文学性都很强，给后世留下了帝国时期罗马政治生活最生动的记载。作者从个人创造历史这一唯心

---

① 李维（公元前64或59—公元17）是与萨卢斯特、塔西佗齐名的历史学家兼散文作家，著有《罗马史》142卷，其中11—20卷和46—142卷已佚失。他创造了一种灵活多变的文体，古代评论家昆图良称这种文体“像奶汁一样富于营养”。

史观出发，把历史写成帝王将相的实录和传记，同时又从共和派贵族的立场出发，尖锐地暴露了帝国的专制暴政和对外侵略扩张，对后世人们反抗独裁与专制发生过相当影响。作者特别注意人物性格的刻画和气氛的烘染。因而他笔下的主要人物各不相同的性格都刻画得鲜明生动、跃然纸上：克劳狄乌斯皇帝庸碌无能、优柔寡断，听任皇后摆布，他不知有“憎恨、满意、愤怒、悲伤和其他人类感情”，而其皇后麦莎丽娜则是荒淫无耻的典型；尼禄皇帝之母阿格贺皮娜是一个狠毒的、想要独揽大权的野心家，而尼禄本人则是残酷、懦弱而又爱歌咏、演出、竞技的纨绔青年。作者从人物之间钩心斗角的关系、人物行为的动机来刻画人物，因而人物形象颇具个性且鲜明生动，叙述也颇富戏剧性。

塔西佗的散文风格以简练著称，有不少警句，如《阿古利可拉传》中不列颠酋长演说时指控罗马侵略者说：“他们造成一片荒芜，而称之为和平。”

塔西佗是一位思路清晰的文体家，他发挥了拉丁语生动有力、富于节奏的特色，其文体就像他的思路一样，竭力避免平淡无奇，给人以强烈深刻的印象。

普鲁塔克（46—120）生于希腊彼奥提亚的凯罗涅亚一个贵族家庭，66年至67年在雅典学习过逍遥派哲学和数学，曾因公务数次去罗马并在那里讲授哲学，结识了许多朋友，其中可能包括皇帝图拉真（98—117年在位）和哈德良（117—138年在位）。

普鲁塔克一生著述甚丰，据称多达227种，保存至今的有100余种。其中最著名的是《希腊、罗马名人传》（英译本译为《比较列传》）50篇，记载从半神话人物一直到1世纪的罗马皇帝的生平。作品择希腊与罗马品行和事业相似者并列记述，如传说中的城邦创建人、雅典王忒修斯和罗马王罗慕路斯，希腊演说家狄摩西尼和罗马演说家西塞罗；这些成对的人物生平大多数附有“合论”，加以对比，以折中派的道德标准衡量人物，宣扬节制、人道以及对神的恐惧来反对罪恶和暴政。传存作品中可以加以对照的有22对，还有四篇独立传记。整部作品按希腊传记程式从传主的身世、出身、青少年时期、性格、事迹一直写到去世，但着重细节与轶事，说教目的明显。另外，作者拉丁文水平不高，因而罗马部分质量逊色于希腊部分。

普鲁塔克的另一部重要著作总称为《道德论说文集》，主要形式为对话和讽刺文，涉及题材十分广泛。

普鲁塔克行文清楚流畅，但也有冗长之处。其作品尤其是传记，对后世影响很大。他是歌德喜爱的作家之一，莎士比亚的三部描写罗马历史的悲剧[①]全部取材于《希腊、罗马名人传》的英译本。《道德论说文集》亦为后世学者重视，法国的蒙田和英国的培根都曾受其影响。

《希腊、罗马名人传》所记史实有不少失真之处，年代上也有混乱和前后矛盾的地方，因而在严格注重史实准确性的19世纪，其影响开始减弱。

苏埃托尼乌斯（盖尤斯·苏埃托尼乌斯·特朗奎鲁斯，69？—140？）出身骑士阶层，可能学过法律，但后放弃律师职业。通过朋友小普林尼的关系，他谋得军事护民官一职，后亦放弃，有可能曾随小普林尼出使过小亚细亚的比蒂尼亚。小普林尼死后，他找到另一恩主克拉鲁斯，所著《罗马十二帝王传》便是题献给后者的。哈德良皇帝即位后，他效力于皇帝，或许同时兼任帝国图书馆档案守藏吏及皇帝的文牍秘书。122年左右因对宫廷礼节的疏忽他遭解职，此后一直从事文学研究。

苏埃托尼乌斯是古罗马传记作家兼文物收藏家。主要著作有《罗马十二帝王传》和《名人传》。前者记述了罗马社会及自恺撒到图密善共12个皇帝的概况。作品利用了许多文献档案，其格式与普鲁塔克的传记一样，均按专题（王室背景、登基前的生涯、公务、私生活、仪表、人格及死

---

① 此三剧是《裘力斯·恺撒》、《安东尼和克莉奥佩特拉》和《科利奥兰纳斯》。

亡）分写。作品关于怪异、妖兆等迷信记载尤多，但对帝国的发展、行政和国防大都不提。这是一部脍炙人口的著作，描写简洁有力，用词形象准确，尤其是不事词藻雕饰而能用朴实流畅的语言叙述复杂的事情。

《名人传》是一部罗马著名文学人物的传记，后世所传有关罗马著名作家，如贺拉斯、泰伦斯和维吉尔等的生平情况，几乎都出自此书，现仅存残篇。

第十节　古罗马文艺理论

古罗马在文艺理论方面的主要贡献体现在贺拉斯的《诗简》，尤其是《诗艺》中，另外朗吉努斯的《论崇高》也是一部重要的文艺理论著作。西塞罗和昆体良对文艺理论也有所贡献，前者的《布鲁图斯》和后者的《雄辩家的培训》卷十为普通的文艺批评提供了范例，但大都是泛泛而论，强调的只是文学中最一般的东西。一般认为，在文艺理论方面，罗马人更擅长于讨论文学倾向而不善于探讨基本原则，这一点在昆体良和塔西佗的《对话集》中表现得尤为明显。

贺拉斯（昆图斯·贺拉提乌斯·弗拉库斯，公元前65—前8）最优秀的文艺理论，西方学者一般认为见于他的《讽刺诗集》（具体地说是卷一中的第四首和第十首、卷二的第一首）、致弗洛鲁斯的信（《诗简》卷二第二封）以及致奥古斯都的信（《诗简》卷二第一封）。但18世纪影响全欧洲的却是他致皮索父子的那一封信（《诗简》卷二第三封），这便是众所周知的《诗艺》。

这封诗体书信之所以被稍晚于他的著名修辞学家、教师昆体良称为《诗艺》，是因为它集中体现了贺拉斯的美学思想与文艺理论思想。《诗艺》并非系统的理论著作，而是贺拉斯的创作经验之谈，是以诗论诗。

贺拉斯认为，诗的本质是生活的模仿，是天才的创造，他劝告已经懂得写什么的作家到风俗中去寻找模型，从那里吸取活生生的语言。诗的标准是统一、朴素、适当、完善，力求形式与内容的统一，把人所尽知的事物写成诗歌，使平凡的事物上升到辉煌的顶峰。关于诗的创作，贺拉斯认为判断是开端和源泉；你自己要先笑，才能引起别人脸上的笑；或遵循传统，或独创。

贺拉斯根据亚里士多德的美学原则把衡量诗歌的标准概括为这样几个方面：

1）人物的性格要与年龄相符，再现古代作品中的人物，要描写人们所熟知的性格特征。如果是创造新人物，则必须注意首尾要一致，不可自相矛盾。反对“人头接马颈”似的“随意挥毫”。

2）人物语言要符合各自的身份和处境。因为“老态龙钟的长者，少年气盛的纨绔，/炙手可热的贵妇，殷勤献媚的乳母，/跑惯江湖的货郎，小康之家的农夫，/或他乡异国之人，各有不同的吐属。”

3）情节要虚实参差毫无破绽。贺拉斯同意“诗人和画家”“皆有幻想的权柄”这一观点，但他认为虚构应当非常巧妙，“断不能想入非非，让驯良匹配野性”，“羔羊同猛虎谈情”。

4）对作品的评价要着眼于整体效果。而整体效果的取得，在于各个细节，特别是主要细节的协调一致。在诗人看来，“鼻子终生歪在一旁”，即便“美目和发光能令人激赏”，总体形象总是不佳的。

5）更值得一提的是贺拉斯首次提出了文艺的教育和娱乐的双重作用：“寓教于乐的诗人才博得人称可，/既予读者以快感，又使他受益良多”。

《诗艺》在艺术上也极具特色，尤其表现在诗人鲜明生动的比喻和丰富的想象力上。诗人把批评家比作磨刀石，磨刀石本身虽不能切割东西，却可以使钢刀更锋利；批评家本身或许并不从事创作，却可以帮助提高诗人的修养和技艺。就当时的文学批评而言，这一比喻可谓贴切生动、恰到好处。

《诗艺》上承亚里士多德的《诗学》，下开文艺复兴时期文艺理论和古典主义理论之端，对16至18世纪的西方文学产生过巨大的影响。而且，他以诗论诗的形式也为后世的文艺理论家和诗人所效仿，如法国布瓦洛的《诗的艺术》、英国蒲柏的《论批评》等。

朗吉努斯生卒年月不详，创作时期据推断为1世纪初。

《论崇高》被认为是文学批评方面的伟大创新作品之一，用书信体写成。《论崇高》是对西西里修辞学家卡拉克特的凯基利乌斯的一篇作品的回答，其中有17章论述修辞格。论文一问世即引起评论家和诗人们的注意。可惜约有三分之一的手稿已佚失。作者提出崇高的风格主要取决于庄严伟大的思想和强烈激荡的感情。因而，文学作品中的伟大第一次被认作是作家的内在品质而非作家的艺术造诣。在作者看来，作家若只注意修辞就等于诡辩或存心欺骗；那些追逐财富、名誉和权势的人不可能具有伟大的灵魂，自然也就创造不出伟大的作品。至于思想的伟大，作者认为是可以通过竭力模仿那些堪称典范的伟大作家（主要是指荷马、狄摩西尼、柏拉图）而获得。论文还强调作品应为广大的读者所接受，反映了作者的民主文艺观点。

此外，作者还选用了许多引文以解释崇高的涵义或反义，这些引文起到了保存一部分原著的作用，据说萨福的一首颂诗就是这样保存下来的。

关于《论崇高》一文是否为朗吉努斯所作，一直争论不休，最后的解决办法是在朗吉努斯名字前面标明系笔名，但无论如何，《论崇高》与朗吉努斯这个名字是连在一起的。

第三章　中世纪文学

第一节　概述

欧洲史上的中世纪阶段一般指从公元450年左右罗马帝国衰亡到15世纪文艺复兴之间的一千年①。西方学者对中世纪的本质及全貌的把握经历过一些变化：自文艺复兴起，经启蒙运动，到19世纪，人们形成了一种传统认识，即中世纪是辉煌的古希腊罗马时代和发端于意大利文艺复兴的现代文明之间的低谷。这期间经济停滞、倒退，政治反动，蒙昧主义猖獗。19世纪早期的浪漫派对工业革命以及民族国家的官僚体制持抵触态度，他们在中世纪哥特文化中看到的则是理想主义、英雄主义，对精神的崇尚和对妇女的崇拜和赞颂，对中世纪文学给予了较多的肯定。20世纪，中世纪研究队伍扩大，学者们应用新的理论、方法和视角，做了大量深入的专题研究。对具体问题的见解尽管多种多样，但大家一般都认识到对中世纪全面否定的观点有失简单片面。

教科书常常把中世纪分为三个阶段：从罗马帝国衰亡至公元1000年为早期，1000至1300年为盛期，1300年至15世纪为晚期。

---

① 欧洲文艺复兴的起止时间各国不大一样，意大利文艺复兴从14世纪就开始了，到15世纪已达其盛期。

中世纪早期的欧洲经历了巨大的社会动荡。其一大变动是发源于斯堪的纳维亚的日耳曼诸部反复南进，逐渐分别定居到现在的英国、意大利、法国、德国等地；与此相连，源于亚洲的斯拉夫各部迁徙到西至奥德河、易北河一线，北起第聂伯河，南到匈牙利、巴尔干的大片地域；此外，随着7世纪伊斯兰势力的崛起和迅速扩展，地中海地区被分割，分属于拜占庭、欧洲与伊斯兰三大区域。部落的迁移和扩展造成战祸连绵，加之7世纪后与拜占庭的贸易大部中断，欧洲的生产倒退，城镇湮灭，古典文化逐渐衰落。然而也正是在古典传统、日耳曼传统及基督教这三大因素之间的剧烈碰撞和相互作用之下萌生了独特的西欧文明。这种文明在地域（西欧）、宗教（天主教）、语言（拉丁文）、体制（封建采邑）等方面都明显有别于以君士坦丁堡为中心、使用希腊语、世俗政权凌驾教会之上的拜占庭文明以及7世纪兴起的伊斯兰文明。而散布在中、东欧广阔区域的斯拉夫各部则分别皈依罗马教会（如波兰、波希米亚）和拜占庭的东正教会（如基辅罗斯）。在“贤明的”雅罗斯拉夫统治时期，基辅罗斯经济发达，对外开放，编年史的写作大约从此时开始。

中世纪盛期的欧洲已摆脱遭受外来侵略的境地，通过十字军东征、对外贸易的恢复，欧洲成为地中海东部令人生畏的势力。一方面商业、贸易的复兴导致城镇及现代资产阶级的前身市民阶层诞生；另一方面伴随法国、英国、德国等地民族君主国的出现，代表贵族、教士及市民利益的议会，即现代议会的雏形产生了。君主、贵族、教会以及力量缓慢增强的市民阶层之间的利益冲突和调整便成为政治生活的主要内容。在思想、文化领域，这一阶段与东方的贸易以及与西班牙的穆斯林知识阶层的交流加强了人们对古典文化的兴趣和了解，为所谓的12世纪古典文艺复兴的出现提供了重要条件。西塞罗、贺拉斯、维吉尔、奥维德、塞内加等人的作品不仅影响了当时的拉丁语文学作品，也影响了当时及后来的民族语文学创作。大学陆续在意大利、法国、英国等地设立，到1300年意大利已有大学11所，法国5所，英国2所，西班牙5所。它们既是教士的培养基地，也是异端思想的滋生地和传播场所。

但是，到了中世纪晚期，欧洲各地再次经历了重重危机：英法之间长达百年的相互残杀、外部侵略的威胁（土耳其人攻陷拜占庭的千年堡垒君士坦丁堡，并挺兵西进）、瘟疫肆虐、教会内部恶性争斗加剧等等。然而，就在欧洲文明似乎将要倾覆之时，意大利的几代人文主义者已在复兴古典文化、改革教育、变革文化，这就是与晚期中世纪同时并存的意大利文艺复兴。

尽管中世纪各阶段彼此有许多相异之处，但它们有一个基本的共同点，即以神解释宇宙、世界和人，基督教会始终是这一千年中社会变迁的重要部分，它不仅自身随同大局变化，而且对变迁中的其他部分产生了不同程度的影响。在兴起之初，凭借对信徒的道德规范以及为数不多但影响面很大的殉道者们视死如归的勇气，基督教开始发挥其满足人们道德需求的作用。自罗马帝国衰亡起，奥古斯丁、哲罗姆（342？—420）、安布罗斯（340？—397）、阿奎那等历代神学家们相继作出贡献，奠定并发展了复杂、精致、艰深的神学体系；而包括教皇格列高利一世和七世、本尼迪克特、英诺森三世在内的一些精明强干的教会领袖和克吕尼改革派则健全体制、整顿纲纪。依靠这些基本成就，基督教既能迎合知识水平较高的人们对思想和阐释经典的兴趣，又能凭借仪式及其他文化手段，如音乐、服装、建筑、画像等，满足目不识丁的广大民众的宗教需要。在罗马帝国倾覆、通常靠武力起家的世俗统治力量四分五裂、互相争斗之时，教会掌握传统与当代的学问和知识，维持了欧洲的统一信仰与价值，并由此成为在不同程度上制衡世俗统治的政治力量。实际上在这一千年里基督教如此普遍，以致无人能置身其外，甚至无人想要置身其外。它渗透社会各层次，干预认知、审美、道德体验等各个生活方面，为上至真理探求，下至结婚生子、饮食起居提供了无所不包的意义框架。教会固然摧残古典文化，但不可否认地也对保存它作了贡献：一方面在炽热的宗教情绪与锐利、深沉的理性力量的共同作用下诞生了欧洲文学史中的一些不朽的作品；另一方面，统一的信仰对心智的束缚，占统治地位的教会对归顺和叛离的巨大奖惩力量，也造成了大量程式化、平庸的说教作品。

在中世纪历史和文化中占重要地位的另一个因素是在罗马帝国及古日耳曼社会的有关制度基础上演化而成的封建领主制度。

封建（feudalism）最初是17、18世纪在英法两国起用的一个法律词汇，后被广泛用来指9世纪后期到14世纪之间相继在法国、英国、德国等地确立的以领主与封臣/扈从的关系为核心的经济、政治、教会、文化等一整套制度。身强力壮的武士为自己的首领打仗效力，并因此获得封地和保护。国王是最大的领主，层层分封的关系向下延伸。这种体制推崇的价值首先是骁勇，因为唯有勇猛善战才能从战争中挣得战利品并对下提供保护；第二是忠诚，因为领主与封臣/扈从之间稳定有序的关系要靠忠诚维系；第三是宗教，因为教会认可这种等级制度，把它解释成神意所授，而且通过神圣休战日、圣所庇护等教规约束、规范封建体制的运行。然而这三种基本价值的侧重点和体现方式在几百年中伴随经济、政治格局的改变而变化。北欧人的南侵于10世纪最后停止，封建公国疆界逐步确定，君主政体及教会日益严格地限制贵族领主间的暴力争斗，对圣徒和圣母的崇拜成为宗教生活的热点，贵族的军事作用逐渐削弱，加之受到从西班牙传入的阿拉伯文化中浪漫因素的影响，一种被称为骑士精神的新的行为规范和价值首先在法国南部的普洛旺斯、阿基坦及图卢兹等地得到提倡。这种新的行为准则和价值后来传到北方的香槟地区，并逐渐流传到英国和欧洲其他地方。它在继续强调骁勇善斗的同时扩展了忠诚的内容，贵族、骑士不仅应忠于自己的领主，还要忠于教会和自己所爱的贵妇。宗教在这套规范中的地位不仅表现为近二百年中十字军数次东征，骑士们声明捍卫教会、收复圣地为其生活和战斗的内容，也表现为此后的浪漫传奇中理想的骑士（如亚瑟王传奇中的盖拉哈德）往往是遵循教规、充满宗教热诚、向往天国的圣斗士。

与上述两种占统治地位的体制不同，希腊、罗马的古典文化在中世纪文明中的作用时明时暗，主要体现在它对基督教神学、教会及世俗权力体制建构的影响上。罗马的法律、帝国晚期的独裁体制在不同程度上影响了中世纪欧洲各国以及教会的法律法规及政体。基督教产生于罗马帝国，它将拉丁语作为自己的语言，希腊哲学始终是其神学中的重要因素。而且即使着意抨击古典文化，神学家和教会领袖也很难避免古典修辞与古典思想的影响。柏拉图的灵魂和肉体对立的两元论进入神学的核心部分，直至1100年，柏拉图的学说是中世纪的主导哲学体系。古典思想中的另一重要部分斯多葛哲学则贯穿了《新约圣经》，形成了保罗所著各书的重要线索。对中世纪思想有重大影响的第三个古典源泉是亚里士多德哲学，它于12世纪通过西班牙的阿拉伯和犹太学者传入西欧。由于13世纪的神学家圣托马斯·阿奎那巧妙地将亚里士多德的理性与基督教的信仰统一于他宏大、精致的神学体系之中，这样就使亚里士多德哲学这个与长期主宰基督教义的新柏拉图神秘主义相悖的思想得以摆脱被禁的地位，在中世纪的晚期发挥了重要作用。

由于古典传统的强大影响，各民族的书面语言的形成之路漫长，加之宗教对社会和个人的高度控制，中世纪文学与文艺复兴以来的大多数文学作品有两点重要区别：一是纯粹的世俗文学作品数量有限，多数作品与宗教有某种关系，它们或直接为之服务，或带有不同程度的宗教色彩，表现强弱不一的宗教情绪；也有一些虽可视为世俗作品，却又出自教士之手。二是大量的作品（其中不乏优秀的作品）由拉丁文写就，而民族语言的作品大多在12世纪或之后才出现。跨越国界的拉丁语文学是后来产生和发展的民族语文学的源泉之一，现存的中古英语诗歌中约十分之一直接由拉丁语翻译而来。在相当长的时期内这两种文学同时并存，相互影响，拉丁语诗人、作家运用民族语文字进行创作的并不乏见，反之亦然。直到中古晚期，民族语文学才取得全面优势。

中古拉丁语文学由古典拉丁文学传统在新的历史条件下演变而成，包括诗歌、散文作品及大量译自希腊语、阿拉伯语的译著，其中许多是纯粹宗教性的，也有虽与宗教有关但仍可视为世俗的作品。

拉丁语诗歌经历了三次勃兴。第一次是在8至9世纪的加洛林时期；第三次是在中古晚期，这时期的拉丁语诗歌虽然吸纳了古典精神，技巧完美，但已无法与生命力旺盛、日趋成熟的民族语诗歌抗衡。位于中间的第二次复苏（12至13世纪）成果最丰硕，影响最大，其中埃塞克特的约瑟夫所著《特洛伊》和夏特龙的沃特尔所著《亚历山大》两篇史诗对民族语诗歌有相当大的影响。此外特别值得一提的是被称作歌利亚迪的放纵派行吟诗人的作品。这些诗人是大学生、教师、修士和教士，他们素谙基督教经文，且熟读古典诗歌，尤其推崇奥维德的《变形记》。他们用诗歌来嘲弄现存的价值和秩序。他们自称“口袋空空、精神轻松”，肆无忌惮地歌唱青春、美酒、爱情等尘世的欢乐。其诗作常常套用祷文、忏悔、圣经、教会法规和大学课本的形式和词句，稍事修改，即创造出一种尖刻滑稽的戏仿，矛头直指教会制度和高层教士。这群诗人中最重要的有12世纪中期奥尔良神职人员休和英国的沃尔特·马普（1140—1209？）。

拉丁文学中重要的散文作品有历代志、编年史等历史著作。较早的编年史记叙一般比较简略，且地方色彩较重。历代志往往从创世写起，相当一部分以早期神学家代代相袭的记载为蓝本，因此有价值的只是作者对自己时代事件的叙述。6世纪法兰克人图尔的格列高利所著《法兰克人史》是有关日耳曼部族的最全面的史料。与这两种形式相关的是教会史及记载教皇、主教、国王生平等的传记雏形，重要的作品有7至8世纪英国盎格鲁−撒克逊教士比德的《英格兰人教会史》（731），12世纪英国蒙默思的杰弗里所著《不列颠国王史》（1136？），索尔兹伯里的约翰所著《教廷史》(约1163),弗里泽的奥托(约1111—1158)写其侄子生平的《腓特烈一世传》(去世前不久完成)、阿德里斯的兰伯特写的封建领主史等。关于十字军的重要作品有叙利亚推罗地方的威廉所著《耶路撒冷史》(1169—1184)。由于早期教会认为教育的目的只是培养能写会读的教士,古典教育的内容便被压缩到最简略的程度,一批概略、摘要、百科全书应运而生。如马提阿努斯·凯派拉所著的散文和诗体并用的《论语文学与水星之联姻》(约400—439),以隐喻开端,继而提出以文法、修辞、逻辑、几何、数学、天文及音乐这“七艺”为学校教育的七门课程;又如塞尔维亚的伊西多尔(约560—636)的《语源学》,实为一部20卷的百科全书。这类书通常错误百出、迷信充斥,更多是蒙蔽而不是启发当时人的心智。在这些作家中出类拔萃的是5至6世纪的罗马哲学家波义提乌(475?—525),他的《哲学的安慰》(523—525?)被誉为充满了“最宁静、亲切的智慧”,体现了中世纪作家的灵魂。

最后应简略提到的是在中世纪历史中起了重要作用的大量拉丁语译著。第一次翻译热潮出现在中世纪初期,被译为拉丁语的包括希腊神学家的著作、旷野教父传略、波义提乌所译亚里士多德的《逻辑学》以及圣哲罗姆译自希腊语与希伯来语的《圣经》。出现在中古盛期的第二次翻译热潮规模更大,成果更丰富。长期与拜占庭的希腊文化隔绝的西欧人通过西班牙和西西里岛获得大量古希腊哲学、科学著作。10至11世纪的伊斯兰世界文化昌盛,人才辈出,阿拔斯王朝的第七个哈里发马蒙在巴格达创立“智慧之宫”,各路学者、翻译家云集于此,将柏拉图、亚里士多德以及古典科学著作译成阿拉伯语。自8世纪初开始,西班牙由穆斯林控制,成为不同文化的交汇处,将上述作品由阿拉伯语译为拉丁语的工作主要在这里进行。另一个翻译中心是曾被穆斯林统治过近二百年的西西里岛。到13世纪末亚里士多德的全部著作几乎都已译为拉丁语,其他还有希波克拉底、盖伦、阿基米德、欧几里得、托勒密等科学家的作品。

伟大的阿拉伯学者阿威罗厄斯、阿维森纳等人的成就和思想也被介绍给西欧。这次翻译热潮使闭塞的西欧广泛接触到古典时代的哲学和科学成就，以及灿烂的阿拉伯文化。这对欧洲思想文化的繁荣有直接的促进作用。但是也应看到，与15世纪的文艺复兴不同，古典时代的文学、历史著作却不在当时介绍之列，这表明在翻译热潮背后更多的是实用的考虑，而非广阔的人文兴趣。

在1050年前以民族语言写成的文学作品只有盎格鲁-撒克逊诗歌，最重要的是于8世纪晚期写成的《贝奥武甫》。其他民族语言的英雄史诗都成文于文化繁荣的12世纪或13世纪。其中冰岛史诗《旧埃达》以它的纯粹的古日耳曼神话及精神有别于其他英雄史诗。在《贝奥武甫》中，基督教观点的影响已依稀可见。成于11、12世纪的西班牙史诗《熙德之歌》和中古法语的《罗兰之歌》讲述的便是基督教骑士征伐西班牙境内信奉伊斯兰教的摩尔人的故事，带有清晰的基督教色彩，以致有人评论说这类诗歌是武力加虔诚，再加一点伤感。基辅罗斯的英雄史诗《伊戈尔远征记》于12世纪末用古俄语写成，是一部富于民族特色的抒情叙述作品。13世纪中古高地德语的《尼伯龙根之歌》的故事来自《旧埃达》，但明显受其写作时代的影响。

用民族语言写的世俗文学的第二种重要形式是行吟诗人/歌手的抒情诗歌，它与英雄史诗几乎同时出现。第一个堪称行吟诗人的是11世纪晚期到12世纪早期生活于法国南部的阿基坦公爵，即威廉第九，一个行为放荡不羁、数次被开除教籍的封建领主。他写了一些歌颂妇女的诗歌，歌中的女人被理想化，成为可望但往往不可及的美人，骑士要努力赢得谦卑地为她服务的荣耀。一个骑士需具备骁勇、慷慨、青春的活力、自律等品质，以及对幸福既积极又适度的追求。骑士视所爱的女人为自己的主人，甚至将她提到圣母的地位。这种把爱情拔高到神圣之爱的做法无疑出自封建体制与宗教的影响。受罗马诗人奥维德的讽刺性作品《爱的艺术》的影响,12世纪法国的安德鲁·德·夏普兰著有《论爱情及对策》,13世纪法国又有吉约姆·德·洛里和让·德·墨恩所著喻体长诗《玫瑰传奇》,这两部书提供了实施典雅爱情的具体操作规则和要求。在行吟诗人的诗歌中骑士精神首次得到明确的表现和界定。

始于威廉第九的传统得到其孙女阿基坦的埃莱诺(1122—1204)及其女儿香槟伯爵夫人(1145—?)的倡导、支持,从法国流传到西班牙、意大利、德国、英国。直到14世纪晚期人们的欣赏趣味改变了,诗歌创作扩大到整个贵族社会,不再局限于受到专门训练的歌手时,这个传统才告结束。在这300年中出现了诸如法国的贝尔纳·德·旺塔杜尔(卒1195?)、贝特朗·德·博恩(约1140—1212或1215)、德国的瓦尔特·封·德尔·福格威德等重要诗人和歌手。

上述两种形式汇合成浪漫传奇,因此传奇和英雄史诗之间有时并无清晰的分界线。以12世纪佚名氏根据维吉尔的《埃涅阿斯纪》写的《埃涅阿斯传奇》为例,爱情作为对英雄的进一步考验被加进战争故事中。这样,史诗经过改造,获得新的主题和表现手段,才逐渐变成传奇。传奇以英雄为主人公,通过诗体或散文体叙事,并以娱乐读者为其目的。重要的传奇作品有香槟伯爵夫人门下克里蒂安·德·特鲁瓦的《亚瑟王传奇》、玛丽·德·法朗士(创作旺期为12世纪晚期)的叙事诗,中古英语的《霍恩王》(约1225?)、《哈夫洛克》(约1290)、《亚瑟王与墨林》(13世纪下半叶)、《沃里克的盖依》(约1290)、乔叟《坎特伯雷故事集》中的"骑士的故事"、《特洛勒斯与克丽西德》、马洛里的《亚瑟王之死》、高特夫里特·封·斯特拉斯堡用中古德语写的《特里斯坦和伊索尔德》等。

传奇虽然是世俗文学作品,却常常散发虔诚的宗教气味,道德说教的片断并不少见。传奇所采用的技巧、程式、宣扬的价值等等不仅对当时其他的文学形式有一定的影响(如编年史、圣徒传、抒情诗等),而且作为现代小说的源头,它的题材、叙事方式、象征、隐喻、反讽等手段的影响一直延伸到今天。虽然与宗教教诲性的作品相比，传奇的读者（听众）数量较小，但在14世纪它的读者群扩大，乡村地主、城市商人加入了读者队伍，中产阶级渴望分享贵族的文化，贵族则以此证明自己生活方式的特殊价值，这也许就是《亚瑟王之死》在中世纪末期的15世纪大受欢迎的原因。更为有趣的是自19世纪以来，伴随技术进步和物质生活的改善，亚瑟王传说再次大受欢迎，以此为题材的诗歌、小说、儿童读物和电影畅销不衰，仅20世纪下半叶就有一百余部此类小说问世。

这里还要提及一种叫“法布里奥”（fabliau）的粗俗的滑稽故事。它起源于12世纪的法国，是现代短篇小说的源头之一。这类故事一般内容不雅，无道德是非的顾忌，大多涉及男女偷情，娶了少妻的老夫、纵情声色的教士等往往是嘲笑的对象。如果说它们在形式上讽刺性地模仿描述了英雄业绩和典雅爱情的传奇，那么在价值方面它们便是一种颠覆。英国的乔叟采用这种形式，写了《坎特伯雷故事集》中的“磨坊主的故事”、“管家的故事”、“水手的故事”等。他的故事情节精彩，人物生动，是这一体裁的佳作。人们喜爱阅读的还有《贡巴涅的三瞎子》、《农民医生》等。

这部分文学传统中还有一位作者卓尔不群，那就是14至15世纪的法语女作家克里斯蒂娜·德·皮桑，她是欧洲第一位以写作谋生、养家且有学识有见解的女作家，一生创作了《贵妇之城》（1405）、《圣女贞德》（1429）等10部诗体著作和11部散文作品。尽管她未能彻底摆脱传统意识的影响，却表现了不断向传统挑战，为和平、为妇女的价值和权益呐喊的勇气。她在中古欧洲文学史中的作用和地位正在引起越来越多的注意。

第二节 中世纪宗教文学

中世纪通常被称作信仰的时期，如果说多数世俗文学作品尚且露出或轻或重的宗教痕迹，那么可归入宗教文学范畴的作品数量庞大、种类繁多，而且这些特点贯穿这一时期，便不足为奇了。《圣经》高居神授人录、指导天下万民的宝座，在它之下有基督教发展各阶段神学家的著作(均用拉丁语写就)，其中圣奥古斯丁、阿贝拉尔、罗杰·培根、圣托马斯·阿奎那、奥卡姆的威廉(?—1350)等人的作品不仅成为神学经典，而且作为哲学的组成部分，至今仍然是学者的研究对象。

中世纪晚期有些抒情诗赞美圣母、基督，向其倾诉痛苦、热望，它们感情强烈、感人，其宗教内容并不能完全遮盖作品中包含的普通人性的焦虑、恐惧和对爱及永恒的渴求。西班牙中世纪教会文学在这方面的成就很突出，当时流行的学士诗鼻祖贡萨洛·德·贝尔塞奥所著《圣母显圣记》就是赞美诗的一篇经典。

流行时期最长的也许是各种圣徒传，最早的有古英语、古法语的圣徒故事。影响最大、在15世纪印刷术传入欧洲后一版再版的是13世纪末热那亚大主教沃拉吉那的雅各编写的《圣徒传》。各种圣徒传旨在说教、普及宗教知识，但实际上它们也成了人们的消遣性读物。

教会用来普及宗教知识、煽动宗教情绪的更为直观、也更为有效的形式是宗教剧。法国、英国、德国等地宗教节日上都有宗教剧演出，它们源于教堂的礼拜仪式。圣史剧、神迹剧和圣徒剧分别出现于加洛林时期及11至12世纪。这些剧逐渐用民族语取代拉丁语，并搬到教堂外，由手工业行会资助演出。到中古晚期它们已是世俗性很强的重要的大众娱乐项目。宗教剧是出现于14世纪晚期、15世纪达到鼎盛的道德剧的先导，文艺复兴时期的戏剧也是在这些戏剧的基础上产生的。

中世纪后期宗教神秘主义在欧洲各地出现，神秘主义者专注于奇特的宗教体验，并大量借用隐喻、象征、意象等手段记录这类体验。值得注意的是在20世纪下半叶不断有人研究他们的著作，尤其是宾根的圣希尔德加德（1098—1179）、诺威奇的朱莉安（？—1443？）和玛杰丽·坎普（？—1438？）等女神秘主义者的作品更是当代许多文章探讨的对象。

《圣经》由《旧约》和《新约》两大部分构成。《旧约》又名“希伯来圣经”，是希伯来民族（分为以色列和犹大两个部落）的古代文献汇编。它由39卷（书）构成，内容包括公元前14世纪到公元前4世纪初之间民间流传的神话、寓言、史诗、战歌、爱情诗歌、历史、先知言行录、法律、宗教教条和戒规等，成为犹太教的经典。这些作品大部分用希伯来文写成，其后又译成希腊文。《新约》成书于基督教兴起之后的公元1世纪中叶至2世纪末，共有27卷（书），内容包括有关耶稣言行的传说、耶稣使徒的传说和书信等。《新约》主要用希腊文（又称通俗希腊文）写成。基督教会把《旧约》和《新约》合为一体，称之为《圣经》，其希腊文“biblia”原是许多书的意思，后译成拉丁文时采用了单数，意为“唯一的书”。

基督教宣传《圣经》来自上帝的默示，是记录下来的上帝的话，交由教会保存和解释。其中各卷的内容是从摩西到使徒约翰的1400多年里不同的作者在不同地点和环境下陆续记录整理而成的。各卷汇集后被教徒们视为信仰及道德准则，并按照耶稣诞生前后分为《旧约》和《新约》。新、旧约中的“约”字是指上帝与人立的盟约。《旧约》里最有名的是“创世记”，它讲述了上帝如何造人和天地万物；亚当和夏娃如何被魔鬼引诱偷食了知识树上的禁果而被逐出天堂乐园；后来人类堕落，上帝如何用洪水消灭了所有生灵，只剩下挪亚一家人和他带到方舟上的每样一对的所有物种。“创世记”就这样以美丽的神话开始，逐步进入了起源于美索不达米亚和埃及之间的犹太民族的发展史,描写了游牧氏族社会起伏跌宕的斗争。在"出埃及记"里,摩西带领以色列人逃出苦难深重的埃及之后,行至西奈半岛南部的西奈山时,耶和华(上帝)显圣。上帝选中以色列民族为他的选民,并通过摩西同以色列人定了盟约。盟约规定以色列人要遵守十诫,即1)只敬拜耶和华上帝,2)不可敬拜其他偶像,3)不可妄称上帝之名,4)必须守安息日,5)必须孝敬父母,6)不可杀人,7)不可奸淫,8)不可偷盗,9)不可作假证,陷害他人,10)不可贪他人财物。以色列人如果恪守十诫,上帝就把迦南地赐给他们永为基业;如果违约,上帝就降罚于以色列。这就是上帝和犹太民族达成的旧约。在此后的一千多年内,由于以色列人不断违背十诫,上帝严厉地惩罚了他们,使他们尝尽家破国亡之苦。但是上帝又是仁慈的,为了拯救人类,他派了亲生儿子耶稣降临人世,不仅同犹太人,而是同世上所有人订立一个新盟约。根据这个新约,耶稣被钉死在十字架上,来为人类赎罪。他死而复活以后,升入天堂,而他的忠实信徒们则继续在世上传播他的事迹,劝人行善追随上帝。当讲到耶稣及其信徒的故事时《圣经》就进入了《新约》,成为基督教的圣书,不再是犹太一个民族的历史和宗教文献。

最古老的《旧约》经卷是犹太教教士用古希伯来文抄在羊皮卷或莎草纸上的,有"死海古卷"(又称"库姆兰古卷")、"拿西山抄本"、巴比伦《圣经》古卷等。公元3世纪,埃及国王特邀72位犹太教士和经学家把《摩西五经》翻译成希腊文,该译本被称为《七十贤士译本》,或《亚历山德里亚译本》。除了希腊文译本,《旧约》和《新约》分别还有古叙利亚文译本若干。但拉丁文译本比前两种更为重要,因为它们直接影响后来的《圣经》英译本。古拉丁文译本一般指在《通俗拉丁文译本》出现之前的所有拉丁文译本。这些译本充满抄写错误,还有抄写人对内容的任意修改,但它们有助于后世研究《通俗拉丁文译本》的形成。

《通俗拉丁文译本》又称《圣哲罗姆译本》。公元382年,罗马主教达玛索一世委托经学家、拉丁教父哲罗姆修订《古拉丁文译本》的各种抄本，以编译一部统一的《圣经》拉丁文译本。哲罗姆于次年动工，至公元405年才完成这项任务，前后用去20多年的时间。《通俗拉丁文译本》着重意译，译文优雅，但没有立刻得到广泛认可。到9世纪初时《通俗拉丁文译本》基本取代了《古拉丁文译本》，而直到16世纪中叶它才被天主教会当局正式宣布为天主教的法定本《圣经》。《圣经》随基督教传入欧洲后，各国逐渐都有了自己民族语言的译本。比如在英国，有过各种不同的早期英文译本，其中比较值得一提的有公元735年比德神父的“约翰福音”译本，1384年约翰·威克利夫及其追随者的译本，1526年威廉·廷代尔的《新约》译本，1535年迈尔斯·科弗代尔的《圣经》首次印刷译本等。到了文艺复兴时期，标准英译本《圣经》出现，它成为后世《圣经》各种版本的依据。又如在德国，到16世纪初已有基于《通俗拉丁文译本》的18种德语译本，只是其中错误充斥。马丁·路德分别将埃拉斯慕斯修订的希腊文《新约》及希伯来文《旧约》译成德语。他的《圣经》译本不仅推动了宗教革命，而且使上萨克森的新高地德语成为德国文学语言，其历史地位与标准英译本《圣经》相仿。

除了圣经，中世纪的宗教哲学和宗教文学也取得了成就。在所有的早期教会领袖和神学家中，**圣奥古斯丁**，即希波的俄勒琉斯·奥古斯丁（354—430）是中世纪最有影响、最受崇敬的一位。本世纪的一些西方学者仍认为他是“西方过去一切观念的基础，比任何人都更能代表西方”。

圣奥古斯丁的学说成为基督教权力中心的一部分，而他本人由于出生地域和信仰经历所决定并不属于传统的基督教中坚力量，而且可以说在相当程度上生活在基督教文化的边缘。他出生于北非的一个柏柏尔人家庭，受到良好的古典教育。当时正值罗马帝国末期，基督教虽已是国教，但教会并不统一。奥古斯丁年轻时信仰摩尼教，29岁时他来到古典文化以及基督教的中心罗马，在罗马和米兰他同时研读新柏拉图主义和《圣经》，终于在387年由圣安布罗斯主持洗礼，皈依基督教，后返回故乡北非。自391年起他在希波(位于今阿尔及利亚北部)教区工作，任主教34年之久，从事宗教和著述活动，以全副精力与异教邪说斗争，为基督教奠定了理论基础。在日耳曼的汪达尔人围攻希波前夕，他患病去世。

奥古斯丁生活在古典世界崩溃、基督教全面胜利之时。面临划时代的变化，他体验到强烈的心理震撼以及心智所面临的巨大挑战，他的著作可以看作是对历史震荡的理解和回答，其中最重要的是自传性质的《忏悔录》(400？)(此标题更精确的理解应是“信仰的表白”)与《论上帝之城》(413—427)。书中阐述的重要思想包括：1)人需要理性，但有些真理靠理性自身并不足以揭示，理性的任务是阐明已被信仰定为神示的东西。这就是“我相信，故我能理解”的意思。2)堕落的人需要天恩才能达到与上帝的和谐，单靠自身无法实现。但人同时又享有一定的自由，可以选择接受还是拒绝上帝恩宠，即是否与上帝一致，以获得真正的幸福。3)人类的历史是上帝之城与尘世或巴比伦之间的冲突。二者均非尘世中实际存在的社会、团体或国家，前者由爱上帝、获得上帝恩宠的人组成，基督教会是其尘世的主要体现，而后者来自对现世转瞬即逝之物的迷恋。二者间的冲突最终将以上帝之城的胜利结束。圣奥古斯丁的这种看法摒弃了古典时代认为历史周而复始的观点，肯定了古犹太教的线性观念，创立了历史朝着天国前进的基督教历史观。奥古斯丁的思想既包容了对基督教个人内在的宗教体验的重视，又强调了罗马式的体制和律法。这使他的学说成为教会建构和神学发展的重要基础。

《忏悔录》与《论上帝之城》同时也是伟大的文学作品，圣奥古斯丁重视作为信徒的内心感受，并熟读拉丁语经典，对拉丁语修辞手法的运用得心应手，因此能写出或感情热烈，或叙述简练明晰，或分析犀利有力的篇章。有人评论说，《论上帝之城》中有的段落足以与西塞罗的著作媲美。

尽管奥古斯丁在《忏悔录》中叙述自己的经历，坦诚地披露自己的弱点和罪过，但这本书与现代意义的自传有不同，他在很大程度上是奥古斯丁与上帝的对话，宗旨在于赞美上帝，通过自己的觉醒和得救来赞美上帝的真、善、美和天恩的伟大。全书以热烈的祈祷开始和结束，中间也有多卷（如5、8、9、10、11、12等）以祈祷开始和（或）结束，这种形式使书的宗旨得以实现。

圣托马斯·阿奎那（1225—1274）出生于意大利，父母双方都出自北方显赫的日耳曼贵族家庭。他生性宁静，拒绝美好的世俗前程，冲破家庭的阻挠，进入多明各会，从事神学教学和写作直至去世。

阿奎那与圣奥古斯丁的区别首先是后者生活在古典时代与中世纪交替的时期，奠定了基督教神学的基础；而前者生活在中世纪顶峰的13世纪，其著作标志着基督教神学的顶峰。其次在哲学上奥古斯丁上承柏拉图，下传方济各派的信条；而作为多明各派的修士，阿奎那继承的是亚里士多德的哲学。不仅如此，阿奎那相当成功地应用经过阿威罗厄斯这样的阿拉伯学者评注、阐释的亚里士多德的科学和理性逻辑，推导出了奥古斯丁的大部分结论。

阿奎那著作繁多，其中最重要的、至今仍有研究价值的是两部大全：《神学大全》（1267—1273）和《反异教大全》（1258—1260）。这两部著作的论题主要是神学范畴的，但内容和方法却有许多属于哲学范畴。他对哲学的贡献包括：1.在形而上学方面他接过亚里士多德关于现实与潜能、质料与形式、本质与存在之间的区分，并用它解释一系列问题（如灵魂与肉体，作为创造者的上帝与他的创造物的关系和区别等）。2.在宗教哲学方面他分析了五种关系：1）具体存在及潜能。2）因果关系。3）永恒的自在与偶然易灭的存在。4）事物完美的不同层次。5）宇宙的秩序和目的。他通过这五个方面论证了上帝的存在。3.在道德哲学方面阿奎那运用自然法则理论,以他关于良心的理论以及对人类的自由选择和行动的阐述,对亚里士多德的学说作了进一步完善和发展。

阿奎那成功地融合了亚里士多德哲学与基督教、理性与信仰,把经院哲学推到最高点,这是教会后来才认识清楚的。事实上他在世时和去世后一段时期都被当作一个观点过于偏激的神学家,受到巴黎、牛津两地学者的攻击。1323年教皇约翰二十二世封他为圣徒,而且要求天主教学者学习他的著作,但这一指令于1879年才由教皇利奥十三世颁发,到了20世纪天主教会更进一步将其学说定为天主教官方哲学。

阿奎那著作中所用的拉丁语明晰简练,不过有时失之干枯,在文艺复兴时期大受批评。但它本是一种哲学话语,无可厚非。

在中世纪,供奉圣母马利亚之风极其盛行,有关圣母马利亚的作品众多,主要分为三大类:叙事体作品,说教式作品,抒情体作品。这种作品的情节(即显圣的事迹)极其简单,不外乎三个基本过程,通过三种因素完成:诱惑(一般由魔鬼来实现)、堕落(罪孽作祟的结果)、显圣(由圣母体现)。尽管各个故事里出现的人物不同,场景各异,但万变不离其宗,从不脱离上述三个基本因素。贝尔塞奥的《圣母显圣记》属于第一、二类。

贡萨洛·德·贝尔塞奥(1195?—1247?)是学士诗的鼻祖,他一生为传教士,是西班牙文学史上第一位有名有姓的作家。贝尔塞奥创作的诗歌均采用四行同韵格律,总共撰写了九部诗集,其中最为突出的是圣母赞歌《圣母显圣记》,此外还有以当地圣徒事迹为主题的《圣多明各·德·西洛的生平》、《圣米良·德拉·科格利亚的生平》、《圣女奥利阿的生平》和《耶稣受难日圣母守灵曲》。他的文风极其简洁,没有任何让人难以理解的修饰词语,这是因为他写作的目的是让百姓读懂。在很多情况下,他模仿行吟诗人,以自己的作品取悦于听众,因此他的诗作开篇带有行吟诗人作品的痕迹:“为了上帝的仁慈,先生朋友们,/请听另一桩感人的显灵真迹。”

题为《圣母显圣记》的诗作中收进了25首诗歌，包括一个含有喻义的前言，圣母被喻为一块可爱的、静谧的、繁茂的芳草地。接着叙述了一系列与圣母有关的显圣奇迹。在这些“奇迹”中有些成为后世的艺术家和作家创作灵感的源泉。所有这些诗歌都表现了同一个中心思想：当崇尚圣母的信徒需要帮助时，不管是在他们生前还是死后，她都予以帮助。如在《无知的修士》里，讲述了一个在做弥撒时只会诵读圣母马利亚的经文，却“知其然，不知其所以然”的可怜教士。主教认为，这是一个毫无宗教知识、无法造就的蠢材，就让他退职。这位惶惶不可终日的修士求救于圣母马利亚，请圣母不要抛弃他。圣母显圣，吓坏了主教，便保留了修士的职务。最后这位天真纯朴的教士死后升入天堂。在《吝啬的人》里，贝尔塞奥向我们介绍了一个极其迷恋浊世生活的人。尽管他落拓不羁，却笃信圣母马利亚，祈祷圣母显圣，相信圣母显灵。当他咽气的时候，小鬼们打算把他的灵魂拖进地狱。但天使为他作证，说他是圣母马利亚的仆从与友好，小鬼们就放过了他，天使们将他带到天堂。

《圣母显圣记》在中世纪欧洲诸国广为流传，是用拉丁文或罗曼语撰写的圣母赞歌文学浪潮中的一部力作。为了撰写这部作品，贝尔塞奥从已有诸多圣母赞与拉丁文圣母显圣事迹的传说中求得灵感。但他绝不仅仅是一个将拉丁文的材料进行翻译的人。尽管该书主题并非他的首创，但是他将自己纤细、纯朴的文风糅合进去，形成个人风格：清澈、简朴、热情。读他的作品能体会到一种聊家常的韵味，十分亲切、感人。贝尔塞奥的作品一方面反映了当时思想意识中浓厚的宗教气氛，另一方面也忠实地反映了当时卡斯蒂利亚的主要社会阶层——农民、教士以及贵族、士兵们的生活和内心世界。一般认为，在所有的西班牙学士诗人中，贝尔塞奥最为接近人民，作品也最富有现世的生活气息。

第三节 中世纪英雄史诗

中古欧洲的英雄史诗大致可分为两类。一类反映了蛮族各部落还处在氏族社会末期的生活，他们尚未封建化，一般也没受到基督教影响。这类史诗的代表作有日耳曼人的《希尔德布兰特之歌》、盎格鲁–撒克逊人的《贝奥武甫》，以及冰岛的《埃达》和《萨迦》。这类史诗和荷马史诗同是氏族社会末期的产物，都歌颂部落的英雄，以神话传说或历史的人物事件为依据，神干预人的命运，人对诸神已开始失去敬仰。英雄史诗基于口头流传的民间故事，作者往往不可考稽。日耳曼英雄史诗数量极多，充分反映了氏族社会生活，如部落之间的血仇关系，象征权力的黄金给部落带来的诅咒和灾难。这些史诗突出英雄的悲剧性格；英雄人物不限于氏族贵族，也有自由农民；内容常常包含魔怪和法术等因素。

另一类英雄史诗也以历史人物、民间传说为基础，如《罗兰之歌》、《熙德之歌》、《尼伯龙根之歌》和《伊戈尔远征记》。但这类史诗是欧洲各民族高度封建化以后的产物。各部落先后从分散状态走上趋于统一的封建国家的道路，而国家统一是符合人民的愿望的。此时的史诗中的英雄反映了这种愿望，他们的荣誉观念已不限于狭小范围的部落复仇义务，开始具有国家观念，要求团结、抵御外辱。同时，在他们身上封建君臣、主仆关系体现得很明显。在这类史诗里，多神教的神话因素相对减少。在基督教影响下，英雄们的爱国行为往往表现为反对异教徒的斗争。

第一类英雄史诗中最早、最完整的作品是《贝奥武甫》。

《贝奥武甫》是迄今我们所知最古老的英国叙事诗，也是中世纪时期最早用当时欧洲方言写成的长篇诗作。全诗共3182行，分为引子及长短不一的34个诗节。诗的情节大致如下：

贝奥武甫在其母舅耶特王慧阿拉克的宫廷中成长为一位四海闻名的英雄。当他得知丹麦王贺罗斯加的“鹿厅”长期遭到妖魔格兰代尔的骚扰后，立即挑选了12名精壮武士漂洋过海，风尘仆仆地赶到丹麦。贺罗斯加盛情款待了这位远道而来的勇士。当晚，贝奥武甫在“鹿厅”重创格兰代尔，垂死的恶魔仓皇逃回他卧居的沼泽潭。格兰代尔的死激怒了他的妖母。为了复仇，妖母再次肆虐于“鹿厅”并掠走贺罗斯加的爱将艾希尔。于是贝奥武甫只身闯魔潭，追杀妖母。经过一番苦战，英雄终于斩除了女妖，并将格兰代尔的头颅作为战利品带回“鹿厅”。丹麦王贺罗斯加召集群臣为他摆宴庆功，大加犒赏。贝奥武甫回到耶特国，受到耶特王慧阿拉克的赞扬。此后，贝奥武甫参与了对瑞典人的征战。慧阿拉克战死疆场后，他曾辅佐其子治理耶特国，后来被拥戴为王，顺利统治耶特国。50年后，耶特国国泰民安的局面因一条火龙的攻击而中断。恶龙的淫火所及之处，殿堂房舍无不化为一片废墟。年迈的贝奥武甫深知自己已无力对抗恶龙，但还是以老朽之躯去迎战火龙。最后，在部下威克拉夫奋力协助下，贝奥武甫终于杀死恶龙，但自己也身受重伤而死去。耶特人遵照贝奥武甫的遗嘱，为他建起了巨大的墓冢。武士们由王后慧耶蒂率领，围绕着火葬柴堆缓步行进，深切哀悼他们的英雄。

《贝奥武甫》是一部民间史诗。虽然在整体上与古典史诗相比显得有些粗糙，但它对丹麦及耶特国荣辱兴衰的高度关注，对英雄业绩的全力颂扬，对宫廷宴席礼仪的细致描述，对盎格鲁-撒克逊时期英国社会习俗、观念的深沉思索，加上它那华丽超脱的诗体及洋洋洒洒的文风，给这部叙事诗添加了一层史诗式的恢宏色彩。

《贝奥武甫》同《罗兰之歌》、《尼伯龙根之歌》等欧洲中世纪民间史诗一样，作者湮没不闻。虽然迄今未能在盎格鲁-撒克逊时期的各类典籍中找到任何关于这部史诗的详述，多数学者普遍认为这部作品出自多位诗人之手。我们现在所读的诗文极有可能是经过几代人反复增删、拼凑、净化，乃至全面更新过的版本。它最早取材于日耳曼族民间传说，随着盎格鲁–撒克逊人的入侵传入今天的英国，经过几代人在各宫廷间说唱流传，于盎格鲁–撒克逊时代晚期渐趋成熟。大约在9至10世纪间，这部诗作曾被至少两位诺森伯兰或莫西亚的教会人士抄写成册。这就是险些毁于1731年伦敦大火之中、如今藏于大英博物馆的该诗的唯一原始稿本，即Cotton Vitellius A.XV手稿。

《贝奥武甫》手稿的完成年代正值英国由中世纪异教社会转变为以基督教文化为主导的新型社会。因此，这部作品也自然体现了非基督教的日耳曼文化和基督教文化这两种不同的传统。在善与恶相互搏斗这一大主题下，我们能明显感受到两种文化传统的相容和撞击。一方面，来自斯堪的纳维亚的文化使早期英国热衷于战争，崇尚勇敢与忠诚。正如古罗马史学家塔西佗描述的那样，在这种文化传统的氛围里，忠实于氏族、献身于家庭的观念加强了人们与魔怪恶龙争斗的意识。同时，前途的不可知也助长了人们任由命运（wyrd）摆布的宿命情绪。另一方面，日益深入人心的基督教文化，以其崭新的伦理观念，教导人们驯顺于全能的上帝（God），遵从这位世间主宰的意志，并告诫人们摒弃世俗傲慢的心态。在这种氛围下逐渐创造出来的贝奥武甫形象本质上是一位异教武士，但他的身上又兼具基督教——特别是《圣经·旧约》——所宣扬的主要精神特质。这种两样文化特征兼而有之的英雄无疑十分符合那个特定过渡时期王侯贵族的心理需要和独特的审美趣味。

关于这部史诗的结构，历代学者见解不一。但占主导地位的观点认为，全诗应分为两大组成部分。第一部分始于叙述贺罗斯加身世的引子，到贝奥武甫追杀妖母并胜利而归；第二部分记述了50年后贝奥武甫以老迈之躯只身奋战火龙的壮举。两部分之间又由他自丹麦返回耶特国并受到盛情迎接的情节相连接。但是，反复阅读全诗会觉察到，诗的前后两部分无论在情节设置上，还是在气氛渲染上都有显著不同。在情节上，前者繁复多变，后者则出奇的简洁单一；在气氛上，前者热烈豪放，后者却显得格外低迷哀沉。然而，就诗歌主题而言，恰恰是这种突出的差异引导我们去思考人生中青年与老年的不同，去品味由英雄时代理念中产生出的人生苦果，进而去体会诗中所揭示的人类在命运面前无可奈何的心境。因此，结构上的“两分法”实际上加深了这部史诗的主题思想。

《贝奥武甫》在风格上也很有特色。它无尾韵，以四拍头韵的古老诗体成诗。由于古英语词汇的重音通常落在字首的第一个音节上，便使得这一时期的古英语诗歌无一例外地选择了头韵这一声韵格式。例如，在Wyrm wōh-bogen wealdan ne mōste （2827行）一行诗中，对［W］这一词首辅音的连续诵读使这行诗读起来朗朗上口，显现出了其独特的音乐性。在遣词造句方面，《贝奥武甫》也充分体现了口头文学的特点。我们在诗中随处可以看到大量的同义词或近义词。单是“国王”（king）一语，诗中就有不下30种不同的表达方式。据学者统计，全诗在短短的3000余行中共用了4000多个不同词语。这4000多个词中，约有三分之一是复合词。像“大海”、“太阳”这样简单而又常用的概念就各有50余种复合词的表达方式，如“鲸鱼之路”（海）、“世界的蜡烛”（太阳）等。这些丰富而又变化多端的词语无疑给诗人——特别是咏唱者——提供了无数次充分描绘场景和人物的机会，使这部诗作在口头传诵中更富有变幻莫测、引人入胜的艺术魅力。

日耳曼人的史诗**《希尔德布兰特之歌》**是古代高地德语文学中最古老，最有价值的一篇杰作。只是留存下来的仅有残稿两页，共68行，9世纪初被不知名的二位僧侣记录在一部拉丁文祈祷书的首页和末页的空白处。这珍贵的英雄史诗残稿原存放在卡塞尔图书馆，1945年曾一度失落，后来先后在纽约及费城被发现并收回，现存放在卡塞尔的历史博物馆。

《希尔德布兰特之歌》流传于8世纪。内容讲的是欧洲民族大迁徙时期的故事。希尔德布兰特是东哥特国王狄特里希的亲信，当狄特里希与西罗马的日耳曼雇佣兵领袖发生矛盾并受到压迫时，希尔德布兰特跟随主人投奔匈奴。30年后他重返家乡，在边界上和一青年相遇，互报姓名，希尔德布兰特得知青年人就是他儿子哈都布兰特，但哈都布兰特却认为这个长者是“匈奴人”拒绝其入境，而且为了保持日耳曼战士的荣誉向希尔德布兰特挑战。希尔德布兰特出于同样的考虑不得不应战，故事正好写到父子激烈战斗就中断了。关于以后发生的事情在不同的版本中有两种不同的结局：一种是希尔德布兰特最后杀死了儿子，也即日耳曼战士的荣誉感战胜了父子之情；另一种结局是父子大团圆。但不管是哪一种结局，这首残诗反映了有关狄特里希的一段传说故事。作为东哥特国王，他在493年击败了日耳曼雇佣兵领袖奥多亚克，后者在476年推翻了西罗马帝国的最后一个皇帝，并统治了意大利。

这首残诗是希尔德布兰特追随狄特里希长期流亡在匈奴的那段历史的写照，反映了氏族制度社会下，部落首领与部下的关系、战士荣誉与血缘关系间的矛盾，以及勇敢与忠诚在当时道德品质中的至高地位。诗歌富有戏剧性，是仅有的一首用古德语写下的日耳曼英雄诗歌。

德国的**《尼伯龙根之歌》**产生于1200年左右，是一部用中古高地德语书写的民间史诗。全书分作两部：上部是《西格夫里特之死》、下部是《克里姆希尔特的复仇》，共有9516行。史诗所述故事由神话和历史传说汇合发展而成，其历史背景是民族大迁徙的后期。所涉及的地区在北方有冰岛、挪威海岸，南方有尼德兰的桑腾、莱茵河畔的窝姆斯及多瑙河畔的埃采尔堡。故事的中心人物有西格夫里特和他的妻子克里姆希尔特、巩特尔和他的妻子布伦希尔特，还有忠于巩特尔的骑士哈根。在这部长诗中，这些人物都得到了较为完整的描绘。

《尼伯龙根之歌》的主要情节是讲妻忠于夫、臣忠于君、争夺财宝及报仇雪恨的故事，反映了12世纪的生活和思想情感。故事情节如下：

尼德兰王子西格夫里特勇敢正直，乐于助人。他曾杀死过怪龙并用龙血沐浴，因而全身刀枪不入，但沐浴时有一片树叶落在他肩上，这一处就成为他的致命要害。他拥有尼伯龙根的大量财宝及一把宝剑和一只隐身帽。西格夫里特倾心于勃艮第国的公主克里姆希尔特。勃艮第的国王，公主的哥哥巩特尔想娶冰岛女王布伦希尔特为妻，但这位女王美丽而凶残，谁要向她求婚就要和她比武艺三次，其中只要失败一次，就要遭残杀。因而巩特尔向西格夫里特提出交换条件，如果西格夫里特帮他战胜女王，他就把妹妹嫁给西格夫里特。于是西格夫里特权充是巩特尔的臣仆跟随巩特尔一起前往冰岛，当巩特尔和女王比赛时，西格夫里特戴上隐身帽帮助巩特尔战胜了女王。但在新婚之夜，女王却把丈夫捆绑后挂在墙上，西格夫里特不得不又用隐身帽在第二夜把女王制服，顺便偷走了女王的一枚戒指和一根腰带。不久他和妻子回到了自己的国度。十年后，布伦希尔特说服丈夫巩特尔邀请妹妹及妹夫来做客，亲人相见格外高兴。但两位王后见面就竞相夸奖自己的丈夫，终于发生了争吵。为了占上风，克里姆希尔特说布伦希尔特是丈夫的情人，并拿出戒指和腰带作为证物。从此布伦希尔特决心要报仇雪恨，巩特尔的骑士哈根忠于王后，他乘林中狩猎西格夫里特在泉水旁取水时，用枪投向他的肩头，西格夫里特倒在血泊中死去。西格夫里特去世后，克里姆希尔特把尼伯龙根的财宝运到窝姆斯，哈根害怕她财大气粗，悄悄把宝物沉到莱茵河里。克里姆希尔特寡居13年之久。直到匈奴王埃采尔答应替她报仇后，她才同意下嫁匈奴王。婚后十多年克里姆希尔特无日不思复仇。她最终说动匈奴王邀请她的哥哥来访，巩特尔及哈根带着大批勇士和士兵来到匈奴国，终于演成了大规模的杀戮。克里姆希尔特俘获了她的亲哥哥巩特尔和哈根，并在追逼财宝下落失败之后杀死了他们。勇士死于妇人之手令狄特里希的随从希尔德布兰特（即《希尔德布兰特之歌》中的主人公）不能容忍，于是他又把克里姆希尔特杀死。整部史诗就在一片残杀声中结束。

《尼伯龙根之歌》借古代传说中的人物多层面地刻画了12世纪封建社会上层阶级的真实生活。婚丧喜事和比武狩猎的场面描写得非常细腻生动，反映了当时宫廷生活的豪华奢侈。全诗以争夺财富、报仇雪恨为主线塑造了形形色色的人物。其中西格夫里特是正面英雄，在他身上闪耀出12世纪勇敢、豪爽、急公好义的骑士精神。哈根作为权势之争的代表人物，作者不仅描绘了他的勇敢忠诚，同时也道出了他的狡猾和残忍。史诗通过当时君臣、夫妻之间的关系描绘了12世纪封建社会的广阔画面，反映了这时期人们在财富、权势、道德等各方面的观念。值得注意的是，作品中对“异教”毫无歧视，相反对宗教信仰自由还作了歌颂，这在基督教盛行期间是难能可贵的。

《尼伯龙根之歌》是德国中世纪文学的宝贵遗产，它被一些评论家称为德国的《伊利亚特》，它所用的诗体后来称为尼伯龙根诗体。

13世纪初产生的**《谷德仑》**是另一部德国长篇史诗，以9世纪诺曼人骚扰法国沿海和地中海一带为时代背景。当时的诺曼人由氏族制过渡到封建制，他们拥有庞大的海盗队伍。但诗中的人物却是古代的日耳曼英雄。这部史诗到1817年才被发现，作者不详。全诗共有6860行。讲述了三代人的故事：

第一部分：爱尔兰王子哈根被一头怪鸟劫持到一个荒岛，在那里他遇见遭到同样命运的公主希尔德。后来一只路过的船救了他们。回去后哈根同希尔德结了婚。

第二部分：哈根和希尔德生有一女，也叫希尔德。长大后哈根拒绝所有来向女儿求婚的人。但丹麦国王黑特尔派遣侍从化装成商人，以极有魅力的歌声打动了希尔德公主，诱走她与丹麦王成婚。

第三部分：希尔德和黑特尔婚后生有一子一女。女儿名叫谷德仑。向谷德仑同时求婚的有西兰的国王黑尔维希及诺曼底国的王子哈尔姆特，他们都遭到了拒绝。黑尔维希很愤怒，勇敢地与黑特尔交战，反而激起了谷德仑的爱意，由于她的调解，黑特尔答应女儿与黑尔维希订婚。但哈尔姆特乘黑尔维希回国时抢走了谷德仑。谷德仑到诺曼底后坚决不从婚，受到哈尔姆特母亲的虐待，但哈尔姆特的妹妹却同情她。13年后，谷德仑的哥哥和黑尔维希一起攻打诺曼底，救出了谷德仑和另一女俘希尔特堡。哈尔姆特的父母被杀，他和妹妹被俘，谷德仑请求饶恕他们。最后谷德仑和未婚夫黑尔维希、谷德仑的哥哥和哈尔姆特的妹妹、哈尔姆特和希尔特堡结婚，史诗以大团圆告终。

这部史诗和《尼伯龙根之歌》一样歌颂了忠诚。谷德仑13年受虐待一直不从婚，反映了封建时代对婚姻的忠贞。但这部史诗没有《尼伯龙根之歌》中那种血腥残酷的复仇意识，三代人中，一代比一代理性化，到谷德仑时已具有了“宽容”的品性。全诗充满了异教精神。从《尼伯龙根之歌》和《谷德仑》两部长篇史诗来看，由于德国当时处于分裂状态，两部作品中都远不具备国家的观念。英雄或是美女所忠于的对象仅限于领主。这两部史诗的体裁都是采用的“尼伯龙根诗体”，四行一节，每行中间有一个停顿，第一与第二行是韵脚，第三与第四行是同韵。

第二类英雄史诗中最重要的作品之一是产生于法国12世纪初期的武功歌**《罗兰之歌》**。1837年牛津首次出版的《罗兰之歌》手稿写于1170年左右。全诗由4002行十音节诗句组成，分291个长短不等的诗节，用盎格鲁-诺曼底方言写成。作品的最后一行诗中提及杜罗勒都斯这个名字，但他究竟是本诗的作者，还是一位行吟诗人，或是作品的抄录者，至今仍不能肯定。

《罗兰之歌》的故事源于公元8世纪的一个并不重要的历史事件：公元778年春，年轻的查理大帝和阿拉伯人结盟，越过比利牛斯山，围困信奉伊斯兰教的萨拉戈萨国。后因穆斯林人的袭击和阿基坦地区的起义，查理放弃围困，在重越比利牛斯山返回法兰西时，他的后卫军遭山民巴斯克人伏击，死伤无数，其中就有罗兰伯爵。然而产生于三个世纪之后的《罗兰之歌》对这件事作了很大改动，突出了罗兰的功勋，构成了一部英雄史诗。其内容是这样的：

查理大帝派十字军出征西班牙，历时七年，征服了几乎所有的小王国，只有萨拉戈萨国拒不称臣，该国国王马尔西勒为了让查理大帝返回法国，假装皈依基督教，并派使者给查理送去重礼和人质。法兰西朝臣分成主战和主和两派。这时，罗兰向查理大帝推荐他的继父加纳隆出使萨拉戈萨国。而一向与罗兰格格不入的加纳隆认为罗兰是有意加害于他，便怀恨在心，并当即扬言要报复。于是他向敌军泄露军机，并挑唆马尔西勒攻打查理大帝的后卫部队。这样罗兰率领的后卫军在返回法兰西途中于山谷里中了四万萨拉戈萨骑兵的埋伏，虽奋力抵抗，终因寡不敌众而全军覆没。临死前，罗兰吹响军号通知了查理大帝。最后查理消灭了全部萨拉戈萨军队，惩罚了叛徒加纳隆，为罗兰报了仇。

在这部史诗中，查理被描写成一个年高200岁、仙髯飘逸的传奇式人物；罗兰成了查理的侄子；出兵西班牙也被改为圣战；信奉基督教的巴斯克山民的伏击变成四万萨拉戈萨骑兵的袭击；而法兰西后卫军的覆灭则被归咎于加纳隆的叛卖。在这种种改动之后，《罗兰之歌》就把8世纪一场普通战事变成法兰西参加十字军圣战的史绩。

《罗兰之歌》是一部有着丰富寓意的史诗，它首先体现了中世纪法兰西人对宗教信仰的虔诚。史诗中的查理大帝几乎是一个圣徒的化身，他为传播基督教、拯救异教徒的灵魂而出兵远征；罗兰和他的好友奥利维埃既英勇过人又虔诚无比，他们为上帝而战，不惜牺牲；查理的重臣梯也利逃脱死亡并战胜对手靠的是神迹；罗兰临死前祈求上帝宽恕，上帝即派来天使迎接他上天堂。这些描写都反映出宗教信仰在当时的重要地位。查理大帝的胜利就是基督教徒对异教徒的胜利。

民族、家族和封建骑士这三重荣誉感在《罗兰之歌》中也得到了充分表现。忠君爱国是史诗讴歌的主题，而且对封建骑士来说国王是民族的首领，等同于国家。为此，罗兰和他的战友们一心效忠查理，心甘情愿地为君主出生入死。忠心不贰是衡量骑士荣誉的标准，就连加纳隆也深知背叛查理即背弃了骑士之道。在战斗中，罗兰所代表的法兰西骑士们用民族的荣誉感激励自己英勇杀敌，他临死前还念念不忘美丽的法兰西。这种对国家的热爱是法兰西人民爱国主义的最初表现，也许诗人想以此来唤醒当时还很模糊的国家意识。

此外诗中体现的家族荣辱感也很明显。一个家族的所有成员是一个整体，一人侍奉君主，其后人便世代为之效劳，如梯也利为查理作战是沿袭了家族的传统；相反，倘若一人犯了罪也得全家承担，如加纳隆的30个亲戚都因受他牵连而被惩罚。

《罗兰之歌》结构简明，情节发展井然有序，全诗分加纳隆叛变、荣瑟伏决战和查理大帝凯旋三大部分。史诗从加纳隆叛变引入，但浓笔重彩描绘的是荣瑟伏决战。特别是罗兰出自骄傲和自尊心而一再拒绝吹响号角请求援兵的情节设计十分精彩，它令《罗兰之歌》超越了较简单的命运悲剧的格局。这种安排揭示了罗兰个性缺点造成了荣瑟伏惨败的一面，但也强化了英雄以死抗争直至流尽最后一滴血的形象，突出了以个人意志主宰自身命运的主题。

《罗兰之歌》虽然没有细致的人物描写和刻画，但却用粗线条成功地塑造了几个个性鲜明、栩栩如生的人物。作者巧妙地运用对比法来衬托人物的不同性格。诗中德高望重、体恤下属、高贵而充满智慧的基督徒查理大帝与懦弱卑鄙的异教徒马尔西勒形成鲜明对比；加纳隆的厌倦战争、为一己之私利不惜变节卖国反衬出罗兰的忠君爱国、视死如归；而罗兰好友奥利维埃的冷静与理智更衬托了罗兰的骁勇粗犷和骄傲。另外，《罗兰之歌》的人物性格也显示了多面性：罗兰虽骄傲粗莽，但也为真挚的友情所动；加纳隆虽然是个叛徒，但也很骄傲，虽降敌却不肯在敌人面前低三下四,而且对查理始终满怀敬意。多层面的描写令人物丰满真实,这在早期文学作品中是难能可贵的。

史诗另一成功的技巧是它所运用的重叠法。最突出的例子是描述奥利维埃三次建议罗兰吹响求援的号角,而三次被罗兰拒绝。虽然相同的诗节重复了三次。但这并非简单的重复,它既符合诗歌艺术性的需要,又与人物反复斗争的心理活动配合呼应。罗兰的骄傲使他一次又一次地拒绝求援,重复中刻画了他的心理斗争,通过斗争更坚定了他不吹号角的决心。这样,重复中又有了发展。心理描写是《罗兰之歌》突出的特点之一。

虽然《罗兰之歌》叙述中有时自相矛盾,年代顺序不符,而且对穆斯林生活描写过于离奇,但与其他文献性和描述性史诗相比,它不但有更高的艺术性,而且表现了更高的精神境界和对人的价值的更深刻理解。

和《罗兰之歌》类似的是西班牙英雄史诗**《熙德之歌》**,它是目前发现的最早的西班牙战功歌,用卡斯蒂利亚语写成。这部英雄史诗是根据西班牙民族英雄罗德里戈·迪亚斯·德比瓦尔的原型编写的。"熙德"是他的敌人摩尔人对他表示敬佩而赠送他的尊称(阿拉伯文意为"主人")。史诗写于1140年左右,此时这位英雄刚刚过世(1099)40年,其中的大部分人物及战事基本上有史可查。全诗分为三章,即"流放"、"婚礼"、"橡树林的暴行",共计3730行。它的主要情节如下:

国王阿方索六世听信谗言将熙德流放。熙德将妻女托付给修道院后带着忠于他的随从泣别领地比瓦尔。一路上,尽管百姓都敬仰英雄的为人,但家家门户紧闭,无人敢向他们提供食宿。离开卡斯蒂利亚国土后,为了生存他们南征北战,开始了从摩尔人手中收复失地的英雄业绩。

使摩尔人闻风丧胆的熙德最后攻占重镇巴伦西亚,周边的摩尔小王国纷纷向他称臣纳贡。特别是击败摩洛哥国王率领的入侵军后,熙德威名远震伊比利亚半岛。他曾三次派人携战利品朝见国王阿方索,并请求圣上允许妻女与他团聚。国王欣然应允。此时贪财的卡里翁两公子向熙德的两个女儿求婚，国王还从中撮合。君臣二人捐弃前嫌，在塔霍河畔会面，国王当众宣布宽恕熙德。

卡里翁的两位公子在战场上贪生怕死、完婚后在宫中被逃窜的狮子吓得丑态百出，这些怯懦表现成为熙德部下耻笑的话柄。两人恼羞成怒，设计报复。他们借口偕妻子回家省亲，当行至科尔佩斯橡树林时，两人将各自的妻子衣服剥光，绑在树上打得死去活来后扬长而去。名誉再次受到侮辱的熙德要求国王主持公道，在阿方索国王召开的托莱多御前会议上做了申述后，熙德部下与卡里翁公子们决斗并获胜。史诗最后以熙德的两个女儿与纳瓦拉、阿拉贡两个王国的王子完婚结束。

正如许多评论家指出的那样，《熙德之歌》的主题是维护荣誉的问题，它反映了主人公恢复荣誉的全过程。从熙德被流放开始到托莱多御前会议上胜诉，这个主题一直贯彻始终。全诗显现了熙德的荣誉上升、下降、复而上升的情节变化曲线。诗篇开始时熙德被判流放异地，这是恢复荣誉的零起点。此后通过战场上的不断胜利和连续三次向国王献礼，他终于使得国王回心转意，解除了流放令并为熙德的女儿做媒联姻，熙德的荣誉处于直线上升的趋势；最后熙德剑劈进犯的摩洛哥国王布卡尔、缴获敌人名剑“蒂松”，他的荣誉恢复并达到顶点。然而，熙德的女儿们随夫君返乡省亲在路上遭到凌辱，这给他业已恢复的荣誉又蒙上一层阴影，业已上升的曲线此时急转而下。到托莱多御前会议上，国王对熙德道出“您比我们更高强”一席话又使下降的荣誉曲线复而升起；此后国王再次恩准熙德的女儿婚配王子，熙德部下也在决斗中击败卡里翁家族，这条捍卫荣誉的曲线重新上升，达到前所未有的最高点。

西班牙的战功歌大多写于历史史实发生后不久，真实历史人物的桩桩业绩还清楚地留在撰写者的记忆之中。因此，与法国史诗不同，《熙德之歌》没有惊人的奇迹或神奇的、超自然的壮举，而是富于历史的真实性，用强烈的现实主义手法突出动人的英雄业绩，对主人公的描绘逼真、细腻、反映了他复杂的感情。熙德不仅仅被刻画为一个战无不胜的勇士，而且还是一个有血有肉，热爱妻子、女儿的丈夫和父亲。

从历史上看，卡斯蒂利亚国王当时是在领导人民反抗异族入侵，所以人民把国王看作驱逐摩尔人、统一祖国的象征。但他们对于窃据高位、桀骜不驯的封建诸侯是深恶痛绝的。作者无情地揭露讽刺了卡里翁两公子及其族人的怯懦、奸诈、残暴，与对熙德英勇、正直、宽宏的赞扬形成鲜明对照，充分反映了当时人民的爱憎感情。历史上的熙德并非完人，作者对他曾一度为萨拉戈萨摩尔王服役，充当摩尔王的保护人一事避而不谈，却只是突出了他英勇抗击入侵之敌并取得辉煌战果的一面。这种把英雄理想化的安排表明真善美最终战胜假恶丑，从而抒发了人民要求扫除邪恶、宣扬正义、驱逐侵略者并统一祖国的心愿。

《熙德之歌》除了讴歌英雄业绩之外，还颂扬了卡斯蒂利亚人民的种种美德，如忠诚不贰、家庭之爱、俭朴勤劳等，而不仅仅是让民众去崇拜王侯贵族。《熙德之歌》中的罗德里戈·迪亚斯·德比瓦尔的形象世代相传，成为后来西班牙谣曲和众多戏剧作品讴歌的对象。

第四节　中世纪骑士文学

骑士文学盛行于西欧，反映了骑士阶层的生活理想。最早的骑士来自中小领主，他们替大封建主打仗，获得了土地和其他报酬，成为小封建主。因此，他们在思想上是支持封建等级制的。骑士逐渐形成一个阶级，土地和头衔世袭，十字军东征进一步提高了骑士的社会地位。在接触了东方生活和文化之后，骑士精神逐渐形成。 在骑士精神中，爱情占主要地位，表现为对贵妇人的爱慕和崇拜，为她们服务，为爱情冒险，以此作为骑士的最高荣誉。不少骑士表现出锄强扶弱的一面，有时也为宗教信仰去冒险。但他们往往不顾基督教的禁欲主义，要求文化和生活享受，并把东方文明带回到当时仍处在相对落后状态的西欧各国。

骑士抒情诗在德法两国比较盛行。法国南部的普洛旺斯在法兰克王国瓦解之后繁荣发达起来，普洛旺斯诗人称为“特鲁巴杜尔”，即行吟诗人，多是封建主和骑士，也有教士和市民，仅流传下来的名字就有数百之多，但作品保存下来的很少。他们的诗歌歌颂对贵妇人的爱慕和崇拜，比如被称为“破晓歌”的一类诗歌就是描述骑士与贵妇人幽会之后在破晓时辰分离的情景。这类诗歌颂婚姻之外的爱情，在当时却很受欢迎。普洛旺斯诗人运用的是民间歌体，加之以他们自己的创造。他们的诗格律谨严，技巧复杂，有“明”和“暗”两派。明派主张诗要明朗易懂，暗派则提倡隐晦难解的风格。13世纪初南方“异端”运动遭到镇压，许多普洛旺斯诗人逃亡国外，把抒情诗传统带到了意大利，推动了文艺复兴时期抒情诗歌的发展。

德国这时也出现了一些骑士阶层的诗人。**瓦尔特·封·德尔·福格威德**（约1170—1230）就是这样一位诗人。他出生在一个贫穷的贵族家庭，最初曾在维也纳宫廷服务过，后来到全国各地漫游，长达20年之久。在此期间，他接触到了各阶层的人民，亲身体验到他们的困苦，了解他们的愿望，从而培植了爱国思想。他敏锐地看到了霍亨斯陶芬王朝和罗马教皇之间的尖锐矛盾，并站在王朝一边抨击教皇，要求德国统一。这样，他写出了大量富有民族意识、爱国主义思想的诗歌，成为德国文学史上的第一个爱国诗人。这类诗歌的代表作是《我坐在岩石上》，诗中提出，若要使“光荣”、“财富”和“上帝的恩宠”并存，就必须要有和平和正义。

瓦尔特作品的意义已远远超出一般的骑士抒情诗。他早期固然写了许多宫廷抒情诗，但在风格和内容上带有极强的人民性。他在漫游时代所作的诗歌大多是讽刺诗，不但抨击了社会的虚伪和强暴，并提出了明确的“和平”和“正义”的要求。晚年，他居住在皇帝赐给的封地上，所作诗歌多半是教育诗。

瓦尔特的艺术技巧也与一般骑士抒情诗不同。他的作品不但语言生动活泼，而且极具形象性和戏剧性；由于善用民间艺人使用的格言诗体，因而显得格外简洁有力。他的诗歌流传下来的约有100首格言诗及70首抒情诗，但直到18、19世纪才为世人所认识并得到重视。

西班牙的骑士抒情诗也很繁荣。由于但丁作品的传播，在15世纪西班牙文学中出现了运用喻义手法的热潮，这种喻义文学始于桑地亚纳侯爵和梅纳。桑地亚纳侯爵原名叫**伊尼科·洛佩斯·德·门多萨**（1398—1458），因为他大力支持胡安王朝，在同摩尔人作战中屡立战功而被封为侯爵。他是一位骑士作家，在完成紧张军务之余进行文学创作。他家中藏书甚丰，喜爱意大利作家但丁和彼特拉克，并深受他们的人文主义思想影响。他的诗歌作品包括以谚语、格言为题材，具有教诲意义的诗歌；深受普洛旺斯诗歌影响的抒情作品，如清新抒情、轻快活泼的牧女歌，其中以《菲诺霍萨山歌》最为著名。在这些牧歌里，他有时用六音节诗句，有时用八音节诗句。所有牧歌讲的都是骑士向女山民求爱，而且一般总是遭到女方拒绝。山歌里描述的环境极其优美，女山民的谈吐更是与其身份极不相称，更像温情脉脉的贵妇人。在意大利文学影响下，他还写了讽喻诗歌，着力引入意大利十四行诗格式。尽管结果不大理想，但他为意大利十四行诗在16世纪西班牙文学黄金时代中开花结果开了先河。在他的诗中可以看出他维护和继承了14世纪的辩论传统，如在《巴伊阿斯反对命运的对话》一诗里，他通过对话哀叹人生瞬息即逝的荣华富贵，惋惜一生徒劳，表现了一定的哲理思想。他借助国王宠臣之死写就《宠臣之道》，在诗中让宠臣堂·阿尔瓦罗供认自己的罪行并表达最后的悔恨心情。

卡斯蒂利亚王朝胡安二世（1406—1454年在位）统治时期的另外一位诗人**胡安·德·梅纳**（1411—1456）出生在科尔多瓦，以其牢固的人文主义思想而著称。他曾在萨拉曼卡和罗马学习，回国后曾任朝廷史官和拉丁文秘书。梅纳主要的作品是叙事诗《命运的迷宫》，该诗又以《三百节》著称于世。这是一部模仿维吉尔和但丁的讽喻诗，全诗共有297节，充满各种小故事。尽管大部分词意晦涩，但诗韵铿锵悦耳。诗中讲述诗人乘战神驾驶、巨龙牵引的战车来到幸运之宫。从大片乌云里上苍现身向诗人遥指人世间的一台三只轮子的机器。它那象征过去与未来的两个轮子停止不动，只有象征今世的轮子转个不停，让人眼花缭乱。每个轮子里分成七块领地，分别由不同的神祇统管：狄安娜的管区住着纯洁、善良的人们；墨丘利的领地充满恶棍；在维纳斯的地块上充斥着被情欲折磨的男女；太阳神的领地成为哲人、演说家、历史学者和诗人隐居的场所；战神的管区是为祖国战死的英雄豪杰的墓地；朱庇特的领地居住着国王和王子；而农神的地盘却被共和国的首脑们占据。诗人从这些轮子里看到了形形色色的人物和他们的行径，通过对他们的描述颂扬国王胡安二世和他的宠臣。

骑士文学的另一位诗人**豪尔赫·曼里克**（1440—1479）出身贵族。他父亲堂·罗德里戈伯爵是当时著名的政治家及军事头领，为反对胡安、捍卫后来的天主教女王伊萨贝尔的合法王位继承权而斗争。关于诗人的生平我们知之甚少，只知道他随父参加过不少战役。1476年他父亲死后，曼里克撰写了一首挽歌《悼亡父》，从而著名于世。1479年为保卫女王，作者在与犯上作乱的维利亚纳公爵的军队作战时阵亡。

曼里克留给后人的文学作品不多，全是诗作，共49首，加起来不足2400行，其中大部分是爱情诗，但他最著名的是说教诗《悼亡父》。该诗480行，是唯一一首没有按照当时盛行的情诗或但丁式喻义诗潮流写出的诗歌。仅凭这首长诗曼里克就足以成为西班牙极其重要的诗人之一。

《悼亡父》共有40个诗段。每个诗段有12行，而每六行为一个小单元，称之为六行诗。每个六行可以有自己的独立韵脚，其中1、2、4和5行必须是八个音节，而3和6行则是四个音节。由于每两个八音节诗行之后有一个四音节诗行，故又称为瘸脚格律。这是曼里克的首创，故也称为曼里克诗体。这种格律的最大特点在于长句后紧跟的四音节诗行有利于表达悲痛的内容。那突然的停顿就好像是诗人过度悲伤导致中断哀号，文学评论家曾将这种韵律比喻成教堂钟楼敲起的丧钟。

《悼亡父》不但庄严、肃穆，而且抒情气氛极浓。诗中充满基督教的哲理主张，表达朴实无华，用词纯朴，无矫揉造作之嫌，老幼皆懂。从内容上全诗可分为两大部分：在前24段里，诗人谈到生命的短暂、世间的浮华虚荣。后16段则是他对亡父生前业绩的悼念。这样全诗在后半部把儿子哀悼亡父的巨大悲痛推向了高潮，悲怆之情愈来愈强烈丰富，取得了最佳艺术效果。

虽然《悼亡父》所表述的是人之常情和来自《圣经》及中世纪的传统思想，但是同其他伟大作品一样诗人能十分诚挚地从深度上把常见的主题变成具有个人特色的作品，并把缅怀亡父，歌颂他英勇善战、德高望重的一生与富有哲理的人生思考完美结合起来。在诗中我们还读到不少精美的警句，如“生命如何逝去，/死亡如何/悄悄来临；/……任何逝去的岁月，/都更为美好可亲。/我们的生命是流向大海的河流，/而那大海/就是死亡。”难怪洛佩·德·维加称他为奇才，19世纪美国诗人朗费罗则认为这首诗堪称挽歌的楷模。

骑士传奇构成中世纪骑士文学的一个重要部分，英、法、德三国都有传奇名篇。骑士传奇的主题大都是骑士为了爱情、荣誉或宗教信仰，表现出冒险游侠的精神。骑士传奇可按题材分为不同的系统。如古代系统一般是模仿古希腊罗马文学作品，像《亚历山大传奇》、《特洛伊传奇》、《埃涅阿斯传奇》等。这些传奇虽写古希腊罗马故事，但它们的英雄却具有中世纪骑士的爱情观和荣誉观。又如不列颠系统是围绕古凯尔特王亚瑟的传说发展起来的，主要写亚瑟王和他的圆桌骑士们。这些故事在西欧国家流传很广，法国诗人**克里蒂安·德·特鲁瓦**（12世纪）是这个系统的代表作家。他的代表作品有《朗斯洛或小车骑士》（1165？）、《依凡或狮骑士》（1175？）、《帕齐伐尔或圣杯传奇》（1180？）。《朗斯洛》是最典型的骑士传奇，写亚瑟王的骑士朗斯洛和王后桂纳维尔的恋爱。为了寻找桂纳维尔，朗斯洛不惜牺牲骑士荣誉，不骑马而坐小车，随后又冒生命危险爬过像利剑般锋利的桥。在比武场上，他遵照桂纳维尔的命令退让或还击，唯命是从、绝对忠诚，集中体现了骑士的爱情观。《帕齐伐尔》则描写骑士们到各处寻找盛过基督血的圣杯，充满了神秘幻想。骑士传奇也是后来小说的渊源之一。在德国比较重要的骑士传奇有埃森巴赫的《帕齐伐尔》及斯特拉斯堡的《特利斯坦和伊索尔德》，它们基本上也属于不列颠系统的亚瑟王传奇系列。

沃尔夫拉姆·封·埃森巴赫（约1170—1220）生于巴伐利亚的一个下层贵族家庭。他当过浪迹天涯的行吟诗人，后来服务于宫廷。晚年退居故乡。他著有三部史诗，其中两部是残稿，完整留下的就是著名的《帕齐伐尔》。

《帕齐伐尔》的故事取自12世纪法国克里蒂安·德·特鲁瓦的《圣杯传奇》，但在思想深度和艺术形式上都比原著要高出一筹。在欧洲传说中圣杯盛过耶稣被钉在十字架上时流下的血，只有最纯洁的人才能看到它，它被放在圣杯堡。帕齐伐尔是已经去世的一位骑士的儿子，母亲不愿他再做骑士，母子隐居在森林中，所以他对外界一无所知。有一天他遇到了一群骑士，从他们那里听到了有关亚瑟王和圆桌骑士的故事，从此他就要求母亲允许他外出闯世界，最后终于得到了母亲的同意。经历了许多遭遇后，帕齐伐尔来到了亚瑟王的宫廷，由于他打死了亚瑟王的敌人而成为圆桌骑士。但他并不以此为满足，再次外出建立功勋，途中他救了一个女贵族并与她结了婚。婚后他离家寻母，碰巧在圣杯堡投宿。在圣杯堡他见到了国王，但他不懂正确地对待国王和圣杯堡，终因言谈不慎而被逐出城堡。再度追寻圣杯而不能成功之后，他遇到了一位隐士特莱弗里岑特。他是圣杯国王的兄弟，他使帕齐伐尔认识到自己过去的错误，重新获得了内心平静并对上帝坚信不疑，达到了“至善”的境地。当他再度来到圣杯堡时，他使病伤的国王得到了痊愈并继承了圣杯堡国王的位置，承担了保卫圣杯的光荣任务。

这部传奇作品歌颂了对崇高目标的不懈追求，指出了人在追求永恒的过程中会不时犯错误，在改正后达到“至善”。这是一部以个人发展变化为主线的传奇史诗。

关于**高特夫里特·封·斯特拉斯堡**（？—约1215）的生平人们所知甚少，他的创作时期大约在13世纪的最初20年间。他留下的有传奇《特里斯坦和伊索尔德》残篇。这部传奇史诗是在12世纪法国诗人托马的蓝本基础上写成的。故事内容如下：特里斯坦从小失去父母，后为克仑威尔的国王马尔克所收养，国王发现特里斯坦原来是他外甥，就让他接受骑士教育。马尔克派遣特里斯坦到爱尔兰代替他向公主伊索尔德求婚。伊索尔德的母亲不但答允了这件婚事，而且为女儿及女婿准备了魔汤，要他们在结婚时喝下，这会使他们彼此永远相爱。但在归途的船上特里斯坦和伊索尔德因口渴，误喝了魔汤，于是彼此发生了不可压制的爱情。虽然伊索尔德和马尔克结了婚，但她却和特里斯坦不断私会。后来马尔克终于发现了这秘密，特里斯坦不得不出逃，来到诺曼底。在那里他遇到了一个叫做“玉手伊索尔德”的女人，特里斯坦又爱上了她，但并未忘记伊索尔德。作品写到这里就中断了，直到13世纪后半叶才有高特夫里特诗派的后继者把这部作品完成。故事的发展是特里斯坦在一次战斗中负伤，只有伊索尔德才能治疗这创伤。他派人去接伊索尔德，而且约定，如果伊索尔德来了，船上就张起白帆，若没有来，就张黑帆。伊索尔德来了，可是“玉手伊索尔德”却说，船上挂的是黑帆，特里斯坦感到极大痛苦而死去。伊索尔德到达后见爱人已死，也因痛苦随之去世。马尔克把他们葬在两座大理石坟墓里，后来特里斯坦的坟上长出一枝玫瑰，伊索尔德坟上长出一棵葡萄，枝叶交相覆盖。这结局是对忠贞爱情的歌颂。

这部史诗没有追求所谓永恒的价值，而是完全肯定现实的生活，肯定人们对爱情的追求，在爱情不可抗拒的力量下一切封建伦理道德观念都丧失了作用。作者甚至对宗教也作了嘲讽，这在当时非常难得。

特里斯坦与伊索尔德的故事经常被一些音乐家、文学家作为创作题材，最著名的是德国音乐家瓦格纳的同名歌剧。

除了前面提及的古代系统和不列颠系统，拜占庭系统也是骑士文学的一大构成部分。拜占庭系统是用拜占庭流传的古希腊晚期故事写成的作品。**《奥迦生和尼哥雷特》**（13世纪）写贵族子弟奥加生爱上女奴尼哥雷特，遭到父亲的反对。他为了爱情忘了保卫国家、抵抗外敌的骑士责任。这部传奇说明从罗兰到奥迦生的二三百年中，骑士精神的内容发生了变化。《奥迦生和尼哥雷特》中咏唱和叙述互相交叠，咏唱部分用韵文，叙述部分是散文体。

中世纪西班牙骑士文学也相当繁荣，它是在英、德、法骑士文学的影响之下发展起来的，但在时间上迟到约一个世纪。由于时间上的推延，西班牙骑士文学还受了但丁影响，形成了自己独特的风格，内容上也更加宽泛些。

西班牙宫廷文学除了诗歌之外，还形成了一个极为重要的文学形式，即骑士小说。这种新型小说的前身是英国的骑士传奇和法国北部的英雄史诗，发展到16世纪已有约四个世纪的历史，直至塞万提斯的《堂吉诃德》问世，开了现代小说的纪元。

西班牙的骑士传奇把对贵妇人的崇拜，讨取她们的欢心作为赴汤蹈火的动力。在这种小说里，单枪匹马的英雄与神奇的敌人——蛟龙、怪物、魔法师或强大无比的军队作战，创下令人难以置信的壮举。西班牙骑士小说的典范是**《阿马迪斯·德·高拉》**（1508）。它是加西亚·奥多涅斯·蒙塔尔沃修订了古老的手抄本并补充了不少新情节后出版的，一问世就受到极大的欢迎。其故事内容如下：

阿马迪斯是英国埃丽亚娜公主与高卢国王佩里翁的私生子，出生后被他母亲装在一只小箱子里投入河中任其漂流，后来被英格兰的骑士甘达莱斯捡到，收养成人。在年少时，阿马迪斯就爱上了欧丽阿娜公主。后来他被封为骑士，参加了许多战斗，无往而不胜。他一直忠于对欧丽阿娜的爱情，从而通过了“忠诚的恋人包围圈”，一个只有从未背叛过情人的人方能通过的关口。最后这个对爱情坚贞不渝的骑士终于被亲生父母承认，并与心上人结为连理。

这部小说的影响是巨大的。骑士的典范阿马迪斯虽然身世坎坷，却始终保持骑士的美德，从而成为读者崇拜的偶像。该书曾被视为培养完美骑士的教科书，就连要扫除骑士小说糟粕的塞万提斯也借堂吉诃德之口盛赞阿马迪斯“十全十美”和“独一无二”。在这部书中阿马迪斯表现了封建骑士阶层的生活理想，即为爱情、荣誉或宗教献身的冒险游侠精神。其中西班牙民族的自信心，十字军的尚武精神和虔诚的宗教信念均有突出反映。

15世纪后期出版的**《亚瑟王之死》**是英国骑士文学的代表作。中世纪后期英国大量翻译希腊神话和法国的骑士传奇，如赫克托耳和查理大帝的传说。但英国上层社会更希望读到英国本土传奇故事，所以要求写亚瑟王和圆桌骑士的呼声一时四起。据《亚瑟王之死》的作者托马斯·马洛里爵士（？—1471）自述，该书于1469年至1470年间完成，但约15年后（即1485）才得以印刷出版，马洛里把自己的书命名为《亚瑟王及其高贵的圆桌骑士全书》，印刷商开克斯顿误把其中最后一个故事“亚瑟王之死”的题目当作了全书的名字。

马洛里称自己的书为《全书》，因为这部著作集亚瑟王故事之大成，他参阅了好多部关于亚瑟王和圆桌骑士的法文版故事，对它们的不同说法进行了挑选、组合和串联。所以这部传奇不能简单地看成是译著，它在很大程度上是马洛里的再创作。

《亚瑟王之死》包括八个故事，主线讲的是亚瑟王取得胜利后，他的妻子桂纳维尔和圆桌骑士中卓越显赫的朗斯洛有了私情，为此朗斯洛受到上天的惩罚，无法完成寻求圣杯的神圣使命，这一使命便落在纯洁的青年骑士盖拉哈德身上。最后朗斯洛与王后的奸情腐蚀影响到整个亚瑟王朝廷，圆桌骑士们不满桂纳维尔而离开了亚瑟，并导致了莫德莱德的叛乱和亚瑟王之死。全书以桂纳维尔和朗斯洛忏悔、皈依宗教结束，桂纳维尔出家为尼，朗斯洛成了隐士。这部传奇虽然神话般的浪漫，但充满了对现实生活的影射。马洛里是玫瑰战争中的兰开斯特派，深受那场战争之苦，因此他所描绘的亚瑟王朝骑士们互相残杀的内战就是玫瑰战争的写照，而且字里行间充满忧伤和沉重心情。

不过，因为该传奇中的大量材料取自当时流传的法语、英语传奇，历代评论对其是否堪称一部结构完整的作品一直存在争议。但持肯定态度的意见把它看作民族或王朝史诗性传奇，认为不应该用古希腊罗马史诗或现代小说的结构标准来衡量它。对《亚瑟王之死》的主题，人们也提出各自的见解。一些重要的观点都着眼于骑士的美德、爱情以及宗教之间的相互关系。有人认为马洛里的道德标准有一定的自相矛盾之处，如对朗斯洛和王后的私情有时指责为犯罪，是祸及亡国的根源，但在另外的地方又渲染他们爱情的坚贞美好。对此，17世纪的清教评论家曾作过严厉的批评。尽管如此，人们承认马洛里成功地再现了一个逝去的黄金时代，在那遥远、神奇的国度里，尚武的骑士们创立了累累战功。全书文笔简洁、流畅，语句有诗一般的节奏与和谐。《亚瑟王之死》对后世产生了深远影响。19世纪英国桂冠诗人丁尼生以亚瑟王传奇为题材撰写的长诗，其中亚瑟王之死部分也无法超越马洛里，而且几乎完全借鉴了前人的成果。

第五节　中世纪城市文学

西欧各国从10世纪起，由于手工业和农业的分工、商业的发展，产生了城市，形成了从事工商业的市民阶级。城市的发展经历过三个阶段。第一阶段是12、13世纪，市民为自己的独立不分阶层地共同反抗封建主，建立公社。第二阶段是13、14世纪，手工业主队伍壮大，进行"行会革命"。第三阶段是14世纪以后，城市平民(帮工、徒工、雇工等)反抗城市贵族和大行会。国王一向利用城市来和割据的封建贵族作斗争。城市是王权的支持者，因为市民需要一个强有力的中央集权政府。在乡村，农民反封建的斗争逐渐表面化，又加上一度流行的黑死病造成了农村人口的锐减，大大削弱了封建领主的实力。小封建主纷纷向国王寻求保护，并支持王权。教会和国王之间虽有矛盾，但它一直是封建制度最顽强的支柱。

12世纪，城市打破了教会对教育的垄断，要求有自己的文化教育，办起私立的非教会学校，一些学者在学校中任教和从事研究。法国人皮埃尔·阿贝拉尔(1079—1142)和英国人罗杰·培根(1210？—1292)都是知名的经院学者和推崇理性的思想家。前者用理性来限制宗教信仰的权威，针对封建制度辩护士所提出的"信仰而后理解"的口号，提出与此相反的"理解而后信仰"的口号，为此遭受了教会的迫害。后者博学多识，掌握多种语言，精通数学并亲自动手设计制作科学仪器。他们虽然不否定宗教信仰，但对推进城市文化发展无疑起了很大作用。就在这个时期，西欧许多国家产生了"异端"运动，教会感到危险，竭力加以压制。它设立宗教裁判所，作为镇压"异端"教派的工具。

城市文学的产生同城市斗争及"异端"思想有密切关系，同时也适应了市民对文化娱乐的要求。城市文学多数是民间创作，有强烈的现实性和乐观精神，描写市民生活或提出市民最关心的社会问题。它歌颂市民或农民的个人机智和聪敏，反映了萌芽中的新阶级的精神特征。它的主要艺术手法是讽刺，有时尖锐，有时温和，这要看作者是站在城市上层还是下层的立场。此外，它在一定程度上也接受了封建文学和教会文学的隐喻、寓言、梦境等手法。它的风格简单朴素，语言生动鲜明，有时流于粗俗。

法国是西欧城市发展最早的国家之一，城市文学也最发达。“**韵文故事**”是法国最流行的一种城市文学类型，当时数量很多，但保留下来的很少。它的特点是故事性和讽刺性都很强。作者把社会生活用生动的语文写成引人入胜的故事，把骑士和僧侣的丑态揶揄尽致，同时也暴露市民的贪婪自私。它反映的社会面广，从骑士、僧侣、法官到商人、手工业者、农民、仆役以及乞丐都成为它描写的对象。记述农民生活的故事特别多，因为当时市民都来自农村，在思想上和农民有密切联系，而且城市斗争在最初阶段是和农民的反封建斗争结合在一起的。《布吕南》揭露乡村教士贪婪成性，想骗取农民的牛，结果却赔了自己的牛。《驴的遗嘱》谴责教会巧立“遗赠”之名，抢夺农民的财产。《以辩论征服天堂的农民》写一个农民死后想进天堂，圣比德、圣汤玛、圣保罗不许他进去。农民和他们讲理，把它们驳倒，他们只好让他进入天堂。故事中虽有迷信的因素，但也说明农民认为天堂不能让统治阶级垄断，农民也有权进去。《农民医生》写一个农妇受了丈夫的殴打，于是捏造说她丈夫会治病，但一定要打他一场，他才会承认自己是医生。这农民挨了打，被迫当医生，但凭他的机智，终于摆脱窘境。这个故事赞扬了农民和市民的机智狡猾，下层妇女第一次在中世纪文学作品里占重要地位。17世纪莫里哀采用这个情节，经过加工，写成喜剧《屈打成医》。这一类文学在德、英等国也很流行，如德国有关阿米斯牧师的故事。

法国城市文学中艺术成就比较高，对后世影响比较大的作品是两部传奇故事，一部是《列那狐传奇》，另一部是《玫瑰传奇》。

《列那狐传奇》的主要角色是列那狐和伊桑格兰狼，它们的故事12世纪在西欧各国广泛传播，除民间口头传说，已经出现了用拉丁文编写的作品，如尼瓦尔修士的《伊桑格里姆斯》。以后，在将近一个世纪的时间里，在民间传说和拉丁文作品的基础上，逐渐形成了几部有关列那狐的传奇诗，其中以《列那狐传奇》最为成功。这部作品肯定经过众多诗人、歌手的补充润色，但是他们的姓名大多湮没，今天我们仅知道两位作者的名字：皮埃尔·德·圣克卢和理查·德·利松。《列那狐传奇》今天在法国比较流行的几个版本都依据现存法国国家图书馆的稿本校勘编定，内容大致相同，主要区别在故事的编排顺序。故事一般分为27组，共三万多行诗。

《列那狐传奇》以兽寓人，以动物世界寓人类社会，是一部寓言故事集。在这个动物世界里，最高统治者是狮子，名叫诺布勒，意为贵族，显然代表独霸一方的封建领主。伊桑格兰狼和布伦熊贪婪而愚蠢，象征领主手下仗势欺人的臣仆。主教是一头驴，这个呆头呆脑的畜生正是教士在人们心目中的形象。这些动物组成了上层社会。代表下层社会的是鸡、兔、羊、山雀等。它们在力量上无法与强悍凶残的野兽抗衡，经常处于被欺侮的地位。在这两个对立的社会之间，生活着列那狐。从地位上说，狐狸属于上层社会，但是生存需要和利益冲突，加上贪婪的本性，使它不断与狼、熊等野兽发生争斗。另一方面它又经常欺骗掠夺小动物。因此，在一部分故事里，列那狐是敢于反抗上层社会的英雄，在另一部分故事里，它又是欺压穷人的恶棍。这是一个具有双重性格的形象，它对后来的城市文学影响很大，拉伯雷小说中的巴汝日，莫里哀戏剧中的斯卡班，勒萨日作品中的杜卡莱都有列那狐的影子。

列那狐的形象之所以得到市民阶级的喜爱，根本原因是这个形象身上寄托着市民阶级的理想。传奇作者们(包括口头作者)的道德观可能不尽相同,但是在一个基本点上他们是一致的,那就是他们都认为人的价值在于攫取个人利益,为了这个目的,手段是否符合一般的道德标准无关紧要。作者们对列那狐的态度很复杂,褒贬参半,但是,列那狐把谋取个人利益看成至高无上的道德标准,对这一点,作者们都认为是人之常情,应该肯定。当时,市民阶级作为一个新兴的阶级刚刚走上历史舞台,它的经济利益和政治利益迫切需要这样一种道德观作为支撑,说明其合理,证明其永恒。列那狐形象的出现,正是这种需要在文学中的反映。

列那狐所代表的市民阶级的道德观与教会的道德观相冲突。为了缓和这种冲突,它必须以喜剧的形式出现,有时甚至采取自嘲的态度。这一点也是当时许多市民文学作品的共同特点。

与尊勇尚武的骑士不同,市民阶级在捍卫自己的利益并不断扩充利益时,不是采取武力,而是凭借智慧。这在列那狐身上得到了鲜明的反映。列那狐与伊桑格兰狼的反复较量在作品所有的故事中最生动,也最富于传奇色彩,淋漓尽致地表现了列那狐的机敏乃至狡诈。狼虽然力大凶狠,却愚笨无知,因而总是被狐狸捉弄,最后连妻子也被狐狸占有。狼告到狮子面前,尽管证据确凿,狐狸却花言巧语为自己辩护,最终竟然无罪开释。作品把智慧(包括小动物与狐狸斗争时表现的聪明)和知识作为实现个人利益最有效的手段,赋予智慧和知识以力量,这表达了市民阶级的愿望,反映了他们的价值观。

列那狐的性格中还有一点值得注意。列那狐固然经常是胜者,它为自己的聪明过人而洋洋自得,然而它又是一个孤独者,没有朋友,却有无数的敌人。作品用简练的笔触揭示了列那狐内心深处的悲凉。我们在与列那狐相仿的人物例如巴汝日身上,同样能够察觉到这种深沉的忧郁。

由于列那狐的形象家喻户晓,“列那”一词因而变成了普通名词,代替了法文里原有的狐狸这个单词。《列那狐传奇》问世后,德、英、意大利等国都有译本或仿作。18世纪90年代，歌德根据这则故事写成叙事诗《列那狐》。根据这部作品改编的童话故事一直很受少年儿童欢迎。

《玫瑰传奇》出自两位诗人之手。第一位诗人是吉约姆·德·洛里（？—1238），他创作了约4700行诗，未及完成就去世了。30多年后，一个叫让·德·墨恩（1250？—1345？）的诗人将作品续完。全诗共22817行。

《玫瑰传奇》是法国第一部采用寓意手法的作品。它将抽象概念和感情人格化，除诗人本人外，人物还有典雅爱情、吝啬、嫉妒、羞耻心、理性、自然等。由吉约姆·德·洛里创作的前半部基本上继承骑士文学的传统，讲述了一个骑士的爱情故事。大意是，一天，诗人（年轻的贵族）进入梦乡，发现了一个景色宜人的花园，花园中央长着一株艳丽的玫瑰。诗人爱上了玫瑰，但是玫瑰由嫉妒率人把守，而玫瑰自己对这诗人也怀着几分疑虑。典雅爱情、殷勤接待、直爽等人物从中撮合，而危险、羞耻心、恐惧等人物从中作梗。就在诗人快要接近玫瑰时，作为玫瑰化身的殷勤接待被困。洛里的故事到这里终止。在让·德·墨恩续写的第二部里，诗人克服了障碍，终于摘到心爱的玫瑰，象征骑士爱情的圆满结局。

这部作品虽然称为传奇，但是并没有曲折的情节，相反却具有很浓的说教意味，让·德·墨恩续写的第二部分尤为突出。吉约姆·德·洛里写的第一部分宣扬骑士爱情观，阐述骑士爱情的规则。当时奥维德《爱的艺术》成为典雅爱情的经典，一些根据《爱的艺术》撰写的著作也很流行，吉约姆·德·洛里的思想大都来自这些作品。让·德·墨恩第二部分的思想与第一部分大相径庭。在这一部分里，骑士生活受到嘲弄，典雅爱情遭到否定。作者借理性、自然、才能等人物之口颂扬人的天性；认为爱情应该顺乎天性，万事应该顺乎自然，这才合于理性，合于道德；断定"永恒流动、永远充实"的自然是艺术美的源泉。这些思想在13世纪的欧洲有如空谷足音，到文艺复兴时代才得到广泛回应。作者还通过不同人物之口，宣传各种知识。

这部作品虽然说教性强，显得比较枯燥，却也不乏艺术特色。至少有两个特点对当时和后世的文学产生了影响。首先，这部作品是法国文学中最早描写梦境的作品之一。吉约姆·德·洛里将他讲述的故事放在梦境中，给故事背景增添了神秘朦胧的色彩，烘托出典雅爱情高度理想化的精神特征。同时，梦境也为运用寓意手法提供了一个合适的环境。第二个特点就是寓意手法的运用。在法国文学中，《玫瑰传奇》是寓意手法的开山之作。12世纪，法国曾出现一首拉丁文诗歌，内中有维纳斯、小伙子、姑娘、老妇四个人物，分别代表典雅爱情的不同方面，吉约姆·德·洛里创作《玫瑰传奇》显然受到这首拉丁文诗歌的启发。另外，吉约姆·德·洛里作为一个教士，无疑十分熟悉《圣经》和神学典籍的种种寓意描写。但是，把与典雅爱情生活相关的各种概念一一人格化，按概念的内涵赋予人物特定的思想与行为模式，并且把他们放在一个骑士爱情故事中，让他们分别承担现实的爱情生活中必然或可能承担的责任，这却是吉约姆·德·洛里别出心裁的创造。由于引进了寓意手法，作品得以把讲述故事和宣讲典雅爱情的观念和规则这两方面自然地糅合在一起。

城市文学作家在抒情诗方面也作出了成绩。法国的吕特勃夫（？—1280）是中世纪第一个优秀的市民抒情诗人。他出身于社会下层，一生贫病交迫。他的诗歌多半描写自己的穷苦生活。他讽刺僧侣、骑士、法官和城市贵族上层分子，揭露托钵求乞的游乞僧是腰缠万贯的富翁，指出罗马教廷是黑暗腐化的地方："谁带着钱来罗马，谁就获得僧禄"。

中世纪法国抒情诗人最值得注意的是**弗朗索瓦·维庸**（1431？—1480？）。维庸父母早逝，由一教士收养，在巴黎大学获得文学学位。他生活放荡不羁，多次参与盗窃和斗殴，被监禁、流放，几乎死于绞刑，但始终不悔。大约在1463年他被放逐出巴黎，以后便失去踪迹，据传死于外地。维庸和吕特勃夫一样，出身城市下层社会，备尝生活的艰辛，对社会的不公有切肤之痛。然而二者又有很大差别。吕特勃夫虽然对上层社会语多讥讽，却又把改善自身境遇的希望寄托在上层社会的怜悯上，时常发出自怨自怜的哀叹。维庸不同，他对自身的悲惨遭遇是激愤多于哀怨，始终不与现存社会秩序相妥协。他背离道德常规的生活方式实际上反映了对社会强烈的不满情绪。

维庸的作品流传下来的是《歌集》（Le Lai，又称《小遗言集》，1456？）和《遗言集》（又称《大遗言集》，1461）。《歌集》包括40节八行诗，采用八音节体。这首诗据传是维庸参与盗窃后准备逃离巴黎时写的。诗人在作品中声称要赠送所谓的“财产”（爱、受伤的心等等），受赠人大多伤害过诗人，所谓“馈赠”实际上是报复。他对这些人冷嘲热讽，借以发泄心中郁积已久的怨恨。诗人摆出轻松诙谐的样子，间或甚至故意显得玩世不恭，但是仔细体会，便能在嬉笑调侃的背后发现诗人那颗虽然年轻却已经被生活撕碎的心。

《遗言集》也是用八音节八行诗体写成，共2000多行，中间插入不同时期写的谣曲和回旋体诗。这些谣曲感情复杂而深沉，是维庸最成功的作品。这部诗集的气氛比《歌集》凝重和深沉。虽然诗人有时仍旧用亦庄亦谐的口吻说话，但是更多的是怀着悲怆的心情审视自我。他大胆地暴露和解剖自我，抒发内心深处的复杂情感，就真挚坦诚而言，在法国中世纪诗人中无出其右者，在以后各个时代能与之比肩的也不多。我们在这部诗集里看到，诗人怨愤的心仍旧不能平静，他仍旧要嘲骂，然而他的愤怒不再是针对某一个人，而是因一生受歧视和迫害，青春枉度，年华虚掷而从心底迸发出悲鸣，虽然不是惊天动地的呼号，却具有震撼人心的力量。诗人的特殊境遇使他过早地体验到死亡的威胁，死亡成为诗人心头挥之不去的阴影，从而化为《遗言集》的一个重要主题。《昔日贵妇谣曲》、《昔日王公谣曲》都是脍炙人口的名篇。不过，维庸之所以是维庸，在于他在个人生活几乎陷入绝境的时候，在巨大的痛苦与悲愤之中，仍旧能够超越自我，超越现实，带着嘲弄的冷眼审视包括他自己在内的人世。《绞刑犯谣曲》就是一个典型的例证。

这一时期农民运动在文学上也有所反映。英国下级僧侣**威廉·兰格伦**（1332？—1400？）的长诗《农夫皮尔斯》是英国农民运动的直接产物，当时流传颇广。诗的第一部分，作者通过一系列梦境和众多寓意形象（如“七大罪恶”），揭露了封建社会特别是教会和僧侣的种种罪恶。在他所梦见的农民皮尔斯这一形象中，他注入了自己的理想，肯定劳动是社会存在的基础，反对任何形式的剥削，提倡平等。第二部分写皮尔斯追求真和善的历程，多是经院式的辩论，形象性不强。这部作品以劳动人民为主人公，在农民运动高涨时期提出改革要求，起过进步作用。但是它也反映了时代的局限，寄希望于封建国王，并且受到很深的宗教影响。在作品的最后，作者幻想人们团结在统一的教会的旗帜下，向罪恶进行斗争。

中世纪后期，**谣曲**盛行于各日耳曼民族国家如北欧各国、英国、苏格兰以及南欧的西班牙，其中以英国的一组谣曲**《罗宾汉谣曲》**（保存了约40首）成绩较大。罗宾汉出身自由农，据说生活在12世纪，他不堪封建压迫，逃往绿林，成为“不受法律保护的人”。他和一些同样受封建主压迫的农民、手工业者结伙，出没绿林、城镇，专门抢劫财主和大僧侣，帮助受欺凌的穷人，并和追捕他们的官吏、地主、僧侣进行顽强的斗争。他射得一手好箭，非常勇敢、机智、豪迈，对战胜敌人充满信心。他虽然不愿给国王服务，并捕食树林中属于国王的鹿，但他并不把国王当成敌人。谣曲的艺术特点是故事性强，往往出现意外的情节，对话很多，富于抒情性。罗宾汉谣曲在14、15世纪流传很广，在文艺复兴和19世纪还经常为作家所采用。类似罗宾汉的传说许多国家都有，如挪威的艾吉尔传说、瑞士的威廉·退尔传说，都反映了农民的抗暴斗争。谣曲这一诗歌形式直到现在仍然在一些国家流行。以罗宾汉传说为主题的电影、戏剧到20世纪仍屡见不鲜。

西班牙谣曲的出现虽比英国谣曲晚很多，但特点相同，而且广为流传，由海上征服者们一直带到西班牙语美洲，在那里发展出具有美洲特色的硕果来。卡洛斯王室的士兵还把它传播到意大利和佛兰德斯，而被逐出西班牙的犹太人和穆斯林又把谣曲带到小亚细亚一带，因此西班牙在14、15世纪有"谣曲之国"的称号。

西班牙谣曲从古代战功歌演变而来，由每行八音节押元音韵的诗行组成，每首诗的诗行从20行至逾千行，长短不等。谣曲往往从故事中间开始叙述，到最具有戏剧性的地方就戛然而止，弦断音绝之处造成某种悬念，充满神秘抒情气氛，如宣扬音乐魔力的《阿尔纳尔多斯伯爵》就是个突出的例子。

古谣曲多是传统历史题材，有关摩尔人入侵西班牙、卡斯蒂利亚领地创始人费尔南·冈萨雷斯伯爵、拉腊七王子及熙德等人的故事，被称作历史谣曲。另外还有吟唱卡斯蒂利亚人与摩尔人交界地故事的边疆谣曲，关于法国查理大帝和英国圆桌骑士的骑士谣曲，诗人们杜撰故事的小说谣曲，其中反映忠贞爱情的冷泉曲、渴望自由的囚徒谣曲尤为脍炙人口。到了16、17世纪著名作家洛佩·德·维加和贡戈拉以谣曲形式撰写的诗歌和民间谣曲，形式上更加完善、精巧，故被称之为艺术谣曲或新谣曲。

中世纪时期，戏剧这一领域长期被教会占据着。宗教戏剧有圣史剧、神迹剧和圣徒剧等，其情节取自《圣经》和圣母或圣徒的传说，充满宗教色彩。13世纪，市民思想进入宗教戏剧，有的作家把日常生活写进他们的神迹剧，但其中的宗教色彩仍旧很浓厚。真正的世俗戏剧到14世纪才出现。这时候，市民要求有自己的娱乐，组织自己的剧团。戏剧活动在欧洲各城市中都有一定的发展，而以法国最为突出。巴黎有两个重要剧团：法院书记剧团和傻子剧团。他们编写的剧本，有独白剧、道德剧、傻子剧和笑剧四种体裁。

独白剧内容多为讽刺，是一个演员的独白。道德剧通过寓意的手法，宣扬宗教道德或世俗道德。傻子剧用人物装疯卖傻来表示市民对封建贵族和教会的不满情绪，讽刺性较强。皮埃尔·格兰高尔（1475？—1538？）的《傻王的把戏》（1512）中的傻王影射法王路易十二，傻娘是教会，教皇被称作“顽固人”。

笑剧比道德剧和傻子剧在当时更有现实意义。笑剧人物一般是市民，反映的是他们的生活和处世态度。笑剧中最优秀的一部是《巴特兰律师的笑剧》（1470），写一个骗上加骗的故事。布商想骗律师，受骗的却是他自己。律师替羊倌出谋，骗过了法官和他的主顾——布商，羊倌却又骗了律师，赖了他的律师费。在这部以欺骗为主题的剧本里，作者的同情显然是在骗术高超的那一面，他把机智和狡诈作为一种道德品质加以赞扬。《巴特兰律师的笑剧》和《列那狐传奇》及韵文故事等都说明，市民在和封建贵族斗争中一开始是依靠机智来取胜的，同时也很好地证明了，资产阶级文学是以骗子人物开始的。《巴特兰律师的笑剧》在人物性格刻画方面说不上有很高的艺术性，但按照职业身份来描绘每个人物的心理状态，在这方面有一定成就。18、19世纪还有作家采用它的情节编写喜剧。

到15世纪后半期，西班牙戏剧达到了比欧洲其他诸国都要成熟发达的水平。主要代表是胡安·德尔·恩西纳，人称西班牙戏剧之父，还有费尔南多·德尔·罗哈斯的名剧《塞莱斯蒂娜》。

胡安·德尔·恩西纳（1469—1529）是西班牙天主教男女王共同统治时期宫廷著名乐师，写过一系列具有民间传统韵味的诗歌。但是他对西班牙文学的巨大贡献在于戏剧创作，他使西班牙戏剧从中世纪盛行的以宗教故事为基础的简陋形式转变为具有文艺复兴思想的情节复杂的戏剧。

恩西纳出生在萨拉曼卡城郊的一个鞋匠家庭，在该城接受高等教育，曾为阿尔巴公爵服务并在他的官邸演出了自己的剧作。此后他去了罗马，深受意大利文艺复兴的影响。50岁上他出家修行并回到祖国，在西班牙继续写作并参加上层的文化活动直到去世。恩西纳的创作分为两个时期：第一阶段遵从中世纪戏剧传统，而第二阶段显然反映出文艺复兴思潮的影响。

在第一阶段里，恩西纳写过一出关于圣诞节的奥托[①]，几则关于耶稣受难与复活的小剧，还有两个反映世俗生活的小剧，但他把它们称之为“牧歌”。虽然这种牧歌与维吉尔所著牧歌相差甚远，但他是西班牙第一个使用“牧歌”这个术语的人。在奥托《剃秃瓢》中讲述了几个大学生对几个牧羊人恶作剧的故事，作品中牧羊人谈吐粗鲁，成为西班牙戏剧中下层人物沿袭的模式，这种农民“丑角”后来成为西班牙戏剧的一个特色。

第二阶段的代表作是《克里斯蒂诺和费维阿》，叙述牧羊人克里斯蒂诺看破红尘，出家修行。爱神维纳斯得知此事便派仙女费维阿去试探虚实，对他进行考验。美丽的仙女征服了克里斯蒂诺，二人双双返回欢乐的尘世中来。该剧以爱情战胜宗教的桎梏来宣传人性和人的情感，反映了人文主义思想。从此以后，农民和牧羊人登上舞台，逐渐取代了宗教为主要题材的局面。恩西纳对戏剧结构和人物动作都作了改进，以复杂的剧情和优雅的语言取胜。他始终不脱离民间氛围的熏陶。在当时风行的刻意雕饰、追求风雅的时尚里他的作品给人一种清新之感。

关于**《塞莱斯蒂娜》**的作者费尔南多·德·罗哈斯（1476? —1541）没有留下多少记载，只知道他出生于托莱多的拉普埃布拉德蒙塔尔万，曾在萨拉曼卡大学学习法律并获学士学位，后当过律师。《塞莱斯蒂娜》不仅是西班牙文学史上的一部奇特的作品，也是西方文学史上的名著。但由于在其出版、作者、创作动机和背景等问题上存在的许多疑点，也引发了不少争议。

这部剧作的对话用散文写成，1502年从16幕扩展为21幕，加进了塞

① 短小的戏剧，其情节基本是有关《圣经》的寓意故事，后改称为神袛喜剧。

万提斯认为“含有更多人性”的内容。此剧曾叫《卡里斯托和梅丽贝娅的悲喜剧》，到1519年才改用剧中主人公的名字塞莱斯蒂娜命名该剧，并一直沿用至今。它的故事情节极为简单：名门望族出身的青年卡里斯托追逐他的猎鹰来到梅丽贝娅小姐家的后花园，小伙子一见钟情，但小姐对他的求爱嗤之以鼻并将他逐出。他的仆人得知主人心事后便建议请老牙婆塞莱斯蒂娜帮忙。这个妇人善于揣测人心，手腕狡黠，专门为男女秘密幽会牵线搭桥。她借口看望老邻居接近了梅丽贝娅，说服她同意与卡里斯托会面。感恩戴德的卡里斯托赠给塞莱斯蒂娜一条金项链作为回报，而那两个仆人则认为他们有权分享赠品。塞莱斯蒂娜拒绝他们的要求后被杀死，而这两人最终也被抓获，处以绞刑。后来一次卡里斯托在梅丽贝娅家幽会之际，忽听街上传来争吵声，赶忙出去了解情况，匆忙中从搭在高墙上的软梯上摔落身亡，悲痛欲绝的梅丽贝娅也跳楼殉情。

罗哈斯说他的作品是悲喜剧，因为在这剧里悲剧与喜剧成分共存，既呼应又对比。除去悲喜两种成分，该剧还存在不同层面的多种对比。首先作者描绘了两种不同社会阶层的人物和生活。以卡里斯托和梅丽贝娅为代表的贵族阶层生活在一个理想的世界中，所关心的仅仅是他们的情爱；而刻画得入木三分的塞莱斯蒂娜与那些仆人经济地位低下，代表道德沦丧的底层百姓。这些人利欲熏心到了极点，塞莱斯蒂娜利用梅丽贝娅的天真和卡里斯托的求欢心切大捞钱财，分赃不均而遭杀身之祸。这种脱离现实、生活在理想主义之中的完美人物与生活中粗俗的现实之强烈对比反映了西班牙文学独具的特色。类似的双轨性描写范例莫过于后来出现的堂吉诃德与桑丘这两个人物。另外在语言上，该剧也做到了语言个性化。文质彬彬的卡里斯托和温柔善良的梅丽贝娅谈情说爱时谈吐文雅，语言符合那时上层青年的身份。而塞莱斯蒂娜和仆人们的交谈是粗俗的民间用语，与其生活的环境极其般配。还有一层含义更深邃的对比，那就是充满悲观色彩的中世纪伦理道德价值观与强调享受现世生活、崇尚美好、渴望情爱的具有文艺复兴色彩的炽热情感之间的强烈对照。

《塞莱斯蒂娜》剧中共有三个主要人物形象：卡里斯托、梅丽贝娅以及塞莱斯蒂娜。他们是从过去的文学作品中继承下来的人物。卡里斯托与梅丽贝娅是以古典悲剧形象为模式而设计的，但实际上已是具有近代人情感的具体形象。他们崇拜的不是神，而是自己，把人的地位提高到空前的高度。《塞莱斯蒂娜》可以说是中世纪和文艺复兴之间的过渡性作品。塞莱斯蒂娜可称作“反英雄”，代表普通人的形象，与《十日谈》诸故事中的普通人相比，她的形象更加丰满。对男女之情的描绘，该剧比《十日谈》也更加露骨。然而另一方面，这部剧又让所有的主要人物最后都为自己的“恶行”和罪孽付出死亡的代价。在这点上它仍带有中世纪文学作品的道德尺度。因此可以说，这部作品扎根于中世纪，但又迈入了文艺复兴的门楣。剧中不同的社会阶层组成了错综复杂的关系，将人生诸相浓缩在一个小社会里，这已初步具备现代小说的格局了。由于它难以上演，从未搬上舞台，故有的评论家认为这是部对话体小说。塞莱斯蒂娜也成为西班牙文学史上一个不朽的反面人物形象。

这部作品出版后反响很大，16世纪在西班牙、意大利就出版了80余次，并在同一世纪被译为英、法、德、意、荷等国文字，有的被译成韵文体，出现争相模仿的热潮。西班牙黄金世纪的作家们都带着崇敬的心情阅读这部作品。塞万提斯对它有极高的评价。

堂胡安·马努埃尔（1282—1349）是中世纪西班牙有名的政治家和散文作家。他是圣者费尔南多三世的孙子，智者阿方索十世的侄子，受过良好的教育。马努埃尔少年时代就以精通武艺与勇敢善战闻名，并积极参与那个时代的重要武装斗争与政治活动。尽管马努埃尔从东方的寓言、古典作品以及编年史中得到启迪并汲取写作的材料，但是他以熟练而风趣的手法进行了再创作，从而使原来仅仅具有说教意义的作品变成艺术作品。除了寓教于乐的《卢卡诺尔伯爵》之外，还有以故事和对话形式描述骑士制度形成的《骑士和持盾侍从之书》和写给他儿子的《训子书》等。

马努埃尔的代表作是《卢卡诺尔伯爵》。该书由51个不长的故事组成。每个故事都采用三段式框架：第一段，卢卡诺尔伯爵向他的顾问帕特罗尼奥提出心中的困惑、疑团，请求为他解惑并提出建议；第二段，帕特罗尼奥根据他的提问，给他讲述一个故事作为回答；第三段，根据上述故事的寓意，作者以短诗形式的箴言作为结论。这些箴言诗是如此的精练、概括，有的可以视为座右铭。其中著名的故事之一是这样的：一个曾经是很有钱的人，最后落得每天只能靠又苦又涩的白羽扁豆维持生计的下场。正当这个人在回忆往日的荣华富贵时，忽然看到另一个过去比他还要富有的人正从地上捡拾他丢弃的豆壳儿，狼吞虎咽地往嘴里送。他从而得到宽慰，对自己的处境就不那么悲观了。最后以两句箴言诗结束："别因贫困而气馁，贫中还有更贫人。"这种说教的内容因此极具现实意义，他鼓励被悲伤左右的人去战胜困难。书中的51则故事主题不一。如十分为人熟悉的堂娜·特鲁哈娜的故事：一个叫做堂娜·特鲁哈娜的贫穷女人顶着一罐蜜去集市卖。在途中她不断地盘算着卖掉蜜之后再买鸡蛋孵小鸡，然后再卖掉大鸡，就这么买来卖去，自己就会变成全村最富有的人。一想到这里，她高兴得得意忘形，竟将蜜罐掉在地上摔碎。这个故事的寓意概括在最后两句诗中："凡事均需脚踏实地，切忌遥望空中楼阁。"

在《卢卡诺尔伯爵》一书里，西班牙中世纪的社会风俗习惯得到详尽的表现，国王、王子、宫廷官员、商人以及劳动人民均有详尽而又简洁的描绘，所以说，它也是展现西班牙中世纪各种人物的画廊。某些寓言故事中的主人公是具有人类美德或陋习的动物。书中反映出作者反对中世纪的愚昧，抨击国王的荒淫、愚蠢，揭露教会和修士的伪善，否定等级观念，主张平等博爱和世界大同的思想。

《卢卡诺尔伯爵》里的故事成为后世作家们的创作源泉。故事中的各种主题在后来的西班牙文学中以不同的文学形式再现。18世纪盛传的寓言《卖牛奶的女人》与“堂娜·特鲁哈娜的故事”如出一辙。17世纪西班牙著名的戏剧家卡尔德隆以诗歌形式再现了“以白羽扁豆为生的人”的故事。《卢卡诺尔伯爵》不但对西班牙国内的著名作家具有很大的影响，而且对欧洲其他国家也有一定的影响，例如丹麦童话作家安徒生写《皇帝的新装》时，显然从《国王和三个自称织了一块奇异的呢绒的骗子的故事》中得到某些启迪，而莎士比亚的《驯悍记》则似乎与《一个男人与一个凶女人结婚的故事》有着某种渊源关系。

杰弗里·乔叟（1343？—1400）是英国中世纪诗人，他是英国文学史中伟大的诗人之一。在14世纪的英国，中世纪的各种体制虽然趋于衰落，但仍有一定的生命力，市民阶级代表的新兴势力虽然生气勃勃，但新旧交替的年代尚未到来。乔叟的家庭背景和丰富多彩的个人经历使他得到不同的文化和意识形态的滋养，帮助他形成机敏、深刻、宽容、多元的思想。他在众多的作品中描绘现实社会的不同侧面，塑造了形形色色的人物，探索各类价值，并根据作品的特点选用了相配的诗体形式。

他出生在一个从事葡萄酒贸易的殷实的商人世家，少年时即被送进王宫当侍从，学习宫廷礼仪、接触有权势的人物。青年乔叟参加过英法百年战争，后来多次被派往法国、意大利执行外交使命，受到法国文化以及意大利新兴人文主义的熏陶。此外，他还担任过伦敦港的羊毛、皮革出口关税总管，肯特郡的保安官，主管王室建筑物维修的官员和王室林务官等，1386年被选入议会。他一生中耳闻目睹了宫廷中的政治和权力斗争、威克利夫改革宗教的斗争、农民起义、黑死病等等。

乔叟开始写作时，意大利已经产生了但丁、彼特拉克、薄伽丘这些用意大利语写作的大诗人，法国也拥有丰富的典雅爱情文学作品，而英国却没有可以比拟的诗人和作品。乔叟有拉丁语文学修养，熟悉意大利、法国的文学传统（在出使意大利期间他甚至有可能见到过彼特拉克）。他用英语写作，把这些文学中的材料大量移植到自己的作品中，始终以英国精神驾驭这些材料，创作出英国中世纪文学中最辉煌的篇章。

乔叟众多作品的内容和风格与他的生平经历之间有某种关联，因此评论家往往把他的作品分为法国、意大利、英国三个时期，或采用更精细、准确的四至六段分期。乔叟的青年时期部分在法国度过，在这一时期他将法国的《玫瑰传奇》的一部分翻成英文，写了《公爵夫人书》、三篇“怨言诗”①以及一些按法语三节联韵体写的短诗，如“致罗莎蒙德”、“命运”等。大约30到45岁之间，乔叟数次出使意大利，接触意大利语言和文学，受到很大影响。在这一阶段他翻译了罗马帝国最后的大哲学家波义提乌的《哲学的安慰》，写了《声誉之宫》、“第二个修女的故事”（即“圣徒塞西莉亚的故事”）、“骑士的故事”（即“派勒蒙和阿西达”）、《百鸟议会》、《特洛勒斯与克丽西德》、《殉情女子传》等。乔叟生命的最后十几年完全在英国度过，这一阶段的作品《坎特伯雷故事集》融汇了他一生的体验和收获，是纯粹的英国文学作品。把乔叟的作品划分阶段的做法有相当的根据，也便于对乔叟几十年的创作生涯和众多作品做初步的把握。但应指出的是这三个阶段之间并不彼此排斥，而且乔叟在创作初期即显示出了他是英国诗人。阶段的转换，作品题材、内容、手段和风格的演变不是新对旧的全部摒弃而是吸收、兼容和丰富。

在《公爵夫人书》、《声誉之宫》和《百鸟议会》等较早的作品中乔叟采用了他翻译的《玫瑰传奇》所提供的梦境手法。

《公爵夫人书》（约1369）是乔叟第一部重要作品。乔叟的保护人兰开斯特公爵贡特的约翰的妻子得黑死病去世，诗人写成此书悼念公爵夫人。第一人称叙述者夜不能寐，随手拿起一本奥维德的《变形记》阅读，

---

① 所谓的“怨言诗”（complaint）最初是哀悼死去的恩主或贵妇的挽歌，到乔叟用此诗体时，它的内容和用途都得到了扩展。

后来沉沉睡去，在梦境中遇见一位英俊的黑衣骑士。骑士哀叹美丽、温柔的爱人逝去，从宗教和哲学的角度把生活比做自己与命运女神之间的一盘棋赛，在棋赛中被夺走了王后。第一人称叙事读来亲切，而梦境手法恰如其分地把哀悼亡妻的公爵与黑衣骑士联系起来。

乔叟在《声誉之宫》和《百鸟议会》中也采用了读古典作品进入梦境的手法。《声誉之宫》可能写于1379至1380年，但并未完成。评论家虽然往往认为它的主题不清晰、不能算成功之作，但承认乔叟此时对诗的韵律和风格的掌握已比较娴熟。《百鸟议会》的确切写作年代无法判定，但诗中三只雄鹰向一只雌鸟求爱的情节无疑影射1382年理查二世与波希米亚的安妮公主的婚事。这部699行的作品被认为是乔叟早期的成功之作，可能是庆祝圣瓦伦丁节的最早的、也是最欢乐可爱的作品。渴望理解爱情的诗人读西塞罗的《西庇阿之梦》时入睡，梦中被带去观看自然女神主持一年一度的群鸟择偶。作品探讨了各种爱情，展示了人类爱情中的矛盾和不确定性。雌鸟推迟选择的决定表明，在有关人的复杂问题面前乔叟不愿作出简单的回答，这种态度是他的重要特点。在形式上乔叟采用了每节七行的君王诗体（ababbcc），它与薄伽丘使用的一种诗体（每节八行，每行11音节—abababcc）非常接近，便于乔叟把整段的意大利材料搬进自己的作品。

乔叟深受中世纪大哲学家波义提乌《哲学的安慰》的巨大影响。明确显示这种影响的作品包括五首被称为“波义提乌抒情诗”的三节联韵诗（“过去的时光”、“命运”、“真理”、“高贵”和“缺乏坚定”）、《特洛勒斯与克丽西德》、“骑士的故事”等。

《特洛勒斯与克丽西德》（1385？）在乔叟的单篇作品中篇幅最长。讲的是特洛伊国王的小儿子特洛勒斯起初嘲讽爱情，后一见钟情，爱上投奔希腊人的叛徒的女儿克丽西德，但在费尽周折获得爱情后被情人抛弃，最后战死疆场。他的灵魂飞升上天，俯视人间，觉悟到追求情欲的渺小和徒劳。乔叟在诗中娴熟地运用了典雅爱情文学的程式和技巧，如贵妇美貌倾城，骑士一见钟情，获得爱情的路途漫长而艰难，情欲的满足为欢乐的顶点，爱情的目的并不在婚姻等。然而这里对传统的遵循，与对传统的突破和创新相随。读者虽能一眼看出克丽西德是典雅爱情文学中的贵妇，却同时又明确感到这个形象与传统中的众多贵妇不同。乔叟让她几次经历思想和感情的冲突，每次冲突都有明确的起因、完整的经过和富于戏剧性的高潮。精心安排的细节、栩栩如生的场景、真实动人的独白，把一个陷于矛盾中的中世纪贵妇的心理表达得淋漓尽致，却又为多种不同的理解提供了线索。有评论家称这部作品为英国文学史上第一部心理小说。

这里一个有趣的问题是：乔叟为什么着力描述爱情的萌生和发展以及它创造的极乐境界？一种回答是要否定教会对人性的束缚、歌颂世俗爱情。另一种回答是要证明和宣扬波义提乌—柏拉图—基督教的哲学：人世间的幸福飘忽不定、转瞬即逝，只有上帝的真理和爱才是漂泊流浪的灵魂的归宿。由于诗中数次出现波义提乌的观点（特洛勒斯的大段沉思和独白的一些内容直接取自《哲学的安慰》）以及有浓厚基督教宗教热情的结尾，这种回答也是有相当根据的。第三种回答是这类描述是一种程式，有的部分（如特洛勒斯在雨夜对爱神唱的赞歌）甚至是对严肃的传统形式的滑稽的模仿，它的主要功能是娱乐、消遣，未必有什么严肃重大的内涵。但是上述几种回答是否完全互相排斥，以及是否还有另外的回答，都值得探讨。

乔叟从薄伽丘的《菲洛斯特拉托》取来素材，经过创造性的增删、变更，写成这首长诗。两部作品相比较，乔叟的更有趣更严肃；虽有更明显的喜剧色彩，却也更富于哲学内涵，结构更严谨，展示的社会画面也更广阔。

乔叟在14世纪80年代完成的《殉情女子传》中最后一次采用梦境的

手法。尽管人们普遍认为其中的忠贞妇女们的故事和形象千篇一律，它仍不失为一部重要作品，因为在写作手法上它是乔叟写《坎特伯雷故事集》的准备性尝试。在这里乔叟第一次运用（很可能也是英国文学中第一次运用）十音节偶句，后来《坎特伯雷故事集》中的大多数故事都用这种诗体写成。此外，乔叟试验把一系列故事组织到一个大的结构中，这也是《坎特伯雷故事集》的特点。

自18世纪以来，《坎特伯雷故事集》在乔叟作品中最受欢迎，评论最多。它的写作时间持续很长，而且没有写完，无法确定乔叟究竟何年开始写这部作品。在乔叟作出故事集的总体设想时，有些故事，如“骑士的故事”、“第二个修女的故事”，可能还有“修士的故事”，已经完成。

《坎特伯雷故事集》的框架是：在伦敦泰晤士河南岸的一个小旅店中聚集了30个朝圣者（包括诗人在内），要去肯特郡的坎特伯雷朝觐圣徒托马斯·阿·贝克特的圣祠。店主建议在去坎特伯雷和回来的路上每人都讲两个故事，以消磨路途上的时光。建议得到响应后，店主决定与大家同行并充当裁判，评选最好的故事。《故事集》由一篇长达800余行的总序、24个故事（全部在去坎特伯雷的路上讲述）以及穿插故事之间的一些精彩的小插曲组成。

《坎特伯雷故事集》的成功表现在许多方面。首先是它巧妙地用一个大框架把许多故事组织到一起。这种手法早在古罗马时代已有运用，薄伽丘把它用在《亚美托的仙女》、《菲洛哥罗》和《十日谈》中，但书中讲故事的是仙女或同一社会背景的贵族青年男女。而乔叟挑选朝圣者为故事的人物，让故事发生在朝圣途中。描述朝圣活动使诗人得以把来自不同阶层的人物汇集在一起。他们相互碰撞造成戏剧性的场面，而他们的不同形象、经历和要求，讲述的不同故事组成了中世纪社会的全景画面。此外，朝圣作为一种象征清楚地传递了诗人对世事和人生的典型中世纪观点：灵魂在漫长、艰难的路途上跋涉，向自己的归宿——上帝走去。

第二，乔叟在“总序”中展示了众香客的一张张绝妙的肖像，这些肖像既是中世纪讽刺文学中的一些固定的典型形象，又具有明确的个性和呼之欲出的真实感。乔叟描绘不同人物的技巧各异，篇幅不同，多则60多行，少则十几行，成功地避免了单调和重复。给人留下最深印象的肖像包括：卖赎罪券者——相貌好似阉人，是一个随时会用假冒的圣徒遗物来诈人钱财的恶棍；见习骑士——衣装绚丽，是一个热烈追求骑士理想的涉世未深的青年；磨坊主——蛮横的下层人，体态和言语同样粗俗；巴斯城的妇女——一个颇具女性魄力、见多识广、敢于反叛传统的富裕女工匠等。

第三，诗人成功地运用了中世纪文学中几乎所有重要的体裁：典雅爱情传奇、粗俗的滑稽故事、圣徒传、道德训诫故事、动物寓言、布道以及这些体裁的混合体（如“修女的教士的故事”是动物寓言和爱情传奇的混合体）等等。

多种体裁的采用不但使每个故事都得到最恰当的表现方式，也是间接塑造讲故事的人物形象的有效手段。例如恪守骑士传统的骑士用规范的典雅爱情传奇的形式讲述高贵的派勒蒙和阿西达的爱情悲剧，而对基督教准则身体力行的乡村牧师讲述的故事实际是一篇严肃热忱的布道。第二个修女的圣徒故事是中世纪最流行的虔诚文学的形式，内容包括生平、神迹和殉难，磨坊主的故事则是最粗俗、直言不讳的市民滑稽故事。

乔叟对体裁最大限度的利用还表现在巧妙的模仿中。骑士的故事是典雅爱情文学传统的范例，优美动人，有浓厚的理想主义色彩，而在磨坊主和田产经纪人的故事中，虽然这种传统的表现形式得到刻意模仿，但内容却完全不同，动物本能代替了优雅真诚的爱情，贪婪无耻的恶棍、市井小民代替了遵循道德准则的骑士、贵妇。这样，乔叟颠覆了典雅爱情的理想世界并对可能取代它的另一种世界进行了探讨。

除了不同的体裁，在《坎特伯雷故事集》中还可以看到四种不同的诗体。使用最多的是十音步的英雄偶句。这种诗体最早在乔叟的诗中出现，对偶句的巧妙运用是他对英语诗体技巧的最大贡献。但在四个所谓的宗教故事（“学生的故事”、“律师的故事”、“女修道院长的故事”及“第二个修女的故事”）中，乔叟却用了每节七行的君王诗体。《百鸟议会》和《特洛勒斯与克丽西德》都采用这种诗体，一般认为它比英雄偶句更能表达严肃沉思的语气。“托波斯爵士”是一篇对中世纪英语传奇的滑稽模仿，叙述一个平民色彩超过贵族气派的骑士冒险经历，嘲讽的语气明显。这里的诗体是中世纪英语传奇常用的尾韵体，每节六行，韵脚为aabaab或aabccb。第四种是法语三节联韵体的变体，用于“修士的故事”，保持了每节八行的格式，韵脚为ababbcbc，但并不是三节联韵。带布道性质的“梅里白的故事”和纯粹是布道的“乡村牧师的故事”用散文体写成。

第四，故事的重复或新编是中世纪典型的文学创作形式，《坎特伯雷故事集》是这种创作的范例。乔叟动用各种“老故事”，或大体采用，或选用部分情节或人物。在重写故事的过程中，丰富了它的内容，拓宽了原体裁的表现手段。以磨坊主的滑稽故事为例，过去那些年老有钱的丈夫戴上绿帽子的故事往往情节简单，只为取笑逗乐，缺乏对道德价值的关注。乔叟在其中加入了从容不迫的描述、揭示性格的对话、人物的变化和发展，以及比较复杂的情节。这样创造出来的喜剧故事揭示了时代和人性的复杂，调整了价值取向，因而具有相当的道德启迪和社会意义。

应该指出的是，尽管《坎特伯雷故事集》中的24个故事各自独立，题材、体裁往往不尽相同，内容风格常常相去甚远，在观点、视野、角度等方面有时互相补充，有时互相冲突和否定，但它们却组成了一个有机的整体，构成一幅14世纪英国社会的全景图画。画中的每个细节都有自己的精彩之处，但对它的全面理解却有赖于对全画的把握。强调某些故事的成功和价值往往导致对另一些故事的疏忽，从而造成对全书和乔叟的丰富而复杂的思想的误解。例如被称为“天真的人文主义”批评家常常只对爱情传奇和滑稽故事感兴趣，忽略或贬低宗教故事，认为诗人“鼓吹快乐，只为活得快乐而鼓吹快乐”，忘记了中世纪人与现代人在观念和审美上有巨大的不同，看不到宗教在当时的社会生活、乔叟的思想和他的作品中是真实、重要而且并非完全消极的存在。

谈到中世纪城市文学，还必须提及马可·波罗和他的游记。**马可·波罗**（1254—1324）出生于意大利威尼斯一个商人家庭。当时威尼斯是地中海商业的中心和东西方贸易的枢纽之一。1271年，年方17岁的马可随父亲和叔父前往中国经商。他们由威尼斯启程，渡过地中海，折向南行到达巴格达，继而穿过伊朗，翻越帕米尔高原，沿塔克拉玛干沙漠西部，到达和阗，再经敦煌、酒泉等地，于1275年夏抵达元朝上都，以后到达大都（今北京）。元世祖忽必烈接待他们，赐他们以官位。他们在华留居17年。马可·波罗年轻好学，很快掌握汉语，遍游中华大地。大约1277至1280年间，马可·波罗从大都出发，由河北到山西，过黄河进入关中，到达成都，并经西藏，渡金沙江，到达昆明。第二次出游取道运河南下，到过南京、苏州、杭州、福建。此外，他还奉使出访过亚洲的其他国家，如印尼、菲律宾、缅甸、越南。马可·波罗和父亲、叔父离华归国时从泉州出海，1295年返回威尼斯。1298年威尼斯与热那亚两个城邦为争夺贸易权而发生战争，马可·波罗出资购买一条战船并亲自参战，受伤被俘入狱。他结识了同狱人鲁思蒂科，后者是来自比萨的一位编年史学者。在被关押的一年期间，马可·波罗口述自己在东方20余年的经历和见闻，鲁思蒂科用当时通行的一种夹杂着意大利威尼斯方言和托斯卡尼方言的法文笔录成书，书名为《世界见闻录》，原著手稿后来遗失，但该书在马可·波罗在世时就流传甚广，被译成欧洲多种语言，意大利文本大约出现于1307年。中译本书名《马可·波罗游记》来自意大利文版。1324年马可·波罗死在威尼斯。

《马可·波罗游记》全书大致分为四部分。第一部分描写来华途中的见闻;第二部分记叙元大都和各主要城市的情况;第三部分叙述在东南亚各国的游历;第四部分记载蒙古诸汗国和俄罗斯的情形。书中描绘的国家、城市达一百多个,形象生动地表述了各国各地的山川地貌、气候物产、经济贸易、宗教信仰、朝章国政、风俗习惯,乃至琐闻轶事。游记的重点部分是关于中国的叙述。马可·波罗以大量的篇幅、热情洋溢的语言,介绍中国无穷无尽的财富、巨大的商业城市、完善的交通设施、华丽的宫殿建筑。元朝鼎盛时期中国的政治、经济、社会的现实状况,都在书中得到广泛、生动的反映。

这部散文体的游记,文笔流畅活泼,是欧洲第一部介绍中国和东方的名著,有其重要的历史意义。由于本书出自一个商人之口,以其清新刚劲的市民风格冲击了中世纪的封建文坛,得到广大人民群众的喜爱。《马可·波罗游记》更是激发了欧洲人对远东的兴趣,促进了欧洲航海业和东西方关系的发展。哥伦布读后立志东游,以致在向东方的探险航行中不期到达美洲,从而发现了新大陆和新海路。《马可·波罗游记》在研究中世纪的地理学史、亚洲历史、中西交通史和中意关系诸方面均有重要价值。

第六节　但丁和意大利诗歌

中世纪意大利诗歌兴盛,产生了不同派别和伟大的诗人但丁。

西西里诗派是意大利第一个诗歌流派,在13世纪上半叶形成于西西里王国首都巴勒莫的腓特烈二世的宫廷之中,其成员主要是王国的朝臣,腓特烈二世(1194—1250)和他的两个儿子也都是该派诗人,宫廷的公证人雅科波·达·伦蒂尼(?—1248?)是公认的诗派首领。诗人们采用文雅的西西里方言创作以爱情为主题的诗歌，汲取了法国普洛旺斯抒情诗歌在形式和格律上的特点，韵律优美，文采绮丽。但是这种宫廷爱情诗内容单调刻板，描写程式化，缺乏激情，大多数作品彼此雷同，少有个性特色。它的功绩在于创造了抒情短歌和十四行诗这两种独特的诗歌形式，推动了意大利民族诗歌的形成和发展。

托斯卡尼诗派于13世纪下半叶诞生在意大利中部托斯卡尼地区。这里有一大批文化发达的城市，如佛罗伦萨、比萨等，它们取代西西里成为意大利世俗文化的中心，城市文学发展起来，出现新的诗歌繁荣。托斯卡尼诗派标志着繁荣的开端，“温柔的新体”诗代表最高成就。

托斯卡尼诗派师承普洛旺斯抒情诗歌，起初仍以描写爱情为主，逐渐摆脱贵族文化的浮华与虚空，增加细腻深入的心理刻画，表达市民阶层的思想情趣；后来更进一步贴近现实生活，产生了以政治、宗教和道德问题为题材的诗歌，全面地反映出城市公社初期的社会状况和市民的精神面貌。其主要代表人物是奎托内·达雷佐（约1235—1294）。他创作了抒情短歌、十四行诗、书信诗等各种体裁的诗歌，涉及广泛的主题，以政治诗最为优秀，如《啊，悲伤的时刻》、《高贵的男爵们》。

“**温柔的新体**”诗的概念最早由但丁在《神曲》的《炼狱》第24歌中提出，他是指13世纪末和14世纪初在博洛尼亚和佛罗伦萨两地出现的一种抒情诗。新诗体的创始人是博洛尼亚诗人**圭多·圭尼泽利**（1240—1276），而佛罗伦萨诗人**圭多·卡瓦尔坎蒂**（1255—1300）是这个诗派的中期代表人物。但丁早期的作品也属于这个流派。

“温柔的新体”诗歌颂的中心主题仍然是女性和爱情，但不再描写骑士对贵妇人的崇拜、忠诚和献身，而是歌颂更真实的情感和更生动的形象。在诗人们的笔下出现的女性，像天使般纯洁完美。女性的美不是通过直接的、细致具体的摹写，而是描写美人展现在诗人被她激起的感情涟漪中的一颦一笑，被精细加以表述的是诗人微妙的爱情心理变化。由此产生一种新的爱情观念：女性是上帝派遣的一种天使，她要使男人升华到上帝的高度，而恋爱是心灵净化和提高的过程，是造物主对人的一种极其温柔的征服形式。进而导致一种新的人生观：人通过经验、生活、思考和学习，可以获得优秀的品质和高尚的心灵，成为高贵的人。它否定了人生来就有贵贱之分的封建血统观念，是人文主义思想的萌芽，是与旧的抒情诗在思想上的本质区别之所在。这就是“温柔的新体”诗在价值观念上的革新。它在艺术表现形式上也推陈出新，一改普洛旺斯诗歌矫揉造作的浮华诗风，摒弃千篇一律的因袭陈旧的描写手法，以朴素明快的诗体、流畅生动的语言、奇妙的构思形成柔美清新的风格。“温柔的新体”诗突破并改造了普洛旺斯和西西里爱情诗歌的传统，发展和提高了托斯卡尼诗派的成就，完善了抒情短歌、十四行诗的形式，达到中世纪抒情诗的顶峰，为文艺复兴时期的诗歌发展奠定了基础。

圭尼泽利是“温柔的新体”诗的创始人，他的代表作《高贵的心灵》是该诗派的纲领性宣言。这首诗赞美被爱恋的女子是美与善的代表，是传达上帝意旨的天使，从而使爱情与宗教得到调和，影响了但丁及后来许多诗人并形成西方的一种古典爱情理想模式。《高贵的心灵》从道德的新角度阐发爱情的本质，赞扬爱情是促人向上的道德动力，如明烛在心里燃烧，焚毁一切卑劣不洁的欲念，征服傲慢，引发人们心中最崇高的情感。从这个观念出发，诗人推导出人的高贵不是天生的，不能靠门第世代相传，而在于个人品格。这种新道德观实际上代表了新兴的市民阶级向封建主世袭特权发出的挑战。

卡瓦尔坎蒂继续发展和推进了“温柔的新体”诗，他的传世诗作约有50首。由于诗人精通哲学和逻辑学，他的诗歌富于哲理而没有宗教色彩。在《女性请我讲述》一诗中，他对爱情作了精辟完整的分析，把爱情的魔力、恋爱的痛苦、甜蜜的悸动、焦躁的期待和苦涩的相思描写得淋漓尽致。他还著有不少带有民歌韵味，楚楚动人的短歌，如《在小树林中》。《因为我再也没有希望返回》是他最后的杰作，写于流放之中。诗人请求在死后能让他的诗歌带其魂归故里，向思念中的爱人传达他的情意，全诗深沉而苍凉。

“温柔的新体”诗晚期较有成就的诗人齐诺·德西吉布第（1270—1337）虽然仍以女性和爱情为主题，但描写更加生活化，女性形象也更有现实性。诗人降为凡夫俗子，恋爱故事具体，毫无隐晦之处和哲理与宗教寓意。有人认为，这些特点是彼特拉克抒情诗的前奏。

但丁·阿利吉耶里（1265—1321）出身于佛罗伦萨一个属于圭尔弗党①的没落小贵族家庭。他早年的文学创作属于“温柔的新体”诗派，其一系列抒情诗是为歌颂他所爱的女子贝雅特丽齐而写的。在这些诗里，他把妇女高度理想化。贝雅特丽齐被描写为从天国下凡显示奇迹的天使。贝雅特丽齐死后，但丁把歌颂她的诗用散文串联起来，名为《新生》（1292？）。但丁对贝雅特丽齐的爱情是精神上的爱情，带有强烈的神秘色彩，所使用的艺术手法是中世纪文学所惯用的梦幻、寓意、象征等。除了《神曲》以外，《新生》是但丁最重要的文学作品。但它的思想内容没有涉及当时社会的重大问题，艺术上还没有完全达到成熟的境地。

但丁好学深思，掌握了中世纪文化领域里的广博知识，给他后来的创作提供了有利的条件。他参加了政治活动，1300年被选为佛罗伦萨市的行政官。1302年他被放逐，至死未能返回故乡。政治生活使但丁接触到现实社会的重大问题。在放逐期间，他看到祖国壮丽的河山，接触到社会各个阶层，加深了爱国思想，眼界也扩大到意大利全国和整个基督教世界。

在放逐初期，但丁写了两部著作。《飨宴》（1304—1307）用意大利

---

① 当时意大利分裂为许多小邦，各小邦内部斗争尖锐，这种斗争在政治上表现为党派斗争。圭尔弗党号称教皇党，代表新兴的市民阶级；吉伯林党号称皇帝党，代表封建贵族。

文写成，借诠释自己的一些诗歌，把各方面的知识通俗地介绍给一般读者，作为精神食粮，故名《飨宴》。书中盛赞俗语的优点，批判封建等级观念，阐明真正高贵在于具备优良的道德品质的人文主义思想。这部著作给意大利语学术性散文奠定了初步基础。《论俗语》（1304—1308）用拉丁文写成，目的在于引起知识界对于民族语言的注意。这是最早的一部关于意大利语及其文体和诗律的著作。书中阐明了俗语的优越性和形成标准意大利语的必要性，对于解决意大利的民族语言和文学用语问题起了重大的作用。从这部著作可以看出但丁用意大利语写作《神曲》的理论根据。在放逐中但丁深刻地认识到祖国的和平与统一是当时的重大问题。他在意大利看不到能够实现和平与统一的力量，因而把希望寄托在神圣罗马皇帝身上。他用拉丁文写的《帝制论》（1310？）以经院哲学的推理方式系统地阐述了他的政治观点，论证人类社会的目的在于使人类能够充分发挥潜在的才能，这一目的只有在皇帝统治下的和平和自由的局面中才能实现。这种观点带有强烈的空想性质。但是他强调政教分离，反对教皇干涉政治，则表达了新时代的要求。书中还热烈地赞扬了古罗马的光荣传统，流露出作者的爱国思想。

《神曲》的写作开始于但丁放逐初年（大约在1307），在他逝世前不久才完成。政治上的挫折和个人的不幸遭遇使但丁感到在生活中迷失了方向。在放逐时期他看到意大利和整个欧洲处于纷争混乱的状态，因而对祖国和人类的命运怀着深切的忧虑。但他并不悲观，坚信在不久的将来会有实现和平与统一的人出现。他意识到自己担负着揭露现实，唤醒人心，给意大利人民指出政治上、道德上复兴道路的历史使命。写作《神曲》的动机正在于此。

《神曲》的故事情节采取了中世纪梦幻文学的形式。诗中叙述但丁在林中迷路后走出森林，忽然被三只野兽（豹、狮、狼）挡住去路。危难之际，罗马诗人维吉尔出现了，他受贝雅特丽齐的嘱托来救但丁，引导他游历了地狱和炼狱，接着贝雅特丽齐又引导他游历了天堂。游历过程的叙述构成了《地狱》、《炼狱》和《天堂》三部曲。每部有33歌，连同作为全书序幕的第一歌共100歌。这种匀称的结构建立在中世纪关于数字的神秘意义和象征性的概念上，并不是从作品本身的内在必要性产生的。和许多中世纪文学作品一样，书中的故事情节充满了寓意，在解释上引起了很多争论，但是但丁在作品中所要贯穿的主题思想是相当明确的：在新旧交替的时代，个人和人类怎样从迷惘和错误中经过苦难和考验到达真理和至善的境地。维吉尔象征理性和哲学，他引导但丁游历地狱和炼狱，象征个人和人类在哲学的指导下，凭借理性认识罪恶和错误，从而悔过自新的过程。贝雅特丽齐象征信仰和神学，她接替维吉尔做向导，引导但丁游历天堂，标志着个人和人类通过信仰的途径、神学的启发，认识最高真理和达到至善的过程，这种境界，依靠理性和哲学是无法达到的。认为信仰和神学高于理性和哲学，这完全是但丁作为中世纪诗人的偏见，他所认识的真理和至善，显然还局限在基督教神学的观点里。但是他追求最高真理的精神和关怀人类命运的热情，在中世纪时期说来，还是有进步意义的。

围绕着这个中心思想，《神曲》广泛地反映了现实，给了中世纪文化以艺术性的总结，同时也显露出文艺复兴时代人文主义思想的曙光。

但丁幻游地狱、炼狱和天堂，遇到历史上和死去不久的著名人物。在他和各种正面和反面人物的谈话中，广泛地反映出当时政治和社会的状况以及中世纪文化领域里的成就和重大问题。例如和洽科的谈话（《地狱篇》第6歌）反映了佛罗伦萨当时的社会情况；和卢加的诗人波拿君塔的谈话（《炼狱篇》第24歌）反映了意大利抒情诗发展的情况；和手抄本彩饰画家欧德利西的谈话（《炼狱篇》第11歌）反映了意大利绘画发展的情况；维吉尔的话和但丁自己的叙述（《地狱篇》第4歌）反映了中世纪对希腊、罗马诗人和哲学家的认识和评价。尤其是维吉尔和贝雅特丽齐这两个向导，用答疑的方式，广泛地阐述了当时哲学、科学和神学上的重要问题和理论。因此，《神曲》除了是一部政治倾向性强烈的长诗外，还起了传播知识的作用，带有百科全书的性质。这在一定程度上损害了作品的艺术性，书中某些阐述学理的部分（如《天堂篇》第2歌关于月球上暗斑的来源问题），与其说是诗，不如说是有韵的学术性散文。

《神曲》的进步意义主要在于它揭露了当时的现实，如教会的贪婪腐化、封建统治者的残暴专横，以及城市市民的贪财好利。其中尤以对于教会的批评最为尖锐。但丁虽然是正统的天主教徒，但他对教会的批评在客观上却和异端运动中人民反教会的情绪是一致的。诗中还忠实地描绘了佛罗伦萨从封建关系向资本主义关系过渡时期的社会和政治变化；但他又把封建宗法时代的佛罗伦萨美化为一个平静纯朴的牧歌式的社会，来和动荡的现实社会对比。

《神曲》对于现实的揭露一般都是通过人物形象进行的。揭露者和被揭露者大都是历史上或当代的著名人物，如用圣彼得揭露罗马教廷的腐败，用法国卡佩王朝的始祖揭露法国王室的罪行，用教皇尼古拉三世揭露他自己和他的后继者波尼法斯八世及克雷门特五世的罪行，因为但丁相信，只有通过著名的人物和事件，才能打动人心，促使改革早日实现。

在对待诗中人物的态度上，但丁常常是矛盾的。他一方面根据教会的道德标准，把保罗和弗兰齐斯嘉作为犯淫行的罪人放在地狱里，但同时又对他们的命运极度同情以至晕倒；把法利那塔作为信奉异端的人放在地狱里，同时又赞扬他的英雄气概和爱国行为；把乌勾林诺作为卖国者放在地狱的底层，但又对他和他的儿子们被关在塔牢里活活饿死的惨剧从人道出发表示极端愤怒和诅咒。书中屡次揭露教皇波尼法斯八世的罪行，在他还在世的时候就宣布他一定要入地狱，但对他在阿维尼翁受到的侮辱则非常愤慨。同样，在古人中，加图作为异教徒，作为反抗恺撒和犯自杀罪的人，按照但丁一贯的道德标准，是应该入地狱的；但他却成为炼狱的监督者，因为但丁把他看成是道德完善和热爱自由的典型。维吉尔作为异教徒，被放在地狱外围的“悬狱”里，不能升天国，但是但丁把他选为游历地狱和炼狱的向导，称他是“拉丁人的光荣”、“其他诗人们的荣誉和光明”、“智慧的海洋”，对他有无限的尊敬和热爱；对于“悬狱”里的其他希腊和罗马的诗人、哲学家、政治家等也流露出不同程度的敬意。但丁把荷马史诗中的英雄尤利西斯（奥德修斯）作为使用阴谋诡计的人放在地狱里，但又以赞美的语调描写他受了求知欲的推动航海探险的英勇行为。

诗人对一些问题的看法也常常有矛盾。他把现实生活看成是来世永生的准备，把代表禁欲主义和神秘主义的圣者放在最高的天上，但诗中主要还是表现了他对现世生活的兴趣，即使“从佛罗伦萨来到正直、健全的人民当中”（指天国），他也忘不了“那个使我们变得如此凶恶的打谷场上”（指地球上）的事情。他借欧德利西的口讲到荣誉的虚幻无常，但又借维吉尔的口肯定追求荣誉的必要，并且表示自己要借《神曲》永垂不朽。在哲学观点上，他通过维吉尔的话肯定理性的局限：“谁要是希望人的理性能够走遍三位一体的神所走的无穷道路，谁就是疯狂”；而又通过尤利西斯的话认为人类“生来不是为了像兽一般地生活着，而是为了追求美德和知识”，这是人文主义思想。在政治观点上，他渴望祖国的和平与统一，但同时又把这种爱国主义的理想寄托在中世纪政治力量的代表神圣罗马帝国皇帝身上。

凡此种种矛盾都是但丁作为中世纪的最后一个诗人、新时代的最初一个诗人在世界观上的矛盾。

《神曲》描写的虽然是来世，但不是从禁欲主义观点出发的。诗中的来世正是现世的反映：地狱是现世的实际情况，天堂是争取实现的理想，炼狱则是从现实到达理想必经的苦难历程。书中揭露现实的部分占很大比重，但是但丁也很着重描写生活的理想。这说明《神曲》并不纯粹是现实主义的，也是浪漫主义的。在黑暗的现实基础上产生了他的光明理想，诗人渴望一个没有黑暗的世界。

《神曲》中塑造的人物性格鲜明，形成一座丰富多姿的人物形象的画廊。作为《神曲》的主人公，诗人对自己性格和精神面貌的描绘最为细致入微。但丁常常（特别在《地狱篇》里）通过人物在戏剧性场面中的行动和对行为动机的挖掘来刻画性格。他勾勒人物形象的特征有时只用寥寥数语。例如，“他挺胸翘首昂然直立，似乎对地狱怀着极大的轻蔑，”这两行诗就使法利那塔的英雄气概呈现在我们眼前。

《神曲》对于地狱、炼狱、天国的描写构思明确，想象丰富。诗人幻想地狱在北半球，是一个巨大无比的深渊，从地面通到地心，形状像圆形剧院；炼狱是一座雄伟的高山，耸立在南半球的海洋中，山顶上是地上乐园；天国由托勒密天文体系里的九重天和超越时间空间的净火天（即严格意义上的天国）构成，这九重天环绕着大地旋转，净火天则是永恒静止的。三个境界细分为若干层，体现出作者根据哲学、神学观点所要阐明的道德意义。三个境界的性质不同，因而色调也各不相同。地狱是痛苦和绝望的境界，色调是阴暗的或者浓淡不调的；炼狱是宁静和希望的境界，色调是柔和爽目的；天堂是喜悦的境界，色调是光辉耀眼的。在《地狱篇》中但丁只以自然景象为陪衬，主要描绘人物受苦的场面，《炼狱篇》才直接写了自然景色，《天国篇》则广泛地利用自然界空灵的现象——光，来表现精神喜悦的程度。这些境界的描写都非常真实，使人如身历其境。对自然的描写也往往富有图画的意境，足见但丁对自然之美极为敏感。这一点也是他作为新时代诗人的特征。

但丁在塑造人物形象和描写情景时善于用取材于现实生活和自然界的比喻。例如，形容鬼魂们注视但丁和维吉尔好像老裁缝穿针时凝视着针眼一样。形容两队魂灵相遇，彼此接吻致意，说是像蚂蚁在路上觅食，彼此相遇时互相碰头探询消息。禁食的魂灵瘦得两眼深陷无神，像宝石脱落的戒指。描写的对象越不平常，就越用人们所熟悉的事物来比喻。形容基督上升，光芒下射，照耀着圣者们，像日光从云缝透出，射在繁华如锦的草坪上一样。这些比喻使人物和情景鲜明突出，取得了绘画和造型艺术的效果。

《神曲》的细节描写虽体现出作品的精湛技巧，但它的主要成就还在于高度的概括和综合。这部作品把诗人的内心生活经验、宗教热情、爱国思想和政治文化方面的重大问题，把历史的和现实的、古典的和基督教的因素融合为一个和谐的整体。在这一点上，《神曲》确实是很成功的。

《神曲》是一部用三韵句[①]写成的长诗，共14233行。三韵句是但丁以当时民间诗歌常用的一种格律作为基础而创制的。更重要的是《神曲》是用意大利语写的，对于解决意大利的文学用语问题和促进意大利民族语言的统一起了很大的作用，这使但丁成为意大利第一位民族诗人。

第七节 中世纪俄罗斯文学

大约从6世纪起，东斯拉夫人开始移居第聂伯河中游，后来逐渐扩展到奥卡河、顿河、伏尔加河上游一带，具有独自的经济、文化，信奉多神教。大约在9世纪末形成以基辅为中心的早期封建国家，史称“基辅罗斯”。988年，基辅大公弗拉季米尔接受拜占庭的基督教为国教后，拜占庭的基督教典籍、史籍及科学和人文书籍主要经过保加利亚传播到基辅罗斯。古斯拉夫文字（基里尔文字）也传了进来，对古俄罗斯文字的形成

---

① 三韵句每段三行，每行由11个抑扬格音节构成，通过连锁押韵的方式把各段衔接起来，最后用一个单行诗句煞尾（押韵的格式：aba，bcb，cdc...yzy，z）。

起了重要作用。1037年修建的基辅圣索非亚教堂以其建筑、壁画和镶嵌图案艺术而闻名。古城诺夫哥罗德成为繁荣的商贸城邦。但是基辅罗斯的昌盛为期短暂，到11世纪下半叶便陷入诸侯割据、内讧频繁的局面，并经常遭受南方游牧民族的骚扰。1237至1480年间，蒙古鞑靼大军入侵基辅罗斯，统治和蹂躏其大片国土，许多城邦和文物被毁。直到1480年，新兴的莫斯科公国联合诸侯，于乌格拉河畔击溃蒙古鞑靼军后才结束了异族长达两个半世纪的统治，迎来了俄罗斯国家的复兴。

俄罗斯民间口头创作的**壮士歌**（byliny）起始于10至11世纪的基辅罗斯时期。与民歌、童话、谚语、民间喜剧等多种体裁相比，壮士歌最富于民族特色，可分为基辅和诺夫哥罗德两大系列，是民间游吟艺人演唱的英雄传奇故事诗，经代代相传，流传下来的共百余篇。基辅系列中关于伊里亚、多布雷宁和阿廖沙三勇士的壮士歌最为流行，其中，家喻户晓的是关于伊里亚的一组壮士歌，流行较广的有《伊里亚·穆罗姆茨和夜莺强盗》、《伊里亚三次出行》、《伊里亚是怎样和弗拉季米尔大公吵嘴的》以及《伊里亚和卡林皇帝》等。这组壮士歌以基辅罗斯时代为背景，塑造了一个无私无畏、忠于祖国的古罗斯勇士形象。壮士歌中说，伊里亚是自幼瘫痪的农家子弟，喝了游方僧的蜜酒而康复，他得到大地给他的力量，上天赐他的永生，神仙赠他的神剑，成了一个具有万夫不当之勇的巨人。他帮年老的父母垦荒种地之后，就离开家乡穆罗姆去基辅，投身为民除害和抗击外敌的戎马生涯。路经切尔尼戈夫城，正遇12万大军围攻，伊里亚挥起神剑，横扫千军，大获全胜。人们欢庆胜利，答谢英雄，伊里亚不但拒受金银财宝和丰盛的酒宴，而且谢绝众人拥戴他做该城的首领。他说："为罗斯战斗是我份内的事，保卫孩子和母亲是我最大的幸福"。紧接着，他又在密林中活捉了独霸一方、杀人如麻的夜莺强盗。他既不答应强盗家人要以全部家产为强盗赎身的请求，也不理睬大公要为强盗减刑的旨意，一刀砍下了强盗的脑袋，为民除害。弗拉季米尔大公始终歧视这个农民出身的勇士并百般刁难他，欲置之于死地。许多年后在外族的卡林皇帝率军入侵基辅时，为了俄罗斯人民，伊里亚毅然以老迈之躯跨马出征，打败了敌人，保住了基辅城。关于伊里亚的壮士歌在数百年流传过程中不断丰富充实。伊里亚的艺术形象充满了俄罗斯人对祖国的忠诚和献身精神，体现了民族的正气和传统美德。在俄国古城雅罗斯拉夫建有壮观的圣徒伊里亚教堂，在基辅洞窟修道院设有伊里亚的神位。关于伊里亚的英雄故事被画家绘成精美的壁画，在教堂里熠熠生辉，光彩照人。

诺夫哥罗德系列中最著名的壮士歌是《萨德阔》。如果说基辅系列壮士歌的战争气味较浓，那么诺夫哥罗德系列壮士歌的抒情色彩显然居多。这与两者的地理位置和历史情况有关。前者常遭外敌侵扰，后者生活安定。《萨德阔》的主题是寻求幸福，其艺术构思的脉络是萨德阔寻求幸福的历程。他天性聪慧，自幼善歌，12岁流浪到诺夫哥罗德城，以卖唱为生。除了一把美妙动听的古斯里琴之外，他一无所有。他出色的弹奏，迷人的歌声，不仅使全城的人为之倾倒，就连海王也被他征服。他常为富人演唱，后因看不惯他们饱食终日、无所事事而触怒了他们，生活无着落。萨德阔闷闷不乐地坐在伊尔门湖岸上，弹起古斯里琴，唱起忧郁的歌，惊动了海王。经海王指点后，他以湖中有金翅鱼作为赌注与商人打赌，结果赢得了商人们的大量财物，转眼之间成了大富翁。萨德阔造了30艘大船，装满货物，出海远航。他到过许多国家，赚了大量金银财宝。归途中，因很久没有向海王纳贡，海王震怒，掀起滔天巨浪，船队几遭倾覆。船上众人掷签问卜，结果萨德阔作为祭品沉入海底王宫。海王令他弹唱，并闻歌起舞。大海随之翻腾咆哮，海面上的船民们在危急中央求护航神尼古拉。尼古拉指点萨德阔毁琴罢唱，并在海王为他娶妻时不要与新娘同床，以免永留海底不得返乡。萨德阔言听计从，第二天醒来时看见自己躺在故乡的沃尔霍夫河边。他跳起身来，抬头一望，只见他的船队正向岸边驶来。亲朋好友都向他祝贺。萨德阔听从了妻子的话再不出海远航，在家乡过着幸福、称心如意的生活。这篇壮士歌具有神话般的浪漫抒情，如歌如画，色彩斑斓，曾被编为歌剧，并搬上银幕。

俄罗斯壮士歌常采用三次重复的叙述和固定的形容语，以加强作品的节奏感，但韵律比较自由。为塑造豪迈性格和构成传奇情节常采用夸张手法。

在拜占庭史籍的影响下，基辅罗斯诸城邦自11世纪起开始撰写编年史。流传下来最古老的编年史是1113年由基辅洞窟修道院修士涅斯托尔编辑的**《往年故事》**（又名《俄罗斯编年序史》）。它依据《圣经》传说叙述世界的起源，简述古斯拉夫诸民族的分布、迁移和生活习俗，接着按年代记述基辅罗斯的形成、罗斯的洗礼、诸王公的业绩、外族的入侵和诸侯间的内讧等等。全书既贯穿着东正教神学思想，又吸收了俄罗斯民间传说故事的养分。

《往年故事》中若干故事具有生动的文学性。"奥列格死于他的马的故事"叙说912年基辅王公奥列格由于魔法师预言他会死于他的马，便不再骑它，但吩咐人喂养之。奥列格去攻打希腊归来后的第五年，得知这匹马已死后，去看其骸骨。一条蛇从马头颅骨中爬出，咬伤了奥列格，使他得病而亡。基于这篇故事普希金曾写了《英明的奥列格之歌》（1822）。"奥尔伽王妃复仇记"讲述基辅王公伊戈尔向东斯拉夫人一支德列夫梁人居住区征贡时因贪婪而被打死。946年，王妃奥尔伽为替夫报仇，率领重兵围攻该地区，却久攻不下。最后将火绒绑在鸽子和麻雀脚上，点燃后放回，遂使每户人家都起火。奥尔伽乘机攻占该地。《往年故事》文体简洁，具有史家纯朴、平静和纵横评说的叙述风格。其中一些生动的故事则成为俄国书面叙事文学的滥觞。"故事"成为俄国最古老的文学体裁之一。此外，使徒行传也是俄罗斯古老的文学体裁。著名的作品有关于鲍里斯与格列布的行传（11世纪末、12世纪）。

《伊戈尔远征记》是基辅罗斯文学一颗灿烂的明珠。它写于12世纪末，作者不详，直到18世纪末才发现它的一个副本。自11世纪后半叶起，南方游牧民族波洛伏齐人乘罗斯诸侯内讧之机，经常入侵罗斯南部和东南部。《伊戈尔远征记》说的是1185年诺夫哥罗德—谢威尔斯基王公伊戈尔只联合几个近亲的城邦，便向盘踞在顿河一带的波洛伏齐大军反攻，经过三天激战后，军团惨败，伊戈尔被俘，后逃回家园。《伊戈尔远征记》是在这史实基础上的艺术创造，是一部具有独特的抒情叙事结构的英雄史诗。

作品除序诗外分为三部分。第一部分描写伊戈尔的出征和被俘，着力描绘伊戈尔及其兄弟弗塞沃洛德的英勇精神。伊戈尔不顾日蚀的凶兆率军远征，他的军团“纵马奔驰，好比原野上一群灰狼，为自己寻找荣誉，为王公寻找荣光。”初战告捷，但从第三天晌午起，“伊戈尔的军旗纷纷倒下”，伊戈尔被俘。“青草同情地低下头，而树木忧伤地垂至地面”。作者在这些富于民歌风味的抒情叙事场面中糅合政论性评述，指出这次惨败是罗斯诸侯内讧、你争我夺的结果。

第二部分写伊戈尔惨败的消息传到基辅，“波洛伏齐人在俄罗斯土地上节节进逼，宛如花豹的子孙”。基辅大公发出“含泪的金言”，指责伊戈尔兄弟独自出兵，哀叹诸侯团结的昔日荣光丧失殆尽。接着作者追述基辅罗斯的光辉历史，呼唤团结一致去迎敌。

第三部分从伊戈尔妻子雅罗斯拉夫娜一大清早的哭泣写起。她愿像一只杜鹃飞往卡雅拉河边，轻轻擦净丈夫“血淋淋的创伤”。她向风神、河神和太阳神诉求。她的哭诉既有多神教色彩，又有同诸神争论的意味。雅罗斯拉夫娜是俄国文学中最早出现的、富于理智又充满柔情的妇女形象。作者在描述她的哭泣后，紧接着描绘那天晚上顿涅茨河一带龙卷风激起一片乌云，上帝为伊戈尔指引通向家乡之路。伊戈尔“像一只银鼠跑向芦苇边，像一只鹊鸭扑进水面”，他泅过河，跨上骏马，返回俄罗斯。俄罗斯人民和大自然都欢呼伊戈尔的回归。作者引用古谚语“脑袋离不开双肩，躯干离不了脑袋”，并接着说“俄罗斯土地也离不了伊戈尔”。

伊戈尔是个矛盾的形象，一方面他追求个人功名，轻率出兵，另一方面却具有军人的英勇精神，为保卫俄罗斯，为基督教信仰而视死如归。综观《伊戈尔远征记》，作者虽然对伊戈尔有所责备，但更主要的是抨击诸侯内讧的局面。《伊戈尔远征记》是一部爱国主义的民族史诗，同民间口头创作又紧密联系，民间歌谣的修辞语、象征、比喻和类比等得到十分精彩的运用。

在蒙古鞑靼军入侵和统治俄罗斯时期，俄罗斯军民进行了英勇顽强的抗争。虽然基辅罗斯文化遭受严重摧残，但诸侯城邦的编年史写作仍持续不断。编年史中记载的**战争故事**更进一步同民间口头传说相融合，推进了战争故事文学体裁的发展，出现了一批具有民族史诗风格的中短篇叙事作品。其中，最著名的是《拔都摧毁梁赞的故事》和《顿河彼岸之战》。

《拔都摧毁梁赞的故事》（13世纪末、14世纪初）详细描述梁赞城军民举城抗敌，以致全城毁灭的壮烈故事。1237年拔都大军开始入侵，首先围攻奥卡河右岸的梁赞公国，并要求献上美貌的王子妃叶甫普克拉西娅作为媾和条件。王子费多尔严词拒绝，惨遭残杀。王子妃闻讯，抱着幼儿从宫殿上跳下自尽。梁赞王公尤里率军出城迎战拔都大军，其“刚强和英勇震惊鞑靼军团”，但因寡不敌众，全军覆没。拔都攻占梁赞后屠杀居民，将全城夷为一片废墟。有一外出的梁赞贵族，名叫叶甫巴吉，回到梁赞，看到城毁人亡的惨景，便聚集起一支队伍，追击拔都大军于苏兹达利，使拔都大军大惊，以为梁赞人死而复活。叶甫巴吉的队伍最后也都为国捐躯。在整篇故事中编年史的纪事风格和壮士歌赞颂勇士的艺术手法相交融，同时渗透着俄国东正教观点，认为所发生的一切都是“由于我们的罪孽，是上帝所安排的”等等。

《顿河彼岸之战》歌颂1380年莫斯科大公德米特利及其兄弟联合诸

夫哥罗德等地的诸侯于顿河上游库利科沃原野战胜拔都的金帐汗国军的业绩。虽然在激战中伤亡惨重，“遍野的尸体使骏马不能行走”，伤亡将士的妻子在莫斯科哭泣，但俄军坚韧不拔，终于击溃金帐汗国军，使其统帅马麦败退，使“快乐和欢喜传遍俄罗斯大地”。故事以“光荣属于我们的上帝”作为结尾。这篇故事的结构手法和叙述风格都受到《伊戈尔远征记》的影响，但文字更为激昂和铺张，喜欢用排比。作者是梁赞神甫索封尼，写于14世纪末。

第八节　中世纪东欧文学

东欧在地理上指乌拉尔山以西的广大平原地区，但人们习惯上把喀尔巴阡山脉南北及巴尔干半岛的中南欧国家如波兰、捷克、匈牙利、罗马尼亚、保加利亚、南斯拉夫、阿尔巴尼亚等国称为东欧国家。这几个国家的疆域和边界在历史上屡有变迁。东欧文学就是伴随着它们各自民族的盛衰逐步形成和发展起来的。

东欧诸国文明的开端，比创造了灿烂的古代文化的希腊、罗马时代要晚得多。还处于原始氏族公社晚期的东欧人，被罗马人看成尚未开化的“蛮族”。波兰人、捷克人、保加利亚人、南斯拉夫人的祖先分别属于斯拉夫人的西方和南方之系。其中保加利亚人于7世纪最先建国，其他各民族也于9至12世纪间相继建国。

中世纪的东欧诸国绕过了奴隶制的发展阶段，由原始公社制度直接过渡到早期封建制。在这一过程中，他们放弃了原来信奉的原始多神教，改信基督教。教俗封建主同农民（农奴）之间、封建贵族之间、基督教不同教派之间以及各民族国家之间的矛盾斗争，构成中世纪东欧各国政治生活纷繁复杂的图画，并在东欧中世纪文学中得到不同程度的反映。

东欧各国建国后大多有过自己的兴盛时期。但这里是欧洲的陆上通衢，历史上往往成为强邻争夺兼并的对象。东欧北部诸国中，波兰曾屡遭俄、奥、普欺凌，捷克、匈牙利曾被哈布斯堡王朝兼并，成为奥匈帝国的一部分。东欧南部诸国早期均受拜占庭统治。从14世纪中叶开始，土耳其奥斯曼帝国向北侵袭，先后占领保加利亚、塞尔维亚、罗马尼亚、阿尔巴尼亚等国近500年之久。外地的入侵和长期的统治，给东欧各国造成了巨大的民族灾难。东欧文学作为被压迫弱小民族文学，它所具有的反抗压迫的特色与强烈的爱国主义精神，成为举世公认的传统。在中国，尤其为鲁迅先生所称道。

中世纪东欧各国文化发展的渊源，除了继承本民族的古老传统之外，波兰、捷克、匈牙利受西欧文化艺术的影响较深，保加利亚、塞尔维亚、罗马尼亚、阿尔巴尼亚的建筑、绘画等则多带有拜占庭东方艺术的色彩。

东欧各国最早出现的文学是民间口头文学，如关于本族起源、民族迁徙的传说，关于祖先抵御外敌、战胜自然灾害的故事，关于世俗生活与民族风习的民歌、情歌、哀歌、婚礼歌等。它们长期由人民群众口头流传，直到启蒙运动中经一批热心者的搜集整理，才使后人获有了这批财富。

在本民族文字出现以前，东欧各国的僧侣、贵族和文人使用的是拉丁文（东欧北部诸国）或希腊文（东欧南部诸国）。9世纪中叶，基里尔和麦托迪兄弟创造了古斯拉夫文字，为东欧许多国家书面文学的产生与发展提供了前提条件。

康士坦丁·基里尔（826—869）、**康士坦丁·麦托迪**（815—855）兄弟9世纪初出生于拜占庭的萨洛尼卡（今属希腊），是斯拉夫裔的基督教教士。他们以萨洛尼卡城附近居民所操古保加利亚语中的马其顿方言为基础，创制出一套古斯拉夫语字母，世称“格拉果尔字母”，并把《圣经》和多种拜占庭宗教书籍翻译成古斯拉夫文字。这些翻译作品既是宗教文献，也是具有普及性质的文学读物。除去翻译，他们用古斯拉夫文字写下了独创性著作《谈话录》与《正确信仰论》，成为东欧论说体文学的开端。兄弟二人在摩拉维亚等地传教时，积极推广使用斯拉夫文字，被日耳曼教士视为异端。为此，他们上诉罗马教廷，与教会人士激烈辩论，捍卫了斯拉夫人使用本民族语言文字的权利。二人先后死于罗马。

基里尔兄弟死后，其弟子继承他们的事业，致力于推广古斯拉夫文字、发展斯拉夫民族文化的活动。借助于古斯拉夫文字，古希腊、罗马文学、拜占庭文学以及阿拉伯文学中的大量神话、传说、故事、诗歌得以翻译介绍到斯拉夫各民族中来，促进了东欧模仿文学的发展。弟子们还用古斯拉夫文字创作了许多歌颂基里尔兄弟的文学作品。这些作品反映了发展民族文化的重大主题，在形式上有颂诗、传记、传说、政论等，大多充满了诗意和激情。古斯拉夫文字在东欧大多数国家（包括非斯拉夫民族的罗马尼亚）得到了推广使用，其影响远及基辅罗斯等地，促进了这些国家的文化交流与书面文学的发展。后世把所有用古斯拉夫文字写作和翻译的作品都称之为古斯拉夫文学，并在各国文学史上形成了长短不一的古斯拉夫文学时期。直到这些国家陆续创制出更符合本民族语言特点的文字，使用本国文字的文学创作才开始兴盛起来。

在中世纪东欧各国，宗教文学占有重要的地位。最初出现的是拉丁文或希腊文宗教作品的抄写本，如《圣经》及有关基督、圣母、使徒的故事、传说等。后来陆续出现了用古斯拉夫文或本民族文字翻译或独创的祈祷文、训诫文、颂诗、赞美诗、圣徒传以及宗教剧等。如波兰有圣徒伏依捷赫同异教徒斗争的故事，《圣十字祷文集》、《格涅茨罗祷文集》，宗教诗《耶稣基督复活》、《圣母颂》等；捷克有宗教颂诗《主啊，怜悯我们吧！》、《基督教日常问题六篇》等；匈牙利有《悼辞》、《圣母马利亚哀歌》等；罗马尼亚有《祈祷书》、《八重赞美诗》、《沃罗内茨使徒事迹》、《斯凯依赞美诗集》等；保加利亚有《福音导书》、《六昼书》等；马其顿有翻译和抄写的经书、圣诗；塞尔维亚有翻译改编的拜占庭使徒传记；克罗地亚有诗体宗教剧《耶稣诞生》、《耶稣受难》；斯洛文尼亚有《教理问答》、《赞美诗集》；阿尔巴尼亚有《洗礼规定》、《弥撒》等。宗教文学的繁荣对世俗文学的发展起着抑制作用。但在东欧所处的特定社会历史条件下，宗教文学又往往为世俗内容所渗透，因而或多或少地反映了时代面临的迫切问题。保加利亚的“经外文学”作品《亚当夏娃外传》、《圣母游地府》，保、塞等国的基督教异端波戈米尔教派文学作品《秘密书》、《圣母苦行记》，在一定程度上反映了农民反封建的愿望与要求。保、塞、罗、阿等国某些与宗教有关的纪传体作品还包含了反对土耳其宗教同化政策，维护民族特性的爱国主义内容。

中世纪东欧各国的世俗文学中，最先出现的是编年史和纪传体文学。

波、捷、匈、罗等国的宫廷文人重视修史。如波兰12世纪有加拉的《历史纪事》，13世纪有温·卡德乌伯克的《历史纪事》，14世纪有杨涅克的《历史纪事》，15世纪有杨·德乌果什的《波兰历史》；捷克12世纪有科斯马斯的《捷克编年史》，14世纪有韵文体的《达利米尔编年史》；匈牙利13至14世纪有阿诺尼姆什和盖泽依等的《编年史》和《插图本编年史》；罗马尼亚15世纪有无名氏的《编年史》、16世纪有玛卡里耶等的《摩尔多瓦诸君王历史》等。这些作品记载了各国的重大历史事件，记述了国王和王公贵族的战功、政绩乃至宫廷秘事等，一般都写得富于文采，有一定的文学价值。

保、南、阿等国的纪传体文学比较发达。如保加利亚9世纪克利门特·奥赫里兹基的《哲学家基里尔赞》、《基里尔、麦托迪赞》；捷克10世纪的《摩拉维亚—潘诺尼亚传说》；马其顿9至10世纪的《奥赫里德使徒传》、《纳乌姆生平》，11世纪的《萨洛尼卡传奇》；塞尔维亚12世纪的《基里尔、麦托迪传说》，赞颂的都是基里尔兄弟及其弟子创制、推广斯拉夫文字、发展斯拉夫文化的功勋。塞尔维亚13世纪的《圣徒西麦翁生平》、《西麦翁·奈满尼传》、《塞尔维亚开国始祖西麦翁·奈满尼传》，14世纪的《塞尔维亚国王与大主教列传》、《拉扎尔大公赞》，保加利亚14至15世纪的《伊凡·里尔斯基传》、《伊凡·里尔斯基生平赞》、《里拉纪事》等，分别记述了这些圣徒、主教、国王、大公的生平事迹，赞颂了他们对发展宗教或治理国家所作出的贡献。这些作品有较多的人物形象描绘，因而有一定的文学价值。

13至14世纪间，东欧各国普遍出现了模仿文学，即在模仿外来翻译作品《亚历山大大帝》、《特洛伊战争》、《天方夜谭》、《伊索寓言》等的基础上加工改写而成的作品。如匈牙利海·加代帕尔的《寓言百篇》就是模仿《伊索寓言》而写成的。这些作品反映了世俗生活内容，写得饶有情趣，深受读者的欢迎。

东欧各国基本上不存在西欧那样的骑士制度，因而最足以表现中世纪文学特征的骑士文学没有发展起来。但贵族文学在某些国家还是存在的。15世纪时波兰贵族文人写的《英德烈·邓钦斯基被杀之歌》和《对懒惰农民的讽刺》两诗表现了贵族至上的思想，并对市民和农民进行了丑化和讥讽。

市民文学在捷克出现较早。14世纪下半叶，布拉格是神圣罗马帝国的都城，也是欧洲重要的政治、经济和文化中心。随着城市的繁荣与手工业的发展，反映城市下层人民喜怒哀乐的讽刺诗、抒情诗与世俗剧相继产生。如讽刺诗集《赫拉德茨手稿》反映了14世纪捷克的市民生活，暴露了中世纪贵族、僧侣的罪恶。全书由11部诗稿组成，其中以《十诫》和《对手工艺人和对市政官吏的讽喻》两诗最为著名。世俗闹剧《卖油膏的人》从宗教剧《三位马利亚》（三人购买香膏给耶稣涂身的故事）演变而来。该剧在对中世纪庸医的欺骗行为进行辛辣讽刺的同时，揭露了封建制度的黑暗腐败，有较深刻的社会意义。东欧南部诸国由于奥斯曼帝国的统治造成城市的衰落，因而市民文学不曾出现。

由于东欧各国几乎都有受外国侵略、压迫的遭遇，爱国题材的作品在其中世纪文学中占有较突出的地位。除编年史和纪传体作品表现出鲜明的民族自豪感外，还出现了一些歌颂祖国和表现本国人民反抗外国侵略、奴役的斗争的作品。如捷克12世纪的《圣瓦茨拉夫，捷克大公啊！》是一首用捷克文写成的充满爱国激情的颂诗，一度成为国歌。匈牙利15世纪诗人雅诺什·潘诺尼乌什为世俗文学的创始人，他以流畅的拉丁文诗歌赞颂了自己的祖国和人民。保加利亚13世纪的《歌手库克伦斯》、《亚历山大文集》等作品歌颂了贵族伊凡·阿森领导人民举行反拜占庭起义的事迹。契尔诺尼泽茨写的短篇故事《巧遇保加利亚人》以9世纪中叶国王西美昂反击马扎尔人入侵为背景，描写军人格奥尔基在战争中的遭遇与功绩，歌颂了卫国战士英勇战斗、誓死保卫家园的事迹。15世纪时，格里戈里·察姆布拉克（约1364—1419）的《埃夫蒂米赞》运用戏剧性手法形象地描绘了京城特尔诺沃被土耳其人围攻和大主教埃夫蒂米亲冒矢石、率众守城的情景以及京城失陷后居民的悲惨遭遇，歌颂了埃夫蒂米和京城居民的爱国精神与民族气节。16世纪时，波普·佩尤（生卒年份不详）的《格奥尔吉·索非斯基传》写一相貌俊美的年轻金匠被土耳其人诱入苏丹宫中，逼他改信伊斯兰教，他誓死不从，被土耳其人烧死。马特依·格拉马蒂克（生卒年不详）的《尼古拉·索非斯基传》写一鞋匠因拒不改信伊斯兰教而被土耳其人用石头砸死。这两部作品均以生活中真实的事件为基础写成，歌颂了普通劳动者为反抗异族统治者推行的宗教同化政策而宁死不屈的牺牲精神。15世纪时，塞尔维亚作家康斯坦丁·费罗佐夫（约1400—？）所写的《斯特凡·拉扎雷维奇生平》，除描写和记述了贝尔格莱德的建造与大公拉扎雷维奇的生平事迹之外，还初次记载了塞土之间科索沃大战的惨烈情景和马尔科·科罗列维奇的阵亡以及米洛什·奥比利奇的战功。这些作品都是中世纪东欧世俗文学的重要成就。

第九节　中世纪北欧文学

北欧的中世纪一般认为是从8世纪到16世纪。在北欧五个国家中，除芬兰语①外，其余四国，瑞典、丹麦、挪威和冰岛的语言均属日耳曼语系，中世纪时，这四个国家的语言十分接近。随着历史的发展，丹麦、挪威和瑞典的语言发生了变化，而冰岛的语言却始终同中世纪时区别不大。

公元3世纪前，北欧出现了用吟唱和讲故事形式来叙述所见所闻或英雄业绩，这就是北欧最早的民间口头文学。3世纪左右，北欧形成自己的文字，称为“鲁纳文字”，是绘刻在石碑上的碑铭，流传至今的石碑绝大部分是在9至12世纪期间刻的，多数内容比较简短，用诗的形式描写国王、海盗和战争故事②。

英雄史诗在北欧中世纪文学中占有重要地位。丹麦教士**萨克索·格拉马蒂可斯**（1150？—1222？）收集整理的编年史《丹麦人的业绩》保存了多首英雄史诗。全书共分16卷，前9卷是讲史前古代丹麦，内容是口头流传在民间的关于异教的传说和英雄史诗，其中有一篇《哈姆莱特传奇》后由莎士比亚改写成世界著名悲剧《哈姆莱特》。后7卷里有三首比较著名的英雄史诗：《皮雅盖马雷特》是一首在参战以前朗诵的史诗，激励人们去英勇作战；《英雄兹克瓦德特》歌颂古老的战斗精神，反对奢侈和寻欢作乐；《哈格白特和西格纳》是一首叙述家庭纠纷的爱情史诗。《丹麦

---

① 芬兰语属芬兰、匈牙利语系，但在芬兰有一部分人用瑞典语交谈和写作，其文学称为芬兰瑞典语文学。

② “北欧海盗时代”（793—1050）又称“北欧维京时代”，“维京”一词原意为“居住在海湾的人”。

人的业绩》包含了丹麦两千年的历史，全书充满爱国精神，向世界显示丹麦是一个有着古老传统的国家。这部巨著是丹麦对世界文学作出的第一次重要贡献。

随着基督教的传入，北欧诸国出现宗教文学，其中以瑞典圣女比尔吉塔（1303？—1373）的《启示录》最为著名。她是瑞典第一个在世界上享有声誉和影响的人。比尔吉塔在幻觉中受到圣母、圣子和其他圣徒的启示，就把所有灵迹用瑞典文记录下来，由她的朋友译成拉丁文。这部全名为《来自天上的启示》的作品发表于1492年，内容大致分三方面：一是纯粹的祈祷文；二是对教会事务、欧洲政局、瑞典王室提出预言、命令甚至训斥；三是上帝在心灵和精神方面对她的启示，如劝人改恶从善，否则死后将被抛入地狱等等。

此外，中世纪的北欧文学还有宫廷吟唱诗和短小精悍、节奏明快的民歌等。但是，北欧中世纪具有世界意义的作品乃属《埃达》、《萨迦》和神话。它不仅对后世的北欧文学，乃至对欧洲和世界文学都产生了影响，是世界文库中的宝贵财富。

“埃达”和“萨迦”是北欧语中两个词，意即故事，包括神话故事和英雄传奇故事。其区别在于前者最早是有韵律、可以吟唱的诗体故事，后来才发展成包括散文体；后者没有韵律，只能讲述，是散文体故事。流传至今的北欧“埃达”和“萨迦”主要是冰岛的作品。自公元874年挪威人移居冰岛，将“埃达”和“萨迦”带入冰岛，冰岛人不但将这些作品保存下来，而且还产生了自己的“埃达”和“萨迦”作家。

《埃达》分《旧埃达》和《新埃达》。《旧埃达》由塞梦恩德（1036—1133）收集整理，故又叫《塞梦恩德埃达》或《诗体埃达》。《新埃达》由斯诺里·斯图拉松（1179—1241）所著，又称《斯诺里埃达》或《散文埃达》。

《旧埃达》是8世纪以后12世纪以前流传在北欧的民间诗歌，其中大部分估计是10世纪时的作品，其内容分神话故事和英雄传说两部分。神话故事中的序曲诗叫《沃卢斯帕》，又名《女法师的预言》，内容是巨人国里一个聪明的老妇人详细描述宇宙创始到毁灭的过程。还有一首叫《哈瓦玛尔》，意即《主神奥丁箴言录》[①]，是讲做人的道德准则和社会习俗。神话诗里还有几首关于吐尔神[②]的故事比较有名，其中最有名的一首叫《特里姆之歌》，描述巨人特里姆偷走吐尔神槌，还要求把女神弗莱雅嫁给他。吐尔摇身变成女神弗莱雅，大闹特里姆的婚礼，最后杀死巨人，夺回神槌。

《旧埃达》第二部分英雄诗中最主要的作品为《沃尔松诗集》，共15首，故事围绕沃尔松家族的年轻人西古尔德展开，其故事情节的第一部分与德意志中世纪的英雄史诗《尼伯龙根之歌》的第一部《西格夫里特之死》很相似，主人公杀死恶龙，占有本族宝物，帮助贡纳尔[③]赢得容貌出众的布伦希尔特的爱情，最后贡纳尔在布伦希尔特唆使下杀死了西格夫里特。《沃尔松诗集》后半部分的情节同《尼伯龙根之歌》不同，但也是描写复仇和残杀。诗集通篇叙述了宝物带来的灾难，充满悲剧气氛，对后世的欧洲文学有较大影响。

《新埃达》的作者斯诺里·斯图拉松出生于冰岛西北部，在挪威王室和塞梦恩德后裔家中长大，这为他后来研究诗歌和历史提供了良好基础。他因同情挪威国王的舅舅引起挪威国王的反感而于1241年被杀害。《新埃达》约写于1220年，是一部诗学，共分三大部分。第一部分介绍古代北欧诸神和英雄，为当时吟唱诗人作诗时查阅，其中许多传说可以从《旧埃达》中找到，不过斯诺里把它们写得更为完善和生动；第二部分《诗人的艺术语言》，论述吟唱诗的诗词和语言；第三部分《韵律的列

① 奥丁（Odin）是北欧神话中的主神。

② 吐尔（Tor）是北欧神话中的雷神，主神奥丁的长子。

③ 即《尼伯龙根之歌》中的巩特尔。

举》,介绍102种不同的诗。

《萨迦》共有三大类:“王室萨迦”、“家族萨迦”和“虚构萨迦”。后两类“萨迦”是冰岛佚名作家根据流传在民间的口头故事记录下来的。

“王室萨迦”以斯诺里·斯图拉松的《挪威王列传》(又名《海姆斯克林格》)为代表,它记载了从史前时期直到12世纪的挪威君主业绩、王室生活和社会情况,选材严谨,史料真实,既是一部出色的文学作品,又是一部很有价值的历史著作。

“家族萨迦”以历史上实有人物为主人公,描写人民的生活、斗争、苦难和愿望。写作手法是在叙事之中穿插人物对白,叙事简单明了,不加渲染。一般先讲英雄人物的家谱,接着是遭遇的厄运,最后往往是得胜而归,赢得荣誉或美人。这类萨迦共有30余篇,分长篇和短篇。短篇以叙述诗人贡劳格和美人海尔加爱情的《贡劳格萨迦》最为著名。长篇中最著名的有《尼雅尔萨迦》、《埃吉尔萨迦》、《拉克斯峡谷萨迦》和《大力士格雷蒂尔萨迦》等。

“虚构萨迦”内容包括神话、志怪故事或不以真人为背景的英雄传奇。这类“萨迦”神奇浪漫,诙谐风趣,形象丰富,主要作品有《沃尔松萨迦》,内容同“埃达”诗中的《沃尔松诗集》一样,其他还有《奇数箭萨迦》和《弗里蒂奥夫萨迦》等等。

“萨迦”语言朴实,没有华丽的词藻堆砌,情节描写和人物性格的刻画都以对白展开。它和“埃达”一样最早流传在民间,后经学者用文字记录下来,糅合了几代作者的艺术技巧。

《埃达》和《萨迦》的题材和风格对北欧文学影响较大,19世纪瑞典诗人泰格乃根据古代萨迦写成了长诗《弗里蒂奥夫萨迦》,19世纪瑞典作家斯特林堡根据埃达诗写了有名的诗作《洛奇的嘲骂》。不少当代北欧作家都从古代文学中吸取丰富养料。

芬兰人民史诗**《卡勒瓦拉》**(又名《英雄国》)也是中世纪欧洲著名

的史诗之一，它既不同于日耳曼人和北欧的史诗，也不同于法国和西班牙的史诗，具有芬兰民族的特点。从7世纪末、8世纪初起，芬兰人民中就流传着各种有关本民族的古代神话和传说，一般都是歌谣形式，有些是12世纪瑞典人引入基督教以后的产物。到了19世纪，芬兰医生艾里阿斯·隆洛特（1802—1884）长期深入民间，收集了大量的歌谣，编成一部完整的史诗，题名《卡勒瓦拉》，于1835年出版。此后他又继续收集补充，1849年出版了史诗的最后定本，包括50支歌曲，22795行诗句。

《卡勒瓦拉》以争夺“三宝”的故事为核心，描写了卡勒瓦拉的英雄们和北方黑暗国波赫尤拉之间的斗争。三宝指的是一座能自动制造谷物、盐和金币的神磨。这部史诗虽有神话因素，但以直接具体地描摹现实的生活和人物为其特色，反映了芬兰人民在氏族制度瓦解时期的社会生活和思想意识。史诗不仅写了氏族之间的斗争，氏族制瓦解时期的种种社会现象，而且还有许多日常生活和风俗的细致描述，带有浓厚的民族色彩。这部史诗形成于基督教思想统治时期，但仍然保留着芬兰人民原有的多神教信仰，仅在少数歌谣中可以看到基督教的影响（如结尾部分关于圣母的故事）。诗中有关于宇宙创造、铁的发明、天时气候、耕作酿造等传说，也包括一些咒语。这些都反映了芬兰人对于自然的朴素认识和征服自然的斗争和愿望。“三宝”本身也表达了他们渴望繁荣富庶的理想。

史诗成功地描绘了两个人民英雄的形象，他们都是人民的战士和劳动能手，为了卡勒瓦拉人民的光明幸福，和波赫尤拉凶暴贪婪的女族长娄希进行了艰巨的斗争。诗中的主要英雄是享有极高威望的老歌手万奈摩宁，他的歌曲能感动神人鸟兽，同时他又是能耕作善渔猎的农民。他懂得各种咒语，具有无比的智慧和勇敢精神，在争夺“三宝”的战斗中建立了丰功伟绩。另一个重要英雄是铁匠伊尔玛利宁，他沉默寡言，埋头工作，锻造出各种工具、武器和艺术品，“三宝”就是他的伟大创造。除这两个英雄外，活泼轻率的青年战士勒明盖宁也是夺取“三宝”战斗中的重要人物。史诗歌颂了创造性劳动和英雄们为人民幸福而进行的斗争。

这部史诗全部都用四音步扬抑格头韵体写成，经常运用重复的诗句和夸张的手法，具有民间诗歌的特点。它对芬兰民族文学和民族语言起过巨大作用。

北欧神话是由北欧居民根据他们所信奉的多神教创造出来的。起初是流传在民间的口头文学，用埃达演唱或用萨迦讲述，后经学者整理成文字，它们可以归纳为如下情节：

女神盖芙恩将四个儿子点化为金牛，从瑞典犁出一块土地，成为丹麦，土被搬走的那块地方成了瑞典的梅拉伦湖。瑞典国王尤尔弗十分恼火，长途跋涉来到天宫寻找神族评理，天宫的三个神告诉他世界是由主神奥丁和他的弟弟们杀死巨人并用巨人的躯体创造出来的。他们还用树干做成一个女人和一个男人让他们住在米德哥德[①]，还给白天、黑夜、早晨和晚上定名并规定它们的职责。众神在天宫像人间一样相互拜访，在院子里戏耍，天国充满和平和欢乐。不久巨人国来了三个少女，宁静被打破了。此后，械斗、厮杀、复仇和战争连绵不断。最后众神全部被诛戮，天宫、地界和宇宙在一片烟海中消亡。不过事物是不灭的，众神又在另一个天国见面生活，人类也再次生育繁衍，宇宙毁灭后又获重生。尤尔弗国王向天空三位神打听盖芙恩女神，忽然一声霹雳，神和宫殿都不见了，尤尔弗国王意识到有些秘密是不能透露的。他回到瑞典，把从天宫听到的故事讲给大家听，神话故事就这样一代一代流传下来。

北欧神话中的神都是人格化了的形象，他们也会死亡，婚配嫁娶，也可以与巨人结合生育繁衍。北欧神话最重要的主题是告诫人们仇杀械

---

① 根据北欧神话，米德哥德（Midgard）是人类居住的地方，位于众神居住的天国阿斯哥德（Asgard）和巨人居住的厄特哥德（Utgard）之间。

斗、谋杀、破坏诺言、懦弱和退缩是最大的罪恶。神话故事实际上反映了北欧氏族之间的械斗规模和残酷性，以及氏族社会中的道德规范。

北欧神话对欧洲文学影响很大，英国古老史诗《贝奥武甫》就取材于北欧神话。此外它在文化、宗教和生活习俗方面的影响流传至今，比如星期中的周日是以北欧诸神命名（周一月神，周二战神，周三主神，周四雷神，周五春神，周六火神，周日太阳神），苹果代表永生，彩蛋是人们看到春回大地、万物昭苏时喜悦幸福的象征。

第四章　文艺复兴时期的文学

第一节　概述

文艺复兴是14至16世纪欧洲许多国家先后发生的文化和思想上的深刻变革。所谓“复兴”并非指古代希腊、罗马文化的简单复兴，而是人们从古代希腊、罗马文化中得到启发，重新发现了人的崇高价值，认识到人有无限的潜力和追求个人幸福的权利。这一觉醒使人摆脱了中世纪封建主义和教会的精神桎梏，致使文学、艺术、哲学、科学、宗教、政治等领域发生了深刻变革。文艺复兴宣告了中世纪的结束和现代社会的诞生。

从13世纪开始，欧洲封建主义的主要支柱——庄园制度、骑士制度、罗马教会的普遍权力、中世纪的封建行会制度——已经开始动摇。14、15世纪，民族国家的建立，指南针、印刷术和火药从中国通过西亚传入欧洲，加速了封建主义的崩溃。新大陆的发现打开了人们的视野，航海业的发展促进了城市、商业和手工业的繁荣。国家的经济、政治中心由农村转到城市。据统计，1500年，威尼斯、那波里和巴黎三个城市的人口都达到了15万。城市中，资产阶级的前身——经营商业、金融业和手工业的市民阶级的力量逐渐壮大。

意大利是欧洲文艺复兴的发源地。由于意大利缺乏强有力的中央集权，沿海城市享有相当多的自由。意大利人自认为是罗马文化的当然继承人，古代文化教育在意大利一直没有中断。意大利人文主义者彼特拉克酷爱古代文化。他在诗歌、书信和自传中歌颂世俗爱情，抨击中世纪迷信和经院哲学，是欧洲文艺复兴的先驱。意大利的文艺复兴在绘画和雕塑方面尤其辉煌。

1453年君士坦丁堡为土耳其人所攻占，许多拜占庭学者携带古代书籍的手抄本逃到意大利和欧洲其他国家。1494年法国军队入侵意大利，法国人惊叹意大利人的文化。这两件历史事实加速了意大利文艺复兴向欧洲其他国家的传播。

德国和意大利的经济、政治情况相似。14、15世纪德国商业和手工业也相当发达，但是德国在政治上是诸侯割据，没有统一的中央集权。意大利文艺复兴传入德国，产生了德国人文主义者胡腾和罗希林。德国反对教会的主要形式是宗教改革和农民起义。西班牙15世纪末卡斯蒂利亚女王伊萨贝尔和阿拉贡国王费尔南多联姻，统一西班牙，建立了专制君王国家。尽管西班牙的天主教会势力相当强盛，宗教裁判所残酷迫害犹太人和异教徒，还是没能阻止西班牙人文主义的传播和发展，产生了像塞万提斯这样伟大的作家。15、16世纪法国商业和手工业也相当繁荣，法国国王弗朗索瓦一世支持人文主义学者对古代文化的研究。法国人文主义者关心民族语言的统一和民族诗歌的建立。拉伯雷的《巨人传》尖锐地讽刺了教会，宣扬了人性解放。14、15世纪英国在经历了百年战争和玫瑰战争之后，新建立的都铎王朝相当强盛，圈地运动和航海业加速了商业和手工业的繁荣。16世纪中叶意大利文艺复兴传到英国，英国诗歌和戏剧群星灿烂，莎士比亚将英国的文艺复兴推向顶峰。

人文主义是文艺复兴的核心思想。人文主义一词来自拉丁文的humanitatis，原意指中世纪意大利学者所学的文法、修辞、诗歌、历史、道德哲学等人文学科。到了14世纪，人文主义一词有了新的含义。虽然对人文主义的定义各家说法不一，但是，总的说来，人文主义肯定人的崇高地位，主张一切以“人”为本，以此来反对罗马教会所代表的“神权”的绝对统治。针对教会认为人生是苦难和罪恶的邪说，人文主义反对禁欲主义和来世思想，肯定现世生活，歌颂爱情和个性解放。针对蒙昧主义和神秘主义，人文主义提倡理性，认为人是有理性的动物，应该有权追求知识，探索自然，研究科学。针对封建压迫和封建等级制度，人文主义鼓吹仁慈、博爱，歌颂友谊和个人品德，提倡平等和冒险精神。总之，人文主义反映了新的时代精神；它表现了蓬勃的朝气，满怀信心的乐观精神和巨大的创造力。它是以后资产阶级革命的最初思想准备。

教会对持无神论和反对神权的人文主义者极端仇视。意大利哲学家庞波那齐对灵魂不朽表示怀疑，受到教皇的迫害，他的著作被焚烧。波兰天文学家哥白尼反对地球是宇宙中心的说法，他的著作被天主教会列为禁书。法国人文主义者多雷否认灵魂不死，被判火刑。同样，意大利哲学家布鲁诺继承和发展了哥白尼的学说，被宗教裁判所杀害。康帕内拉因为组织反对西班牙统治的起义，被囚禁达27年之久。

但是，必须看到人文主义毕竟是时代的产物，人文主义者同教会及宗教的关系是复杂的，与封建阶级和教会也有着千丝万缕的联系。绝大多数人文主义者是基督教徒，他们虽然反对神权，但并不否认上帝的存在。如彼特拉克认为只有通过基督教，人们的灵魂才能得救，而且他本人一度曾经笃信苦行主义。不少人文主义者受到教会或贵族的支持和庇护，有的人本身就是教皇或教会领袖。有的则是罗马教会的绝对维护者，主张人类平等和提倡乌托邦的英国人文主义者托马斯·莫尔因为反对英国国王亨利八世脱离罗马教会而被杀害。人文主义和中世纪也有着密切联系，中世纪寺院和学校所保留的古代文化手抄本被人文主义者所承袭。此外，人文主义者虽然同情人民，但往往采取居高临下的态度，有的甚至敌视人民。他们带有浓厚的贵族倾向。

文艺复兴后期欧洲许多国家都经历了宗教改革运动。宗教改革运动的领袖们要求信仰和服从《圣经》的本义和基督教早期神学家的教导，认为中世纪的教会统治已玷污了《圣经》的原义。这和文艺复兴尊重古代文化，尊重个人权利有相似之处。文艺复兴对教会弊端的揭露和攻击、对宗教改革运动的发生有重大影响。德国的宗教改革发展成人民革命运动，向中世纪封建统治的主要支柱教会发动猛烈攻击。德国的宗教改革领袖马丁·路德第一次将《圣经》以妇孺皆知的德语译出，使普通人能直接读懂《圣经》，他因此成为现代德语之父，对平民影响极大。宗教改革之后，基督教在欧洲分裂为新教和旧教（天主教）两大教派。

文艺复兴时期西欧的新文学是以人文主义思想为内容的。这时的文学更加具有民族特点，更富于民族历史内容，优秀作家提出有关国家命运的问题，充满爱国情绪。人文主义者中除少数学者用拉丁文写作外，大多以本国语言进行创作，一方面表现民族自豪感，一方面也是为了使作品能为更多读者所接受。他们从古代和民间语言中吸取营养，扩大了语言的表现能力，对本国的文学语言的形成作出了巨大贡献。

文艺复兴时期的欧洲文学在创作方法的发展上达到一个重要阶段，取得了新的成就。在反封建、反教会的斗争中，作家更为自觉了。他们热爱生活，要求了解现实，反映现实，抛弃了中世纪重象征梦幻的文学手法，而注重写实。当时的杰出作家都有时代感和历史感，他们的反封建意识使作品带有强烈的讽刺性质。人文主义作家描述了广阔的社会生活，创造了一系列不朽的艺术形象，丰富了欧洲文学的现实主义传统。他们对人类发展具有信心，其代表作品不仅健康、乐观，并且富有浪漫主义的热情和幻想。他们笔下的人物往往体现了他们的理想。

近代欧洲文学中的许多体裁都在文艺复兴时期奠定了基础，如抒情诗中的十四行诗体，初步具有近代特点的短篇小说，围绕着一个或几个主人公的经历并以广阔的现实社会为背景的长篇小说，打破悲剧和喜剧界限的戏剧，以及随笔式的散文等。

这时期除了以人文主义为内容的新文学外，同时存在着民间文学和封建文学。许多人文主义作家常从民间文学中吸取营养，但也或多或少受到封建文学的影响。

民间文学是在中古民间文学的基础上发展的。德国关于浮士德的传说表达了人民反对宗教、追求知识的愿望；大量的民歌和人物故事反映出中世纪以来农民和手工业者的反封建斗争。城市平民文学不断出现，如城市手工业者出身的诗人撰写的诗歌、谣曲，故事、笑话、寓言和民间戏剧也很盛行。

封建文学在文艺复兴时期并未绝迹，在封建势力比较强大的地区还很流行。教会通过它的作家企图继续统治人们的精神世界，大力扶植封建文学。中世纪思想家托马斯·阿奎那的神学著作从16世纪起多次印刷出版。德国僧侣托马斯·肯皮斯的《论模仿基督》一书也流传极广。这两人是中世纪末期最有影响的教会作家。16世纪西班牙僧侣罗耀拉为耶稣会教士写了《精神锻炼》一书。此外，教会还采用文学形式传播它的思想，产生了西班牙莱昂神父的诗歌和大批其他宗教文学作品。以上这些作品都宣传神秘主义、禁欲主义，肯定教会的统治，目的在于压制宗教改革和文艺复兴。

世俗封建文学一方面常和宗教神秘主义文学合流，如15至17世纪在西班牙流行的神秘主义诗歌；另一方面则表现为回光返照的骑士文学，如中世纪末英国马洛里的《亚瑟王之死》，15世纪末至16世纪在西班牙风行一时的《阿马迪斯·德·高拉》，在意大利骑士文学也仍然流行。这时的世俗封建文学，总的说来，是中世纪封建文学的末流，标志着贵族的没落。

文艺复兴时期的文学以人文主义文学为主流。它以深刻的思想内容、高度的艺术概括、自由的结构、包罗万象的人物、生动有力的语言，反映了这一时期的历史真实，表达了新兴阶级的理想和广大人民的愿望，推动了欧洲文学的发展，为近代欧洲资产阶级文学奠定了基础，对人类文化作出了贡献。

第二节　意大利文学

意大利是文艺复兴的发源地，它的中部城市佛罗伦萨是文艺复兴的摇篮。13世纪末与14世纪初，资本主义的最初萌芽出现在意大利的北部城市，意大利成为欧洲最早产生资本主义的地区。14、15世纪，在一些城市里手工业已经比较发达，商业和银行业迅速发展，从北到南出现了米兰、威尼斯、佛罗伦萨、罗马、那波里五个强大的城邦，它们互相牵制，形成均衡的政治局面。经济的繁荣，政治的稳定，对外贸易的兴盛，为发展文化创造了有利条件，意大利半岛奏响欧洲文艺复兴的序曲。

佛罗伦萨则是演奏的中心舞台。因为它是资本主义生产关系发生、发展最典型的城市，经济最为发达。它的丝织业、银行业居于全欧洲之冠，它们和皮毛业、医药业、毛纺业、织布业、律师业组成七大行会，控制了佛罗伦萨的经济命脉。作坊主、银行家形成最初的资产阶级。七大行会从1115年就直接掌握市政大权。他们规定贵族子弟除非加入行会，否则不准担任公职，有效地清除了封建势力，使该市成为一个具有初期资产阶级专政性质的城市共和国。

资产阶级凭借手中的权力和财力，大兴文化事业，培养它所需要的各种人才。一批钻研古典文化的学者出现。他们向古希腊、罗马文化宝库中寻找精神武器。意大利人作为古罗马人的“后裔”，是罗马文化的直接承袭者；作为地中海岸的居民，自古与希腊文化有着割不断的联系；1453年土耳其人攻占君士坦丁堡之后，大批希腊学者携带古典书籍和手稿来意大利避难，推动了对古希腊文化的研究。这些是他们对这古代两大文明进行再发现的得天独厚的条件。

这些学者搜寻古希腊、罗马作品的手抄本和艺术品，进行的不是一项“复古”工作，不是“再版”古代奴隶制文化，而是用古代辉煌的世俗文化去对抗中世纪的宗教神权和封建意识，寻找解决当时一系列社会问题的启迪。他们发现可以利用古希腊哲学中的唯物主义因素和非神学的思想，与中世纪的教会经院哲学相对抗；利用罗马法典中关于产权和契约信贷的原则来制约封建专制性的掠夺，为新兴资产阶级的法权辩护；他们吸收古代文学艺术中的现实主义成分，与中世纪教会所宣扬的来世思想相抗衡。他们还满怀革新与独创精神，提出以人为中心的人文主义新思想。人文主义的世界观认为，宇宙的主宰不是神而是人；人生的目的不是追求死后的“永生”，而是现世的享受；人的自然欲望是正当的，不是罪恶，应当予以满足；爱情是人生最高贵的感情，应当珍惜和加以歌颂；人具有认识自然的能力和创造力，应当加以保护和开发。

在人文主义思想指导下，佛罗伦萨地区出现了文艺复兴早期的文学“三杰”，但丁、彼特拉克和薄伽丘。并且在建筑、绘画、雕塑，以及科学方面都取得了辉煌的成就。

中世纪的文学主要是为神学服务的，人文主义文学家担当了文学世俗化的重要使命。他们创建世俗文学，把它作为武器，向天主教会和封建贵族散布的蒙昧主义、禁欲主义、经院哲学、来世观点、神学思想以及封建秩序发起猛烈攻击。不久文学创作达到空前繁荣。佛罗伦萨的“无冕之王”洛伦佐·德·梅迪契本人就是诗人，还以文艺庇护者的姿态出现，广罗人才，在他的宫廷中形成一个人文主义中心，文学创作十分活跃。作家们用拉丁语和俗语写作，俗语就是指佛罗伦萨所在的托斯卡尼地区的方言。拉丁文是当时欧洲知识界通用的书面语言，意大利的拉丁语作品流传很广，将文艺复兴运动扩展到欧洲各国，而用俗语写的作品对统一祖国语言文字起了很大作用，迄今意大利语仍以托斯卡尼地区的语言为标准语。

在梅迪契家族的影响下，其他各城邦的统治者也逐渐组成以各自的宫廷为核心的文学艺术圈子，培养大批文学家。从15 世纪末起诗歌、小说、戏剧、文论百花齐放，文学的各种体裁形式日臻完善，意大利民族文学有了高度成就。文艺复兴进入全盛时期，诗人阿里奥斯托的长诗《疯狂的罗兰》代表这时期的最高水平。

但是，在繁荣昌盛的社会表面之下潜伏着危机。诸城邦长期各霸一方的局面使意大利的统一难以实现。与此同时，欧洲其他国家如法国、英国、西班牙、葡萄牙等经过长期的战争完成了国家的统一大业，并开始对外扩张。意大利从15世纪后期起，成为法国和西班牙的侵略对象。16世纪意大利大部分地区被西班牙控制，一些城邦的君主实行封建割据。土耳其的崛起使意大利与东方的贸易陷入停顿，航运路线从地中海转向大西洋，导致意大利经济凋零，工商业萎缩，资本转入农业，退回到落后的封建制度。罗马教廷为对付在德国兴起的宗教改革，掀起反宗教改革运动，意大利近在咫尺，成为首当其冲的受害者。

由于资本主义经济的衰退，政治制度的日趋反动，加之宗教势力猖獗反扑，迫害进步的哲学家、科学家，镇压人民起义，人文主义的新文学在高压之下也渐渐失去战斗的锋芒。16世纪末，文艺复兴在意大利衰落了，逐步向其他国家转移。

彼特拉克和薄伽丘是人文主义的先驱，是文艺复兴时期文学的最早代表人物。

弗兰齐斯科·彼特拉克（1304—1374）是文艺复兴时期第一个人文主义者，享有“文艺复兴之父”的美誉。他是加冕的“桂冠诗人”，由于他的十四行诗为欧洲抒情诗的发展开辟了道路，后人还尊他为“诗圣”。

彼特拉克出身于佛罗伦萨的名门望族，父亲是著名的公证人。在佛罗伦萨激烈的政治斗争中，老彼特拉克由于站在维护新兴资产阶级利益的白党一边，1302年与但丁一起被代表贵族阶级的黑党放逐，背井离乡，来到阿雷佐。诗人降生在阿雷佐，1311年他随父亲流亡法国，侨居法国南方的阿维尼翁城。该城当时是罗马教廷所在地，并且位于抒情诗的故乡普洛旺斯地区，是西欧重要的政治、文化中心。彼特拉克在中学学完语法和修辞学之后，曾先后在法国蒙特波利大学和意大利著名学府博洛尼亚大学学法律。但是他对法律不感兴趣。三年后父亲病故，他毫不惋惜地中断学业，回到阿维尼翁，在教廷里谋得一份工作，业余时间钻研文学，同一群文友过着放荡不羁的生活。他才华横溢，很快成为出类拔萃的青年诗人。

1327年，他在阿维尼翁的圣·凯拉教堂偶遇一位名叫劳拉的美妙少妇，一见钟情，终生不忘。劳拉成为他精神恋爱的对象和创作灵感的源泉。对劳拉的深情使他摆脱轻浮的生活。

彼特拉克与罗马著名的科隆纳家族有很深交往，得到他们的保护。他在博洛尼亚时结识了贾科莫·科隆纳主教，后来替他的兄弟红衣主教乔万尼当秘书，跟随他游历欧洲。他利用多次旅行的机会，从法国、比利时、德国和意大利各地修道院尘封的图书馆里广泛搜集古希腊、罗马的古籍抄本。1337年他应朋友邀请，畅游罗马城，对那里的古罗马文明遗址极为欣赏。1340年当巴黎大学和罗马市政府同时表示要为他加冕桂冠时，他选择了罗马。1541年4月8日在罗马卡匹托利山举行的庄严仪式上，彼特拉克接受了罗马元老院授予的诗人桂冠。

彼特拉克于1337 年在阿维尼翁郊外的温泉地瓦尔丘萨安置一处僻静的住宅，每次旅行归来就在此歇息，恢复精力，阅读、沉思和写作。他在这里住到1353年，几乎全部作品都是在这里完成的。后来有两件事使他的心灵接连遭受很深的创伤，一是他最亲密的兄弟盖拉尔多撇弃红尘去当僧侣，二是劳拉于1348年病逝。

1349年底他路过佛罗伦萨时与薄伽丘见面，从此两人频繁地书信往来，交流思想和学问，成为莫逆之交。1351年他在薄伽丘的推荐之下，赴佛罗伦萨大学讲学。

1353年彼特拉克最终离开普洛旺斯返回祖国，起初往来于各个城邦，客居米兰、帕多瓦威尼斯的宫廷，最后在一个名叫阿尔瓜的山村定居，直到逝世。

彼特拉克是一位知识渊博的学者，他搜集、整理古籍抄本，发现了西塞罗等人失传的书信和著作。他最早运用人文主义观点研究古典文化，通过注释、阐述古籍，批判中世纪封建文化糟粕，提出与“神学”对立的“人学”观念。他第一个指出了“一个古代学术——它的语言、文学风格和道德思想的复兴”至关重要。他精通拉丁文，深入钻研古罗马经典，向市民阶级宣传西塞罗和维吉尔的诗歌，称赞这两位诗人是古典文学的“两只眼睛”，应当借以观察社会现实。他精湛的学识赢得普遍的尊重，在各地成为受欢迎的嘉宾。他在足迹所到之处广泛地传播新思想，有力地促进了欧洲文艺复兴运动的产生。

彼特拉克也是具有明确政治理想的社会活动家。他认为“罗马帝国”不是至高无上的权力机构，断言帝国的衰亡是不可避免的结局；他期盼意大利成为一个君主政体的统一国家，而不只是作为罗马帝国的美丽花园而存在。因此，他呼吁诸城邦之间停止内战，出面调解热那亚与威尼斯的战事纠纷，终生为民族的独立和统一而奔走呼号。爱国主义和民族主义构成彼特拉克的人文主义思想中的重要内容。

彼特拉克是文艺复兴时期多才多艺的文化巨人之一。他在文、史、哲诸方面著述甚多，大部分是用拉丁文写成的，因为他心目中的读者远远超出意大利半岛，遍及整个罗马帝国的疆域，包括阿维尼翁教廷以及各个城邦中的广大知识分子、政治家和贵族。由于拉丁文是当时宫廷和知识界的通用书面语言，他运用拉丁文抒发政治理想，阐述宗教见解，解释深奥的哲理。他创作的政治色彩浓厚的拉丁文作品在当时产生了巨大的思想影响。彼特拉克将拉丁文当作传播思想的工具，而把自己的母语作为个人真情实感的载体，用来写抒情诗。他是一个自觉的文体家，每一种著作都选一位古罗马作家为楷模，例如写书信体作品参照西塞罗，写对话录模仿奥古斯丁，写叙事诗仿效维吉尔。同但丁时代的还很粗糙生涩的拉丁文相比，彼特拉克在西塞罗的文字基础上将语法简化，广泛吸收拉丁化历史过程中不同时期的各种词语，使词汇更加丰富。他对拉丁语的研究促使他将意大利语口语提炼和改造为文学语言。

他的拉丁文作品中最重要的是散文《秘密》(1342—1343)，作品虚构诗人同圣奥古斯丁在真理女神面前进行的三天对话，对死亡与永恒、宗教信仰与世俗幸福、禁欲主义与性爱的矛盾等问题展开讨论。诗人坚持爱人与爱上帝是一致的，追求人间的幸福与天上永恒的幸福是一致的。诗人热烈地为追求爱情和荣誉辩护，否定基督教的消极人生观。诗人向圣人敞开心扉，进行坦诚的剖白，暴露内心的隐私，因而将对话录题名为“秘密”。诗人在对话中承认用基督教伦理道德来衡量，自己是有缺点的，但他宣称他无法克服这些缺点，因为这是人之天性。这是一次“人道”与“神道”的对话。

叙事长诗《阿非利加》(1338—1341)是一部未完成的作品，讴歌第二次布匿战争中古罗马统帅西皮奥战胜迦太基将领汉尼拔的英雄事迹，赞颂罗马帝国的伟大，表达爱国主义的激情。这部史诗中有关爱情的章节与描写死亡的片断非常精彩，诗人在世时就广为流传。长诗为彼特拉克赢得“桂冠诗人”的称号。诗人对这部作品也寄予很高希望，想通过它获得“永恒的荣耀”，但是它并没有成为传世之作，用意大利语写成的《歌集》却实现了诗人的心愿。

彼特拉克在历史学方面也有所建树。他用拉丁文写了两部历史著作：《名人列传》(1338—1339)、《回忆录》(1343—1345)。前者列出从罗慕路斯起到恺撒为止的古罗马人物以及其他与古罗马历史相关的皮鲁斯、亚历山大、汉尼拔等人的23部传记，1351年至1353年他又增补了从亚当开始的12位《圣经》人物的传记。他以人物传记的形式展现强盛的古罗马帝国历史，用以激发意大利人的民族自信心。后者共四卷，是用以表彰美德的历史珍闻逸事的汇编。彼特拉克通过传记和逸闻来描述历史，也就是围绕着历史人物和他们的事迹来如实描写，从而摆脱了迷信说教。他为人立传，而不为神树碑，这是对中世纪宗教史学的改造。彼特拉克在史学领域的独特贡献是提出了一个新的历史时期概念。他认为，在令人崇拜的古代和寄予希望的新时代之间，存在一个黑暗、愚昧、倒退的时代。"黑暗的中世纪"的概念由此萌生。他在地理学上也有突出贡献，绘制了第一张意大利地图。

他还有三部拉丁文的哲学著作：《论孤独生活》（1346—1356）、《论宗教超脱》（1347—1357）、《两种不同命运之道》（1354—1360），它们探讨人的精神追求与道德修养问题。

《书信集》（1325—1374）是一部很有意义的作品，共收集552封用拉丁文写的信，分为"致亲友的信"、"老年写的信"、"杂信"、"没有收信人的信"几个部分。这些不是普通的私人信件，而是关于某个话题的短论，是彼特拉克进行文学创作的一种样式。它们记录了诗人的文学沉思，只是采用了通信的表面形式而已，其中有些收信人是古代作家如西塞罗、维吉尔等。

彼特拉克最优秀的作品是《歌集》，共收366首诗，大部分是十四行诗，占317首，其余有29首自由体诗，9首六行诗，7首叙事诗，4首短诗。除少量的政治抒情诗之外，主要是诗人歌咏恋人劳拉的诗篇。彼特拉克从1327年见到劳拉的第一天起，几十年不断地写诗表达对她的爱慕与思念。劳拉死于黑死病之后，诗人写诗寄托哀思。因此《歌集》以劳拉的逝世为界限，分成前后两部分。第一部分描写诗人热恋的种种欢愉的感受，以及在禁欲主义思想的束缚下，无法摆脱的因享受尘世幸福而产生的罪恶感和惶恐心理;第二部分宣泄痛失恋人的悲苦,并描绘了劳拉抚慰诗人的梦境。

这些诗大胆歌颂爱情,吐露对幸福的渴求,反映人文主义者蔑视中世纪封建道德,热爱生活的新世界观。彼特拉克继承了普洛旺斯骑士诗歌和意大利“温柔的新体”诗歌颂爱情的传统主题,剔除了其中的隐晦寓意和神秘象征,避免了人物偶像化的缺点,用写实的手法塑造劳拉真实动人的形象,使之既具形体之美又具心灵之美,既是符合理想的完美女性,又是他实实在在倾心相爱的恋人。劳拉不再是骑士诗中那种矫揉造作、高不可攀的贵妇人,而是单纯开朗、平易可亲、美丽可爱的新时代女性。她成为人文主义者理想的美与爱的化身。彼特拉克注重描写个人内心的变化,擅长描写丰富多彩的爱情经验,写出了爱情中的幸福和欣慰,也写出了失望与痛苦,使爱情诗接近生活。诗中还创造出情景交融的意境,将对自然之美的敏感与对恋人的细微情感有机地结合,借用景物的美来赞颂劳拉。他以新的观念和新的手法开创了人文主义的新型抒情诗。

《歌集》中夹杂的政治抒情诗数量不多,却意义重大。有些诗对教会进行猛烈抨击,谴责它是“制造欺诈的工厂,邪恶的策源地,活人的地狱”,将矛头直接指向封建势力的总代表,表现出诗人大无畏的斗争勇气,在黑暗中奋力拼杀的战斗精神。在《高贵的精神》一诗中,诗人将古代罗马奉为文明的典范,与腐败罪恶的现实相对比。在《致意大利》中,他号召人民继承古罗马的美德,勇敢抵抗德国雇佣军。这些诗都反映了诗人对古罗马特有的崇敬之情和作为古罗马人后裔的自豪感。《歌集》中最著名的政治长诗《我的意大利》洋溢着高昂的爱国主义热情,诗人要用“我的歌声”倾诉对祖国“浮沉的悲愤”和他的“希望”,指控各城邦君主为争权夺利而引狼入室,致使意大利四分五裂,不断遭受外族的入侵,让意大利“美丽的身躯受着致命的创伤”。诗人呼吁同胞们为争取独立和统一而斗争："美德一旦拿起武器，/向野蛮宣战，/胜利的日子就不再遥远：/古老的品德尚未泯灭，/在意大利人民心中永存"。

诗人的内心有着深刻的矛盾。他热爱生活和大自然，追求爱情和荣誉，渴望人间的幸福，却不能完全与基督教的禁欲主义思想决裂；他有爱国热情和民族意识，却又轻视群众；他为此而产生的苦闷和忧伤，也在《歌集》中得到宣泄。这些都真实地反映出文艺复兴初期人文主义者的思想矛盾，也集中体现了社会转折时期的历史特点。

《胜利》（1362—1374）是彼特拉克的另一部意大利语诗体作品。他模仿但丁的《神曲》，以象征的手法，用三韵句形式创作了这一首长诗，带有中世纪文学的梦幻色彩。作品从爱情、贞操、死亡、荣誉、时间、永恒六个方面描写诗人内心的体验，这是诗人对劳拉的爱情从始至终的过程描写：尘世间的爱经历种种磨难后升华到天上，诗人终于在天堂里与恋人相聚。这首诗的隐喻和象征手法已不太新鲜，其成就不如《歌集》，其中优秀的部分仍旧是一些直抒胸臆的片断。

彼特拉克的诗歌格调清新自然，流畅和谐，结构严谨，韵律优雅。他通过长期的实践，使十四行诗的形式达到艺术上的完美。这种诗分为两部分，前一部分由两段四行诗组成，后一部分由两段三行诗组成，采用abba，abba，cde，cde或abba，abba，cdc，cdc的押韵格式，诗句每行十一个音节①，通常是抑扬格。他的十四行诗成为欧洲诗歌中一个重要的诗体流传下来。

乔万尼·薄伽丘（1313—1375）的出生地点和日期至今尚无确切说法，半个世纪以前一直流行的说法是薄伽丘的父亲赴巴黎经商时与一法国贵妇人同居生下了他，后来的考证说明他是老薄伽丘与一身世不明的

---

① 十四行诗在意大利诗歌中是每行十一个音节，在法国是每行十二个音节，在英国是每行十个音节。

意大利女子的非婚生子，出生地是佛罗伦萨。前一种说法更具传奇色彩，是根据薄伽丘早期作品中所提供的自传性线索推断，可能出自作家本人的浪漫想象。薄伽丘幼年时在继母的管教之下，曾有一段过着屈辱的生活。他的父亲代理佛罗伦萨最大的巴尔迪家族商号业务，收入丰厚，为他提供了良好的受教育条件。薄伽丘从小喜欢读书，立志做一个大诗人。但是父亲希望他从事能够发财致富的行业，14岁就将他送到那波里，在银行学习经商，后又令他改学税收法律。薄伽丘对经商和学法律都不感兴趣，他酷爱文学。

由于银行经管那波里王国安茹王朝的财务，薄伽丘有机会出入宫廷。国王罗伯特是一位开明君主，奖掖文化，在宫廷内延揽大批文人学士，薄伽丘在这里结识了当时许多著名的学者。在他们的指导和建议之下，他勤奋自学，熟读古罗马诗人维吉尔、奥维德、西塞罗等人的作品，并且狂热崇拜比他年长九岁、业已成名的彼特拉克。他开始模仿中世纪的骑士文学进行写作。

由于安茹王室有法国血统，那波里是地中海港口城市，它成为意大利—法国文化与阿拉伯—拜占庭文化的交汇处。薄伽丘深受多种文化的影响，学会了法语和希腊语。他钟情于国王已婚的私生女玛利亚，将她化名为菲亚梅达(意为小火焰)写进许多作品里。薄伽丘在那波里的上层社会度过十二载风流奢华岁月。

1340年由于银行破产，他父亲的经济状况恶化，他只能返回佛罗伦萨，仅靠父亲留给他的微薄财产度日，生活清苦。当时佛罗伦萨政局动荡不安，新旧两种政治势力斗争激烈。封建贵族极力要恢复君主政体，遭到拥护共和政体的商人和手工业者的坚决抵制。1342年贵族占上风，王朝复辟，共和派群众起义，占领王宫，推翻君主专制，恢复共和国。薄伽丘为之欢呼并称赞共和国“使那些出身高贵的狼——反复无常而又傲慢的贵族，受到人民法律的管辖”。他加入行会，参加财务管理。渊博的学识和杰出的著作使他在意大利全境享有很高的威望，共和国因此派他多次出使其他城邦。

薄伽丘在佛罗伦萨生活于市民阶层之中，更多地体察了民情，激烈的政治斗争又丰富了他的阅历，磨炼了思想，使他最终成为新兴资产阶级的代言人。1348年意大利流行鼠疫，3月底蔓延至佛罗伦萨，四个月之内居民死亡过半，薄伽丘在灾难结束后更觉生命弥足珍贵，开始撰写酝酿已久的巨著《十日谈》。

1349年他与彼特拉克相识，结下终生友谊。薄伽丘将彼特拉克视为自己的老师和精神导师。在彼特拉克的影响之下，他对古典文学进行深入研究，耗尽家产搜集古代希腊和罗马典籍，并在佛罗伦萨倡导建立一些研究古典文化的社团，他自己的住处就是一个文人聚会的中心。他们通过复兴古代文化为名，探讨新文化之路，促进人文主义思想的产生，使佛罗伦萨成为最活跃的思想文化重镇。薄伽丘在晚年时思想发生动摇，尤其是1362年遭到一个狂热的苦行僧当面辱骂攻击之后，他打算焚毁包括《十日谈》在内的全部著作。彼特拉克及时劝阻了他。

为了摆脱经济困境，他曾经于1362年和1371年两度重返那波里，都没能得到合适的安排，在穷困中度过晚年。1373年贫病交加的薄伽丘回到佛罗伦萨郊外小镇契塔尔多的祖居，第二年彼特拉克病逝，薄伽丘的精神因此受到刺激，病情恶化，翌年12月与世长辞。

薄伽丘最初的创作是在旅居那波里期间完成的。第一部作品是叙事诗《菲洛斯特拉托》（1336），讲述分属敌对阵营中的两个战士争夺一个特洛伊女子的故事。第二部作品是用托斯卡尼方言以散文形式写成的长篇小说《菲洛哥罗》（1338）。小说取材于中世纪的骑士叙事诗，内容是一个信奉基督教的姑娘同一个异教徒青年的恋爱故事，他们历经磨难终成眷属。这是薄伽丘第一部较为成功的作品。第三部作品《苔塞依达》（1339）是模仿维吉尔的《埃涅阿斯纪》写的中世纪的英雄史诗，但是主要情节是两位骑士与一位美女之间的三角恋爱故事，歌颂友谊和爱情。由于受那波里宫廷文化的影响，这三部作品沿袭骑士文学的题材，秉承法国中世纪宫廷诗歌的绮丽风格。它们的内容一律是爱情故事，描写恋爱与冒险，着意表现狂热、豪勇、优雅的贵族气派，长于刻画因爱情的得失而造成的欢乐和痛苦的心理。作品的标题是仿古希腊名著设计的，而写法是仿古罗马维吉尔和斯泰提乌斯的史诗。但是，薄伽丘并不适合写史诗，他感兴趣的是现实生活而不是历史，是普通人而不是英雄，他赞美爱情、青春、历险和享乐，而不主张受苦受难和创立丰功伟业。他此时对生命的礼赞预示着《十日谈》的创作。

薄伽丘在佛罗伦萨接触到市民趣味的文学，它既具有中世纪的讽喻和象征的传统，又具有当时生动活泼的现实主义趣味。受其影响，他在佛罗伦萨的创作采取了讽喻和写实的手法。

牧歌《亚美托的仙女》（1341）和长诗《爱情幻影》（1342）是具有讽喻性的作品。牧歌通过牧羊青年亚美托经爱情点化后从粗鲁愚顽变得高尚文雅的故事，讴歌爱情的伟大。作品突出的特点是结构与《十日谈》相似：七位仙女分别向亚美托讲述自己的爱情故事，因此被认为是《十日谈》的雏形。长诗堪称但丁作品《新生》的姐妹篇，以抒情诗的形式记述作家在梦幻中由情人引导会见一些古代儿女情长的英雄，意在说明人类只有通过爱情经历才能达到精神的净化。

《菲亚梅达夫人的哀歌》（1343—1344）是一部爱情心理小说。女主人公菲亚梅达以第一人称自述爱情经历，真实细腻地表达了情人相聚时的柔情蜜意，分手时的离愁别绪，绝情后的幽怨哀伤。菲亚梅达就是圣母马利亚的化身。这是作家首次用现实生活经验作为描写素材，不像以往那样写古代的神话或传奇故事。

长篇叙事诗，《菲埃索拉的女神》（1344—1346）是他最成功的诗歌作品。这是一个牧羊人与仙女相爱的故事，最后仙女因触犯清规被狄安娜女神处死，牧羊人殉情自杀。他们变成两条小河，双双流入佛罗伦萨的阿尔诺河相聚，他们的儿子在河边的山上建立菲埃索拉城。薄伽丘以清新优美的笔调描述这个发生在托斯卡尼风景如画的山水之间的凄婉动人的爱情悲剧，许多情景交融的片断描写充满诗情画意。

这些作品不但讴歌爱情，并且直接或间接地带有自传体性质。薄伽丘终生爱好读诗写诗，但他的诗歌作品逊色于散文作品。他写的抒情短诗汇编成《诗集》，不很出色。在完成《十日谈》之后，他写了讽刺短篇小说《大鸦》（1354—1355）用中世纪梦幻文学形式，诅咒女人是邪恶的祸水，斥责爱情是淫荡的肉欲。小说在主题思想上和艺术形式上都出现倒退，反映出他的思想危机。这也是他文学创作上的终结，此后转向学术研究。

薄伽丘在晚年花费近20年心血，用拉丁文撰写15卷《诸神家谱》，用大量古希腊、罗马和中世纪的史料，诠释古典作品中的地点、人物和神话的起源，用以揭示神话的现实基础。他还为佛罗伦萨大学引荐第一位古希腊语教师，并协助他将《伊利亚特》和《奥德赛》译成拉丁文，使欧洲第一次有了荷马史诗的译本。与彼特拉克独尊古罗马拉丁文作家不同，薄伽丘不仅对古希腊文学进行深入研究，而且还将中世纪传奇文学奉为经典，视但丁为其中最杰出的代表。他手抄《神曲》，为《神曲》写详细注释。晚年他主持《神曲》的公开讲座，由于生病，只讲了《地狱篇》前17歌，并在他的作品《评论》（1374）中记载了讲学的内容。他还用意大利文撰写了《但丁传》（1375）。薄伽丘是但丁研究的开创者。这些学术研究工作有力地向群众普及了古典文学知识，同时也传播了人文主义思想。

《十日谈》（1353）是薄伽丘最优秀的作品。这部短篇小说集从酝酿到成书，作家花费了十年时间。作品的开头是一段“序曲”式的故事：1348年在佛罗伦萨城里发生一场鼠疫，七名少女和三名少男一起到乡村别墅避难，以讲故事作消遣。他们规定每人每天讲一个故事，十天之内总共讲了一百个故事，故名《十日谈》。这些故事是作家根据历史事件、中世纪轶闻趣事、东方民间传说（《天方夜谭》、《七哲人书》）、法国寓言、宫廷传闻和街谈巷议改编而成的，非常生动幽默，令人读来哑然失笑。

这是一部以反对封建主义、宣扬人文主义为目的的著作，因此它首先将矛头指向封建势力的集中代表者——教会。罗马天主教会既是欧洲各国最大的封建地主，又是封建制度最顽固的精神支柱，它对人民进行残酷的经济剥削和精神统治。《十日谈》的头两个故事具有提纲挈领的意义。第一个故事《歹徒升天》揭露教会愚弄人民的骗局。一个生前无恶不作的坏人，死后应当下地狱，基督教教义一向是这么宣传的。可是教会将这个恶棍奉为圣者，唱着圣歌为他出殡，轰动一时。教堂里悬挂他的画像奉若神明，男女老幼前来祈求消灾赐福。果然，"天主借他之手，显示许多奇迹"。一场狂热的迷信活动完全建筑在欺骗的基础之上。薄伽丘辛辣地讽刺宗教迷信其实是可笑的闹剧。第二个故事《杨诺劝教》借一个经人劝说皈依基督教的犹太商人的眼睛去考察罗马教廷，得出的结论是：罗马哪里是什么"神圣的京城"，而是藏污纳垢之所。教皇和红衣主教们无恶不作，贪财好色，买卖圣职。这个故事直接向天主教的最高统治发出挑战，代表了整部作品的反封建战斗精神。其他许多揭露教士的丑行薄德的故事，都是对这个故事内容的具体补充。

第三个故事《三个戒指》借一位父亲将三个真伪难辨的戒指传给三个儿子的故事，作者大发议论："天父所赐给三种民族的三种信仰（指犹太教、伊斯兰教、基督教）也跟这情形一样。你问我哪一种才算正宗，大家都以为自己的信仰才算真正正宗哩。他们全都以为自己才是天父的继承人，各自拾出自己的教义和戒律来，以为这才是真的教义、真的戒律。这个问题之难于解决，就像是那三只戒指一样叫人无从下手"。没有"正宗"，就不存在"异端"，思想统治、政治迫害就失去了神学上的根据。作家将神学批判引向政治批判，呼吁思想自由的权利，表现出可贵的民主倾向。

薄伽丘接着写了一组修道院里的故事，通过揭露教会内的男盗女娼现象，抨击天主教的禁欲主义。禁欲主义将贫困、苦难神圣化，引导人民甘心放弃现实的幸福去追求死后进天堂的“幸福”，使他们成为易于统治的顺民。薄伽丘揭露在老百姓的“禁欲”背后存在的正是统治者的“纵欲”，他们过着为所欲为、荒淫无耻的生活。

薄伽丘倡导热爱现实生活，宣扬“幸福在人间”的积极人生观。他在反对宗教精神桎梏的同时，还正面提倡“人性”和“人道”。人性论贯穿在许多故事之中。《菲莉芭胜诉》（第六天故事第七则）颇具代表性。美貌多情的菲莉芭因有奸情而被押上审判台，按法律她该被处以火焚死刑。她在法庭上侃侃而谈，成功地为自己辩护，而且指责法律对妇女不公平。她逃脱了惩罚，而且那条残酷的法律从此得到修改。这是一个“人性的法庭”，菲莉芭犯有奸情，却能以满足生理要求为由取得胜诉。

薄伽丘将人性突出地体现在爱情上。他认为纯洁的恋爱是至诚至情的流露，是人生中的积极因素，幸福的源泉，同天主教将性爱看做邪恶肉欲的观点唱反调。他热烈赞颂青年男女冲破封建等级观念，不畏权势，蔑视金钱地位，争取恋爱自由权的斗争。他讥讽由利害关系缔结成的婚姻，赞美纯真的爱情。在《十日谈》中有百分之七十的故事涉及男女关系，其中大多数是描写真正的高尚爱情。

《十日谈》里有许多故事赞扬妇女善良、机智纯情和自尊自爱的优秀品德，提倡男女平等的新观念。

薄伽丘在《十日谈》中塑造了一批聪明、勇敢和机智的市民阶级以及下层劳动人民形象，用以表达他的社会平等观念和健全完美的人格概念。

《十日谈》在批判禁欲主义时，宣扬了放纵情欲。在颂扬进取精神时，有些故事突出损人利已、不择手段的恶劣习气，有一定局限性。

《十日谈》是欧洲文学史上第一部现实主义文学巨著。它塑造了从国王到农夫，从僧侣到骑士的社会各阶层人物的群像，尤其突出了商人、手工业者等新兴市民阶级人物，展现了14 世纪开始孕育资本主义因素的意大利社会全貌，宣扬了人文主义思想，树立起反封建、反教会的旗帜。它在中世纪短篇故事的简单叙事基础上，丰富情节，概括现实，塑造人物，刻画心理，描写景物，开创短篇小说的完整形式。它使用独特的框形结构，将100个故事镶嵌其中，结构完美；它妙趣横生，有许多独创的讽刺手法；它是用托斯卡尼方言写成的，语言新鲜活泼，叙事状物写人微妙尽致，同《神曲》一样是意大利民族文学的奠基之作。《十日谈》很快被译成西欧各国文字出版，对16、17世纪欧洲现实主义文学的发展产生很大影响。

《十日谈》问世之后，在同时代人中产生了广泛影响，立即有许多人模仿，短篇小说在意大利风行一时。相同类型的作品纷纷出现，如一个修士和一个修女在25天内讲50个故事的《软弱的人》、卢卡城一群青年讲150个故事的《故事集》等。萨凯蒂的《故事三百篇》是其中最为成功的。

弗兰科·萨凯蒂（1330—1400）生于佛罗伦萨的商人家庭。他经商多年后从政，出任佛罗伦萨政府要职，也担任过周围一些城市的行政长官。遭受一些不幸变故之后晚景颇为凄凉，最后死于瘟疫。他是佛罗伦萨新兴资产阶级的典型人物，办事积极、务实而机敏，为人诚实可信、通情达理，具有高度文化修养，业余从事文学创作。他对世事人情有着敏锐的洞察力，其作品成为忠实反映他那个时代社会生活的一面镜子。

萨凯蒂从青年时代开始写诗，主要作品有长诗《佛罗伦萨美女之战》（1360）和《诗集》（1400）。《诗集》中收有不同时期写的十四行诗、抒情短诗、打油诗、情歌、狩猎短歌等。为配乐而写的歌词最为出色，有着民歌一般清新明快的格调。

《故事三百篇》（1385—1392）是他最优秀的作品，写于落魄的晚年。作品实际上只有223个故事，其中有些还是不完整的片断。作家以简练的手法勾画人物和事件，一般不进行深入的心理描写，而着重突出典型特征。作品犹如一册速写画集，栩栩如生地描摹了当时各类平民百姓的肖像并重现了他们的日常生活场景，其中穿插着幽默小品，表现一些偶见的奇闻趣事。嘲弄封建贵族和教会僧侣，歌颂商人和艺人是众多故事的统一主题。其写实风格与平民趣味表明来自《十日谈》的影响。它比《十日谈》更加贴近现实，全部故事直接来自社会生活，其中没有寓言传说，没有传奇色彩。语言不及《十日谈》精炼，但是具有口语的质朴俏皮。

当时意大利还有不少人摹仿彼特拉克风格写抒情诗，甚至以直接引用《歌集》的词语为荣，人们以崇拜彼特拉克和薄伽丘为时尚，但生搬硬套的做法没有产生好的作品。虽然15世纪上半叶意大利没有出现其他重要作家，大部分人文主义者将精力集中在对古代文化的研究上，但是两位大师的俗语作品却促进了民间文学的开展，用方言土语进行的说唱艺术得到发展，在民间歌咏盛行，传奇故事风靡一时。

15世纪下半叶在几个大城市里涌现一批作家，形成几个文化中心。其中最重要的是佛罗伦萨、菲拉拉和那波里。

洛伦佐·德·梅迪契（1449—1492）于1469年继承父业成为佛罗伦萨的统治者。他善于运用外交手段协调各城邦之间的关系，排除外国的干涉，使意大利半岛保持平衡稳定的政治局面。梅迪契家族的银行在欧洲各大城市设立分行，对各国的政治发生影响。他推行保护文艺的政策，招募了许多文学家和艺术家，自己也写诗著文，使佛罗伦萨成为文艺复兴的重镇。

梅迪契的创作题材多样，风格不一。有庄严的哲理长诗，也有诙谐小品；有为节日庆典而作的应景诗，也有民歌风味的叙事诗。粗犷写实是其创作的主要特征。最成功的作品是近似民间情歌的《巴尔贝里诺的南琪亚》（1479），它以戏谑的语气描写牧羊人的单相思。此外还有《伴舞歌》

(1481)和《狂欢节歌集》(1490),写得生动、活泼、欢快、风趣。

安吉洛·波利齐亚诺(1454—1494)长年在佛罗伦萨宫廷内供职,与洛伦佐·梅迪契交情甚厚。他是最早采用校勘方法进行研究的古典语言学家,欧洲一些知名人文主义者都曾听过他讲课。他又是一位出色的诗人,用希腊语、拉丁语、意大利语创作。大部分作品写于1471至1480年。主要作品是用意大利文写的八韵句叙事诗《比武篇》(1475—1478),他将一首庆贺洛伦佐弟弟比武获胜的颂歌写成了一则美丽的寓言故事,展现了一个充满自然之美和艺术之美的世界,寄托人文主义者对爱情、武功、荣誉的追求,以及对山川美景的热爱,是15世纪意大利诗歌中最有代表性的作品。

路易吉·甫尔契(1432—1484)出生于没落贵族之家,在经济上受洛伦佐·德·梅迪契的接济。他的主要作品是传奇长诗《巨人摩尔干提》(1483)。他仿照行吟诗人的间歇叙事方式,将长诗分为28段,每一段均从祝祷圣母开始,恰到好处时戛然而止,用客套语结束,留下伏笔以吸引读者的好奇心。他成功地把一个旧的骑士传奇改造成充满市民情趣的喜剧性故事,中间还广泛涉及科学、哲学、神学问题。他让骑士与巨人结为伙伴,为皇帝效忠。诗中关于巨人、半巨人和魔鬼的描写,充满想象力和奇情异趣。这首长诗堪称科学幻想型历险记的萌芽。

马太奥·博亚尔多(1441—1494)出身于贵族世家,效忠于菲拉拉的埃斯特宫廷。主要作品是抒情诗《歌集》(1469—1471)和传奇叙事诗《热恋的罗兰》(1483),又称《热恋的奥兰多》。《歌集》抒写诗人的恋情,感情热烈真挚,风格典雅清新,颇受彼特拉克的影响。《热恋的罗兰》将英雄史诗题材与骑士传奇题材相融合,把战争和爱情主题交织在一起。故事的情节错综复杂,背景宽广开阔,极具可读性,但结构较为松散。前两卷共60章于1483年出版,第三卷只写到第九章,因诗人猝死而未完成。后来有一些作家续写或改写这部作品。

雅各布·桑纳扎罗（1456—1530）出身于贵族家庭，服务于那波里阿尔丰索宫廷。在西班牙入侵之后隐居山村。他用拉丁文写《渔歌》（1520）、《哀歌》、《圣母分娩》（1528），用意大利文写抒情诗《歌集》（1524）和田园小说《阿卡迪亚》（1504）。后者是代表作，由12篇散文和12首诗歌组成，叙述主人公为了逃避爱情的烦恼，躲进古代诗人盛赞的乐土阿卡迪亚，追求田园牧歌式淳朴生活的经历，表达逃避社会现实、回归大自然的新型主题思想。这种思想倾向在人文主义者中是初次出现，此后，不仅在意大利，而且在西班牙、葡萄牙、法国和英国都出现不少类似的田园诗和田园小说。

以宫廷为中心的仿古创作，追求艺术形式的完美，作家们对文学的各种体裁刻意求工，力求为每一种体裁制定尽善尽美的模式。意大利文学在16世纪后期向规范化方向发展。1536年亚里士多德的《诗学》被翻译出版后，同贺拉斯的《诗艺》一起成为研究热门，更加促进对普遍永恒"法则"的探求。史诗、讽喻诗、喜剧、悲剧、文论、史书、书信均以希腊、罗马经典为楷模，抒情诗和小说以彼特拉克和薄伽丘的作品为范本。这阶段统一的民族文学语言也逐渐形成。在标准化的语言和程式化的体裁规范之下，文学成为一种精美的语言艺术。诗歌、小说、戏剧、文论，各种文体的艺术犹如百花争艳，人文主义的文学达到鼎盛时期。

文艺复兴高潮时期文学中最广泛运用的体裁是文论，资产阶级开始系统的思想文化建设，广泛探讨物质生活与精神生活中的各种话题。一些作家从生活经验出发，发表各种精辟论述，对人生进行理想化的设计，憧憬人、社会和大自然三者间充分的和谐。如彼特罗·本博（1470—1547）论精神恋爱的《阿索洛人的对白》（1505）、论语言的《俗语散文》（1525），巴尔达萨·卡斯蒂利奥内（1478—1529）的对话体伦理学作品《侍臣》（1528），乔万尼·德拉卡萨（1503—1556）漫谈文明举止的《伽拉特奥》（1554），阿略洛·费伦佐拉（1493—1543）的《论女性之美》

（1536），安东尼奥·明图尔诺（1500—1574）的《论诗人》（1559）等不一而足。这些作品无一不显示出思想清晰、见解深刻、趣味高雅，而且文笔自成一格，各具风采。它们代表了文论在题材和风格上的多样化，反映出思想活跃、艺术丰富的时代特征。

马基雅维利和圭恰尔迪尼的政治和历史著作博大精深，直接反映了动荡不安的社会现实。

尼克洛·马基雅维利（1469—1527）出生于佛罗伦萨的没落贵族之家，通过自学获得广博学识。他在佛罗伦萨共和国政府里担任过书记官，并且多次出使其他城邦和国家，完成重要外交使命。1512年梅迪契王朝复辟，他遭到逮捕和酷刑，获释后被逐出城。从此他退隐乡间，埋头著书立说。他在政治、历史、军事各方面均有专门著述。

《君主论》（1513）最早建立完整的资产阶级国家学说，第一次提出了政治是独立于精神生活并且区别于道德观念的专门科学的创见，并且指出意大利结束分裂状态，建立统一强大君主国的前景。逻辑严密的论述之中交织着理想的光辉和政治热情，作品具有说服力和感染力。《君主论》在欧洲引起了较大反响，其中提出的治国必要手段曾引起过异议，甚至仇视。比如在英国伊丽莎白和詹姆士一世时代的戏剧里，马基雅维利的名字变成为不择手段的政治阴谋家的代称。但是这种歪曲的理解从本世纪初起已得到纠正。他的《罗马史论》（1519）论述国家起源和结构，表达对神话般古代共和国的崇拜。《作战艺术》（1520）以对话形式讨论的不仅是军事技术，更多的是政治管理，强调一个国家应当有“精良的武器”、“优秀的士兵”和“自己的民兵”，反对使用雇佣军。《佛罗伦萨史》（1525）从人性论和政治学的角度出发，以厚今薄古的方式论述历史，企图找到解决现实政治问题的出路。这些论文逻辑严谨，条理分明，语言简练而流畅，在陈述史料时勾画出鲜明的人物形象，树立了论说文明快、清晰、生动的风格。

马基雅维利在文学创作领域也很有成就。他早年写诗,《金驴记》(1514)是受古罗马作家阿普列尤斯《变形记》(亦称《金驴记》)的启发而作的自传体隐喻诗。他尤其擅长写喜剧,《曼陀罗花》(约1518)是代表性作品。剧中的学究求子心切,听信教士的哄骗,让妻子服用曼陀罗花后与教士同居。作品揭露教士虚伪狡诈和荒淫无耻的败行恶德,讽刺了学究迂腐愚钝、顽固不化的性格和陋习。他在剧中编制巧妙的情节,描绘性格特征突出的人物,使用夸张幽默的手法,令笑料百出,妙趣横生。《曼陀罗花》是意大利古典喜剧中的精品。

弗兰齐斯科·圭恰尔迪尼(1483—1540)是马基雅维利的挚友,在佛罗伦萨的政治舞台上同样也经历了大起大落,最后离群索居,闭门著书。主要作品《意大利历史》(1533—1540)长达20卷,叙述1494年法国国王查理八世入侵至1534年教皇克雷门特七世逝世这一时期发生的政治事件,以史料翔实可靠,行文详明严密,叙事客观冷静见长,是严谨型的学术作品,被认为是文艺复兴的经典历史之作。他的另一部重要作品是《政治社会杂感》(1512—1530),记录403条感想,宣扬明智审慎的处世哲学,主张在社会政治斗争中保全自我。

以薄伽丘的作品为范本的叙事散文日益精致,庸常的作家为追求诗意美而远离实际生活,作品显得苍白无力。非职业作家生动活泼的传记作品反而真实感人。金饰工艺家和雕刻家本文努托·切利尼(1500—1571)的自传《生平》(1566)以口语方式叙说,不事雕琢,浑然天成,文如其人地表现出刚劲豪放的风格,成为欣赏自我、张扬个性的典型人文主义作品,出版之后很快在欧洲诸国流传。画家和建筑师焦尔焦·瓦萨利(1511—1574)的《最杰出的画家、雕刻家和建筑师的生平》(1554)包括二百多篇传记,从13世纪末的奇马布埃、乔托写到米开朗琪罗、拉斐尔直至威尼斯画派画家,是艺术史上珍贵的文献。作品用朴素亲切的语气介绍艺术大师和他们的杰作,真实感人地再现艺术家们多姿多彩的风貌和他们所处的环境氛围，评介也很中肯，是了解文艺复兴时代最有益的读物。

短篇小说是叙事散文中的主力。16世纪知识阶层在谈话时喜欢插入玩笑性的故事以活跃气氛，这种社会风气促使小说创作兴盛。阿略洛·费伦佐拉（1493—1543）的寓言童话故事集《动物谈话的初级形式》（1541）情节结构匀称，叙事繁简得当，语言简明流畅。为了增强娱乐性，小说中的恐怖内容和色情成分大为增加。钦齐奥（1504—1573）的《百篇故事》（1565）大多通过对残忍、罪恶事件的披露，达到惩恶扬善的目的，其中“奥瑟罗”的故事千古流传。

马泰奥·班戴洛（1485—1561）是意大利16世纪著名的短篇小说家。他是一个僧侣，曾任阿让主教。他从1505年开始写短篇小说，到晚年结集为四卷书出版，一共有214篇之多。他在每一篇小说之前附一封信，说明讲故事的人、地点、时间和场合。这些附件写得很精彩传神，反映了当时的社会背景和作家本人的经历。故事内容以离奇的冒险和传奇式的悲欢离合引人入胜。有些故事写得阴森可怕，有些故事中色情描写渲染过分。爱情题材的故事很多，其中最著名的是《罗密欧与朱丽叶》。

16世纪人文主义戏剧取代宗教戏剧登上舞台，从此戏剧成为登堂入室的正规艺术活动。戏剧按古希腊、罗马方式划分为悲剧和喜剧两大类，同时也出现阳春白雪与下里巴人的雅俗分野，有老百姓喜闻乐见的方言剧，也有宫廷贵族偏爱的田园剧。文学剧本成为独特体裁。

悲剧以英雄业绩和神话故事为题材，意大利的第一部悲剧是姜焦尔乔·特里西诺（1478—1550）的《索福尼斯巴》（约1514），取材于古罗马历史，讴歌爱国主义精神。16世纪中期出现以表现惨案暴力为内容的恐怖性悲剧，最早的作品是斯佩罗内·斯佩洛尼（1500—1588）的《卡纳切》（1546），这是从神话中节选出的一则悲惨凄烈的乱伦故事。钦齐奥的《奥尔比凯》（1541）、《克莉奥佩特拉》（1541）描写血腥的仇杀、残忍的报复等罪恶事件，也都属于这类作品。恐怖令人紧张，紧张之后的松弛能使人获得轻松，戏剧在这里发挥新型的愉悦作用。

喜剧将古罗马拉丁语喜剧的模式、薄伽丘式的故事内容与现实生活融合在一起，称赞智慧机敏的行为，描写可笑的冒险，讽刺丑恶现象。继马基雅维利的《曼陀罗花》之后，乔尔达诺·布鲁诺（1548—1600）写的《烛台》（1582）是一部以嘲讽迂腐学究和陈规旧习，赞扬聪明才智为主题的戏，情节生动有趣，讽刺辛辣强烈。

方言戏剧的代表作家是卢赞特（1502—1542），他用中部地区的帕多瓦方言描写农民的生活，情节怪诞夸张，风格粗犷泼辣。在各城邦的宫廷里上演的田园剧是用诗体写成的古代神话传说，演出时有华丽的舞台布景，配以悦耳的音乐，演员的服饰古色古香。田园剧抒情性很强，但是远离现实生活。最早的田园剧是波利齐亚诺取材于古希腊神话的《俄耳甫斯》（约1480）该剧用意大利语写成，凄哀动人。著名的田园剧还有卡斯蒂利奥内的《第尔西》（1525），巴蒂斯达·瓜里尼（1538—1612）的《忠实的牧羊人》（1590），塔索的《阿明达》（1573）。

最具代表性的剧作家是**彼特罗·阿雷蒂诺**（1492—1556）。他出生于阿雷佐，出身贫寒，一生充当侍臣，辗转于各地宫廷。他擅长写诽谤中伤和讽刺挖苦的文章，权贵们竞相以重金厚礼聘用他，利用他的笔去攻讦旁人。他借此致富，最后在威尼斯过着豪华阔绰的生活。他的遵命之作污蔑嘲讽无所不用其极，嬉笑怒骂皆成文章，往往让人身败名裂，使得一般王公贵族莫不惧怕。诗人阿里奥斯托称他是“抽打王公的鞭子”。

周游列国，寄人篱下的特殊生活方式，使阿雷蒂诺阅历甚广，且能洞察四方民情。这在他的剧作中得到反映。他的主要作品是五部散文喜剧：《宫廷女侍》（1526）、《达官贵人》（1527）、《达兰塔》（1534）、《伪君子》（1542）和《哲学家》（1544）。这些喜剧以轻松幽默的笔调描绘当时色彩斑斓的社会生活图景，塑造了从公子王孙至平民百姓的众生相，其中社会底层人物的形象刻画得最为生动。作品鞭挞奢靡荒淫的社会风气，嘲笑贵族的愚蠢专横，赞扬劳动群众的机敏聪慧，不仅表达了人文主义者的理想，而且反映出人民群众的意愿和情绪，具有严肃的思想内容。其艺术特点是受古典格式规律约束少，形式活泼自由，语言通俗易懂，但是结构较为松散；人物形象丰满，心理层次清晰。他独创出一些喜剧类型人物，成为后世效仿的原型，如《伪君子》中的主角。

阿雷蒂诺还有一部用无韵诗体写成的悲剧《贺拉齐娅》（1545），取材于李维的《罗马史》，描写个人感情与国家利益的冲突，气势磅礴，场面壮丽，情节丰富，是一部杰出作品。他著有六卷《书信集》（1537—1557），它是研究当时社会的有价值的参考书。他在《议论》（1536）一书中用对话形式论娼妓职业，其中有不少庸俗描写。

文艺复兴时期也开始了戏剧理论研究。古希腊、罗马的戏剧理论著作被译成意大利文，在对古代文献进行诠释和阐述的过程中，不断地推陈出新，理论有所发展。例如，在亚里士多德的悲剧净化论基础上，古拉尔迪提出“恐惧戏剧”论，主张描写罪恶事件，引起恐惧和怜悯，达到避恶趋善的道德教育目的。又如卢道维柯·卡斯特尔维特罗（1505—1571）首次提出戏剧事件发生地点一致的观点，它成为古典主义“三一律”的基础。

由于诗歌受格律约束，它最需要标准化的体裁。抒情诗在继承“温柔的新体”诗和彼特拉克《歌集》的传统基础上，以抒写精神恋爱为内容，表现追求内心完美的人文主义理想和以和谐为美的文艺复兴美学观念。其结果是抒情诗的形式日臻成熟完善，而内容由于缺乏社会生活而显得空泛。16世纪没有出现重要的抒情诗人。彼特罗·本博的《诗集》（1530）是16世纪抒情诗的典型，形式精致而思想空洞，有矫揉造作、玩弄文字游戏之嫌。乔万尼·德拉卡萨（1503—1556）的诗抒发感时伤世的忧愤，形式灵活，富于特色。艺术家米开朗琪罗·波那洛蒂（1475—1564）

的抒情诗思想内容深刻，抨击统治者的奢侈和残暴，斥责教会的腐化和虚伪，表达人民对和平、正义和美好社会的渴望；他的诗扫尽宫廷诗的虚美浮华，犹如他的造型艺术一样雄浑粗犷，深沉质朴，是当时少有的好作品。

讽刺诗和谐谑诗与高雅的抒情诗相反，保持了现实主义的创作传统。弗兰切什科·贝尔尼（1498—1535）从民歌中吸收新鲜语汇和修辞方法，善于以戏仿的方式讽刺权贵和嘲笑经院派学士文人。

由于史诗在亚里士多德的《诗学》中同悲剧一样被奉为高雅艺术，16世纪的诗人效仿古典史诗，企图写出不朽作品，但是都失败了，最典型的例子就是特里西诺的《从哥特人统治下解放出来的意大利》。史诗这一体裁没有得到复兴。

骑士叙事诗更适合16世纪，阿里奥斯托的《疯狂的罗兰》是最辉煌的例证。但是，15世纪的骑士叙事诗已与中世纪行吟诗人演唱的骑士故事大不相同。它不以歌颂骑士生活方式为目的，而是赞美现实生活，表达人文主义思想；它不仅像骑士传奇一样有着丰富绚丽的想象，而且同英雄史诗一样有宏大的气势；叙述条理清晰，结构合理得当，文辞典雅，艺术技巧大为改善，艺术性大为提高。《疯狂的罗兰》整体规模巨大，具有大容量、多头绪的突出特点。在阿里奥斯托之后，许多诗人从这部作品的众多情节线索中抽出一条作为主线，编织出各式各样的传奇故事，在结构与修辞上均以它为蓝本，但无一出其右者。意大利的长篇叙事诗体裁得以定型。

卢多维柯·阿里奥斯托（1474—1533）出生于意大利北方一个贵族家庭，十岁时随家人迁居菲拉拉。自幼攻读法律，后来转向古典文学。由于家道中落，他从1502年开始供职于埃斯特家族的宫廷，曾经多次出使其他城邦，也曾在偏僻山镇任行政长官。他一直渴望改变侍臣的身份，做一个自由写作的人。1525年他才得以购置宅邸，在菲拉拉安顿一个自己的家，于晚年过上自由清静的日子。

阿里奥斯托早年写抒情诗，大多以爱情为内容，受到彼特拉克的影响。他写给亲友的七首书信诗比较有名，诗中借通报自己的生活状况，抒发愤世嫉俗的感慨，三韵句的诗体运用得很娴熟。他还为埃斯特家族的庆典活动，写过五部供宫中演出的喜剧：《卡萨利亚》（1508）、《代理人》（1509）、《巫术师》（1520）、《列娜》（1529）和《学生》（1530）。这些用俗语写成的诗体剧是意大利最早的民族喜剧，描写现实生活中的可笑事件，艺术上参照古罗马普劳图斯和泰伦斯的喜剧作品。剧中的滑稽小丑是奸刁仆役、浪荡公子、老吝啬鬼、溜须拍马的小人等，具有鲜明的性格特征，是意大利传统喜剧中固定角色的雏形人物。

阿里奥斯托从1502年开始创作长篇叙事诗《疯狂的罗兰》（又名《疯狂的奥兰多》），1532年最后定稿，历时三十余年。长诗有4800多行，分为46歌，是博亚尔多的未竟之作《热恋的罗兰》的续篇。骑士罗兰的故事源自12世纪法国英雄史诗中查理大帝系列里的《罗兰之歌》。在《热恋的罗兰》的末尾，查理大帝承诺日后将东方公主、美丽绝伦的安杰丽嘉许配给在击退敌军的战斗中创建奇功的勇士。《疯狂的罗兰》接着写安杰丽嘉乘混战再次出逃，罗兰走遍天涯海角去寻找。他历经各种惊险神奇的遭遇，在牧羊人处得知，心上人已嫁给回教勇士梅多罗，痛苦和绝望使他发疯。骑士阿斯托弗游历地府、天堂、月球，在月球的一道峡谷里捡到罗兰丧失的理智，带回给罗兰，让他恢复正常。罗兰发疯的场面，心理变态的过程刻画得细致微妙，是全诗的高潮之处，作品即由此得名。长诗的内容丰富，罗兰的失恋只是三条情节主线中的第一条；第二条线索是查理大帝及其骑士对回教徒的战争；第三条线索是另一骑士鲁杰罗同回教女战士勃拉达曼提的恋爱圆满成功的故事。诗人用这三条主线巧妙地串联起许多故事情节，极富戏剧性和神话色彩。

诗人借用中世纪流行的骑士传奇题材，反映文艺复兴时期意大利的现实生活，寄托人文主义思想理念。作品中描写的其实并不是英雄救美的程式化的骑士爱情，而是普通的男女之爱，是刻骨铭心的爱，是对女性美的疯狂追逐。诗中所包含肉欲的爱情描写是对教会宣扬的禁欲主义的挑衅。他大胆反对宗教偏见，让不同宗教信仰的男女青年由爱情而结合。歌颂爱情是人的自然、高尚的情感，是建立“英雄伟业”的力量源泉，可以克服一切艰难险阻。这种“爱情至上”比早期人文主义者的“精神恋爱”更接近实际生活。诗中的回教徒不再是以往文学作品中的反面人物形象，而是同基督徒一样可亲可敬的人，表现出人文主义的平等博爱观念。诗人用嘲讽的态度看待骑士，以揶揄的口气描述骑士的冒险活动，否定复活骑士制度的可能性，不言而喻地表明主人公的骑士身份只是起掩护作用的外衣。

诗人通过骑士的游历，展现社会生活图景，暴露僧侣的丑行败德，揭发封建君主实行割据，发动掠夺战争的罪恶，谴责外国侵略者对意大利的蹂躏。他没有像以往的骑士传奇那样，让人物生活在完全臆造的境遇之中。诗中呼吁给予“不幸的意大利”以自由和统一，给予“被当作羔羊宰割”的意大利人民以和平和幸福，表现出诗人强烈的爱国主义精神。

诗人用生花妙笔，描写绮丽风光，绝代佳丽，赞颂生活与人性之美，表现出对生命的热爱和积极乐观的人生态度。这些都是人文主义思想的精华。

《疯狂的罗兰》内容繁多而不混乱，结构严谨巧妙。查理大帝对回教徒的征战是全书的历史背景，罗兰的爱情故事是核心内容，围绕着它出现无数次要的情节和人物。成百的人物中有国王、骑士、僧侣、牧民、美女，也有妖怪、魔鬼、仙人、术士。起伏跌宕的情节与千姿百态的人物交织，丰富多彩的幻想世界和变化多姿的现实世界互相穿插，心理活动与环境气氛彼此呼应，叙事与抒情紧密结合，悲剧因素和喜剧因素搭配，构筑了一部宏丽和谐的艺术杰作。

文艺复兴运动在16世纪后半叶遇到严重阻碍而发生危机。西班牙控制了意大利的主权，罗马教廷推行反宗教改革运动，意大利陷入反动黑暗的政治统治之下。教会采取设立宗教裁判所和开列禁书单的措施，对文化艺术事业的破坏尤其严重。大量的图书遭“清洗”，《十日谈》被篡改后重新出版。人文主义思想难有生存发展的空间。同时，各地方封建政权在外族和教廷的双重控制之下，独立自主性减弱。经济的萧条也影响到宫廷，它们没有足够的权利和财力继续充当文艺保护神。宫廷里失去了往日歌舞升平和文化昌盛的景象。人文主义知识分子处境恶化。理想与现实的冲突又导致他们的精神危机。文艺复兴运动呈现衰颓之势。塔索是意大利文艺复兴时期最后的著名诗人。他的作品体现了人文主义知识分子的思想危机，折射出反宗教改革时期的社会现实。

托夸多·塔索(1544—1595)生于意大利南方小镇苏连托。他的父亲贝尔纳多·塔索是诗人，以传奇叙事诗闻名，因而托夸多被人称为“小塔索”。贝尔纳多是萨莱诺宫廷的侍臣，陪伴战败的桑塞维里诺亲王流亡。塔索从十岁起跟随父亲一起四处漂泊，辗转各地求学，最后进入帕多瓦大学哲学文学系。他在这里结识了许多人文主义学者和作家，同他们一起研究亚里士多德的《诗学》。1561年他认识了菲拉拉城邦埃斯特大公家族里的一位贵妇人，写了许多抒情诗献给她。第二年他将骑士叙事诗《利纳尔多》献给红衣主教路易吉·埃斯特，得到主教的支持而出版。他开始在文坛崭露头角。

塔索于1562年秋天转入博洛尼亚大学。1564年因写讽刺诗取笑老师和同学而触怒众人，被迫离开那里。从1565年开始，他进入埃斯特宫廷，服务于红衣主教路易吉，在这里工作了十年。其间完成田园剧《阿明达》、悲剧《托里斯蒙多王》和叙事长诗《被解放的耶路撒冷》。

由于人文主义的自由思想与基督教信仰之间的严重冲突，塔索于1577年精神崩溃。他主动投向菲拉拉教会的异端裁判官，道出心中的疑惑和痛苦，继而精神失常，被关进疯人院严加看管，时间长达七年之久。他被囚禁的真实原因并不是健康问题，而是因为大公把他不合时宜的思想视为潜在危险，怕因此得罪罗马教廷。

然而，无论是在疯人院里还是在流浪途中，诗人都不曾停止过写作。他修改长诗，还写下诗歌、对话录、书信等各种体裁的作品，他的艺术才华终究得到了公认。1595年罗马教皇克雷门特决定授予塔索桂冠诗人称号，可是诗人于加冕仪式之前去世。

塔索出身于宫廷诗人之家，成长于文艺复兴的繁荣时期，他心存人文主义的高远志向，对宗教改革满腔热忱地寄予希望。但是他不幸受到教会反宗教改革的高压，同时又失去了他一直视为精神家园的地方——庇护艺术家的城邦宫廷和各地文人学者聚会的学园。学园本来是古希腊哲学家柏拉图讲学的学堂，文艺复兴时期意大利人文主义者仿照先贤设立了学园，用作交流切磋学问的场所。后来学园脱离实际，充斥着搬弄教条的迂腐学究，令塔索失望。他曾在写作叙事长诗的过程中多次向学园的前辈征求意见，没有得到中肯而有益的指教。长诗《被解放的耶路撒冷》于1579年初出版后，在评论界引起长时间的争议，反对派的议论使他深受伤害。他无处安身，缺少知音，忍受寂寞、孤独和痛苦，时而焦躁，时而消沉，变得脾气乖戾，性格扭曲，成为人文主义思想价值观的殉道者。

《利纳尔多》（1562）是诗人的第一部作品，用八韵句写的骑士叙事诗，共12歌。当时塔索只有18岁，他通过对查理大帝的贴身卫士利纳尔多的武功业绩和爱情经历的描写，赞扬骑士忠于理想的美德，追求荣誉和爱情的青春活力。他巧妙地将自己融化在故事中，使长诗具有自传色彩。作品表明他已掌握叙事诗的技巧和语言。阿里奥斯托对塔索的影响显而易见，但他更加注意刻画主人公的性格。

塔索一生大约写了2000首抒情短诗，收集在《诗集》里。早年的爱情诗是真情实感的记录，格律掌握自由灵活；彼特拉克式的十四行诗写得典雅精美；但他最好的短诗是牧歌。牧歌是一种无固定格式的自由短诗，起源于民间的情歌，短小精悍，活泼轻快。他的牧歌描写对象是大自然，有时大自然是引起回忆的背景，有时被比拟为恋人的美貌；有时山水含悲带戚，衬托单相思的无奈无望；有时静谧的夜景透露出神秘的生命意识。牧歌的成功之处在于它充盈着微妙的音乐感。有些牧歌在当时就被谱成歌曲传唱。

轻柔曼妙的韵味在田园诗剧《阿明达》中更加突出。这是塔索于1573年春天为宫廷演出而写作的。牧羊人阿明达爱慕山林小泽女神西尔维娅，女神美丽而高傲，拒绝他的感情。一天，阿明达听到女神夭亡的消息，痛不欲生，跳崖殉情，侥幸遇救。消息却是误传。女神被感动而决意与阿明达结为夫妻。诗人通过神话故事称颂美与爱，赞叹女神形貌之美和牧羊人品格之美，讴歌爱情的伟大力量和巨大欢乐。塔索以自己熟悉的人为原型塑造剧中的每一个人物，这部田园剧是宫廷生活的升华，代表着诗人理想的生活模式。它是浪漫而优雅的梦。塔索早期的诗歌极少受到宗教思想的干扰，是单纯而明朗的人文主义作品，艺术上体现清纯和谐、亮丽之美。

悲剧《托里斯蒙多王》描写哥特王托里斯蒙多与挪威公主阿尔维达的不幸爱情，意在说明人生除享受欢乐之外，还有责任感和道德感。剧本与《阿明达》同时开始写，但很快中断，迟至1586年才重新拿起笔将之完成，这时他刚从疯人院出来，将满腔的悲愤都倾泻在悲剧之中。作品表达的是浮生若梦的消极思想。

《被解放的耶路撒冷》是塔索的代表作。他早在15岁时就立志要以古希腊、罗马史诗为榜样，写一部能与阿利奥斯托的《疯狂的罗兰》相媲美的不朽作品。当时他就计划以第一次十字军东征保护耶稣墓为题材写一部长诗，但只写了第一歌就觉得力不从心而辍笔。后来欧洲面临土耳其入侵的严重威胁。土耳其的崛起中断了意大利同东方的贸易往来，使意大利经济损失惨重。塔索想通过歌颂十字军战胜回教徒的光荣历史，激发意大利人的英雄精神，唤起他们抵制土耳其扩张的战斗意志。1571年威尼斯联合西班牙、马耳他与土耳其在希腊港口勒班陀交战，击败土耳其军队。塔索深受鼓舞，重新提笔，决心将这部作品写完。1575年他完成初稿，1579年出版，1580年出版经诗人修订的文本。作品的主题在当时有政治上的现实意义。

塔索以十字军东征的史料为基本素材，选择1096至1099年第一次东征的最后几个月，着重记述十字军将士在统帅高弗莱多·迪布留尼的率领下攻占圣城耶路撒冷的英雄事迹。决战的场面惊心动魄，气势磅礴，确有英雄史诗的壮丽之感。但是主帅迪布留尼只是概念化的基督教英雄形象，而其他骑士和回教战士的形象更为生动。作品也不拘泥于真实历史，虚构了回教魔法师作法，使十字军迷误于森林，进退维谷的情节。其中还有神明助战，破除魔法，引十字军走出困境的描写。因此这部叙事长诗，并不写真实历史，而是更接近《疯狂的罗兰》的传奇故事。

作品的主题在弘扬爱国主义的同时，又宣扬了基督教，既起到了鼓舞人民的进步作用，又迎合了反动的反宗教改革运动，民族精神与基督教信仰混同，显示出深刻的矛盾性。这正好反映意大利当时在西班牙的侵略和教会的控制之下处于外患内忧的双重困境。诗人在基督教与异教的整体斗争中显示基督教信仰的力量，而在具体的情节上，对两个敌对阵营的不同信仰的勇士都给予褒奖赞扬，并无优劣强弱之分，他还描写了几对超越不同信仰的鸿沟而相爱的青年男女。在诗中他的人文主义价值观同宗教信仰之间的矛盾尖锐地暴露出来。但是，总的来说，作品中人性的力量和爱情的力量超过了宗教信仰的力量。人文主义思想是根深蒂固的，它使长诗闪耀着意大利文艺复兴最后的光芒。

长诗以悲怆庄严的语调叙说了火与血的战斗，生与死的较量，说到战士的骁勇无畏时变得高昂激越，说到青春与爱情时轻柔舒缓，节奏张弛适度，快慢得当，变化自如，将叙事与抒情紧密结合在一起，极具感染力。故事情节浪漫而不神奇，不刻意追求传奇效果，而是将逼真的描写与合理的想象结合在一起，显示高度的艺术概括力。

第三节　法国文学

法国文艺复兴晚于意大利。法王弗朗索瓦一世（1515—1547年在位）登基后，文艺复兴才在法国形成潮流。弗朗索瓦一世爱好文学艺术，又受到人文主义的影响，在文化和思想方面较为开放，人文主义因而得以在法国迅速传播，新文化随之兴起。弗朗索瓦一世对人文主义的支持是王权与新兴市民阶级的政治利益在一定程度上相协调的反映。

然而，文艺复兴运动并不是突然发生的。实际上，中世纪晚期，城市的发展和市民阶级的壮大引发思想的变迁，人文主义已经在酝酿。15世纪下半叶，费歇、加甘等学者的研究成果推动了古希腊、罗马文化在法国的传播。这个时期，文学出现了转型期的前兆，市民戏剧和故事（韵文的或散文的）都产生了突破旧的思想藩篱的作品，大约成书于15世纪中期的《新故事百篇》（又译《新十日谈》）就是一个例证。这部作品在形式和内容上都模仿薄伽丘的《十日谈》，大胆的反禁欲主义倾向和对教士的尖刻嘲弄反映了市民阶级的心态，已经孕育着人文主义思想的萌芽。在诗歌方面，维庸对命运的叩问和叹息深藏着诗人对个人价值的关注，虽然不能就说维庸是人文主义者，但是他的诗歌在文艺复兴高潮时期得到重视，证明了他的思想与人文主义是声气相通的。

自16世纪20、30年代起，人文主义运动在法国蓬勃兴起。在荷兰人埃拉斯慕斯和一批法国学者如布岱、多莱、多拉、勒费弗尔·戴塔普勒的推动下，人文主义学术活动蔚然成风。学者们研究并传授古希腊文、拉丁文和希伯来文，诠释古代典籍，分析古代优秀文学作品，推动思想解放。其中有些人，如身为神学家和教士的勒费弗尔·戴塔普勒，在加尔文之前就探讨了宗教改革的可能性。布岱是人文主义学者的代表，他的《〈法学汇编〉评注》和《希腊语辨析》是研究古希腊文化（法律、语言）的突出成果。

1530年弗朗索瓦一世采纳布岱的进言，批准建立了法兰西学院。这个学术机构适应研究古代文化和思想的需要，传授语言，解析古代典籍。当时巴黎索邦大学以神学院为主体，是中世纪神学的支柱，法兰西学院的成立打破了索邦大学的学术垄断，为人文学术研究创造了十分有利的条件，并且培养了自由开放的学术风气。

法国的宗教改革无疑是对德国路德宗教改革的响应，不过作为法国宗教改革的理论基础，改革运动领袖加尔文的著作《基督教原理》（1536年出版拉丁文本，1541年法文版问世，与拉丁文版不尽相同）比路德的著作更系统。这部书的法文版文字清晰流畅，富于感染力。支持人文主义运动的王权起初对主张宗教改革的新教抱同情或者至少是宽容的态度。1534年发生告示事件①，王权态度骤变，转而严厉镇压新教。以后在将近一个世纪的时间里，新教与王权基本上是对立的。非法的地位，加上基督教素有的政治野心，使得新教的改革活动经常卷入王权与大贵族之间以及大贵族不同派别之间的斗争。新教的改革说到底是基督教内部的斗争，在信仰上新教与天主教并没有根本的分歧。对于所谓异端思想，新教一点不比天主教宽容，也是动辄以火刑相加（最典型的事例是烧死西班牙医生塞尔维），这与人文主义思想肯定个人价值、肯定科学、提倡思想解放的基本原则势同枘凿。所以法国的宗教改革虽然得益于人文主义运

---

① 1534年10月17至18日夜，新教徒在巴黎满城张贴改革纲领，连国王寝室门口也有，这使法王大怒，开始镇压新教，史称“告示事件”。

动，与人文主义一样代表了这个时期市民阶级的利益，但是它的宗教性质却决定了在其后的发展中，它与人文主义运动经常有不同的甚至对立的思想与价值取向。

法国文艺复兴的发生，除本国的社会历史原因之外，和意大利的影响直接相关。法、意两国毗邻，一向交往密切，15世纪后城市手工业规模的扩大更促进了两国间的贸易往来，从而进一步推动了两国的文化交流，意大利的文学艺术作品陆续介绍到法国。这里特别要指出南方城市里昂在法、意两国交往中所起的重要作用。里昂不仅是两国商业交往的中心，而且是法国人文主义学者、诗人、艺术家接受意大利文化影响的一个窗口。人文学者、小说家拉伯雷和著名诗人塞夫都在里昂活动。意大利文化对法国的影响还有一个很特殊的渠道：从1494年开始的对意大利的战争到弗朗索瓦时代历经法国三代君主（查理八世、路易十二、弗朗索瓦一世），断断续续进行到1529年。进入米兰、那波里等城市的法国军人为意大利文化的高度发达抚掌惊叹，他们不仅仅从意大利带回他们的印象，而且还带回许多意大利的艺术品和文化典籍。意大利在法国人心目中成了现代文明的同义语。更由于意大利与古代文明地域关系密切，模仿意大利和模仿古代在16世纪的法国就成了同一事物的两个方面。弗朗索瓦一世从意大利邀请了多位艺术大师为他的宫廷服务，如达·芬奇、提香、塞里尼，大师们将新的艺术观和审美观带到法国宫廷，对法国人接受意大利文艺复兴成果起了促进作用。

意大利文艺复兴时代的文学很早就跨越阿尔卑斯山，进入法国贵族和市民的读者圈。彼特拉克是最早为法国人熟悉的意大利作家之一，他的诗在14世纪末便介绍到法国。16世纪30到40年代，法国新教诗人马洛模仿彼特拉克爱情诗，以委婉纤细的笔触抒发对意中人的恋情。他还初步尝试了因彼特拉克的抒情诗而入时的十四行诗。后来，龙萨、杜贝莱、若代尔、拜罗等诗人也都深受彼特拉克的影响，龙萨、杜贝莱将彼特拉克体的十四行诗移植到法国，使它成为法语诗的一个重要形式。

薄伽丘也是对法国文艺复兴产生重要影响的意大利作家。他的名著《十日谈》15世纪后期便有改写本在法国流行。1545年全书的法文译本出版。在《十日谈》的直接影响下产生了上文说的《新故事百篇》和《七日谈》这两部重要的叙事作品。《七日谈》的作者、弗朗索瓦一世的姐姐玛格丽特·德·昂古莱姆[1]景仰薄伽丘，《十日谈》的法文本就是在她授意下翻译出来的。她立志写一部法国的《十日谈》，可惜只写了七天零一个故事便停止了，因此作品得名《七日谈》。作品从立意、构思、谋篇各方面都明显模仿《十日谈》，现实生活，尤其爱情生活，被描绘得明媚多姿。不过，在对幸福的追求上，《七日谈》的作者缺乏薄伽丘泼辣的风格和彻底的精神，她的思想温和而略显古板，每篇故事都免不了道德说教，因而大大削弱了作品的感染力。

法国16世纪的小说继承了中世纪“法布里奥”的传统，又受到《一千零一夜》和薄伽丘的影响，几乎一律是短小故事的连缀，或者是两个或多个人物的对话，结构相当松散，也没有鲜明的人物性格塑造，作为一个独立的文学体裁，在审美观念和创作技巧上都很不成熟。另一方面，无论是中世纪的小故事还是薄伽丘的《十日谈》，都以鲜明活泼的写实为特点。法国文艺复兴时期的小说旗帜鲜明地继承了这种写实传统，现实生活在小说作品中获得了多角度、多层次的反映。例如戴佩里埃的《世界钟声》和《新的娱乐和快乐的谈话》、杜法耶的《乡野趣话》、布歇的《夜话》，都相当生动地表现了当时城市和乡村的风貌。叙事文学方面最伟大的作品是继承中世纪民间文学传统、富于法兰西民族性格特征的《巨人传》。

16世纪法国诗歌，尤其抒情诗，被七星诗社倡导的诗歌语言和形式

---

① 玛格丽特·德·昂古莱姆（Marguerite d'Angoulême, 1492—1549）女公爵，后嫁与纳瓦尔国王，称玛格丽特·德·纳瓦尔（Marguerite de Navarre）。

的革命推到一个新阶段。不过在七星诗社之前，马洛和塞夫已经尝试突破中世纪传统。即便是更早的（15世纪后期和16世纪初）、不恰当地被笼统称做修辞派的一批诗人，也朦胧地感觉到了语言与诗的密切关系。可惜他们缺乏深化这种感觉所需要的思想、语言和写作环境诸方面的条件，在创作实践中仍基本沿袭中世纪的模式。

克莱芒特·马洛（1496—1544）是修辞派诗人让·马洛的儿子，早期诗歌没有脱离父亲和他崇拜的另外一些修辞派诗人（如莫利奈、拜尔史）的窠臼，作品大多取修辞派擅长的中世纪诗歌形式，如回旋诗、谣曲等。自30年代始，马洛在意大利诗歌的影响下，创作领域逐渐拓宽，写了一些八行诗和十四行诗。更值得注意的是，无论采用什么形式，马洛都竭力改变中世纪乃至修辞派诗歌那些缺乏真实感的苍白形象，学习意大利诗歌抒发真情实感。他的《克莱芒特少年时代》和《克莱芒特少年时代续集》（1532）是这方面的代表作。马洛的爱情诗有时嬉戏轻佻，这固然是一大缺陷，但是由此恰恰看到了马洛的真性情，所以即使从这一点说，马洛也不乏诗人的坦诚。

莫里斯·塞夫（1500？—1560？）以长诗《拉德利》[①]闻名。诗的形式规整，由449个十行诗节构成，每句十音节。主题是爱情，但与马洛的爱情诗迥然相异。马洛颂扬两情相悦的世俗情爱，塞夫则歌唱一种形而上的、柏拉图式的爱情，这在把官能享受看作人生一大快事的文艺复兴时期相当罕见。《拉德利》的这个特点和诗人深受意大利15世纪新柏拉图主义哲学家费西诺的影响有关。诗人把爱情视为精神的结晶，当作热爱上帝的体现。他大量运用意义隐晦的象征和隐喻，给作品裹上了高深艰涩的外衣。

---

① La Delie，对这个标题，文学史上注家见解各异，至今没有定论，按其中一种解释，可以作《月亮》解。

马洛始终拖着中世纪的影子，塞夫的内省倾向又与时代不甚合拍，这就决定了16世纪前半期法国抒情诗仍与中世纪保持千丝万缕的联系。当彻底摆脱了中世纪的影响、崇拜古代文化和意大利文化的新一代诗人登上诗坛之后，他们自然感觉到强烈的革新冲动。七星诗社集中了新一代诗人的佼佼者，为法国抒情诗树立了重要的里程碑。

16世纪70年代，宗教战争爆发。七星诗派的领袖龙萨作为宫廷诗人，在诗坛代表王权和王权支持的天主教的声音，他的作品在呼吁恢复和平的同时，谴责新教分裂祖国。新教方面最具代表性的诗歌作品是多比涅的《惨祸图》和杜巴尔塔斯的《创世第一周》。这两部作品的宗教狂热和教派狂热远胜于龙萨，这和新教的非法地位与困难处境有关，也和作者都曾经亲身经历宗教战争铁与火的洗礼有关。《惨祸图》这首长诗具有明显的论战性质，以浓彩重墨描绘了胡格诺派[①]的历史、战争给国家尤其给农村带来的浩劫以及天主教对新教的迫害，并对大贵族和司法部门进行了辛辣的嘲讽。《创世第一周》则更像是新教的宗教宣言书。作品在歌颂上帝创世和表达诗人崇敬上帝的热烈情感的同时，将当时人们对于世界的各种知识都吸收到关于创世的描写中，带有鲜明的人文色彩。这两部作品的意义主要不在于它们的宗派倾向，而在于它们篇幅浩大，场景描写铺张，枝蔓繁杂，语言雕琢，开了巴罗克文学的先河。

16世纪中叶，在人文主义作家多拉周围聚集着一群年轻的诗人，他们十分推崇古希腊罗马文学，积极地翻译、阅读并模仿品达、贺拉斯、维吉尔等人的作品；同时，以但丁、薄伽丘、彼特拉克为代表的意大利民族文学对他们的震动很大，他们深切地感到法语的贫乏和法国诗歌的落后状态，立志创作出与意大利文学相媲美的法语文学的抱负促使这些诗人结为“**七星诗社**”。

---

① 法国新教当时多称胡格诺派。

1549年，杜贝莱发表了诗论作品《保卫和发扬法兰西语言》。以后龙萨又在其《诗艺简论》和《〈法兰西记〉序》中对七星诗社的理论作了进一步的补充和阐述。

针对当时的学者和作家用拉丁语写作，七星诗社高举民族语言的旗帜，认为法语同样能表达伟大的思想和感情，同样能产生伟大的作品。鉴于法语的贫乏和粗陋状况，他们建议通过恢复旧词、使用方言、行业词汇及创造新词、复合词以及向希腊和拉丁语假借词汇等手段来丰富法语。

在创作上，七星诗社除强调灵感外，主张通过艰苦的劳动创作出不朽的诗篇。诗人要了解诗歌的内在规律，韵律要丰富、和谐。七星诗社尤其推崇亚历山大体，认为它是写作抒情和哲理诗的最好形式。他们排斥中世纪的回旋诗、谣曲等民间体裁，提倡颂歌、悲剧、喜剧，尤其是史诗等长篇的古代诗歌形式和当时流行的意大利十四行诗。

为了创作出不朽的作品，七星诗社主张模仿古人，诗人要“日夜翻阅希腊、罗马的著作”，从古代作品中汲取营养，变为自己的东西，这样古人的思想感情和表达方法就会自然流露于笔端。这一模仿理论影响了法国两个世纪的文学发展潮流，他们的主张在17世纪尽管受到布瓦洛等人的严厉批判，但在一些古典主义作家手中又得到了发扬。

七星诗社的成员实际不只七人，一般说来，以龙萨在《亨利二世赞》一诗中提到的七位诗人为主要成员。他们是龙萨、杜贝莱、若代尔、贝罗、巴依夫、蒂亚尔和佩尔蒂埃七位诗人，其中以龙萨和杜贝莱成就最高。

皮埃尔·德·龙萨(1524—1585)是七星诗社的盟主，也是法国抒情诗的先驱之一。他出生于风景秀丽的卢瓦尔河谷地区，优美的自然环境对他以后的创作很有影响。龙萨自幼作为宫廷侍从陪伴王子和公主，本想长大后从军或做外交官，然而一场大病使他的耳朵几乎失聪。1547年他进入科克莱学院，转向研读古希腊、罗马文学，与七星诗社其他诗人一道，积极捍卫和丰富法兰西民族语言。院长多拉对他寄予厚望，称他有望成为法国的荷马。早年他对颂歌这种形式情有独钟，于1550年发表了四卷《颂歌集》，1553年发表第五卷。《颂歌集》中大部分诗作是模仿古希腊诗人品达而写的，歌颂的是亨利二世及宫廷显贵，诗中满篇是象征、神话及祈祷，十分做作。后来他受了贺拉斯影响，因此《颂歌集》后面有少量诗歌较为轻快，表达了个人的感受。诗中描写了泉水、岩洞、树木、动物等景物，抒发了诗人对大自然的热爱。同时诗人还感叹时光的流逝、死亡的无可避免，宣扬及时行乐，享受生活。从1556年开始，龙萨转向模仿阿那克里翁。

龙萨也以十四行诗知名，自1552年起，陆续写成《爱情集》、《爱情续集》、《新爱情续集》，以十四行诗的形式描写了他的爱情感受，这些作品标志着诗人个人风格的形成，从此龙萨声名大振。他强调韵律和谐，写诗是为了歌唱。1555年，龙萨转而投入一些严肃题材的诗歌的写作。《赞歌集》（1555—1556）颂扬的是宫廷里的某个大人物或是对永恒、哲学、死亡等抽象主题的思考，诗中充满溢美之词及寓意和神话，成就不大。1560年，龙萨被查理九世召入宫廷，对国王的忠诚和优越的物质生活条件使他为君主歌功颂德。在《关于时代灾难的时论诗》（1560—1563）中，他坚决站在宫廷一边，反对新教。他还梦想为法国留下一部伟大的爱国史诗，模仿维吉尔创作《法兰西记》，终因写不下去而搁笔。随着查理九世的死去，龙萨开始失宠。晚年对爱伦娜产生的爱情又激发他写下一些抒情的十四行诗。

龙萨从来不掩饰要成为举世公认的伟大诗人的雄心，认为获得了荣耀便战胜了死亡。他在病床上口述的诗歌也表达了这种抱负："我曾生活过，我的名字因我而不朽，/我的羽笔飞入长空变为一颗耀眼的星。"对死亡的焦虑经常使他感叹时光的流逝，时间将带走一切，因此要珍惜青春，及时行乐，享受生活、爱情。他在诗中写道："要生活啊，相信我的话，别再等待明日，/就在今天采摘生命的玫瑰。"

龙萨的诗中处处流露出对自然的爱恋之情，这绝非一种矫饰的点缀，而是对田园风光的真实感受："十五岁的年纪还未来临，/山川、树木、溪流比王宫更能让我欢心。"大自然是诗人心灵的寄托，也是神话般神秘的生活场所。诗人，这个天之骄子可以弹起竖琴，与自然交流。在诗中他还呼吁保护自然："听我说，樵夫，你的双臂请稍息片刻，/你砍下的不是树杈，/你没有看见那滴滴鲜血，/正从树皮下仙女的身体中汩汩而出？"

龙萨的诗中经常出现神话故事，这是因为他年轻时曾博览古希腊、罗马文学，神话在他写作时可谓信手拈来。然而他诗中的神话不是用于炫耀或哗众取宠，每个影射都使其诗具有一种独特的韵味，在读者心中引起一系列联想。《致爱伦娜的十四行诗》（1574年前后）中的女人的名字令人联想到古希腊神话中美的理想化身海伦。然后诗人描写了一位对镜顾影自怜的丑老太婆，读者对神话的联想被打断，惶惶地感到了那摧毁一切的时间多么无情。

龙萨的写作生涯延续了三十多年，他尝试了各种诗歌体裁，从应酬之作到抒发个人情怀的诗篇。他对自己诗人的使命有高度的责任感，他的一生都在不断拓宽和更新法国的诗歌领域。他大力提倡流畅的亚历山大体，认为"亚历山大体诗歌在我们语言中的地位，好比英雄史诗在希腊和拉丁语中的地位一样。"他还创立了韵脚和节律的新规则。他全身心地投入诗歌创作，直抒胸臆，被誉为近代法国第一位抒情诗人。

龙萨是一位哲理诗人、宫廷诗人、爱情诗人，也是一位自然诗人，生前已是功成名就。17世纪他受到马莱伯、布瓦洛等语言纯洁派的批判，被遗忘了近两个世纪。19世纪浪漫主义作家又发现其作品的价值，把他列为法国文艺复兴时代最伟大的诗人之一。

若阿基姆·杜贝莱（1522—1560）是七星诗社的另一代表人物。自幼父母双亡，备尝生活艰辛。1547年与龙萨相识，进入科克莱学院，研习古希腊、罗马文学及意大利文学。1549年发表的七星诗社宣言书《保卫和发扬法兰西语言》便是由诗社全体诗人共同讨论，后由杜贝莱执笔撰写的。这个时期他发表了《橄榄集》。1553年他的叔叔红衣主教出使罗马，杜贝莱作为秘书陪同前往。这个职位很令他厌烦，也使他认识到罗马教廷的腐败，他心情抑郁，思乡情绪与日俱增，写下了《罗马怀古集》、《怀念集》和《村戏集》。回国后的情景更加令他失望，他对宫廷中虚伪和阿谀奉承的现象深恶痛绝，并受到财产问题的困扰，病情恶化，终于在1560年死于中风，年仅37岁。

杜贝莱的创作生涯以高举七星诗社的理论大旗开始，以发表讽刺诗《宫廷诗人》而告终。这个转变标志着诗人由满腔热忱逐渐变得悲观失望。在这个过程中，其诗风也由浪漫转为悲伤和讽刺。

杜贝莱的早期诗集《橄榄集》（1549—1550）包括115首十四行诗，完全模仿彼特拉克。诗中歌颂了他真诚而痛苦的爱情，形式华丽，有时甚至造作。例如他用贵重金属、星座、诸神等一系列比喻来形容美貌的女人，赞颂她们"美丽的百合花般的面孔"、"金子般的长发"、"玫瑰般的双唇"、"太阳般闪闪发光的眸子"。为了描写灼热的激情，他把自己写成被致命的箭射中的俘虏，备受煎熬，而且声称没有比他更加忠贞不渝的情人了。不论是身体的痛苦，还是精神的折磨都不能减弱诗人赤诚的爱情。诗中运用了诸如譬喻、迂回、夸张、对比、文字游戏等不甚相关的修辞手段。后来诗人在《反对彼特拉克》一诗中对这部诗集作了自我批判。诗集表现了柏拉图式的爱与美的观点，即人间对美的挚爱反映了灵魂上对神圣的理想美的追求，用纯洁的精神恋爱取代了肉体之爱。这部诗集在法国诗歌史上占有一定地位。

诗人到达罗马后，诗风发生了转变，《罗马怀古集》（1558）标志着这种转变。作者沿着历史的足迹，描写了罗马昔日的辉煌与强盛以及今日的衰落，感叹命运的无常、人类的脆弱、时间的无情，罗马的废墟引起诗人无限的痛心与惆怅。他充分利用自己广博的历史知识，把各种有关罗马的传说有机地结合起来。这部诗集在写法上以精确生动的比喻见长，令人深切地感到罗马今昔的强烈反差。诗歌节奏感强，用词和韵律讲求音乐感，诗的结尾一般用一句富于感染力的格言或能引起联想的诗句来激发读者的想象。

同一时期杜贝莱还写有《怀念集》（1558），它是诗人最重要的作品。在诗集开始处他便指出了本诗集的新特点，即不再做一些哲理性思考，不再模仿古人，而是言为心声，写自己的诗，把诗歌作为知己，倾吐自己的烦恼。《怀念集》可以说是诗人痛苦而真诚的感情历程的记载，笔调由哀怨转向讽刺。杜贝莱从维吉尔和彼特拉克的诗中了解到罗马，罗马曾是他梦寐以求的理想的寄托，然而残酷的现实、烦琐的日常事务终于毁灭了他的理想。他失望、苦闷，开始思念祖国，思念昔日的自由，以及从前朝夕相处的朋友。诗人以真诚的口吻写出了自己的悲痛心情："在平原上我徘徊在恶狼之间，/好像感到了冬天的到来，/恐惧使我不寒而栗"。有时当诗人想到远方的祖国时，苦涩中还带有一丝甜蜜："自由、战争和法律之母的法兰西，/你用你的乳汁把我养大成人，/我现在就像一只呼唤母亲的羔羊，/使你的名字响彻山洞和森林。/……法兰西，法兰西，请回答我痛苦的呻吟，/然而回答我的只有回音"。有时当诗人想到过去天真的梦想和眼前无情的现实时，言辞顿时变为辛辣的讽刺。《怀念集》有一半的诗歌是讽刺罗马社会庸俗无聊的生活、廷臣和红衣主教虚伪的品行，如描写罗马廷臣："步履庄重，忧思忡忡，/对每个人都面带笑容，/字斟句酌，摇头晃脑，/或说声'是'，或说声'否'"。诗人对法国宫廷也有批评，他把法国的廷臣喻为一群"宫廷猴子"，只知人云亦云："如果他们的主人嘲笑别人，他们也这么做，/如果他撒谎，他们也黑白颠倒。/为了取悦主子，他们居然能够/在中午看见月亮，在午夜见到太阳"。这样的诗句把宫廷佞臣的虚伪嘴脸刻画得活灵活现。《怀念集》抒发的不仅仅是个人幽怨，而是把它放到了一个广阔的时代背景中，这也是他与龙萨的不同之处。

纵观杜贝莱的创作生涯，就会发现他逐渐摆脱了其宣言中所推崇的模仿对象，个人风格逐渐形成，诗风由浪漫变为现实，由模仿古人变为抒发个人情怀。他是一位哀歌诗人、一位讽刺诗人。尽管他生命短促，留下的著作也不多，却和龙萨一道，成为七星诗社最耀眼的双星。

弗朗索瓦·拉伯雷（1494—1553）是法国文艺复兴时期重要的人文主义作家，也是法兰西民族文化的奠基人之一。他的五卷本长篇小说《巨人传》是一部奇书：表面上书中充满荒诞不经乃至粗鄙俚俗的笑料，却成功地阐释和传播了深刻严肃的人文主义思想，其内涵非常丰富。拉伯雷既是时代精神的天才表现者，又是最富高卢民族性格特征的艺术大师。高卢人那种乐观机敏、轻松俏皮，貌似玩世不恭，实则充满睿智的性格，在拉伯雷的艺术中得到了完满的体现。他和荷马、但丁、莎士比亚一样，属于文学上的“母体天才”，曾启发和哺育了后代的许多大作家。他所创造的“庞大固埃主义”[①]，也成为法兰西民族别具特色的一种文化观念。

拉伯雷出生于法国都兰地区希农镇一个律师的家庭，在希农附近风景如画的乡间度过了童年和少年时光。他先在本笃会修道院受教育，1520年进方济各会修道院当修士，由于他潜心研究古希腊、罗马文化，受到院方的干涉和迫害，便转至较开明的本笃会，担任主教的私人秘书，同时在普瓦蒂埃大学进修法学。1528年，他辞去职务到法国各地游学考察，后到巴黎求学，广泛涉猎人文及自然科学。1531年，他在蒙佩里埃大学医学院考得医学士证书，1532年到里昂行医。他是法国最早从事解剖学研究的医生之一，曾著、译多种医学论著，并于1537年获医学博士学位。医生的职业便于他接触社会各阶层人民，使他对民间疾苦有了深切的感受。他曾

---

① “庞大固埃主义”一般被解释为享乐人生的生活态度。而拉伯雷的本意既包含享乐人生也包含积极进取。

担任红衣主教杜贝莱的私人医生，两次随主教出访意大利；还曾陪同法王弗朗索瓦一世会见西班牙国王，与上层社会也有频繁的往来。拉伯雷属于文艺复兴时期那些多才多艺、学识渊博的知识巨人之一，他通晓四五种语言，具备涉猎哲学、神学、法学、天文、地理、医学，以及音乐、绘画等多种学科的知识。渊博的知识，加上丰富的生活阅历，为《巨人传》的写作打下了坚实的基础。

拉伯雷出生时，法国刚刚进入文艺复兴的酝酿阶段，到30年代，运动已达到高潮。拉伯雷所在的里昂城，是法国文艺复兴运动的中心之一。拉伯雷在这里结识了不少知名的人文学者，与荷兰著名思想家埃拉斯慕斯也建立了亲密的通信联系。他受埃拉斯慕斯的《愚蠢颂》启发，早就酝酿一部百科全书式的人文主义著作，只是还需要为表达这些思想找一个恰当的艺术形式。1532年他无意间在里昂街头发现一本讲述巨人故事的通俗小册子，极受市民欢迎。拉伯雷豁然开朗："巨人"，这正是他所需要的艺术形象，它最适于表现人文主义思想，同时又是法国人民所喜闻乐见的艺术形象。

在法国民间流传已久的巨人故事，本是农村庆典的产物，卡冈都亚是传说中的英雄巨人，庞大固埃却是一个趁人熟睡时将盐撒进人的咽喉，使人干渴难忍的海鬼。拉伯雷借用他们的名字，让他们在书中成为全知全能、具有大智大勇的巨人国王，在他们身上寄托了人文主义者对"人"的理想——即身心两方面都获得彻底解放，在体力和智力上都达到高度发展水平的充满活力和创造精神的"人"。

卡冈都亚一出生，就不像旁的婴儿那样呱呱坠地，而是高喊着"喝呀，喝呀！"嗓门之大，把他父亲吓了一跳，所以给他取名卡冈都亚（"好大嗓门"之意）。这个细节与全书结尾处神瓶谕示的"喝"字联系起来，象征性地提出了人们对生活的渴求——包括对物质生活和精神生活的双重渴求，以及探索自然，开创未来的强烈渴望，从而点明了全书的主题思想。

《巨人传》共分五部，第一、二部通过叙述卡冈都亚和庞大固埃的出生、所受教育及其丰功伟绩，综合了人文主义思潮的主要内容；后三部以庞大固埃与友人们为研究婚姻难题走访各界人士、为寻访神瓶周游列国作线索，展示了中世纪广阔的社会画面，揭露和抨击了种种社会弊端。1532年，第一部《庞大固埃勋业记》率先面世，立即产生轰动效应，据传两个月的销售量就超过了九年间《圣经》的销售总量。1534年，《庞大固埃之父卡冈都亚骇人听闻的传记》出版，反应更加强烈。这两部作品发表在文艺复兴运动的高潮之中，加之未署作者真名，所以言词无所顾忌，真可以说是明快大胆，痛快淋漓，嬉笑怒骂皆入木三分，因而在受到广大市民欢迎的同时，招来教会和司法当局的仇恨。不久，巴黎法院就将这两部小说判为禁书。1535年，法王弗朗索瓦一世开始镇压新教徒，攻击教会的言论受到压制。拉伯雷只得埋头于医学，暂避风险。十年以后，他争取到国王的许可，得以出版第三部（1546）和第四部（1548—1552）。尽管这两部大量运用隐喻手法，笔锋比较收敛，仍被法院定为禁书，出版商也被判处火刑。所幸拉伯雷当时已移居国外，才幸免于难。第五部并未完稿，作者去世后，由他人根据其遗稿整理出版（1564）。

《巨人传》之所以在社会上引起剧烈震动，并对后世产生深远影响，首先是由于此书以生动有力的艺术形象宣扬了与传统的神学理论针锋相对的新价值观，并以此为出发点，对中世纪的宗教、法律、社会、政治、经济、教育等进行了全面的清算和批判。“巨人”形象本身，就意味着对“神”的挑战和对基督教“原罪”说的反叛。“巨人”形象化地体现了人的尊严、价值和力量，代表着足以与“神”相抗衡的“人”。他们以“人性”的天然合理性对抗“神”的权威；以肯定现世幸福来对抗禁欲主义、苦行主义及基督教关于来世的许诺；以歌颂人的智慧、提倡学习科学文化知识来对抗蒙昧主义和宗教神秘主义。总之，“巨人”是被意识到的一种巨大的活力、一种热烈的、迫不及待的追求、一种征服自然和主宰人世的信念和雄心。作者正是要通过这一艺术形象唤醒人们的自我意识，使人从忏悔、祈祷、期待来世的消极状态中挣脱出来，自觉地积极生活和谋求幸福。

与中世纪的禁欲主义相反，《巨人传》的作者强调对物质生活的欲求是人类天然合理的欲求，肉体的需要是人类的基本需要，也是一切行为的直接动因和精神生产的前提。他以夸张的手法，绘声绘色地描述了巨人强大的生命力和惊人的物质需要：卡冈都亚当婴儿时，要喝17913头奶牛的奶；庞大固埃在摇篮里就迫不及待地撕开一头奶牛，拿起牛腿连皮带骨吃进肚里，还挣扎着立起身来，跑到宴会席上讨吃喝。这里，作者显然意在渲染"胃的需要"。拉伯雷笔下的好人，个个是"庞大固埃式的乐天君子，……每日里大碗喝酒，大块吃肉……"。其实拉伯雷身为医生，深谙养生之道，饮食极有节制，如此歌颂吃喝，自有他的一番深意。《巨人传》第四部中，曾描写一位"世界第一工艺大师卡斯台尔"（"胃"的意思），这位大师享有绝对权威，无人不对他俯首帖耳。他发明铸造铁器，用来耕种土地，以生产粮食；创造并炼制武器，为了保卫粮食；发明水磨、风磨、手推磨来碾粮食；发明数学和各种科学技术，为了多打粮食和贮存粮食；发明大小舟楫、车辆，为了运送粮食；还有其他形形色色精妙的发明创造，包括城市、碉堡的建立，乃至战争的发生等全都在卡斯台尔的指挥下进行。也就是说，正是"胃"的需要，推动了生产和科学技术的发展，决定着历史的面貌，忽视或压抑人们的物质需要，必定阻碍社会生产的发展，造成经济的停滞、落后。因此"巨人"和他的朋友们谈起饮食男女之大欲，全都理直气壮、肆无忌惮，诚实坦率得近乎天真；而对那帮专在人前作假，教导旁人眼望来世，自己却对现世享受毫不放松的"教会中人"，则深恶痛绝。

"巨人"不仅在肉体上表现出巨大的活力，而且在猎取知识上也显示了宏大的气魄。卡冈都亚给庞大固埃的训子家书，集中表述了拉伯雷的教育理想，反映了新兴市民阶级强烈的求知欲和向自然进军的愿望。卡冈都亚要求儿子珍惜青春岁月，发奋求学，掌握多种语言，钻研各科知识，探索整个大自然，以成为知识的“无底深渊”；还要走出书斋，学习诸般武艺，以便保卫家园；更要修养德性，努力造福于人民等等。总之，拉伯雷所创导的，是一种全面的综合教育。书中人文主义教育家对卡冈都亚、庞大固埃先后施行的，正是这种全面的、理想的教育。他们不仅学习书本知识，还要观察天象、收集标本、到各行各业手工艺人那里观摩学习，还每日从事体育锻炼或军事训练，晴天出外练习射击、游泳、登山、攀缘，雨天在家锯木劈柴，从事许多其他工作。

与人文主义教育相对照的，是繁琐无聊、脱离实际的经院教育。拉伯雷描写卡冈都亚早年在神学博士指导下读书，花了几十年时间，把各类文法历书、诸家注疏读得倒背如流，却愈读愈蠢，变得“目滞神昏、口嚅舌钝”。他的巨人父亲这才明白神学博士除了误人子弟，别无所能，于是改聘人文主义者为师。

在《巨人传》中，巴黎神学院始终是作者揶揄嘲笑的对象。他奚落神学家的繁琐考证和拙劣注疏好比给珍贵典籍添上“狗屎镶边”；讥笑他们唧唧哼哼、胡搅蛮缠的大道理从不解决半个实际问题；指责他们以反科学的无知妄说欺骗和毒害民众；拉伯雷故意描述卡冈都亚离奇地从母亲耳朵里出生，且正色告诫读者：“一个明智的正人君子，对旁人说的，尤其是书上写的应当深信不疑才是正理”，何况“天主是无所不能的，如果他高兴，从今后女人从耳朵里生孩子是完全可能的”。寥寥数语，就以反讽手法揭穿了蒙昧主义的虚妄荒谬。显然，作者认为：如不粉碎蒙昧主义的经院教育，人们就无法摆脱愚钝麻木的状态，也就谈不上身心的健康发展和潜能的发挥。

为了把人们从宗教信条的束缚下解放出来，拉伯雷巧妙地运用了

"笑"的武器，在层出不穷的笑料中，轻松俏皮地化庄严为滑稽，使宗教的神圣肃穆之气荡然无存。他让卡冈都亚摘下巴黎圣母院的大钟做马铃铛，吓得神学博士们惊慌失措，以为大难临头；他让约翰修士教卡冈都亚诵读《圣经》中的"诗篇"，以便催眠，念到第二章第一句，两人便酣然入睡了。

《巨人传》中的约翰修士，是一位高卢式的马丁·路德。作者在他身上，寄寓了自己的宗教改革观。约翰修士头脑健全，有胆有识：他从不禁欲，一个人顶四个人吃喝，还亲昵地将酒壶称作他的"小经本"；别的僧侣只知诵经唱歌，他却在诵经时从事生产劳作；敌人入侵时，所有的僧侣都"吓得如破钟似地乱抖"，只知"以唱颂歌和祷告来祈求和平"，他却抡起一支长柄棠木十字架，把敌人打得落花流水。约翰修士痛恨忏悔礼拜、朝山进香之类虚伪礼仪，他将教士称作"粪污容纳器"，因教士专听人悔过，等于吃世人的屎尿。约翰修士杀敌有功，卡冈都亚论功行赏，决定在德廉美(希腊文的意思是"自由的意志")地区为他修建一座新型修道院。按修士的要求，该修道院不筑围墙，男女修士来去自由，可以正大光明地结婚，自由自在地享受世俗生活。修道院内无任何繁琐章程和宗教礼仪，唯一的院规是："做你愿意做的事"。德廉美修道院的著名院规，概括了人文主义者崇尚自然信仰的宗教观和追求"人性"解放的思想。拉伯雷深信人类天性善良，只要顺应人的自然本性，必然道德高尚、才智卓越；反之，若定出种种清规戒律，压抑人的本性，必导致恶念丛生。拉伯雷当然不曾预见到，德廉美修道院的院规在实践中会演绎成尔虞我诈的"自由"和弱肉强食的"自由"；当时他所追求的，仅仅是革除旧教规，摆脱宗教对"人"的束缚而已。

当然，拉伯雷不曾激进到否定信仰。他并不攻击上帝，而是将批判矛头指向上帝在地上的代表，因为这些"上帝的代表"已取代上帝成为拥有无限权力的统治者，飞扬跋扈地在人间奴役和剥削"上帝的子民"。他揭露教皇《敕令》“巧妙地使黄金从法国流入罗马”，讥诮地指出“世上绝找不出一本书有如此聚财的力量”，可见“天堂的钥匙已交给《敕令》的仁慈主宰了”。第五部的“钟鸣岛”中，他把罗马描写为“除了笼子（教堂）就是鸟儿（教士）的地方”，这些鸟儿不事生产，只会啁啾、唱歌（诵经、唱诗），而“丰富的粮食、美味的食品都从世界各地运来”，作者于是嘲讽那些“为死人唱歌（作弥撒）的发明者”竟能想出如此“妙法”，使教士们得到“世人所希望而又很少人能获得的东西”，即“今生和来世同样过着天堂的生活”。总之，拉伯雷尽管不曾否定上帝的存在，却否定上帝在人间的权力。人文主义者们愿意把创造世界的荣誉留给上帝，而将支配世界的权力交给自己。这就是他们要求“人性解放”和“意志自由”的目的，也是其革命意志之所在。

除宗教外，中世纪的法律及司法机构也是拉伯雷批判嘲笑的重点对象，他把法律比作“蜘蛛网”，“小苍蝇、小蝴蝶跑不了，大个儿的牛虻却能破网而出”。他以某案“积下的案卷四条大驴也驮不动”，“请来各国法学专家开会讨论了46个星期仍无结果”，以及“要在大除夕出了月亮才下判决”等漫画式的笔法，使读者对法院的文牍主义、拖拉作风及法官的昏庸无能产生了深刻印象。与之对照，庞大固埃断案首先要求将那些咬文嚼字的“废纸”付之一炬，然后派人找来当事人双方，亲自听取他们的诉辩，很快就作出了公正的判决。庞大固埃认为“法律条文应从道德和自然哲学中萃拔出来”，而一班迂腐的法学家却知识贫乏，对道德、哲学一窍不通，他们做不到明察善断，只好在程序、案卷上消磨功夫。作者尤其痛恨那些收受贿赂，草菅人命的法官，将他们比喻为满爪鲜血的“穿皮袍的猫”，谁落入它们的魔爪就得猜“谜”，猜不出便是死路一条。巴汝奇拿出钱袋，一切问题迎刃而解，原来谜底就是个“钱”字。与这种法官相比，连靠掷骰子判案的法官也显得公正善良了。第三部中掷骰子法官的故事，是《巨人传》中最精彩的篇章之一。这位法官解释他判案之所以要拖延时间，是由于“时间可以使一切事物成熟”，“等病快好时叫来的医生最走运，等当事人的钱袋被司法人员吸空时再调解最适时”，因为“那时当事人只求案件早日了结，不拘怎样判决都不难接受了”。写到这里，法庭的荒唐、腐败似已揭露无遗，谁知作者笔锋一转，说庞大固埃听完他的自白，便原谅了他的错误，让他官复原职。因为“此人不太相信自己的学识才干，同时深知法律、敕令、典章、条例的自相矛盾，才谦虚地把自己交托给天主。与那些贪赃枉法、明显断案不公的法庭相比，这掷骰子的办法怎见得就更不公平呢？”这样一来，法庭的黑暗揭露得更加深透，主题也发挥得更加淋漓尽致了。

拉伯雷的政治思想体系，同样贯穿着以“人”为本的思想。他心目中的“人”，并非抽象的人，而是以市民阶层为主体的受压迫、受奴役的平民大众。他把欺压百姓的层层官吏和税务人员喻为“掌管葡萄压榨机的妖魔”，把老百姓榨得一点汁水不剩，“连葡萄皮和葡萄核里的油水都榨光”。他抨击那些专横暴虐、“以一己私利代替理性”的国王，为了实现其侵略野心，不惜置万民于水深火热之中。拉伯雷认为国君的伟大与否，取决于其国策能否体现民众的意愿和利益。他寄希望于哲学家政治，认为“只要国君研究哲理，哲学家治理国家”，自然“国泰民安”。乌托邦国的三代巨人国王，个个温良敦厚、平易近人，具有平民的气质与特点：他们使用老百姓的语言，和百姓们一起大嚼猪血灌肠，同时又聪明博学、通达情理、待人宽厚公正，懂得体恤民众。尤其值得注意的是，他们与周围的人是平等的朋友关系，丝毫没有封建时代的尊卑界限。这一描写，鲜明地反映了作者对人的价值及人与人之间关系的新见解。从《巨人传》中，可以看出拉伯雷对皇族贵胄并无好感，倒是对直接从事生产劳动的平民满怀敬意。在作者心目中，人的价值并不取决于他的身份地位，而取决于他能否为社会创造财富。所以约翰修士论及教士为何遭人嫌恶时，主要指责教士像猴子一样不从事任何物质生产和精神生产。关于这一思想，《巨人传》中还有一段精彩的插曲：某次庞大固埃与石甲巨人作战，一块石片飞来，割去了他老师的头颅，巴汝奇施行外科缝合手术，使之起死回生。老师醒来，却埋怨巴汝奇不该急于将他召回阳世，因他刚才在阴间见到许多新鲜事，正想大开眼界。原来过去的帝王将相、达官贵人到了阴间都被迫靠双手谋生，教皇们有的卖糕点，有的在公厕卖手纸，高利贷者趴在泥里、水里捡废铁；倒是往日的哲学家、手艺人、穷人，到了阴间便安享富贵，吃穿不愁。庞大固埃一行听了这番见闻，便想到要让战败的敌国国王学点手艺，好让他日后到阴间混口饭吃。这一细节，生动地反映了当时尚未脱离手艺匠人地位的新兴市民阶级已意识到自己在社会经济生活中的地位与作用，并已开始将自己视为真正的社会支柱和国家的主体。

作为法国新兴市民阶级的代表人物，拉伯雷的艺术也充满了这个阶级的青春朝气。他的文风洒脱，无拘无束，如长江大河般一泻千里，颇有横扫旧传统、开发新宇宙的气势。虽然就长篇小说的艺术形式而言，《巨人传》不过是初具雏形，结构还比较松散。但重要的是，拉伯雷第一个突破了民间故事和史诗的格局，为长篇小说这一新的艺术形式奠定了基础；而且率先为塑造近代小说中的“个性化”人物作出了贡献。

小说后三部的中心人物巴汝奇，是法国文学中的第一个“市民典型”，体现出解放了的资产阶级的“个性”。在他身上，既有闯荡江湖的流浪汉习性，又具备早期市民阶级的基本特征：他聪明能干、机智狡猾，同时也自私、爱钱、爱享受；他不承认任何传统道德、社会礼法，敢于肆无忌惮地“亵渎神圣”；他满脑子刁钻古怪的主意，捣鬼骗人，胆大包天，遇到危险却胆小如鼠；他不讲什么仁慈博爱，不抗恶，但是有仇必报，而且手段毒辣。他受到一个既贪婪又爱吹牛的羊商的侮辱，便用高价买下商人的头羊扔进海里，结果整个羊群都跟着头羊跳进大海，羊商也绝望地投海自尽。在《巨人传》中，几乎所有的主要人物都带有理想色彩，唯独巴汝奇是个现实的人，具有从现实生活中概括出来的真实个性，具有真实的长处和弱点。这是一个行将在资本主义竞争中大显身手的角色，是费加罗和弗隆坦等典型的前身。尽管这个人物刻画得还不够完整，前后性格还不够统一，但毕竟是法国文学中出现的第一个现实主义的典型。

拉伯雷是法国文学中讽刺艺术的一代宗师，举世闻名的笑的艺术家，他善于运用笑的武器，更善于运用漫画式的艺术夸张。他的描绘从细节看，似乎距离真实很远；从整体看，却恰恰突出了现实生活的本质特征，强化了批判的力量。拉伯雷的想象力和表现力无比丰富，《巨人传》中的大小故事不下百八十个，却从不给人老调重弹之感。同是讽刺漫画，构思和艺术手法却变化无穷；时而诙谐调侃，时而幽默含蓄，时而辛辣犀利，时而冷嘲热讽。比如“治消瘦病不用任何药品，只需叫他们做三个月的修士就行了”，这戏谑是多么诙谐；又比如“卡斯特罗修士会的会衣，不论放在何处马上产生惊人效果，不论人畜都立即交配起来”，这嘲骂是何等辛辣；作者自称曾走进庞大固埃的喉咙，发现里面人口稠密，生活富裕，于是一住就是六个月，出来后告诉国王：“王爷，我吃你吃的，喝你喝的，凡经过你喉头输入的山珍海味，我都收一道关税”，这样的讽喻又是多么含蓄。他攻击教皇《敕令》，自始至终采用赞颂的口吻；巴汝奇等一连串讲了十多个《敕令》如何使人倒霉的例子，教皇派连连惊呼“奇迹”！竟将巴汝奇等视为“真正的信徒”，摆出珍馐美味把他们着实款待了一阵，这样的艺术处理又怎能不令人忍俊不禁。

《巨人传》全部采用活的民间语言，既生动，又明快，真是活泼风趣、妙语连篇。拉伯雷学识渊博、精通古籍，而其作品却全无书生学究的陈词滥调。他明确地要求自己为那些活跃在城镇集市上的织工瓦匠写作，为茶坊酒肆里的店东、厨师写作。在长达八十万言的《巨人传》中，也许找不出八千字在讲严肃的大道理，然而谁也不曾像拉伯雷那样善于把高深的人文学者的思想，变成那个识字不多，趣味不高的市民阶层自己的见解。作者明确地表达出这个阶层尚处在朦胧的自发状态的感情和愿望，从而引起他们强烈的共鸣，使之发出会心的大笑，鼓舞他们更加理直气壮地追求现世的财富和人生的欢乐，更加兴致勃勃地去探索大自然的奥秘。

《巨人传》是拉伯雷在法国文学史上树立的一块丰碑，其深远的意义与影响，非一般意义的“名著”所能涵盖。拉伯雷是艺术家，更是思想家。尽管他所宣扬的价值观也有其局限性和负面效应，但确实为推动整整一个时代的进步事业立下了不可磨灭的功勋。因为，没有人的思想解放，就没有生产力的解放；没有人的自我意识的觉醒，就没有后来的资产阶级大革命和欧洲历史的大飞跃。直到今天，以个人的尊严与价值为主要内涵的“人文主义”，依然是西方文化观念的基础，是现代科技发展和社会进步的动力。从这个意义上说，《巨人传》不朽的生命力也已为500年的西方历史所证实。

人文主义运动和宗教改革动摇了天主教的一统天下，解放了人们的思想，然而与此同时，人们的精神不知不觉又被一种新的思想模式所束缚，这便是对古代文化经典的崇拜。宗教战争打破了沉溺于古典文化中的学者们的宁静，变幻莫测的命运使法国人陷入疑惑和不安。于是，古人和神学家一起受到质询，理性和神性一样遭到怀疑。人果真如早期人文主义者宣扬的那样完美，理性真的是万无一失的精神武器吗？蒙田代表这个时期法国人文主义者对世界和人生进行了新的思考并给予了新的回答。他的《随笔》是这个时期相当一部分法国人心态的真实记录。

米谢尔·艾康·德·蒙田（1533—1592）生于佩里格尔，祖上是富有的商人，到了父辈才被封为贵族。他的一生正值16世纪中叶和末叶，这是个战乱频仍、风云变幻的时代。蒙田自幼学习拉丁文，后来他到波尔多学哲学，又到图卢兹学法律。蒙田早年曾有政治抱负，但很快即感到失望，于1571年退归故里，研究普鲁塔克、塞内加、塔西佗等人的著作，并于次年开始撰写《随笔集》，于1580年出版，共两卷94篇。此后他到德国和意大利旅行，医治他的结石病。他曾连任两届波尔多市长，正当他第二届市长任期行将结束的时候，波尔多市暴发了鼠疫，蒙田此时正在该市郊区的领地小住，他就此躲避瘟疫。1586年已经离职回乡的蒙田，继续写他的随笔，并于1588年出版了《随笔集》第三卷，计13篇。同年，他结识了狂热崇拜他的德·古内小姐，并将其收为义女，今天我们看到的《蒙田随笔集》（1595）是德·古内小姐在他生前出版的随笔集的基础上，根据他在笔记上写下的大量注释和补充文字整理而成的。

蒙田的《随笔集》共三卷，107篇，篇幅长短不一，结构松散自如，文笔简朴流畅，是"他身上的自然能力的尝试"，也是"他的生活的试验记录"。据文学批评家的考证和阐发，蒙田所谓"随笔"（Essais）有称量、考察、验证、要求、试验、尝试等含义[①]。由于Essais与Essaim为同根词，"随笔"甚至有时还指"蜂群"、"鸟群"之类"展翅飞起的一群语词"。蒙田在他的徽章上铸有一架天平，同时还镌有著名的箴言："我有何知"？因此，蒙田的随笔实在是一种追寻和探索，并在两者之间建立和保持平衡。"随笔"既是向内的，注重内心活动的真实的体验；又是向外的，强调对外在世界的具体感知；更是综合的，始终保持内外之间不可分割的联系。蒙田的名言："我探询，我无知"，造就了"随笔"这种"最自由的文学体裁"。

蒙田的思想是"一种明快的自由思想"（恩格斯语），清晰，透彻，以个人经验为源泉，以古希腊哲学为乳汁，多方求师，不宗一派，表现出摆脱束缚、独立思考、大胆怀疑的自由精神，为18世纪启蒙思想的萌发作了准备。动荡的时代，较高的社会地位，新兴资产阶级的软弱，又使这种思想具有中庸、保守和妥协的色彩。

蒙田思想的中心问题不是上帝和宗教，而是人，是人的行为及其与

---

① 这里指的文学批评家是瑞士知名教授让·斯塔罗宾斯基。

周围世界的关系。他不满当时思想界“诠释者成群，而著作者寥寥”的状况，嘲笑那种以阐述神学著作为能事的哲学家，大胆地提出：“我所从事的研究，其主题是人”，并进一步以“我”作为“书的素材”。他充分肯定了个人的存在及其价值，认为“每一个人都包含了人之所以为人的完整形态”，“人在兴趣上和力量上各个不同，应该通过不同的道路，根据个人的情况来谋求幸福”。蒙田看到并强调了个别的人与一般的人之间的区别，这说明人文主义以人为本的思想有了进一步的发展。这种思想更深刻、更明确地表述了资产阶级关于人的观念，强调了个人的价值。面对着神的束缚，这种对于个人的肯定显然比肯定一般的人更为大胆、更为现实，也更具有战斗性。针对教会宣扬的禁欲主义和来世思想，蒙田肯定了人有追求幸福和享受现世生活的权利。享乐主义贯穿了蒙田的整个思想，成为《随笔集》的基调。他所理解的享乐包括精神上和物质上的享受。

但是，蒙田耳闻目睹的是，人不仅为精神上各种愿望所裹挟，而且备尝物质上的种种困苦，人在这种情况下如何求得幸福？蒙田认为，人可以通过精神上的努力，战胜生活中的磨难，超脱于命运之上，做到完全控制自己，进入自由、怡静、无忧无虑的境界。他从古罗马哲学家加图那里学到如何抵御情欲的疯狂、痛苦的纠缠和死亡的袭扰，而塞内加则教他如何摆脱情欲的奴役，如何躲在高傲的孤独中反躬自省，“如同没有妻子，没有儿女，没有财产一样，以便在果然失去这一切的时候，不致再度感受匮乏之苦”。至于痛苦，“我们给它多大位置，它就占有多大位置”；说到死亡，他要人“脑袋里最经常装着的是死”，“不知道死在何处等着我们，我们就处处等着它”。死亡只会使无知的人感到惊慌失措，对一个学会了蔑视俗见的哲学家则无可奈何。他认为可怕的不是死本身，而是对死的陌生和恐惧，熟悉了它，乃至“演习”过它，就可以战胜它。有一次，蒙田坠马竟至昏迷不醒，事后，他认为那就是一次死亡演习。蒙田差不多一生都在战乱中度过，痛苦和死亡成了他经常谈论的题目，突出地反映出他所受的斯多葛派的影响。晚年，他的观点有了很大的变化。

这种变化也在他对各种人的看法中得到反映。他从实际生活中看到，农民在战祸中大批死去，他们也曾表现得从容镇定，并不需要哲学家们的学问。他深受启发，认为不读书的工匠和农民比那些不务实际的哲学家们更有智慧。他说："我见过成百个比修道院长更聪明、更幸福的工匠和农民，我更愿与他们认同"，"农民的习惯和言谈普遍地比我们的哲学家有条理"。因此，他认为人与人在精神上和道德上是平等的，帝王将相并不高于普通人，不应将他们神化以愚弄百姓。他写道："皇帝和鞋匠的灵魂出于一个模子"，甚至，"皇帝的仪仗使您眼花缭乱，可是，看看帐子后面吧，那只不过是个普通人，有时候比他的臣民还要卑劣"。他说人的行为以自己为榜样即可，不必到大人物那里去找，因为"恺撒的生活并不比我们自己的生活为我们提供更多的榜样，皇帝的一生与平民的一生，同样是人生种种意外觊觎的目标"。他认为，衡量一个人，应该根据他本身的价值，而不是根据外在附加的东西。地位、金钱和荣誉都是外在的东西，不能成为评价一个人的根据。不言而喻，没有德行的君主从臣民那里得到的只能是轻蔑和痛恨，而蒙田对当时法国的君主是不乏微词的，他们在他的笔下并不那么神圣。蒙田能够冲破偏见，提出尊重群众的见解，非常可贵。

蒙田不为流俗所蔽，一反人云亦云的习见，对所谓"野蛮人"作出自己的判断，议论十分精彩。他说："我发现在这些民族身上毫无野蛮之处，只不过人人都称与自己的习俗不同的东西为野蛮罢了"。在"思想的明晰和敏锐"，"技艺的精巧"方面，"吃人生番"毫不逊于欧洲的"文明人"；在虔诚、守法、善良、正直等方面，"生番"则胜过"文明人"；而在坚强、忠实、面对痛苦、饥饿、死亡的态度方面，野蛮人可与古代最著名的例子相媲美。相反，"文明人"恰恰在野蛮上超过了他们，并且利用他们的无知和缺乏经验来败坏其品质。他特别对"生番"把别人叫做自己的"一半"

表示赞赏，并希望“文明人”与这“一半”之间建立“平等和睦”的关系。与这种博爱思想相联系，蒙田愤怒地谴责了西班牙殖民者在美洲犯下的野蛮罪行。他写道：“为了获得宝石和香料，多少城市被夷为平地，多少民族被彻底消灭，多少人死于兵刃，世界上最丰饶美丽的地方被搅得乱七八糟”。他把这种征服称为“卑鄙而粗暴的胜利”，对文明人毫无光荣可言。蒙田关于“野蛮人”的思想同卢梭关于“自然人”的思想有许多相似之处。不过，他在赞美“野蛮人”的优秀品质的时候，更加强调“文明人”和“野蛮人”之间应该存在的平等和睦关系。他说：“我尊重一切人，他们都是我的同胞，我拥抱一个波兰人如同拥抱一个法国人一样”，“友谊的臂膀长得足可以从世界的一角拥抱到世界的另一角”。

在人与外界的关系上，蒙田崇拜自然，号召人们遵循自然的指示，享受自然的馈赠。他把自然称作“温柔的向导”，“伟大的母亲”。他认为，满足自然的要求是适合于人类的唯一理想的道德；反之，“拒绝、取消和歪曲它的馈赠”，就是“对不住这伟大的、强有力的馈赠者”；而他则是愉快地、感激地接受自然给予他的一切。对自然的尊重和崇拜，使他改变了最初认为“研究哲学就是学死”的观点，而认为：“如果您不会死，毋庸担心：到时自然自会充分、足够地告诉您的”。对自然的崇拜与肯定现世生活是一致的，其矛头直指向教会所宣扬的禁欲主义。

对于人的认识能力，蒙田采取怀疑论的态度。他认为“人类的理性是一把双刃的、危险的利剑”，因为理性至上论造成了人类的“狂妄和傲慢”，而这正是人类与生俱来的错误。与理性相比，他更强调经验，认为经验可以弥补理性的不足，是理性的“唯一根据”。但是，无论理性还是经验，都不是万能的，因为“判断者和被判断者都处于不断的变化和运动中”，“不可能建立任何确定的东西”。他的一篇长文，题为《为雷蒙·塞崩辩护》，对这种怀疑论的思想进行了淋漓尽致的发挥和系统全面的阐述。那是一篇奇文，意在辩护，实则与雷蒙·塞崩的观点大相径庭。后者把人放在一切造物的中心，极力颂扬人的理性，把理性视为信仰的基础；而蒙田恰恰相反，把人视同一切生物，而且还是最软弱的一种，在力量、忠诚、聪明、友爱等方面都不如禽兽。人类引以为荣的理性非但不一定为人类独有，而且还是虚妄的，靠不住的。他认为，人类的两大认识，理性认识和感性认识，都是不中用的“虚荣”；如果感性不比理性更可靠，科学也同哲学一样软弱无力，事物的本质对人类来说，永远是深不可测的。人只能说“我知道什么？”，而不能说“我不知道”，因为这仍是一种肯定的说法，而“肯定和固执是愚昧的特别标志”。他认为最聪明的哲学家是怀疑论者，蒙田怀疑的是盲目的信仰、宗教的狂热和僵死的教条。他有时似乎把怀疑论推向不可知论，其实那不过是一种手段而已。怀疑论是蒙田思想的重要侧面，对于摧毁经院哲学起了积极作用；但是不应夸大怀疑论在蒙田思想中所占的比重，也不应忽视其消极保守的作用。

宗教作为封建制度的精神支柱，在16世纪思想家们的著作中占有重要地位，或颂扬，或批判，或揶揄，人人都要加以谈论。蒙田是个天主教徒，在长达30年的宗教战争中，他站在天主教一边反对新教。但是，他是不是一个真正的、虔诚的天主教徒，历来是受到怀疑的。他很少谈论上帝，而他的上帝又常常和自然是一个东西，他还主张“少去介入对神意的判断”。他对宗教改革不感兴趣，因为他厌恶“标新立异”，但主张宽容，反对宗教狂热，谴责宗教迫害。至于宗教本身，他主张，“我们只要以我们的方式，接受我们的宗教，如同他们接受他们的宗教一样”。在他的眼里，“宗教狂热造成的文化损失，比所有蛮族的火造成的损失都大”，宗教战争是王侯们的一桩“狂暴的、野心勃勃的事业”。他尖锐地指出，在这场撕裂着法国的内战中，宗教问题只不过是个借口，各方标榜的“正义”不过是“装潢和饰物”而已，真正使那些王侯们行动的是“情欲和贪欲”。蒙田的宗教观深深地打上了怀疑论的烙印，对天主教的绝对统治构成了一种潜在的威胁。毫不奇怪，《随笔集》虽然于1580年获得罗马教廷的通过，终于在1676年被列为“禁书”。

教育问题是培养人的问题，引起了人文主义者普遍的重视，蒙田也不例外，在《随笔集》中写有专文《论儿童教育》陈述他的观点。他认为，“教育的目的是使人变得善良和明智，而非使人博学”，也就是培养绅士，培养判断力，这是他的教育思想的核心，与拉伯雷培养全知全能的人的思想有很大的不同。他反对教儿童许多知识，反对单纯记忆，主张精神上的培养和“教会他思想”。他根据自己的经验，强调择师的重要。他要求教师的头脑要有条理，而不是塞满知识。他反对由教师进行灌输，而要求让学生先说话。教师不但要考查学生认多少字，还要看他是否领会和掌握了字的精神实质；学生是否获益的证明，不是他是否记住，而是他的行为。他反对任何强制，主张让学生自由选择判断，如果学生不能决定其判断，则宁可存疑。“只有疯子才确信无疑”。他特别强调让学生博采众家之长，加以融会贯通，变成自己的东西。他将这比作蜜蜂采花酿蜜。他认为，不能单纯地从书本上学习，还要接触外部世界。因此，与各种人谈话，到各地去旅行，都是学习的途径。他重视学生的自由，认为不给学生自由，就会使他变得卑屈和懦弱。他认为，“使精神强健还不够，还要使筋肉强健”，为此，要让儿童过艰苦的生活，锻炼身体，并要“常常违反医学上的禁令”，“让他在户外和危险中生活”。教育的“目的在于德行，而德行并不像经院哲学说的那样被栽植在陡峭的高山上，道路崎岖，不可接近。相反，走近它的人认为它是在美丽、肥沃、鲜花盛开的高原上，人立于其上，一切尽收眼底；识途的人能够走近它，那是一条浓荫蔽日、花气芬芳、坡缓地平有如穹顶的道路”。《论儿童教育》是写给一位贵族夫人的，虽然其教育的对象是贵族子弟，教育的目的是使他们成为国王的廷臣或武士。但是，蒙田的教育思想及方法中，不乏令人深思、供人借鉴之处。

《随笔集》中所反映的蒙田的思想十分复杂丰富，难以纳入一定的体系；有时也确如一匹“脱缰之马”纵横驰骋，不见首尾，加上他的思想十分活跃，不断地发展演变，初看上去，令人觉得难以捉摸。此外，400年来，不同时代，不同阶级，不同集团的读者又往往强调其思想的某一侧面，加以发挥和引申，这就使他的思想面貌更形复杂。纵观全部《随笔集》，蒙田先后受到斯多葛主义和怀疑论的影响，最后力图形成自己的生活之道，是一种以伊壁鸠鲁主义为基调的人生哲学，这样一条线索可以相当清楚地体现在他的思想演变过程中。

蒙田是法国文艺复兴运动晚期的人文主义者，《随笔集》的写作始终在民生凋敝、战乱频仍的广阔背景下进行，书中所反映的思想已与早期人文主义者的思想有了很大的不同。往日的那种对人的赞美，对理性的崇尚，对爱情的歌颂，对宗教的抨击，对知识的追求，都在蒙田的笔下失去了明亮的色彩和亢奋的激情，犹如奔腾咆哮的大河化为烟波浩渺的平湖，时而掠过一抹云彩，给人以苍凉、宁静、多少有些茫然的感觉，既反映了蒙田思想的独特性，也反映了后期人文主义思潮所特有的复杂性和深刻性。

第四节　西班牙和葡萄牙文学

西班牙文学　16世纪初，西班牙国王卡洛斯一世（1516—1556年在位）当选为德国皇帝，改称卡洛斯五世。这时西班牙成为称霸于欧、美两大洲的强国。在王权鼓励下，国内资本主义工商业一度繁荣，文化方面也开始向文艺复兴时期过渡。人文主义思想早在15世纪天主教男女王统治时期，就通过不同途径传入了西班牙。人文主义者，包括曾经到过意大利的西班牙学者和在西班牙讲学的意大利学者，通过创办学校，设立拉丁、古希腊语专业课程，翻译出版拉丁、古希腊语及意大利的人文主义作品来传播人文主义思想，批判宗教偏见。到16世纪上半叶西斯内罗斯红衣主教创建阿尔卡拉德埃纳雷斯大学时，人文主义在西班牙已获得胜利。文化教育的进一步繁荣还表现在印刷术的传入，内布里哈撰写出第一部西班牙语语法书以及柏拉图哲学被引进西班牙等。西班牙的文艺复兴尽管没有导致新教式的宗教改革，但它在各方面强调了人的价值，而且市民与数目不多的修士对宗教改革表现了极大的关注，埃拉斯慕斯的影响极大。虽然人文主义影响处处可见，但某些中世纪的文化潮流继续存在。在文学领域中，伤感小说仍在发展，谣曲广泛传播，宗教剧盛行，骑士小说的发展达到了顶峰。

在16世纪的后50年，即费利佩二世（1556—1598年在位）[①]统治时期，西班牙以卡洛斯一世为象征的人文主义思想遭到了困阻。出于反宗教改革的目的，西班牙闭关锁国，断绝与欧洲其他国家往来，国内阶级矛盾呈上升趋势，新兴市民阶层势力日益强大，但同时也出现了依靠文化财富，或建立在钱财基础之上，或靠流血卖命而获得权势的新型贵族。皈依天主教的犹太人，即新基督教徒们，对教会不满情绪与日俱增。教会则通过宗教裁判所或他们的巨大文化和经济实力在国内外施加反改革的影响，因此西班牙国内各种关系紧张，产生了社会危机。

这个时期的散文有着两种明显倾向：一种是自然而逼真地表达时代思想，另一种则只是单纯追求形式的优美。孪生兄弟胡安·德·巴尔德斯（1490—1545），阿方索·德·巴尔德斯（1490—1532）是第一种倾向的作家。这个世纪的前几年，西班牙读者对骑士小说和伤感小说仍然情有独钟。1510至1550年的几十年里，即西班牙文艺复兴的第一阶段，宣扬埃拉斯慕斯主义的议论文盛行。从16世纪中叶起，出现了新的叙事体文学，大

---

① 费利佩二世是西班牙语译文中惯用的表达法，即腓力二世，下面西、葡文学部分一律使用这个译法。

体可分为四类：1）源于中世纪，以田园牧歌生活为主题的田园小说。首创于意大利诗人桑纳扎罗的《阿卡迪亚》。西班牙的葡萄牙诗人豪尔赫·蒙特马约尔（1520？—1561）以其《迪亚娜》（1559）开创了西班牙田园牧歌先河。作品以优美的诗歌、丰富的想象、感人的对话，栩栩如生地描绘了那个时代的上层社会。2）源于古罗马的拜占庭小说（或历险小说）。作品充满神奇色彩与异国情调。塞万提斯的《贝雪莱斯和西吉斯蒙达历险记》是这类作品的佳作。3）摩尔人小说。是西班牙本土所特有的叙事体作品，很可能来自与之同名的谣曲。它们讲述基督教的骑士与漂亮的摩尔女人之间的恋爱故事或者是西班牙化了的某对摩尔恋人在基督教世界里的恋情，其中反映慷慨大度、勇敢、礼让等优良品德为宗旨的《美女哈里发和阿本塞拉赫人的故事》（1551）是这类小说的范例。4）最具有西班牙特色的是流浪汉小说。佚名作品《小癞子》（1554）可以说是最早的流浪汉小说，书中主人公是个学徒，服侍了几个主人。他以第一人称讲述了学徒成长过程中的所见所闻，继承了中世纪业已存在的现实主义手法来反映社会的阴暗面，对那个时代的状况持抨击态度。但与后来巴罗克时期的流浪汉小说相比，书中主人公不够典型，他只不过是为了填饱肚子而被迫哄骗主人的孩子而已。

在诗歌方面，胡安·博斯坎·阿莫加维尔（1493—1542）和加尔西拉索·德拉·维加两位诗人把意大利诗歌新韵律和分段新格式引进西班牙，尤其是后者不仅模仿意大利诗歌而且还保持西班牙传统诗歌的气质，创造了西班牙的感怀诗。尽管墨守成规的诗人克里斯托瓦尔·德·卡斯蒂列霍（1490—1550）极力反对，但也未能阻挡这种新诗体的发展。这个时期著名诗人有以修辞华丽、描述细腻、喜用拉丁语汇、诗段偏长而著称的塞维利亚派诗人费尔南多·德·埃雷拉（1534—1597）。他的诗歌格式完备、音韵优美、情调深沉，对后世夸饰主义诗歌创作产生了不少影响。神秘主义诗歌到了费利佩二世时达到鼎盛时期，代表诗人有路易斯·德·莱昂神父，他把《圣经》式的文风和古典式文风和谐地融合起来。以他为首形成了以语言简洁、表达明快、诗段短小而见长的萨拉曼卡派。虽然塞维利亚派与萨拉曼卡派诗歌风格各异，但两派都尊加尔西拉索·德拉·维加为导师。

在西班牙人文主义兴起时，洛佩·费利克斯·德·维加·卡皮奥推出了新型戏剧模式——民族戏剧。这个世纪末，塞万提斯开始出版著作，他的思想可以被视为人文主义思想对待生活的最后阐释。此外，史学著作呈现上升趋势，特别是关于征服美洲的历史。总之，在西班牙彼特拉克主义的影响持续了整整一个世纪，它不仅为西班牙展现了爱情诗歌创作的新模式，而且从西班牙生活诸多方面所表现出的人文主义思想中可以看出彼特拉克作品的深远影响。这位作家酷爱自由与祖国的感情深深地留在西班牙文人的脑海之中。

习惯上，人们将16世纪中叶至17世纪初叶的西班牙文学称之为黄金世纪文学，是因为这个时期西班牙对世界产生过影响。除了政治、军事上的影响之外，在文化领域（文学、评论、艺术方面）均有其独创之处。

加尔西拉索·德拉·维加（1503—1536）是宫廷诗人、军人和骑士，西班牙文艺复兴时期最完美的侍臣典型。他出身于贵族家庭，自幼受到著名人文主义学者的栽培，使他熟悉古希腊、罗马作家的作品。从很年轻的时候他就为卡洛斯五世服务，参加了当时众多的战役。激起他的灵感撰写优美诗篇的是王后女侍中的一位葡萄牙小姐伊萨贝尔·弗莱雷。加尔西拉索对她产生爱慕之情，但未能如愿。这位女士与他人结婚并过早地离开人世使得他极为痛苦。当他跟随卡洛斯五世出征普洛旺斯时，身先士卒，攀登要塞，被敌人投下的巨石击中，身负重伤，不久即在尼萨逝世。

在他的诗作里既没有歌颂英雄的内容也没有宗教的主题。在他看来诗歌是用以表达爱情的。他通过诗歌表达对伊萨贝尔·弗莱雷的倾慕、爱恋之情，倾诉由于她的死带给自己的失落、悲凄之感。他的那首献给一位那波里小姐的、七个音节和十一个音节相间的、以《格尼多的花儿》命名的诗歌是极其有名的。诗中有不少以情景抒怀的优美诗句，比如“但愿我那/可怜的七弦竖琴声，即使瞬间，/能让强劲的风力/息怒，能让/澎湃咆哮的海水安宁平静”。这个诗段的三短两长的韵律形式后来被黄金世纪的诗人们广为采用，由于加尔西拉索在其原诗的第一行诗中使用了“里拉”（七弦竖琴）这个词，从而凡使用这种格律形式撰写的诗歌都被称为“里拉”格律诗。

由于过早去世，他的诗作很少，一共有一首诗简，两首挽歌，三首田园诗，五首歌以及三十八首十四行诗。然而，加尔西拉索仅以上述作品就足以置身于卡斯蒂利亚抒情诗坛之巅。他的诗歌主题同彼特拉克相似，总是哀叹得不到回报的爱情或爱慕的情人过早离世。他创作的惯例是启用“人们口中既不新奇又未被废弃的”语汇，词句极其宫廷化，十分悦耳动听。他对卡斯蒂利亚诗歌的贡献巨大，是他首先使用了十四行诗，而里拉格律和他习惯使用的三行诗的诗段形式一直在西班牙诗坛上运用。

这位伟大的抒情诗人影响深远，在黄金世纪的不同流派诗歌创作中，均可见到受他影响的痕迹，不管是爱情诗（萨拉曼卡派还是塞维利亚派），还是宗教诗歌（苦行派与神秘派）。甚至在20世纪，诸如米格尔·埃尔南德斯和路易斯·罗萨莱斯等诗人都受到他的影响，还出现了被称为“加尔西拉索派”的诗人集团和学术团体。

路易斯·德·莱昂神父（1527—1591）出生在昆卡的贝尔蒙特。他的父亲曾是王家的参事。他毕业于萨拉曼卡大学并成为该校的教授，教授数种学科。莱昂易于冲动的情感与渴望寻求真理的性格，使他与其他教派的神学家发生激烈的争论、冲突。终于在1572年由宗教裁判所裁决将他监禁，罪名是他在作品里对《圣经》进行了某些错误的阐释。在监狱度过四年后，他又重新回到萨拉曼卡大学任教。当他重新站到讲坛上，开始讲授第一课时，他的第一句话是：“我们昨天讲到……”。这被传为佳话。

他在被选为奥古斯丁教派的卡斯蒂利亚教区的大主教后不久便去世。

一生坎坷、屡遭不幸的莱昂神父依靠赋诗习文排遣内心的苦恼。他对自己的诗作并不看重，称之为“拙作”。恰恰是这些“拙作”，使莱昂在西班牙文坛上占据着极其重要的地位。他为数不多的诗作表现了诗人高超的才能，他喜爱使用里拉韵律。他在诗中表现谋求精神宁静的愿望。他认为今生今世就是妨碍人们奔向天堂的桎梏，他感叹：“什么时候才能摆脱囚禁，/自由地飞向天庭……”。尽管诗人在其同时代中名声显赫，但是他蔑视为功名利禄而奔波，追求俭朴的生活。有诗为证：“当其余的人/以无法满足的欲望，/为追求并不持久的权势，/而焦虑如焚时，/且让我唱着歌在树荫下修身养性”。

莱昂是以萨拉曼卡诗派命名的诗歌运动的创始人。这一流派的诗作特点是文风简朴、没有外在的浮饰。但是遣词用句都是几经推敲、斟酌的。他们诗歌创作的灵感来自《圣经》的经文与古希腊、拉丁的抒情诗人。莱昂由于对希腊、拉丁、意大利等古典作家的熟悉与模仿，崇敬大自然并善于从优美的大自然中得到创作启迪，成为西班牙文艺复兴代表作家之一。

圣特莱莎·德·赫苏斯（1515—1582）在阿维拉出生，出家之前的名字是特莱莎·桑切斯·塞佩达-阿乌马达。尽管她仅受过一般教育，却是个十分活跃的女性。1534年进了卡门教派，当了修女，从此将整个一生献给宗教改革事业，建立了数十个修道院。她的重要作品可以分为两类：自传性质的，如《生平》、《宗教活动之书》；禁欲和神秘主义作品，如《完美之路》、《寓所》。它们在圣特莱莎去世后，分别于1583年、1588年和1610年得以正式发表。上述作品的特点是叙述生动，带有作者本人的独特文风。圣特莱莎是遵照上级的指示，为文化水准不高的修女们写出上述作品的。因此，她的作品没有什么艰深的理论，而是以语言对话流畅、清晰而著称。正如她自己所说，她使用了“厨房里的语言”，她把深邃的基督教义与理论主张以及她个人的修行体会，用民间的成语、生动的比喻及简练的语言与读者沟通。

《生平》于1562年写就，是一部精神修养自传，深入地进行了自我剖析，使读者受到极大的鼓舞，所以在同年她又动笔撰写了《完美之路》。《宗教活动之书》主要讲述她如何一座一座地建立修道院与进行改革，从中读者可以了解到圣特莱莎1567至1572年这段生活状况与经历。而《寓所》是圣特莱莎的顶峰之作，也是世界宗教文学中的重要作品之一。宗教文学鼓励教徒攀登精神的高峰，以便最后达到与上帝交感的目的。这部作品使读者体会到圣特莱莎的精神世界，它犹如一个透明的钻石城堡，里面有一个又一个的房间。她的灵魂先后沿着三条途径，走过这些房间。首先进入炼狱之途，从洗涤罪恶着手，经过三个房间把罪恶洗涤干净之后，方得以进入第二个阶段，即光照之路；第二步要通过诵经、自我反思和培养美德锻造自我的另外三个房间，然后进入最后一个房间，即交感阶段；只有达到神秘主义意境的人方会有这种感受，这意味着或象征着修行业已达到高峰，已经与上帝感通。这个时期的宗教文学宣扬禁欲、苦行和神秘主义，目的在于压制宗教改革与文艺复兴。

16世纪中叶至17世纪初叶的西班牙文学，呈现一派蓬勃发展的繁荣景象，优秀作家层出不穷，优秀的作品不断问世。塞万提斯就是这一时期的杰出代表之一。

米盖尔·德·塞万提斯·萨维德拉（1547—1616）出生在马德里附近的阿尔卡拉—埃纳雷斯。祖父是宗教法庭的律师，在当地也是个著名人士。父亲是个潦倒终生的乡村医生。1551年，塞万提斯四岁时，全家迁移到巴利亚多利德居住。家庭经济状况没有丝毫改善，债台依然高筑，后来家长因欠债入狱、家产被抄没抵债。父亲出狱后到西班牙南方的科尔多瓦和塞维利亚寻找谋生的机会，直到1566年全家方在马德里定居。塞万提斯的早期教育是跟随父亲在上述地区漂泊中进行的，由于家贫，他始终未能进入大学学习。1569年对于塞万提斯来说是重要的一年，他为悼念费利佩二世的第三位妻子伊萨贝尔·德·巴洛伊斯王后病逝而创作了四首哀诗。这些诗作受到他的老师的称赞并收入到一本献给国王的诗集中。这位老师博学多才，具有人文主义思想，对塞万提斯少年和青年时期的文化养成有着较大影响。这四首诗虽然是即兴之作，也有不少地方还显得稚嫩，但是却可以让读者感觉到作者对国王的忠诚与热爱以及在技巧方面受到大诗人维加的影响。1569年这一年还发生了一件改变塞万提斯命运的事件：他由于打架斗殴而被警方通缉，不得不仓皇出逃，不久后来到了罗马，他的一位远方亲戚、胡里奥·阿克夸维瓦红衣主教保护了他，让他充当侍从。塞万提斯跟随这位红衣主教走遍了意大利的名城：罗马、米兰、威尼斯、那波里、佛罗伦萨等地，广泛接触文化界的著名人士，阅读了文艺复兴时期的大量作品。他在意大利的这段生活，成为他后来从事文学创作的重要源泉。1570年塞万提斯从军，1571年10月7日，他虽然患病并且还在发烧，却不顾战友们的劝阻，毅然参加了抗击土耳其军队的勒班陀海战，英勇地冲上敌舰与敌人展开搏斗，身负三处重伤，仍不下火线，一直坚持到胜利。为此他受到指挥官的表彰，晋升一级并增加四个金币的津贴。1572年4月伤愈后，他重返军队。1573年10月11日塞万提斯又参加了纳瓦里诺海战和攻打突尼斯的战役。战后，他随部队先后驻防意大利的墨西拿、巴勒莫和那波里；这进一步为他提供了了解意大利文化的机会。1575年9月26日，他和弟弟罗德里戈（也是西班牙士兵）随身携带统帅和总督的保荐信回国。他们乘坐的船行驶到马赛港海面时，突然遇到土耳其海盗船的袭击，船长和一些士兵在战斗中牺牲，塞万提斯兄弟被俘。他们被带到阿尔及尔以后，塞万提斯被分到希腊叛徒达里·玛米手下当奴隶。由于他身上带有统帅和总督的保荐信，这个海盗便以为奇货可居，打算用他换取大笔赎金。塞万提斯在阿尔及尔经受了极为严峻的考验，他始终以顽强的毅力进行不屈不挠的斗争，并组织了四次越狱行动，但都失败，为此他受到酷刑处罚。1577年，塞万提斯家族不惜四处借债凑足了一半赎金，先将罗德里戈赎回。直到1580年9月19日，在两位神父的帮助下，塞万提斯才获释放，并于同年10月24日回到西班牙。这五年的俘虏生活成为他一系列小说和戏剧创作的重要素材，比如：《伽拉苔娅》、《堂吉诃德》、《贝雪莱斯和西吉斯蒙达历险记》、《阿尔及尔的交易》和《被囚禁在阿尔及尔》中都留有这段经历的印记。

1582年，已经35岁的塞万提斯开始创作小说《伽拉苔娅》，书中充满了忧郁的情绪，而且他终生只写完了该小说的第一部。与此同时，他与同辈作家来往密切。1583至1585年间，他完成了几个剧本的创作，其中《被围困的努曼西亚》上演后获得成功。在与剧团演出人员的交往过程中，他结识了一位名叫安娜·佛兰卡的有夫之妇并且发生了恋情。1584年，二人的爱情结晶问世了，取名叫伊萨贝尔·德·萨维德拉。更加令人惊异的是，同年10月，塞万提斯突然与一位年仅19岁的姑娘卡塔利娜·德·帕拉西奥斯正式结婚。他们把家安在距离马德里不远的埃斯吉韦尔镇。但是，他的大部分时间是在马德里度过的。从1587到1602年，为了谋生，塞万提斯离开家乡去远在五百多公里之外的塞维利亚担任无敌舰队的军需，为准备攻打英国而在安达卢西亚各地征收粮食和油料。1588年8月，无敌舰队被英国人击败。塞万提斯在无敌舰队出发时写过一首长诗，预祝舰队胜利归来。战败后，他又创作了一首更加华丽的长诗，恳请费利佩二世再次发兵攻打英国。这位西班牙国王的确有心再次对英开战，因此塞万提斯得以继续担任军需官的职务。1592年9月，由于他未经批准出售小麦而被捕入狱，后经上书申诉，获得释放。1594年，他被委任在格拉纳达地区征收商品税欠款和其他税款。1597年，因他寄存税款的银行倒闭而他又未能及时将钱取出上交国库，所以再次被捕入狱。据塞万提斯后来回忆，创作《堂吉诃德》的最初念头就是在这次蹲监狱时产生的，因为在他担任税收官的这段时间里，走遍了西班牙南方的城市和乡村，见识了社会各阶层的人物，既看到了许多美好的事物，也亲眼目睹了大量的丑恶现象，结合他自身的种种经历，他觉得非常有必要编成故事讲述出来。

1602年，已经55岁的塞万提斯开始撰写《堂吉诃德》。从1603年开始，他把家迁到了巴利亚多利德，全家挤在一幢下等公寓里，楼上是一家妓院，楼下则是一家酒馆。但是，就在如此恶劣的环境中，世界名著《堂吉诃德》（上卷）问世了。1605年，被当时文学界认作“怪书”的《堂吉诃德》在卡斯蒂利亚出版，立即引起轰动：仅在一年里，再版六次，上至宫廷贵族，下至平民百姓，都纷纷传诵这部作品。然而，这一切并没有改变塞万提斯的贫困状况和悲惨命运。1605年6月27日夜晚，来自纳瓦拉省的骑士埃斯贝雷塔被人刺死在塞万提斯居住的公寓门前。警方毫无道理地迅速逮捕了塞万提斯全家。审理此案时，街坊四邻对他家进行了恶毒攻击，极大地影响了塞万提斯和他家属的名誉。1611年8月，塞万提斯又为女儿陪嫁一事与女婿对簿公堂。同年，法院又下令他归还担任税收官时的欠款。面对这一次次打击，塞万提斯依然顽强地坚持写作。1613年，他完成了长诗《帕尔纳索斯之旅》和《警世典范小说集》。与此同时，有人化名发表了《堂吉诃德》（下卷）的伪作。这促使塞万提斯加快了写作的速度。1615年，《堂吉诃德》（下卷）出版。1616年，积劳成疾的塞万提斯终于病倒在床，但他坚持写完了长篇小说《贝雪莱斯和西吉斯蒙达历险记》。4月23日，因患水肿病，在马德里逝世，终年69岁。

塞万提斯的文学创作深刻反映了16世纪西班牙王国从强盛走向衰落的社会现实，忠实而生动地揭露出封建制度下的种种丑恶与黑暗，热情洋溢地宣传了人文主义思想。他的文学成就突出地表现在小说方面。他主张作家的想象力应该与历史的真实性统一起来，道德说教应该与作品的艺术性统一起来。他强调作家才情的重要性，提倡积极地反映社会生活。但他是从诗歌创作开始踏上文学之路的。他最早的诗歌是为悼念费利佩二世的王后写作的四首哀诗。1577年，他在阿尔及尔被俘期间曾给西班牙首相写过一封诗简，题为《致我的主人马特奥·巴斯格斯》，充分表达了塞万提斯特有的英雄气质、顽强性格和对祖国的忠贞不渝；同时也向国王提出了派兵捣毁土耳其海盗巢穴的要求。他在1587年创作的《献给无敌舰队的两首赞歌》中，讴歌了爱国主义精神，诗中唱道："有这样的君王与羔羊为伴/更兼十二使徒的斡旋/告诉他们一定稳操胜券/西班牙必将凯歌震天"。1596年，他写了一首十四行诗，题为《贺梅地纳公爵攻占加的斯》，他用"全城的建筑统统夷为平地，/管它高楼大厦和低矮平房"这样的诗句谴责了英国军队在加的斯所犯下的罪行。塞万提斯自己最满意的一首十四行诗是《拜谒塞维利亚吾王费利佩二世》，该诗写于1598年，诗中辛辣地讽刺了教会利用国王的去世大肆挥霍、铺张浪费、修造豪华的陵墓。1613年，塞万提斯发表了长诗《帕尔纳索斯之旅》。作者用第一人称介绍了他神游帕尔纳索斯山的经历。全诗分八章，叙述太阳神阿波罗要从诗坛上将蹩脚诗人驱逐出去，便命令水星神前往西班牙召见塞万提斯，授意他集合优秀诗人与蹩脚诗人论战，结果后者在交锋中败北。作者用这种冷嘲热讽的形式表达了他对某些诗人的厌恶以及对诗歌创作中的陈旧观念的批评。最后，他以阿波罗的名义宣告诗歌创作的"章程和规范"，例如："有些诗人邋邋遢遢，不过诗艺超群，应该同样受到敬重"；"所有诗人必须性情柔顺温和，不应关注鸡毛蒜皮的小事，包括开绽的破袜上露出的缕缕线头"；"特告诫：任何诗人休得赋诗恭维皇亲贵胄。吾以明令传旨：阿谀奉承者不得进入本堂"等等。综上所述，塞万提斯的诗歌创作反映了他本人具有十分敏感的艺术观察力，但是缺乏优秀诗人的才情，所以在这方面的成绩远不如小说。

塞万提斯的剧作有20多部，流传下来的有18部，其中比较重要的是：《阿尔及尔的交易》、《被围困的努曼西亚》、《西班牙美男子》、《争美记》、《被囚禁在阿尔及尔》、《改邪归正成正果》、《苏丹王后堂娜·卡塔琳娜·德·奥维多》、《爱情的迷宫》、《相思错》、《鬼点子佩德罗》和8部幕间剧。其中大约创作于1583年的《被围困的努曼西亚》，以古代西班牙努曼西亚城四千居民抵抗八万罗马侵略者的历史事件为背景，描写城破后仅存的一位少年，拒绝向敌军交出城门钥匙。他面对罗马统帅西比翁，毅然从高塔上跃下，以身殉国。全剧充满了强烈的爱国主义精神。西班牙评论家给予这部剧作很高的评价，指出这部作品以诗咏歌叹的方式表达出被围居民忍饥挨饿以及男女之间的悱恻爱情场面，效果强烈，感人肺腑，经久难忘。努曼西亚为祖国捐躯的青年一代，“冲进林立的刀枪面不改色，/他们怒气填膺一往直前，/杀出一条血路飞速而过”。而剧中的最后几个场面通过台词描绘了全城居民自戕，还有父亲杀死儿子的惨境，使悲剧氛围达到庄严的极致。

《阿尔及尔的交易》（1585）是塞万提斯最早的喜剧作品。从剧中提到的历史事件来看，大约写成于1580年。作品真实地记录了作者1575年至1580年间被土耳其海盗俘虏的经历。剧中的主角奥雷利奥是个基督徒，在战争中与妻子西尔维亚双双被俘。奥雷利奥的女主人名叫萨阿拉，西尔维亚的男主人名叫依素甫，而萨阿拉和依素甫又是夫妻。萨阿拉看中了奥雷利奥，奥雷利奥坚决不肯接受女主人的追求，他说：“恕我直言，劝你放尊重些！”又说：“为你着想，我好言相劝。我希望你保住自己的名声。我虽然是卑贱的奴隶，但是我的心依然要坚守基督徒的信条”。西尔维亚的遭遇也大同小异：依素甫欲纳西尔维亚为妾，用三百金币买下她之后，屡屡向这美貌女子求爱。但是，她一心爱着自己的丈夫奥雷利奥，因此守身如玉。不料，夫妻相见后发生了误会。后来几经波折，经国王的调停，这场纠葛方才解决，夫妻双双获得自由并且重新团圆。剧中有个角色名叫萨维德拉，显然是塞万提斯的化身。如同文艺复兴时期的画家把自己画进作品一样，塞万提斯也常常把自己写入剧中，这里的萨维德拉就是塞万提斯姓氏的一部分，更重要的是剧中的许多台词就是塞万提斯以前的诗歌。比如，他的台词中的三行体诗篇，实际上是他上书费利佩二世的秘书马特奥·巴斯克斯的部分内容，只是稍加改动罢了。在塞万提斯以摩尔人为题材的第二个喜剧创作时期，最早的一部当属《西班牙美男子》。剧情是根据1581年塞万提斯受国王派遣前往阿尔及利亚的沿海城市奥兰的事实写就。其中当然有虚构的成分，正如剧本结尾时所说，该剧是“把真人真事同任意的虚构掺和在一起”。主人翁堂费尔南多·德·萨维德拉大概有塞万提斯本人的影子。主角身上闪烁着堂吉诃德精神的光芒。整个作品中充满了生活的情趣以及生动活泼的热烈气氛，但是可以时时看到幽默嘲讽的意味。

然而，西班牙评论界公认的一部喜剧力作是《被囚禁在阿尔及尔》。剧情与《阿尔及尔的交易》大体相似，但是，无论在故事冲突还是布局策划上都远远超过了《阿尔及尔的交易》。故事情节发展迅速、跌宕起伏，人物性格鲜明、有血有肉，并且连续不断地产生戏剧悬念，所有这些特点都在舞台上得到了充分的展现。这个剧本以摩尔海盗袭击西班牙海岸上某个村镇为开端，先有两个少年烈士的英勇牺牲，接着是教堂司事的恶作剧，以后便是被俘的西班牙男女的痛苦经历和爱情纠葛，全剧以解放者从海上发出的信号不停地闪烁为结束。

塞万提斯晚期的戏剧作品主要反映在“幕间剧”中，剧情多写下层百姓的生活，比如在《管离婚案件的法官》中描写的普通老汉、穷苦士兵、乡村医生和搬运工人，在《流氓鳏夫特兰帕戈斯》中描绘的地痞，《达甘索地区选村长》中的村长、农民、吉卜赛人，《殷勤的守护神》中的士兵、教堂办事员和女佣，《伪装的比斯开人》中的流浪汉和警察，《奇迹戏的演出》中的草台戏班子和农村姑娘，《萨拉曼卡的山洞》里的农民、理发师、流浪汉以及《吃醋的老汉》中的老汉、警察和大学生，个个都栩栩如生，刻画得入木三分。这些幕间剧中不乏精品，如《萨拉曼卡的山洞》里，作者把薄伽丘的几个故事中嘲笑外出的丈夫的情节，跟有关在萨拉曼卡山洞里传授魔法的传说联系起来。剧本一开头是潘克拉西奥与妻子莱昂纳达告别的场面，因为丈夫要去参加妹妹的婚礼，作者通过夫妻难分难舍的对白讽刺了二人对荣誉、通奸和迷信的看法。丈夫走后，来了一个痞子型的大学生，他由于赶路偶然来到这个村庄借宿，恰巧看到莱昂纳达与教堂办事员和理发师准备狂欢通宵。谁知丈夫潘克拉西奥中途折回，来到家门口连叫“开门”。这时，家中乱作一团：痞子学生、教堂办事员和理发师被关进草房。后来，通过莱昂纳达的巧妙周旋，让办事员和理发师头顶草筐装成魔鬼，加上痞子学生的插科打诨，方才渡过了危机。这个幕间剧无论从幽默机智的对白还是巧妙的剧情来看，都可以说是塞万提斯最好的剧作之一。西班牙文学评论界认为塞万提斯在戏剧方面的创作远比他的诗歌更有才华。

但是，真正施展出塞万提斯艺术才华的还是在小说方面。他的第一部小说是田园牧歌体的《伽拉苔亚》（第一部）共六章，发表于1584年2月。这部作品显然受到意大利作家桑纳扎罗的《阿卡迪亚》的影响，也可以看到蒙特马约尔和希尔·波洛（1529？—1584）小说中写的迪亚娜的影子。小说以牧羊男女的爱情故事为主线，中间又穿插了许多惊险情节，诸如：土匪抢劫，海盗袭击村庄等等。作品中有相当篇幅是“把一些哲学道理与某些牧人对爱情的看法结合在一起了”。由于“书中的许多牧人仅仅是披着牧人的外衣罢了”[①]，所以在一些人物身上可以看到真人真事的影子，如女主人公伽拉苔亚很可能就是作者的妻子，牧人埃利西奥就是塞万提斯本人。但是，大量的说教、冗长的对话和重复插入的诗句使得作品不够生动。这部作品一直到塞万提斯去世之前都没有写出第二部，这说明作者始终没有给这部作品找到准确的基调。塞万提斯的小说创作真正进入成熟时期是从1602年开始的，这一年他长期酝酿的人物堂吉诃德终于登上了舞台。

---

① 引自作者本人为该作品写的前言。

《堂吉诃德》(1602—1615)全名为《奇情异想的绅士堂吉诃德·德·拉·曼却》。上卷主要叙述拉·曼却地方的穷乡绅吉哈达,由于阅读骑士小说入迷,企图仿效古老的游侠骑士生活,便拼凑了一副破盔烂甲,改名为堂吉诃德,骑上一匹名叫“驽骍难得”的瘦马,物色了一个挤奶的姑娘作为意中人,决心终生为她效劳。他第一次单枪匹马外出,结果受伤而归。第二次他找了邻居桑丘·潘沙作侍从,结伴一同出游。由于堂吉诃德头脑中充满了骑士的幻想,他竟然把风车当作巨人,把旅店当作城堡,把羊群当作敌人,把理发师的铜盆当作魔法师的头盔,把苦役犯当作受迫害的骑士,把赶路的贵妇人当作落难的公主,把皮酒袋当作巨人,干了无数荒唐可笑的事情。尽管他屡屡受挫,却痴心不改,依然执迷不悟,继续前进,直到几乎丢了性命,才被人救护回家。下卷讲述了堂吉诃德和桑丘·潘沙的第三次出游。这位疯骑士有位邻居名叫参孙·加尔拉斯果学士。他为了医治堂吉诃德的疯病,故意怂恿他再次外出,然后自己也装扮成骑士准备打败堂吉诃德,以便迫使他放弃荒唐的念头回家养病。不料二人交手之后,参孙反而被堂吉诃德打败。三个月后,参孙重新找堂吉诃德决斗,终于将这个疯子打倒在地。根据二人事先商定的条件,堂吉诃德在一年之内不许摸剑,不许外出,只能待在家里休养。堂吉诃德一回到家里便病倒在床,而且病情日益恶化,直到弥留之际才恍然大悟,痛斥骑士小说对人们的毒害,并且嘱咐外甥女不得嫁给骑士,否则将得不到他留下的遗产。除去这条主线之外,下卷还穿插讲述了一些有趣的故事,比如:桑丘如何设计欺骗主人,声言魔术师把美人杜尔西内娅变成了村妇;公爵夫妇如何捉弄堂吉诃德和桑丘;桑丘当上海岛总督之后又是如何治理岛屿的。此外,堂吉诃德还有一些惊险的遭遇,比如:他居然看到死神在大板车上召开会议,他与狮子的狭路相逢,蒙得西诺斯地洞的奇遇,干涉驴叫引起的纠纷,出席富翁卡马乔的婚礼,“悲戚夫人”的奇祸等等。

塞万提斯写作《堂吉诃德》的宗旨是“把骑士小说那一套扫除干

净”，但是作品的客观效果远远超出了作者的主观意图。小说中出现了大约七百个人物，上上下下包括了贵族、教士、地主、市民、士兵、农夫、囚徒、强盗、妓女各色人物。书中描写的场面非常广阔，从贵族的城堡到偏僻的小客店，从农村到城镇，从平原到深山，从陆地到海岛，从大路到森林小径，完整地展现了16世纪末至17世纪初西班牙封建社会的真实面貌，揭示出从强盛到衰落的王国中的种种矛盾，表达了作者对平民百姓艰难处境的同情以及对贵族阶级腐败荒淫生活的愤慨。此外，作者通过堂吉诃德之口广泛地发表了对政治、经济、文化、道德、风俗等方面的看法。

堂吉诃德这个人物已成为世界文学中一个著名的典型。他的性格随着故事情节的展开变得越来越复杂多样。起初，他的确模仿骑士的一举一动，但是他终日耽于幻想，总是过高地估计自己的力量，因此屡屡失败。可是，读者不得不佩服他那一往无前的高尚精神：他从善良的愿望出发，立志铲除人间的恶魔；他反对压迫，锄强扶弱，充满了无私无畏的精神。他的忠贞、纯洁、慷慨、斯文、勇敢、坚毅，都超过常人。他为坚持真理，可以不顾惜生命。他表里如一，事事认真严肃。他的严肃认真不是伪装出来的，而是发自内心的深处。这使得读者在因为他的疯癫发笑之余会对他这种严肃认真的态度感到由衷的敬佩。堂吉诃德身上矛盾而复杂的性格，反映了塞万提斯思想上的矛盾，即理想与现实之间的冲突。作者一生有才干，有抱负，有勇气，有理想；但是社会现实对他十分残酷：他受伤致残，被俘受辱，多次入狱，家庭矛盾困扰着他的一生。难能可贵的是，他从来没有退却过。现实中不能实现的抱负和理想，他在文学创作中一一加以实现，他的创作热情化成了感人至深的作品。堂吉诃德清廉公正的理想，不可能通过复活骑士制度的办法加以实现。但是，塞万提斯却通过高超的艺术形式，诸如：写实与虚构、严肃与嘲讽、喜剧与悲剧等手法，表现了他毕生坚持的英雄主义精神和勇敢、坚毅、吃苦、耐劳等美德。

小说中的另一个人物仆人桑丘·潘沙，与堂吉诃德相辅相成，是主人的对照，彼此交映生辉。主人耽于幻想，是理想主义的化身；仆人处处求实，是现实主义的实践者。主人急公好义，勇往直前；仆人胆小怕事，只顾眼前的实惠。但是，桑丘的性格并非一成不变。他最初给人的印象是有点傻，渐渐地便表露出傻中带一些狡黠。随着时间的推移，堂吉诃德的精神感动了他，明知跟着这个疯子不会捞到实惠，可他仍然一片忠心，不肯背离主人而去。在下卷里，桑丘的性格得到进一步的发展。他在担任海岛总督时断事公正合理，为官清廉，为老百姓做了许多好事，突出地表现了桑丘的聪明智慧和管理才能，同时也反映出塞万提斯的人文主义思想。

在创作方法上，塞万提斯善于运用典型化的语言和行动刻画堂吉诃德的性格，反复使用夸张的手法强调人物的个性，大胆地交替使用一些对立的艺术表现形式。他既描写平凡的生活琐事，也叙述奇特怪异的想象；既有朴实无华的生活场景，也有滑稽夸张的虚构情节；既有发人深思的悲剧因素，也有引人发笑的喜剧成分。尽管从全书的角度看，这部小说结构不够严谨，有些细节前后矛盾甚至有所遗漏，然而无论在反映现实的深度和广度上，还是在塑造人物性格的典型性上，它都比欧洲在此前的小说前进了一大步。它的出现标志着欧洲长篇小说的创作跨入了一个新的阶段。这些创作技巧之所以能够被成功的运用，主要在于作者紧紧地抓住了主人公的灵魂，抓住了人物心路历程的发展变化，因此使读者感觉到他们似乎不是按照作者事先规定的意图行事，而是具有自己的个性，并且按照这一个性为人处世。尤其引起读者注意的是这一个性的复杂性，从而引发不同时代、不同类型读者的不同理解和不同的诠释。甚至同一个读者经过多次阅读之后，都会有不同的感受。例如海涅曾说过，他每隔五年读一遍《堂吉诃德》，印象每次不同。随着时间的推移，随着一代又一代读者对堂吉诃德及其精神的理解和再创造联想，这位西班牙骑士的形象变得更加鲜明、生动、光彩照人，因为读者从堂吉诃德那不可替代的复杂性格中照见了自己的身影。

《堂吉诃德》取得了巨大成功，作者在世时已经出版了16次。在他逝世后的三百多年里，该书在世界各国共翻译出版了上千次，成为世界名著之一。从小说创作方面说，塞万提斯的艺术成就对欧洲小说的发展具有决定性的意义。19世纪欧洲小说的名家，诸如福楼拜、狄更斯、陀思妥耶夫斯基、加尔多斯等人，都十分注意向塞万提斯学习，把他看成是欧洲现代小说的创始人。其中，塞万提斯的艺术风格和语言风格，特别是朴实无华、生动活泼等特点为欧洲现实主义小说的发展奠定了坚实的基础。

除长篇小说创作之外，塞万提斯在短篇小说的创作中也取得了重要的成就。《警世典范小说集》就是这一成就的最好说明。该书写成并出版于1613年，共收入12篇。主要内容包括爱情故事、流浪汉故事和哲理性故事。爱情题材中有描写吉卜赛姑娘们恋爱的故事，例如，《吉卜赛姑娘》；有描写历尽苦难、饱尝被俘生活，终于获得美满爱情的《慷慨的情人》；有叙述丈夫嫉妒成性、最后人财两空的《嫉妒成性的厄斯特列马杜拉人》。在流浪汉题材中，有描写两个流浪汉为追求自由，不幸落入黑帮集团，最后终于脱离匪巢的《林孔内特和科尔塔迪略》。《鼎鼎大名的洗盘子姑娘》是爱情故事与流浪汉题材的结合，一条线讲述洗盘女对理想爱情的追求，另一条线描写富家子弟的流浪生活。在哲理性题材方面，最出色的作品是《玻璃硕士》，讲述一位硕士中毒后精神失常的故事。他总认为自己是个玻璃人，总是怕被别人碰伤，因而不接近任何人；但是，他聪明过人，其种种见地都令人拍案叫绝。作者在这个短篇小说中对紧张症体验的描写使得当代心理分析专家为之赞叹不已。由于《警世典范小说集》具有浓郁的时代气息、爱憎分明的立场、追求自由的精神，加上情节曲折、离奇和生动的叙述语言，所以作品问世后深得读者的好评。

1616年4月19日，即距离塞万提斯离开人世仅剩下四天的时候，他为刚完成的最后一部长篇小说《贝雪莱斯和西吉斯蒙达历险记》写了献词。这部作品讲述了北欧两个小王国的王储贝利昂德罗和奥丽斯苔拉(即贝雪莱斯和西吉斯蒙达的化名)佯称兄妹,出游欧洲其他国家,一路经历了千难万险,最后终于团聚、喜结良缘。全书分为四部,共有80章,于1617年作者逝世后出版。在问世后的两百年里,它没有引起评论界的注意。进入20世纪以后,对塞万提斯的研究几次成为热潮,于是这部作品便成为研究《堂吉诃德》的参照物,例如,有西班牙文学评论家这样进行比较的:"就塞万提斯的生平和著作而言,如果说《堂吉诃德》是作者的理想和现实之间的苦涩对照,那么《贝雪莱斯》则表明作者在返老还童,是一场大获全胜的、合乎理想的梦幻"①。

塞万提斯在《堂吉诃德》(下卷)中写道:"中国的大皇帝一月前特派专人送来一封中文信,要求我——或者可说是恳求我——把堂吉诃德送到中国去,他要建立一所西班牙语文学院,打算用堂吉诃德的故事做课本"。他的这一戏言直到20世纪,经过中国文化界几代人的努力方变为现实。特别是1977年《塞万提斯全集》中文版问世,中国读者从此可以全面了解这位西班牙伟大作家的创作风貌了。

洛佩·费利克斯·德·维加·卡皮奥(1562—1635)是西班牙民族戏剧的奠基人,出生于马德里。他的父母原来是阿斯图里亚斯的穷苦农民。迁到马德里后,洛佩的父亲从事宫廷刺绣行业。家境略微宽裕之后,父亲为他买了个贵族头衔。他的启蒙老师是诗人、小说家维森特·埃斯皮内尔(1550—1624),即后来的流浪汉小说《马科斯·德·奥布莱贡》一书的作者。洛佩自幼爱好诗歌,五岁时就能用拉丁语和罗曼斯语(即古西班牙语)朗读诗歌。1574年进入耶稣会创办的学校,学习语法和修辞等课程。两年后,给阿维拉城的大主教赫罗尼莫·曼里克·德·拉腊当侍从。可能

① 塞万提斯:《塞万提斯全集》,第八卷"序言",第1、2页,人民文学出版社,1996年。

是这位主教出资，洛佩才得以进入著名学府阿尔卡拉德埃纳雷斯大学读书，但一直不是一个好学生。后来，他爱上了一个寡妇，就跟踪到马德里。这个女人很可能就是玛利亚·德·阿拉贡，即洛佩在诗作中歌颂的那个名叫马菲莎的女性。

1583年，年仅20岁的洛佩，怀着满腔热血，投笔从戎。他参加了堂阿尔瓦罗·巴桑的远征军，攻打特尔塞拉岛。这是亚速尔群岛中尚未归顺西班牙的唯一岛屿。西班牙大获全胜。从此，整个伊比利亚半岛的疆土都收在西班牙国王费利佩二世的管辖之下。这次远征军的经历使得洛佩后来写出喜剧《受到惩罚的美男子》。

海战胜利归来后，洛佩疯狂地爱上了喜剧演员埃莱娜·奥索利奥，就是他在许多抒情诗中所描绘的名叫“费丽斯”的那个女性，也是他的对话体小说《多罗特亚》中的多罗特亚。埃莱娜是剧团经理的女儿，一个有夫之妇。后来财大气粗的红衣主教格朗维拉的侄子占有了洛佩的情人，埃莱娜中断了与洛佩维系五年之久的恋情关系。一气之下，洛佩写诗讽刺、挖苦埃莱娜与其家人，恶毒攻击埃莱娜的表演才能，从而招致大祸。埃莱娜的兄弟们控告洛佩的诬陷和诽谤，结果洛佩败诉、被关押。1588年2月8日洛佩被判处逐出首都八年，逐出卡斯蒂利亚两年。但是他冒着被处以死刑的危险偷偷地潜入马德里，与一位朝廷命官家中的小姐伊萨贝尔·德·乌尔维娜幽会，并设法将她拐走。这位官员为了挽回家族的面子不得不同意他们的结婚请求。这个新娘就是他诗作中的“贝丽莎”。婚后不久，出于冒险心理，洛佩登上“无敌舰队”的圣胡安号战舰，向里斯本驶去。在舰上他写了一首誓与意大利作家阿里奥斯托的《疯狂的奥兰多》一比高低的长诗《安赫丽卡的美丽》，以此献给他的伊萨贝尔。

无敌舰队被英国舰队击败，洛佩幸免于难。1588年12月左右，他回到西班牙，与伊萨贝尔一道迁居巴伦西亚。巴伦西亚也是西班牙的文化名城，戏剧创作十分活跃。洛佩在那儿获得“谣曲创作高手”的称号，还写下了他的早期喜剧作品。

1590年洛佩担任阿尔巴公爵堂安东尼奥·阿尔瓦雷斯·德·托莱多的秘书，举家迁到萨拉曼卡，并全力以赴地投身到萨拉曼卡大学的文化活动之中。公爵因得罪国王被捕。在此期间洛佩代管公爵府上的一切事务直到1593年公爵获释。在这个时期他还撰写了田园牧歌小说《阿卡迪亚》（1598），在书中描绘了风光如画的公爵领地。1594年他的妻子生第二个女儿时难产，不幸去世，婴儿夭折。为了避免触景伤情，洛佩上书请求减少流放的期限以便离开萨拉曼卡乡村。1595年他回到马德里城，三年后洛佩同马德里城一个鱼肉大批发商的女儿结婚。这完全是桩出于经济利益考虑的婚事，因此洛佩对这个女人并没有献过什么诗篇。这个时期是洛佩创作上的高峰期。从1598到1604年他写了219个剧本，以“天才的凤凰”闻名于西班牙。不久洛佩热恋上女演员米卡埃拉，即洛佩诗歌中歌颂的“卡米拉·卢辛达”。

1603年洛佩与妻子迁到托莱多，在此前不久米卡埃拉就已迁到该城，而且两家都住在同一条街上。为了维持两个家庭的开支，洛佩经济上十分拮据，于是在1605年洛佩又成为塞萨公爵的秘书。他与公爵的大量通信是研究洛佩的思想、情感的极为珍贵的资料。公爵十分器重他的才能，把他当成自己的代理人与亲信，成为洛佩创作活动的保护人。1610年洛佩决定迁回马德里定居，在那里买了一所房子，与妻子和儿子卡洛斯·费利克斯住在一起，并收容了与米卡埃拉生的两个孩子。

1613年春季，洛佩因妻儿相继去世受到双重打击，产生了激烈的思想斗争，对自己过去不谨慎的行为表示忏悔。他试图从宗教里寻找宽慰，于是在1614年，遁入空门，做了修士。但这并没有改变他的生活方式，也没有影响他的创作。从他以宗教信仰为内容的诗集《神圣的韵律》中，可以看出作为修士，他的信仰还是真诚的。但他总是贪恋红尘，又一次坠入情网。1616年他认识并爱上了年仅26岁的马尔塔·内瓦雷斯·桑托约。他为马尔塔献上不少优美的诗篇，即他的诗作中提到的“阿马利莉斯”或“马西亚·莱昂娜多”。1628年马尔塔双目失明，继而精神失常，于1632年与世长辞。洛佩沉浸在难以克服的悲痛之中。这时洛佩虽然名气越来越大，但他的贫困状况始终没有改变。1634年，他的另一个儿子在赴西印度群岛途中淹死。此后不久，他最喜爱的女儿被人拐骗后，又被遗弃。年迈体衰的洛佩，由于过分的悲伤而与世长辞，他的保护人塞萨公爵为他大办九天的丧事，马德里几乎倾城出动为他送殡，盛况空前。

纵观他的一生，洛佩是个善于为个人发展开辟道路的人。他从一个马德里城中地位卑下的刺绣工后代，经过努力奋斗而赢得全马德里人的爱戴，就很说明问题。正如评论家所说的那样，在洛佩身上存在着四种激情，这是人类都应具备的基本激情，即对女人的爱，对自由的爱，对祖国的爱以及对上帝的爱。

洛佩一生正处于西班牙最为复杂的历史时期之一。他的青少年时期是在费利佩二世王朝度过，而他的成熟时期则是在费利佩三世统治之下，费利佩四世执政时洛佩已到暮年。在奥地利王室统治西班牙的最后年代里，王朝业已失去它往日的光辉。国王不理朝政，宠臣当道，甚至发展到绕过国王作出重大决定。从费利佩三世（1598—1621年在位）登基开始，西班牙衰落的迹象日益明显。特别是经受一系列对外政策上失败的打击后，国势日衰，逐渐失去了欧洲霸主地位。

在1621到1665年费利佩四世执政时，葡萄牙分裂出来，荷兰独立，从而将卡洛斯一世创建的王朝毁于一旦。1648年法国一跃而为欧洲的霸主，称雄一时的西班牙帝国变得软弱无力。面对西班牙社会的这种境地，人们采取了两种截然不同的态度：一种是对社会现实认识得十分清楚，抱着极为悲观失望的态度；另一种即是采取掩耳盗铃的态度，让自己躲避到一个虚假的社会里，如洛佩。尽管西班牙政治、经济业已进入衰退阶段，但是它在艺术上却处于繁花似锦的昌盛时期。洛佩则成为这个时期文坛上的主角，他是17世纪西班牙民族戏剧的创始人。

洛佩革新了西班牙黄金世纪的戏剧。他的剧作，摒弃了古典修辞的模式，为了封住亚里士多德派学者的口，他于1609年发表了《当代编剧的新艺术》，阐述自己的戏剧理论。他抛弃了亚里士多德的时间、地点和行动的三一律戒条，并将悲喜剧成分交织在一起，让丑角承担制造喜剧气氛的重任。洛佩的戏剧一般分为三幕，与莎士比亚的五幕剧以及后来的法国古典戏剧不同，也就是说，“第一幕把问题确定下来，第二幕把各项事情交织在一起，要安排得巧妙，以致观众到了第三幕中间，尚难以猜透它的结果”，然后展示问题的解决。他将类似歌曲、舞蹈这种抒情因素引入剧中，以缓和观众的紧张情绪，并采用适合于剧中人社会文化身份的台词与各种各样的诗歌格律。当时这种三幕戏剧不管其内容如何（也许是喜剧性的或悲剧性的，或两者兼而有之）通通称为喜剧。之所以这么命名，主要是为了把这种戏剧与其他戏剧形式，如幕间短剧、宗教短剧等加以区别。

洛佩的剧作可分为四大类：1）历史类剧作：又可分为古代史剧，如《燃烧的罗马》；外国历史剧，如《非报复性的惩罚》；西班牙历史剧，如《最好的法官是国王》，《奥尔梅多的骑士》，《羊泉村》，《卡洛斯五世包围维也纳》等；2）宗教类剧作：如《上帝之子的诞生》（圣诞节的奥托，即短剧），《牧童》（宗教圣理剧），《埃斯特的修女》，《最好的妈妈》，《圣母的红衣主教》等；3）世态类剧作（又称剑袍剧）：如以农村为背景的《被冷落了的乡民》；以城市为背景的《傻大姐》；4）其他还有《克莱塔的迷宫》（神话体剧），《易怒的贝拉多》（田园牧歌剧）。据统计，他写了1500部剧作。但对这惊人的数字，一直众说纷纭。有人说一共是1800出喜剧和400出宗教短剧，但今天保留下来的与之相差甚远。最新说法认为有317部喜剧肯定是他写的。

16世纪开始的西班牙戏剧创作多种多样，包括西班牙以至世界各个时期的历史故事，或从过去的文学作品、天主教神学故事、民间传说中取材。例如，洛佩曾把一首民谣：“我更爱布衣旧衫的/佩里巴涅斯，/而不是身着轻裘的/领主，您大人”改写成一部名剧《佩里巴涅斯和奥卡尼亚的领主》。由于他的戏剧结构灵活，所撰写的剧本比当时其他欧洲剧作家的作品自由度大得多。他采取的亦庄亦谐的手法不仅是成功处理戏剧冲突的手段，而且也提高了剧作的美学价值。至于故事情节，他的剧作与莎士比亚戏剧同样重视故事的错综复杂性，几乎总是利用情节抓住观众，故事一环紧套一环，引起观众的极大兴趣。

以洛佩为代表的西班牙喜剧家受到意大利戏剧的影响，即不管其戏剧主题如何发展、变化，但剧中的人物总是模式化的，其基本模式无非是通过一对青年男女主人公——一位小姐或少妇与倜傥风流的公子或骑士，来反映一些严肃的问题，同时通过另一对男女——女仆与男仆令人发笑的言行带来喜剧效果。除了《羊泉村》勾画的是集体人物外，上述模式在他的喜剧中占据了主导地位。一般讲，洛佩喜剧中的人物有以下几种类型：1）风度翩翩的英俊小生，如《奥尔梅多的骑士》中的堂阿隆索。这种人物常常是出身于名门望族，或帝胄之后，剧中突出他的骁勇、慷慨、坚定并胆大妄为的特点，但他经得起各种环境的挑战。2）小姐或夫人。这种人物集羞花闭月之美与炽热的爱情于一身，运用自己的机智，克服无法与情人相爱的重重困难，达到追求个人幸福的目的。在剧中她们的举止言行无不被名誉、爱情以及嫉妒所左右。她们生活在社会的旧习俗的桎梏之中，所以有时只得铤而走险，无所顾忌。3）滑稽角色、丑角。这是16、17世纪西班牙民族戏剧作品中众多人物形象中的一个复杂的人物类型，也是评论家们分析、研究、介绍得最多的人物。丑角是为了衬托英俊小生而塑造的。如果英俊小生是勇敢无畏的，那么这个丑角一定是胆小怕事的；如果英俊小生遇事优柔寡断，那么丑角一定是果敢善断的。这种人常常被写成缺乏高尚的理想，只顾个人经济利益。无论是胆小怕事，还是精明强干，他们的存在大多是为了加强戏剧效果，或者在剧情发展到关键时刻，常常通过这个角色的言行来缓和观众紧张的心情。如《羊泉村》里的门戈，平时是个胆小软弱的农民，当国王的代表严刑拷打村民追问杀人凶手时，门戈却俏皮地说杀死队长是"小羊泉干的"，既有力地嘲讽了法官的严刑逼供，同时也缓解了观众的紧张心理。这种角色经常成为主人的谋士或心腹，在大多数喜剧中他们成为故事情节发展的主要推动力。如洛佩的《园丁之狗》里的丑角就使我们想起意大利艺术喜剧里的阿雷金这个角色。4）女仆。在剧中她与上述的丑角起同样的作用，但与男仆相比，其作用要小得多。她们一般都是夫人、小姐的心腹，也是英俊小生的同谋。她们获得爱情信息，转送情书，帮助英俊小生克服摆在他面前的各种障碍、战胜敌手。那种不是由英俊小生与女仆直接发生联系的喜剧，则是由男仆或丑角出面与女仆联系。在这种情况下，会有一个平行发展的剧情出现，也就是说，除了小姐与少爷相亲相爱外，男女仆也配对相爱，最后所有有情人都成眷属。5）平民百姓。在西班牙的民族喜剧里，特别是在以农村为背景的戏剧里，这种人物出现较多，但已不同于过去文学作品中的这类人物了。他们已经构成西班牙戏剧的真正文学形象，在许多场合下，他们是戏剧的主人公。平民百姓对自己的尊严、名誉、身份十分珍惜，不容侮辱，特别注重血统纯正，求得做人的真正价值。当一个利用自己权势的人，如国王或贵族，企图侮辱或耍笑他们，危及他们的尊严时，他们必然挺身而出，维护尊严名誉，奋起反抗，最后以胜利而告终。如洛佩的《羊泉村》、《佩里巴涅斯和奥卡尼亚的领主》里的平民百姓形象。通过这种角色，洛佩将城乡两个反差极大、对比度极强的世界展现在观众面前，以便表现后者简朴、欢快、静谧的田园牧歌式的生活被豪富的专横霸道行径所破坏。6）国王。一般讲，国王的形象有两种设计方案，最常见的是，作为维护社会秩序的最高权势的代表，他经常用手中的王权惩办邪恶，伸张正义。在许多剧本中，他被写成自天而降的、及时雨般的上帝模样，他使得局面转危为安。他们一般年老，德高望重，以历史上的圣明国君为模式，像费利佩二世和天主教国王费尔南多，都是人民心目中的理想国王的化身。洛佩的《羊泉村》和《最好的法官是国王》中的国王就属于这一类。而另一种年轻的国王则常常作为独裁者出现，他是制造混乱的罪魁祸首、万恶之源，比如，洛佩的《塞维利亚之星》和《维塞奥公爵》。但是国王最后总是忏悔自己的过错，因为在喜剧结束之前，社会秩序要得到恢复。7）有权有势的人物。一般是指公爵、侯爵、王子、军官、骑士团团长、队长之类的人物。他们出身高贵，与国王关系密切，常常吹嘘自己的权势，炫耀祖先的"业绩"。他们在剧中总是以破坏平民和贵族之间的和谐关系的面貌出现，往往都自食其果，得到罪有应得的下场。比如洛佩的《羊泉村》里的费尔南·戈麦斯，《佩里巴涅斯和奥卡尼亚的领主》中的堂法德里克。但是在某些剧本里，这种人物被写成对自己的罪行追悔莫及的忏悔者，最后以和平的方式把遭到他破坏的正常秩序恢复。8）骑士。戏剧里的骑士形象一般都是以小姐的兄弟、丈夫或父亲的面貌出现的。他们的所作所为都围绕着"维护家族荣誉"而展开。为了维护荣誉，他们不惜牺牲一切寻找毁誉者报复，恢复名誉。他们是家庭的荣誉与社会秩序的维护者。

洛佩戏剧创作的主题是多种多样的，他写得最多的是剑袍喜剧，如古罗马喜剧家普劳图斯，泰伦斯等撰写的那种戏剧。这一类喜剧的主人公一般都是中下层贵族，因为他们的打扮都是身披斗篷，腰佩宝剑，所以被称为剑袍喜剧。最有名的有《马德里的矿泉水》、《傻大姐》等。在这类剧本中，爱情被看作一种健康而自然的感情，肯定青年男女有爱情自由的权利，而结局总是生气勃勃的青年一代战胜了衰老腐朽的封建势力。另外一种写得比较多的主题，取自西班牙的历史和传说，反映了平民与强权者（滥用手中权力的贵族或国王本人）之间的矛盾斗争。其代表性佳作有《最好的法官是国王》、《佩里巴涅斯和奥卡尼亚的领主》和《羊泉村》。

《羊泉村》写的是真实的历史。15世纪70年代，卡斯蒂利亚的伊萨贝尔女王和阿拉贡国王费尔南多联姻后，统一的西班牙王国即将正式形成。在这一时期，以他们为代表的力量正在同大封建主的割据势力斗争。而卡拉特拉瓦骑士团的队长和羊泉村的领主费尔南·戈麦斯正是后者的代表。剧本一开始就突出了《羊泉村》的历史背景和时代特征。羊泉村的领主竭力怂恿他的上司卡拉特拉瓦骑士团团长攻打雷阿尔城，支持葡萄牙国王阿方索和胡安娜与费尔南多和伊萨贝尔争夺卡斯蒂利亚王位。这领主在羊泉村称王称霸，任意霸占民女，胡作非为，鱼肉村民，村里人人对他切齿痛恨。他施展各种手段，企图诱奸村长埃斯特万的女儿劳伦霞，未遂后，又想在田间强奸劳伦霞，因其未婚夫弗隆多索的搭救而未得逞。由此领主对弗隆多索怀恨在心，在劳伦霞和弗隆多索的新婚之夜，费尔南·戈麦斯闯入，将新人抓走，还夺下村长的权杖。这无疑是一贴催化剂，促使羊泉村人民迅速觉醒。村长鼓动大家团结起来，向害人的暴君复仇、血洗耻辱。他说："你们之中有谁/不为荣誉和生命而痛哭？/既然一切都已丧失，/还在等待什么？"性情刚强、坚贞不屈的劳伦霞逃出魔窟，向正在开会的人们控诉了领主的罪行，激愤地指责男人们不敢去报仇。她决心组织娘子军"向那暴君夺回荣誉"，"向那叛贼讨还血债"。劳伦霞的话语激起大家的仇恨。农民们拿起武器，同心齐力，冲进城堡，杀死领主。此时国王在与封建割据势力的斗争中已基本取得胜利，但从戈麦斯走狗的报告中得知发生在羊泉村的造反行径，遂派人调查、处理。尽管严刑拷打，村民众口同声回答说："是羊泉村干的"。法官竭力威逼利诱，始终未能得到想要的口供。他一无所获地觐见国王，并将村民带去作证。这时，曾受戈麦斯挑动的骑士团团长恍然大悟，不再站在自己的亲友大封建主割据势力一边，归顺了国王并讲述了自己受蛊惑的前后经过。在国王面前村民们控告他们的领主戈麦斯"凶狠得令人难以忍受"，并列举他"犯下了千百罪行"，请求宽恕官逼民反的行为，表示愿归顺于"天赐予我们的国王"。此时，国王同意了他们的请求，不再追究责任，并将羊泉村划归自己管辖。

《羊泉村》（1619发表）是洛佩创作的大量民族戏剧中的优秀作品。作者独具匠心地对史实作了精心的安排和组织，生动地反映了西班牙历史上收复失地运动接近尾声时的激烈斗争。通过剧中以劳伦霞为代表的下层人民的形象，作者歌颂了他们的反抗精神，讴歌了民族统一，抨击了独霸一方的封建贵族，谴责了他们时刻企图分裂，为非作歹欺压百姓的行径。剧中洛佩把下层劳动者、普通的牧羊人、种田人作为戏剧的主人公，突出了他们正直、勇敢的品质，讴歌了他们不畏强暴的集体反抗精神。

除了积极肯定农民拥护主张民族统一的国王，支持国王的削藩政策以及他们在民族统一过程中与城市军民相呼应外，该剧还强调了村民维护自己荣誉的思想。“荣誉”二字，在洛佩所处的时代被看得极为重要，甚至重于生命。为荣誉去冒险、去格斗是文学上常见的题材。然而，这类作品中常见的主人公多是贵族、骑士，作品所强调的荣誉，也是属于他们的荣誉。而在《羊泉村》中，洛佩歌颂了下层平民为维护荣誉而进行的斗争，提出平民的荣誉问题。名誉并非豪门、骑士所专有，平民百姓也有他的尊严，他们的荣誉也须得到尊重，正如《佩里巴涅斯和奥卡尼亚的领主》中台词所指出的“真是天下奇闻！/一个如此低微的农民/竟会这样重视名声！”洛佩在这里所表现出的观点，不管他是否意识到，无疑闪耀着民主思想的光辉。

这个剧本成功地塑造了一系列鲜明生动的农民形象，他们是一个英雄集体，正如西班牙评论家指出的那样，“这是站在被压迫者一边的第一部戏剧作品”。这在17世纪的欧洲文学中是不可多得的。但是，作者的主要意图在于捍卫支撑社会的和宗教的价值观[①]以及维护神授王权的绝

---

① 洛佩所处的时代，教会保护、支持戏剧活动，因为他们认为可以通过这种寓教于乐的方法，向教民宣传教义。

对权威。洛佩笔下的三部名剧《羊泉村》、《最好的法官是国王》以及《佩里巴涅斯和奥卡尼亚的领主》都表现出国王是至高无上的权威。只有维护国王的权威才会有和平、正义、社会的安定团结。在暴乱中，村民的喊叫以及戏剧结尾处村长埃斯特万向国王所表示的愿望，充分地表现出洛佩的这一思想。众人喊道："我们的主人/是天主教国王和王后陛下"。埃斯特万也代表大家表态说："陛下，我们愿意归顺于您，/您是天赐予我们的国王，/我们以这样的名义，/已挂上了您的纹章"。

洛佩撰写的大量诗作分为抒情诗和叙事诗两种。前者包括以宗教为内容的《神圣的韵律》（1614）和《精神谣曲集》（1619），以及大量献给情人和朋友的牧歌和诗简。后者除前面已提及的《当代编剧的新艺术》，还有《伊西德罗》（1599）、《征服耶路撒冷》（1609）等。

16世纪中叶在西班牙卡洛斯王朝出现了与骑士小说截然不同的流浪汉小说，其代表作为**《托尔梅斯河的拉萨路》**（1554），中译本名**《小癞子》**，作者姓名不详。《托尔梅斯河的拉萨路》采用了自传形式，是一部现实主义小说。它的故事如下：

拉萨路出生在靠近托尔梅斯河的萨拉曼卡城郊一个乡村。他的生父在与摩尔人战争中牺牲，"继父"被控偷盗而遭监禁，母亲在旅店当女佣。由于家境贫寒，拉萨路还是个孩子时，母亲就把他托付给一个瞎子，为其领路。从收他为徒的第一天起，瞎子就教他不能轻易相信别人，并且经常要弄他。不久，拉萨路便学会了骗人的本领。他青出于蓝而胜于蓝，不但用各种诡计欺骗师傅，偷吃偷喝，而且要弄瞎眼的师傅。当瞎子发现他的花招后就打骂折磨他，最后他无法忍受虐待，便另寻了一个主人——托莱多城附近马凯达的修士。但正如他所说的，"我逃出了狼窝，却掉进了虎穴"。这个主人比瞎子更小气吝啬，他把面包和洋葱都锁在柜子里。拉萨路配了钥匙，打开柜子偷食果腹，修士发现后将他逐出家门。他从一个村庄流浪到另一个村庄，最后在托莱多找到一个一贫如洗但却喜欢装门面的侍从做主人。拉萨路很同情新主人，就将自己乞讨到的施舍物与主人分享。但忽然有一天这个摆出高贵骑士身份的侍从失踪了，拉萨路只好再寻归宿。他伺候过兜售十字军免罪符的人和施恩会的教士，当过卖水人，最后成为托莱多城宣读告示的人和萨尔瓦多大司铎酒窖的叫卖人，并与新主人的女仆结了婚。拉萨路的故事是在他成年并得到温饱以后向他的庇护者大司铎的一个朋友讲述的。由于社会上盛传拉萨路的妻子与大司铎有暧昧关系，并戏称之为“三口之家”，引起了这位朋友的好奇。在询问下，拉萨路讲出了自己的经历。尽管他戴上了绿帽子，他对自己能奋斗到这样的社会地位心满意足。

《托尔梅斯河的拉萨路》从内容上可分为两大部分。第一部分反映拉萨路迈入社会之初的种种遭遇和学会自我保护的过程。通过其童心的观察，作者描绘了代表平民阶层的瞎子，马凯达的教士及贵族出身的侍从所构成的西班牙社会缩影。尽管他是以诙谐调侃的方式诉说，但仍对他们的缺点和社会弊端做了讽刺和抨击。第二部分则集中地批评了教会阶层。在尾声中拉萨路特别回顾了他侍奉过的五位神职人员，痛骂教士做尽了世上卑鄙之事，反映出作者强烈的反教权主义观点。拉萨路的故事大多滑稽可笑，但其幽默嘲讽和辛辣并不能掩盖主人公的心酸和凄惨。

尽管拉萨路是西班牙小说里第一个出身低贱的主人公，但在这部小说之前的《塞莱斯蒂娜》中我们已经可以读到同他类似的下层百姓，他们为了自身利益不惜坑害他人，不仅不以为耻，反而以自己的机灵、乖巧为荣。

《托尔梅斯河的拉萨路》对西班牙后来的文学产生了深远的影响。这部作品对话生动、语言清新，人物尽管着墨不多，却各自显出独特的个性。特别是那冒充封建贵族的侍从，死要面子，不惜自我折磨而经历了无数苦难。在这位身材清癯而高傲的人物身上我们可以看到堂吉诃德的影子。作为流浪汉小说的发端，《托尔梅斯河的拉萨路》引发了不少这类小说。西班牙另一部著名的流浪汉小说《古斯曼·德·阿尔法拉切》于50年后问世。然而它却缺少《托尔梅斯河的拉萨路》中那种风趣和幽默。作者似乎完全丧失了对人类的信心，极力抨击社会弊端。故事充满了悲观情绪和苦涩味道，而书中的流浪汉则变成了一个彻底的卑鄙、无耻之徒。

葡萄牙文学 在16世纪的葡萄牙，胡安二世、幸运者马努埃尔以及胡安三世统治阶段是葡萄牙文学上最为光彩夺目的时期。诗歌创作突破古老的每行八个音步的传统模式，接受了十一个音节的意大利诗歌模式。诗歌创作中贝尔纳尔丁·里贝罗（1482？—1552？，著名小说《少女和闺秀》的作者）以淳朴自然的诗风著称，从其题材与人物表现上看，具有民间性，与那些雕词琢句的、旨在向贵夫人献媚的沙龙诗歌截然不同。克里斯托瓦·法尔考的田园牧歌诗都很脍炙人口。“葡萄牙的维吉尔”、戏剧家、学者弗朗西斯科·萨·德·米兰达（1481？—1558）提倡意大利的诗歌表现方式和格律。他擅长撰写田园牧歌、哀歌、十四行诗以及模仿泰伦斯的喜剧。他精通西班牙语和意大利语，在葡萄牙传播意大利的文艺复兴精神，从而推动了伊比利亚半岛的文学发展。

这个时期最为引人注目的葡萄牙作家，是诗人、骑士卡蒙斯，他留下了人文主义思想和骑士精神相结合的巨著《卢济塔尼亚人之歌》。模仿他的主要作品还有赫罗尼莫·科尔特·雷阿尔的《乌第的第二次之围》（1594），弗朗西斯科·德·安德拉德的《乌第的第一次之围》（1591）。

人们称之为“葡萄牙的柏拉图”、“卢济塔尼亚的戏剧之父”的吉尔·维森特（1470？—1536？）[①]是著名语文学家，优秀的诗人。他不管是谈吐还是笔耕，使用西班牙语或葡萄牙语，都同样得心应手。在34年的创作生涯里他贡献给读者、观众44部作品。其中一些是用西班牙

① 有关吉尔·维森特的生卒年代，各种说法不一，差别较大。英美说法是1465？至1537？，苏联说法是1470？至1539？。我们目前用的是西班牙说法。

语撰写的，另外一些是用葡萄牙语撰写的，还有的是用西葡双语写就。在他的剧作中有宗教瞻礼剧，如《巫婆卡桑德拉》（1513）、《圣母访问节》（1502）、《光荣之舟》（1519）；悲喜剧，如《阿马迪斯·德·高拉》（1533）、《堂杜阿尔多斯》（1525）；喜剧如《鳏夫》（1514），闹剧如《吉卜赛女人》（1525）等。他所有的剧作几乎都在宫廷庆典上演出，他受到胡安二世的遗孀、女王堂娜·劳奥诺尔和胡安三世的庇护。

其他戏剧家还有受到维森特影响的、以现实主义手法反映民间习俗的安东尼奥·里贝罗和《马利亚颂》的作者安东尼奥·普雷斯特。萨·德·米兰达将古典戏剧和散文剧结合起来，创作了喜剧《外国人》（1527）。而若热·费雷拉·德·瓦斯孔塞洛斯将维森特戏剧影响与古典喜剧结合起来创作出另外一种类型的戏剧，他的代表作是模仿西班牙罗哈斯的《塞莱斯蒂娜》而写的《埃乌弗洛西娜的喜剧》（1555），场面宏伟，很难搬上舞台，好像是只为阅读而创作的。这种用散文描绘当时社会现实主义画面的剧作反映了科因布拉的风物。介绍里斯本的一个市民阶级家庭的《乌尔西波》（1516之前）就是这种剧的一个例子，它们语言生动，反映了当时社会习俗。

葡萄牙的散文作品在这个时期发展到极为完美和谐的程度。骑士小说，田园牧歌小说风靡一时。其他的著名散文作家还有费尔南·门德斯·平托。他周游世界20年，到过非洲、亚洲的中国、日本等地，经历坎坷，13次被俘，作为奴隶被转卖过17次，饱尝人间疾苦，后将其历险生涯记录在葡萄牙文学瑰宝《异国漫游》中。该书发表于作者死后的1614年。在他的笔下，东方人是真正的文明人，而欧洲人则是一群纯粹的生番，《异国漫游》成为世界游记文学中的佳品。

16世纪的下半叶，葡萄牙文学创作死气沉沉，毫无创造力，不是拾15世纪民族文学的牙慧，就是毫无新意的模仿卡斯蒂利亚地区的模式。

路易斯·德·卡蒙斯（1524？—1580）是文艺复兴时期葡萄牙杰出的

文学家。他出身于小贵族家庭，曾进入科因布拉大学攻读历史和文学，学业结束后在里斯本担任贵族的家庭教师，因此有机会出入宫廷。后因与王后的侍女恋爱，他被逐出首都，被迫入伍作为普通士兵去摩洛哥服役，在一次战斗中失去右眼。1551年卡蒙斯回到里斯本，翌年因在一次决斗中刺伤宫廷官员而被捕判刑。1553年获赦出狱，前往印度果阿。由于对居住在果阿的葡萄牙贵族写诗进行讽刺，他又被总督逐出果阿，来到马六甲。虽缺少史料佐证，据说他曾在澳门居住过两年。1570年卡蒙斯回到里斯本，将自己在20年颠沛流离中创作和保存的诗稿《卢济塔尼亚人之歌》带回祖国，并于1572年出版。1580年他在贫病交加中与世长辞。

卡蒙斯写过各种体裁的诗歌，还创作过三个剧本，然而给他带来不朽声誉的乃是史诗《卢济塔尼亚人之歌》。

这部气势磅礴的史诗共计十章，近9000行，堪称现实主义与浪漫主义相结合的杰作。《卢济塔尼亚人之歌》以航海家瓦斯科·达·伽马绕过好望角远航印度为主线，描述了海员在途中的各种艰难险阻。其间穿插着神话故事，内容包罗万象，既有对葡萄牙历史人物和事件的追述，又有对现实场景的描写，甚至还有对葡萄牙未来的预言。诗人所要讴歌的乃是葡萄牙王国建立以来的辉煌历史和卢济塔尼亚人(葡萄牙人古代的称谓)不畏艰险的坚毅和勇敢精神。史诗对宫廷和官场上的时弊以及人与人之间的金钱关系做了揭露，这又使其被列入文艺复兴时期人文主义作品的行列。这部作品韵律多变，神思飞扬，尤其是语言丰富，文字优美，奠定了葡萄牙语言规范。

他还写过充满灵感的其他诗篇和剧作。他敬重并模仿西班牙诗人加尔西拉索·德拉·维加，还翻译了他的几首十四行诗。他也曾用卡斯蒂利亚语撰文，被视为葡萄牙语最优秀的诗人和语言大师。

卡蒙斯死后得到殊荣，遗体被移入里斯本的热罗尼莫修道院，忌日被定为“葡萄牙国庆日”，每年都隆重纪念。这位欧洲文艺复兴时期杰出的诗人是葡萄牙人民的骄傲，是伊比利亚半岛人文主义的先驱。

第五节　英国文学

16世纪的英国正处于封建社会向资本主义过渡的阶段。商品制造业，特别是毛纺业迅速发展，逐渐形成一个以城市为中心，市民阶级为支柱的工商金融体系。在乡村里，圈地养羊的运动把成千上万的农民逐离家园和土地，他们流落到城镇，成为正在兴起的工业廉价劳力。农村的瓦解和农民流离失所的处境致使托马斯·莫尔在他的《乌托邦》一书中称这是个“羊吃人”的时代。

16世纪的社会巨大变化起自世纪初都铎王朝亨利八世（1509—1547年在位）的宗教改革，他宣布脱离罗马教廷的控制，解散僧院寺庙，没收他们的土地据为己有，成立英国国教会，并自立为教会的最高首领。教权与王权的合一大大巩固了都铎统治，有利于英国经济的自由发展。经过玫瑰战争，到亨利八世时期，老一代的贵族几乎荡净无存。通过分封，一批完全依靠国王的新贵族出现，他们形成了乡村中的新绅士阶层，鼎力支持王权。在城镇，亨利八世采取了笼络富裕商人和手工业匠人的政策，因此逐渐造就了一个新的城市中产阶级。迅速发展的贸易和国家市场既巩固了中央集权，又增强了国力。待到亨利之女伊丽莎白一世（1558—1603年在位）登基，英国的中央集权便达到鼎盛，资本主义经济蓬勃发展而成为欧洲首富。英国海军1588年击败海上劲敌西班牙无敌舰队，从此英国确立了它在欧洲乃至世界的强权地位。英国的航船在一批知名的海盗将领率领之下不断出海，兼行贸易，极尽掠夺和殖民之能事，行迹远及美、亚、非各洲，为英国积累了大量财富。在此期间，虽然贫富分化和农民失去土地也加深了国内的阶级矛盾，出现了大小多次农民反抗，如1549年诺福克郡由罗伯特·凯特领导的起义，但是总体上英国逐渐走上了繁荣兴旺、国泰民安的道路。

英国的强大激发了国民空前的爱国激情，新生的多元经济造就了民众中的自由独立思想意识，并带来科学和文艺的大发展。起初英国文艺复兴表现为代表先进思想的知识分子大量翻译介绍古代希腊、罗马的经典著作，通过宣传和复苏古典文学艺术来强调与中世纪神权中心迥异的人文主义思想。当时翻译的著作有古希腊、罗马的，也有中世纪后期西班牙、法国和意大利的文学名著，而且不少古代拉丁文著作是通过法文和意大利译本转译过来的。翻译的质量不一，但许多译者用优美的英文再现了经典。传为佳话的乔治·查普曼译荷马史诗就是译品杰作，它的影响一直延续到19世纪，成为浪漫主义诗人约翰·济慈的启蒙读物之一。

16世纪英国人文主义文学在散文、诗歌和戏剧方面都取得了丰硕成果。首先应提及的是托马斯·莫尔和他的空想社会主义作品《乌托邦》，在这部政治性十分强的作品里，莫尔真实地描绘了英国资本主义发展中的阶级矛盾和社会问题，并大胆设想了一个理想的公平又幸福的社会。散文作家弗朗西斯·培根则堪称思想家和科学家，是他最早在英国提倡唯物主义的实验科学。他有关知识和求知思考的散文都是文思并茂的佳品。

英国早期文艺复兴诗人主要写抒情诗歌，其中最重要的是托马斯·魏厄特（1503—1542）和萨瑞伯爵亨利·霍华德（1517？—1547）。他们勇于尝试新诗体，吸取英国民间诗歌的精华，并自由借鉴意大利和法国诗歌格律，为英国诗歌的成熟和发展拓宽了路子。魏厄特率先把意大利十四行诗引进英国，这种诗体后来在莎士比亚手中得到进一步升华而产生许多流芳千古的诗篇。文艺复兴诗歌在内容上不同于中世纪诗歌，它显示出对人的内心世界，对他的情感、理想和追求的兴趣，歌颂人生的美好，赞美争取幸福的斗争。16世纪后半叶，抒情诗歌遍及英国，非常流行，以致英国被称作“鸣唱的群鸟之巢”。后期的诗人主要有菲立普·锡德尼和埃德蒙·斯宾塞。后者所著《仙后》是英国文艺复兴阶段最杰出的史诗，它用寓言诗的形式反映善如何斗恶并取得胜利，其中洋溢着诗人对伊丽莎白朝廷的效忠之情和爱国主义精神。

除了诗歌，英国小说在16 世纪也初见端倪。约翰·黎里和托马斯·洛奇都写出了反映宫廷和骑士生活的故事。从黎里的小说《尤弗依斯》中演化出的名词“euphuism”进入英语词汇，特指一种矫揉造作的浮华文体。与这两位作者同期的托马斯·德罗尼（1560？—1600？）和托马斯·奈什却致力于描写匠人、商贩和下层百姓的日常生活。虽然他们的作品代表了小说这个新文类在英国的发展，但这些小说更近于散文写的故事，离现代意义上的小说相去甚远，与同期西班牙塞万提斯的杰作《堂吉诃德》更不能同日而语。

英国文艺复兴文学的制高点是戏剧。这阶段戏剧创作之所以繁荣，一大原因是剧院和演艺业的昌盛。1576年第一所专业剧院在伦敦开业，当时的剧场都是圆形的木结构建筑，除舞台上面有遮挡，观众站立看戏的台前场地是露天的，有钱的观众一般坐在台上或两边的包厢里。演员全是男性，女角由男子装扮，而且不用复杂的布景道具。剧院后来迅速增多，不断上演新剧目，成为群众娱乐消遣的主要途径。剧作家们在中世纪的各种戏剧形式基础上，吸收古希腊罗马戏剧的优点推陈出新，写出了成熟的作品，通称伊丽莎白戏剧。伊丽莎白时期剧作家里最知名的是伟大的莎士比亚，在他之前的著名悲剧作家克里斯托弗·马娄用无韵诗体写出了震撼人心的悲剧。

托马斯·莫尔爵士（1477？—1535）是大法官约翰·莫尔爵士的儿子，牛津大学毕业后就任伦敦法官，事业蒸蒸日上，但是他始终热爱文学，业余的时间多用于阅读和写作。1504年莫尔进入英国议会，在一次出使佛兰德斯的旅程中撰写了使他名垂青史的《乌托邦》。

莫尔是坚定的天主教徒。当亨利八世以无子嗣为由要同王后凯瑟琳离婚时，莫尔便站出来坚决反对，成为国王家务和政治改革的敌对派。1534年他被判叛国罪，下入伦敦塔的政治犯大牢。次年行刑，砍下的头被挂在伦敦桥上示众。据传，行刑之前他表现了视死如归的勇气，玩笑地要求刽子手不要斩断他的胡须，因为胡须没有犯下叛国罪。

“乌托邦”（Utopia）这个词出自希腊文，意为“不存在的地方”。莫尔的《乌托邦》是用拉丁文写成的一部政治著作，其主题是探讨最完善的国家体制和政府，于1516年发表。作品采用了作者和一个名叫西斯洛狄的旅行者对话的形式。全书分为两大部分：第一部分是对时政的批评，特别抨击了那使成千上万人无家可归的圈地运动；第二部分是西斯洛狄讲他在海外一个叫做乌托邦的国度里的见闻。这部著作以对“羊吃人”的圈地运动的指控而闻名，在书中莫尔第一个注意到财富的积累与剥削和阶级分化的关系，并指出私有财产是万恶之源。在描写理想的乌托邦社会时，莫尔提出了与后来社会主义原则相似的分配原则。在他的理想国度中“人尽所能，按需分配”。虽然乌托邦里没有私有财产，一切财富属于国家，但是它仍旧存在阶级。自由公民享有一切权利，农奴阶级从事所有的苦活累活，却只能得到基本生活的温饱。作为世界上最早的公有制社会设想之一，莫尔这部作品的意义是巨大的。

就在莫尔撰写他的乌托邦著作不久之后，英国文学史上又发生了另一件大事，那就是在中世纪《通俗拉丁文译本》的基础上翻译出版了一部权威性的英文《圣经》译本，即1611年最后出版的《詹姆士王本圣经》或**《钦定本圣经》**。

《圣经》随基督教传入英国后，有过各种不同的早期英文译本①，它们都比较零散，缺乏权威性。1604年，英王詹姆士一世下令成立了一个翻

① 关于重要早期英文译本的名称，见本卷第三章中世纪文学中的《圣经》部分。

译机构，重新翻译《圣经》。参加这项任务的共有54人（另一说法是詹姆士一世指定了47位经学家在大主教兰斯洛特·安德鲁斯主持下工作），他们搜集研究了各种版本和大量资料后，以希伯来文的《旧约》和希腊文的《新约》为蓝本来翻译，历时三年才完工。

《钦定本圣经》被视为世界通用的《圣经》权威版本，后人根据不同对象和目的虽然又出版过各种不同版本《圣经》，但是它们无一不是以钦定本为依据的。钦定译本语言生动丰富，措辞优美，有很高的艺术性，因此它也被公认为英国文学中的一部重要文献。

弗朗西斯·培根（1561—1626）是英国文艺复兴时期的优秀散文作家，也是英国第一个提倡实验科学的思想家。他出身贵族，父亲是伊丽莎白女王的掌印官。培根从剑桥大学三一学院毕业后当了律师，1584年被选入议会，成为伊丽莎白女王的宠臣埃塞克斯伯爵的亲信。十年之后埃塞克斯失宠，并最终被送上了断头台，据说培根对他的叛卖起了助纣为虐的作用。在詹姆士一世时期培根官居大理院院长，并受封为勋爵，但却终因受贿被罢免官职。为此蒲柏形容他是人类“最智慧，最聪敏，但最卑鄙的一个”。事发后，他身败名裂，在乡间建造的宅院也被没收。然而，培根的思想和人格是很复杂的。在他身上有一种顽强追求真理、为人类造福的强烈愿望，这种高尚的追求可以说在某种程度上弥补了他人格上的缺陷。

培根在剑桥时期就注意到英国学界耽于争论却不务实的弊病，因此在30岁时他就宣称要搞宽泛的、有实用价值的科学，并且毕生寻求科学的学习和研究方法，提出了科学实验的概念。培根一生，特别是后半生，撰写了许多著作和文章。他的作品分别用拉丁文和英文写成，内容含括很广，但主要是哲学及科学两大类别。最为知名的是1605年出版的《学术的进展》，1620年的《新工具》，1627年的《新大西岛》和《随笔集》，后者搜集了他在1592年至1625年之间发表的散文，是英国文学史上著名的散文作品之一。培根的文笔华美而自如，逻辑推理很清晰。他那富丽的排比句式和丰富的联想比喻往往同他简明求实的主题形成一个令人愉悦的对比，成功地把科普和哲理性议题变成脍炙人口的文学佳篇，比如“论学习”篇就是用精美的英语写就的，对世人读书学习从目的、方法到效果各方面进行了剖析，表达了极为深刻、独到的见地。可以说，培根把他的同时代人带出了中世纪的狭窄思维模式，为他们展现了一个新地平线，把英国引向了现代。

埃德蒙·斯宾塞（1552—1599）是英国伊丽莎白时代非戏剧诗领域内最重要的诗人，他继承并发展了英国叙事诗、抒情诗和讽喻诗的传统。

斯宾塞生于伦敦一个布商家庭，1569年入剑桥大学，获文学学士和硕士学位。这一时期，他学习了古希腊、罗马的文学、哲学和自然科学。毕业后曾为伊丽莎白女王的宠臣莱斯特伯爵服务，并参加了伯爵的外甥——诗人锡德尼的文学团体。1580年，随新任爱尔兰总督格雷赴爱尔兰。此后，除两次短期去伦敦外，斯宾塞都在爱尔兰生活，直到1598年当地居民反叛英格兰统治者，他的宅邸被焚毁，才最终返回伦敦。翌年病逝，葬于西敏寺乔叟墓旁。

斯宾塞最早的诗作《牧人月历》（1579）是仿照古罗马诗人维吉尔和文艺复兴时期意大利、法国诗人的牧歌写成的，但又把牧歌形式与欧洲大陆的历书传统结合在一起。《牧人月历》包括12首牧歌，分别以一年的月份为标题，每个月份都有特定的劳作、娱乐、季节特征、宗教节日和黄道带中相应的星座。这些因素把各首牧歌联系起来，在广阔的宇宙背景上获得了内在的统一性。除首尾两首牧歌外，整部诗作都用对话形式，中心人物是代表作者的科林·克劳特。牧歌大多以爱情为主题，也涉及宗教、社会、道德和文学。如有的牧歌描写善、恶两种牧人，讽喻教会神职人员；《四月》歌颂伊丽莎白女王，赞扬她的崇高品质，认为她是正义、仁慈的君主；《十月》涉及文学，评论当时不重视诗歌的状况，并赞扬诗人的崇高职责。

十四行诗组《爱情小诗》(1595)包括89首诗，一般认为是斯宾塞写给他的未婚妻伊丽莎白·博伊尔的，诗中描述了他为期一年多的求爱过程。这些诗在文艺复兴时期意大利和法国诗人的启发下，歌颂人间的爱情，但强调理性与感情的统一，灵与肉的结合。诗组后面外加了一首诗人庆祝自己婚礼的优美诗篇《祝婚曲》，描写喜庆之日从黎明到夜晚的活动，充满了欢乐气氛。十四行诗组《爱情小诗》以《祝婚曲》终结，这种组合在英国诗歌中是绝无仅有的，它们构成一个整体，糅进了新柏拉图主义和基督教观念，认为求爱的目的在于结成神圣的婚姻，婚姻即是永恒，因为通过婚姻繁衍的子孙后代既能使人类的生命永远绵延，又能凭他们自身的美德进入天国。属于婚曲类型的还有一首为庆祝伍斯特伯爵两个女儿出嫁而写的贺诗《迎婚曲》(1596)，诗中把她们喻为两只天鹅，在泰晤士河上顺流而下，到达新郎府邸。斯宾塞的抒情诗还包括《四首赞歌》(1596)，前两首是早期作品，歌颂人间的爱和美，说明爱和美密切相关，认为美是爱的媒介，爱是欢乐的源泉，而真正的美则是精神的美。后两首歌颂天堂的爱和美，把爱与上帝等同。

斯宾塞的主要作品是他的长诗《仙后》。在致瓦尔特·罗利爵士的献函里，斯宾塞说明他力图按照亚里士多德的学说，刻画十二种基本品德，目的在于“用美德和善行来塑造并锻炼高贵和纯洁的人”。

按原订计划，《仙后》包括十二卷，但斯宾塞只完成六卷(前三卷，1590；后三卷，1596)，以及第七卷的片断(1609)。尽管如此，《仙后》仍是文艺复兴时期英国诗歌的卓越典范。全诗的主人公是青年王子亚瑟，他梦见仙后格罗丽亚娜(伊丽莎白一世的象征，意为光辉)，醒来就去寻找她。与此同时，仙后正在宫中举行一年一度的十二天宴会，每天派出一名骑士去除害安良。每一名骑士代表一种品德，其冒险事迹构成一卷诗书的内容。在已完成的六卷中，第一卷写红十字骑士，代表虔诚；第二卷写该恩，代表节制；第三卷写布里托玛，代表贞洁；第四卷写坎贝尔和特里阿蒙，代表友谊；第五卷写阿蒂戈尔，代表正义；第六卷写卡里多，代表礼貌。在各卷中，亚瑟王子时时出现，帮助骑士同妖魔、巫师、怪兽、巨人等战斗，他身上集中了十二种品德，是人类最高品德的完美化身。第七卷的片断题为《变化》，要写的却是“有恒”。

《仙后》是一部伟大的民族史诗，它以寓教于乐为目的，通过骑士冒险故事来进行道德教育。诗中纳入了英国的历史，是一部充满爱国热情的赞歌，颂扬伊丽莎白女王和在她统治期间英国的繁荣强盛。在宗教意义上，《仙后》不仅表现了人类对灵魂拯救的执着追求，而且还融进对罗马天主教的抨击，并在一定程度上反映出宗教改革的进程。此外，诗中还表现了文艺复兴的多种典型特征，如对人的赞美、对生活的肯定、对冒险精神的歌颂、对大自然的热爱。

《仙后》的叙事模式仿照骑士传奇。在人物塑造和故事情节方面采用中世纪寓言手法。在结构上模仿亚里士多德的伦理学和维吉尔的《埃涅阿斯纪》，分12卷。在语言上模仿乔叟，用词古奥。诗中有许多生动的段落，如“玛门之洞”、“阿多尼斯花园”、“福乡”。有些人物，如聒噪的野兽和双面人，也成为典型。

斯宾塞曾创造过多种诗体。他在《仙后》中采用的九行诗节被称为“斯宾塞诗节”，前八行每行十个音节，第九行是十二个音节，按ababbcbcc押韵，其中b和c都需多次重复，音韵优美，回旋顺畅。斯宾塞富于音乐效果的高超技巧对他同时代和后世英国诗人都产生过重大影响。他启发了马娄，使十音节诗行在无韵诗体中臻于完美，也影响了弥尔顿和18世纪诗人汤姆逊和格雷，以及19世纪浪漫主义诗人拜伦、雪莱和济慈等。因此，斯宾塞被后人誉为“诗人的诗人”。

菲立普·锡德尼（1554—1586）诗人、文学评论家，生于肯特郡彭斯赫斯特的一个贵族家庭。父亲曾担任威尔士边区主管长官，并三次兼任爱尔兰总督。母亲是诺森伯兰公爵的女儿。锡德尼七岁开始学习意大利语、拉丁语、法语。1568至1571年在牛津大学基督堂学院学习。肄业后去剑桥大学受过短期教育，又去欧陆游学三年。1575年返英后他接替其父担任伊丽莎白一世的斟酒官，曾被女王任命为特使赴德吊唁国丧并试探德、英结盟反对天主教西班牙的可能性。由于禀报与德国联盟的可能性时过于乐观，以及反对女王与法国信奉天主教的安茹公爵结婚等缘故，锡德尼经历了一段仕途上的失意期。1581年他成为国会议员，两年后封爵并成婚。1585年锡德尼的长女出世，由伊丽莎白女王担任教母，同年7月，他出任军需副大臣。11月，女王决定支持荷兰反对西班牙统治的战争，他又被任命为荷兰弗拉辛城总督。次年，在一场截击西班牙供应车的战斗中，锡德尼不畏敌众，三次冲锋，不幸腿部中弹，导致感染，不久去世，时年不足32岁。1587年2月16日，他的盛大葬礼在圣保罗大教堂举行，牛津、剑桥以及欧洲的学者出版纪念文集，英国诗人纷纷写诗凭吊，举国哀悼一个月。

锡德尼学识渊博，举止优雅，以英勇的绅士、政治家、军事家著称，其文学天才知者不多，因其作品大多写于政治上的失意期，主要为娱己，生前无一发表。

长篇散文传奇《阿卡迪亚》是锡德尼的第一部重要作品，主要情节写爱恋帕梅拉和菲洛克莉娅的穆西多拉斯和派罗克利斯两位王子的冒险经历。初稿成于1580年，1583至1584年间，作者对初稿进行了大幅度修改，但没能完成，故有旧、新两稿。旧《阿卡迪亚》约18万字，叙述较为平直，仿泰伦斯五幕喜剧的结构分为五部，其间有四段阿卡迪亚牧羊人的韵文插曲。作品继承田园诗传统，以大自然为背景，描写人企图驾驭命运的诸种努力，具体表现在男主角们对爱情问题的处理上。作品的叙述者能客观地审视那些处理爱情问题的行为，语调中还不时透露出诙谐。新《阿卡迪亚》只修改了旧稿约一半的内容，但人物、思想、风格、情节复杂得多。1590年包含着旧稿材料的《阿卡迪亚》修订本出版，广受欢迎，1590至1674年间共重印14版。鲍蒙特与弗莱彻的《丘比特的复仇》、莎士比亚的《李尔王》，甚至18世纪理查逊的《帕美勒》和19世纪狄更斯的《远大前程》等作品都不同程度地受到《阿卡迪亚》的影响。

锡德尼的重要文艺论文《诗辩》(约写于1580，首次出版于1595)起因于斯蒂芬·高森在《骗人学校》(1579)中对文艺的指责。高森视“诗人、笛手、演员、小丑之流”为“国家的蛀虫”，哀叹现代诗歌已丧失其昔日赞美“杰出领袖的丰功伟绩”的功用，对世风起着可悲的影响。锡德尼在文中对现代诗人以及剧作家的多种问题也作了严肃的批评，但他认为不能因噎废食，指出柏拉图将诗人赶出共和国的主张实质上是要清除“滥用，而非东西本身”。他反对“诗歌是谎言之母”的观点，认为诗人不撒谎，因为他们并不假装他们所写的东西都属事实。锡德尼赞同贺拉斯的观点，认为诗的功用在寓教于乐，并且认为诗人的教诲比哲学家的更具体、更有趣，比历史学家的更现实、更自由，所以诗人是更好的教师。如同先于他的文论家，锡德尼也将诗歌定义为模仿艺术，但他认为模仿的对象不在自然中，而在诗人的头脑里，写诗即是赋予思想以形式或形象。因此，诗人亦即虚构者，虚构亦即假设练习，诗人在“想象的天宫中漫游”，同时也在探索“圣意中的可能与必然”。锡德尼虽强调诗歌的教诲作用，但并不视之为唯一的功能。《诗辩》虽针对高森对文艺的指责，但文中没有人身攻击。论文采用生动活泼的古典演说形式，始有轻松的幽默，终于热切的规劝。作者劝人爱诗的意向与诗歌劝人行善的议题交相辉映。

锡德尼临终忏悔时说：“记得我从前曾沉溺于一件琐事，难以自拔。那就是我与里奇夫人的事。但我后来摆脱了它，很快又找到了快乐与安宁”。这正是他十四行诗组诗《爱星者与星星》中所描写的爱星者的经历。1581年，锡德尼爱上了里奇勋爵的夫人佩内洛普·德弗罗。次年夏天，锡德尼写成组诗，描述了他当时的恋情，以及如何克制自己并决意献身事业的过程。组诗共有108首十四行诗和11首歌谣。前22首十四行诗表达的是爱情与诗歌的主题。自第24首十四行诗起，诗中的"我"表示出为爱情宁可拒绝外部现实的倾向。第31至40首十四行诗探讨了这种爱情的本质，与有夫之妇恋爱的困境，以及想靠睡梦摆脱它的可能性。从第41首十四行诗起，爱星者的沉思被他对爱情的实际感受所取代，"我"直接向星星诉说衷肠。自第52首十四行诗至第1首歌谣（歌谣往往以爱情经历表现社会事件），情欲进入了组诗，表现情欲的行为如欢娱、偷吻等在诗中得到描述，在描写约会的第4至第9首歌谣中更得到直接表现。在这次约会中，爱星者倾吐爱慕，星星则断然拒绝。随后，组诗返回内心感受，如第87至第92首十四行诗抒写的怅惘情绪；这时的爱星者转向内省，星星变得抽象。组诗结尾部分表现爱星者形影相吊，沉溺深思。这组诗1591年面世后，效仿者络绎不绝。斯宾塞的88首十四行诗组诗《爱情小诗》（1595）和莎士比亚的154首十四行诗组诗是效仿锡德尼的代表作。

锡德尼的成就首先当数其语言造诣。18世纪大文豪约翰逊在其编写的英国第一部《英文辞典》中把锡德尼的作品选为摘引例句的最早文献并非无故。在词汇的丰富性、新颖性、灵活性等方面，莎士比亚也难以与之匹敌。如同乔叟的词汇，锡德尼的许多词汇如今已经习以为常，使人难以意识到他在使用词汇方面的创新和现代意识。锡德尼在体裁上的创新也不可低估。很难讲《阿卡迪亚》归属于小说、传奇、喜剧、英雄诗中的任何一类。他的《爱星者与星星》不仅是英国的第一部十四行诗组诗，就技巧的稳健性、语汇的丰富性、结构的精巧性而言，也是英国文学中的精品。在文艺理论方面，锡德尼的贡献在伊丽莎白时期无人能比。尽管《诗辩》的某些观点，特别是一些关于戏剧的观点，存在局限性，但应看到，《诗辩》写作之时，莎士比亚、马娄等尚未成年，是锡德尼的戏剧观给他们开辟了一个广阔天地。

从16世纪中叶到17世纪中叶，英国戏剧经历了一个多产、繁荣的时期。这一时期的英国戏剧常被笼统地称为“英国文艺复兴时期戏剧”或者“英国伊丽莎白时期戏剧”。从1576年在伦敦城外肖尔迪奇建立第一座大剧院算起，到1642年英国议会明令禁止公开上演戏剧为止，英国戏剧繁荣持续了66年，其中从16世纪80年代中叶到1625年詹姆士一世逝世的40年为最鼎盛时期。文学史家有时也采用一种更为精确的分期法，将其划分为“伊丽莎白一世”（1558—1603）、“詹姆士一世”（1603—1625）、“查理一世”（1625—1649）三个不同的发展时期。

英国戏剧在这一时期的成熟和繁荣应该归功于多方面的影响，其中包括英国本土的道德剧和穿插剧，以及古典拉丁戏剧的影响。

道德剧原本于中世纪的英国和欧洲大陆同时产生。虽然与搬演《圣经》故事、圣徒事迹的奇迹剧同样具有宗教色彩，但道德剧描述的却是普通人在日常生活中所遇到的道德问题和诸多诱惑。因此，虽然以抽象与象征为主要戏剧手法，道德剧却很快转化为充满喜剧色彩的土生土长的“现实主义”戏剧。道德剧的主人公往往是抽象的“人类”，面临的是一场“善”与“恶”之间的“灵魂斗争”。代表“善”与“恶”的是一些拟人化的抽象概念，如“虔诚”、“虚荣”、“仁慈”、“耻辱”、“坚韧不拔”、“寻欢作乐”等等。在伊丽莎白时期，这种戏剧形式虽已衰落，但仍有剧作家创作出新的剧目以供上演；迟至1599年，托马斯·德克还创作出一部名为《老幸运儿》（1600）的道德剧，描述老幸运儿在智慧、力量、健康、美貌、长寿、财富之中选择了财富并利用财富尽情地享受生活，最后却落得短寿的命运。道德剧对于伊丽莎白时期戏剧产生了巨大影响，马娄的剧作即为一例。在马娄的《浮士德博士的悲剧历史》中，主人公的“灵魂斗争”外化为“善良天使”和“邪恶天使”之间的斗争，而“七大罪”的出场也是道德剧的惯用手法。在莎士比亚的剧作中，道德剧中的人物“恶行”也时常改头换面地出现：最早的是《泰特斯·安德洛尼克斯》中的雅伦，最著名的是《奥瑟罗》中的伊阿古，而《亨利四世》中的福斯塔夫这个喜剧人物则将“恶行”、“虚荣”、“放荡”集于一身。

道德剧具有较浓厚的宗教色彩，所涉及的问题也比较严肃。与道德剧相比，穿插剧则更具世俗性、喜剧性、娱乐性，在当时也更为流行。有人认为，穿插剧从道德剧演化而来，甚至很难与道德剧分开。其实，当时上演的大量世俗短剧都被笼统地称为穿插剧，例如约翰·海伍德（1497？—1580？）的《气候剧》（1533）描写天神的使者试图为人类找出一种最理想的气候，最后却发现人人都有不同的看法。穿插剧一般由专业的成人剧团在公共剧场或者在宫廷宴会厅中演出。它们或者迎合大众口味，内容淫荡下流，或者迎合宫廷趣味，搬演神话故事。这一剧种为神秘剧、奇迹剧、道德剧向真正成熟的伊丽莎白时期戏剧过渡铺平了道路。在莎士比亚的剧作中，也有一个穿插剧的典型例子：《仲夏夜之梦》的最后一幕中，一群“在雅典做工的粗人”上演了相当穿插剧的皮拉姆斯和西斯贝的故事。

与穿插剧不同，古典拉丁戏剧主要由儿童剧团演出。儿童剧团由学校男生组成，他们演出拉丁文剧作（其中既有古罗马作品又有现代人的模仿之作）以及以这些拉丁文剧作为蓝本的英文剧作。起初，学校男生演出拉丁文剧作只是古典教育的一部分，只在校内进行演出；后来，随着演出声誉的不断提高，他们应邀为宫廷演出，专业的儿童剧团亦随之出现。这些拉丁文剧作由学校的教师进行选择、改编、翻译、创作，所以他们也是所谓“学校剧”或者“学院剧”的一部分。作为学校教育的一部分，古典拉丁戏剧培育了整整一代剧作家和戏剧观众。英国的道德剧和穿插剧作家本已十分注重戏剧效果，而拉丁戏剧更使他们在戏剧结构上臻于完美；同时，古典戏剧的人物与场面也逐渐融入英国本土传统之中。在拉丁剧作家中，对英国戏剧影响最大的是悲剧作家塞内加和喜剧作家普劳图斯与泰伦斯，他们的作品直接影响了英国最早的悲剧和喜剧。

英国现存最早的悲剧是《高布达克》,由托马斯·诺顿(1532—1584)和托马斯·萨克维尔(1536—1608)所创作。这部剧作以塞内加的悲剧为蓝本,用冗长、沉闷的无韵诗写成;由于缺乏情节,只得借助哑剧来进行弥补。像塞内加的悲剧一样,该剧有血腥的场面,雄辩的言辞,庄严的风格。该剧于1562年上演,目的是向伊丽莎白女王展示国家分裂的危险。就此而言,该剧与莎士比亚的《李尔王》异曲同工。从形式上看,该剧基本上是模仿之作;然而就内容而言,剧中却充满着对于英国本国前途的忧虑和关心。今天,这部最早的悲剧已经只有研究价值,阅读起来会让人感到索然无味。在这点上,它与英国最早的喜剧截然不同。英国最早的喜剧《拉尔夫·罗伊斯特·多伊斯特》直到今天仍能引人入胜。这部由尼古拉斯·尤德尔(1504—1556)于1552年创作的喜剧深受普劳图斯和泰伦斯的新喜剧影响,但全剧的闹剧风格又更接近于英国本土的穿插剧传统。剧中的拉尔夫是一位典型的罗马喜剧中的"吹牛武士",而他的仆人则既是道德剧中的丑角,又是罗马喜剧中诡计多端的仆人。英国另一部最早的喜剧《格顿大妈的针》(1566)则将罗马喜剧完全移植到英国乡村生活的情景之中,描述格顿大妈为了寻找一根丢失的针而把全村闹得天翻地覆的过程。

在伊丽莎白时期戏剧的发展过程中,一群以"大学才子"闻名于世的剧作家颇多建树。这些剧作家大都在牛津或者剑桥受过教育,然后从事在当时被视为并不十分光彩的戏剧行业。他们将各种影响融为一体,其中包括古罗马戏剧以及模仿古罗马戏剧的学院剧、中世纪的道德剧、当代的意大利与法国戏剧,从而创作出结构严谨、情节生动、诗意盎然的剧作。他们对于戏剧形式的发展也作出了很大贡献,创造出复仇悲剧、浪漫喜剧、历史剧等诸多戏剧形式。这些剧作家中包括牛津大学学生托马斯·洛奇,约翰·黎里,乔治·皮尔;剑桥大学学生罗伯特·格林,托马斯·奈什,克里斯托弗·马娄。托马斯·基德虽然从未上过大学,但由于他和这个圈子有密切联系，同时也由于他具有同样举足轻重的影响，所以一般也被认为是“大学才子”之一。在当时的宫廷和贵族社会中，写作只是所谓“绅士”的诸多活动之一，而并非谋生的手段。“大学才子”们恰恰打破了这一传统，他们向读者和观众出卖自己的文学作品，成为现代意义上的专业作家。

在“大学才子”之中，只有**约翰·黎里**（1554—1606）属于老一代文人；他依附于牛津伯爵的庇护，利用文学作为在宫廷中出人头地的手段。他的两部散文体传奇小说《尤弗依斯，或对于才智的剖析》（1578）和《尤弗依斯及其英国》（1580）曾风行一时，并由此创造出“绮丽体”。这是一种以大量使用对句、大量引用历史典故、大量涉及神话人物为主要特点的文体。这种典雅、雕饰的风格既备受推崇，也不断遭到嘲讽。莎士比亚就既模仿过（在描述宫廷风尚的剧作《爱的徒劳》中）、也戏拟过（在《亨利四世》中借福斯塔夫之口）这种风格。在今天，更受重视的则是他的剧作，其中包括《坎帕斯比》（1584）、《萨福和法翁》（1584）、《加拉西亚》（1585）、《恩底弥翁》（1588，1591出版）、《爱的变形》（1589）、《弥达斯》（1589，1592出版）、《班比妈妈》（1594）、《月中女子》（1597）。黎里是英国第一位高雅喜剧作家，而且他将散文作为喜剧的媒介（除《月中女子》外）。由于是为儿童剧团创作，并完全着眼于女王与宫廷，他的剧作以细腻的情感、高雅的格调、机智的对话为特点，这与口出狂言的帖木儿和血腥的《西班牙悲剧》截然不同。除《班比妈妈》这部现代喜剧之外，黎里的剧作均以神话为题材，但他又使神话富有时代感。例如《恩底弥翁》原本是一个神话故事：恩底弥翁由于热恋辛西亚（月神）而抛弃了忒耳斯（地母），于是后者便与女巫迪普萨斯合谋，使恩底弥翁沉睡了40年。最后，辛西亚用热吻解除魔法，唤醒恩底弥翁。剧中影射了伊丽莎白女王（辛西亚）与苏格兰玛丽女王（忒耳斯）之间的明争暗斗，以及伊丽莎白对莱斯特伯爵（恩底弥翁）的宠幸。在《加拉西亚》这部田园剧中，古典成分与英国色彩交相辉映：这个发生在英国林肯郡北部的故事却取材于维吉尔的《牧歌》和奥维德的《变形记》。两家女孩的父亲为了使她们免于被祭献给海神而把她们装扮成男孩，而她们竟彼此相爱；最后，爱神答应将她们中的一位化为男身，使她们的爱情得到圆满的结局。

在"大学才子"中，托马斯·洛奇和托马斯·奈什主要是散文作家。

托马斯·洛奇（1558—1625）是"绮丽体"的模仿者之一，他的散文体田园小说《罗莎琳德，尤弗依斯的黄金遗产》（1590）是莎士比亚的剧作《皆大欢喜》的主要来源，而他的两部剧作《反映伦敦和英格兰的一面镜子》（1594）和《内战的创伤》（1594）今天已湮没无闻。**托马斯·奈什**（1567—1601）曾创作出英国的第一部流浪汉传奇小说《倒霉的旅行者，又名杰克·威尔顿传》（1594）。他的讽刺作品《穷光蛋皮尔斯向魔鬼哀求》（1592）攻击了当时伦敦人要想取得成功就必须具备的素质，并将这些素质称为"七大罪"的翻版。他的讽刺方法开了本·琼生"气质喜剧"的先河。奈什曾因创作攻击政府弊病的喜剧《群狗的岛屿》而在1597年被监禁数月，但该剧现已失传。他唯一流传至今的剧作是《夏日的遗嘱》（1592，1600出版），该剧为传统的乡村节庆活动辩护，批驳了清教徒对此的攻击，但同时又鞭挞了宫廷的奢靡。该剧虽富有诗意并充满机智，但从结构上看却并非专业剧院的五幕剧，而只是由代表各个季节的象征性人物轮流登场而已。

在"大学才子"之中，约翰·黎里与喜剧的联系最为密切；托马斯·基德和克里斯托弗·马娄与悲剧的联系最为密切；而乔治·皮尔和罗伯特·格林则尝试过几乎所有的体裁，并试图迎合宫廷和通俗两种趣味。**乔治·皮尔**（1556—1596）的剧作展示了当时丰富多彩的戏剧样式。《帕里斯的受审》（1584）是一部以神话为题材、趣味高雅的诗体田园剧，风格与黎里的剧作相仿。《要塞之战》（1588？）这部诗剧仿佛是一首叙事民谣，而另一部同样充满爱国情调的历史剧《爱德华一世》（1593出版）则取材于一首歌谣。《大卫和贝丝萨蓓，国王的爱》[1]（1587，1599出版）是根据《圣经》故事改编的严肃悲剧，展示了剧作家与古老的宗教剧的联系。《老妇谭》（1595）这部十分活泼的散文体剧作以乡村民间故事的风格写成，旨在讽刺通俗浪漫戏剧。就戏剧性而言，皮尔的作品并不成功，但他却将多种形式和多种背景交织在一起，并给戏剧带来了热情奔放的诗意和抒情之美。

罗伯特·格林（1558—1592）是一个多面手，写过诗歌、小说、新闻报道。他的散文体田园小说《潘多斯托，时间大获全胜》（1588）为莎士比亚所用，写成剧作《冬天的故事》。在《万千悔恨换一智》（1592）中，据说罗伯特·格林对莎士比亚大肆攻击，称莎氏为“一只暴发户乌鸦，用我们的羽毛美化他自己，将虎狼之心包藏在演员的画皮里”。他共有四部剧作流传至今，其中《阿方索，阿拉贡国王》（1587？）和《疯狂的罗兰》（1592上演）是对马娄作品的拙劣模仿，而另外两部喜剧作品则时至今日仍在上演。《僧人培根与僧人邦格》（1594）讲述中世纪哲学家罗杰·培根用铜头做试验的故事，但其中又掺杂了英国王储和一位贵族同时向一位漂亮姑娘求爱的浪漫情节。剧中的双线情节在《詹姆士四世》（1598）的叙事结构中亦有所体现：该剧的主要情节是詹姆士四世与妻子各自的风流韵事，但总是用仙王奥伯龙和愤世嫉俗者波汉的评论作为反衬。除双线情节之外，这两部喜剧还有两个重要特点：不同阶层、不同背景的人物都被容纳进浪漫的气氛之中，国王、仙王、魔术师、挤奶女同时出场，构成了统一、和谐的戏剧效果；浪漫的女主人公真实、自然、可信，富有个性和魅力，成为莎士比亚笔下女性人物的先驱。

托马斯·基德（1558—1594）的声誉完全建立在《西班牙悲剧》这一部作品上，虽然有人认为《萨里曼和帕西达》（1588？，1592出版）及《科

---

[1] 贝丝萨蓓（Bethsabe）就是《圣经》中的拔示巴（Bathsheba）。

内莉亚》（1594）也出自他的手笔（后者只是将一部法文的塞内加式悲剧加以改编而已）。《西班牙悲剧》（1587，1592出版）开创了英国复仇悲剧的传统，影响了整整一代剧作家。这部剧作借用了塞内加悲剧的血腥场面和复仇动机，但却刻画出可信的人物，编织出严密的情节。剧中的主人公霍罗尼莫在未受悲哀控制而变得疯狂时，是一位活生生的、值得同情的人物。他的语言大多是激愤之辞，但他有时也能进行自我分析和反省。他以极大的决心一直忍耐到找出杀害儿子的凶手，然后才着手复仇。剧中对这位失去儿子的老人的刻画极富技巧和人性。全剧充满戏剧性嘲弄，悬念一直维持到复仇在"剧中剧"里达到高潮。据传，基德还写过一部有关哈姆莱特的悲剧，莎士比亚的《哈姆莱特》即根据这部作品写成。但即使没有这部现已失传的悲剧，莎士比亚在处理复仇主题时所受到的基德的影响仍显而易见。与《西班牙悲剧》相比，《哈姆莱特》虽然在探讨罪与罚的伦理时更为成熟，但保留了《西班牙悲剧》中雄辩的修辞力量，以及对复仇问题的清醒认识，即认为不分青红皂白的复仇是不道德的邪恶行为。

克里斯托弗·马娄（1564—1593）是鞋匠的儿子，在剑桥大学上学期间卷入政治活动。他被告密者指控有无神论言论，但在受审前即被人杀死，时年29岁。在他短暂而动荡的一生中，克里斯托弗·马娄创作了七部剧作；他实际上同托马斯·基德一起创造出英国的悲剧形式，对伊丽莎白时期戏剧的发展作出了极大贡献。除戏剧创作外，他还翻译了奥维德的《爱情诗》（1596出版）和卢卡努斯的《法尔萨利亚》[1]（1600出版），创作了英国最出色的叙事诗之一《希罗和利安德》（未完成，由查普曼于1598年接着完成）以及抒情诗《热情的牧人致情人歌》。他的所有剧作

① 卢卡努斯（39—65），他的史诗《法尔萨利亚》（*Pharsalia*）描述恺撒同庞培之间的内战。

都是在1585至1593年之间完成的，创作顺序和出版时间大概如下：《迦太基女王狄多》（1594），《帖木儿大帝》（1590），《爱德华二世》（1594），《巴黎大屠杀》（1594），《浮士德博士的悲剧历史》（1604），《马耳他岛的犹太人》（1633）。他的第一部剧作《迦太基女王狄多》很可能是与托马斯·奈什合作完成的，该剧是对维吉尔的史诗《埃涅阿斯纪》主要情节的改编。对受过古典教育的马娄来说，改编古典作品是再自然不过的事情。但马娄不是简单的模仿，而是运用戏剧媒介创作出一部独立、完整的作品，剧中怪诞的场面、冷静得近乎无情的台词都能在他以后的作品中再次见到。在《帖木儿大帝》中，帖木儿从一位默默无闻的西徐亚牧羊人变成横扫土耳其和蒙古大军的征服者。他残忍、冷酷、野心勃勃、毫不妥协；他几乎总是生活在众目睽睽之下，内心想法极少暴露。他没有独白，因为独白既会揭示出人性的复杂又会证明人类需要反省，而这两者对于“行动的人”来说是格格不入的。他的权力欲极大，认为自己是天下唯一一个有力量向所有人和神挑战的人，世上唯有死神可以将他打败。帖木儿最后的确为死神所击败，但这绝非道德剧中上帝意志终究取胜、虚荣傲慢之辈终受惩罚的那种结局。帖木儿这个打破了现行秩序、破坏了等级制度的“僭越者”不仅未受惩罚，而且还得到了世上最高的权力和荣耀。这种权力和荣耀所提供的快感本身就已经是对于“僭越者”的最好奖赏。

在《浮士德博士的悲剧历史》中，浮士德亦出身低贱，他在维腾贝格大学获博士学位，成为出类拔萃的学者。但他不满足于现有的学问，试图通过魔术来满足他的求知欲，获取驾驭一切的力量。与《帖木儿大帝》一剧不同，浮士德对于物质力量的追求不断与基督教价值观发生冲突：他将灵魂出卖给魔鬼，却一直受到内心冲突的煎熬。这在剧中外化为“善良天使”与“邪恶天使”之间的斗争，以及一位虔诚老人对他的劝说。该剧继承了道德剧的传统，但同时又是一部地道的悲剧，两者之间既共存又有冲突。浮士德是一个所谓“文艺复兴时期的人”，一个不断追求知识的

“僭越者”，但同时又是一位深受中世纪学术熏陶的学者，一位处于精神危机之中的人。该剧的喜剧性副线情节也充分体现出道德剧与悲剧之间的冲突，因为近似闹剧的戏拟衬托出浮士德的浅薄一面，也衬托出了知识的琐碎和无聊。《马耳他岛的犹太人》由一个戏剧类型人物“马基雅维利”开场，点出全剧的主旨：热爱马基雅维利的人们，反而缄口不谈马基雅维利；宗教只不过是小儿的玩具，世上只有愚昧才是罪孽。剧中的主人公巴拉巴斯是一个诡计多端、贪婪无比的反派角色，他唯一的人生哲学就是要不择手段，获取最大的利益。但在基督教社会里，作为犹太人的巴拉巴斯时刻受到统治阶级的压迫，他喋喋不休地谈论“计谋”，但最后还是逃避不了伪善的基督教统治者的明枪与暗箭。他虽然不是夏洛克式的人物，但并非完全不能引起人们的同情。该剧的风格接近于闹剧，剧中的犹太人与基督徒一样邪恶与堕落。剧中对于宗教以及男女修道士的不敬态度反映了作者大逆不道的反传统观点，这在他的另外两部剧作《爱德华二世》和《巴黎大屠杀》中也有所反映。

克里斯托弗·马娄对于伊丽莎白时期戏剧的发展主要有以下贡献：他使无韵诗发展成为一种灵活多变的戏剧媒介，适用于从庄严到悲哀的各种情况的需要；他创造出追求权力、知识或者金钱的“僭越者”这一形象，展现出了文艺复兴时期人的多彩多姿的风貌。马娄与莎士比亚等一大批剧作家一道，将伊丽莎白时期戏剧推向高潮。

本·琼生（1572—1637）是莎士比亚最强大的竞争对手，也是当时伟大的喜剧作家之一。他流传至今的剧作有16部（不包括假面剧），其中包括14部喜剧和两部悲剧。琼生以当时的伦敦生活为背景，创作反映人类本性、揭露中产阶级恶习的现实主义喜剧。在他的喜剧中，只有晚期作品《新客栈》（1629）将浪漫的主题交织在市民喜剧之中。这部作品自20世纪70年代以来开始受到重视。他的其他喜剧都是讽刺喜剧，而没有一部浪漫爱情喜剧。他惯用的喜剧手法是揭示在人的道德本性中起支配作用的某一特殊成分，即“气质”，对此加以讽刺和嘲弄。他的第一部成功作品《人人高兴》（1598）即是一部“气质论”喜剧（comedy of humours）。在这部喜剧中，一位诡计多端的仆人充分利用了剧中角色的各种荒谬气质，其中包括嫉妒、轻信、傲慢自负、易受支配等等，造成了一系列喜剧性误会。《狐狸》（1605或1606）以史诗的气派对贪婪这一气质进行了研究。剧中人物都有符合他们各自气质的名字（这是琼生惯用的手法之一），例如狐狸、苍蝇、秃鹫、乌鸦等等。从表面上看，这是一部愤世嫉俗的讽刺剧。但实际上，剧中的人物（尤其是狐狸伏尔蓬涅）对生活抱有高度的热情；这种热情极富诗意，只是因为走到极端，变成怪癖，才受到道德的谴责。在《炼金术士》（1610）中，一栋房屋的主人到乡下去躲避瘟疫，仆人趁机勾结两个无赖，在家中干起炼金术的行当，以骗取顾客的钱财。他们对顾客投其所好，根据每人的不同情况（“气质”），用不同的手段来打动他们。从结构上看，该剧似乎建立在传统的道德预期之上，即主人回来之后定将惩戒仆人，扫除弊端。但出人意料，主人竟比骗子仆人更加不择手段和贪得无厌。琼生常自诩为“道德教师”，但他并不只是简单地进行道德说教；在这种突然逆转的情节中，道德说教已经变成对于人类蠢行的戏剧性揭露和鞭挞。

琼生是一位古典主义者，他工于技巧，希望每一部剧作都能恪守古典的“三一律”。他也是一位博学的作家，希望作品忠实于史实，但有时难免学究气。他现存的两部悲剧《西亚努斯的覆灭》（1603）和《卡塔林的阴谋》（1611）都是塞内加式的罗马悲剧，剧中展示了琼生渊博的历史知识，但戏剧性不足。《西亚努斯的覆灭》是一部讽刺悲剧，剧中的主人公西亚努斯是罗马皇帝提比略（公元前42—公元37）的宠臣。他像马娄笔下的悲剧人物一样，由于无止境地追求世俗权力而导致自我毁灭。该剧亦应与琼生的喜剧放在一起理解，因为驱使西亚努斯走向毁灭的正是他的“气质”。本·琼生的戏剧世界似乎是一个漫画的世界，但富有激情和诗意的语言却使他的人物超越了单纯漫画式的扭曲。讽刺和嘲弄本来会使人物变得藐小，但琼生的“气质”却使人物大于生活，虽然大得畸形。琼生使喜剧具有悲剧的激情；从这个意义上讲，他的确重新发现了严肃的喜剧艺术。

在本·琼生的剧作《蹩脚诗人》（1602）的最后一幕中，约翰·马斯顿（1575—1634）吃过催吐药之后，吐出一堆恶毒的词汇。作为讽刺作家和剧作家，**约翰·马斯顿**（1575—1634）的语言以尖酸刻薄、凶狠恶毒为特点。他最成功的剧作是《愤世者》（1604），这部悲喜剧将讽刺作品和复仇悲剧的成分结合起来，创造出一个在当时的舞台上屡见不鲜的类型人物“愤世者”。这一人物在社会上受到挫折，因此心怀不满，满腹牢骚，对世风和时事不断地发表评论、进行讽刺。马斯顿还创作过其他一些剧作，其中包括复仇悲剧《安东尼奥的复仇》（1602）。

在伊丽莎白时期，中产阶级市民在社会生活的各个方面都崭露头角，他们在戏剧中也扮演起更重要的角色。**托马斯·德克**（1570—1632）的《鞋匠的节日》（1600）就是一部市民喜剧，剧中既有贵族，又有工匠和学徒，各个阶层的人物和平共处。剧中的主要人物鞋匠西蒙·埃尔最后成为伦敦市长，中产阶级市民证明自己与贵族完全平等。**托马斯·海伍德**（1575—1641）的《为善意所杀的妇人》（1603）则是一部中产阶级家庭悲剧，剧中所维护的道德观与莎士比亚的悲剧《奥瑟罗》中的价值观恰成对比。剧中的主人公法兰弗特邀请朋友到家中做客，朋友却诱奸了他的妻子安娜。在莎士比亚笔下，发现奸情的丈夫定会杀死妻子，而法兰弗特却将妻子放逐到另一住处，使她见不到自己的孩子。最后，他在妻子临死前原谅了她。剧中对于丈夫和偷情者的描写都富有同情与理解。当时也有丑化中产阶级的剧作，如极力迎合宫廷口味的剧作家弗兰西斯·鲍蒙特就曾创作过滑稽喜剧《燃杵骑士》（1607）。该剧讽刺中产阶级为了逃避日常生活的琐碎无聊，过分沉迷于骑士传奇之中。该剧对于市民喜剧也极尽嘲讽之能事。

弗兰西斯·鲍蒙特（1584—1616）和**约翰·弗莱彻**（1579—1625）虽也各自独立写作，但主要合作创作戏剧。他们共同创作的《菲拉斯特》（1609）是英国最早的悲喜剧之一，情节是当时流行的女扮男装（也有男扮女装）的浪漫故事。不过，剧中的“侍童”（其实是一位浪漫女孩）并未得到如意郎君，而是独身一人过着纯洁的生活。《少女的悲剧》（1610）是一部典型的詹姆士一世时代的悲剧，戏剧效果完全依赖于单独的场面，总体印象缺乏真实感。但剧中强烈的情欲和心理因素倒也弥补了情节剧的不足。《是国王，又不是国王》（1611）涉及乱伦，最后以“机器降神”（deus ex machina）的戏剧手法使人物得以摆脱困境。弗莱彻还独立创作过田园剧《忠实的牧羊女》（1608），剧中的开场白介绍了悲喜剧的由来，从而宣告了这一戏剧形式在英国的降临。另外，弗莱彻还与莎士比亚合作创作了《亨利八世》（1613）和《两贵戚》（1634出版）。鲍蒙特和弗莱彻剧作的背景是矫揉造作的宫廷生活，描写的是夸张、虚假、堕落的情感以及与人们的日常生活完全脱节的世界。他们的剧作工于技巧，语言流畅且富有音乐感，但缺乏真正的深度和情感的力量。现在一般认为他们的作品标志着当时的戏剧已开始衰落。

在詹姆士一世时期，悲剧作品反映了当时社会的腐化堕落以及被压迫者的奋起抗争。**约翰·韦伯斯特**（1578—1632）的《白魔》（1612）刻画了一位悲剧女性的形象。“白魔”维托丽亚·科伦波纳公然蔑视社会的道德准则，由于通奸而使弟弟杀死自己的丈夫、使情夫杀死他的妻子。在“审判”一幕中，维托丽亚面对比自己更为邪恶的审判者，满怀激情地为自己辩护。她拒绝接受裁决，毫不畏惧地面对死亡，这使我们无法简单地对她加以谴责。如果说维托丽亚是一个道德上模棱两可的人物，那么《马耳菲公爵夫人》（1613）中的女主人公则是一个心地善良、品德高尚的悲剧人物。她在丈夫去世后秘密地与男管家结婚，并生下了几个孩子。她因此而备受她的两个兄弟折磨，最终被他们所害。虽然传统批评家认为寡妇改嫁、贵族下嫁、私自结婚都有悖于当时的道德，但今天的观众却很难认同这种责难。即使在当时，给观众印象最深的也是马耳菲公爵夫人在磨难中的高贵与尊严。韦伯斯特的这两部剧作都有复仇悲剧的成分，两部剧作的女主人公都死于复仇者手中。但在大多数复仇悲剧中，复仇者所反抗的都是身居高位的当权者。

西里尔·图尔纳（1575—1626）作为剧作家的声誉主要建立在《无神论者的悲剧》（1611）和《复仇者的悲剧》（1607）上，但现在多数学者都认为后者为托马斯·米德尔顿所作。后者创作年代较晚，结构和风格都比前者成熟。这两部悲剧的主人公对于复仇的态度截然不同：在《无神论者的悲剧》中，男主人公查勒芒在苦难面前坚韧不拔，绝不为自己的感情所左右，丝毫也没有产生复仇的冲动，而反面人物“无神论者”德沐韦勒则在举起斧头砍别人的时候却不由自主地将自己砍死，从而昭示出无所不在的天理。在《复仇者的悲剧》中，主人公汶迪斯，即“复仇者”，虽然痛恨宫廷的腐败与邪恶，但在向黑暗社会复仇的过程中却丧失了对于自己的道德约束，最终与黑暗社会同流合污，成其一员。“复仇者”似乎是想试验一下世俗的宫廷到底可以腐败到何种程度，但在试验中，他不仅使自己陷入邪恶，同时也使母亲和妹妹走向堕落。最后，他像剧中所有反面人物一样，在“戏剧性嘲弄”中受到惩罚。该剧的语言既简洁精炼又生动有力；剧中借鉴了中世纪讽喻的形式，将强烈的情感压缩为有力的戏剧形象，既体现了清教对于人欲的憎恶，又迸发出文艺复兴时代炽热的情感，是詹姆士一世时期的戏剧杰作之一。

托马斯·米德尔顿（1580—1627）是当时最多产而又最成功的剧作家之一。他的政治讽刺剧《一局棋》（1624）在当时曾引起轰动。该剧表达了英国民众对于詹姆士国王企图与西班牙皇室联姻的反感，后来在西班牙大使的抗议下被禁演。米德尔顿的杰作则是他的两部悲剧《女人提防女人》(1620—1627)和《掉包计》(1622)。这两部作品深入刻画了主要人物在满足不正当情欲时的心理过程,以及这种情欲所导致的毁灭性后果。《掉包计》中的喜剧性次要情节由另一位剧作家威廉·罗利(1585—1626)所创作,一般认为与悲剧的主要情节关系不大,演出时也往往被去掉。在主要情节中,女主人公比特拉丽斯雇用了一个她所厌恶的人来杀害自己的未婚夫,以便使自己超脱于这一罪恶勾当,不至于受到良心的谴责。但她最终发现,自己与面目可憎的杀手早已密不可分,因为他恰恰代表着她自己本性中邪恶的一面。该剧被认为是莎士比亚之后英国最杰出的悲剧作品之一。米德尔顿还创作了多部反映伦敦中产阶级生活的市民喜剧,其中包括:《妙计捉鬼》(1604)、《咆哮的女郎》(1606,与德克合作)、《奇普赛德的一个贞洁姑娘》(1613)。这些作品展示出在一个为金钱所诱惑的社会里,人们都不择手段地谋取私利。米德尔顿与菲利普·马辛杰一起,被认为是本·琼生喜剧的两位主要继承人。

乔治·查普曼(1559—1634)是一位诗人兼剧作家,他所翻译的荷马史诗曾长期被奉为标准英译本。他与本·琼生和约翰·马斯顿合作创作的喜剧《向东方去!》(1605)描写了丰富多彩的伦敦生活。该剧中的一个段落讽刺了投机取巧的苏格兰人,得罪了身为苏格兰人的英国国王詹姆士一世,使三位作者同遭牢狱之苦。他的两部悲剧《玻西·德·安波斯》(1607)和《拜伦公爵的阴谋》(1608)描写了老式贵族的荣誉感和英雄气概同务实的极权君王之间的冲突。作者在创作时显然想到了埃塞克斯伯爵的命运。在他的另一部作品《玻西·德·安波斯的复仇》(1610)中,主人公克莱蒙特在弟弟玻西·德·安波斯鬼魂的要求下为他复仇。但与其他复仇者不同,他只采取决斗这一正当崇高的手段来达到自己的目的。查普曼显然反对充斥当时舞台的血腥复仇悲剧,因此创作出一部符合高尚的绅士理想的"反复仇悲剧"。

在查理一世时期,戏剧已经走向衰落,悲剧尤其如此。当时的悲剧已经丧失了莎士比亚时期悲剧的旺盛活力和宽阔视野。在当时的喜剧中，尚保留着琼生讽刺喜剧的优良传统。这一时期一直活跃的还有四位剧作家：马辛杰、福特、布罗姆、雪利。

菲利普·马辛杰（1583—1640）曾与弗莱彻合作创作了十多部作品，而他独自创作的作品亦反映出弗莱彻剧作的浪漫色彩。他最优秀的喜剧是《偿还旧债的新方法》（1625）和《城市太太》（1632）。前者的主要情节是利用机智挫败贪婪、吝啬、残忍的加尔斯·欧夫锐爵士；剧中抨击了经济压迫和社会动乱，同时也在辛辣的讽刺中融进了浪漫爱情。《城市太太》揭露了同样的社会问题，但情节更为牵强，并将写实和象征手法融为一体。在他的悲剧中，《米兰公爵》（1621）和《不自然的战斗》（1624）讲述了情节剧式的神秘故事；《罗马演员》（1626）和《边听边信》（1631）则属于古典时期的历史悲剧类型。他的悲剧作品中不时可以见到丰富的想象力。

约翰·福特（1586—1640）最著名的剧作是《可惜她是妓女》（1632）。该剧讲的是基欧范尼和妹妹安娜贝拉之间的乱伦爱情的故事。在这部探讨社会禁忌的悲剧中，福特并没有为不正常的关系辩护，但对两位情人却充满同情：他们由于自己的不正当关系和罪孽感而与世人隔绝；他们陷入肉欲之中不能自拔，有时甚至傲慢地接受这种罪孽。情节的细腻和层次感，人物对话的分寸，两位情人对宗教和世俗约束的反抗，这一切使该剧在英国戏剧史上占有独特地位。他的其他剧作包括《情人的悲哀》（1629）、《爱的牺牲》（1633）、《破碎的心》（1633）、《珀金·沃贝克》（1634）、《女士的考验》（1639）。福特尤其擅长描写悲哀、忧郁、绝望；他的悲剧中的严肃主题往往被次要情节中的次要人物和庸俗喜剧所冲淡，但他对于人物和剧情的把握使他成为查理一世时期唯一重要的悲剧作家。

理查德·布罗姆（1590—1653）和**詹姆斯·雪利**（1596—1666）在1642

年清教徒得势并关闭剧院之前还一直创作。布罗姆最重要的作品是乡村浪漫喜剧《一伙快活人》(1640)，剧中不光描述了父女之间的纠葛，而且还涉及乞丐与吉卜赛人的生活，这在当时的剧作中颇为少见。他的剧作生动地反映了当时的伦敦生活，有一定的历史价值。雪利是一位多产作家，尝试过几乎所有戏剧题材。《风趣的美人》和《行乐妇人》(均在1626至1635年间上演)是描述伦敦时髦生活的轻松讽刺喜剧；《叛徒》(1631)和《枢机主教》(1641)则是意大利恐怖题材的悲剧。虽然他有一些作品经受住了时间的考验，但总的说来，他的剧作既缺乏实际内容，题材又十分贫乏，也许这是在他的剧作中有所反映的17世纪30年代的社会情况所造成的。英国剧院在1642年被关闭后，直到1660年王政复辟时期才得以开禁。

威廉·莎士比亚(1564—1616)是欧洲文艺复兴时期最伟大的作家之一，他的作品是全人类的宝贵财富。三百多年来，莎士比亚的作品对世界文学的巨大影响，可以说是无与伦比的。

关于莎士比亚的生平有许多说法。从18世纪70年代起，一些英美学者认为根本不存在戏剧作家莎士比亚，现存的莎士比亚剧作都是若干人如培根、马娄或牛津伯爵等人在某种特定场合分头或集体编写出来的，因此现存的莎士比亚剧作是集体的成果。对于这些说法，许多莎评家进行了驳斥，我们这里基本采用大多数莎评家所认可的说法。

一般认为，莎士比亚于1564年4月23日前后出生在英国爱汶河畔的斯特拉福镇。他有八个兄妹，本人排行老三。其父约翰·莎士比亚是斯特拉福镇上的富商，曾在该镇担任过包括镇长在内的各种重要职务。斯特拉福镇有一所相当有名的文法学校。人们推论，作为富商之子的莎士比亚不可能没进过这所学校。根据斯特拉福镇的有关档案记载，一位名叫莎士比亚的人曾于1582年11月和一个叫安·哈瑟维的农村姑娘结了婚。那时他刚18岁，而哈瑟维已26岁。婚后不到五个月，哈瑟维就生了第一个女儿苏珊娜。据此，一些莎评家认为，莎士比亚的婚姻可能是由于他婚前与未婚妻行为不检点而被迫促成的。1585年2月，莎士比亚的夫人生下一男一女的双胞胎，女孩叫朱迪，男孩叫哈姆勒特。不幸的是，哈姆勒特12岁时夭折。自此后有差不多七年的时间，人们很难找到有关莎士比亚的记载。1592年，伦敦有一个名叫莎士比亚的演员兼诗人和剧作者一举成名。人们推断，这就是斯特拉福镇的莎士比亚。他很可能于1585年之后到伦敦谋生。至于莎士比亚为什么要离开斯特拉福镇，也有一些传统说法。一种说法是，莎士比亚曾到一个名叫托马斯·路西的地主庄园里偷猎过，不幸为守门人捕获，受到鞭打并被监禁。莎士比亚于是编了一首顺口溜来讽刺路西。这首顺口溜因为编得巧妙，到处流传。路西一怒之下，欲治莎士比亚重罪。莎士比亚不能藏身，于是逃进伦敦城避难。莎士比亚有可能是1586年或1587年到达伦敦的。那时戏剧作为一种艺术形式颇受伦敦人欢迎。莎士比亚最初为戏院看守马匹和做些杂务。后来，成为演员，扮演一些次要角色，并开始帮助剧院改编戏剧脚本。

到1592年，28岁的莎士比亚已经誉满伦敦了，其证明就是同时代人罗伯特·格林在他的小册子《万千悔恨换一智》里不无嫉妒地称呼莎士比亚是“一只暴发户乌鸦”，并告诫“大学才子”们留心这个“写了几句虚夸的无韵诗”就自以为能同“最优秀的作家媲美”的“地地道道的打杂工”。莎士比亚第一部公开出版的作品是献给年轻贵族南安普顿伯爵的长诗《维纳斯与阿多尼斯》。值得注意的是，莎士比亚与伊丽莎白女王的宠臣埃塞克斯过从甚密。1594年，莎士比亚所属剧团开始受宫廷大臣庇护，称为“宫内大臣剧团”。1599年，莎士比亚成为“环球剧院”的股东之一。莎士比亚可能于1613年回到故乡斯特拉福镇，并于1616年4月23日在该镇去世。

莎士比亚共创作了至少两首长诗，154首十四行诗，若干首其他题材的短诗和37部剧本（其余几部争议较大的作品不在此列）。1623年，莎士比亚的朋友和同团演员赫明和康戴尔将他们能找到的莎士比亚剧本收集成书，用对开本形式出版发行，人们通常把这第一部莎士比亚戏剧全集称为“第一对开本”。全集共包括36个剧本，其中喜剧14部，历史剧10部，悲剧11部和《特洛伊罗斯和克瑞西达》。《泰尔亲王配力克里斯》则是后来发现并补充到以后版本的莎士比亚全集中去的。

莎士比亚创作的时间可以大致分为三个时期。第一时期约为1590至1600年。此期作品以诗歌、历史剧和喜剧为主，因此被称为历史剧和喜剧时期。当时，正是伊丽莎白女王统治的极盛时期，她建立统一的民族国家，政治比较稳定，资本主义工商业也获得迅速发展。莎士比亚被这种暂时的繁荣景象所鼓舞，幻想人文主义思想在现实中能够实现。这使他早期创作中乐观主义情绪占主导地位。

第二时期约为1601至1608年，此期作品以悲剧为主，同时也是莎士比亚创作的高峰期，通常称为悲剧时期。伊丽莎白统治末年，社会的各种矛盾开始尖锐化，昔日的繁荣稳定变成了普遍的动荡不安。 莎士比亚对现实的认识不断深化，看到了生活里的种种罪恶，深知戏剧唯有揭露恶势力及邪恶给人们造成的灾难，才能更准确地反映社会现实，激起人们用人文主义理想去改造现实，这使他的戏剧创作转入了悲剧时期。

第三时期约为1609至1612年，此期作品以浪漫传奇剧为主，因此被称为浪漫主义或传奇剧时期。詹姆士一世上台以后，加强了王权统治，莎士比亚清醒地感到人文主义思想和现实之间的矛盾无法调和，但由于阶级的局限使他无法沿着悲剧创作的批判方向前进，而是退居故乡田园，转向了传奇剧的创作。这时期，他创作了三部以宽恕、和解为主题的传奇剧，并同别人合作了最后一部历史剧《亨利八世》。

不少莎评家认为，从本质上说来，莎士比亚首先是一个诗人，其次才是一个戏剧作家。即便是莎士比亚的剧本，很大部分也是用诗体——主要是无韵诗体——写成的。莎士比亚的诗歌作品包括早期的两篇长诗

《维纳斯与阿多尼斯》（1593）、《鲁克丽丝受辱记》（1594）及《十四行诗集》（1592—1598）。从诗歌艺术水平来看，他的十四行诗成就最高。

《维纳斯与阿多尼斯》是莎士比亚的第一首长篇叙事诗。故事来源于古罗马诗人奥维德的《变形记》，写爱神维纳斯追求美少年阿多尼斯。阿多尼斯只醉心于狩猎，不解风情，拒绝维纳斯的爱情。后阿多尼斯在狩猎中为野猪所害，维纳斯痛不欲生。就在这时，阿多尼斯尸体消失，血泊中诞生了一朵鲜红雪白相间的花，维纳斯将花珍藏于胸，飞回仙岛。诗人笔下的爱神维纳斯被表现为一个情感和欲望都异常强烈的放荡不羁的女性，和人间的痴男怨女有许多相通之处。诗歌还宣扬美必须与爱相融合，美只有通过爱才能得到永生。长诗的语言华丽纤巧，铺陈浓艳，代表着莎士比亚早期的诗风。但在关于性爱的描写方面，渲染过浓。

《鲁克丽丝受辱记》取材于奥维德的《罗马岁时记》，莎士比亚也有可能借鉴过乔叟的《殉情女子传·鲁克丽丝记》。莎士比亚在《鲁克丽丝受辱记》的正文前用散文写有与全诗紧密相关的故事梗概。国王路歇斯·塔昆涅斯谋杀岳父攫取了王位。其外甥科拉廷的妻子鲁克丽丝被各路将领誉为最有美德的妻子。这激起了塔昆王子的情欲，他强奸了鲁克丽丝。受辱的鲁克丽丝修书通知父亲和夫君，嘱他们为自己复仇，并自杀身亡。被此事激怒的罗马人出于同情和对国王暴政的不满，兴兵犯上，放逐了国王及其家族。此诗主要揭露和鞭挞封建王室统治者的专横无道，讴歌爱情的坚贞和友谊的宝贵。鲁克丽丝以其生命捍卫了人的坚贞品德和尊严，虽毁灭了肉体，却最终获得了道义上的胜利。诗歌既反对禁欲也反对纵欲，既重视现实人生，又强调贞洁高于生命，在一定程度上显示了人文主义的价值观与人生观。《鲁克丽丝受辱记》的叙述语言非常优美，流畅的韵律清新跳荡。全诗想象丰富，描写生动，标志着诗人在诗歌创作上已经趋于成熟。长诗在人物的心理刻画方面非常深刻，例如对塔昆作恶前后的思想矛盾斗争，就有细致入微的描写。这种出色的描绘技巧，在后来的莎士比亚戏剧作品中被继续发扬光大，成为他创作技巧中最辉煌的成就之一。

《十四行诗集》出版于1609年，共收诗154首。《十四行诗集》在莎学界引起巨大的兴趣和争论，有关它的许多谜至今未曾解开。比较流行的看法是，从第1首到第126首，是诗人写给他的男友，一位美貌的贵族青年的；从127首到第152首，是写给一位黑肤女郎的；最后两首及中间个别几首与上述人物无关。"朋友说"和"黑女郎"说是英国莎学家马隆和斯蒂文斯在1780年提出的。在此之前，人们相信这些诗的大部或全部都是歌颂爱人（女性）的。然而朋友说虽流行极广，反对者也大有人在。如19世纪初的英国诗人兼莎评家柯尔律治就坚持认为莎氏十四行诗全部都是呈献给作者所爱的一个女人的。

综观莎翁十四行诗，其主题不外描写时间、友谊、爱情、艺术（诗）。往往若干首诗成一诗组，表现同一题材。这些诗本身的结构技巧和语言技巧都很高，所以几乎每首诗都有独立存在的审美价值。从诗中的描写我们可以窥见诗人灵魂深处，使我们感到诗人的激情与苦恼。诗中有对善的执着，对恶的鞭挞，对爱情和友谊的憧憬与追求，也有对现实的不满，对理想破灭的怨恨，对道德负罪感的反抗。透过那些闪闪烁烁，或真诚或虚饰的诗行，我们感到诗人的人格的各个方面——崇高与卑劣，伟大与渺小，自矜与自卑。在第105首诗中，诗人宣称，他的诗将永远歌颂真、善、美，永远歌颂这三者合一的体现——他的爱友。也就是说，他所歌颂的最高目标就是爱，而真、善、美都最终统一在爱里。

十四行诗这种艺术形式在莎士比亚手中得到了新的发展。十四行诗体源于意大利。彼特拉克是最早的著名的十四行诗作者。他的十四行诗，由两个四行组和两个三行组构成，其韵式为abba abba cde cde或abba abba cdc cdc。16世纪初叶，英国贵族萨瑞伯爵亨利·霍华德和托马斯·魏厄特爵士把这种诗体移植到了英国，其形式略有变化。莎氏十四行诗体的韵式同于萨瑞伯爵的第一种韵式：abab cdcd efef gg。后来此式遂称为“莎士比亚式”或“英国式”。莎士比亚在运用这个诗体时，极为得心应手。主要表现为语汇丰富，用词洗练，比喻新颖，结构巧妙，音调铿锵悦耳。而其最擅长的是最后两行诗，往往构思奇诡，语出惊人，既是全诗点睛之作，又自成一联警语格言。如第97首：

你是这飞逝年华中的快乐与期盼，
一旦离开了你，日子便宛若冬寒。
瑟缩的冰冷攫住了我，天色多么阴暗！
四望一片萧疏，满目是岁末的凋残。
可是这离别的日子分明是在夏日
或孕育着富饶充实的秋天，
浪荡春情已经结下莹莹硕果，
好像良人的遗孀，胎动小腹园。
然而这丰盈的果实在我眼中，
只是亡人的孤儿，无父的遗产。
夏天和夏天之乐都听你支配，
你一旦离去，连小鸟也缄口不言。
它们即便启开歌喉，只吐出声声哀怨，
使绿叶疑隆冬将至，愁色罩苍颜。

十四行诗在16世纪的英国曾盛极一时，名家辈出，除上述萨瑞、魏厄特之外，锡德尼、斯宾塞等人，都获得了很高的成就。莎士比亚之后，弥尔顿、华兹华斯、雪莱、济慈、勃朗宁夫人，奥登等算得上后起之秀。但在整个英国十四行诗乃至世界十四行诗的创作中，莎士比亚的十四行诗都是一座高峰，后世堪于比肩者为数不多。

英国的历史剧在莎士比亚出现之后才发展到顶峰。莎士比亚一生至少编写了十部历史剧。它们是《亨利六世》上、中、下篇，《理查三世》，《约翰王》，《理查二世》，《亨利四世》上、下篇，《亨利五世》和《亨利八世》。上述十部历史剧，除《亨利八世》之外，全部产生在莎士比亚创作的第一时期内。

造成莎士比亚历史剧产生和发展的客观因素有若干种，其中有两个因素特别值得一提。其一，莎士比亚时代的英国社会正处于伊丽莎白女王统治盛世之末，已取得统治的新兴资产阶级不愿意封建势力卷土重来，所以期望国家和平统一。同时，女王日益衰老，也把王位继承权问题摆上议事日程。借鉴历史经验的需求，为历史剧的繁荣提供了重要契机；人民群众对历史剧的兴趣则是历史剧产生的土壤。这些现实因素无疑激发了剧作家的创作热情，为具有人文主义思想意识的莎士比亚编写历史剧时提供了导向性主题。其二，当时产生了大量的历史著作，尤其是80年代出现的霍林西德编年史。这些著作为莎士比亚的创作提供了取之不尽的历史素材。综观莎士比亚的历史剧，其中涉及的历史时期，上限始于1199年，下限止于1547年，横跨近350年英国历史，展现了英国曲折反复、惊心动魄的历史画卷。

从现存资料来看，莎士比亚最早的戏剧编写活动始于1590年，其处女作是历史剧《亨利六世》上、中、下三部（1590—1591），这部三联剧并不是按顺序写成的，莎士比亚先写了第二、第三部（约1590），然后才写成第一部（约1591）。《亨利六世》上、中、下极为生动逼真地展示了红白玫瑰战争中两大帝王家族的内部大拼杀，剧中的主要人物亨利六世被描写成一个懦弱无能，但宽厚仁义的君主。莎士比亚的这一人物形象暗示，仁厚的君主若软弱无能，亦只能令生灵涂炭、国家遭殃。剧作家心目中理想的君主是刚柔相济，有勇有谋的贤明君主，他的这一理想成了刻画亨利五世的基础。

莎士比亚第四部历史剧是《理查三世》（1592）。《理查三世》与《亨利六世》一起构成描写玫瑰战争全过程的四部曲。如果说亨利六世是一个忠厚软弱、优柔寡断的君王，那么理查三世正好与之形成鲜明对照，他被刻画成不仅面相丑陋，而且狡诈邪恶、嗜血成性。为了争夺王权，他处心积虑、挑拨离间、谣言惑众，算尽一切机关，终于夺得王位。理查并不是赤裸裸的暴君，他的暴行总是装饰着仁爱宽厚的外衣。他是莎士比亚时代马基雅维利权术思想的典型化身。然而这个彻头彻尾的恶棍身上也有一种"令人惊愕的力量"，这就是他那种强悍坚毅的意志和不惧一切的勇气。残暴、坚毅而又足智多谋，赋予这个人物以令人惊奇的复杂性和深刻性。这种立体塑造人物形象的艺术技巧，是莎士比亚最有力的创作手段，他后来用它创造了许多类似的形象，这是值得特别注意的。

莎士比亚的另一部历史剧《理查二世》有可能是在《理查三世》写成后两三年内问世的。《理查二世》（约1595）、《亨利四世》上、下部（1597—1598）和《亨利五世》（1599）构成莎士比亚历史剧的第二个四部曲。理查二世这一形象与理查三世又形成另一种对照。理查二世有魁伟的体格却缺乏坚毅的意志和聪明的才干。他偏听偏信，无端排斥曾经护卫和支持过他的三个长辈：刚特、约克和葛罗斯特，并使葛罗斯特不明不白地死于大牢。刚特儿子波林勃洛克是一位深得民心的贵族，亦遭理查二世放逐，后乘理查外出平息叛乱之机，终于逼理查二世退位。值得一提的是，此剧后来被伊丽莎白女王的宠臣埃塞克斯伯爵的党人所利用。他们在怂恿埃塞克斯伯爵推翻伊丽莎白女王的前夜，曾专门包场上演过此戏，希图观戏者明白："不理想的君王是可以废黜的。"因为此剧，莎士比亚及当时上演此剧的演员均遭查询。《理查二世》在诗体的运用上多变化，既有无韵诗、双行联韵体诗，也有四行体诗等。

约在1597年至1598年间莎士比亚编写成了《亨利四世》上、下篇。一般认为，这是他的历史剧创作的顶峰。亨利四世原是通过非法手段登上王位的，但同一般继位者不同，他精明老练，不滥杀无辜，尚能使国家在一段时间内苟安。但由于他的王位是在若干贵族的襄助默许下取得的，因此，他无法遏制他们与他分享王室利益的野心，最终酿成叛乱性战争。战争的结果是亨利四世之子哈尔（即接下来的亨利五世）率王军大获全胜。

与此同时，通过哈尔这个浪荡子与英国社会下层人的交往，莎士比亚用大量笔墨刻画了五光十色的平民社会生活。剧中的野猪头酒店是社会下层的冒险家、雇佣兵、酒店老板及佣仆、妓女、农夫、商贩等出没的地方。在这个“福斯塔夫式背景”上，像在宫廷和战场上一样，发生着另一种类型的巧取豪夺与悲欢离合的故事。在风雨飘摇、困难在即的时刻，不少人仍忙于骗钱、抓丁、抢劫等行为，当然同时也调笑、取乐、插科打诨、游戏人间。一方面是王家班师的凯旋，另一方面是穷苦百姓的哀哭。

《亨利四世》一反莎士比亚在此之前的历史剧手法，运用鲜明的对比性平行结构，把宫廷王室的权力争夺画面与小镇荒村中的日常生活交叠在一起，一面是紧张激烈，一面是粗俗轻松，一雅一俗，交相辉映。但从总体上讲，以福斯塔夫为主要角色的平民社会生活画面不知不觉地成了此剧的主要画面，所以从一定程度上讲，这已和严肃的历史剧大大不同，其中容纳了相当突出的喜剧因素。这是崇尚典雅与幽默诙谐的有机统一，是贵族意识和平民意识的双向投射，是一种变调式历史合唱，体现了莎士比亚极高的创造才能，同时也大大强化了历史剧给观众的艺术享受，尤其是在塑造福斯塔夫这样的喜剧人物方面此剧达到了整个莎剧创作的顶峰。

出身于骑士阶层的福斯塔夫是一个集多种性格特征的人物。他厚颜无耻、乐观诙谐、吹牛说谎。他时常穷困潦倒，却又常常讲究排场，好酒贪杯；他既诡诈机智，又胆怯多情。头上已染苍苍白发，心中却烧着青春之火。他仗着自己和王子的亲密关系，招摇撞骗，甚至打家劫舍，趁征兵的机会，与地方官相互勾结、公开受贿。他在战场上装死逃生，假冒军功。他逗笑取乐，怕别人嘲笑，也嘲笑别人。他是16世纪在莎士比亚与琼生的全部戏剧人物中最有名的一个。在17世纪的文献中他被提到131次，远远超过仅被提到55次的奥瑟罗。18世纪的约翰逊博士曾赞叹他是“无人模仿、无法模仿的福斯塔夫”，是“情理和罪恶的混合物”。作为一个艺术形象，他并非是十恶不赦的大坏蛋，从他的欺诈开始，人们看到的是开心而非厌恶。他那玩世不恭的人生哲学里未必没有令人沉思的深刻醒悟。身为骑士，却把名誉弃如敝屣。他似乎从不把成败得失放在心上，也从不自怨自艾，摔倒了就爬起来。《亨利四世》之所以备受欢迎，其中最关键的一个因素就是由于福斯塔夫这个形象。据说伊丽莎白女王也非常爱看有福斯塔夫的戏，曾传谕莎士比亚在14天内再写一部续集，要让福斯塔夫谈情说爱，于是产生了那部现实意义极强的《温莎的风流娘儿们》。福斯塔夫是封建贵族解体时期无依无靠的雇佣兵和冒险家的典型形象。他失意之后在默默无闻中死去的情景使人不能不对他生出一丝同情。尽管他不是一个善良的人，毕竟是在污浊的社会中能使人破涕一笑的人物。观众不会忘记他带来的快乐。

《亨利五世》刻画的是莎士比亚心目中理想的君主。莎士比亚此前刻画过的君主，不是太邪恶，就是太稚嫩；不是刚愎自用，就是软弱无能。因此，刻画一个有理想的圣贤明君可能是莎士比亚蓄意已久的打算。剧中的主人公亨利五世在做王子时是一位浪荡儿，但继位后却突然一反常态，表现为一个具有安邦治国大才的贤明君主。他敬奉上帝，宽厚仁慈，勇敢机智，甚至能以德报怨，在政治、军事、外交上都显示出超人的智慧。此剧全篇洋溢着爱国主义激情。莎士比亚仍把历史剧和喜剧风格糅合在一起，既写了上层政治军事界的风云变幻，也写了社会下层的地痞无赖之流，崇高悲壮与卑俗轻松双线交织、互映成趣。这是一部庄谐并举的英雄史诗。

莎士比亚的历史剧是中世纪戏剧自然发展的结果。它们具有强烈的现实主义精神，王权及王位继承权是剧本特别关心的问题，贯穿着人文主义思想，在一定程度上反映了新兴资产阶级的理想和要求。这些历史剧规模宏大，几乎囊括了英国社会政治、经济、文化、军事、法律、伦理和生活的方方面面，确实算得上是当时英国社会的百科全书。莎士比亚的历史剧鞭挞了英国统治阶级的种种罪恶和弊端，强调了君王个人的才德对整个社会产生的巨大影响。剧中塑造了一群鲜明生动的历史人物形象，有对帝王将相千秋功罪的评论，也有对平民百姓鲜明生动的描摹。莎士比亚在他的历史剧中贯穿了一种追求国家统一、和平，反对封建割据，反对战争的思想，洋溢着爱国主义和民族自豪感，莎士比亚并不否定王权统治，他寄希望于开明君主，试图通过道德改良的途径找到这种社会救星，表现出人文主义依附王权的历史特点。但与此同时，剧中也描写封建专制统治带给人民的无穷灾难和痛苦，在一定程度上也表达了被压迫者的不满和反抗（例如起义或叛乱）。莎士比亚的历史剧注重人物性格刻画，在表现人物心灵和外貌方面达到了当时历史剧创作的顶峰。最后，莎士比亚的历史剧不同于传统历史剧，他熔史剧和喜剧为一炉，超越了传统剧种风格，使崇高与卑俗，悲壮与诙谐交相辉映。在结构上，莎士比亚也能得心应手地运用单线、双线甚至网状互织结构，从而使其历史剧艺术表现达到前所未有的高度。

根据1623年第一对开本，莎士比亚共创作了14部喜剧。但现在较通行的作法是把《暴风雨》看成是传奇剧。因此，按创作时间先后分别是：《错误的喜剧》（1592）、《驯悍记》（1593）、《维洛那二绅士》（1594）、《爱的徒劳》（1594）、《仲夏夜之梦》（1595）、《威尼斯商人》（1596）、《无事生非》（1598）、《温莎的风流娘儿们》（1598）、《皆大欢喜》（1599）、《第十二夜》（1600）、《特洛伊罗斯和克瑞西达》（1602）、《终成眷属》（1602）和《一报还一报》（1604）。前10部是莎士比亚创作第一时期所作，多称为试验喜剧、浪漫喜剧或抒情喜剧。后3部属于第二时期，多称为问题剧或黑暗喜剧。

《仲夏夜之梦》是莎士比亚为了宫廷演出而写的一部最富幻想和浪漫色彩的喜剧。其故事情节分别来源于普鲁塔克、黎里、奥维德等国内外诗人或作家的作品，当然其中也有莎士比亚自己杜撰的情节。从这部作品开始，莎士比亚的喜剧创作开始进入成熟阶段。《仲夏夜之梦》剧情复杂，它共有四条发展线索，描写赫米亚与拉山德、海丽娜与狄米特律斯两对青年男女间的纠葛；雅典公爵忒修斯与阿玛女王希波吕忒的结婚；仙王奥布朗与仙后提泰妮娅的争吵与和好，还有雅典的一伙手艺人“戏中戏”的排练与演出。在这出戏中，神话世界和现实世界交织在一起，神和人都一样有七情六欲，都向往追求爱情生活的幸福。喜剧变化多端，背景是大自然，场面广阔。莎士比亚调动了很多艺术手段，如虚构、巧合、滑稽及大量的音乐舞蹈等场面，使此剧成为嬉戏和愚蠢行为的优美戏剧。

《威尼斯商人》题材的来源是多方面的。马娄的《马耳他岛的犹太人》对此剧的影响可能最显著。剧本开始时，威尼斯商人安东尼奥闷闷不乐。他的朋友巴萨尼奥因向富家小姐鲍西娅求婚而愁礼金微薄。安东尼奥为了帮他的忙，便向犹太商人夏洛克借了高利贷，双方商定如到期不还钱，夏洛克就可以在安东尼奥身上割一磅肉作为还债。在选匣取美一场中，巴萨尼奥击败其他的求婚者，赢得了鲍西亚的爱情。此时，安东尼奥却由于载着其全部财产的商船在海上失事、无力还债而受到夏洛克的威逼，命在旦夕。聪明的鲍西娅小姐扮成青年博士出现在法庭上，巧言断案，使夏洛克割一磅肉的企图无法实现。夏洛克被法庭判为企图谋害人命而受重罚。该剧结尾时，有消息传来，安东尼奥的三条船也安然入港。于是剧中的三对恋人——巴萨尼奥和鲍西娅、罗兰佐和杰西卡、葛莱西安诺和尼莉莎——得以在喜剧气氛中各遂心愿。

此剧具有两个独立而又互相照应的情节，编织得十分巧妙。剧情进展较迅速，悲剧和喜剧成分交相辉映，现实性和浪漫性各擅其长。剧本的浪漫气氛尤见于巴萨尼奥和鲍西娅之间的爱情故事。猜匣选美人的情节，与中国传统的抛绣球或比武招亲之类颇有异曲同工之妙。现实性则主要体现在弥漫全剧的渗透伊丽莎白女王时期的重商主义精神与旧式封建贵族价值观念之间的冲突以及当时英国人的反犹太情绪。此剧从某种意义上看，也是莎士比亚对人性中的仇恨心理的研究。而与此相对应，莎士比亚似乎通过鲍西娅这个人物宣扬了基督教义中的宽恕原则。在人物刻画方面，一般认为鲍西娅是莎士比亚笔下最优美、最成功的女性之一。她聪明、美貌、机智、行事果断而又善良仁慈，是一个相当理想化的人物，从一个方面体现了文艺复兴时期人文主义者的追求。与之形成鲜明对照的则是反面角色犹太人夏洛克。表面上看，夏洛克被塑造成邪恶的代表，他唯利是图，吝啬狡诈，复仇心重。但是，20世纪莎评家的研究却日益倾向于认为应对夏洛克给予一定的同情。夏洛克的行为不是偶然的，在当时普遍仇恨犹太人的基督教世界中，夏洛克的复仇行动具有一定的民族复仇意义。如果说夏洛克缺乏宽恕精神，那么当时的基督教世界也不曾给予过他多少理解。从安东尼奥对夏洛克的态度来看，就是相当刻薄和不宽容的。当然，夏洛克是一个非常复杂的人物，在我们对他进行客观描述的时候，一方面要考虑到当时的社会文化背景，另一方面也要考虑到他毕竟是一个戏剧人物，他被设计为一个反面角色。因此，对他的同情和理解是有限度的。《威尼斯商人》是莎士比亚最成功的戏剧之一。它不仅情节精彩，人物性格鲜明，而且语言生动，诗意浓郁，所以它获得读者和观众长盛不衰的欢迎绝不是偶然的。

《皆大欢喜》故事材料主要来源于托马斯·洛奇的《罗莎琳德》。剧本写善良、能干的奥兰多为其长兄奥利佛所嫉恨，被迫出走亚登森林。后来奥兰多救了奥利佛一命，做兄长的因此幡然悔悟，兄弟俩重归于好。与此平行的另一条线索，则是老公爵被其弟弟弗莱德里克篡位，被逐出王宫，隐居亚登森林。其弟新公爵弗莱德里克进犯亚登森林，却在林边为一得道高僧所点悟，看破红尘，遂与老公爵握手言和。于是剧中人物或因爱情如愿以偿，或因财富名誉失而复得，一起载歌载舞，皆大欢喜。

此剧有很浓的田园牧歌情调。亚登森林的绿色世界象征着理想的人生，与尔虞我诈的现实宫廷世界形成鲜明对比。作者热情讴歌了善良无私、忠于爱情的美好品质，揭示了背信弃义、自私自利的丑恶行径，颂扬了和解、宽恕与报答的伦理道德观，展示了人文主义理想的情操与价值。剧中的女主角罗莎琳是莎士比亚创造的成功女性之一，她乐观机智、善良而又忠于爱情。剧中的小丑“试金石”富于人性，赋予了这出浪漫戏剧某种冷峻的现实色彩。《皆大欢喜》是莎士比亚喜剧中的精品之一，当代西方莎学界对之评价甚高。

《第十二夜》可以说是和《皆大欢喜》一样成熟的作品。这出剧围绕爱情主题安排了七条线索，表现了七种爱情。薇奥拉—奥丽维亚—奥西诺这一三角恋爱是故事的中心线索。除了次要人物安德鲁和马伏里奥的爱情失败之外，其余人物的爱情都各遂所愿。剧本表现他们奋力冲破禁欲主义的束缚和封建等级的枷锁，执着地追求爱情和幸福，勇于自我牺牲的精神。在一定的意义上，单相思这个主题在剧本中起着主要的喜剧作用。这个剧本是喜剧和传奇的结合，它显示出莎士比亚已能得心应手地驾驭戏剧情节，使它们从头至尾吸引住观众。一些莎评家认为，此剧包含着莎士比亚所有剧本中最完美的漫画式人物之一——马伏里奥。此人爱的主要是自己，然后才是风流韵事。而费斯特则被看作是莎士比亚塑造的最成功的小丑之一。

《一报还一报》是莎士比亚最后的一部喜剧，也属于问题剧。此剧题材来自意大利作家钦齐奥的故事集《百篇故事》中的一篇短篇小说。剧本写维也纳青年克劳狄奥同自己的未婚妻朱丽叶小姐婚前同居，摄政的安哲鲁为了整饬法纪，欲按旧法处死克劳狄奥。克劳狄奥的姐姐伊莎贝拉为弟弟求情。安哲鲁爱上了伊莎贝拉，要伊莎贝拉用她的贞操换取弟弟的生命。此时老公爵暗中帮助，使用掉包计，让安哲鲁和冒名伊莎贝拉的女人马丽安娜发生关系。结果安哲鲁被宣布犯了和克劳狄奥同样的罪，亦必须处以极刑。此即所谓一报还一报。但剧本仍以大团圆结束。公爵赦免了安哲鲁，使之与马丽安娜结婚；并释放了克劳狄奥，玉成了他和朱丽叶的美满婚姻。

此剧历来被看作是一部问题剧。剧本无情地谴责和嘲弄了以安哲鲁为代表的执法者的淫欲和伪善，揭穿了道貌岸然的正人君子的假面目，同时提出了一系列严峻的社会问题和伦理道德问题，如法治与德治问题，道德与情欲问题，贞操与名誉问题等。显然，剧本的结局似在表明：要挽救世风日下的社会，只靠严刑峻法是难以奏效的，关键在于要使人们的心地变得善良仁慈，教导人民必须学会宽容与怜悯，才能挽救罪恶的社会。

总之，莎士比亚的喜剧在情调上有明显的前期和后期之别。前期喜剧颇具抒情和浪漫性，后期喜剧则多讽刺性和现实性，愈往后其悲喜交融的气氛愈往悲剧气氛发展，体现了莎士比亚对现实生活感受的日益深化。

莎士比亚的悲剧一般被看作是他成就的顶峰。莎士比亚的悲剧多半产生在第二个创作时期，因此这一时期又称之为悲剧时期。莎士比亚共创作了十部悲剧，它们是：《泰特斯·安德洛尼克斯》（1593）、《罗密欧与朱丽叶》（1594）、《裘力斯·恺撒》（1599）、《哈姆莱特》（1601）、《奥瑟罗》（1604）《李尔王》（1605）、《麦克白》（1606）、《安东尼与克莉奥佩特拉》（1606）、《科利奥兰纳斯》（1607）和《雅典的泰门》（1607）。其中最享盛誉者当推四大悲剧：《哈姆莱特》、《麦克白》、《李尔王》和《奥瑟罗》。此外，《罗密欧与朱丽叶》也是广受观众欢迎的剧本。

莎士比亚悲剧具有如下基本特点。首先，莎士比亚悲剧一开始就具有鲜明的民族性。它虽然深受古希腊、罗马悲剧，尤其是罗马戏剧家塞内加的复仇剧的影响，但由于塞内加的悲剧不适合舞台演出，迫使英国悲剧在艺术上闯出自己的道路。莎士比亚之前，马娄等戏剧家已写出了相当水平的悲剧，这无疑为莎士比亚的悲剧创作打下了基础。

其次，莎士比亚的悲剧在对社会的批判上具有空前的深度和广度，它是一面生活的镜子，照出封建社会的种种丑恶和弊端，尤其是批判了西方世界资本原始积累时期的道德观和价值观。莎士比亚的悲剧主人公多数是帝王将相，而且多数以死亡告终。莎士比亚在塑造这些人物时，常常注意社会环境等因素对其性格的交叉影响。他描写了悲剧性格与环境的冲突，更侧重描写悲剧人物内心世界的冲突。

此外，莎士比亚悲剧的情节一般具有两条或两条以上的发展线索，形成一种复调结构。不仅如此，莎士比亚还常常在悲剧之中加入喜剧的因素，从而进一步陪衬出更强的悲剧性。

《泰特斯·安德洛尼克斯》是莎士比亚的第一部悲剧，部分内容可能取自古罗马悲剧家塞内加的剧本以及古罗马诗人奥维德的《变形记》。此剧描写哥特女王塔摩拉复仇和罗马统帅泰特斯·安德洛尼克斯的反复仇。这是一出典型的复仇流血悲剧，强奸、暗杀、断舌、肢解、14起暴力行为和34具尸体，一段截残的舌头及人肉馅饼。难怪初次上演时，会场中的女观众惊倒在地。全剧动作紧凑有力，但整个场面充满恐怖，人物的行为虽有表面的紧张，其实缺乏内在的冲动。所以不是莎剧中的上乘之作。

《罗密欧与朱丽叶》标志着莎士比亚悲剧创作上的进步。此剧来源于1554年意大利作家班戴洛的一个故事，是一出关于浪漫爱情的悲剧。剧中写蒙太古之子罗密欧和凯普莱特之女朱丽叶一见钟情，却因双方父亲是世仇冤家，无法结婚，而最终由于阴差阳错的原因，双双殉情而死。莎士比亚的这部剧作在人物性格的塑造方面已比《泰特斯·安德洛尼克斯》有了明显进步。两个男女主人公一开始都很浪漫，在经历过一番生活的折磨之后，终于成熟，达到能为爱情做出自我牺牲的境界。此剧的诗风特别优美，精雕细刻，颇适合那种浪漫悲怆气氛。罗密欧与朱丽叶这两个悲剧人物与莎士比亚此后创作的悲剧人物有一个关键的不同点：他们的冲突不是来源于内心情感的矛盾和性格本身，而是来源于外部环境：例如恋人双方的世仇因素、捎信的约翰神父于途中受阻，而未将性命攸关的信带到曼多亚，致使这对情人死于非命。《罗密欧与朱丽叶》是莎士比亚悲剧中浪漫主义抒情色彩最浓的一部剧作，也是一曲反对封建主义，倡导自由平等、个性解放、婚姻自主的颂歌。

《裘力斯·恺撒》标志着莎士比亚处理悲剧人物的技巧已相当娴熟。此剧题材来源于古罗马作家普鲁塔克的《希腊、罗马名人传》。剧本写布鲁托斯和凯歇斯等人为反对罗马独裁者裘力斯·恺撒称帝而合谋将其刺死。但恺撒的亲信安东尼却巧妙地利用布鲁托斯给他的当众演讲机会煽起民众对刺杀恺撒的仇恨情绪，使布鲁托斯等人失掉了民心，最后战败而身亡。安东尼等攫取了罗马统治大权，开始了继恺撒之后的专制统治。

此剧以生动简练的笔触描写了独裁势力和反独裁势力之间的生死搏斗，形象地展示了共和主义理想在与专制强权之间的巨大冲突中遭到毁灭的悲剧。剧中的主要人物布鲁托斯是一个高尚的理想主义者，却死于自己对敌人的过分仁慈与宽大。安东尼阴险狡诈、能言善辩，是一个典型的政客。凯歇斯虽站在反独裁势力一边，但有迹象表明，他似乎动机不纯，远不如布鲁托斯光明正大，无私无畏。

这出戏情节单纯、紧凑，无多余的事件。两位政治家的当众演讲妙言警语、联翩迭出，非常精彩。从此剧起，莎士比亚驾驭悲剧题材的技巧和能力已经相当成熟，这就为他后来编写四大悲剧打下了坚实的基础。

《哈姆莱特》是莎士比亚悲剧创作中最知名的作品，被许多莎评家视为莎士比亚全部创作乃至英国文艺复兴时期文学创作的顶峰。该剧可能取材于12世纪末丹麦编年史家萨克索·格兰玛狄克的《丹麦史》。1576年,法国作家贝尔福雷的《悲剧故事集》中首次收有此故事的改写本。此外,16世纪80年代,伦敦舞台上曾上演过托马斯·基德的类似复仇剧《西班牙悲剧》。莎士比亚很可能从上述渠道取得了相关的题材。

此剧写丹麦王子哈姆莱特为父报仇的故事。由于父王暴死,正在德国人文主义中心维腾贝格大学读书的哈姆莱特王子匆匆回国,却发现其叔父克劳狄斯与原来的王后即哈姆莱特之母成婚并继承了王位。哈姆莱特悲愤交集。后来,哈姆莱特父亲的鬼魂显灵,告诉他说克劳狄斯是杀死自己而夺取王位的凶手。哈姆莱特用戏中戏影射其叔父杀兄夺嫂的罪行来获取证明,同时决定要为父王报仇。奸王克劳狄斯不断试探哈姆莱特,哈姆莱特只好以装疯的方式掩盖自己的真实意图,同时在如何复仇问题上犹豫不决。奥菲利娅因父亲被哈姆莱特误杀身死以及她本人与哈姆莱特的恋爱失败,导致精神失常,溺死水中。后来,在国王的挑唆下,哈姆莱特与奥菲利娅的弟弟雷欧提斯比武,双双中了毒剑,王后则误饮奸王为谋害哈姆莱特而设下的毒酒而死。哈姆莱特临死前刺死奸王,报了父仇。

此剧描写了封建统治阶级内部由于争夺王权而引发的种种矛盾以及斗争的双方同归于尽的悲惨结局。不少莎评家认为,剧中的主要人物——封建王子哈姆莱特——在一定程度上是文艺复兴时期人文主义思想的代言人。因此,哈姆莱特与克劳狄斯的斗争象征着人文主义理想与封建王权之间的严酷斗争。故事虽然发生在丹麦,但实际上是16、17世纪之交英国社会生活的缩影。

《哈姆莱特》情节结构十分巧妙。例如为父复仇的线索就有三条:哈姆莱特为父亲被谋杀篡权复仇,雷欧提斯为被哈姆莱特无意中杀死的父亲波洛纽斯复仇,福丁布拉斯为其在战场上比武丧生的父亲复仇。因此流血与复仇的情绪笼罩全篇,生动地再现了封建王朝时代权力运作过程中的血腥场面。剧本还描写了三组关系：老王和王后的婚姻关系，奸王和王后的婚姻关系，哈姆莱特和奥菲利娅的恋爱关系。这三组以情爱为纽带的关系也都以悲剧收场。所以，不管在权力角逐的战场上还是在男女情爱的情场上，我们看到的都是悲惨的结局。此外，剧本还描写了四组谋杀情节：英国国王误杀丹麦国王派出的信使，哈姆莱特误杀波洛纽斯和后来的雷欧提斯，克劳狄斯误杀王后。重重误杀表现了人物和环境之间不依人的意志为转移而导致的阴差阳错的悲惨结局，这也是古希腊悲剧中常常出现的类似主题：人无法抗拒命运。并行交叉的复杂情节加上广阔的社会场景——从宫廷到民间，从国内到国外，从陆地到海上，从人的世界到鬼魂世界，从外表世界到内心世界，从现实世界到戏剧（戏中戏）世界，使得《哈姆莱特》这出剧波澜壮阔，万象环生，正像一面硕大光明的镜子极丰富生动地展示了一幅幅宏伟壮丽的人生画面。但是，《哈姆莱特》描写得最深刻动人的不是外部世界，而是主人公的内心冲突。这一冲突鲜明地表现在哈姆莱特的忧郁情绪上，特别是表现在复仇问题上延宕蹉跎，贻误时机。

在一定程度上，哈姆莱特的延宕行为是他性格发展的典型特征，由此可烛照哈姆莱特的深层心理结构。关于哈姆莱特延宕的基本原因，各家解释不一。歌德认为哈姆莱特之所以延宕，是因为他性格软弱，意志力不强，难以承担如此重大的复仇任务；柯尔律治认为哈姆莱特过分耽于思考；叔本华认为哈姆莱特的延宕行为与他的厌世主义相关；弗洛伊德及其门徒厄内斯特·琼斯则以恋母情结解释哈姆莱特的延宕，如此等等。上述原因虽然也能部分解释哈姆莱特的行为，但更好的做法应从文本内原因和非文本原因两方面来找，其中最关键的文本内原因是哈姆莱特的权欲与其道德考虑之间的冲突；文本外原因则是：莎士比亚有意用哈姆莱特的行为来影射伊丽莎白时代女王宠臣埃塞克斯伯爵在图谋推翻女王时犹豫不决的长期延宕。

传统的莎评家们大多把哈姆莱特看作是文艺复兴时期人文主义的代表。哈姆莱特身上确实有人文主义思想的闪光，但更多的时候，他却是一个因失掉父亲和王位继承权之后悲愤交加而又无可奈何、处于进退两难的封建王子。他身上也有较浓厚的与人文主义精神相违背的情绪，例如厌世情绪、宿命感、封建等级观念等。他几乎憎恨一切，认为丹麦社会是一座监狱，认为“时代脱节”了，这固然可以解释为是哈姆莱特对奸王杀兄夺嫂行为深感悲愤的结果，但也未尝不与子承父位的封建传统被打破这一客观情况相关。

这里有必要对哈姆莱特的主要对手克劳狄斯作一番考察分析。流行的看法是，克劳狄斯是封建王权和黑暗势力的主要代表，集阴险奸诈、残暴狠毒、荒淫沉沦于一身。从剧本的基本构思来看，这个说法是合理的。但莎翁笔下的人物往往是善恶行为都不同程度地兼而有之，恶棍也有良心发现的时候，例如克劳狄斯向上天所作的忏悔。但克劳狄斯与其说像一个封建王权的代表人物，不如说更像新兴资产阶级的代表人物。他之所以能上台，靠的是手下有一批拥戴他并甘愿为之充当马前卒的臣子和帮凶。这和简单地靠封建式的王位继承传统显然有区别。他在位期间似乎表现得精明干练、礼贤下士，他对王后的温柔体贴也不像是口蜜腹剑、故作姿态。这样一来，这个一度被传统莎评家们视为万恶不赦的封建势力的代表却显露出了人情的一面。这是一种奇怪的结合，显示出莎士比亚戏剧人物性格构成上的令人困惑的复杂性、多样性和立体性。同时，这也意味着我们应以更清醒的历史唯物主义来分析莎士比亚的戏剧人物，比如不能简单地把一顶人文主义帽子戴在哈姆莱特的身上，从而把他的所有行为都拔高为人文主义的表现，并给予过多的赞扬。哈姆莱特从本性来说，既有善良、正直、进取向上的一面，也有相当多的封建等级思想、男尊女卑的思想和厌世虚无的人生观。他是一个想有一番作为的人，但是父亲的猝死，母亲的改嫁无疑沉重地打击了他的理想。因此，在哈姆莱特身上，两种意识此起彼伏，在不同的场合会不同程度地显示出来。

《哈姆莱特》中其他人物如波洛纽斯、奥菲利娅等也很有个性。波洛纽斯是一个精于世故、昏庸老朽的狡黠官僚。他忠于国王，不惜拿女儿做诱饵来帮助国王打探哈姆莱特的内心秘密。他给儿子雷欧提斯临行前的赠言虽有庸俗势利的一面，但也相当警策。读者并不恨他，等他后来成了国王的替死鬼时，读者倒有几分同情他。奥菲利娅是个朴素天真的贵族姑娘，她对哈姆莱特的爱情是真挚的，但接下来却因父亲暴死、情人发疯，而自身精神失常，溺水而死。她和哈姆莱特形成两个疯人形象，哈姆莱特先疯，却是假疯；奥菲利娅后疯，却是真疯。假疯者死于他杀，真疯者死于自杀，这种安排和结局也体现了作者的戏剧技巧。

《哈姆莱特》一剧的语言十分精彩，如著名的“生存还是毁灭”一段，历来脍炙人口。在墓地里哈姆莱特与掘墓人的谈话和哈姆莱特捧着骷髅的谈话都妙趣横生，令人解颐，使剧本在悲剧的大气氛中又有喜剧的穿插，情节张弛有度。

《奥瑟罗》是莎士比亚的另一主要悲剧，题材来自意大利作家钦齐奥所写的《百篇故事》中的短篇小说《威尼斯的摩尔人》。

威尼斯公国的大将奥瑟罗南征北战、英勇奇雄。他的故事感动了元老勃拉班修的女儿苔丝狄梦娜，二人遂决心结成良缘。但奥瑟罗是一个摩尔人，与苔丝狄梦娜异族通婚，自然会遭到勃拉班修的反对。奥瑟罗手下的旗官伊阿古嫉恨奥瑟罗没有提升他当副将却把这一职位给了资历比他浅的凯西奥，便决意报复奥瑟罗。他勾结花花公子罗德利哥在塞浦路斯岛上制造事端，使奥瑟罗撤了凯西奥的职。他又挑起奥瑟罗的嫉妒心，说苔丝狄梦娜与凯西奥有暧昧关系，并利用苔丝狄梦娜遗失的手帕嫁祸凯西奥，使奥瑟罗信以为真，遂派伊阿古刺杀凯西奥，同时自己掐死了妻子苔丝狄梦娜。后来伊阿古的妻子道出真相，奥瑟罗悔恨交加，自刎于妻子身旁。伊阿古也罪有应得，受到惩罚。

《奥瑟罗》的基本主题是人文主义的爱情理想遭受挫折而造成的悲剧。此剧的情节编织得非常紧凑、严密、完整。各场之间环环相扣、无多余笔墨。从开场到结局，悬念迭起、情节十分感人。莎士比亚在此剧中不再使用插科打诨的技巧，也不用数条线交叉发展，而是以单线进行，重墨写奥瑟罗与伊阿古之间的矛盾斗争，使高潮的产生合情合理，使观众在艺术享受上得到充分的满足感。

剧中的三个人物颇具典型性。奥瑟罗虽是黑人，却能赢得白人贵族之女苔丝狄梦娜的爱情，这本身就是奇迹，可与他半世出生入死所经历的种种奇迹媲美。不同的是，奥瑟罗在战场上能叱咤风云，所向披靡，在情场上却显得迟钝呆板，动辄得咎。考虑到异族通婚的种种先天不利条件，他的爱情似乎从最初起就注定要成为悲剧。有人认为是他的嫉妒性格造成他的悲剧，甚至经常有人称他为“嫉妒鬼奥瑟罗”，这种看法是不恰当的。恰恰相反，奥瑟罗在天性上并不是嫉妒的人，他的主要特点是不太世故，且过分轻信他人。剧中真正的嫉妒鬼实际上是伊阿古。他嫉妒凯西奥的升迁，嫉妒摩尔人得到高官和美女，甚至怀疑奥瑟罗与他自己的妻子有暧昧关系。从这个意义上来讲，认为这出剧侧重描写的是嫉妒如何造成悲剧，也有一定的道理。苔丝狄梦娜是一个真正纯洁、美好、善良、真诚的人。她临死前仍处处为奥瑟罗着想，不惜殉命而保全自己的丈夫，她的光辉形象使千百万观众为之落泪。《奥瑟罗》一剧对18世纪的欧洲启蒙主义戏剧起了积极作用，例如伏尔泰的悲剧《扎伊尔》和席勒的悲剧《阴谋与爱情》都曾从此剧得到启发。

《李尔王》则是莎士比亚的第三部主要悲剧。霍林西德《编年史》中有关于李尔的记载，1594年有佚名作者编写了《李尔王及其三女的悲剧》。故事写统治英伦三岛的君王李尔老年时苦于政务，想将国土平分给三个女儿，他自己则享无冕之王的清福。在举行分土仪式时，李尔试探了一下三个女儿的孝心。大女和二女都尽量说些奉承话，遂各偿其愿，唯小女儿说话实事求是，反而激怒李尔，被剥夺份地，远嫁给了法国国王。之后说尽漂亮话的大女儿高纳里尔和二女里根轮番恶待其父，致使李尔无家可归，精神失常，流落荒野。小女儿考狄利娅知情后，对两个姐姐兴师问罪，却不幸败北，与其父李尔均死于狱中。高纳里尔与里根互相火并，同归于尽。

剧本的另一条线索则写重臣葛罗斯特伯爵的长子埃德伽与次子爱德蒙之间的斗争。爱德蒙无比邪恶，蓄意陷害其兄，私吞家产，迫使埃德伽蒙受不白之冤潜逃野外。葛罗斯特后来知道了真相，不幸已被剜掉双目。爱德蒙作恶多端，最后死于埃德伽剑下。

《李尔王》是莎士比亚戏剧中悲剧效果最强烈的剧作之一。剧本由若干相互对立的因素构成。例如两个邪恶的姐姐与善良的妹妹相对照，邪恶的弟弟与善良的哥哥相对照，李尔王与葛罗斯特则是两种父亲的对照。所以我们可以说这出剧在安排处理善与恶两大势力的冲突与较量方面颇具匠心。

李尔的悲剧来源于诸多因素，其中最关键的因素是他自身的性格因素。他独断专横，刚愎自用，自己亲手酿成灾难性的悲剧。李尔无法适应由他亲自造成的变化了的新环境，他既已交出王权，却又仍然要享受王权待遇，仍以国王自居，这是不现实的。李尔在重重的打击下进入了疯狂状态，但正如葛罗斯特眼瞎了之后才看见真理一样，李尔的疯狂反令他获得了真正的清醒。原野的暴风雨象征着李尔的内心风暴，是促使他清醒的外部因素。正是通过苦难遭遇，李尔才逐渐认清了自己的本来面目，从而回归原始人性、回归自我。自身的苦难使他能够理喻别人乃至全体人民的苦难，他由此才能想到那些“衣不蔽体的不幸的人们”。精神上的升华使李尔能坦然面对死亡，狱中与小女儿考狄利娅的会面是他历经苦难后的最后报偿，也是最感人的一幕。

考狄利娅是善良的化身，她的结局似乎太残忍了，作者竟未能编织情节来让这样一位崇高的女性得到好的结局，这使读者感到善有善报的信念受到了嘲弄，同时也对于她所代表的真正美好的爱，寄予无限的怜悯和同情。高纳里尔、里根和爱德蒙等人则是罪恶的化身，他们理所当然地不得好死。葛罗斯特的悲剧是李尔悲剧的陪衬，他被剜双目的结局正是他偏信爱德蒙的谎言而造成的。

《李尔王》这出剧探讨了恶性权欲如何毁灭人性，毁灭生活中美好的东西，探讨了家庭伦理规范，探讨了人们认识自我、走向真理的途径。这是一出家庭悲剧，更是一出社会悲剧。在一定的意义上来说，它显示出文艺复兴时期人文主义理想遭遇挫折而破灭的图景。

《麦克白》也是莎士比亚的四大悲剧之一，其题材主要来源于霍林西德《编年史》。剧本写苏格兰贵族麦克白为国平息叛乱、胜利而归，路遇三女巫预言他本人和班柯的后代将先后成为苏格兰国王。女巫的预言、麦克白自己的野心和麦克白夫人的怂恿，促使麦克白谋杀了国王邓肯，登上了王位。为了防止班柯及其后代成为苏格兰国王，麦克白又派人杀死了班柯，但班柯的儿子脱逃，成为麦克白的一块心病。在大宴群臣的时候，班柯的鬼魂出现，麦克白一反常态，几乎全盘说出自己的罪行，这一切引起群臣的猜疑。巩固流血得来的王位必须付出更多的血的代价。麦克白从女巫嘴里得知他必须留心另一个苏格兰贵族将军麦克德夫，同时知道没有一个由妇人生的人可以杀死他。麦克白有恃无恐，大开杀戒，屠杀了麦克德夫的妻儿。后来邓肯的儿子马尔康得到英格兰国王的援助，进军麦克白所在的邓西嫩。麦克白众叛亲离。麦克白夫人因心理负担过重，发疯致死。麦克白在战场上与麦克德夫狭路相逢，最后被麦克德夫杀死，因为麦克德夫出生不是自然分娩，而是未足月就剖腹取出的。邓西嫩被占领，马尔康加冕登基。

《麦克白》是莎士比亚四大悲剧中最后、最短，也是气氛最阴沉的一部剧作。全剧剧情非常单一，戏剧动作发展极为迅速。它的线索不像《哈姆莱特》或《李尔王》那样枝蔓纠缠。莎士比亚笔酣墨饱地描写了一个具有巨人性格的英雄人物如何在短暂时期内为过度的权欲所控制，以罪恶的手段，迅速实现自己的野心，巩固自己的王权，然后又势不可免地成为自己权欲的牺牲品。

此剧在很大程度上是一出心理悲剧。它集中地描写了一个强人灵魂深处极度尖锐激烈的冲突，揭示出这一主人公逐步走向堕落与灭亡的过程。麦克白虽然是一个坏人，但却是一个误入歧途的坏人。但是他天性未泯，常为自己的罪行感到痛心。难以压抑的权欲和强烈的道德伦理感在他的心灵深处进行着痛苦的对抗和较量。他虽然最终成了十恶不赦的暴君，但他又具有资产阶级新贵族的特点，英勇、敏感、雄心勃勃、富于诗人气质。他的悲剧是自己造成的，而不是像俄狄浦斯王所面临的那种无法逃脱的命运悲剧。麦克白本来是可以择善而从的，但是他抵抗不了邪恶的诱惑，终于走向灭亡。

麦克白夫人表面上看来是一个罕见的勇敢、坚强而冷酷的人物。麦克白的堕落和她的怂恿有相当大的关系。但从心灵深处来看，她仍是脆弱的。她无法承担负罪感带来的巨大压力，以至于精神失常，死于恐惧和忧郁症。

《麦克白》一剧批判了存在于现实世界的恶性权欲，肯定了人文主义者的仁爱原则，肯定了良知，指出野心和仁爱是势不两立的。仁爱是人的天性，残暴则是违反人性的。此剧使用了若干超自然因素，如女巫的预言，鬼魂的出现等。它们对剧情的发展起着重要作用，同时也使全剧笼罩在一种阴森的气氛中。从某种意义上来看，女巫显灵象征着麦克白自己内心的种种野心和欲望。

莎士比亚的传奇剧《辛白林》（1609）、《冬天的故事》（1610）和《暴风雨》（1611）都写于第三个创作时期。经历了诗歌、历史剧、喜剧和悲剧创作过程的莎士比亚，可以说已完成了对人性的深刻解剖工作，他的晚年创作生涯遂进入一个乐观、开朗和更理想化的境界。这个理想化的世界不是在现实中，而往往是在虚无缥缈的海外孤岛上。这表明莎士比亚已不再对改良现实社会抱有幻想。他只把人文主义的理想寄托在神秘主义和未来乌托邦式的世界。这一切使莎士比亚的传奇剧朦胧奇谲，罩上一层宗教神秘启示的面纱。他的传奇剧中渗透着一种宽恕和解的主题，回响着善恶轮回、因果报应的调子。但是他的传奇剧总的说来是乐观的，浪漫气氛很浓，使人憧憬美好的未来。

《暴风雨》约写于1611年，是莎士比亚的最后一部传奇剧，其题材可能来源于威廉·斯特雷奇的《书信》及西尔威斯特·乔丹的《发现百慕大，或称魔鬼岛》。一些莎评家们相信，这部剧作是莎士比亚决定放弃城市生活、荣归故里时所作，因此可看作是莎士比亚总结自己一生的压轴之作。其主题是和解与惩罚，希望用道德感化的方式来改造人类，完成对社会的改良。此剧颇具田园风味，情调乐观。故事的背景是一个远离现实的海上理想世界，在这里同样发生着象征国家冲突的家庭血亲关系之间的冲突，以爱丽儿和普洛斯彼罗为代表的善控制着邪恶代表凯列班，这与莎士比亚其他剧中的现实社会正好形成鲜明对比。此剧在结构上恪守古典戏剧的三一律，把时间集中在一天的下午到傍晚的几个钟头之内，地点则固定在一个孤立的海岛之上。剧本各部分结合非常完美，在若干方面与假面剧相似。其中的超自然现象对剧情的展开起着关键作用。剧中描写暴风雨的段落被誉为英国文学中的最佳篇章。此剧是正剧和喜剧的结合，也是幻想与现实的结合。剧中刻画得最好的人物是凯列班与爱丽儿，前者代表人的兽性，后者代表了人的理想主义和超凡脱俗的一面。

莎士比亚是欧洲文学史上屈指可数的杰出的作家之一，是文艺复兴时期伟大的代表人物。他的作品深受人文主义思想的影响，对封建势力衰落、资本主义原始积累这一历史过渡时期的英国社会作了广泛而深刻的分析和描绘，并予以痛切的批判，间接反映了广大人民的情绪和愿望。

他对人性的洞察与描摹达到极高的境界。他创造了一系列著名的、多彩多姿的人物形象，他们不是时代精神的简单图解，而是源于生活的、有血有肉、有个性的人物。在许许多多的人物形象、特别是正面人物形象中，莎士比亚表达了自己对社会、对人类生活的反思，同时寄托了自己的理想。数百年来，人们无不惊异于莎士比亚笔下极其广阔的社会生活图景：从古代到当代，从宫廷到战场，从市肆到乡村，从英国到意大利，五光十色的社会尽收眼底，但主要的是16、17世纪之交的英国现实。他的作品所包容的哲理思考、伦理探索和心理分析，极其丰富和深刻。莎士比亚的作品绝大部分沿用了旧情节，他善于推陈出新，利用民间戏剧传统和古典戏剧传统作出了新的贡献。莎士比亚还是一位杰出的语言大师，他吸收了民间语言、古代和当代文学语言的精华，在他的成熟作品中能做到得心应手，时而诗体，时而散文，时而旧词出新意，时而独出心裁，自铸伟辞。他的早期语言流于华丽，后期日趋成熟，但始终生动而富于形象性。他的许多词句脍炙人口，成为英国全民语言的一部分。

第六节　德国文学

随着中世纪德国走向其充满混乱与纷争的尾声，新时代的曙光也渐渐地在德国出现。文艺复兴时期的德国处在两大运动的震撼之下：人文主义和宗教改革。这两大运动也深刻地影响了德国的文学。德国虽然没有像它的邻邦意大利那样产生伟大的民族文学，但进入了一个革命的时代——民间文学发展繁荣的时代。

人文主义运动是致力于复兴古代希腊和罗马之辉煌与智慧的上层知识界的集体成就；而宗教改革在德国则在很大程度上归功于马丁·路德。路德的宗教改革牵动了德国社会的各个阶层并酿成德国民族革命的燎原之火。如果说人文主义在文化上开创了一种自由而开放的新局面，那么宗教改革则更加深入地触及人们的精神和宗教生活，导致人们对于信仰的重新认识。

人文主义思想在德国随着工业和商业的不断发展从15世纪中叶以后便开始扩展。在60、70年代，德国的知识界中就已经出现了人文主义者的小团体。然而，德国的人文主义又不完全与意大利的文艺复兴相同，因为在德国的社会和文化生活中更深地积淀着中世纪的遗风，德国人的庄严肃穆以及他们信仰的内在性在一定程度上反映着中世纪的影响。埃拉斯慕斯·封·鹿特丹、乌里希·封·胡腾和约翰·罗希林三人为德国最有影响力和代表性的人文主义者。

埃拉斯慕斯·封·鹿特丹①（1467—1536）是新时代精神的代表者。他出生在鹿特丹，曾旅居英、法、意等国。他对德国精神历史的重大意义体现在他浩繁的编辑、翻译和著述作品当中。他所提倡的基督教人文主义，是把古典的智慧和富有节制的形式同基督教的伦理结合起来的哲学。在这种哲学中他看到了西方文明精神上的统一与新生。在他看来，人的修养应当通过理性与人性得到净化，因而苏格拉底和耶稣在这一点上是统一的。他回避路德的宗教改革，因为那有违他的超凡脱俗的人道主义文化伦理观以及他对古典时代的崇敬。他的思想基于对和谐、宽容、节制和形式的追求；而路德的极端与激进意味着对这种平衡的破坏。他所期望的不是推翻某种教义或颠覆政权，而是人的内心净化。因而他推出了通俗希腊文的《新约》（1516），以便人们去追溯信仰的纯粹渊源。这一文本成为翻译《圣经》所依据的蓝本。他的讽刺作品《愚蠢颂》（1509）将幽雅的讽喻发挥得淋漓尽致，揭露了世人的愚蠢本质。这部作品至今

---

①　埃拉斯慕斯是荷兰人，但因当时欧洲国家之间的界限并不如后来那样清楚，他的主要活动及影响又在德国，所以大多把他放在德国文学中介绍。另外他的名字也可不加上“封·鹿特丹”。

仍然拥有读者。《对话录》（1518）以人们喜闻乐见的对话形式探讨了从日常的衣食住行到爱与信仰中一切可能出现的问题，创造了活泼而有修养的人物类型。通过埃拉斯慕斯，一种精神生活的新模式初次在德国形成。

乌里希·封·胡腾（1488—1523）是一个法兰克骑士家族的后代，他的青年时代历经波折与磨难。1512年他在意大利时就看透了教皇的罪恶本质，认为教皇是德国一切灾难的最终根源。他在青年时代就热切地怀抱人文主义的生活理想，带着强烈的爱国主义和政治参与意识，渴望彻底革新德国的现状。胡腾深切地感到在时代的转折关头自己肩负着重大的使命。他与埃拉斯慕斯不同，对于他来说，与天主教会的斗争不仅仅是用理性反对教条主义迷信的斗争，而且是对抗罗马教皇的政治抉择。然而，胡腾把革命的理想错误地寄托于没落的骑士阶层，认为这是德国各阶层中最有能力实行政变、组织新政治制度的一个阶层。他是骑士弗朗茨·封·吉庆根的战友，参加了吉庆根于1522年在法兰克地方掀起的骑士起义。结果，骑士起义不久就遭到了诸侯的镇压。胡腾逃亡瑞士，受到瑞士宗教改革者茨温格里的保护，不久死于苏黎世湖的一个岛上。他的作品大多是用拉丁文写成，除参加了《蒙昧者书简》的写作外，他还著有《命运》（1519）、《发烧》（1519）和《武装起来》（1529）等富有战斗精神的作品。

约翰·罗希林（1455—1522）是一个精通希腊语和希伯来语的学者。他抗议皈依天主教的科隆大学神学教授与天主教教士共谋焚烧犹太文典籍的行为。科隆的多明各会的修道士控告罗希林，把他的科学和自由思想称为异端邪说。1514年，罗希林编辑并发表了《智慧者书简》，这是一些著名的人文主义者所写的拥护他的信件。随即，他在1515年和1517年发表《蒙昧者书简》，尖锐地讽刺了经院神学家的虚伪的“博学”。《蒙昧者书简》的实际作者并不是罗希林，第一部分主要作者为克罗图斯·鲁比阿努斯（1480—1545），第二部分的主要作者是胡腾。胡腾把犀利的笔锋直指教会内部的腐败和愚昧现象，将教会鞭挞得体无完肤。

人文主义运动在德国只限于知识分子范围内，这些学者反对当时社会的种种愚昧现象，代表着早期资产阶级的进步思想，但是他们只是从古代希腊和罗马的文化里获取营养，忽视了对社会整体的全面关注，带有一定的片面性。与此相对，马丁·路德的宗教改革则在德国的各个阶层掀起了轩然大波。之所以如此，很重要的一个原因是德国没有英法两国那样的中央集权来限制天主教会的势力。德国的状况是四分五裂，所谓的“德意志民族的神圣罗马帝国”是有名无实的，皇帝软弱无力，对天主教会和罗马教皇的压榨勒索无可奈何。因而，摆在德国人民面前的任务就是铲除天主教会的强大势力和争取国家政治上的统一。马丁·路德正是看到了在德国各个阶层中共同的对天主教会的憎恨，于是点燃了反教会的火种。路德的宗教改革在客观上激发了农民对封建统治和天主教会的反抗情绪，从而在德国爆发了声势浩大的农民革命。

马丁·路德（1483—1546）出生在艾斯雷本的农民家庭，父亲当过矿工。从1509年起路德在维腾贝格担任神学和哲学教授。当时教会已经到了极端腐化堕落的地步，教皇通过出售免罪符而获得暴利。免罪符的贩卖在路德的家乡相当流行，这激起了路德的极大愤慨。这年的10月，他在教堂门前昭示出95条论纲，援引《圣经》的章节，抗议出售免罪符的罪恶行为。路德宣称，教会可以没有教皇而存在，教皇是“反基督者”。这样，在路德的号召下，一场全民族的革命运动在德国风起云涌。一方面农民和平民酝酿着起义，准备推翻剥削和压迫者；另一方面，温和的市民阶级和大部分下层贵族也附和路德，甚至连诸侯们也卷进了这一运动。1521年，卡尔五世[①]召见路德，劝说他放弃自己的观点。路德坚持自己的立场，毫

① 即原西班牙卡洛斯五世（1500—1558），在1520年当选了德国皇帝后，称卡尔五世。

不动摇，结果卡尔五世下令追捕他。但路德受到萨克森选侯的保护，隐藏在瓦特堡，并易名为容克·约尔格。在瓦特堡期间，路德将《圣经》译成了德语。1534年，《圣经》的德译本出版。实际上一部分译文早在20年代就已流行并且对德国农民及平民起了巨大的作用，为他们提供了争取社会权利的依据。路德的《圣经》翻译在德国历史上写下了辉煌的一页。恩格斯在《自然辩证法》的导言里指出："路德不但扫清了教会方面的积秽，而且也扫清了德国语言方面的积秽，创造了现代的德意志散文，谱写了成为16世纪'马赛曲'的充满胜利信心的圣歌的歌词和曲调。"①

马丁·路德的《圣经》翻译在文学史上具有重要的意义，它促进了德国人民共同语言的发展。路德采用了当时比较具有普遍性的萨克森的官方语言和图灵根的地方语言，使他的翻译生动自然，能为绝大多数的人所接受，这对德国语言的统一起到了很大的作用。一部语言艺术的作品不是为孤立的有教养的阶层所写，而是为广大的民众所写，这在德国的文学史上是罕见的。此后天主教的文学创作（尽管在巴罗克时期盛极一时）渐渐失去了在语言文学上的领导地位，新教逐渐取而代之。新教教会的说教和唱诗都用路德的语言，一般的诗歌和戏剧也用路德的语言，甚至路德的敌人也用他的语言，还有人根据它编纂出德语的语法。德国语言在中世纪全盛时期曾有过相当统一的文学语言，但是到了衰落时期，各地的方言又取而代之，占了上风。路德的《圣经》翻译本的出现为德国民族语言的统一奠定了良好基础。当然，在路德以前，官方语言的使用和印刷术在15世纪以后的广泛推行对语言的渐趋统一也起到了一定的积极作用。

路德是一个语言大师，除了《圣经》翻译外，他在神学以及政论散文

① 恩格斯：《自然辩证法》导言，《马克思恩格斯选集》，第三卷，第446页，人民出版社，1972年。

中也表现出语言上的高深造诣。他在1520年的两部作品《为改良基督教状况致德国基督教贵族书》和《论一个基督徒的自由》中以机智的幽默、坚实的雄辩、执着的激情和对精神氛围的细腻感受开创了一种灵活而又富于表现力的德国民间散文形式。另外，路德在教堂唱诗的创作上一改传统的宣叙式吟唱和拉丁文赞美诗的形式，创造了节奏和力量都更为强劲的德文的新教集体唱诗。

路德翻译的《圣经》为农民提供了有利的武器去反抗诸侯、贵族和僧侣的残暴统治。但是当农民革命运动高涨时，路德则开始否定农民革命，同诸侯结盟。他把《圣经》这个武器掉转过来反对农民，从《圣经》中抽出赞美诗来歌颂那些自称上帝委派的官方，宣传神授君权，忍耐服从。这样一来，不仅农奴制得到《圣经》认可，而且农民起义和路德本人对僧侣权威和世俗权威的全部反抗活动都被《圣经》否定了。

托马斯·闵采尔（1490？—1525？）出生于哈尔茨山区，15岁左右在哈雷学习，曾组织反对罗马教皇的秘密会议。1522年在阿尔施侣特担任传教士。他反对天主教会，不主张和平讨论，要求萨克森的诸侯和农民拿起武器来斗争。他表面上是传教士，但内心里已经渐渐发展为一个无神论者。他反对阶级，反对私有财产，呼吁用革命的暴力推翻阶级压迫。他不断印发革命的小册子进行宣传活动。《号召阿尔施侣特人民》和《致曼斯菲尔德伯爵书》等都是非常生动有力的、德国最早的革命宣传文章。他在哈尔茨山区里组织农民和城市平民一起进行斗争，不久在一场失败的战役中被捕，在法兰克豪森受尽了折磨，最后惨遭杀害。1945年德国解放后，德国人民在他遇害的地方立碑纪念，碑文里有这样一句话："我们完成他的遗志"。托马斯·闵采尔领导的农民革命是德国历史上宝贵的革命传统，但是在文学中，除了少数民歌以外，他的影响却没有得到具体的反映。直到19世纪，这场革命的伟大意义才被渐渐认识。

在16世纪的德国，随着印刷术的普遍使用，独立阅读代替了一人朗读给众人听的状况，市民的阅读能力也提高了。于是，为了满足大众的要求，民间故事应运而生。当时上层知识阶层还在用高深的拉丁文写作，而下层百姓中间已出现大量的通俗的民间故事和民歌，构成了德国民间文学的主体。中世纪的笑话渐渐发展为有系统的、以散文形式出现的民间故事书，而且数量很大，内容多种多样。这些故事来源各异，主要有：来自中古高地德语的宫廷史诗，代表作有《特里斯坦》（1484）和《恩斯特公爵》（1493）；来自德国的英雄史诗，代表作有《有角的西格夫里特》（1528）；来自法国的宫廷史诗和武功歌，以及爱情小说、拉丁文的圣者传说、动物寓言、冒险小说和同时代的人物故事，如《梯尔·欧仑史皮格尔》、民间故事，如《浮士德博士》（1587）等。

《梯尔·欧仑史皮格尔》这部民间故事书在1515年出版于斯特拉斯堡，书中叙述了主人公欧仑史皮格尔一生中的可笑轶闻。欧仑史皮格尔是德国北部的一个农民，据说在莫尔恩地方还有他的墓碑。德国北部下萨克森一带的民间笑话都集中在他的身上。1483年曾出版过以下萨克森方言写成的有关他的故事，然而这个版本失传了。现存的版本是那部方言原本的译本。

在这本故事书中梯尔·欧仑史皮格尔被描述成一个外表愚钝而又鲁莽可笑的农民。他所到之处无不留下他那滑稽的恶作剧所引发的哄笑。他嘲弄的对象是当时的统治阶级各个阶层。那些享有社会特权而高高在上并自以为是的诸侯、骑士、神甫以及新兴市民阶级的上层人物在他的面前都变成了失败者，暴露出他们无能、无知和虚伪的本质。欧仑史皮格尔虽然相貌愚蠢，并且在社会中孤立无援，但是他以巧妙的计谋捉弄和打击了傲慢而自作聪明的上层社会。在他身上体现了被压迫者的智慧。正如欧仑史皮格尔自己所说的那样："必须挨饿受罪才会想出一些计谋。"从前，在统治阶级的文学作品中被嘲笑的对象往往是农民，而在这本民间故事书中农民则反过来嘲笑了统治阶级。由此可以看出农民的觉醒，他们不堪欺凌与压迫的自我意识和反抗精神的萌芽。梯尔·欧仑史皮格尔是一个典型形象，具有时代的代表性，通过这一个中心形象，我们可窥见当时一个阶层的精神取向。

《梯尔·欧仑史皮格尔》的素材来自民间，是人民智慧的结晶。它在嘲讽和批判统治阶级的同时也潜移默化地教育和启迪着人民。它在社会上的影响是深入而持久的，直到19世纪，它还经常受到普鲁士反动政府书刊检察机关的删节，由此也可以看出它是相当进步的读物。关于这人物的故事不仅为德国人民所喜爱，而且在欧洲广为传诵。后来还出现了以它为原型的文学作品，例如19世纪比利时作家查理·德·阔斯特尔（1827—1879）所写的《梯尔·欧仑史皮格尔》。

围绕着浮士德博士有很多关于魔术师的传说以及同魔鬼结盟的神秘故事。浮士德的名字虽经常出现，但对于他是否是真实的历史人物则颇有争议。他生活的时期大致在1480至1539年之间。相传他充作学者、魔术师、星相家、占卜家到处漫游和冒险。他自夸精通点金术，能满足人们的一切愿望。从1570年起就有人记载他的轶事，后来有拉丁文的《浮士德博士》出版。而内容最为丰富齐全的则是德国这部《浮士德博士》。

《浮士德博士》于1587年在莱茵河畔的法兰克福出版，作者不详。全书共69章。这部书里的浮士德是魏玛附近罗达地方农民家里的儿子。一个富有的亲戚供他在维腾贝格学习神学。他成为星相家、数学家和医生。一天夜里他用自己手指的血和魔鬼订立了契约，魔鬼答应为他服务24年，浮士德则须放弃基督教的信仰，把身体和灵魂都卖给魔鬼。浮士德和魔鬼谈论了很多天上和地狱的情况，讨论了宇宙的形成。他甚至升入星空，旅行全欧洲的各个城市，也到过非洲和亚洲，见过教皇和苏丹。他在卡尔五世面前施展魔法，招来希腊美女海伦的形象。他和海伦一起生活过，海伦还为他生下了一个儿子。在和魔鬼订立的契约期满之日，他让他的学生陪他到维腾贝格附近的一个村子里。在半夜12点和1点之间，浮士德和他的学生痛苦地分手，自己躺在床上，人们在外边听到屋子里一阵喧哗和呼救声。第二天清晨，学生们走进来，看见墙壁上满是血；浮士德已经从房中消失，只剩下他的眼睛和几颗牙齿。学生们发现他的尸体被抛在外面的粪堆上。下葬之后，学生们在维腾贝格发现了他写的“自传”，据说这就是后来这部民间故事书。他的悲剧结局是学生们添加上去的。

这本书出版后深受读者欢迎，并很快有了丹麦语、荷兰语、英语和法语的译本。两年以后又增加了新的章节。几乎与此同时，英国剧作家马娄创作了《浮士德博士的悲剧历史》，纽伦堡的医生尼克劳斯·卜飞采尔又出版了新的关于浮士德的故事，歌德写的《浮士德》有许多地方就是以这本书为根据的。

浮士德出现在欧洲文艺复兴发展成熟的时代，他是当时欧洲，同时也是德国，具有代表性的人物。他有着无所畏惧的探索和冒险精神。他所知道的很多，所擅长的很多，所贪求的也很多。他要了解宇宙的根源，基督教的宇宙起源说已经不能满足他。他能够“整理”出被岁月淹没已久的希腊古典哲学和文学名著，能够使古希腊的美的形象再现。他贪求知识的同时也贪求享乐。这些都是文艺复兴时代人们的要求。但是《浮士德博士》的作者却是从基督教新教的观点出发来看待他作品的主人公的。他认为浮士德对于新知识、新事物的探索和追求都是与魔鬼的结合，因而最终造成了浮士德悲惨的结局。通过这种结局他试图劝告人们，不要像浮士德那样受到魔鬼的蛊惑和欺骗，要永远相信神的力量，因为使浮士德遭到坏下场的是他的肉体和血性，是他那顽强的叛逆宗教、我行我素的意志。然而，尽管浮士德的思想与追求被作者宣布为邪恶的魔鬼本能，但恰恰是这种思想和追求使浮士德这一形象放射出光辉，使他成为大胆进取、不懈追求的人类精神的永恒代表。浮士德的精神在歌德的《浮士德》一书中得到了全面的肯定。

汉斯·萨克斯（1494—1576）出生在纽伦堡的一个手工业者家庭，父亲是裁缝。萨克斯原本是一个鞋匠。他在文学史上占有突出的地位，这并不是因为他具有非凡的个人魅力或者参加过时代的重大事件；萨克斯的意义在于，他表达出了广大的手工业市民阶层的生命力和质朴的思想。作为一个工匠歌手、一个讲故事的能手、一个格言诗人和剧作家，他以巨大的耐力和勤奋，怀着朴素的幽默和诚实的心，日积月累地把各种素材吸收进他的创作中。他的民歌明白晓畅，读来上口，为当时的市民阶层所喜爱。在73岁时，他把自己的作品手抄34册命名为《诗全集》，其中有4275首手工业歌手的歌，73首世俗的和宗教的歌，1700种对韵体的诗，208个剧本和107篇散文对话。这些作品大都流传了下来。

萨克斯很早就开始了写作。他受到当时的宗教改革影响，1523年他写了一首歌颂路德的长诗《维腾贝格的夜莺》。诗中表明了反对教皇的鲜明态度和对新时代的乐观情绪。这首诗为他带来了很大的声誉，同时也导致了市议会对他的压制，宣布他今后只能充当鞋匠，不得印发任何作品。此后，他的态度趋于缓和。一方面是由于路德领导的新教日趋妥协，另一方面是由于小市民的阶级本性使他满足于纽伦堡的平静生活，他不再去关注时代的风云变幻。他把目光投向尘世间丰富的万物和人情的冷暖以及普通人的喜怒哀乐。因而他的作品所包含的内容多为日常生活的各种现象，如天主教神父的虚伪和无知，店主如何骗人，商人如何亏本，妇女的不忠，男子的嫉妒，老夫人的风骚，老者的被愚弄……这些都是具有一定现实意义的社会形态的生动写照。萨克斯以朴实的手法将这些故事写进诗歌或编进剧本，创造出活泼自然、饶有风趣的民间文学作品。青年时代的歌德就曾为萨克斯作品中的那种古朴的风格和自然的情趣所吸引，对他评价颇高。当然，归属于市民阶层的萨克斯缺乏远大的理想，观念也比较保守，这使他的作品在思想上带有一定的局限性。然而，汉斯·萨克斯仍然是德国16世纪最重要的诗人，无论在创作的数量上或质量上都超越了同时代的其他作家。特别是他那自然流畅、朴实无华的语言和他对生活本身的关心与爱好，都对后世作家产生过很大的影响。

约翰·菲沙尔特（1546—1590）是16世纪后半期德国文坛上的勇士、讽刺大师、幽默大师和语言大师。他曾经游历过英、法、荷兰和意大利等国，开阔了视野，吸收了人文主义的思想，并接触了加尔文主义及胡格诺派的宗教观点。他虽是一个新教徒，但绝不狭隘；他有着独立的人格，主张信仰的自由。他曾经写过许多讽刺文章，采用荒诞的手法揭露天主教和僧侣的虚伪，并同耶稣会进行过激烈的斗争。在文学方面，他有着对于语言和形象的丰富想象力以及永不枯竭的幽默感。他通晓外国文学，尤其是法国文学。

针对天主教会和耶稣会，他写了尖锐的讽刺文章《耶稣教士的四角小帽》（1580）；针对历书占卜术的陋俗，他写了诙谐的《历书的祖母》（1572）；为了支持婚姻改革，他写了《婚姻礼俗的哲学小书》（1578）；在《跳蚤狂奔》（1573）中他用反讽的喜剧化手法展示了跳蚤眼中的人类社会；为了赞美爱国主义，他在长诗《苏黎世的幸福之船》（1576）中讲述了苏黎世的市民摇橹将热乎乎的小米粥送往斯特拉斯堡的射击大会的感人场面。在作品中他喜欢使用荒诞和类比的手法，使文章具有极强的讽刺意味和揭示功能。不仅他的学识和生活阅历使他的作品充满来自历史、自然、传说和政治现实的丰富影射，他的自我意识和编写故事的强烈兴趣更使他敢于尝试新鲜的文字游戏。他把文字进行重新组合或者变形，使之在荒诞和怪异中体现更为丰富的表现力。菲沙尔特对语言的表现可谓淋漓尽致，这使他超越了自己的时代而接近于巴罗克文学。

菲沙尔特也是一个翻译家。他把法国作家拉伯雷的《巨人传》第一部翻译成德语；不过，他根据德国的现实把原著的情节进行了改编，在作品所引发的哄笑中达到了抨击时弊的目的。

第七节　俄罗斯和东欧文学

俄罗斯文学　1480年俄罗斯从蒙古鞑靼统治下解放后建立起以莫斯科为首都的中央集权的封建国家，伊凡四世（伊凡雷帝，1533—1584年在位）1547年起称沙皇，宣扬“君权神授”，以巩固专制制度。莫斯科修建了具有民族风格的克里姆林宫钟楼和瓦西里升天教堂，圣像绘画艺术达到高水平。编年史的收集和编纂兴盛。16世纪中期，由都主教马卡里主持编辑了12卷的《教堂历书大集成》，广泛收编了圣徒传及其他体裁的、供教堂月历用的读物，以振兴东正教文化传统。此时期文学发展的新倾向是出现了一批带有政治色彩的传说。《弗拉季米尔诸大公的传说故事》（15世纪末、16世纪初）叙说基辅王公奥列格的血统来自罗马皇帝奥古斯都，而基辅大公弗拉季米尔·莫诺马赫的皇冠是拜占庭皇帝所赠送的。《普斯科夫修道院长老菲洛费依的书函》（16世纪）进一步提出“莫斯科是第三罗马”的政治和宗教理念，以东罗马帝国的正统继承者自居，并为巩固俄罗斯中央集权国家造舆论。具有雄辩色彩的政论文也有所发展，如《伊凡四世与库尔布斯基王公的往来书信集》（16世纪中后期）。此外还出现了一部宣扬宗法制生活规范的《家训集》（16世纪）。

另一方面，即使在蒙古鞑靼侵略时期北俄诸城邦（如诺夫哥罗德）也保持同德国、瑞典的贸易往来。随着莫斯科公国的兴起，同拜占庭和南方斯拉夫诸国的交往更趋密切，希腊的自然科学家著作被译介到俄国。这样，14、15世纪俄国文学的发展也具有若干人文主义萌芽。特维尔城商人阿法纳西·尼基金的《三海游记》（15世纪中后期）描述他历险到波斯和印度的商旅，三海指里海、印度海和黑海。该游记以朴素的文字描绘了印度古城比德尔的风土人情和国际贸易盛况等等。叶尔莫莱·叶拉季姆的《彼得和费芙洛妮娅的故事》（16世纪中期）富于民间童话色彩，并有一定的反封建等级制思想。一个蛇妖化身为穆罗姆王公诱骗王妃。王公弟弟彼得寻得一把宝剑，斩杀了蛇妖，但因蛇血溅身，全身长脓包，多方求医而无效。村野一贤惠少女费芙洛妮娅能以草药治之，但提出以娶她做妻子为条件。她明知彼得不会轻易娶乡下女，故意留下一处未治。彼得以为病愈，便毁约。不久脓包又起，不得不再求治于她，并与之成亲。穆罗姆王公病故后，彼得继承王位，费芙洛妮娅成为王妃。但是穆罗姆诸大贵族妻室不愿看到出身贫寒的费芙洛妮娅位居她们之上，唆使大贵族逼彼得与王妃离婚，要不然就放弃王位。彼得在王位和爱情中选择了后者，退位后与费芙洛妮娅到穷乡僻壤隐居。路经奥卡河，船上一携带妻子的男人试图诱惑费芙洛妮娅，后者以聪慧的话语打消了他的邪念。后来，由于穆罗姆大贵族之间发生内讧，不得不派人来请彼得夫妇回城复位。彼得重新治理穆罗姆，夫妻两人白头偕老，同日死亡，合葬在一起。此篇不论对女主人公的聪慧机智，还是对男主人公后来忠实于爱情的描写都显出了人文主义色彩。作者叶尔莫莱·叶拉季姆是当时著名的神职人员作家，对显贵不满，而同情农民。

此时期，还有若干以邻近国家民间传说为基础创作的中篇小说，如依据古希腊民间传说写成的《巴萨尔格和他的儿子鲍尔佐斯梅斯尔的故事》（15世纪末、16世纪初）。

据说，16世纪中期的俄国曾有人开始印刷书籍，但由于被指责为异端而逃亡。这样，此时期俄国书籍仍以手抄本流传。

东欧文学　从总体上看，东欧不是文艺复兴运动传播、扩展的中心地带，而是它所波及的边缘地区。由于东欧各国社会历史条件的不同，其中又只有少数国家和地区感受到文艺复兴运动的影响，从而产生出具有人文主义精神的文学作品。

捷克文学　14世纪末15世纪初，捷克的民族、阶级、宗教矛盾交织在一起，导致一场反天主教会运动——胡斯运动的兴起。这一运动表现出来的宗教改革思想和反对封建剥削与外国控制的思想，同文艺复兴的思潮有某些相契合之处。从这个意义上可以说，胡斯运动时期的文学是东欧中世纪文学向文艺复兴文学过渡的产物。

扬·胡斯（1369？—1415）出身于捷克南部一贫苦农民家庭，曾在布拉格大学学哲学，毕业后留校任教，不久升任校长。他受英国宗教改革家约翰·威克利夫影响，反对教会占有大量土地，主张没收教会财产。1402年胡斯被任命为布拉格伯利恒教堂传教士，积极宣传宗教改革。1414年，教会指控胡斯为异端，开除他的教籍，并于次年将他处以火刑。

胡斯在改革运动中写了《信仰、十诫和主祷文释义》（1412）、《论教会》（1413）、《论神职的买卖》（1413）、《布道录》（1413）等著作。这些著作论证了天主教的领袖不是教皇而是耶稣，极大地动摇了教皇的权威；系统论述了宗教生活中的正确道德准则，愤怒控诉了教会贪污受贿、买卖教职和赎罪券的罪恶，揭露了教会上层人士贪得无厌、道德败坏的丑行，表达了人民要求改革的强烈愿望，洋溢着捷克民族深沉的爱国主义感情。在写作中，胡斯善于运用民间谚语、警句和具有地方色彩的语言，文章读来生动活泼，通俗易懂，具有一定的文学价值。

胡斯死后捷克民族掀起了震撼全欧的胡斯战争。在胡斯战争中，广大群众创作了许多富于革命精神的诗歌。流传下来的有《伊斯特普尼采圣歌集》、《布丁辛纳手稿》和拉丁文诗集《无上光荣的捷克王冠之歌》。

《伊斯特普尼采圣歌集》于1872年在伊斯特普尼采被发现，因此得名。这是一本胡斯运动革命歌曲选集。其中，《我们是上帝的战士》是胡斯军最著名的一首战歌。胡斯军出征和战斗归来时高唱的就是这首歌曲。

《布丁辛纳手稿》因原藏于布丁辛纳图书馆而得名。《手稿》共有诗歌2990行，是胡斯运动时期艺术上最成熟的诗集。它主要包括三首诗歌：《捷克王冠的控诉》、《捷克王冠在匈牙利国王加冕问题上对捷克贵族的控诉》与《布拉格同库特纳山的争执》。在前两首诗中，作者愤怒谴责了齐格蒙特国王及其追随者对胡斯的迫害，同时将德国人民同德国统治者作了区分，指出捷克人民是热爱德国下层人民的。第三首诗篇幅较长。作者把库特纳山比作胡斯的敌人——天主教，把布拉格比喻为参加胡斯运动的革命群众。库特纳山在耶稣面前控诉布拉格阻碍了捷克政治、经济和文化的发展。布拉格则反驳说，胡斯运动给捷克带来了光明和新生。作品继承了捷克14世纪诗文的论战风格，赋予它新的社会政治内容，在思想和艺术上有一定价值。

《无上光荣的捷克王冠之歌》是捷克诗人与编年史家瓦夫希内茨（1370—1437）用拉丁文写的一首长诗。诗歌歌颂了胡斯军1431年在多玛日利采取得的胜利，赞扬了胡斯军的崇高道德品质与巨大道义力量，整个作品洋溢着作者热烈的爱国主义精神与民族自豪感，是胡斯运动文学中的杰作。

胡斯运动曾波及波兰。宗教改革的要求在波兰文学中也有所反映。如安德列·加尔卡的《威克利夫之歌》，热情歌颂了英国宗教改革家威克利夫，积极拥护他的宗教改革学说，作者因此而受到当地教会的迫害。

1434年5月，胡斯军遭到失败，但捷克人民并没有屈服，他们以各种宗教派别的形式继续反对封建主义。如思想家和作家彼得·赫尔齐茨基（1390—1460）反对把社会分为教士、骑士和农奴三个等级，主张废除等级制，反对奴役。他的代表作《真诚信仰之网》把福音书比喻为能把人们从罪孽中拯救出来的渔网，而这个鱼网被教皇和封建统治者这两条大鱼撕破，他们是破坏真诚信仰的罪魁祸首。这种认识同胡斯的宗教改革思想一脉相承、如出一辙。

胡斯运动对捷克的历史发展以及欧洲16世纪的宗教改革运动有深刻的影响。其文学鼓舞了胡斯运动战士的战斗热情，促进了文学的普及与文化的下移，对捷克乃至东欧文学的发展具有重要的意义。

从1526年起，捷克处于奥地利哈布斯堡王朝的统治之下，市民阶层在社会生活中居于主导地位。此时，在西欧文艺复兴思想的影响下，出现了反映市民阶层要求的人文主义文学。但它在诗歌和戏剧方面的成就并不大，仅在民间读物方面出现了一些较优秀的作品。如由市民创作的短篇小说集《扬·帕莱切克兄弟的故事》收集了12篇有关宫廷小丑帕莱切克的故事。这些故事写帕莱切克聪敏机智、同情穷人，经常以幽默的语言嘲讽伪善的教会上层和残暴不仁的官僚，深受人们喜爱。人文主义者维克多林·柯内尔（1460—1520）和扬·布拉霍斯拉夫（1523—1571）等坚持使用本国语言文字，将西欧许多国家的人文主义代表作翻译成捷克文，促进了人文主义思潮在捷克的传播。

波兰文学　在东欧各国中，文艺复兴运动在波兰得到了最有力的传播。从15世纪末开始，波兰国内的统一得到了巩固和加强。1596年，波兰实现了同立陶宛的合并，国势大盛，对外贸易十分活跃，新的城市蔚然兴起，文化事业蓬勃发展。克拉科夫大学成为东欧当时最著名的大学之一。不少中小贵族和富裕市民子弟纷纷到意大利和法国求学。他们回国后积极宣扬人文主义思想，掀起了本民族的文艺复兴运动。正是在这样的背景下，波兰产生了哥白尼那样的科学巨人和热莫夫斯基那样的人文主义思想家，对人类文明的进步作出了巨大贡献。与此同时，一批得风气之先的诗人脱颖而出。他们具有时代气息的诗歌创作在东欧各国中独树一帜，放射出人文主义的璀璨光彩。

别尔纳特（约1465—1529）是波兰人文主义先驱者之一。出身于市民家庭，做过牧师和医生，曾积极参加当时的政治斗争，是最早用波兰文写作的诗人。主要作品有寓言诗与长诗《伊索的一生》。后者根据意大利诗人拉努乔·达雷佐的同名作品改写而成，但赋予了新的内容。诗人通过伊索这个形象歌颂了下层人民的聪明才智，抨击了封建等级制度，指出衡量人的标准不是“财富和贵族出身”，而是要看他的“智慧与德行”。诗人还指出，教会的教士是一群“披着羊皮的狼”，反映了他对教会的否定态度。

克莱门斯·雅尼茨基（1516—1543），是一位用拉丁文写作的诗人。他出身农民家庭，后得贵族资助，曾到意大利学习，获得桂冠诗人的荣誉。他的诗大都是赞美恩主的颂诗，但也有一些政治诗表现了进步的人文主义思想。如《共和国的控诉》一诗反映了他对贵族争执的不满，揭露了地主阶级的自私和专横。《波兰国王们的生平》一诗指出波兰最早的国王都是平民出身。他有的诗表现了对祖国的热爱和对农民的同情。

米科瓦伊·雷伊（1509—1569）是中小贵族诗人的代表，早期积极从事政治改革活动，后期思想转向消极保守。他最早的作品《地主、神甫与村长三人之间的小争议》揭露了封建地主和教会僧侣的贪婪、阴险和自私，表露了诗人对农民的同情。《约瑟的一生》、《商人》和《正直人一生的写照》等诗都是模仿西欧作品写成，具有反基督教会的特点。他的诗歌格律严谨，语言朴实有力，曾名噪一时。

乌卡什·古尔尼茨基（1527—1603）是散文作家，出身于贵族家庭。主要作品《波兰的宫廷侍从》根据意大利小说改写而成。作者采用了原作的情节和对话形式，但把故事发生的地点改在克拉科夫主教的府邸中，塑造了一个理想的宫廷侍从的形象。这位侍从具有人文主义思想，但仍然是高官显贵的忠实奴仆，是为封建主效劳的人物。这种矛盾性格寄托的正是波兰具有进步思想的中小贵族的理想，在一定程度上反映了波兰人文主义者思想的软弱性与不彻底性。

扬·科哈诺夫斯基（1530—1584）是波兰16世纪最有才华、最杰出的人文主义诗人。出身于拉多姆省的贵族家庭。克拉科夫大学毕业后到意大利深造，受到意大利人文主义思想的熏陶和影响，同法国“七星诗社”的诗人有过来往。50年代末回到国内，参与国内的改革运动。1564年任国王秘书，因不堪宫廷事务的羁绊，1570年放弃官职回到家乡，专门从事写作。

科哈诺夫斯基早期多写情诗和颂诗，后写作政治诗。《团结一致》一诗号召波兰各阶层人民团结起来捍卫波兰的利益。《致圣父》一诗对那波里教皇、波兰教士的贪财、好色、酗酒等卑劣行为作了大胆的揭露；《沙梯尔，又名野蛮人》一诗则对贵族的贪婪、奢侈、冷酷和怯懦进行了鞭挞。长诗《普鲁士的进贡》歌颂了波兰与立陶宛的合并与祖国的强盛，充满了爱国主义感情。他还写了不少诙谐诗，或表达对社会丑恶现象的不满，或表现农民同地主的矛盾以及他们对社会平等的渴求。1570年返回故乡后，科哈诺夫斯基的创作进入高峰期。主要作品有《圣约翰节前夕之歌》（1580），这是一首民歌体长诗，由12名姑娘所唱的12首歌组成。其中，有的歌唱波兰乡村的优美景色，有的赞颂爱情的纯洁和谴责对爱情的不忠，有的赞美乡村庄园的怡静欢乐，有的倾诉农民的困苦与艰辛。这首长诗写得情趣盎然，是一幅波兰古代风习的田园诗画。《挽歌》（1580）是诗人为悲悼女儿的夭亡而写的组诗，是波兰文学摆脱宗教束缚，描写普通人感情的一篇佳作。《拒绝希腊使者》（1582）是一部取材于古希腊故事的诗剧。剧情大意是特洛伊王子拐走了希腊王后海伦，希腊使者以战争相威胁，要求交回海伦。王子收买枢密院，拒绝了希腊使者的要求。诗剧在战争迫在眉睫，特洛伊即将灭亡的预言中结束。诗人借此影射波兰的现实，作出错误决定的特洛伊枢密院暗指波兰议会，优柔寡断的特洛伊国王暗指波兰国王齐格蒙特。诗剧谴责了践踏正义和金钱主宰一切的现象，有积极的思想意义。该剧通过扩大合唱队的作用突破了古希腊戏剧的局限，艺术上也有所创新。

西蒙·西莫诺维奇（1558—1629）出身市民家庭，后移居乡村，对农民有所了解。其《田园诗集》（1614）由20首诗组成。其中以《割麦人》一诗最负盛名。这首诗通过两个割麦女农奴的对话和对唱，控诉了封建地主对农奴的残酷剥削和压迫，表现了诗人对农民的深切同情。

塞巴斯蒂安·克洛诺维奇（1545—1602）出身于磨坊主家庭，在卢布林先后担任法院文书、陪审官、市长和终身顾问。其长诗《弗利斯》表现波兰贵族贩运粮食到格但斯克出售，通过对维斯瓦河两岸绮丽风光和风土人情的描绘，歌颂了祖国的大自然，表达了诗人对祖国的热爱。讽刺长诗《犹大的口袋》是诗人根据在法院任职时的所见所闻写成，揭露了社会的中下层不择手段谋取钱财的种种丑行。但诗中对豪强和权贵的罪恶却很少触及。他写的著名拉丁文长诗《神的胜利》对封建等级制度和天主教会进行了大胆的揭露和抨击，表现了诗人人文主义的进步思想，因而其作品遭到查禁和焚烧，诗人本人也长期受到迫害。

匈牙利文学　15至16世纪，匈牙利人经历了反对土耳其奥斯曼帝国入侵的艰苦斗争。这一斗争在当时的文学作品中有较集中的表现。散文作家**巴尔那米萨·彼得**（1535—1584）出身于布达佩斯市民家庭，土耳其占领时期曾在奥地利和德国求学。其代表作《我的哀怨》严厉谴责了土耳其异教徒和本国封建地主阶级的统治，展现了1526年莫哈奇战役后匈牙利人民的悲惨命运。他用匈牙利文写成的悲剧《埃勒克特拉》（1558）取材于古希腊神话，是匈牙利第一部写得较成功的戏剧作品，显示了作者的人文主义倾向。

蒂诺第·塞帕什基尼（1510—1556）出身于农奴家庭，曾流浪全国各地，接触下层人民，听到许多人民群众反抗土耳其侵略者的战斗故事。他写的叙事诗描写了布达、泰麦什堡、艾格尔的保卫战和多伦克被围后的困苦生活，歌颂了人民同土耳其侵略者鏖战的英雄业绩。

巴拉塞·巴林特（1554—1594）为抒情诗人，生活在1526年抗土战役失败后的黑暗年代。主要代表作为组诗《勇士之歌》。其中，最著名的为《战歌》和《流亡者之歌》。这些诗歌赞颂了人民反抗侵略的英勇斗争精神，表现了莫哈奇战役失败后爱国志士流亡国外的苦难遭遇以及他们举目无亲、思念祖国的爱国感情。

东欧其他国家的文学 15至16世纪，土耳其奥斯曼帝国统治下的东欧南部诸国：罗马尼亚、保加利亚、塞尔维亚、马其顿、波斯尼亚、黑塞哥维那、阿尔巴尼亚等与西欧完全隔绝，文化生活与文学创作几乎处于停滞状态。而南斯拉夫境内未被土耳其占领的达尔马提亚地区以及斯洛文尼亚、克罗地亚的部分地区，受到了西欧文艺复兴运动的影响，呈现出思想活跃、文化与文学艺术创作繁荣的景象。

达尔马提亚位于亚得里亚海东部沿岸。其中的杜布罗夫尼克、赫瓦尔岛、斯普里特、扎达尔和什贝尼克等地属于威尼斯共和国的势力范围，实际上享有独立地位。这里社会安定、经济繁荣、文化生活活跃，人文主义思想广为传播。其中，杜布罗夫尼克名列诸城之首，是达尔马提亚的文化中心。16世纪初创建了中学、商业和航海学校，许多权贵子弟在意大利等国留学；成立了科学艺术家协会，建立了藏书较丰富的图书馆。拉丁文化和斯拉夫文化的交流和人文主义思想的传播，导致达尔马提亚—杜布罗夫尼克文学艺术的繁荣，涌现出一批人文主义哲学家、思想家、雕刻家、画家和文学家。

达尔马提亚—杜布罗夫尼克文学的作者多为社会上层人士。16世纪初用拉丁文写作，从16世纪中叶起拉丁文逐渐为克罗地亚文所取代。文学形式以诗歌、戏剧为主，诗歌有抒情诗和叙事诗。抒情诗多为爱情诗。其艺术手法和情调以模拟意大利彼特拉克的风格为基本特色，同时注意汲取本国民歌的养分。感情真挚、富于民族特色也是其另一特征。抒情诗人有焦雷·德尔日奇（1461—1501）、席什科·敏切蒂奇（1457—1527）、丁科·拉尼纳（1536—1607）。情歌作者有安德里亚·丘布拉诺维奇和米克萨·别列格利诺维奇（生卒年份不详）。他们的诗作打破了宗教文学的禁锢，冲击了中世纪的神权观念和禁欲主义，表现了市民的世俗生活和他们的真实感情，给文学注入了现实人性的新因素。叙事诗创作最负盛名的是人文主义诗人**马尔科·马卢里奇**（1450—1524）。他生于贵族家庭，大学毕业后曾当法官与律师。代表作为叙事长诗《尤迪塔》，描写英勇机智的犹太爱国女子尤迪塔为了使故乡同胞摆脱敌人的围困，不顾自身安危，只身深入敌营，骗得敌军宠信，巧取敌酋首级后胜利而归。长诗洋溢着抗敌救国的激情，反映了广大人民反对侵略，抗击土耳其异族兼并的爱国呼声。赫瓦尔岛的**哈尼巴尔·卢契奇**（1485—1553）和扎达尔的**波尔涅·克尔纳鲁蒂奇**（1515—1573）的诗作也表现了同样的主题。前者的主要作品《女奴》写一个贵族小姐被土耳其人掳去，她的恋人从拍卖奴隶的市场上将她搭救出来，并结成了终身伴侣。这是克罗地亚文学中第一部爱国题材的诗剧。后者的长诗《西盖特城的陷落》则描写了西盖特城人民抗击土耳其侵略的英勇斗争。**佩塔尔·赫克托罗维奇**（1487—1572）的叙事长诗《渔夫怨》（1566）描写了渔民的悲惨生活及其高尚情操，具有强烈的现实感。

在16世纪，达尔马提亚—杜布罗夫尼克的戏剧创作较为活跃。剧种有以现实生活或神话为题材的短小对白，有以牧人和神女的爱情为主体的田园剧、滑稽剧、情节剧和悲剧等，但以田园剧和喜剧为主要形式。

田园剧和喜剧的代表作家为**马林·德尔日奇**（1505—1567），早年曾在意大利求学。回国后身为僧侣，却从事政治活动，晚年组织过反苛政的暴动。他的田园剧《蒂蕾娜》（1554）、《维涅拉和阿冬》（1551）、《普拉基尔和女神》（1556）以及喜剧《马洛大叔》（1550）、《斯坦纳茨传奇》（1550）、《曼戴》和《阿尔库林》等，显示出文艺复兴时期典型的艺术特色。这些作品均取材于社会现实生活，塑造了贵族、商人、奴仆和农民的生动形象，比较深刻地反映了杜布罗夫尼克全盛时期的社会概貌。其中，喜剧《马洛大叔》是最具人文主义色彩的代表性作品。它写老商人马洛命其子携款赴意大利经商，当得知其子迷恋女色，挥霍无度时，立即赶往意大利，力图保住财产。戏剧以马洛父子为主人公，实际活跃于舞台的却是其足智多谋的仆人，从而塑造了一个平民人物的生动形象。德尔日奇善于提炼生活中的幽默素材，对剧中人的弱点给予善意的嘲讽，对白也十分俏皮。

土耳其占领阿尔巴尼亚后，一部分群众被迫迁往意大利南部的西西里和卡拉勃里，形成阿尔巴尼亚侨民区。侨民知识分子受到意大利文艺复兴运动的熏陶感染，接受了人文主义的思想影响，从事历史、文学作品的翻译和写作。其中，马林·贝齐凯米（生卒年份不详）写过关于斯库台两次被围的著述。著名人文主义编年史家巴尔莱蒂（生卒年份不详）所写的《斯库台被围》（1504）和《阿尔巴尼亚大公斯坎德培生平事迹》（1510）两书，均用拉丁文写成，记述和赞颂了斯库台人民和斯坎德培大公英勇抗击土耳其人入侵的事迹，是具有历史价值的优秀散文作品。

第五章　十七世纪文学

第一节　概述

文艺复兴时期，资本主义在欧洲许多国家普遍产生，并且有了一定的发展。到了17世纪，各国资本主义发展的不平衡性甚为明显。早在地理大发现时期，意大利就已经丧失了商业中心的优越地位，经济急剧衰落。它不断受到外国侵略，政治不稳定，天主教势力十分强大。德国遭受30年战争的浩劫，人口锐减，土地荒芜，工商业凋零，整个国家长期陷入四分五裂的状态，在这种条件下，德国资产阶级未能形成一支有效的反封建力量。西班牙自从“无敌舰队”被歼灭后，丧失了海上霸权，不再是欧洲强国，工商业一蹶不振，封建统治者腐败，进步力量受到宗教裁判所的严重打击。东欧各国长期受异族侵凌，经济落后，农奴制继续发展。17世纪后半期，俄罗斯农民反抗沙皇和贵族的情绪日益高涨。农民起义引起的社会动荡削弱了封建主及教会的统治，为人文主义思想萌生和发展提供了条件。

在17世纪欧洲各国中，只有英、法两国的资本主义大步向前发展。英国资本主义的特点是深入农村，扩大海外贸易。部分贵族从封建剥削转到工商业经营，形成了“新贵族”阶层。资产阶级联合新贵族，打着宗教的旗帜，发动了资产阶级革命。但革命之后，面对中小资产阶级进一步的革命要求，上层资产阶级很快就和封建势力妥协，导致了王权复辟。法国在16世纪末结束胡格诺战争，得到喘息机会，农业生产和工商业欣欣向荣。它的资本主义发展不如英国那样快，但走在欧洲大陆国家的最前面。法国的王权保证了民族国家的统一，它的重商主义促进了工商业的发展，资产阶级对王权采取妥协让步的态度。但资产阶级和封建贵族之间的根本矛盾依然存在，17世纪是这两个阶级势均力敌、互相利用的时期。

17世纪欧洲各国文化发展也是不平衡的。意大利人文主义者，如康帕内拉、伽利略等人，继续宣传科学，反对天主教的神秘主义和教会僧侣，受到反动统治的迫害。逐渐地，意大利丧失了它在欧洲文化中的重要地位，文学趋于衰落，“马里诺派”诗歌泛滥一时，这是一种堆砌典故、雕琢词藻的贵族形式主义作品。在德国，文化也受到战乱摧残。虽然17世纪中后期语言学会的成员们为规范和纯化德语做出了可喜的成绩，除格里美豪生的流浪汉小说《痴儿西木传》外，这一世纪的德国文学缺乏有全欧意义的作品。在西班牙，人民的精神世界仍遭到耶稣会和宗教裁判所的控制，产生于贵族集团中的“贡戈拉派”诗人得到统治阶级的鼓励。虽然西班牙国力衰退，但这个时期的文学创作仍旧是活跃的。戏剧方面继洛佩的改革之后，卡尔德隆作出了一些成绩；叙事文学方面作品多样；巴罗克文风在50年代也达到鼎盛阶段。俄罗斯文学在17世纪仍处在从中世纪文学到新文学的缓慢过渡期，除传统的编年史、圣徒传的写作之外，世俗文学和讽刺故事也取得了一些进展。

英、法两国和其他国家不同，它们的资产阶级不仅在工商业上有很大的进展，而且逐渐形成自己的社会政治思想体系。托马斯·霍布斯（1588—1679）是17世纪英国最重要的哲学家，同笛卡尔和斯宾诺莎一起被认为是这个世纪欧洲三大理性主义者。霍布斯肯定君主集权制，代表了新贵族和资产阶级上层的利益。他不承认天赋观念，认为一切知识来自感觉。按照他的观点，世界是物质的，思想是大脑运动的一种方式，他甚至认为上帝也必然具备肉体。在机械唯物论认识论基础上，霍布斯发展了判断善恶的道德理论以及阐述国家职权和机构的政治理论。他在代表作《利维坦》（1651）一书中强调用道德力量约束社会，主张用司法和国家机器把个人以契约形式聚集在一个人的领导之下，众心归一，形成共和政体。霍布斯的思想代表了新贵族和资产阶级的利益。由于他的理论既宣传了人生来是平等的，又主张独裁集权，因此弥尔顿曾依据霍布斯的自由平等思想捍卫英国资产阶级革命，指出执政者的权力既然是人民赋予的，人民就有权推翻甚至杀死暴君；而克伦威尔后来实行独裁也从《利维坦》里得到理论支持。所以，霍布斯在英国17世纪后半期并不受政界和宗教界人士欢迎，但是他对18世纪法国启蒙思想家有很大影响。

勒内·笛卡尔（1596—1650）是法国唯理主义哲学奠基人。笛卡尔认为检验实践的标准是理性，并主张用理性代替盲目信仰。他对理性的推崇虽然是唯心主义的，但确立了理性在文学艺术表现原则中的主导地位。他对方法论的强调对改变法国思想领域的混乱局面并代之以大一统的新秩序，也起了关键的作用。

祖籍是葡萄牙的犹太人班奈迪克特·斯宾诺莎（1632—1677）出生在阿姆斯特丹。斯宾诺莎追随笛卡尔的哲学，但由于受犹太《希伯来圣经》（即《旧约》）影响至深，更关注伦理问题。他认为财富、享乐、权力和荣誉都是空虚无用的，并探讨一种至善的永远快乐的境界。他甚至企图用几何推理来证明至善就是对上帝的爱，也就是对自然秩序与和谐的崇拜。在政治理论方面，斯宾诺莎强调国家要给臣民自由，统治者必须公正、明智，不干涉思想自由。

英、法两国文学在17世纪获得了十分丰硕的成果。英国文学这一世纪的巨人是诗人弥尔顿，他的创作反映了英国资产阶级的革命情绪。他在革命年代里写的宗教和政治论战文章，表现出他对革命的热情和信心。1660年复辟后，他仍然保持着很高的战斗情绪，写出三部优秀诗篇，都是采用《圣经》的题材，其中《失乐园》是世界文学宝库中璀璨的明珠。

法国文学在17世纪达到全欧的最高水平，产生了古典主义潮流。它在创作实践和理论上都以古希腊、罗马为典范，因而得名。古希腊、罗马的哲学、历史、文学在文艺复兴时期早已为人文主义者所推崇，他们掀起向古代学习的高潮。15世纪，意大利出现一批学者，着重研究亚里士多德和贺拉斯的文艺理论，并初步提出悲剧创作中的三一律问题。到了16世纪后半期，有的作家，像法国的龙萨、英国的琼生等，在创作实践上，有意识地学习古代的艺术方法，或多或少地采用古代文学的体裁和题材。同时，三一律问题也从意大利传到西班牙、英国和法国，并在法国引起热烈的讨论。这样，诗人、作家向古代寻找文学创作典范和理论根据的倾向逐渐加强了。这倾向在17世纪的法国找到了最合适的土壤。法国的中央集权制度和资产阶级对专制王权的妥协让步，为它提供了政治基础，笛卡尔的唯理主义又为它提供了哲学基础，古典主义作为一种艺术流派很快就形成了。

法国古典主义文学以戏剧成就最为突出，产生了三个卓越作家：悲剧作家高乃依和拉辛，喜剧作家莫里哀。在别的方面，古典主义作家也作出了优异的成绩，像拉封丹的寓言诗、布瓦洛的诗论等。

巴罗克风格（Baroque）的影响在17世纪欧洲文学、绘画、音乐和建筑多方面都有所反映，在德国、西班牙和法国的文学中，它的影响十分突出。巴罗克一词来自葡萄牙语barocco，意为不合常规，尤指长得不规则而且有瑕疵的珍珠。巴罗克风格首先见于16世纪后期意大利的建筑，其特征是金碧辉煌、气势雄伟、崇尚华丽与雕琢；它与自然、宁静而古朴的古典派背道而驰。因此，至17世纪巴罗克这个词已成为带有贬义的艺术评语。一直到19世纪中叶，人们对巴罗克风格的这种认识还没有发生什么变化。本世纪初瑞士艺术家弗尔夫林（1864—1945）撰写了《文艺复兴与巴罗克》及《艺术史概要》等书后，巴罗克作为一种对照性风格才得以较公允和充分的讨论。

作为文学史上的一种风格，巴罗克式的文风表现也相当复杂，不能以一言蔽之。它在诗歌、戏剧和小说中都有所表现。比如以西班牙宫廷贵族诗人贡戈拉所代表的诗派在西班牙17世纪文学中占有不可忽略的重要地位。巴罗克风格在德国除了在诗歌戏剧中有所反映外，最知名的流浪汉小说《痴儿西木传》也以其宏大的场面、丰富多彩的情节、框形套句结构和扑朔迷离的叙述风格充分显示了巴罗克文风的影响。在法国，巴罗克诗歌可以说形成了一支与古典主义戏剧相对照的文学流派，有许多代表性诗人，如戴奥菲尔·德·维奥、圣塔芒等，当时十分流行的《阿丝特蕾》则是一部巴罗克式的小说。但巴罗克风格在法国逐渐为古典主义所取代。

17世纪以后，欧洲许多国家步法国古典主义后尘，在不同程度上有过他们自己的古典主义文学时期。作为文学潮流，古典主义一直延续到19世纪浪漫主义兴起，但它的影响至今犹在。

第二节　法国文学

在16世纪后期宗教和政治思想的动荡中，人文主义崇尚理性的传统受到怀疑，但是到17世纪初，随着政治的稳定，这个传统在法国重又得到普遍认同，并且与秩序、规则、整一等概念相融合，形成一种新的理性观。受这种理性观的制约，从17世纪30年代起，古典主义文学逐渐取得了对于巴罗克文学的优势，成为法国文学的主流，巴罗克文学则降到非主流地位。

巴罗克文学自16世纪后期兴起，17世纪初进入活跃期，到30、40年代产生了许多有一定艺术价值的作品。古典主义占据主流地位后，巴罗克文学并没有消亡，依旧具有不可忽视的力量，既作为古典主义的对照，又作为古典主义的补充而继续在文学殿堂占一席之地。

法国古典主义是法国文学史上的一个高峰，也是17世纪欧洲文学最高成就之一。古典主义，顾名思义是指崇尚古希腊、罗马文学的思潮或流派，作品多从古希腊、罗马神话、历史和传说的文本汲取创作素材。古典主义以规范、严整、简练、明晰、崇尚理性为其特征。它的黄金时代是马扎然摄政后期到路易十四亲政的前半期，即50到80年代。古典主义既有鲜明的时代特点，又有突出的民族特点，它从若干重要方面设定了法兰西民族的审美标准，对未来几个世纪法国文学艺术发展产生了极其深远的影响。

法国古典主义的产生较典型地反映了这个时期文化生活与政治生活的关系。国家政权利用行政手段直接干预文化演变，使主流文化服从和服务于建立专制王权的政治路线。

法国王权与贵族封建割据势力的斗争由来已久。弗朗索瓦一世当政时，王权一度相当强大，然而宗教战争又极大地削弱了王权的力量。1589年，新教领袖、波旁家族的纳瓦尔王继承法兰西王位，为亨利四世，1594年他皈依天主教，得以入主巴黎，真正行使权力。这位被称为“亨利大王”的法兰西新君主在政体、财政、宗教诸方面大力推行改革，中央政权复又日臻强大。1610年亨利四世遇刺身亡，继位的路易十三年幼，母后玛丽摄政，一时国事废乱，封建势力再起，王权再度面临挑战。

20年代，路易十三起用黎世留，中经马扎然摄政，到1661年路易十四亲政，宣布“朕即国家”，这段时间里王权大刀阔斧地进行建立中央集权体制的斗争。在政治上，王权一方面镇压反叛的贵族，翦灭封建力量，另一方面打击瓦解新教势力，30年代初，基本上实现了政治权力的集中。路易十四亲政后，还从行政、司法、财政、税务等方面进一步将权力集中到自己手里，把专制政体推向顶峰。在经济上，黎世留和马扎然实行重商主义政策，通过促进贸易，特别是海外贸易，推动经济发展。流通领域的活跃使国家税收增加，国库渐趋殷实，从财政上加强了王权的力量。

与政治上建立专制王权的斗争相呼应，文化领域出现了独尊古典主义的趋势。王权出于政治需要，有意识地从思想文化上钳制一切对专制王权不利或者可能不利的活动，力图以文化一统，即独尊古典主义，来保证政治的一统并作为政治一统的补充。打击天主教内部的异端冉森教派[①]，遏止冉森教思想的传播，是推进思想文化统一的重要措施；建立法兰西学士院（1635年1月成立，1637年5月正式注册）是又一条重要措施。法兰西学士院的任务是编纂一部字典、一部语法、一部修辞法、一部诗学。显而易见，这是要从语言和美学理论方面为文学立法，最终目的是要在文学生活中建立统一的标准，培养统一的审美趣味。学士院作为一个史无前例的官方机构，其存在对文化阶层具有相当大的心理压力。这一点，从学士院插手关于《熙德》的争论可以看得很清楚。1637年，剧作家高乃依的作品《熙德》上演，大获成功，但不久便遭到围攻，攻击者对该剧和作者加以“抄袭”、“违反三一律”、“混淆悲剧和喜剧”等罪名。高乃依不服，反唇相讥。在黎世留授意下，学士院要求高乃依把剧本交付学士院审查。学士院负责人夏普兰起草了《法兰西学士院关于悲喜剧〈熙德〉的感想》，虽然没有提及“抄袭”，甚至对三一律问题也未多加评论，但是对剧本显然取批评态度，这给高乃依造成很大压力，以致辍笔三年。

继法兰西学士院后，又先后建立了画家和雕刻家学院（1648）、建筑师学院（1671），由路易十四支持的音乐家吕利则垄断了歌剧演出，从而在整个文化界形成了唯王权意志是尊的气氛。

除了王权的扶持，还有两个重要社会原因促使古典主义“定于一

① 冉森教由荷兰神学家冉森创建，经典是冉森的遗著《奥古斯丁书》。冉森教的教义概括地说，是一种悲观的宗教观，信奉中世纪神学家奥古斯丁的理论，认为上帝的“恩典”仅赐给少数忠实信徒（即上帝的选民），对大多数人而言，人类祖先的“罪愆”如重石压在他们身上，灵魂永远得不到拯救。

尊”。第一，对理性主义的普遍认同为文学的规范化从观念上铺平了道路。对理性主义认同最显著的标志是笛卡尔唯理论哲学的诞生。从1637年到1649年，笛卡尔先后发表了《方法论》（1637）、《形而上学的沉思》（1641）、《哲学原理》（1644）、《论激情》（1649）等重要著作。笛卡尔的二元论哲学在承认“物质实体”的同时，认为“精神实体”是独立的，认识不是来自感觉经验，而是起源于先验存在的理性。他的理论开了近代唯理论的先河。笛卡尔主张以理性为审查一切的尺度，引起教会的不满，禁止发行他的著作，所以笛卡尔的学说到17世纪后期才真正得到广泛传播。不过在上流社会和文人阶层，他的著作流传较早，促进了理性主义哲学文化氛围的形成，这种氛围对于高举理性大旗的古典主义文学的发展无疑是十分有利的。

第二是宫廷和沙龙社会生活的活跃。尽管沙龙的某些弊病，例如矫饰和夸张，与古典主义的美学追求背道而驰，但是实际上上流社会的交际生活正是古典主义文学的温床。由于宫廷和沙龙成为贵族阶级的精神中心和文化中心，整个贵族阶级的生活方式和行为方式便都以所谓的“宫廷做派”、“沙龙情趣”为模式，其文化心理也就必然为这个模式所左右。因此，宫廷和沙龙的语言和审美情趣，它们对文学作品的评骘，为古典主义文学的发展提供了极其有利的文化环境。

从16世纪末开始，古典主义经过了大约30年的准备，这个时期可称为先古典主义时期，开创人是诗人马莱伯（1555—1628）。马莱伯强调诗出自技巧而非灵感，所以必须有法可循；强调诗歌必须使用规范、明晰、人人通晓而又不粗俗的语言，当务之急是净化“七星诗社”以来的诗歌语言，清除一切古僻、外来、生造的词汇。他的诗歌理论与实践从语言和韵律等方面为古典主义文学奠定了基础。在马莱伯之后对古典主义文学的繁荣作出较大贡献的是夏普兰（1595—1674）、沃日拉（1585—1650）和盖·德·巴尔扎克（1595—1654）。夏普兰作为法兰西学士院的常务负责人，他的贡献主要在组织方面。盖·德·巴尔扎克有时被称为修辞学家，其实并没有修辞学著作，称他修辞学家是因为他的《书信集》（1624）对时代语言（主要是沙龙语言）的形成产生了重要影响。沃日拉是真正意义上的修辞学家、语法学家。他的《法语刍议》（1647）影响很大。这部著作以长期宫廷生活和沙龙生活的阅历为依据，对语言规范问题提出具体意见。基本思想是把语言习惯分为“好”与“坏”两大类。“好”的语言习惯指“少数优秀分子”的语言习惯，即有修养的贵族的语言习惯。“坏”的语言习惯指“大多数人”使用的语言，不但包括人民大众的语言，而且包括缺乏修养的贵族的语言。这本书原意在帮助贵族纯正语言，以便适应宫廷和沙龙的社交活动，当然也就顺理成章地成了文学语言的法典。

古典主义奉古希腊、罗马文学为典范，并强调形式完美。虽然作为审美观和艺术法则，古典主义的影响遍及各个文学（和艺术）门类，然而集中体现古典主义美学原则的文学体裁是戏剧。实际上，古典主义的法则大多是为戏剧拟定的。最著名的法则是三一律。所谓三一律，就是同一个情节，在同一个地点完成，时间不能超过一天（24小时）。古典主义理论家称三一律是亚里士多德的古训，有点牵强，但也并非捕风捉影，亚里士多德的《诗学》确实提出了类似的思想。《诗学》大约在1560年介绍到法国。原籍意大利的医生斯卡里热（1484—1558）也曾根据亚里士多德理论发表了一本叫做《诗学》的关于戏剧的著作。他在书里提出了两个一律：时间一律和地点一律（同时还提出了逼真原则）。1572年，一个叫德·拉塔耶（1540—1607）的人在他的《论悲剧艺术》一书中重申两个一律，并且规定悲剧应该一概分为五幕。斯卡里热和德·拉塔耶的理论开了古典主义戏剧理论的先河。①关于《熙德》的争论发生之后，三一律被提

① 除去斯卡里热和德·拉塔耶，意大利学者卡斯特维特罗（Ludovico Castelvetro，1505—1571）对三一律成为古典主义悲剧法则也起了很大作用。

到了文学法规的高度，其他一些规定诸如悲剧、喜剧严格有别等也都随之成了必须遵守的圭臬。

依据法则创作的古典主义戏剧取得了辉煌艺术成就，所以有17世纪是戏剧世纪的说法。众多古典主义剧作家有如群星，构成了古典主义戏剧星座。梅莱（1604—1686）、罗特鲁（1609—1650）、乔治·斯居德里（1601—1667）、杜里耶（1605—1658）、托马·高乃依（1625—1709）等都是名噪一时的剧作家，不过真正为古典主义取得历史地位的是悲剧作家皮埃尔·高乃依、拉辛和喜剧作家莫里哀。

由于唯理论流行，抒情诗缺乏适宜的土壤，带有叙事和说理性质的诗却有较大的生存空间。前者的最高成就当属拉封丹的韵文《寓言集》，后者的代表作品是布瓦洛的《诗的艺术》。

古典主义对小说的影响比较小，也比较晚。这同17世纪的文学观念有关，那时小说仍属娱乐消遣范畴，因而尚未进入古典主义理论的视野。到60年代，出现了拉法耶特夫人（1634—1693）的几部中篇和长篇，其中最成功的是《克莱夫王妃》（1678），它说明小说也开始接受古典主义的美学原则，其表现是：一、情节精练，二、语言简约明晰，三、塑造理性型人物。《克莱夫王妃》的女主角年轻时尊母命嫁给了年龄比她大许多的克莱夫亲王，她对丈夫尊重有余而感情不足，私下倾心于年轻倜傥的纳穆尔公爵，但一直将爱情深埋在心底。丈夫死后她毅然退出社交生活，隐居乡间。这个人物具备非凡的精神力量，能够克制感情、恪守道德规范，与高乃依的悲剧人物相近。

17世纪出现了一大批非纯文学的作家，他们的作品之所以在文学史上占有地位，是因为程度不等地属于“美文”，在当时乃至后世成为效仿的楷模。所谓美，当时自然是符合古典主义的标准，符合沙龙情趣，语言准确精练，内容得体，叙述方式典雅，思想清晰。以文体而言，则千差万别，包括论文、散文、格言、布道词、诔词、书信等等。著名作家有：

盖·德·巴尔扎克，他的《书信集》文笔典雅，得到沙龙的青睐；德·塞维涅夫人（1626—1696），也以书信闻名，在信里议论时政，品评文艺，最感人的是她与女儿的通信；帕斯卡尔（1623—1662），这位青年数学家和物理学家以极大的热情参加了冉森教派与天主教会的理论抗争，撰写《致外省人书简》（1656—1657）18封，为冉森教在“上帝恩宠”问题上的立场辩护，简练雄辩的语言打动了许多人的心，他的遗稿由后人整理出版，定名《思想录》（1670）；拉罗什富科（1613—1680），出身名门，两次与反王权的阴谋有牵连，政治前途因而断送，却成为沙龙的风云人物，著《箴言集》（1664），议论遍及贵族生活的各方面，大多带有道德结论，很像沙龙谈话记录，因语言简练，思辨机敏而深得上流社会欢迎；博须埃（1627—1704），17世纪下半叶法国天主教会显赫人物，做过太傅，为王储写了《通史论》（1681）、《论认识上帝和自我》（1722），他的布道词和诔词信仰虔诚，感情充沛，语言铿锵有力，深受舆论称颂；费纳隆（1651—1715），也担任重要神职，也做过王子的老师，赞成寂静主义[①]，与博须埃发生激烈争论，教皇裁决否定了他的著作，费纳隆具备民主意识，讽刺专制，为路易十四所不容，所以长期被排斥在宫廷之外，最重要的作品是《忒勒马科斯历险记》（1699），对专制王权进行了隐晦曲折的嘲讽；拉布吕埃尔（1645—1696），以《性格论》（1688）一书闻名，这部作品与拉罗什富科的《箴言集》类似，不过有较多的趣闻轶事，刻写传神，语气诙谐，多反讽，揭露贵族的腐败虚伪，对专制政权多有微词。他和费纳隆都是17世纪末民主意识的代表。

古典主义在17世纪法国历史条件下有其进步意义。它加强了法兰西人的民族观念和对国家的责任感，推动了法国语言和民族文化的形成。它强调文学对社会的作用，主张文学反映生活，注意人物的心理分析。在

---

① 西班牙神甫莫利诺创建的一种理论，主张在心灵的“静寂”中与上帝沟通。

这些方面，它对欧洲现实主义文学发展作出了一定的贡献。但古典主义也有它受局限的一面。它的创作首先是为宫廷服务的，必然要迎合宫廷和贵族的趣味，不去考虑人民的爱好。它要求戏剧集中精炼，因而往往使人物概念化，缺乏个性。它的理论家把古典主义文学法则说成是永恒的法则，这就不能不成为限制作家创作的清规戒律。尽管如此，由于法国古典主义作家善于在这些法则范围之内发挥自己的艺术才能，他们还是写出了不少优秀的作品。有的作家有时突破这些法则，继承了文艺复兴时期人文主义的民主传统，始终和广大人民及民间艺术保持联系。古典主义戏剧标志欧洲戏剧在莎士比亚之后走上了一个新的阶段。

从文学史的角度说，古典主义文学与唯理论思潮相呼应，而巴罗克文学则与以伽桑狄为代表的感觉论思潮通声息。

自从蒙田倡导怀疑论哲学，受其影响，16世纪末到17世纪初，贵族阶级和文化阶层出现了所谓“狂放派”。这是一个极其笼统的名称，实际上被称作“狂放派”的人彼此差异很大，其中生活上放浪形骸以发泄不满者有之，标榜宗教信仰不受礼仪约束者有之，对专制政体压迫耿耿于怀者有之，纯学术上的“狂放派”即在哲学上反对唯理论、主张感觉论者亦有之。巴罗克文学对这种种倾向或多或少都有感应，但是从美学观念上讲，对巴罗克文学影响最大的是感觉论哲学。感觉论的代表人物是哲学家皮埃尔·伽桑狄(1592—1655)，著有《对笛卡尔〈沉思〉的诘难》等，反对笛卡尔的先验理性说，认为感觉经验才是认识的可靠来源。接受感觉论影响的作家，大都喜爱现实的阳光，愿意感受真实生活温暖的气息，向往自由的活动空间，而与板起面孔的宗教和理性法则都有几分隔阂。

由马莱伯发端的古典主义主流文学从理性观念出发，认为世界上的万事万物包括文学艺术在内都是稳定的、确定的、恒定的，文学艺术作品从内容到形式都应该反映世界的这个特点。而巴罗克文学则不相信这种世界观，怀疑主义者蒙田教会他们以不信任的目光审视世界，动荡的社会教会他们以伊壁鸠鲁主义甚至犬儒主义的态度对待生活，他们认为世界是多彩而动荡的，反映这个世界的文学也没有秩序、纪律、规则可言。

因此，巴罗克文学的主要特征是对世界和生活的丰富性的官能感受和把这种感受纤毫无遗地表现出来的欲望。它拒绝严格的理性原则，拒绝接受古典主义规则，风格夸张，语言雕琢。在叙事手法上巴罗克文学多依靠意外事件的插入改变叙事的方向和线索，以造成复杂感和丰富感，为此，它把生活的偶然性作为主要的推动力量。

16世纪末新教诗人多比涅（1552—1630）的《惨景集》、《春天》、《冬天》和杜巴尔塔斯（1554—1590）的《创世记》、《第二个星期》就已经表现出这样的思想和艺术特色，因而被看作最早的巴罗克文学作品。

多比涅和杜巴尔塔斯的巴罗克风格在17世纪初一批诗人的作品里得到发展。尽管马莱伯不遗余力推广他苛刻的诗学理论，17世纪20、30年代法国诗歌仍然呈现风格上多样并存、理论上各抒己见的局面，创作相当活跃。影响较大的诗人除马莱伯外，有戴奥菲尔·德·维奥、圣塔芒、特里斯当·莱尔米特（隐居者特里斯当，1601—1665）、拉康（1589—1670）、麦纳尔（1582—1646）等，其中，戴奥菲尔·德·维奥和圣塔芒是比较具有代表性的巴罗克派。

戴奥菲尔·德·维奥（1590—1626）为人放荡不羁，无论在生活上，在宗教信仰上，还是在诗歌创作上，都以藐视规则著称，终于获罪于教会，被判处火刑，侥幸得以逃脱，不久去世。他于1621到1623年发表《作品集》，收有剧本，讽刺诗、哀歌、颂歌、十四行诗。他坚决反对马莱伯的古典主义诗学理论，主张无拘无束地抒写诗人真实的感受和感情。他的哀歌、颂歌和十四行诗多具强烈的抒情性。他对大自然怀有深厚感情，心灵与自然沟通时感到的生命欢乐是他的抒情诗最常见的主题。这些作品悠扬回荡，恣意多方渲染情感，色彩浓烈，加上他在诗歌语言上受到沙龙典雅风格的影响，追求华丽，大量使用典故比喻，与马莱伯的诗风形成鲜明对照,表现了两种截然相反的美学价值观。

诗人**圣塔芒**(1594—1661)也以生活恣肆任性闻名,既出入沙龙,也经常光顾街头酒店,常喝得酩酊大醉。他也对道德和社会的约束不满,不过不像戴奥菲尔那样极端,那样锋芒毕露,他给世人留下的是一个贪杯的好好先生的印象。圣塔芒和戴奥菲尔一样主张诗兴的自由发挥。他是法国最早创作诙谐体诗歌的作者之一。这些带有调侃意味、嘲笑人生(包括自嘲)的诗作,实际上透露着诗人漠视道德约束,追求生活享乐的内心世界。《饕餮者》(1631)是圣塔芒诙谐诗的代表作。圣塔芒另外一些作品,例如《四季》、《孤独》,基调与诙谐诗迥异,以深沉的感情抒发了诗人对自然的热爱,情绪充沛激荡,描写也相当铺陈,不过较之戴奥菲尔歌咏自然的诗要显得朴素些,同时也更深沉些。他在描写景物时,对废墟遗迹情有独钟,似乎从中体悟到一种神秘的美,一个世纪后的狄德罗以及19世纪的浪漫派在这一点上与他一脉相承。他还有一些诗抒写幽异怪诞的景象,例如《静观者》,显示诗人对诗歌与心灵关系的独特见解,这是他在诗歌表现方面进行的大胆探索。

戴奥菲尔早逝,圣塔芒的创作则一直延续到50年代。世纪中期,巴罗克诗歌除圣塔芒的作品外,值得注意的是**斯卡龙**(1610—1660)模仿古代史诗的《乔装打扮的维吉尔》。斯卡龙年轻时风流倜傥,后来成了残疾人,到教堂任职,不过仍旧出入沙龙。《乔装打扮的维吉尔》(1648—1652)是一首长篇讽刺模拟诗。这种体裁当时很时髦,作品大多模拟古代的史诗和武功诗,把大众熟悉的悲壮的英雄业绩写成滑稽庸俗的故事。斯卡龙模拟的是维吉尔的《埃涅阿斯纪》,用当时市民生活的线条和色彩描绘特洛伊城陷落后埃涅阿斯带着老父幼子逃跑的经过。诗人发挥丰富的想象力,以维吉尔原诗情节为线索,描写了许多滑稽可笑的场面,写尽世态的酸甜苦辣,对现实多有讥讽,妙趣横生和妙语解颐之处俯拾皆是。

从17世纪初开始,贵族社会和资产者对消闲文化的需要日见增长,小说因此成为越来越受欢迎的文学体裁。此时正值巴罗克文化开始兴盛，而正在兴起的古典主义思潮又似乎与小说无涉，所以17世纪的小说几乎从一开始就融会进巴罗克文学潮流。当时小说的读者群里贵族妇女占很大比重，她们在沙龙生活里培养起来的典雅趣味与巴罗克文学风格的某些相通之处更从题材、审美观念和语言上为巴罗克小说提供了肥沃的土壤。

巴罗克小说开山之作是《阿丝特蕾》（1607—1624）。作者**奥诺雷·德·于尔菲**（1567—1625）曾经浪迹四方，也常常造访巴黎的沙龙，后来投沙龙之所好，构想了田园牧歌式的小说《阿丝特蕾》。作者生前只发表了前三卷，后两卷由他的秘书根据遗稿整理发表。故事发生在中世纪法国中部风景秀丽的卢亚河谷，讲述牧羊青年塞拉冬和牧羊女阿丝特蕾经过许多周折，有情人终成眷属。男主人公俨然具有贵族气质、沙龙情趣。小说有许多节外生枝的描写，还插入一些几乎是独立的小故事，整体结构十分松散。但是男女主人公的感情写得很细腻，情节一波三折，其中又糅杂了神话传说，因而尽管编造的痕迹十分明显，却娓娓动听。这样一部描写贵族生活又赋予它田园诗意的作品开创了沙龙贵族小说的创作道路，一时成为叙事文学效法的榜样。

玛德莱娜·德·斯居德里（1607—1701）的《阿尔塔麦娜，或伟大的西吕斯》（1649—1653）和《克蕾丽》（1654—1660）是在《阿丝特蕾》的直接影响下创作的。这位女作家是巴黎几家著名沙龙的常客，对沙龙生活了如指掌。据记载，《阿丝特蕾》是她最珍爱的案头书。她的两部小说，第一部故事发生在波斯，第二部故事发生在罗马，实际上主要角色都是摹写巴黎沙龙的头面人物，熟悉沙龙生活的读者一望便知。小说的基本思路完全模仿《阿丝特蕾》，意在写贵族生活，却用富于诗意的面纱罩起来，让已经显得平淡的沙龙生活从想象的世界中寻求对于自我的肯定，只不过于尔菲的作品以田园为舞台，而玛德莱娜的作品以异国风光为背景。这两部作品比《阿丝特蕾》的结构更复杂，情节线索更繁复，人物更多。

巴罗克风格不但为沙龙小说采用，而且广泛影响到整个小说创作。描写市民阶级乃至下层人民生活的作品，与现实社会靠得比较近，内容上与贵族小说有天壤之别，有的甚至直接嘲笑《阿丝特蕾》的虚饰不稽，例如小说家**索雷尔**（1600—1674）的《弗朗西庸》（1623），通过一个杂货店老板的儿子弗朗西庸读了于尔菲的小说后想入非非，到处寻找自己的阿丝特蕾的故事，谴责沙龙贵族小说脱离现实生活。从语言上说这些作品也不像沙龙小说那样做作，但是它们在形式结构上大都接近巴罗克风格。代表作品，除《弗朗西庸》外，还有斯卡龙的《滑稽小说》[①]（1651）。

《滑稽小说》在17世纪的小说里独树一帜。首先是题材新颖，小说描写的是一个剧团在流动演出过程中的经历，写普通演员的生活，这在法国文学史上是头一次；其次是将讽刺模拟手法移植到小说中，以史诗书写英雄人物的宏大规模和气势，以沙龙小说刻画贵族风雅生活的笔调，描写日常生活里发生的打架斗殴，调情吃醋之类的小事，枝蔓繁芜，人物众多，令人眼花缭乱。斯卡龙的这部小说和他的《乔装打扮的维吉尔》为他奠定了幽默大师的地位。然而在幽默的背后是作者心中郁结的苦闷和他对社会现实的怨愤。

17世纪头40年，法国戏剧和诗歌相似，呈现多姿多彩的局面。尽管古典主义戏剧理论已经基本定型，马莱伯已经在与戏剧密切相关的诗歌领域进行规范化改革，戏剧舞台上仍然是多种形式共存。古典主义悲剧和喜剧创作固然活跃，具有巴罗克特点的悲喜剧和牧歌剧的创作同样欣欣向荣，并且拥有大量观众。从1630到1639年，发表的悲喜剧多达80出，受欢迎的程度由此可见一斑。

---

① 原文“滑稽”（comique）也可以理解为“演员的”，所以书名也可以译成《演员传奇》。

这个时期，戏剧作者们对于"三一律"多半不重视，甚至觉得它纯属庸人自扰。悲剧和喜剧的界限在他们看来也无关宏旨。他们创作的兴奋点是以引人入胜的情节和热烈的舞台场面吸引观众，所以他们的作品往往极尽铺陈之能事，戏中套戏，追求事出意外的戏剧效果。他们用耀眼的色彩描写情感的爆发，诗句夸张。有的还利用机关布景表现神的降临和奇迹的出现。因此，即便是悲剧也不乏巴罗克作品，例如戴奥菲尔·德·维奥的悲剧《普拉莫斯和蒂斯贝》(1620)。剧本取材于奥维德的《变形记》，讲述古巴比伦的一个爱情传说。戴奥菲尔的作品显示了他抒情和想象的才能，把原本优美凄怨的传说写得更加幽婉悱恻，诗句矫饰、夸张。

悲喜剧从字面看似乎是悲剧和喜剧的结合，其实就题材和基本艺术手段而言，悲剧的成分比例很大，团圆结尾经常成为唯一可"喜"之处。后来悲喜剧遭古典主义否定，没有划清悲剧和喜剧的界限固然是罪名之一，然而更重要的理由恐怕还是在悲喜剧的巴罗克风格。负有盛名的悲喜剧作品有梅莱的《克里赛伊德和阿利芒》(1625)，取材于小说《阿丝特蕾》，演出后轰动一时。这部作品也因其题材被称之为牧歌剧，可见当时剧种之间的界限实际上还比较模糊。

牧歌剧起源于意大利，因为男女主人公的身份常是牧人而得名。于尔菲的小说《阿丝特蕾》大获成功之后，表现同样情趣的牧歌剧便成为热门剧种。牧歌剧剧本大多依照这样一个模式：开始时主人公命运顿滞，后来由于神或者国王的帮助，或者出现多情的贵族，或者因为无法解释的奇迹，终于时来运转，如愿以偿。牧歌剧虽然产生于相同的情节模式，但是由于充满浪漫和感伤情调，投合沙龙口味，所以在相当长时间里受到欢迎。剧作者经常通过主人公抒发对自然的热爱，感叹生命的短暂，这些颇具龙萨风格的诗句不乏动人之处，这也是牧歌剧得以经久不衰的原因。拉康的《牧歌》(1619或1620)是牧歌剧的代表作之一。

最具成就的巴罗克剧作家，也是17世纪前期法国剧坛最重要的作家，是**亚历山大·阿尔迪**（1570—1632）。他不但多产，而且作品覆盖多个剧种。一生创作了40多出戏，在发表的作品中，有12出悲剧、14出悲喜剧、5出牧歌剧，还有3出戏因无法归类而被称为“戏剧诗”。阿尔迪的戏以情节错综复杂，恣肆汪洋，随心所欲而著称，有名的“戏剧诗”《戴阿冉纳和沙利克雷》（1623）共40场，分8天演出，很有些类似中世纪的神秘剧。

巴罗克不但表现在这些17世纪前期剧作家的作品里，而且还表现在中期以后的一些被认为是古典主义代表作家的作品里，例如高乃依、莫里哀。现在有学者甚至认为，即使在拉辛这个最典型的古典主义剧作家的作品里也有巴罗克的痕迹可寻[①]。一个具体的文本是否有巴罗克印记，其评判固然可以讨论，但是巴罗克和古典主义这两个文学流派不是泾渭分明，而是互相影响，互相渗透，这已经成为共识。

古典主义戏剧的早期代表**皮埃尔·高乃依**（1606—1684）是卢昂人，当过律师，喜爱诗，1629年开始戏剧创作。写过九部喜剧，如《谎话家》（1644）、《堂·桑石·达拉贡》（1650），但主要以悲剧闻名，在法国有“悲剧之父”之称[②]。悲剧作品二十余部（包括合著），代表作除上文提到的《熙德》外，还有《贺拉斯》（1640）、《西纳》（1642）、《波里厄克特》（1643）、《洛道古纳》（1651）、《尼科迈德》（1645）。

《熙德》是一出悲喜剧，不是严格意义上的古典主义悲剧。悲喜剧是巴罗克的剧种，为古典主义所诟病，这是《熙德》被攻击的原因之一。《熙德》的巨大成功使悲喜剧备受欢迎，但是高乃依本人却意识到继续

---

① 参见克罗德·吉拜尔·笛布瓦（Claude-Gilbert Dubois）著《欧洲和法国的巴罗克》，法国大学出版社，1995。

② 1552年，七星诗社的若代尔发表了法国第一部悲剧《被俘的克莉奥佩特拉》，不过由于17世纪古典主义悲剧的整体地位，也由于高乃依悲剧数量和质量都是空前的，所以习惯上仍常把高乃依看作法国悲剧的奠基人。

进行悲喜剧创作前途堪忧，因而放弃悲喜剧，转而采用符合古典主义规则的悲剧形式。

《熙德》取材于17世纪西班牙诗人卡斯特罗的历史剧《熙德的青年时代》。出身名门的堂·罗德里戈和施麦娜是一对年轻恋人，即将订婚，不幸，施麦娜的父亲和罗德里戈的父亲发生争吵，盛怒中打了后者一记耳光。罗德里戈为维护家门声誉同施麦娜的父亲决斗并且杀了他。施麦娜尽管仍然深深爱着罗德里戈，但是在责任和荣誉感的重压下，违心地屡次进宫要求国王处死罗德里戈，而罗德里戈则决心一死，向施麦娜谢罪并表达自己忠贞不渝的爱情。摩尔人入侵，罗德里戈听从父亲的劝告，率众御敌，以勇气和智慧战胜强大的敌军，被摩尔人尊为"熙德"。施麦娜虽然暗自为罗德里戈高兴，但是她压制内心的感情，坚请国王同意她挑选一个人与罗德里戈决斗来决定命运。一场误会使她以为罗德里戈在决斗中丧身，在极度痛苦之中，她向国王承认了对罗德里戈的爱情。最后她听从国王的劝解，答应一年后与罗德里戈成婚。

这出戏里，男女主角的个人感情和贵族家庭的荣誉发生尖锐冲突。他们共同的选择是荣誉高于感情，在荣誉与爱情不能两全的情况下，毅然先保全荣誉，然后以死来表示爱情的忠贞。作品通过人物的这种选择表现了依靠理智控制感情的意志力量。施麦娜是剧中刻画比较成功的人物，在爱情和责任发生冲突时她心底的彷徨和痛苦在剧中得到比较细腻的表现。相形之下，罗德里戈则显得缺乏血肉，更像是理性和理想的传声筒。

高乃依的许多作品都像《熙德》这样，以贵族的"责任"、"荣誉"战胜个人的情感为主题，称为"英雄悲剧"。这样的主题往往要求严肃、重大的题材，所以高乃依宣称自己喜爱"特殊"事件，这些特殊事件多半是政治性的，例如《西纳》表现推翻罗马皇帝奥古斯都的阴谋活动，《贺拉斯》描写两个联姻的家族为了各自城邦的利益而仇杀，《尼科迈德》情节的中心是争夺王位。在关系到国家命运的重大事件中，主要人物肩负的责任与个人的感情发生矛盾，从而决定了人物悲烈的命运。高乃依语言流畅雄壮，与重大题材相得益彰，为英雄悲剧增色不少。

高乃依的戏剧理论著作有《论戏剧的功能和成分》（1660）、《论悲剧》（1660）、《论三一律》（1660）和十几篇名为《思考》的总结自己创作经验的文章。他在为自己经常表现理智战胜感情这样一个主题辩解时，提出除亚里士多德的"怜悯与恐惧"这两个悲剧动机之外还可以有第三个动机：崇敬。他在《关于〈尼科迈德〉的思考》中说："伟大人物的坚强性格在观众心理激起的感情只有崇敬，它和我们的艺术要求用表现人物的不幸在观众心中激起的怜悯之情有时是同样令人愉悦的。"用表现悲剧人物的责任感、荣誉感、意志和勇气来激起观众对人物的崇敬，这种悲剧观显然反映了建立专制王权过程的历史需要、道德标准和价值观念。因为不论是王权方面还是反对王权的大贵族方面，都需要歌颂勇敢、坚定、富于牺牲精神的英雄。

高乃依受到巴罗克戏剧的影响，他的作品情节大多比较复杂，有时还出现多条情节线索的重叠，例如《熙德》就在男女主人公爱情线索之外讲述了公主对罗德里戈的倾慕，与主线没有逻辑的联系。同时代人和后人对此多有微词。

高乃依的某些作品，特别是晚期的一些作品，例如《阿杰齐拉》（1665）、《阿提拉》（1667），力图表现更加复杂的感情矛盾，但是细致的心理分析和婉转的语言本非其所长，更何况在这方面他又受到新一代作家拉辛的挑战。1670年他听说拉辛准备写一出以古罗马皇帝提图斯与耶路撒冷的女王贝蕾妮斯的爱情为题的悲剧，便写了同样主题的悲剧《提图斯和贝蕾妮丝》与拉辛竞争，结果失败。1674年他写了悲剧《苏雷拉》以后便永远告别了剧坛。

继高乃依之后登上法国剧坛，并且把法国古典主义悲剧推向顶峰的是**拉辛**（1639—1699）。拉辛的第一出悲剧《忒巴伊德》上演于1664年，由莫里哀的剧团演出。作为第二代古典主义悲剧作家，拉辛充分挖掘了古典主义悲剧的表现力，使古典主义悲剧的艺术美得到最圆满的体现。拉辛的悲剧恪守古典主义规范，严格的法则对于许多人是束缚手脚的绳索，对拉辛来说却好像是灵感的源泉。他在种种约束和限制下创造了法国17世纪最优秀的文学作品。他的戏剧简洁凝练，故事情节高度浓缩，矛盾冲突高度集中，戏剧运动高度紧张，人物性格高度清晰。拉辛写过一出喜剧《讼棍》（1669），悲剧作品11部，《安德洛玛刻》（1667）、《布里塔尼居斯》（1669）、《贝蕾妮丝》（1671）、《菲德拉》（1677）、《雅塔丽亚》（1691）是他的代表作。

《安德洛玛刻》讲述特洛伊城陷落后，被希腊英雄阿喀琉斯杀死的特洛伊勇士赫克托耳的遗孀安德洛玛刻和儿子阿斯蒂亚纳克斯被俘，阿喀琉斯的儿子、埃庇鲁斯王庇吕斯爱上安德洛玛刻，欲娶为妻，遭到安德洛玛刻严词拒绝。希腊其他城邦联合派遣使节俄瑞斯忒斯来见庇吕斯，要结束阿斯蒂亚纳克斯的性命。庇吕斯借机要挟安德洛玛刻，她不得不屈服，但条件是庇吕斯发誓做她儿子的保护人。俄瑞斯忒斯原是庇吕斯未婚妻赫米欧娜的恋人，到埃庇鲁斯后旧情复萌。赫米欧娜由于对庇吕斯背叛她气愤之极，竟答应俄瑞斯忒斯，只要杀了庇吕斯，就同他结合。安德洛玛刻原准备在举行婚礼的神庙自尽，不料俄瑞斯忒斯先杀了庇吕斯。待俄瑞斯忒斯想带走意中人时，赫米欧娜却悲愤地斥骂他，然后奔到神庙自尽，死在庇吕斯身旁。俄瑞斯忒斯因惊恐和悲伤而疯癫，安德洛玛刻成了埃庇鲁斯的统治者。

这部名作悲剧气氛浓烈，虽然主要人物之一的安德洛玛刻最终摆脱了厄运的阴影，但是其他三个主要人物都走向了毁灭。剧名《安德洛玛刻》，但实际上中心人物是庇吕斯，他放弃自己作为希腊一个城邦君主的责任，爱上一名女俘，不但改变了自己的命运，而且改变了与他有关的人物的命运，围绕庇吕斯展开的多角而集中的矛盾冲突把情节迅速推向高潮。在命运的转折关头，俄瑞斯忒斯和赫米欧娜同庇吕斯一样，因把个人的感情放在责任之上而走向毁灭。全剧的结局以其惨烈而震撼人心。

《菲德拉》是拉辛的另一出名剧。雅典的小城特里吉恩传出消息，国王忒修斯旅途中身亡，王后菲德拉听从侍女艾诺娜的话，向王子希波律特斯吐露了埋藏心底数年的爱慕之情，王子大惊。王子与雅典王室的后裔阿利西亚私下相许，两人约定一同出走。忒修斯突然回到特里吉恩，菲德拉遭到希波律特斯的拒绝，本已羞愧难当，忒修斯的突然出现，更令她不知所措，张皇中竟同意艾诺娜的主意，向忒修斯反诬希波律特斯对母后不轨，忒修斯震怒。菲德拉不忍，欲告实情，却得知希波律特斯与阿利西亚相爱，嫉妒心使她改变了主意。忒修斯呼唤海神惩罚儿子。菲德拉服毒，临死前告诉忒修斯实情，忒修斯想收回对神明的请求为时已晚，大臣报告，希波律特斯驾车经过海边，海中突现怪兽，马惊车翻，希波律特斯摔死在崖下。

《菲德拉》的情节很简单，然而拉辛却在这个简单的情节框架里写出了一出动人的悲剧。除了构思高度凝练，作者对菲德拉心理活动的理解和把握是这部作品成功的关键。他在序言里说，菲德拉是个“既非完全有罪，亦非完全无罪”的人物。说她“有罪”，因为她乱伦的感情是悲剧的根源，说她“无罪”，因为是维纳斯为报复她母亲而使她产生了这种罪恶感情，人无力左右。事实上，神的因素在剧中完全可以理解为一种神秘的超自然的力量。这种力量是与人为敌的，由它激发起来的感情非但是痛苦的，而且是悲剧的、毁灭性的。菲德拉的悲剧不仅在于她被危险的激情所控制，而且在于她清醒地意识到了激情的毁灭性，而一切解脱的努力都归于枉然。对菲德拉徒劳挣扎的痛苦，她怜悯自己又鄙夷自己的尴尬心态，剧本作了细致的、相当深刻的描述。如果说高乃依力图把荣誉感和责任感描写为崇高的情感的话，那么在拉辛的作品里，崇高的情感是很罕见的，在大多数情况下，激情和欲望是悲剧的根源。

逼真是拉辛予以高度重视的艺术原则，他在《布里塔尼居斯》、《巴雅塞》（1672）等剧的序言里反复作了陈述。因此在选材上，高乃依经常采用的那种“特殊”事件为他所不取。逼真并不意味排斥神话题材，但是，人物的感情、心理和行为必须真实可信。在拉辛所处的时代，高乃依创作盛期的英雄主义已经成为历史，日益耽于享乐的贵族需要感情更细腻的戏剧作品。因此，对拉辛来说，逼真意味着放弃英雄主义，怀疑理智约束感情的能力，对人的复杂内心世界，对人性的弱点，对激情的破坏力进行深入探索。他笔下的人物，《安德洛玛刻》中的庇吕斯，《菲德拉》中的菲德拉，《布里塔尼居斯》中的尼禄等，都在强烈欲望的驱使下成为悲剧的制造者，同时也成为悲剧的牺牲品。由于拉辛的悲剧把人本身的悲剧性作为焦点，所以无需用复杂的情节来辗转地组织悲剧故事。与高乃依的悲剧相比，拉辛的悲剧纯净清澈，情节比高乃依的戏简单得多，但却更深沉，更值得品味。

拉辛的悲剧总体上说对人、人生、人性没有高乃依许多作品中的那种乐观态度，甚至可以说是相当悲观的。究其根源，从社会环境上说，拉辛生活的时代本身缺乏英雄主义和责任感，多的是骄奢淫逸；从个人方面说，拉辛幼年父母双亡，祖母和姑母都是冉森派，因此他被送到冉森派的中心保尔·罗雅尔修道院生活和学习。这一段经历既使拉辛获得了扎实的古代文化修养、纤细的情感和敏锐的感受力，同时也在他心灵深处埋下了悲观主义人生观的种子。

拉辛深得路易十四的赏识。《菲德拉》受到冷落，拉辛愤而搁笔，路易十四任命他为王室史官。在以后的12年里，拉辛完全停止了戏剧创作，直到1689年应曼德侬夫人之请求，写了两出以《圣经》故事为题材，供修道院寄宿女学生自演自娱的戏《以斯帖》（1689）和《雅塔丽亚》。这两部作品保持了简练明快的风格。《以斯帖》打破了五幕的传统结构，改为三幕。为适应演出的需要，两出戏都加上了模仿古希腊悲剧的合唱，节奏激烈紧张。尽管是应约而制，但由于对规则的遵守稍有松弛，艺术上较过去的作品却也有所超越。

莫里哀（1622—1673）是古典主义喜剧的代表，原名让-巴蒂斯特·波克兰，父亲是富商。他放弃了长子继承权，投身演艺事业，后来自己有了剧团，浪迹外省12年。1658年他到巴黎，由路易十四亲许在小波旁宫演出（后移到"王宫"剧场）。当时巴黎演剧界由"布高涅"和"马莱"两家剧院把持，莫里哀的剧团在夹缝里求生存、发展，终于同两家老剧院鼎足而立，直到莫里哀去世。莫里哀身兼剧团老板、编剧、导演、演员，剧团的生计维系于他一身。他在创作时这种忧患意识时时相伴随，这是莫里哀与高乃依、拉辛等剧作家的重要区别，他创作上的许多特点也由此而产生。

莫里哀开始喜剧创作时，喜剧度过了约半个多世纪的萧条后，已随着整个戏剧的繁荣而显现生机，出现了一些受观众喜爱的作品。喜剧在法国有悠久的传统，中世纪的傻子剧、笑剧，从广义上说，都是喜剧，其市民性质决定了市民阶级的现实生活构成题材的基本来源。同时，古典主义戏剧理论认为，悲剧应该写大人物和英雄，喜剧则适宜写小人物和丑角。在传统和规则的双重作用下，17世纪的喜剧理所当然多以现实生活为题材。莫里哀充分认识并且充分发挥了喜剧的这个特点，他的基本艺术观是"假如你的戏里没有表现出你这个时代的人，你就等于什么也没做"。因此他的作品即使取材于神话故事（如《阿菲忒里翁》，1668），也完全世俗化、现实化了，是社会现实生活鲜明生动的图画，淋漓尽致地描绘出了那个时代各色人物特别是资产者的怪相和丑态。由于这种刻画达到了空前的广度和深度，也由于莫里哀在刻画资产阶级时，对金钱、婚姻、继承权、阶级关系等一系列问题进行了富有启示性的思考，他的喜剧作品获得了法国以往和同时代任何一部喜剧作品都未曾有过的历史地位和经久不衰的审美价值。

1661年，莫里哀的《丈夫学堂》上演，标志莫里哀找到了自己的喜剧道路。翌年，《太太学堂》上演，遭到猛烈攻击，莫里哀赶排了《关于太太学堂的批评》和《凡尔赛即兴》两出戏加以反驳。他通过剧中人物阐明观察社会、表现生活的角度和方法。他反复指出自己依据的是“一般人的良知”，实际上就是一种带有蒙田哲学色彩、主张节制、务实的世界观和人生观。在这样一面镜子里，人生一切受利欲驱使的情感和行为都凸显出畸形的、滑稽的面貌。资产者对金钱的过度追逐，对贵族地位的盲目羡慕和向往，对于人生常理的无知，都成为莫里哀嘲笑的对象。贵族阶级的妄自尊大和贪婪，追求风雅走向极端而出现的精神与行为的变态，也被莫里哀无情地嘲弄。不过，应该指出，莫里哀在讽刺贵族时很有分寸，他的讽刺对象都是所谓外省贵族或小贵族，这无疑有避免触怒宫廷的一面，但是毋庸置疑的是莫里哀也在自觉不自觉地迎合巴黎大贵族社会的好恶。

莫里哀的成功首先得益于深厚的生活经验积累。他出身富裕的资产阶级家庭，青年时曾创办剧社，负债倒闭后坐过监牢，12年外省的旅行演出丰富了他的生活阅历，惨淡经营剧团的艰辛更使他洞悉了人情的冷暖。他熟悉资产阶级，熟悉社会，了解现实。他的创作建立在这个坚实的基础上。在17世纪的法国作家中，只有莫里哀有这样丰富的生活阅历，对社会现实做过这样长期、全面、深入的观察。

其次，莫里哀的成功是因为他突破了古典主义形式主义的约束，正确处理了形式和内容的关系。他的创作十分灵活，既根据题材的不同而变化，也注意适应演出的实际需要而变化，作品形式之多样，对各种形式驾驭之自如，令人惊叹。他既创作了《太太学堂》（1662）、《达尔杜夫》（1664）、《愤世者》（1666）、《博学的女人》（1672）等规则喜剧，遵循三一律，每剧五幕，用诗体写成，也写了《唐璜》（1665）、《堂·加尔西》（1661）这样粗犷的西班牙风格的喜剧，以及吸收意大利即兴喜剧手法的《悭吝人》（1668）、《斯卡班的诡计》（1671）。他还大胆地把芭蕾舞和歌剧与戏剧相糅杂，编写了《艾利德公主》（1664）、《醉心贵族的小市民》（1670）等。古典主义重视的是悲剧，喜剧形式的规则比较宽松，这无疑也给莫里哀提供了方便。他的创作不是从形式的概念和规则出发，对他来说，只有一个原则，那就是"愉悦观众"。而对于喜剧，所谓"愉悦观众"，就是赢得观众的笑声，而且首先是赢得宫廷的笑声。在这个原则下，剧作家应该而且可以为自己争取尽可能多的创作自由。

莫里哀的成功还因为他在辛辣嘲讽的同时相当准确地揭示了人物生活中深层次的畸形状态。例如《达尔杜夫》一剧的主角达尔杜夫是一个身披僧袍的恶棍，典型的伪君子。他满口"仁爱"、"宽容"、"灵魂拯救"，骗取了大资产者阿尔贡的信任，住进阿尔贡家。他作威作福，调戏阿尔贡的妻子，谋取他的财产，被揭露后向朝廷诬告阿尔贡谋逆，最终因圣上英明而彻底败露。莫里哀没有满足于把这个人物嘲笑一番了事，他深入人物的灵魂，分析正常人的情感和心态如何被邪恶的物欲所扭曲，又如何用虚伪的掩饰包裹起来而变得更加荒唐可笑。达尔杜夫是个被物质欲望和虚伪道德双重扭曲的人。从这一点说，达尔杜夫的荒诞是人类的不幸。再如《悭吝人》中的阿尔巴贡，这是法国文学史上第一个守财奴、高利贷者的形象，莫里哀作品里最富喜剧性的人物。他想续弦，却舍不得花钱，想乘孤女寡母穷厄之机强娶，不料孤女正是他儿子的情人；他嗜钱如命，逼得儿子借高利贷，最后发现放黑心印子钱给儿子的正是他自己。埋在花园里的钱箱被窃后，他在舞台上那段半疯癫的独白把喜剧效果推向高潮。然而观众在大笑之余发现，阿尔巴贡这个疯癫的守财奴的形象所展示的实际上是一种悲剧命运。灵魂被金钱吞噬，正常的感情被金钱撕成碎片，一张嘴就散发出铜臭气。人变成金钱的奴隶，变成魔鬼，总之变成了非人。阿尔巴贡令人捧腹的言行实际上源于一种悲剧性的社会存在。

由此可见，莫里哀的喜剧在讽刺的同时经常表露出对人类"哀其不幸”的一面，就是说，他的喜剧往往有深刻的悲剧内含。正是这种思想的深度使他笔下的人物如唐璜、阿尔塞斯特、乔治·唐丹、达尔杜夫、阿尔巴贡，超越了传统喜剧人物的类型化形象而获得深刻的艺术力量。

莫里哀创作的多样性，他与现实生活的密切关系，他要把万千事态描写出来的强烈愿望，他创造形式而不是被形式约束的原则使他与高乃依和拉辛之间拉开了很大的距离。他的作品在很多方面与其说是古典主义的，毋宁说是巴罗克的。但是，在根本的一点上，莫里哀仍属于古典主义，那就是他的作品遵循了古典主义简约明晰这条基本审美标准。他的《达尔杜夫》、《悭吝人》、《太太学堂》等名剧情节完整，精练集中，虽然有过多使用偶然事件之嫌，但总的说来仍能入情入理。毋庸讳言，莫里哀也有一部分作品构思粗糙，拼凑的痕迹明显，这大都是遵路易十四之命仓促写成的。在这种情况下，作为艺术家，莫里哀极其苦恼，《凡尔赛即兴》就生动地表现了此时此刻他无可奈何的心情，其中包含着一种近似黑色幽默的情绪。此剧演出时莫里哀本人和剧团演员一同登台，忽而以真实身份出现，忽而以扮演的角色出现，这在当时的舞台表演上也无疑是一项天才的创造。

17世纪法国古典主义诗歌在严格意义的抒情诗领域鲜有成就可言，但是在其他领域则产生了一些优秀作品，而且某些作品也不乏抒情性。最优秀的作品是让·德·拉封丹韵文体的《寓言集》。拉封丹自己把这部作品称作“一部百幕喜剧”，他对作品寄托的勃勃雄心由此可见一斑。

拉封丹（1621—1695）出身于一个官吏家庭，父亲有一份小产业。他学过法律，父亲为他买了两个乡村小官吏的头衔，不过他的兴趣倒是在诗歌上。他的作品，除了《寓言集》，还有一些抒情诗和抒情叙事诗，例如《沃堡之梦》（写于1659）、《普西绪和丘比特之恋》（1669）、《阿多尼斯》（1669）。他也尝试过戏剧创作，如《约会》（1683）、《阿丝特蕾》（1691）等剧曾上演，然而反应冷淡。他另外还著有一部《故事集》（1665—

1674），也用韵文，故事诙谐生动，描写有时涉及男女性爱。这本是民间文学的一个传统，而且这类描写也并非只有色情意义，不过拉封丹本人到晚年却因写了这部作品而抱憾不已。

拉封丹在30多岁时得到财政总监富凯的赏识，成了富凯在子爵沃堡豪华公馆的座上客，富凯遭路易十四囚禁，拉封丹写了《献给国王的颂歌》（1662或1663），为富凯说情，因而受到牵连。为清理债务，拉封丹先后卖掉了他的房地产和职衔，不得不寄人篱下。在进入法兰西学士院时，路易十四从中作梗[①]。这些经历使拉封丹与路易十四朝廷的关系很不融洽，也使他对社会现实多采取怀疑、嘲讽甚至批判的态度。拉封丹在日常生活中给人的印象是懒散迟缓，然而在《寓言集》里，读者看到的却是另一个拉封丹，一个目光尖锐、思想犀利的拉封丹。

如果说莫里哀赋予了喜剧以新的文学价值，使喜剧获得了同悲剧几乎相等的地位（当然，莫里哀之前和同时代的喜剧作家亦功不可没），那么拉封丹则把寓言这个文学体裁真正提高到了诗的地位。拉封丹以前，寓言的叙事方式很简单，几乎不做描写，而且多用散文体，因此素被视为小品，被排斥在正统文学之外。拉封丹决心让寓言进入诗的殿堂。首先，他不顾许多人的反对，采用诗体写作，他拿苏格拉底为自己辩护，说苏格拉底是毕生追求真理的哲学家，他生命最后时刻做的事就是用诗体改写伊索寓言。其次，他把叙事想象引入了寓言。他说："没有和谐就没有好诗，没有虚构也没有好诗。"这里说的虚构就是指叙事的虚构，即小说式的虚构。

《寓言集》于1668年发表前六卷，1678到1679年又陆续出版新作（现代版本的第七至十一卷），1693年（或1694年）出版全书，又增补了若干新

① 1683年11月拉封丹入选法兰西学士院，但路易十四不愿拉封丹在布瓦洛前进入学士院，故而拒绝批准选举结果，使拉封丹到翌年4月才成为院士。

作（现代版本的第十二卷）。这部作品的巨大成功说明拉封丹完全实现了自己的愿望。

拉封丹的寓言在篇幅上大大突破了旧局限，最长的一篇达562行。许多寓言有相当细致的人物和场景描写，凭借准确而富于变化的语言，描绘出栩栩如生的图画。例如《园主和老爷》描写领主老爷以帮助园主打兔子为名，率领大批仆役到园主家肆意劫掠破坏，侮辱姑娘，把领主飞扬跋扈、厚颜无耻的嘴脸刻画得入木三分。再如《患瘟疫的兽类》里，狮王的冷酷和伪善，狐狸阿谀奉承的肉麻，驴子的忠厚过分而近乎愚呆，都跃然纸上。在叙事上，拉封丹很注意故事的完整性，把传统寓言的场面扩展为情节，使寓言诗成为小型叙事诗。有一部分寓言故事简直就是一出出小戏，有开场、发展、高潮、结局，结构缜密而清晰。

《寓言集》和那个时代的许多作品一样，题材乃至基本素材的一个重要来源是过去的文学文本，主要有伊索、费德尔、阿维耶努斯等历代寓言家的作品、历史作品、民间传说以及古印度的《光明书》等。拉封丹在使用这些文本时，根据社会现实和自己的思想，对原有的素材进行了较大的改造，或赋予旧题材以现实意义，如《狮子》、《樵夫与死神》；或对题材的哲理进行更深的挖掘，如《死神和垂死的人》、《猫狗之战和猫鼠之战》；或在叙事的完整和传神方面超越前人，如《狼和小羊》、《鱼和吹笛子的牧人》。《寓言集》里也有相当数量的作品是拉封丹根据自己对现实生活的观察创作的，在后六卷里这类作品最多，如《神甫和死人》、《园主和老爷》。

拉封丹说，他写《寓言集》是要借“动物教化人”（尽管有许多寓言讲的并不是动物），这似乎只是常识之见。不过仔细分析他的作品可以看到，他说的“教化人”不是停留在一般的道德教化层次上，而是进入了两个更深的层次。首先，《寓言集》相当大胆地揭露了封建等级制度的不公，揭露了大贵族鱼肉人民的罪行，抨击路易十四对外穷兵黩武的政策。

在这方面,作品所触及的现实焦点是很多的。这种揭露和批判虽然是寓意的,迂回的,但是读者仍然可以清楚地看到其锋芒森然的闪光,并必然会随其锋芒所指去观察,去思考。其次,《寓言集》透过现实的层面,力求深入人生的哲理层面,在对现实的历史把握中进一步理解人和人生。《寓言集》探索哲学问题的意向是很明显的。有的篇章,如《月亮上的动物》,直接就理性和感觉谁可靠的争论发表看法。不过作为艺术家,拉封丹没有在作品中过多探讨哲学理论问题,而是通过艺术形象对人生价值进行思考和判断。随着年龄的增长,拉封丹对人和人生的价值愈来愈产生怀疑,而且往往因此而流露出淡淡的忧伤。《寓言集》的末篇《法官、医生和隐者》写三个虔诚的教徒寻找拯救灵魂的途径,有两个走行善积德的路,一个当法官,一个当医生,结果吃尽辛苦还落尽埋怨,终于认识到隐居乡间的教徒才是真正的智者。《寓言集》在对社会和人生作了辛辣的讽刺之后,以这样一篇来结束,不能不说是有深意的。拉封丹自幼生活在乡间,对山林、溪水、田野有很深的感情,当他觉得社会充满荒唐、丑恶甚至邪佞时,便自然地拿相对显得淳朴安宁的乡村当做人生的绿洲,也当做走向彼岸世界的起点了。

拉封丹的寓言具有道德、政治、哲理意义,但是正如拉封丹自己所言,"直露的道德令人生厌",虽然不能说他所有的作品都避免了"直露"的毛病,但是多数作品生动有趣,没有给人以说教的印象。这首先当然多亏他讲故事的天才。再者,他的诗句节奏分明,音韵浑然一体,从声律上保证了每首诗整体的和谐,使这些有趣的故事同时成为优美的诗篇。另外,作者在叙事和描写里倾注了自己的情感,他的同情,他的憎恶,他对社会人生的现实无可奈何的苦笑,他对乡村一草一木发自内心的依恋,他一切细微的感情变化都渗透在叙事和人物音容笑貌的描写中,一个感情充沛而细腻的诗人从诗篇的字里行间跃然而出。因此,《寓言集》虽然是叙事诗,却有浓厚的抒情意味,印着诗人鲜明的个性烙印。

与拉封丹几乎同时的**布瓦洛**（1636—1711），实际艺术成就远不及拉封丹，但是从文学史的角度说，仍不失为17世纪后期法国诗坛的重要人物。

布瓦洛的诗歌作品主要有《书信诗集》（1668—1695）12封，《讽刺诗集》（1661—1711）12篇，带有喜剧色彩的叙事诗《唱诗台》（1669—1674），《诗的艺术》（1674）以及晚年写的《关于朗吉努斯的思考》（1693）。

布瓦洛生活的时期，除却拉辛、莫里哀、拉封丹（起初布瓦洛对拉封丹评价并不高）几个大家，诗坛的状况不甚令人满意。沙龙里矫饰造作之风如旧，社会上道德水准下降，同时，耶稣会的势力咄咄逼人。这一切令布瓦洛有一种危机感。布瓦洛本人生性活跃，尖厉，喜辩，这种性格和危机感结合，便形成了布瓦洛诗歌激烈论辩和尖酸讽刺这样一个基本风格。他的第一批讽刺诗发表于60年代，猛烈嘲笑蹩脚的二三流作家，挖苦沙龙贵妇人装腔作势的所谓风雅，也给资产阶级庸俗无聊的生活画了形象夸张的漫画。这些作品为布瓦洛赢得了声誉。以后在《书信诗集》和发表于70年代的讽刺诗里，他的讽刺锋芒有所收敛，但是基本风格没有改变。

布瓦洛对粗制滥造、人云亦云、缺乏风格和才气的作品深恶痛绝，大声疾呼诗人激扬蹈厉，大胆创造自己的语言风格。他在诗中劝诫同行不要成为“谨小慎微的诗人”，他认为“夸张”、“隐喻”、“借喻”都是语言的构成部分，回避是没有道理的。他反复在作品中强调诗歌必须有“新思想”，他认为人类精神中各种思想纷繁杂陈，往往自己也看不清，新思想人人都可能有，难在发现它，表达它，所以诗人应是第一个将它表达出来的人。他批评同时代许多诗人只会拾人牙慧，一轮到讲自己的东西便立刻变得干枯无味。他的批评虽然有时过于激烈尖刻，却能切中时弊，发人深省。

布瓦洛关于诗歌的主张有不少积极因素，即便今天来看也没有完全失去意义。他对自己的主张身体力行，就像他在一封信里说的，他虽然不敢保证自己达到了维吉尔、贺拉斯的境界，但是他写诗总是想到要“说出法语里还没有人说过的东西”。在这个思想指导下，他创造了一些优美的诗句。可是，他这些积极见解却也隐含着一个危险的观念，那就是把语言的创新归结为“说出新思想”，由此产生了诗人生涯的一个矛盾：这个“唯陈词之务去”的布瓦洛同时又是把戏剧和诗歌创作总结为僵化理论、以立法者面目出现的布瓦洛。他的法就是《诗的艺术》。

然而，《诗的艺术》的产生也有其必然性。古典主义悲剧和喜剧，经过剧作家的实践，到布瓦洛的时代已经形成了完整的创作方法，各种体裁的诗歌也产生了大量作品，对古典主义戏剧以至更广泛地对古典主义文学进行理论总结的条件已经成熟。这个任务便由喜爱在诗歌作品中论辩的布瓦洛历史地承担起来。1674年，布瓦洛发表《诗的艺术》，全面阐述了悲剧、喜剧、史诗以及其他诗歌体裁（如牧歌、哀歌、十四行诗等）的古典主义艺术原则。这部用诗体写成的著作参照高乃依、拉辛、莫里哀等优秀古典主义作家的创作，把16世纪末以来零散的古典主义诗学理论集中起来，加以系统化，最终完成了古典主义文学的理论建设。

理性和自然是《诗的艺术》的两个核心概念。布瓦洛没有对他的理性概念下定义。18世纪法国作家沃弗纳尔格说过：“在布瓦洛身上，理性和情感是不可分的，理性对他来说就是直觉”。这句话经常被引用，倘若把它理解为强调布瓦洛的理性没有严密的逻辑和思维架构，随意性和主观性很强，那是对的；倘若据此认为布瓦洛的理性等同于他个人的直觉和秉性，那是错误的。因为实际上，在随意和主观的背后是至少从马莱伯开始的、包含笛卡尔理性哲学在内的整个古典主义文化以及由这个文化产生的思维方式、道德判断、审美习惯和审美期待，归根结底也就是贵族阶级尤其是上层贵族中的“正派人”的思维模式和生活方式。这种理性概念也是几乎所有古典主义作家意识中的理性概念。布瓦洛所谓的自然，继承了文艺复兴时期的概念，是指人的本性，而人，他说得很明确，是“宫廷和城市”的人，即贵族和资产阶级。因此，理性和自然在布瓦洛的理论中是一而二、二而一，相反相成的。

布瓦洛的理论归结到一点，就是艺术美的鉴别标准是趣味，更确切地说是上层贵族的趣味，是上层贵族在宫廷生活和沙龙生活中培养起来的趣味。总观17世纪40年代到80年代的法国文化，可以清晰地看到上层贵族的审美趣味对文化的全面改造。反过来，文化活动和文化产品又使这种审美趣味进一步完善和系统化。

布瓦洛的理论固然有其僵化的一面，然则在当时也有其合理的一面。他的理论最大的危害是把文学创作简单化为一种技能，使人误以为只要掌握了方法就能掌握这门技能。这是把理智绝对化的结果。布瓦洛提倡创新，呼唤诗歌的繁荣，但是他的诗学理论却产生相反的效果。

古典主义把希腊拉丁文化传统与法兰西民族特点创造性地结合起来，推出了17世纪的新文化。古典主义虽然继承文艺复兴的精神，继续在古典文化中寻找灵感，寻找思想和艺术材料，但是从马莱伯开始，古典主义就对七星诗社大力倡导的模仿说提出批评，再加上蒙田怀疑论的推波助澜，古典主义实际上一直存在着一种倾向，就是要重新估价自身和古典文化的关系。也就是说，古典主义自身包含着一对矛盾：一方面，古典主义崇拜古典文化，主张追随古人；另一方面，古典主义又怀疑古典文化的权威地位，力图摆脱古人的影子。很长时间里，对古典地位的怀疑是一股潜伏的暗流。到17世纪70、80年代，古典主义在创作上已经取得了辉煌成就，这些成就促使许多人对古典主义成为永恒的艺术价值抱着乐观的幻想，同时也极大地激发了他们对作为古典主义哲学内核的理性的信仰热情。布瓦洛1674年发表的《诗的艺术》在一定意义上就是这种幻想和热情的体现。也就在这个时期，随着笛卡尔唯理论的广泛传播，理性主义思潮在整个文化界和思想界以空前强劲的势头发展。理性主义者认为，理性既已创造了如此丰富的精神产品，那么它势将进一步创造更丰富、更灿烂的文化，人类将高擎理性的火炬不断进步。古典主义摆脱古人束缚的倾向受到了蓬勃发展的理性主义的鼓励，并且从理性主义中找到了证明自身合理的根据，于是这股暗流冲决而出，引发了法国文学史上著名的“古今之争”。

“古今之争”是法国文学界围绕古希腊、罗马文学和当今文学的地位问题展开的大辩论，先后发生了两次。第一次是80年代末、90年代初。1687年1月27日，法兰西学士院院士贝洛（1628—1703）在学士院宣读了一首长诗，诗名《路易大帝时代》。贝洛把路易十四尊称为路易大帝，盛赞这位“太阳王”登基以来法国文坛的成就，当时较有名气的诗人和剧作家都在诗里得到褒奖，其中不乏溢美之词。尽管这样做在一定程度上是出于对同行的礼貌，但是把许多平庸作家和真正代表这个时代文学成就的伟大作家相提并论，毕竟还是证明了长诗作者缺乏正确的审美判断力。不过贝洛的真实意图倒并不在于具体评价某一个作家，长诗的中心思想是试图以路易十四时代作家的成就证明这个时期的文学艺术堪称世界文学史的新高峰，丝毫不比拥有维吉尔、贺拉斯、奥维德这些伟大诗人的古罗马奥古斯都时代逊色。长诗表面上看起来是循着学士院的传统歌颂路易十四，实际上却包含了一个大胆的思想，那就是要破除对古希腊、罗马诗人的迷信，为当今作家争得与古人平起平坐的地位。翌年，贝洛发表《古人与今人之比较》，重申《路易大帝时代》的观点。贝洛的观点得到不少人的支持，其中最主要的人物是另一位院士封特奈尔（1657—1757），他在1687年发表了论文《漫谈古人和今人》，从历史发展的角度阐述今人超过古人的道理，对厚古人薄今人的社会心态大加嘲讽。

贝洛和封特奈尔的思想遭到学士院内以布瓦洛为代表的一批古典主义作家的反对。在贝洛宣读《路易大帝时代》之前，布瓦洛已经在《诗的艺术》中对学士院院士、作家戴马莱（1595—1676）的论文《论如何欣赏希腊、拉丁诗和法国诗》抬高“基督教诗”，贬低“异教诗”提出过批评。1693年他发表《关于朗吉努斯的思考》，对贝洛和封特奈尔提出反驳，再次担负起维护古人权威的责任。支持布瓦洛的有拉辛、拉封丹、拉布吕艾尔等。

第二次古今之争发生在18世纪初，论争的起因是关于荷马史诗的翻译。较早时，《伊利亚特》和《奥德赛》在法国已经有古希腊、罗马文学专家达西耶夫人（1647—1720）的韵文译本。1715年，剧作家、诗人乌达尔·德·拉莫特（1672—1731）发表《伊利亚特》的散文体改写本，达西耶夫人认为这是对荷马的歪曲和亵渎，著文《趣味堕落考》，猛烈攻击乌达尔。乌达尔则在题为《关于批评的思考》的文章里为自己辩护，认为荷马作品某些描写不合现代人的趣味，删节改动理所当然。于是又起纷争。这场争论虽然缘起于翻译，但是超出了翻译的范围，实际上还是如何评价古人的问题，是第一次古今之争的继续。

第一次论争由当时很有影响的阿尔诺（1612—1694）调停而平息，第二次论争，费纳隆出面干预，双方停止笔战。

古今之争两派分歧的焦点是如何正确评价古代文学和当代文学。对于以布瓦洛为代表的一派，不能简单地以“保守”论。布瓦洛、拉辛等作家并非食古不化的保守派，贝洛热情称颂的文学成就恰恰就是在他们的作品里得到充分体现。他们在创作中并没有跟在古人后面亦步亦趋，相反，他们创造了具有鲜明民族特色和个性特征的优秀作品，只不过他们缺乏否定古人至高无上地位的自觉意识罢了。对贝洛和封特奈尔的观点也应当加以具体分析。他们反对永远匍匐在古人脚下；一定程度上由于他们的大声疾呼，17世纪的法国作家得到了应有的历史地位，这些都应该肯定。但是他们以历史进化论来解决不同时代文学的评价问题，以理性作为判断文学作品价值的唯一尺度，从理论上说是错误的，从创作实践上说是有害的。所以，对“古今之争”的两派，不能简单地判定孰是孰非。但是这并不是说“古今之争”没有意义，恰恰相反，“古今之争”具有重要历史意义。意义就在于，布瓦洛一派代表的是已经走上衰落之路的古典主义文学艺术，代表一个正在结束的时代；而贝洛一派代表的是正在兴盛的理性主义，代表一个将要开始的时代。贝洛和封特奈尔的思想启发了新一代人。这一代人不仅用理性原则来观察文学，而且用它来观察社会和历史。“古今之争”预示着新的时代——启蒙思想时代的开始。

最后还应该指出，“古今之争”从美学观和艺术观来说，并不是对古典主义的否定，恰恰相反，“古今之争”的结果是进一步肯定了古典主义的审美观念和审美趣味。因此，古典主义非但没有消亡，而且仍旧以主流文学的姿态跨入了18世纪。不过历史的发展毕竟改变了社会环境和思想文化环境，曾经独领风骚的古典主义文学再也不能重现昔日的风采了。

第三节　英国文学

17世纪是英国历史上最动荡的阶段之一。由于资本主义迅速发展，资产阶级同占统治地位的封建地主贵族的矛盾日益尖锐。查理一世1625年登基，其时斯图亚特王朝已面临着十分危机的局面，议会中的大多数对国王持不信任，甚至反对的态度。为了对付资产阶级的不合作，查理一世解散了议会，但又不得不在1640年重新召开议会会议寻求财政支持。这个议会一直延续到1653年，它不受国王控制，史称长期议会。1642年国王离开伦敦，到全国各地去集结军队，来同议会抗衡。内战终于爆发，持续到1649年，这一年国王的军队被以克伦威尔为首的革命军战败。查理一世被俘，经过审判，定为人民的敌人而斩首示众。这就是英国的资产阶级革命。

英国的资产阶级革命带有强烈的宗教色彩。清教作为中小资产阶级的基督教派别，随着资本主义的发展变得强大起来，与原来的英国国教派对峙，发生了激烈的论战。大量为清教争辩的文章和宣传册子在17世纪上半叶沸沸扬扬，矛头指向上层贵族和教会首脑，为资产阶级革命作了思想和舆论准备。克伦威尔和他的追随者都是清教徒，在革命中奉行清教原则，宗教之争实际成为革命的一个内容。所以，英国的资产阶级革命也称为清教革命。清教的基本群众是中小工商业者、商贩、手工业匠人和市民阶层。清教一方面宣传努力工作，勤俭节欲；另一方面反对教会礼仪的铺张浪费，并谴责一切世间物质享受，提倡所谓洁身自好的精神境界。清教的主张既反映了资产阶级上升时期的积极面，也是他们要积累财富和资本所必然持有的生活态度。

然而，革命成功不久，革命阵营内就产生了分歧和新的矛盾。议会里占统治地位的大资产阶级和他们所组成的清教长老会派同中等资产阶级和他们的独立教派间分歧愈演愈烈，但是他们又联合起来，想方设法压制小手工业者、匠人和商贩。比如镇压他们的代表平均主义者（levellers）和掘地派（diggers）的平等自由要求。为了保障大资产阶级的利益，克伦威尔很快在英国建立了资产阶级专政体制，自封为护国公。但是在他去世后，大资产阶级与残余的封建上层联合，于1660年请回查理二世执政，英国历史上称之为王权复辟。

影响英国17世纪文学的一大因素是资产阶级和封建贵族之间的斗争和革命的思想意识。这个时期由于政治和宗教斗争的需要，政论性的小册子和文章非常流行。弥尔顿早期就是个宣传号召力很强的政论文作家，在革命期间写了不少拥护革命，保卫自由的文章，为英国人民申辩，驳斥保皇势力。杰拉德·温斯坦利（1609—1652？）和约翰·里尔伯恩（1614—1657）都是革命阶段知名的政论宣传作家。然而，令弥尔顿永垂青史的还是他的诗歌。复辟后，在双目失明、身遭迫害的困境中，他创作了英国文学中气魄最为宏大的史诗。他的诗歌不但体现了一个献身高尚事业的斗士的思想境界,而且语言朴素,气势雄壮,音律铿锵,达到了完美的艺术境界。

与弥尔顿史诗不同的另外两支流派是骑士派和玄学派诗歌。它们虽然在主题上局限性较大,在艺术上却堪称精雕细镂。20世纪著名诗人T.S.艾略特曾撰文指出玄学派诗歌把敏捷活泼的思维与强烈的宗教和爱的激情融为一体,是英诗中一支突起的异军,对现代英国诗歌产生了很大影响。

17世纪的戏剧可分成复辟前后两期。世纪初戏剧的势头已大不如伊丽莎白时期,可以看做该戏剧盛期的尾声。主要的剧作家是马辛杰、福特和雪利。复辟后,查理二世喜爱法国宫廷戏剧,在他提倡下,一度被克伦威尔清教政府认为腐蚀百姓而遭取缔的戏剧又繁荣起来。但复辟时期戏剧内容多轻佻,有的甚至庸俗,虽然也有可取的作家、剧目,技巧和语言上也取得一定成就,却无法与伊丽莎白时期全盛的英国戏剧相比。

在复辟后进行创作的英国作家中,德莱顿最为突出,他在戏剧、诗歌和文艺理论方面都有建树。他的英雄悲剧给复辟时期喜剧泛滥的舞台带来了一份深沉,他对戏剧的评论使他成为早期英国文学评论的先驱人物。虽然他极力讴歌复辟王朝和天主教会,他仍是17世纪末向18世纪过渡时期的英国文学巨子。

约翰·弥尔顿(1608—1674)生于伦敦一个富裕的清教徒家庭,自幼受清教思想的熏陶。15岁进圣保罗学校,勤奋学习拉丁文、希腊文,后来又学希伯来文,并开始试译《旧约·诗篇》。16岁进入剑桥大学基督学院,1629年获学士学位,1632年获硕士学位。毕业后,因不满当时国教的腐败状况,放弃了担任教职的初衷,1635年随父迁至温莎附近的霍顿别墅。在这期间,他钻研古代和文艺复兴时期的文学和哲学,深受人文主义思想的影响,创作了一些诗歌。1638年,弥尔顿旅行意大利,访问了佛罗伦萨、罗马、那波里等名城，和文人学者交往，直接接触到灿烂的意大利文化。据说他还访问过被天主教软禁的大科学家伽利略。1639年，英国国内形势突趋紧张。他感到当祖国的同胞为自由而斗争时，他却逍遥于国外是可耻的。于是他取消前往西西里和希腊的计划，返回伦敦，不久便参加了反对国教的论战，在1641年至1645年间，发表过许多政论散文。1649年共和国成立后，弥尔顿被新政府任命为拉丁文秘书。他写了不少政论散文，捍卫新生的共和国。由于操劳过度，双目失明。王朝复辟后，他遭到迫害，部分著作被烧毁，曾一度关押，后在友人帮助下获释。随后弥尔顿全力投入诗歌写作，完成了三部杰作：《失乐园》、《复乐园》和《力士参孙》。1674年11月8日，他因痛风发作而导致心力衰竭，安然长逝，葬于克里普尔门圣吉尔教堂墓地。1737年，他的半身像被放进西敏寺“诗人角”。

弥尔顿的创作生涯大致分三个时期。

早期：从1625到1639年，是弥尔顿创作的准备时期。这一时期表明他开始将希腊、罗马传统和基督教传统相互融合，追求崇高诗歌的理想，对他后期创作具有重大意义的基督教人文主义倾向此时已初露端倪。

《圣诞晨歌》（1629）是他的成名作。这首诗采用古典颂歌形式，开头有四节序诗，介绍基督诞生这一特殊事件，并用一系列与基督相联系的图景来扩展这一事件的意义：人类堕落前的存在，基督坐在“天堂议事桌”边，自愿为拯救人类而放弃“永恒时日的天庭”；人类的堕落和死亡；以及人类获得拯救的永恒未来。颂歌主体部分描写基督诞生的背景、天使的合唱和异教神的溃逃。诗中侧重圣诞给人间带来的变化，表现了作为伦理和宗教真理象征的基督身上所体现的道德意义。诗的空间结构十分广阔，上达天使合唱的天堂，接着返回被异教神及其虚假宗教遮暗的人间，再降临至异教神溃逃期间的地狱，最后又返回人间，返回被众天使簇拥着的基督的身边。由此诗亦可预见《失乐园》的雄伟壮阔了。

1631年发表的《欢乐的人》和《沉思的人》是姐妹篇。前者描写一个青年驱走忧郁，进入田园牧歌的世界，直接体验自然、人类社会、诗歌和音乐艺术的乐趣。后者描写这个青年驱走欢乐，进入“修整的林园”般的世界，陷入沉思，追求神秘知识，独自阅读诗歌和悲剧并倾听宗教圣乐的乐趣。这两首诗发展了中世纪辩论传统，分别颂赞欢乐和忧郁，表现了古希腊明快的哲理和宗教心灵境界的升华。它们平行对照，相互联系。实质上，无论是欢乐或是忧郁沉思，均属人类感官和心灵所体验的最高欢乐，都象征一种理想境界。

1634年弥尔顿为庆祝布里奇沃特伯爵荣登威尔士和边境议长的职位，写了一出假面剧《科马斯》，同年这部剧首次演出，并于1637年匿名出版。剧中描写酒神和女妖所生的儿子科马斯放荡不羁，潜居森林，引诱路人喝下他的香醇魔酒，变成兽面人身的怪物。有一位小姐和两兄弟奔赴父亲的就职典礼，途经这片森林，因迷失路途，小姐与两兄弟走散。科马斯乘机引诱，小姐坚贞不屈，终于被两兄弟借助神力救出。剧中把古典成分与基督教成分融为一体，表现了与理性节制相联系的善如何战胜了与无节制情欲相关联的恶。

1637年，弥尔顿为悼念溺海而死的剑桥同学爱德华·金，写了一首牧歌式挽歌《黎西达斯》。黎西达斯是古典牧歌中的牧人名字，用来指爱德华·金。诗中包含三个主体段落，其中运用了“牧人”在古典传统中指诗人、在基督教传统中指牧师的双重含义。第一段哀悼“牧人—诗人”黎西达斯，其中探讨的是诗人的抱负可能因早逝而遭受挫折的问题，但诗中提出的解决办法是通过太阳神所说的“获得天国的巨大荣耀”来得到补偿；第二段哀悼“牧人—牧师”黎西达斯，其中探讨腐败教会里忠诚牧师遭受挫折的问题，解决的办法则是用圣彼得提及的“天罚”来惩治腐败者；第三段以神化结束，即作为“牧师—诗人”的黎西达斯升上天国，获得了真正的最终酬报。《黎西达斯》中暗示的“牧师—诗人”正是弥尔顿心目中基督教人文主义诗人的理想形象。诗的结语说：“明天将去新的树林和新的草场”，这暗示诗人的诗歌风格即将转变，要从事更加严肃崇高的诗歌创作了。

中期：从1640年到1660年，由于清教革命爆发，弥尔顿的诗歌创作生涯基本中断，他直接投入了宗教和政治的论战。在1641年到1642年间，弥尔顿发表了几篇反对教会的小册子，主要矛头对准主教制和陈旧仪式。其中最重要的是《论英国教会的教规改革》（1641）和《论教会机构必须反对主教制》（1642）。

1644年，他写了一篇《论出版自由》，向国会呼吁，为人民力争言论和出版的自由，反对当权的长老派的跋扈。他说，“毁坏一本好书，即是消灭理性本身。”1649年2月13日英王查理一世被处死，两个星期以后，他出版了《论国王与官吏的职权》（1649），从《圣经》和古希腊、罗马的政治学说中找出论据，说明人民拥有废除和杀死暴君的神圣权力。这本政论小册子引起新政府的注意，遂聘他为新政府的拉丁文秘书。同年10月，他用拉丁文写了《偶像破坏者》一书，驳斥王党主教戈登恩伪造的文书《圣王的肖像》。这份文书以死去的国王查理一世的自述口气，谎称他是一个虔诚、有道的君王，妄图挽回民心。弥尔顿在文中对此加以猛烈的反击，用事实揭露他的谎言，在有些方面，重复了《论国王与官吏的职权》一书的观点。

查理一世被处死后，全欧封建势力开始反对英国清教革命运动，欧洲大陆上出现了许多小册子，污蔑英国新生的共和国。法国有个颇有声望的拉丁文学者撒尔美修斯发表了《皇家为查理一世声辩》（1649）一书，为查理王朝和专制政体辩护，并攻击新生的共和国。弥尔顿受革命政府委托，用拉丁文写出了有名的《为英国人民声辩》（1651）和《再为英国人民声辩》（1654）。前者约15万字，他尽自己的才力和学力，从自然法到神法，从万国公法到各种经典，旁征博引地论证人民完全有权执行对暴君的判决，为革命人民处死查理一世进行了有力的辩护。早在1650年，弥尔顿的左眼就已失明，在写《为英国人民声辩》时，医生曾警告他需要保护视力，但他说："摆在我面前的选择是，要么是放弃一种至高无上的责任，要么是丧失视力，……我最后决定，用我享有的些微视力，竭尽全力去做我力所能及的有益大众的工作。"由于积劳过度，他终于在1652年双目失明。

就在王朝复辟即将成为现实的前夕，他又发表了《建设自由共和国的现成和简易的办法》（1659—1660），反对复辟，希望挽救革命，表现了对革命的忠诚和坚强斗志。

这一时期，弥尔顿也写了16首十四行诗。其中有涉及个人题材的，如第19首（1652）和第22首（1655）抒写他的失明，第23首（1658？）悼念亡妻。也有不少涉及政治和宗教题材的，如第8首与1642年国王军队准备进攻伦敦有关；第15首致费尔法克斯将军（1648）；第16首献给克伦威尔（1652）；第17首赠年轻总督亨利·文爵士（1652）；第18首则表达了诗人对1655年意大利北部新教徒遭到残酷屠杀的强烈愤慨。

弥尔顿的十四行诗属于彼特拉克式，但与其原型不同，他的十四行诗往往不顾第八行末尾的停顿，而把前八行里的思想和节奏毫不间断地带进后六行里去。他的音韵响亮豪放，雄浑激越。尤其在主题上，他与伊丽莎白时代利用十四行诗咏唱爱情这个单一主题不同，主要写与政治或宗教有关的人物或事件，从而扩大了十四行诗的表现领域，使它的"曲调大放光芒"。

晚期：从1660到1674年，弥尔顿又回到诗歌的创作上来，完成了三部不朽的作品，均取材于《圣经》。

弥尔顿早就酝酿着写作伟大崇高的诗歌。他坚信，真正的诗歌应能"滋养一个民族的美德和信仰"。早在1639年，他就表示要写一部关于亚瑟王的史诗。随后他又转向《圣经》和盎格鲁-撒克逊历史题材。在他草拟的99个题材中，他最感兴趣的似乎是《创世记》故事，其中有三个题为

《失乐园》的戏剧提纲和另一个更为详细的修改稿《逐出乐园的亚当》。1642年，他又表示想写一部“伟大的英国史诗”，可能选择“诺曼国王或骑士”作为主人公，但要把这个历史人物塑造成“基督教英雄”。最后，他决定以古典史诗形式来描写基督教主题。

《失乐园》(1667)长达一万余行，分12卷，故事主要取自《创世记》和《启示录》。诗人采用古典史诗从“故事的中心”开始的倒叙手法。第一、二卷写撒旦因反叛上帝，被打入地狱遭受苦难；这时他已无力反攻天堂，便想出间接报复的办法，企图毁灭上帝创造的人类。第三、四卷写上帝知道撒旦的阴谋，但为考验人类对他的信仰，便不阻止撒旦；撒旦穿越混沌，潜入人世，来到亚当和夏娃居住的乐园。第五、六卷写上帝派遣拉斐尔天使来到乐园，警告亚当所面临的危险，同时对他讲述了原是大天使的撒旦如何因骄矜自满，纠合天上三分之一的天使与圣子交战的经过。第七、八卷写拉斐尔天使继续对亚当讲述上帝创造世界和人类的经过。第九卷写亚当和夏娃意志不坚，受潜入蛇身的撒旦引诱，违背上帝的指令，偷吃了知识树上的禁果。第十卷写上帝决定惩罚他们。第十一、十二卷写上帝派迈克尔天使把他们逐出乐园。在放逐前，迈克尔天使向他们揭示了人类将要经受的灾难和考验。

弥尔顿仿照古典史诗模式，一开始就吁请上天赐予灵感，说明诗的主题是要描述：“关于人类最初违反天神命令/偷尝禁树的果子，把死亡和其他/各种各色的灾祸带来人间，并失去/伊甸乐园，直等到一个更伟大的人来，/才为我们恢复乐土的事”(朱维之译)。并接着指出他写这首诗的宗旨是为了“阐明永恒的天理，/向世人昭示天道的公正”。

诗中有两条主线，一是撒旦反叛上帝，被逐出天堂，打入地狱，另一是亚当和夏娃违反禁令，被逐出乐园。两者的矛盾斗争集中反映在撒旦引诱亚当、夏娃偷食禁果的事件上。撒旦是恶的象征，上帝允许他的存在，是为了考验人的信仰是否坚定，因此给人以自由意志，在善、恶之间进行选择。但亚当和夏娃则由于自身原因未能经受住考验而堕落了，他们是咎由自取。尽管如此，上帝仍给他们指出获得拯救之路。史诗指出造成堕落的原因主要有两个。一是骄傲，撒旦野心勃勃，骄矜自负；而夏娃追求超凡的知识和力量，妄想成神，实质上重演了撒旦的罪恶；亚当的骄傲在于他对天文的过度好奇超出了他对上帝的无条件信任。堕落的另一个原因是理性薄弱。夏娃理性不强，亚当则意志不坚，溺爱妻子，放弃了自己的责任，把对妻子的忠诚置于对神的忠诚之上。

弥尔顿比早期人文主义者更重视教育和科学，接受了17世纪科学新成就。他肯定知识，但认为知识有等级，最高的知识在于认识上帝，因而否定离开最高真理（上帝）去盲目求知。他肯定生活，但强调感情应受理性支配，认为理性能使人认识上帝，坚持真理，不断地追求善而抵制恶。他肯定自由，但认为只有服从上帝、坚持至善的人才能享有真正的自由。这些都是基督教人文主义思想的反映。

《失乐园》中的人物以撒旦的描绘最为有声有色。在前两卷中，弥尔顿仿照古典史诗模式刻画撒旦，把他描绘成高大的英雄。然而撒旦表现的是颠倒了的古典模式的英雄气概，这种气概实质上是为他的骄矜和野心所支配的。诗中一面让撒旦不断发出豪言壮语，一面又反复指出他的色厉内荏和巧言令色。因此撒旦看上去虽像个庞然大物，实则极其虚弱，即使在等级较低的天使押必选手下也不堪一击。诗中采用了寓言手法来揭示撒旦的本质。撒旦一产生反叛上帝的思想时，就从他头脑中生下了女儿“罪恶”，接着他和女儿乱伦，又生下了“死亡”，这两个恶魔把守地狱的大门，同魔首撒旦一起构成地狱里“撒旦–罪恶–死亡”的“三位一体”，与天堂中“上帝–圣子–圣灵”的三位一体形成对照。外表和本质的矛盾突出了撒旦虚伪欺诈的特征，这种特征贯穿在他花言巧语诱骗众天使反叛上帝和引诱夏娃偷食禁果的整个过程之中。诗人还根据魔鬼形体多变的传统手法，运用众多明喻来描绘撒旦，使他的形象进一步获得内在的统一性：他由巨鲸利维坦变成兀鹫、恶狼、鹈鹕、蟾蜍等，直到最后变成蛇。这不仅表明撒旦在外形上经历了逐渐缩小的过程，而且也逐步揭示出他的欺诈特征和罪恶本质。与撒旦的“英雄气概”形成鲜明对照的是圣子的真正英雄气概。在撒旦前往乐园，妄图毁灭人类时，圣子则决定用自己的生命拯救人类。撒旦妄图捞取“光荣”，圣子则“身上充溢着慈爱胜过光荣”。圣子是仁慈和理性的化身，具有无限的力量，表现出比尚武好斗、驰骋沙场的古典史诗英雄更为高尚的英雄品质，即：“坚韧不拔的性格/和英勇壮烈的牺牲”精神。

本诗从地狱转上天堂，又从天堂返回人世，描绘了无比壮阔的背景。这种空间结构是有等级的。顶端是上帝、圣子和众天使居住的天堂；往下是混沌，其间悬挂着由一根金链从天堂垂下来的新创造的世界；底端是撒旦和反叛天使们被打入的地狱。这四个区域不是截然分开、互不相通的。善、恶天使、圣子以及“罪恶”和“死亡”，都在各个区域上下穿行，尽管有所限制。但最高层次的运动是上帝向下朝他的造物以及造物向上朝上帝的运动。这整个设计象征性地反映在亚当和夏娃两人的晨颂之中（第五卷，153—208行）：日月星辰、风雨云霭、草木流泉、鸟兽虫鱼等，不断升沉起落、行走爬动、飞翔滑行，一切都溶进了并颂扬着神圣的宇宙和谐；而人类则通过对各种造物的沉思，可以飞升到上帝那里。在这个意义上，地狱、混沌、乐园和天堂就不仅是空间等级，也是精神等级，表明不同的思想状态，因而在乐园里也会感到地狱（撒旦）的存在。这象征着人类堕落的悲剧是可能不断重演的，但也总有凭靠信仰的恢复而获得新生的可能。因此《失乐园》的空间结构有助于增强诗的主旨，使人类的堕落和新生成为永恒的主题。

在《失乐园》里，弥尔顿从多方面继承并发展了古典史诗的传统，如从“故事的中心”开始的倒叙手法；逐一介绍堕落天使将领的描写；地狱里的辩论；对拯救之路的预言；大量瑰丽璀璨的史诗明喻；宇宙的空间等级结构等等。这部史诗在总体上是以宏伟的风格写成的，然而按照不同人物或情境，也包含精美的抒情等多种风格。它在语言上常用大词和倒装结构，在诗体上采用无韵诗，音调雄浑洪亮，富有表现力。

史诗《复乐园》（1671）分四卷，取自《马太福音》第四章1至11节或《路加福音》第四章1至13节中所述耶稣受试探的故事。耶稣在约旦河畔受圣约翰洗礼后，圣灵引他到旷野，禁食40天，受魔鬼撒旦的试探。第一次，撒旦趁耶稣正饥饿时，以盛宴引诱他，不成后又改用财富，但都失败了。第二次，撒旦以东方古国如巴比伦、亚述等国都城的豪华和军容的威武来引诱他早日即大卫的王位，接着又以罗马帝国宫廷的富丽堂皇，以及希腊的光辉文化来引诱他，都被耶稣拒绝。第三次，撒旦使用暴力来试探，带耶稣上耶路撒冷圣殿的最高塔尖上，叫他跳下去。耶稣最后一次叱退撒旦，自己在塔尖上站起来，但因他是圣子，被天使们接到一个美丽的山谷中，接着史诗便展示了天上的筵饮和乐舞，庆祝乐园的恢复。

《复乐园》和《失乐园》在题材上并无联系，但在主题上却是密切相关的。两部史诗要说明的都是生活的引诱、真正的英雄品质和内心的乐园问题。《失乐园》说明信仰不坚、理性受情欲支配而不能抵制诱惑，最终失去乐园。《复乐园》则歌颂理性（耶稣）战胜情欲（撒旦），强调依靠坚定信仰复得灵魂的乐园。诗中歌颂耶稣体现的坚定意志和真正的英雄品质，同时批判古典史诗中追求感官享乐、世俗荣誉、财富、权力和学问等异教英雄模式，肯定基督教品质高于异教理想。

撒旦带耶稣俯览雅典，用希腊文明引诱他，宣扬要“像帝国必须扩展那样，让你的思想扩展到全世界”。他把知识看作是通向世俗权力的工具，鼓吹通过知识去猎取荣名，并实现在思想上统治全世界的野心。耶稣严厉批驳了撒旦关于古典学问的诡辩，同时指出：“从上天／从光的源泉得到光的人，不需另外的教义，”并斥责撒旦宣传的全是假的，“不过幻梦而已，只是猜测，妄想，没有坚实基础。”这也表明弥尔顿的观点，即学问应有助于促进道德生活，而最高的智慧来自上帝，来自《圣经》，它是高于希腊、罗马古典学问的。

较之《失乐园》，《复乐园》意象较少，明喻不多，但语言朴素，句子简短，单音词构成的诗行较多，铿锵有力，与《圣经》文体相近。

《力士参孙》（1671）取材于《旧约·士师记》第13到16章的故事。参孙是以色列英雄，是个勇武的大力士。他的主要敌人是从海上入侵的腓利士人，他在战斗中屡建奇功。他的失足处是喜爱腓利士女子大利拉，并把自己力气的根源在于头发这个秘密泄露给她。结果被敌人剪去头发，挖去双眼，戴上镣铐，关在牢里服苦役。后来他的头发渐渐长出，恢复了力气。腓利士人想在他们大庆节日的宴会上，叫他去表演武艺，给朝中的文武百官和民众取乐。他趁此演武的机会，在敌人酒酣饭饱之后，撼倒大厦的两根支柱，整个大厦轰然倒塌，与敌人同归于尽。

《力士参孙》是一出希腊式的悲剧，结构匀称，情节可分五场：开场是参孙和歌队，随后是参孙和玛挪亚，参孙和大利拉，参孙和赫拉发，参孙和官员。每场之后都有停歇，最后是退场和孔摩斯歌。

本剧以参孙的新生为主题。剧情的发展是双重的：一是神意的实现，即神通过严厉的惩罚，不断对参孙进行教育，促使他彻底悔悟；另一是参孙走向悲壮的死亡，即他通过自身的痛苦、悔恨、绝望，恢复了信仰，恢复了对自己的信心，终于为神和民族完成了伟大的壮举，成为一名由神选定的自我牺牲的英勇战士。神的惩罚、教育和参孙自身的痛苦、沉思，两者相互作用，最终导致参孙的新生。

剧情的发展是迅速的。一开场，参孙就已被弄瞎双眼，受着敌人的奴役和嘲笑。他认识到这都是因自己的罪过而受到的惩罚，感到万分痛苦：

在黑暗世界里，虽然又在光里，
过半死不活的生活；活着

却已被埋葬了；但尤其痛心的，
是作了自己的坟墓，走动的坟墓。

参孙由痛苦而悔恨，由悔恨而绝望，在他的自责之中有时也夹杂着对神的抱怨。在第二场，他父亲玛挪亚到来，要设法把他从敌人手中赎回，被他拒绝。玛挪亚既为他悲伤，又批评他错爱大利拉，并和他先前一样抱怨神意。但这次却是参孙自己阻止父亲不要指责神意。他已明确认识到他自己是"唯一祸根"，是他给神和民族带来了耻辱。他说："神的饶恕，我是要日夜祈求的，/至于这生命，我还要它作什么！"这说明参孙已有可能返回上帝——走向壮烈的牺牲。但他同父亲的谈话进一步加深了他的绝望情绪，他认识到自己"唯一去路，/便是死神所在的麻痹境界；"在那里他"只有昏睡沉迷，/和遭到天谴的意识。"这是全剧的最低潮。参孙的绝望情绪达到了最低点，但这也暗示他转变的开始。

在紧接的两场中，参孙首先驳斥了大利拉的花言巧语，抵制了她的肉欲引诱，第一次战胜了自己，表明彻底的悔悟和信仰的恢复，从而具有了"天神一般的气力"。随后，赫拉发的威胁侮辱又引起他的强烈义愤，使他充满"质朴、英勇、崇高的激情"。悔悟和义愤交融在一起，使他获得了体力和激情的双重武装，做好了为神和民族献身的准备。他决定前往腓利士人的庆神大典，决心与敌人同归于尽，为上帝争光，完成他的社会和宗教的责任。他最后的话语说明他对宗教、社会和个人的价值观：

但无论如何，你不会听到我做什么
不光荣，不干净的勾当；我不会对不起
我们的神，法律，民族和我自己。（殷宝书译）

歌队颂扬参孙的死而复生，他"恰似永生的神鸟，千载流芳"。剧终将个人的、社会的、宗教的全部主旨融为一体。

《力士参孙》运用希腊悲剧形式，表现了崇高严肃的主题。语言质朴有力，音律富于变化。这一悲剧是弥尔顿艺术的新发展。

除了弥尔顿，在17世纪上半叶，英国诗歌有两个主要派别。一派是骑士派，他们大都是内战中查理一世的支持者，其中大多数是骑士和朝臣，因而得名。他们的诗多以爱情为主题，继承了文艺复兴时期人文主义思想的享乐方面和古典文学因素，宣扬及时行乐。在诗体上，骑士派很少写流行的十四行诗，而是以诗句短而精湛，运用巧智构思，以及文字优雅著称。另一派是以约翰·多恩为首的玄学派，他们的诗一般写爱情和宗教体验，反映出对文艺复兴时期人文主义理想失去信心。玄学派诗歌乃诗坛的一株奇葩。这些诗人喜弄玄学，不仅在讽刺诗中如此，在爱情诗里也玩弄哲学的微妙思辨。为了达到语不惊人死不休的效果，他们用巧智把不和谐，甚至不属于诗情画意范畴的意象聚合在一起。这个流派的诗歌比较晦涩，但其技巧和奇思却很受20世纪以来许多诗人的青睐。

在文艺复兴一章中讨论过的本·琼生除了在戏剧诗方面成就突出外，在非戏剧诗领域也取得很高成就。他是宫廷赏给年金的非正式桂冠诗人，写有模仿罗马诗人的《警句》一卷（1616）、《森林》诗集（1616）15首、《灌木》诗集（1640）约百首。作为抒情诗人，他最脍炙人口的是一些短诗，如《致西莉娅》。他的诗讲究节制、典雅和音律。他还写了不少序跋诗。在为《莎士比亚戏剧全集》（1623）写的序言中对莎士比亚作了公允评价，其中“他不属于一个时代而属于所有的世纪”一行诗至今还被评论家引用。他对文学艺术的见解可以上溯到亚里士多德、贺拉斯等古典作家。他主张文学应符合“自然”，符合“生活”，主张诗歌风格明快、准确、优美。他的文学见解成为17、18世纪英国新古典主义的准则。

琼生拥有一批追随者，即骑士派诗人，如赫里克、加莱、萨克林和勒夫莱斯。

罗伯特·赫里克（1591—1674）曾在伦敦叔父金器店里当过十年学徒，剑桥大学毕业后回到伦敦，生活放荡不羁。青年时代是琼生的崇拜者，写了不少世俗诗歌。36岁时当了德文郡大教长，转写宗教诗歌。他唯一的诗集《赫斯佩里狄斯》（1648）包括这两类诗歌，约1200首。

赫里克的诗是不按固定原则或次序收录在一起的。他的短诗《无章的情趣》中赞叹女子衣裙上色彩斑斓的服饰，并由此扩及诗歌艺术，比如“这些无章的情趣使我迷惑，/远胜过分拘谨的艺术”，就可以看作是他的美学原则。他把粗俗的警句和精美崇高的诗歌放在一起，把自己思想中的各种矛盾和瞬间的感情都“无章地”糅为一体，交替地描写美与丑、香与臭，这使他的诗免于单调而富有多样性。

赫里克的诗继承了琼生的古典主义，并宣扬及时行乐。但和其他骑士派诗人不同的是，他还写了众多以乡村生活为题材的比较淳朴的爱情抒情诗和田园抒情诗，有些诗由当时的著名音乐家亨利·劳斯谱成乐曲。他的《致妙龄少女：莫负青春》把一个传统的主题写得明快清新。另一首《科琳娜五月游》是充满花香的黎明之歌，既有斯宾塞的甜美，又带点玄学派的奇想，成了所有歌唱五月的英国诗歌中的经典之作。他的名篇还有《樱桃熟了》、《致水仙》、《疯姑娘之歌》等。

赫里克的诗优美、轻快、自然、韵律流畅。但与琼生相比，缺乏深度和气魄。

托马斯·加莱（1594？—1640）是英王查理一世的宫廷侍从，也是具有代表性的骑士派诗人。1640年他的《诗集》出版。他在其代表作《销魂》一诗中，藐视“名誉巨人”，毫无顾忌地描写性生活。他的许多短小的情歌和怨诗都是写给一个“反复无常的女友”的。他在著名的短诗《别再问我朱夫向何处赏赐》①中，把他的女友比作“六月的玫瑰”，大自然的美

---

① 朱夫（Jove）即朱庇特。

全都集中在她身上，诗的主题虽不新颖，却写得典雅和谐。

加莱还写了一首纪念多恩的挽诗《悼圣保罗教堂大教长约翰·多恩博士之死》（1633）。这首诗可看作是这一时期最好的评论文章，其中指出多恩的新颖独特，指出他蔑视陈腐的修饰和要求带有个人色彩、刚劲有力的表达方式。

约翰·萨克林（1609—1641）生于诺福克郡，毕业于剑桥大学，是坚定的保王党，后逃往法国。他嘲笑加莱的雕琢，他本人则是个即兴诗人。他的作品瑕瑜互见，但韵律均很优美，主要作品都收在1646年出版的集子《诗文精英》之中。率直粗鲁是萨克林的一个特色，如《为什么这样苍白，憔悴，痴心汉》有这样的诗句：

算了，算了，争点气？这样子不行，
　这样子你一点也降不了她；
如果她自己一点也不动情，
　随你怎样也勉强不了她：
　魔鬼准保放不了她！（王佐良译）

这首诗写得痛快淋漓，以咒语作结，语言的尖刻掩盖了抒情，超出了一般爱情诗模式。

萨克林比较重要的作品还有《婚礼之歌》。这首诗以一个农妇的口吻讲述婚礼的情景，包含许多朴实生动的描绘，为传统婚曲增添了活力和新鲜气息。

理查德·勒夫莱斯（1618—1657？）出身名门世家，忠实地追随英王查理一世，曾被议会军投入监狱，最后死于贫困。他在狱中写成了诗集《露卡斯塔》（1649）。他的诗既有琼生的整洁典雅，又有多恩的夸张隐晦，诗风独特，但缺乏艺术性。他的大部分作品几乎被人遗忘，只有几首小诗流传于世，它们把荣誉和爱情崇高地结合在一起。如《出征前致露卡斯塔》中出征者对情人说：“亲爱的，如果我不更爱我的荣誉，/我就不配真的爱你”。他的另一首诗《致奥尔西娅》中的名句：“石头砌不成一座监狱，/铁栅也编不就一个牢笼”，表示他虽身陷囹圄但心灵仍然自由的情感。由于这几首小诗，勒夫莱斯被誉为表现了骑士派理想的诗人。

约翰·多恩（1572—1631）是玄学派代表人物。生于伦敦一个富有的天主教五金商人家庭，曾入牛津大学，因宗教原因未获学位。后到伦敦学习法律。颇有才华，但生活放荡不羁。1601年，同一个贵族的侄女秘密结婚，为此他不仅丢失了在那位贵族手下任职的机会，而且短期被囚禁，几乎断送了前程。1614年皈依国教，后来被任命为伦敦圣保罗大教堂教长。

多恩创作了大量诗歌，以爱情诗和宗教诗为主。17世纪英国诗人、批评家德莱顿首先提出多恩“喜用玄学”的概念，18世纪英国批评家约翰逊又指出“玄学派诗人都是学者”，爱炫耀学问，“把杂七杂八的想法用蛮力硬凑在一起”。此后“玄学派”这个名称就被一直沿用。多恩的诗其实表明了对伊丽莎白时代“甜蜜的”抒情诗歌的不满。他独树一帜，从科学、哲学和神学领域摄取意象，以奇思妙喻著称。他爱用说理辩论的方式，诗中充满悖论和夸张，思想隐晦。他往往开篇突兀，富有戏剧性。在语言上他经常采用口语体和自然的说话节奏。在音韵上他不讲究规则。

多恩的爱情诗大多是1614年以前的作品，主要收入《歌与十四行诗》[①]中，共55首。有些爱情诗怀疑女子的忠贞，或表现肉体享乐思想，如《歌》和《跳蚤》。另有些则主要歌颂精神之爱，大多以死亡和离别为主题，如《早安》、《成圣》和《别离辞：节哀》。在《别离辞：节哀》中，多恩出人意料地采用“圆规”意象来比喻情侣灵魂的不可分离：

---

① 他的诗歌于1633年由儿子出版，1635年经添补后又出了第二版。

我们的灵魂即便是两个，
　　那也和圆规的两只脚相同，
你的灵魂是圆心脚，没有任何
　　动的迹象，另只脚移了，它才动。

这只脚虽然在中心坐定，
　　如果另只脚渐渐远离，
它便倾斜着身子侧耳细听，
　　待到另只脚归返，它就直立。

对于我，你就是这样；我像另只脚，
　　必须倾斜着身子转圈，
你坚定，我的圆才能画得好，
　　我才能终止在出发的地点。

这一“圆规”的意象给人以突兀奇崛的新鲜感、深入多重的联想和准确感，是玄学派最负盛名的奇喻（conceit）。

多恩后期的创作带有浓厚的神秘主义色彩。1615年以后，他写了一系列《圣十四行诗》和其他宗教诗歌，大多以人的拯救为主题，描写灵魂在天堂和地狱之间的痛苦挣扎。如《圣十四行诗》第7首以奇特的意象写如何不知忏悔的矛盾心情。第10首向死神挑战。第14首写新生的诗有这样的诗句：“撞击我的心吧，三位一体的上帝；/迄今你只轻敲、吐气、照耀，设法修补；/为了让我能站起来，推翻我吧，鼓足/你的气力打碎我、吹我、烧我，把我变成新的”。诗中清楚地表明诗人内心的极度矛盾和痛苦。同样的主题也反映在《病中赞上帝，我的上帝》、《基督赞，作于最后一次旅德行前》和《天父上帝赞》等诗中。

和琼生一样，多恩也拥有一批追随者，如赫伯特、克拉肖、沃恩和马维尔。

乔治·赫伯特（1593—1633）是最早受到多恩影响的诗人。他生于贵族家庭，剑桥大学毕业后，留校任三一学院校务委员会委员、学院演说代表。37岁时，赫伯特当了牧师。他与母亲的朋友多恩颇有交往。

赫伯特最早写有两首十四行诗，认为一个人应以自己的全部才能为上帝服务，而一个诗人则应以自己的诗歌使圣坛兴旺。他去世一年后出版的诗集《寺庙》（1634）收有160首短诗，写的全是宗教体验，以人的拯救为主题，充满了精神上的矛盾，世俗生活和宗教生活的矛盾，灵魂和上帝的矛盾，因此他的诗在平静的外表之下隐藏着激烈的思想冲突。

赫伯特常把教堂建筑的各个部分，如门窗、锁钥、地板、神坛，都看作是构成诗歌基础的意象。但他更多地是从世俗生活中摄取意象，尤其在描写基督和灵魂之间的多重关系方面，如主与仆（《神坛》）、父与子（《项圈》）、地主与佃户（《赎罪》）、主人与客人（《爱》）以及朋友或恋人，因此他诗中的基督富有人情味，非常亲切。上述各重关系又是彼此密切相关的。在《项圈》中，诗人因信仰而受到种种束缚，感到自己处于被主人（基督）奴役的状态，因此不愿接受这种主仆关系，决心反叛，以"满足自己的需要"，但正当他的情绪越来越激昂时，他听见上帝呼唤他"孩子"，于是他服从了。诗人通过把主仆关系转变为父子关系而解决了内心冲突。

赫伯特的名篇还有《珍珠》、《美德》、《滑车》等。他的诗情节简明，富于戏剧性、音乐性，十分口语化。在形式上他也力图创新，如把诗行排成神坛状、鸟翼状。他没有多恩的气魄，意象范围也较狭窄。

理查德·克拉肖（1613？—1649）是牧师。33岁时他由国教转向天主教，后来任帕罗托红衣主教的秘书，死于罗马。

克拉肖十分赞赏赫伯特的《寺庙》，并把自己的一部宗教诗集题名为《通往寺庙的台阶》(1646)。但与赫伯特不同，他的作品更具有西班牙和意大利特色。他赞颂抹大拉的马利亚[①]的诗《哭泣者》几乎包含了一个哭泣的情人所激起的所有比喻，并糅进宗教观念。他把意象夸张到离奇的程度，代表了英国诗歌的巴罗克风格：怪诞，没有节制。

克拉肖的主要诗作是献给圣特莱莎的《火焰般的心》(1652)，歌颂这位西班牙圣女为神圣景象所吸引的那神秘的一瞬间，诗的结尾达到了主题、情绪和风格的统一。

亨利·沃恩(1621—1695)是威尔士医生、神学家。早先写过世俗诗歌，后来模仿赫伯特写宗教诗，出版了《闪光的燧石》(1650；1655)。但是沃恩与赫伯特不同，他不是在“寺庙”，而是在“野外”祈祷。他把对大自然的热爱和宗教沉思结合在一起，带有浓厚的神秘色彩。他认为大自然是人类可以从中获得道德教益的源泉，它象征“服从、秩序、光明”，是人类学习的楷模。他还认为大自然中的造物是上帝真理的体现，在《规则和教导》一诗中称每一株树和花草为上帝的“智慧和力量的影子”。因此，在他看来，自然万物形成了一种上升的“隐秘的阶梯”，通过对他们的沉思，灵魂可以升登天国。

沃恩认为儿童时代最接近大自然的清纯，因此他追忆逝去的童年，向往归真返璞。沃恩的《晨望》、《他们都进入了光明的世界》等诗都写得音调和谐，文字动人。但总的说来，沃恩比较缺乏诗歌技巧。

安德鲁·马维尔(1621—1678)是清教徒，毕业于剑桥大学。在共和国时期为克伦威尔政府服务，1657年被任命为共和国拉丁文秘书弥尔顿的助手，不久又任议员。

马维尔的诗作包括歌颂自然的抒情诗和哲理诗。篇幅最长的诗《阿

---

① 指《圣经·路加福音》中改恶从善的妓女抹大拉的马利亚(Mary Magdalen)。

普尔顿府邸颂》（1650—1652）借描写议会军费尔法克斯将军的住宅及其历史，称颂主人的谦逊。诗歌表明他熟悉乡村、树木和禽鸟，甚至研究和比较各种禽鸟的鸣声。他是第一位歌颂"花园"美丽光辉的英国诗人。《花园》（1650—1652）一诗描写宁静的大自然给精神带来的幸福，把"花园"看作是理想的精神境界。他认为，一切创造都是"把造出来的一切化为虚妄，/变成绿荫中一个绿色的思想。"

有些诗歌受到基督教和爱情的启发。《百慕大群岛移民之歌》（1653）描写一批受迫害的清教徒逃离本土到达百慕大的情景，他们划船沿岛岸行驶，颂扬上帝，"安然避开了暴风雨和高层教士的暴虐。"在他为数不多的爱情诗中，《致他的娇羞的女友》最为有名，是马维尔诗歌的精华：

> 让我们趁此可能的时机戏耍吧，
> 像一对食肉的猛禽一样嬉狎，
> 与其受时间慢吞吞地咀嚼而枯凋，
> 不如把我们的时间立刻吞掉。
> 让我们把我们全身的气力，把所有
> 我们的甜蜜的爱情糅成一球，
> 通过粗暴的厮打把我们的欢乐
> 从生活的两扇铁门中间扯过。
> 这样，我们虽不能使我们的太阳
> 停止不动，却能让它奔忙。（杨周翰译）

这首诗具有玄学派的力量和激情，夸张的奇想，说理的风格，是反映人文主义思想的杰作。

马维尔还写了一些与当时政治有关的诗歌，主要描写克伦威尔的摄政和逝世。如《克伦威尔自爱尔兰归来颂》(1650)歌颂克伦威尔"把一个共和国献在人民脚下",但也赞许查理一世从容赴死。《护国公政府一周年颂》(1655)歌颂克伦威尔协调人间的音乐使之成为符合天体运行的音乐。《悼念护国公之死》(1658)寄希望于克伦威尔之子理查。

马维尔歌颂文艺复兴时期人文主义理想的实现,在艺术上把说理和想象融为一体,在风格上是玄学派和17世纪后半叶德莱顿之间的桥梁,标志着从文艺复兴后期向古典主义的过渡。

在17世纪内战时期,所有剧院都被关闭。1660年王政复辟后,剧院重获开放,上演的剧目除伊丽莎白时代的剧作外,多为风俗喜剧。实际上,该剧种早在革命前夕的20年代后期就曾出现在英国舞台上,但直到查理二世登基后才获得繁荣发展的气候。当时有两个剧院,观众以王公贵族和游闲文人为主,上演的风俗喜剧也就尽力迎合他们的口味。这期间成就比较突出的剧作家有三位,**乔治·艾思瑞吉**(1634?—1691),**威廉·威彻利**(1641—1715)和**威廉·康格里夫**(1670—1729)。

艾思瑞吉创作时期短暂,在十几年中他只写了三个剧本和为数有限的诗歌,但他为英国的风俗喜剧定型和发展奠定了基础。艾思瑞吉受法国喜剧作家莫里哀影响很大,代表作《风流人物》(1676)中两条情节线清晰地交织发展,一条是聪明的姑娘不为花言巧语所惑,安排运作情人的追求,最后获得幸福的婚姻;另一条是小伙子抗拒父命,在姑妈帮助下同老头子斗智,终于娶到了心上人。这部喜剧在语言和结构上为同时代剧作家树立了样板,因此在英国戏剧发展史上占有一席之地。

威彻利和康格里夫进一步发展和完善了英国风俗喜剧。威彻利出身贵族,早年可能曾去法国求学,复辟后他回到英国,进过律师学院,但似乎从没有行律师之职。他的主要剧作是《乡下女人》(1675)和《光明磊落者》(1676)。康格里夫的父亲是个军官,幼时在爱尔兰度过,并在都柏林的三一学院获得深造。1687年康格里夫返回英国,开始了戏剧创作。他的代表作是《如此世道》(1700)和《以爱还爱》(1695)。

风俗喜剧在复辟时期有很多观众。这些剧的情节不外是婚恋、误解、诡计,和最终的皆大欢喜。但是由于剧情错综复杂,语言机敏俏皮,对世俗现象讽刺犀利,演出效果总是很好。不过为了迎合有闲阶级和复辟时期宫廷贵族的口味,这些剧中常有低级玩笑。比如《乡下女人》的一个主要情节就是浪荡公子霍纳为了改变自己玩弄女人的恶劣名声,就请人到处散布自己丧失了性功能,其实是在这个幌子下进一步勾引良人之妻。当然这样设计的目的还是为了讽刺霍纳之流的淫荡和虚伪,嘲笑糊涂又嫉妒的丈夫,并且鞭笞热衷于听信和传播谣言、无聊庸俗的上层社会。

复辟时期喜剧曾经被贬得一钱不值,而且其内容的低级趣味也被过分夸大。作为英国戏剧史上的一页,英国文学界一直没有完全否定过它,而且在当代的研究中这一段戏剧也得到了越来越中肯公允的评价。

英国17世纪作家中市民和下层劳动者的代表是**约翰·班扬**(1628—1688)。他是一个自学成才的手工匠人,出生在伦敦附近一个虔诚的浸礼教徒家庭,幼时在乡村受过一点写读启蒙教育。1644年父亲去世后班扬报名参加了克伦威尔的议会军,为清教理想战斗。1647年他离开军队,以后一边操持白铁匠生计,一边潜心研读《圣经》,并于1653年开始在家乡一带布道。复辟后班扬传道遭到各种阻挠和迫害。为了还击,他克服了自身文化上的困难,提笔写作,宣传清教观点。1660至1676年他先后两次被捕入狱,但是他信念坚定,在狱中写书,获释出狱就继续传道,前后完成了十多部著作。班扬的主要的作品有《上帝赐予最大罪人的无限恩惠》(1666)、《坏人先生传》(1680)、《圣战》(1682)和《天路历程》(1684)。

《上帝赐予最大罪人的无限恩惠》是一部自传性质的散文作品。作者在书中讲述了他的精神旅途。他先从自己卑贱的出身、顽皮的青少年时期和参军后出生入死讲起，然后回忆他妻子带过门来的两本经书如何使他从浑噩中觉醒，把自己献给了上帝的事业，并皈依了贝德福教堂。这部书不同于一般的介绍或回忆生平，而是承袭了圣奥古斯丁的《忏悔录》的传统。其间所讲的事情并不受真实这个标准限制，作者常根据思想性的需要进行创造和杜撰。他的目的在于揭示一个基督徒对灵魂获得拯救的热望，以及他受的诱惑和对诱惑的抵制。

《坏人先生传》是以对话形式写成的宗教寓言，由一个聪明人先生讲述新近死去的坏人先生的生平。坏人先生一生作恶多端，把头一个妻子折磨致死，同第二个妻子狼狈为奸，坑骗拐卖，最后落得个贫病交加，在痛苦中死去。作为中小资产阶级利益的代言人，班扬假托坏人先生这个人物来讽刺和抨击英国大资产阶级和贵族的劣迹和罪行。故事带着明显的说教意图，但读起来饶有兴味。

如果说前两部著作都来自作者的生活和时代，《圣战》就是班扬按照基督的历程和英国教会的历史来编写的宗教寓言故事。人们很容易注意到他同弥尔顿的《失乐园》有着明显的类似之处：《失乐园》里魔鬼与上帝争夺的是伊甸园里的人类；而在《圣战》中这个目标就更具体化为人类的灵魂了。故事写的是魔鬼的象征狄亚波勒斯用尽各种手段和伎俩，想从沙岱国王手里夺得曼叟尔城（mansoul，即人的灵魂）。这城池的建造者沙岱王（寓指上帝）派遣其子艾玛纽尔王子（寓指耶稣）去夺回曼叟尔。班扬极富想象力地描绘了王子如何率部下把城团团包围，用了各种策略来攻取它。过程中还有魔鬼卷土重来，城池得而复失等曲折，以象征邪恶的强大，不易征服。因为它充满了魅力，19世纪的文学家及思想家T.B.麦考利曾高度评价《圣战》说，假如作者没有创作出《天路历程》，这部著作就会成为英国最伟大的寓言文学作品。

《天路历程》写的是作者在户外睡着后做的一个梦。在梦里，他见到一个名叫基督徒的男人如何在上帝的指引下离开家乡“毁灭城”，历经了千辛万苦和各种磨难，最后胜利地到达了“天国城”。故事用生动的寓言形式反映了17世纪清教信仰者的精神世界，基督徒一路上交接的形形色色人物以及遇到的种种危险无不反映出现实生活里人们要经受的精神考验。比如他在路上遇到的圆通先生和固执先生，听他们争论不休，以致无法专心赶路而掉入“消沉泥沼”；又比如俗智先生自以为聪明地试图说服基督徒放弃旅程，以免受苦。随着基督徒沿途受到教育和考验，他身上背的沉重罪孽包袱掉了下来，但是他仍需要克服懒惰、无知、臆断、虚伪等先生的干扰，并且要十分勇敢地战妖魔和巨人，穿过怀疑城堡，渡过死亡之河，才能到达目的地天国城。

《天路历程》受到的欢迎经久不衰，固然是因为它成功地用寓言再现了《圣经》的精神实质，因此在基督教盛行的西方民众中很有市场；但是更为重要的原因却在于它的非宗教因素，即书中所反映的人生真理，所描写的人人都经历过的、或正在经历的从善斗恶的精神旅程。除此而外，它塑造了栩栩如生的人物，采用了通俗而形象的语言。这一切使得《天路历程》成为广大人民群众喜闻乐见的读物。特别其中的“名利场”一节已成为脍炙人口的佳篇。

根据《圣经》的故事记载，“名利场”是数千年前堕落天使的领袖之一比埃尔兹巴伯（Beelzebub，希伯来语，意为“蝇王”）为引诱耶稣犯罪而特意设立的一个集市。它处于通往天国的要道上。在这个“名利场”上什么都能买卖，人们进行着各种卑鄙勾当。比如在这里出售名誉、国土、妻子、丈夫、孩子、生命、灵魂等，而且不用花钱就能看到偷盗、谋杀、通奸、做伪证等勾当。当基督徒和他的伙伴忠诚先生拒绝受“名利场”商贩勾引时，他们遭到围攻、被逮捕并置于囚笼里示众。最后忠诚先生被施以火刑，活活烧死。

实际上，在对“名利场”的淋漓尽致的描绘中，班扬鞭挞了当时社会里不择手段地沽名钓誉和追求金钱的现实。“名利场”是资产阶级社会的缩影，在那里几乎没有不能买卖或为了名利而背叛的东西。在叙述者冷面陈述的背后，读者可以感觉到作者对不顾道德、丧尽人伦的社会风气的愤怒和强烈抗议。当然，作为一篇宗教寓言，班扬必须侧重他的宗教主张。因此，我们读到他对罗马天主教会的重炮轰击，把天主教说成是“名利场”倾销的头号货色，也是最有毒害的商品。

“名利场”只是《天路历程》中许多广为人知的片断之一。它成功地把《圣经》的内容和语言同普通百姓所关心的事物糅为一体，是想象力极为丰富的杰作。《天路历程》的魅力来自作者深邃的人生经验、博大的想象、超人的勇气和高尚的人格。据说，从它出版之时到18世纪，英国普通百姓家中必备两册书，一册是《圣经》，而另一册就是《天路历程》，它因此可以说是英国百姓家喻户晓的著作。到19世纪，英国小说家萨克雷借用了这本书中的“名利场”来命名他的小说，这样又进一步扩大了《天路历程》的影响。

复辟时期最知名的文学家是**约翰·德莱顿**（1631—1700）。他集诗人、剧作家和文学评论家于一身，成为17世纪末向18世纪过渡的承上启下人物。德莱顿花了很大的精力创作戏剧，而且在悲喜剧的创作和理论方面有新的建树。在他的《论戏剧诗》中，德莱顿以溢于言表的爱国热情赞美了英国戏剧的成就。他对莎士比亚的评价被18世纪文豪约翰逊称为是增一分则多，减一分则少的千古定论。

德莱顿生于一个并不富裕的乡绅之家。1650年，他进入在当时充满新思想的剑桥大学三一学院，于1654年获文学学士学位。大学毕业后，他在克伦威尔护国时代的国务秘书约翰·瑟洛手下短期工作过。1660年，查理二世加冕，斯图亚特王朝复辟，德莱顿和其他诗人一样表示支持。1663年，他当选为新成立的英国皇家学会会员，1668年受封为桂冠诗人，两年后，他又被任命为皇家史官。信奉罗马天主教的詹姆士二世继位后，德莱顿放弃英国国教，改信天主教。1688年，詹姆士二世被废黜，德莱顿也丧失公职，从此专心从事文学活动，逝世后被葬于西敏寺“诗人角”。

德莱顿在大学期间开始发表诗作。1659年，他为克伦威尔纪念文集写了一组《英雄诗》，形式严整，典故丰富，从而一举成名。查理二世的复位曾得到当时已厌恶克伦威尔独断专行的大多数英国人的拥护。德莱顿献给查理二世的颂诗《回来的星辰》（1660）长三百余行，用押韵偶句，文采飞扬，感情真切，展示了诗人写作颂诗的才能。德莱顿还是一位讽喻诗大师。他为抨击阴谋篡权的辉格党人而写的《押沙龙与阿奇托菲尔》（1681）和《奖章》（1682）等诗以古喻今，文笔犀利，具有很强的讽刺力量。德莱顿还有《奇异的年代》（1667）和《俗人的宗教》（1682）等重要诗作，或记叙历史大事，或陈述宗教见解，发展了英国诗歌的叙事功能。德莱顿生活在一个政局动荡、不适抒情的时代，但他的戏剧仍含有一些优美的抒情谣曲。他的《亚历山大的宴会》（1697）一诗无论在形式上还是感染力上都算得上是一首标准的抒情诗。

德莱顿在斯图亚特王朝复辟、剧场重新开放以后开始他的戏剧创作，在约30年间写下了近30部戏剧。和他的诗歌创作一样，德莱顿的戏剧创作也不拘泥于某一种类型。他写过《疯狂的豪侠》（1663）和《时髦婚姻》（1672）等喜剧，《女情敌》（1664）和《阿菲忒里翁》（1690）等悲喜剧，《一切为了爱情》（1677）和《堂·塞巴斯特安》（1689）等悲剧，《阿尔比翁与阿尔巴尼俄斯》（1685）和《亚瑟王》（1691）等歌剧。德莱顿的戏剧成就主要在英雄悲剧方面。《印度皇后》（1664）和《印度皇帝》（1665）这两部英雄悲剧奠定了他在当时剧坛的领袖地位。英雄悲剧通常采用押韵英雄偶句描写英雄与美人的纠葛、荣誉与爱情的冲突。

德莱顿并非是英国的第一位文学评论家，在他之前还有锡德尼、琼生等，但约翰逊博士却称德莱顿为“英国文学评论之父”。德莱顿的文学评论主要特点有：1）量大——除了其主要批评论著《论戏剧诗》（1668）外，他的许多作品中的序和跋都是阐述文学主张、解释作品特点的优秀评论；2）方法灵活、实用——他博采众长，将多种批评思想加以综合；3）富有探索精神——德莱顿的评论中充满了观众与艺术家、读者与评论家、评论家与学者之间的对话，所以他的评论有“对话性评论”之称。他的主要论著《论戏剧诗》就是直接采用了对话形式。他通过四位对话者将当时文坛上的各种热点问题提了出来，却并不急于下结论，让对话者们各抒己见，深入探讨。尤吉尼斯认为前一代的戏剧比当代的好，克里梯斯推崇古代戏剧，利西底斯坚持认为法国戏剧优于英国戏剧，尼安德则为英国戏剧辩护。这场热烈的对话透露出德莱顿的文学主张，即：既要尊重传统，又要提倡创新；既要借鉴外国文学，又要珍视本国的成就；既要遵守古典文学的创作规则，又要根据实际需要允许突破。

第四节　西班牙和葡萄牙文学

西班牙文学　17世纪西班牙正逢洛佩进行戏剧改革，抒情诗处于光辉时期，出现多种多样的叙事文体，是西班牙文学创作的高峰期。与文学上的繁荣昌盛形成鲜明对比的是经济发展停滞，军政权势的削弱，国势日益衰退。国王们不理朝政，将国家大事听任自己的宠臣处理。文学作品反映了西班牙王朝经历的周折和没落，也反映了政治上的腐败、道德上的堕落，作品往往带有悲观、失望情绪，在艺术上只追求感官的享受。路易斯·德·贡戈拉是这个时期巴罗克风格的典型代表。他创作的“贡戈拉文体”只为少数人所理解，仅给人以感官上美的享受。虽然这种文体早就存在，但贡戈拉使之达到顶峰，并因而得名，它也成为文坛上激烈争辩的核心问题。

17世纪上半叶西班牙人文主义者虽遭教会的迫害，但仍然坚持斗争，素以观察现实敏锐、刻画性格逼真而著称的蒂尔索·德·莫利纳（1584—

1648)、纪廉·德·卡斯特罗(1569—1631)等人,继承维加的传统,取材于民间历史传说,写了大量优秀剧本。蒂尔索·德·莫利纳笔下的勾引妇女的青年贵族堂胡安的形象对欧洲文学创作有不小影响,而卡斯特罗写的历史剧《熙德的青年时代》取材于民间谣曲,描写了抗拒外族侵略的西班牙英雄的事迹。

17世纪又是西班牙流浪汉小说进一步成熟的阶段,其标志就是1599年马特奥·阿莱曼(1547—1614?)创作的《流浪汉古斯曼·德·阿尔法拉切》。该书的第二部分于1605年出版,同第一部分结合在一起被视为典型的流浪汉小说。这个新的流浪汉不同于"小癞子",他是一个被排除于社会之外的成年人,以苦涩、悲观的视角看待周围环境,为达到个人目的不惜采取犯罪手段。这种流浪汉小说主人公的下场往往很悲惨,不是被投入监狱,就是被判处在船上做苦役。流浪汉小说反映的核心问题是为生存而斗争。主人公的轶事多变,已跳出了狭窄的活动范围,越出国界,走向欧洲。

17世纪西班牙文学中盛行巴罗克文风,它体现了两个基本特点:即悲观情感的自然而真实的流露和虚幻夸张的艺术表达手法。真实自然的情感似乎与虚幻夸张的手法互不相容,但实质上它们并不矛盾,因为作者所表现的是原有理想破灭后自然流露的失望情绪,而虚幻的手法可以给他们提供一个逃避悲惨现实的优美世界。西班牙文学里的巴罗克文风比较复杂,它由夸饰主义和警句主义(即概念主义或格言派)组成。但它们也不是极其严格的对立派别,在同一部作品中有时就可以看到两种主义的文风并存。

夸饰主义特别强调和追逐感官价值,希冀创造一个绝对美丽的世界。由于其代表人物是贡戈拉,所以又被称为贡戈拉主义。这种文体主要应用于韵文,其特点是矫揉造作,故弄玄虚,滥用夸张、隐喻手法、冷僻语汇和典故,只顾形式上的装饰,而不顾内容上的可信。它典雅动听,但空洞无物，而且很多地方晦涩难懂。

概念主义是巴罗克流派的另外一个分支。它的前身来自15世纪追求概念为基础的诗歌，这种诗歌在巴罗克的土壤中如鱼得水，得到迅猛发展。概念主义者利用一词多义玩弄文字游戏，试图以极少的词汇述说众多的事物。同时为了显示思想的意象，求救于咬文嚼字。一般讲，概念主义多半使用于叙述文中，但是概念主义的代表作家弗朗西斯科·克维多不管写诗歌还是散文或杂文均采用了概念主义手法。这两个"主义"可以说本是"同根生"，是一个事物的两面而已。两者常常合而为一，互相产生影响。

一般讲，西班牙巴罗克文学作品侧重表现如下的主题：1）世界没有价值，因为它已经不是一个有条不紊的和谐体，而是一片混乱，毫无秩序，人们被各种弊端所困扰，消失在这个犹如大迷宫的世界里；2）生活里充满矛盾和斗争，人们得与自己斗，成为矛盾的俘虏，并且还得与其他人斗，正如克维多所说的那样，"人的生存就是与自身展开的一场斗争"；流浪汉小说作家马特奥·德·阿莱曼也曾说过，"如同猫对付老鼠，蜘蛛对待毒蛇那样，我们大家都生活在互相设置的陷阱之中"；3）生命犹如昙花一现般地短暂，从而引来他们对时间的看法，即时间流逝毁坏了世上的一切，所以表现废墟成为永恒的主题；4）人生就像沙漏那么脆弱，如同一个阴影，一个虚构的故事，也如同一场梦幻；人生的这种脆弱性、不坚定性表现为表里不一，即表面现象与现实本质的脱节；如果人生是一场梦，那么人们生活的世界则是一个"大剧场"，对认识现实与抓住生活的可能性抱着极其悲观的态度；5）生活就是逐渐走向死亡，生命就是将由死亡去填补的奇怪的空缺。对死亡这个主题极其着迷，是巴罗克作家的一大特点，并不仅仅是时间快速地把人们推向死亡，就像克维多所说的那样，"我们本身就是死亡"。

巴罗克文风其实在16世纪末叶已开始在西班牙萌发，在塞维利亚派诗人费尔南多·德·埃雷拉以及宗教文学作家特莱莎、圣胡安·德拉·克鲁斯的作品里都已初露端倪。17世纪初叶，巴罗克文风逐渐得到发展，但是由于人文主义作家塞万提斯、洛佩·德·维加等在文坛上仍有重大影响，巴罗克文风没有得到充分表现。17世纪30年代左右，巴罗克文风进一步发展，50年代已处于鼎盛阶段，成为人人崇尚的文风。17世纪末，卡尔德隆逝世成为巴罗克开始衰落的一个明显标志，但是其余波持续到18世纪的头30年，直到18世纪中叶巴罗克文风才被新古典主义所取代。

路易斯·德·贡戈拉(1561—1627)是著名的“贡戈拉文体”的创始者。他出生于科尔多瓦的贵族家庭，15岁进入萨拉曼卡大学攻读神学，但没能结业。他接受教职后，曾任科尔多瓦大教堂的教士委员会成员，1617年到马德里任宫廷教堂神父。贡戈拉不仅是西班牙“黄金世纪”的著名诗人，而且对欧洲和美洲产生过深远影响。

他的诗歌创作分为三个阶段。

第一阶段，他模仿塞维利亚派诗人埃雷拉，被视为埃雷拉文风的最佳效仿者，其代表作是《费利佩二世的反英武装力量赞》。

第二阶段，他已成为科尔多瓦城首屈一指的诗人。他的歌谣、十四行诗、谣曲、牧歌以及雷特利亚体①诗歌，显示出令人惊叹的和谐韵律。他的诗歌表现力丰富，充满讽刺意味，有罕见的独创性。

贡戈拉是艺术谣曲的佼佼者，赋予谣曲以高雅、精湛的内容，又不使之丧失简洁易懂的特点。他的谣曲可分为爱情谣曲、骑士谣曲、田园牧歌谣曲、摩尔人谣曲、讽刺谣曲及苦役谣曲。《盲目的爱情》、《养蜂女与骑士》、《安赫利卡和梅多罗》等都是上乘之作。以“被绑在坚硬的条板上”为开篇诗句的苦役谣曲叙述了被土耳其海盗俘获的西班牙苦力的种种思绪，把内心的独白巧妙地糅入情景描述中。例如船上的苦役看到地

---

① 指每节末尾重复并可配歌的短诗。

平线上的西班牙国土，触景生情，心中涌起对故乡和妻子的无限思念。这时西班牙军舰追来，海盗船主喝令加快摇桨，打断了他的思念。这首谣曲还概括地表现了地中海上天主教国家与土耳其海盗的斗争史，并且暗示了西班牙海军的强大和威力。

贡戈拉从很年轻时就开始用雷特利亚诗体写诗，并以清新、奇想和风趣见长，比如著名的《只要我惬意，休管他人论短长》（1581）就是一个突出的例子。这首诗表达了只要活得舒服、快活，就不必理睬他人议论，也不必为他人财富所动的人生态度。诗中还讽刺了那些野心勃勃、被虚荣和富贵迷住了心窍的人。诗歌分成六段，逐段描述了诗人或围炉取暖，或清闲小饮，或夜听鸟鸣的闲逸生活，显示出对国事、财富和情爱的超脱。这首诗以"休管他人论短长"为副歌，反复吟唱，与第一句点题的诗"只要我惬意"前后呼应，形成轻松、诙谐、简洁的风格，韵律的乐感也很强。

第三阶段，贡戈拉也许受到科尔多瓦诗人路易斯·卡里略·索托马约尔（1581?—1610）的影响，文体变得复杂、思想变得晦涩，采用了强化的文学手段，创建出一种只为少数人服务的诗歌。这一流派后来被称为"夸饰主义"。这一类诗歌一共五首，它们是：《拉腊什的攻克》（1610）——描述西班牙以八年时间攻克位于摩洛哥沿海的这座城堡的经过，《莱尔马公爵颂》（1617）——反映这位国王宠臣的生平，《波吕斐摩斯和加拉特亚的寓言》，《皮拉莫和蒂斯贝》以及《孤独》。

《波吕斐摩斯和加拉特亚的寓言》（1613？）共分两部分，用十一音步音律写就。题材取自奥维德的《变形记》。描述牧羊女加拉特亚与牧羊人阿西斯之间的恋爱激情。加拉特亚成为核心人物，她与阿西斯成为爱情与美丽的象征。另一方面描述的是独眼巨人波吕斐摩斯，在这个怪物面前，参天的劲松也变成弱不禁风的细草。他头发蓬乱，胡须黑如木炭，他的那只独眼，敢跟太阳的光芒一比高低。但他向加拉特亚道出爱慕之情时，又变得那么温柔，是爱情改变了他的野性。诗中巨人讲述了他怎样懂得了同情和怜悯。虽然是一个怪物，但他也是大自然的儿子；虽然粗野，却也是一个与阿西斯相似的人。贡戈拉以其优美的诗句盛赞美丽、爱情以及大自然的丰富果实，但也暗示人类的不幸。巨人波吕斐摩斯遭到加拉特亚的回绝之后，醋意大发，将一腔怒火发泄在阿西斯身上，将他用巨石砸死，一切都变得不再和谐。同情阿西斯的众神将他变为一条美丽的小河，流入向他伸出双臂的大海，让他与变成水中仙女的加拉特亚永不分离。

《孤独》（1613）原计划分为四大部分，即《田野的孤独》、《河岸的孤独》、《森林的孤独》以及《荒漠的孤独》，用以象征人生经历的童年、青年、中年以及暮年。他只写完第一部分，第二部分完成部分内容，而第三、第四部分根本没有动笔。

诗歌表现了牧羊人在“福地”过着怡静的田园牧歌式的集体生活，他们欢快地举行婚礼，同岛上的渔民和猎户和谐地生活在大自然之中。这首诗歌颂农村的用意在于描绘一个没有野心的理想人类社会，使其与宫廷政治中心的尔虞我诈、利欲熏心形成鲜明的对比。《孤独》的第一部分描写一个因船只搁浅而落难的失恋青年登陆上岸，受到当地牧羊人的欢迎。翌日，青年在一个牧羊人陪伴下离开，看见一些废墟以及狩猎的人们。一位老者从这位青年人的着装上发现他是一个海员，于是十分激动地向他讲述了自己在海上的桩桩经历，然后邀请年轻人去参加婚礼。婚礼上歌声不断，大家载歌载舞，有的参加体育竞赛活动，其乐无穷。最后宾客们簇拥着新婚夫妇进入洞房。第二部分，写第四天，落难的青年与参加婚礼的人们乘上两个青年划来的船只，沿着大河，顺流而下入海打鱼，然后船只向一座岛屿靠拢。上岸后，落难青年参观岛屿，大家一道用餐，青年人听岛上老人回顾自己的渔民生涯。两个同来的青年爱上了老人的两个女儿，用歌声唱出热恋的忧伤。于是落难青年替他们向老人求情。老人最后同意接受他们为自己的女婿，诗歌到此中断。从表面上看这部作品前后没有什么内在联系。作为全诗的核心人物，落难青年的形象描写得并不深刻，更多的笔墨用于描写大自然的景观。作者这个阶段的诗作，寓意特点极浓，为后来西班牙超现实主义和1927年西班牙出现的诗人团体提供了撰写纯诗歌的模式。

贡戈拉使用了复杂的引喻和影射，运用了新颖的形象及鲜明奇特的比喻手法。为了不落窠臼，他一味追求拉丁语汇表达方式和费解的语法短语，迎合了当时盛行的巴罗克文风。尽管他运用夸饰主义手法写的每首诗都极古怪、晦涩和混乱，但确实有不少追随者。这些诗人没有他的天才，而是扩大了他的缺陷，从而伤害了贡戈拉的形象。

贡戈拉的诗才是塞万提斯发现的。尽管他是个有争议的人物，但仍不失为西班牙最优秀的诗人之一。

弗朗西斯科·德·克维多–比列加斯（1580—1645）他的父亲曾任堂娜玛丽亚·德·阿斯图里亚斯王后的秘书。他的母亲则是王后的侍女。克维多六岁丧父。曾在耶稣会创办的帝国学校读过书，然后在阿尔卡拉大学继续深造并于1599年毕业。1602年他在当时的首都巴利亚多利德城注册学习神学并以其文学创作崭露头角。他笔下的道德说教式的十四行诗、赞美诗、讽刺性的民谣以及诙谐性的短诗等手稿广为传抄，不胫而走。从这个阶段开始他与贡戈拉敌对，这种文学角逐的紧张关系与敌视态度一直延续到贡戈拉逝世。

克维多一生从政，曾任西西里总督奥苏纳公爵的秘书，也曾得到奥利瓦雷斯伯爵的垂青。在公爵倒台时，他受牵连而遭流放，后因卷入众多的争辩是非之中，曾二度被流放。最不幸的一次是1639年11月，他被指控为法国间谍而被捕入狱，在圣马可修道院关押过五年，身体遭到极大损害。克维多出自经济目的曾与一位贵族寡妇成婚，这场婚姻仅仅持续了几个月。他一直都勤于笔耕，孜孜不倦。他不但多产，而且常写常新，直到去世前，他还在拟订新的创作计划。

克维多的著作等身，种类繁多。他具有驾驭语言的天赋与渊博知识，在诗歌和叙事文里反映出令人痛心疾首的阴暗生活。他的作品主题、形式和情调随着内容而改变；亦庄亦谐，讽刺挖苦与同情怜悯相伴，优美高尚与庸俗卑劣并存，无情诅咒里流露出无限伤感的情绪，在冷酷攻击的同时也对自己作无情剖析。

作为散文作家，他最负盛名的诙谐讽刺作品有《梦》、《众人的钟点》（1635）。收进《诙谐集》里的作品都是他在青年时期针对社会弊端而写的讽刺性短文，文章的语言经过刻意加工，并极尽诙谐讽刺之能事。《梦》写就于1607年至1622年，1627年出版，1631年由于检查部门的干预作了重大修改。作者梦游地狱，亲临上帝的最后审判，在旅途中和地狱里看到了种种人物，诸如：医生、教堂司事、糕点师傅、商人、妓女、热那亚人、传教士、司法人员等。作品尽情嘲讽了当时社会的伪善和邪恶，在辛辣的讽刺背后透露出作者看破尘世的情绪以及对现状回天无力而感受到的苦楚。《众人的钟点与有脑子的命运》是一篇具有道德说教性质的幻想作品。克维多把故事情节置于神话中的奥林匹斯山和当时的欧洲，讲述了宙斯命令命运之神在一个钟头之内公正地给予每个人应该得到的一切。命令的结果使得众人社会状况改观，克维多以此为线索讽刺挖苦了人类的弊端。

作者还写了有关伦理道德和哲学方面的书籍，如《摇篮与坟墓》，书中他把斯多葛派思想与基督徒的生存观结合起来，向人们揭露了尘世间的虚荣与苦痛，试图教育人们听从命运的安排。文学评论方面的作品有《热衷于夹杂着诸多拉丁语汇的语言》、《航行于夸饰文体的指针》等，抨击贡戈拉及其追随者——夸饰文体的作家。

他的小说《骗子外传》的全名是《流浪汉的典型、狡诈鬼的镜子、骗子堂巴勃罗斯的生平事迹》（1603）。这部典型的流浪汉小说记载了巴勃罗斯从童年到青年，不断坑蒙拐骗、不务正业、无恶不作的经历，到结束时他正打算与一位妓女去西班牙属地西印度群岛碰运气。作者最后用悲观的话结束了故事：“任何人只换换地方而不改变生活习惯，那他的景况是决不会改善的”。

巴勃罗斯原希望成为骑士，但由于出身低微，被迫过起流浪汉生活。他一旦失足，就变成一个需要不断逃脱的人：要逃脱家庭，逃出马德里，摆脱修女以及逃避官方追捕。他的生活信念发生动摇，头脑混乱，迷失方向。小说的游荡格局、变换场地及意外事件涌入的无规律和无目标的偶然性，实际与主人翁头脑中迷宫般的生活景象形成了形式和内容上的呼应。克维多是个具有种族偏见的作家。在他笔下，形成巴勃罗斯堕落的最根本原因是来自他的犹太出身，因此在他生活的圈子里不可能有人向他传授美德。克维多得出的结论是巴勃罗斯本性难移，念念不忘犹太人的“不良”宗教。书中作者采用了巴罗克的过分夸张手法，常使描述失真，难以令人信服。

克维多以其诗作的巨大数量、诗歌的格律（十四行诗、西尔瓦体诗、谣曲、雷特利亚体等）与主题的多变、炙热的情感与精确的表达在西班牙诗坛上占据着特殊的地位。他的诗歌创作包括抒情短诗、玄义诗、道德说教诗、宗教诗、爱情诗、诙谐讽刺诗、赞美诗以及诔歌共八百余首，但不少作品已经散失。流传至今的作品被后人编为两部诗集：《西班牙的帕尔纳索斯山、双峰山岭和九位缪斯》（1648）和《西班牙的最后三位缪斯》（1670）。

他写了一种难以理解的“玄义诗”以发泄由于时间旋踵即逝，死亡的必然来临所带来的惆怅、苦涩的情感。诗中死亡、生命、时间的主题固然来自传统，但通过他的高超诗艺变为“有血有肉的形象”，成为独具克维多特色的、抒发个人情感的诗作。他的“道德说教诗”以极为严肃的态度提出人世间的弱点（嫉妒、野心、虚伪、贪财、献媚）并抨击了西班牙的弊端；或者宣扬斯多葛派教义，用以排遣生活给他带来的痛苦。长诗《致陛下宠臣奥利瓦雷斯伯爵堂加斯帕尔·古斯曼的讽刺信，旨在反对西班牙目前的风习》与贡戈拉的诗作不同，诗歌风格严谨，词语高度概念化。这首关心帝国衰落的诗歌可能写定于1627年左右。当这位伯爵答应进行改革、使民族复兴时，克维多觉得国家有了一线希望，写出了这首诗歌。克维多用精辟、含义深邃的话语哀叹祖国的悲惨境地，将社会腐败与中世纪理想的美德加以对照。贡戈拉也讽刺挖苦不良现象，但从未达到克维多那种咬牙切齿、认为生活可憎的程度。克维多对所有的一切都失望，认为都是破旧、陈腐的东西。如他的名诗《我凝视着祖国的城墙》有这样的诗句："我凝视着祖国的城墙/它们一度那么坚固，但流逝的时光/已经使它们疲惫崩碎，/它们的勇气也逐渐沦丧"；"我走进屋里，我见到它已是/古老住宅的褪色废墟，/我的手杖已更弯曲而不那么结实坚强。/我试试剑锋，它已向岁月投降，/我发现月光所及的东西，/无不提醒我死亡就在身旁。"

克维多的"宗教诗"表现出作者渴望找到与其宗教信仰相符的生活，得到基于获得永生的宽慰。他的"爱情诗"有的娴熟地利用彼特拉克手法，有的表现誓死捍卫爱情的情愫，如献给丽希的诗歌。在"诙谐讽刺诗"中他贬斥无足轻重的小人物及其行径。克维多在他的《贫穷，金钱》一诗中把贫穷和金钱进行强烈对比，道出金钱的种种罪恶，让两者相间对比地出现，增强了讽刺效果。其他的著名讽刺诗有《金钱老爷是强大的绅士》，抨击了有钱能使鬼推磨的现象。他的诗作最为关注的事情是死亡，渴望实现的幻想是爱情。

除去上述谈及的成就，克维多还著有文学批评和哲理作品。他也曾翻译过塞内加书简，编写过短剧和舞剧。

佩德罗·卡尔德隆·德拉·巴尔卡（1600—1681）出生于马德里的一个贵族家庭，但他父亲仅当上王家财政部的一名书记员。1635年，卡尔德隆将获圣地亚哥骑士头衔的提名，可他父亲职务卑微成为他接受头衔的障碍，后经过教皇特许方获此殊荣。

卡尔德隆幼年时曾在马德里耶稣会办的学校里学习人文科学，成绩优异，据说他13岁时就写了第一部喜剧。1610年母亲难产去世，从此，幸福的家庭分崩离析，兄弟姐妹被分送出去，只有他留在父亲身边。

1620年卡尔德隆从大学毕业后以一首十四行诗参加纪念马德里守护神活动的文学比赛并获奖。此后他成为闻名的诗人。他早期的几个剧本颇受洛佩·德·维加的青睐。据推测卡尔德隆从1623年至1625年间曾在军队中服役，从而有机会去意大利、佛兰德斯等地。1629年发生一件轰动京城的事情。一个戏剧演员刺伤卡尔德隆的兄弟，逃进修道院躲避，卡尔德隆和他的朋友执刀剑闯入，大闹一番，而洛佩·德·维加的女儿正好在那个修道院接受教育。后来三位一体教派的一位教士布道时将此事加以披露，卡尔德隆在他的喜剧《坚贞不渝的王子》（1629）中以讽刺形式予以回击。这件事深为当时权贵和教会所不满，也使得卡尔德隆和洛佩·德·维加之间原来极为密切的关系从此疏远。洛佩·德·维加逝世时卡尔德隆已驰誉文坛，费利佩四世任命他补洛佩的缺，出任宫廷诗人，1637年授予他圣地亚哥骑士称号。卡尔德隆曾参加镇压加泰罗尼亚农民起义的战役（1640—1642），后因健康原因，不得不申请退役，从此专门从事戏剧创作。这时国事、家事都令他悲观失望，他对尘世名利感到厌倦，1651年决定出家当修士。他出家后，戏剧作品却有增无减。但部分宗教界人士对他颇有微词，认为他是个不务正业的修士，后来他在朝廷中任宗教显职。1681年5月25日当他撰写最后一个宗教短剧《完美无缺的菲洛特阿》时溘然长逝。

卡尔德隆的作品异常丰富，幕间短剧和其他零星剧作不计在内，较重要的剧作就有120部，宗教短剧80出。他的剧作分为两大类：喜剧和宗教短剧（又称宗教圣理剧）。卡尔德隆是宗教圣理剧的创始人。第一类中又分为：西班牙历史传奇喜剧，如《萨拉梅亚的镇长》，关于荣誉和嫉妒的喜剧，如《精灵夫人》（1629）、《有两扇门的家难以看守》（1629）和哲理喜剧《人生一梦》。宗教剧的代表作品有《神奇的魔法师》、《对十字架的崇拜》、《坚贞不渝的王子》。他与洛佩成为西班牙黄金世纪戏剧先后两个阶段的代表人物。可以说卡尔德隆把洛佩创建的戏剧体系推向顶峰。卡尔德隆从发表作品之日就显示出娴熟的写作技巧，对洛佩派的戏剧主张做了不少修正。他突出主人公的作用，将他立为全剧的核心与剧情的推动者。其他角色与情节的设计一律服从表现主人公的需要。赋予主人公这种至高无上的特权是通过戏剧独白手法来实现的。洛佩的喜剧里也有独白，但是用以抒情，而卡尔德隆则用独白揭露主人公内心的矛盾冲突。卡尔德隆笔下的主人公感情不易激动，善于独立思考，能在千头万绪的思绪里寻找出最佳答案。他笔下的人物都是理性化的人物，常常在对立的两个方面之间进行思想斗争：光明与黑暗，生与死，躯壳与灵魂，命运与自由等。戏剧中表现的这些方面与作者在耶稣会的帝国学校所受到的教育有关。

《萨拉梅亚的镇长》（1642）①是西班牙的历史传奇剧代表作之一。它的历史大背景是费利佩二世为争夺葡萄牙王位继承权而发动攻占该国的战争。故事讲述西班牙军队到达与葡萄牙毗邻的巴达霍斯省时，先头部队的队长——贵族阿尔瓦罗·德·阿塔伊德看中了萨拉梅亚镇上首富克雷斯波的女儿伊萨贝尔，但克雷斯波对他们早有防范。在勾引未遂之后，阿塔伊德用欺骗和暴力抢走了姑娘并奸污了她。事发后，新任镇长克雷斯波在求阿塔伊德娶其女遭到拒绝后，便使用自己的职权，不顾国王法令把强奸犯处以绞刑。虽然此举违背了当时民政无权过问军队司法的

---

① 这个剧曾于1636年在宫廷里上演过，但因洛佩也有一个同名剧，文学界一直无法确定上演的是不是卡尔德隆之剧，所以对其首演时间众说不一。

规定，盛怒的国王在听过克雷斯波申辩后，却也只好无可奈何地表示宽大，并且封克雷斯波为终身镇长。伊萨贝尔的结局与当时被侮辱的妇女一样，只得出家当修女了此一生。

这个剧本是根据洛佩·德·维加所写的同名剧本改写而成的，无疑继承了洛佩优秀的传统。但在情节上、人物性格塑造和戏剧性上这部剧作都胜过洛佩的原作，从而成为卡尔德隆戏剧创作最高成就，也是西班牙戏剧史上反映现实生活的一部杰作。

主人公克雷斯波是个富裕农民，十分珍惜个人的荣誉，对自己血统纯正的农民出身引以为荣。他不仅在维护正义和家族荣誉上显示了果敢坚定的性格，而且还具有严父兼慈母的人情味，面对儿女的顽皮和任性，表现出超出常规的亲情，是个有血有肉的可信的形象。作为一个正直的人，他要求队长赋予他女儿应得到的补偿；在乞求无望的情况下，他就利用权力伸张正义。这个人物是个复仇者，他履行了维护个人荣誉的准则，但他又是地方政权的执法者，是塑造得十分可信的人物。正如评论家所说，他是"为现代西班牙下层社会赢得荣誉的粗鲁农民的化身"。

卡尔德隆通过写实手法，在剧情发展过程中逐步丰富了克雷斯波的形象。观众认识克雷斯波不是通过他的内心独白，而是通过在各种事件面前他的一举一动、一言一行。在他一连串的不幸遭遇中，在他正当行使自己的权力时，这个人物的形象得到升华，赢得观众的同情与尊敬。贵族出身的队长阿塔伊德是封建主的化身，他们自恃出身高贵，将平民百姓视如草芥。卡尔德隆和洛佩一样谴责了这群桀骜不驯的叛臣贼子。结尾时同样也是国王出面进行干涉，收拾残局，人民和贵族之间的冲突由于国王的干预而获得公正解决。

在黄金世纪里，相当多的戏剧把显示贵族情感的荣誉问题作为展开戏剧矛盾、冲突的主题。但是捍卫个人或家族荣誉的问题业已不再是贵族独自拥有的世袭特权，而是延伸、扩展到市民、平民阶层。在这个时期的喜剧里平民面对贵族的残暴，为维护荣誉挺身而出进行斗争是屡见不鲜的，不过这种平民一定是拥有大量土地的平民。这出既乐观又保守的喜剧与其他巴罗克文学作品里所表现的失望、沮丧情绪形成鲜明对照。

作品的文学价值在于作者以鲜活的写实手法，从心理角度塑造出对立双方的主要人物形象。克雷斯波乞求队长与他女儿结婚的这段对照鲜明的对白，构成极为动人、富有戏剧性的场面，收到强烈的舞台效果；伊萨贝尔被糟蹋后，希望黑夜无限地延长，曙光千万不要降临以便为自己遮羞，作者运用优美的诗句将这位少女呼天不应的内心痛苦表白得淋漓尽致，感人至深。通过剧中五个军人形象，卡尔德隆将他所在时代的西班牙军队的各类军人，特别是具有鲜明个性的菲格罗亚将军逼真地展现在观众面前。

卡尔德隆的《人生一梦》（1635）是个哲理剧，故事情节错综复杂。塞希斯孟多是波兰国王巴西略之子，出生前即有占卜家预言说他长大后将成为最残酷、最不信神的君主，而且会令父王匍匐在他脚下。为此，巴西略把他从小囚禁在高塔里，与世隔绝，只有一个心腹臣子克洛塔尔多看守他。塞希斯孟多长大了，但因不见外界，终日身披皮毛，脚戴镣铐，具有半人半兽的性格。为了最后确定他是否能做继承人，他的父亲令人用麻醉药使他昏睡之后带回宫中，王子醒来时看到从未见过的人间豪华，以为自己是在梦中。国王告知他的真实身世后，他很不高兴，野性大发，把仆人扔进海里，还企图对克洛塔尔多的女儿罗萨乌拉施暴。国王见此情景，认定预言已被验证，就把儿子再度麻醉后，送回塔里，并决心传位给外甥——莫斯科大公阿斯托夫，安排他娶埃斯特雷利亚公主。但这个决定遭到不愿外国人来统治的波兰人民的强烈反抗，他们拥戴塞希斯孟多为王。王子此时又以为自己在做梦。经百姓劝说他同意率领他们攻打王宫，并战败了父王和阿斯托夫大公，登上了王位，娶了表妹埃斯特雷利亚公主，并成全了罗萨乌拉嫁给心上人阿斯托夫。到最后，这位新国王仍然认为这是一场梦，担心“会在奢望中醒来”，会再度被送进牢房。

《人生一梦》是卡尔德隆的重要著作，其中不仅表现了卡尔德隆的哲学，而且也表现了整个巴罗克时代的信念。作者有力地揭示了整个时代的矛盾。卡尔德隆想向读者表示人世间的生活毫无价值，人生的真谛不在这个世上。在基督教教义里，从生活的迷梦中醒来意味着进入天国，生命达到永生，是战胜死亡的永生。巴罗克时代的卡尔德隆看不到出路，他感到惶惑，其结果就是陷入悲剧的宿命论泥坑，认为“整个人生只是一场幻梦”，“一阵风吹来将化为灰烬”。从而得出结论，既然尘世的一切那么虚幻，人们就该抛弃尘世的利益，“还是去寻求永恒的东西，去寻求永生的荣誉，在那里，幸福不会沉睡，光荣不会歇息”。这种梦幻主题很新颖，但并非卡尔德隆的首创，他从《一千零一夜》中的《睡了又醒的人》的故事中得到启迪。但是卡尔德隆的内心充满矛盾，他一面高唱“人生一梦”，另一方面又一再重复，即使是在做梦也应好好地干一场，从而在消极的基调中掺进了积极的因素。

塞希斯孟多是一个带有普遍意义的象征性人物，是个从野蛮粗鲁转为进行理性思考的人物，变成善解人意的、善良的、主持正义的人物。尽管这种转变过于突然，不太合乎逻辑。但是可以看出，作者试图将塞希斯孟多的个人经历扩展到整个人类：不仅仅王子的人生如梦幻，而且我们大家，每个人的生活都是如同梦幻一般。

该剧是按照主要和次要两条线索平行发展的：塞希斯孟多的被囚禁和获得自由；罗萨乌拉的被侮辱和觉醒。这两条线索交替出现，卡尔德隆将它们完美地交织在一起，编造错综复杂的情节，从而牢牢地吸引住观众的兴趣。另一次要情节表现阿斯托夫和埃斯特雷利亚之间复杂的联姻情节以及他们对波兰王位的窥探。剧情发展到最后一幕时达到全剧的最高潮。剧中的场景不断地转换，从古塔的牢房到豪华的王宫，从明亮的王宫又回到阴暗的牢房，这种强烈的对照具有巴罗克风格的特征，同时也收到强烈的舞台效果。尽管剧中诗句常常受到纷繁的夸饰文体干扰，但音调铿锵，优美动听，易于上口，富有艺术感染力。

有关荣誉和嫉妒的剧作《治疗荣誉的医生》（1635）讲述恩里克·德·特拉斯塔马拉王子狩猎时，突然从马上摔下来失去知觉，被送到附近庄园抢救，在那里遇见过去的恋人堂娜·梅西娅。由于家庭的压力，堂娜·梅西娅已嫁给塞维利亚的贵族古铁雷斯·阿方索。这次与过去的恋人偶然重逢，堂娜·梅西娅不知所措。恩里克王子旧情难忘，明知堂娜·梅西娅已婚，仍然不断纠缠，但每次都遭到拒绝。古铁雷斯明知妻子是清白的，还是强迫一个医生给他的妻子放血致死。这个医生将罪行向国王坦白，国王佩德罗一世清楚了事情的始末，但他还是说这是一起不幸的医疗事故，批准古铁雷斯与过去的恋人莱昂诺尔结为夫妇，而后者明知古铁雷斯是个为荣誉杀妻的可怕的人，但仍欣然接受婚礼。

卡尔德隆的剧作基本上围绕命运和荣誉两大主题展开。他还创作了许多宗教喜剧和宗教短剧，以供宫廷的宗教节日演出之用。他的宗教短剧实际上是针对被视为异端的新教而展开的反宗教改革运动的产物。从1649年开始一直到去世，他是马德里圣体节上演出的宗教短剧的唯一作者。

《神奇的魔法师》（1637）是作者宗教喜剧的代表作。它描述魔鬼为了不使青年学生西普里亚诺皈依基督教，向他提出条件：如果年轻人愿意将灵魂交给他，他就帮他达到占有他日夜思念的恋人胡斯蒂娜的目的。魔鬼又施展魔法诱惑胡斯蒂娜，让她钟情于西普里亚诺，但终因姑娘坚信基督而没让魔法得逞。失败了的魔鬼不得不用一个鬼魂变作胡斯蒂娜的化身蒙骗西普里亚诺。当后者去拥抱这个鬼魂时，发现竟是一具骷髅，从此大彻大悟，决心皈依上帝。剧本结局是胡斯蒂娜和西普里亚诺被以信仰异端异教的罪名双双处以死刑。这个剧是卡尔德隆根据欧洲关于浮士德的民间传说创作的。歌德在创作《浮士德》时曾采用了其中的某些场景，从而很多人认为这出剧是歌德的《浮士德》的先声。

葡萄牙文学　16世纪中叶以后，反宗教改革势力的御用工具——耶稣会控制了葡萄牙文化教育界。1547年设立的宗教裁判所和书刊检查机构查禁了不少文艺复兴时期的优秀作品，对新思想横加干涉，从而文学创作活动受到压制，阻碍了文学的发展。1581年葡萄牙被西班牙吞并，葡萄牙文学受到歧视。由于上述种种原因，葡萄牙文学急剧地衰落，宗教题材的文学作品盛行，内容空洞，追求辞藻和形式的“贡戈拉主义”的贵族文学成为正统。这个时期尽管出现了不少文化团体，如诗社、学会（“才子学会”、“君子学会”）等，但是葡萄牙文学业已处于衰落时期。作家们极尽模仿之能事，毫无创新。

诗人、历史学家、伦理学家、杂文家和喜剧作家**弗朗西斯科·马努埃尔·德·梅洛**（1608—1666）以卡斯蒂利亚语和葡萄牙语两种语言撰写优美的文章，如《夫妻生活指南》、《家书》，他的最好的散文作品是撰写耳闻目睹的历史事件的《加泰罗尼亚的分裂史》。他的诗风早期受到贡戈拉的影响，撰写巴罗克式的诗歌，后来诗风改变，纯真朴实，具有人文主义倾向。这个时期的著名诗人、世俗文学的代表人物是**弗朗西斯科·罗德里格斯·洛博**（1580—1621），他同时也是优秀的散文家、著名的田园小说的作者，代表作有《春天》（1601）、《漂流的牧人》（1605）、《失恋》。在他的叙事诗中，有对伊比利亚半岛的巴罗克文学产生过一定影响的《乡村中的王朝》以及歌颂葡萄牙布拉甘沙家族的《统帅》——一部像西班牙人崇敬熙德那样的民族英雄的叙事长诗。

西班牙的统治和宗教裁判所的压迫引起葡萄牙平民百姓和上层社会一部分人的不满情绪，从而出现了带有讽刺色彩的暴露文学，主要是一些手抄的幽默、讽刺作品，亦被称为“小册子文学”。在浩如烟海的小册子中脱颖而出的代表作是佚名作品《偷窃的艺术》。这类作品一般都是围绕宗教裁判、贵族阶层的弊端、国家税务等问题进行讽刺、抨击。

在这个世纪里，耶稣会教士安东尼奥·维耶伊神父（1608—1697）因反对迫害新教徒而受到宗教裁判所监禁。他在《宗教裁判所法庭的辩护词》和在国内外所写的文章以及其他作品中揭露了社会现实，表现出人文主义思想，对宗教裁判所进行了猛烈的抨击。此外，被誉为“最为完美的散文家”路易斯·德·索萨修士（1560—1632）撰写出《若昂三世编年史》，马努埃尔·贝尔纳尔德斯教士（1644—1710）撰写了风格清新，带有天真纯朴新意的说教故事《光与热》和《新林》。

第五节　德国文学

德国的17世纪在历史上是一个混乱的时代，当时德国在政治和经济上都比较落后，文学上也没有出现能同英国的莎士比亚和弥尔顿，法国的高乃依、拉辛和莫里哀相媲美的文学巨匠。尽管如此，德国文坛上确有几个相当重要的人物：马丁·奥皮茨在文学理论上，格吕菲乌斯在诗歌和戏剧上，格里美豪生在小说上的贡献都对德国文学的进一步发展具有不可低估的作用。事实上，他们处在德国文学向伟大时代迈进的过渡阶段。

自1525年农民战争以失败告终后，德国分裂状况更加严重，农奴制也以更加残酷的形式再度兴起。由于地理上的新发现和航海术的进步，商路发生了转移，西欧沿海国家如英国、荷兰获得了海上贸易优先权；德国则从国际市场上被排挤下来，商业凋零，城市衰落，重又成为一个农业国家。

诸侯们为了争权夺利，利用新教和旧教的分歧把宗教作为工具。当时德国皇帝和一部分南部诸侯信仰旧教，北部诸侯信仰新教，两派明争暗斗日益激烈。外国的势力也利用德国的分裂从中牟利。1608年新教诸侯组成“新教联盟”，天主教的诸侯们随即在1609年组成“天主教联盟”与之对峙，双方的对立和冲突造成了非常紧张的局势，终于在1618年爆发了残酷的三十年战争。

三十年战争不仅是德国的内战，而且也是欧洲历史上第一次规模最大的国际性战争。除了德国内部的两大阵营外，参战的还有西班牙、丹麦、瑞典、英国、荷兰、法国等国。但是战场则在德国的土地上，这些国家有的派遣军队到德国，有的用经济等方式支援。

这场战争从1618年捷克人民反抗哈布斯堡王朝的起义到1648年两方面达成和议，延续了30年之久。战争的结果是德国在政治上更加分裂。整个德国国土共分裂为296个小国，66个自由城。各个诸侯纷纷扩张自己的势力，加紧对人民的剥削。在经济上，由于人口在战争中大量减少，土地荒芜，矿山被废弃，农奴制度加速发展。

三十年战争给德国造成了巨大的创伤，使其政治、经济和文化都蒙受了相当严重的损失。以文化方面的重要因素——语言而言，马丁·路德曾清除了德国语言的积秽，促进了语言的统一，但是此后德国语言并没有得到继续培养。到了三十年战争时期，外国的士兵在德国土地上到处横行，不仅在政治和经济上，就是在语言上也给德国造成了很大的损害。在宫廷里，统治阶级说法语和意大利语多于说德语。他们鄙视、甚至放弃了祖国的语言。唯一的而且是最后的一条可以维系德国人民文化上统一的纽带——语言——也面临被割断的危机。然而17世纪出现的语言学会挽救了德国的民族语言和文化。

在三十年战争爆发以前，就有爱国的贵族、诸侯、学者和作家致力于清除语言混乱的现象，努力争取在语言上求得德国的统一。他们组织起语言学会，目的是一方面在路德的《圣经》翻译基础上进一步提高语言的纯洁度，排除外国的影响，另一方面以语言的提高为基础创造出一种崭新的文化。1617年，图灵根的诸侯和贵族模仿意大利佛罗伦萨的模式在魏玛建立了丰收学会。他们提出学会的宗旨应是：尽可能维护高地德语的本质与水准，不掺杂外来词汇，并在言谈方面争取最好的口语形式，在写作和赋诗方面争取达到最纯粹的艺术境界。许多学者和诗人都相继在类似的学会中发挥作用。1633年在斯特拉斯堡、1642年在汉堡、1644年在纽伦堡、1656年在吕贝克召开的语言学会会议都很有影响。一种强烈的学术意识和文化意识体现在人们对形式、语言艺术和语法规则的实践和探索之中。文学创作不单是心灵的直接表达，同时承担起一种社会性的功能。通过典范的修辞，文学作品代表着具有社会性的内容和形式，导向一种普通而公开适用的完美风格。

语言学会对于17世纪开始的巴罗克修辞有着权威性的影响，这种巴罗克修辞关注装饰和优雅，甚于关注有思想深度的人文主义。语言学会所追求的精致而典雅的语言艺术形式逐渐成熟，集中体现在马丁·奥皮茨的作品中。

马丁·奥皮茨(1597—1639)是学者、丰收会会员、诗人，更重要的是诗学理论家。作为一种新风格的开拓者，他开了巴罗克文学的先河并非偶然。1624年，这个异常活跃的西里西亚人在海德堡这座人文主义抒情诗和信仰革新的城市，发表了他的一本薄薄的著作《德国诗论》。这本书影响德国的诗歌长达一个多世纪。全书共七章，前四章是关于历史和理论的阐述，后三章是实践部分。通过这部著作，奥皮茨把外国的诗歌形式介绍到德国，使它们在德国生了根，如古代希腊、罗马的颂歌体、格言诗体、意大利的十四行诗体。这本书的贡献还在于，奥皮茨以古代希腊和罗马以及文艺复兴时期的诗歌为依据，发展了一种纯洁语言和艺术的各项规则。这些规则就是对形式的规定和限制，使之清晰而和谐，体现了对理性的追求。奥皮茨认为，文学创作首先是对与文体相关的形式的满足，但这种形式必须伴随以诙谐而典雅的感觉。尽管活泼不羁的创作时常会超越这些规则的限制，但是这些规则的影响仍然是重要的。奥皮茨以自己浩繁的、充满新素材、形式新颖的作品证实了这些规则的意义。这些规则中有一点对于德国的诗歌至关重要，那就是对重音关系的确定。在奥皮茨之前，德国诗歌只有两种音韵形式：或是所有的音节一律等同，不分轻重；或是以元音的长短来加以区分。奥皮茨认识到，主宰德语的并非音的长短，而是重音的分布。在自然的交际口语中重读的音节，也必须是一个诗行的重音所在。由此，自然重音被作为准则引进诗歌创作。从奥皮茨开始就产生了有秩序、有格律的诗歌艺术。当然，奥皮茨的理论也在某种程度上限制了抒情诗应有的可能性，因为它只强调重读和非重读音节，抑扬格和扬抑格之间的差别，排除了双音节和自由节拍的可能性。这样一来，就在有韵律规定的艺术诗歌和民歌之间划上了一条分界线。这是这本书的不足之处。

在马丁·奥皮茨对文学语言，特别是诗歌语言提出了规范性的准则之后，文学界对文学创作语言又提出了更高的要求。在文学创作中相继出现了一批有影响的人物，他们构成了德国巴罗克文学的一个重要组成部分。这些作家大多来自西里西亚，并且多数曾在诸侯的宫廷里任职，他们的影响遍及整个德国，被称为西里西亚作家学派。这一学派在文学创作上先后有两种倾向：一是由奥皮茨开始的受到荷兰文学影响的倾向，其创作以适度的古典主义形式为主，主要代表诗人有达赫、采普库（1605—1660）、弗莱明、梯茨（1619—1689）等，其中还包括著名的诗人兼剧作家格吕菲乌斯；另一种倾向受到了西班牙和意大利文学影响，有着后期巴罗克的浮华风格，主要代表作家有霍夫曼斯瓦尔岛和罗恩斯坦。

西蒙·达赫（1605—1659）是一个新教教徒，在克尼斯堡的学校里担任过校长职务。他除了写过大量婚礼诗、洗礼诗和葬礼诗外，还创作了一系列的抒情诗。在这些抒情诗中回荡着一种真挚、细腻并且常常是悲天悯人的感情。他的创作以尼德兰的音乐传统为基础，把音乐和抒情诗高度结合起来，具有浓郁的抒情性。他的诗歌《塔劳的安欣》（1637）非常著名。在他身边聚集起一些爱好音乐和写诗歌的朋友，他们建立了“葫芦小屋”，使音乐和写作紧密结合。

保尔·弗莱明（1609—1640）的诗歌创作拥有多个角度，然而无论从哪一种角度出发，他的诗所表达的都是个人内在的丰富情感。他经历过三十年战争，曾为效力于荷尔施太茵公爵前往波斯冒险，他也受过爱情挫折的打击，所有这些经历使他的诗歌超越了社会性的层面而具有一种深沉的内心活动的真实感。他的爱情诗里充满了生气勃勃的个人经验，他的宗教诗里充满了路德式的坚定信念，自白诗里则显得严肃而冷静。

安德里亚斯·格吕菲乌斯（1616—1664）是17世纪德国最杰出的诗人，也是一位剧作家。他的诗歌和戏剧创作的激情源于他所亲身经历的战争。他在三十年战争的阴影下长大，对战争的罪恶深恶痛绝。他20岁时写的十四行诗《祖国之泪》深刻地批判了战争的巨大破坏性，指出战争不仅带来了死亡、瘟疫、火灾和饥饿，更可怕的是使人丧失了宝贵的灵魂。父母双亡后他离开战乱的德国，开始了广阔的求学之旅。他到过法国、意大利以及荷兰，孜孜不倦地学习，终于年少而成名。他在27岁时便已经完成了他的十四行诗、颂歌和格言诗的大部分。他在荷兰的阿姆斯特丹及莱登约六年的期间内还在大学任教。1647年他回到西里西亚，并投入到反对天主教压迫、争取新教自由的斗争中。

格吕菲乌斯的诗歌以思想深沉、气势宏伟、格调庄严的品达体颂歌、十四行诗和教堂唱诗为主。他的用词和节奏都是强有力的、高昂的，正如他自己所说，他寻求“重磅词汇”来表达他内心的强大激情。饱含激情而又富于表现力的形象，不断涌现比喻、新奇的对照手法以及强烈的起伏感都赋予他的颂歌和十四行诗以一种宏伟而庄严的境界。著名的艾尔采维尔出版社于1639年推出了他的《星期日和节日十四行诗》，1643年又出版了他的《第一本颂歌》。

格吕菲乌斯的戏剧创作受到了荷兰、英国戏剧以及天主教的耶稣会剧的影响。他从天主教的文学创作中吸取了某些特点，因为他感到这种创作风格比北德新教市民阶层的民间艺术更适合于巴罗克时代的生活情调。他的戏剧中所包含的重大主题是17世纪世界的混乱和动荡，以及人们如何坚信正义和善良并不屈不挠地用死亡作为代价换取了对这乱世的悲剧性胜利。他在德国开创了色彩浓厚的宏大英雄主义悲剧，通过伟大的历史事件和伟大的历史人物来展现这个尘世的残酷以及持久的信仰对这种残酷现实的胜利。戏剧的形式大致遵循古典的模式：全剧分为五幕，严格遵守时间的统一性原则，带有合唱曲，戏剧语言充满诗意。合唱曲由抑扬格和扬抑格两种格律诗行组成，对白是亚历山大诗体。舞台的布景具有类比和象征意味：台面上布满了尸体、画像、王冠和利剑，舞台上方是敞亮的天堂，而下方则是漆黑的地狱。格吕菲乌斯的主要悲剧作品有《列奥·阿美尼乌斯，或者诸侯之死》（1650），《乔治亚的卡特琳娜，或者久经考验的坚贞》（1657），《被谋杀的陛下，或者卡罗鲁斯·斯图亚督斯》（1657），《伟大的法学家，或者濒死的艾米琉斯·保罗·帕比尼阿努斯》（1659）。除了悲剧之外，格吕菲乌斯还创作了几部喜剧。他的喜剧具有幽默感和对人物性格的细致观察以及生动而滑稽的模仿。剧本的情节多取材于下层市民或农民的生活，采用的语言是通俗的日常语言，不同于悲剧中的诗体语言。

卡斯皮尔·封·罗恩斯坦（1635—1683）是继格吕菲乌斯之后出现的一个剧作家，作品精致，善于修辞。他在自己的既充满异国情调又富于古典风味的戏剧中把所有的激情、热切的欲望和强大的恐惧都表现得极端强烈，超乎限度。他的语言中充斥着形象丰富、技巧精湛的修辞手法。巴罗克的对偶式修辞格在他的作品中得到了极为充分的表现。他用自己富于心理性和审美性的行为剧取代了格吕菲乌斯所创作的观念剧。在他的行为剧中，厄运成为主宰一切的因素，无情地左右着主人公的存在和行为。体现在格吕菲乌斯的戏剧中的那种牢固的人性以及伦理价值观念在他的剧作中已经消失，而占据主导地位的是语言的激情和场景的豪华所烘托出的心醉神迷之感。

霍夫曼斯瓦尔岛(1617—1679)的诗歌创作同罗恩斯坦的戏剧创作共同代表着晚期巴罗克文学在艺术上精雕细琢的装饰性风格。霍夫曼斯瓦尔岛出身于布莱斯劳的一个城市新贵家庭,完成了在尼德兰、法国、英格兰和意大利的学习之旅以后,回到故乡担任政治官职。他生前发表的作品很少,只有一部箴言诗集(1663)和一本《德语翻译及诗歌》(1673)。死后有不少诗歌被整理出版。他的宗教诗中包含着忏悔之情,他的爱情诗里则包含着风流的色情成分,而这一切又都掩藏在他那修饰优美的,充斥着类比、影射和奇异的比喻的语言背后。这种语言在他的诗歌中被运用得淋漓尽致,体现了西班牙的贡戈拉和意大利的马里诺为代表的浮华趣味。也正是这样的趣味使整个这一时期的文学长期不公正地蒙受了恶名。

17世纪的诗人多半是些学者、政治家。他们努力的方向是要纯洁德国语言,使德国的文学赶上当时的欧洲水平。他们的努力获得了一定的成绩。但不能不指出,他们忽略了民间的风格。这种缺陷在17世纪后半期的小说里得到了弥补。例如格里美豪生的《痴儿西木传》(书名直译为《冒险的西卜里切西木斯》),这是一部杰出的小说。

小说的作者**汉斯·雅阔布·克里斯托菲尔·封·格里美豪生**(1622—1676)出生在根豪生,12岁来到哈瑙,大约在1635年被克罗地亚军抓丁,后在皇帝的军队里当过士兵,随着军队走遍德国的西部和南部。三十年战争结束后,他在肖恩堡当过地产经管人,从1662年起任盖斯巴赫地区乌仑堡的主管。他的写作生涯大约就是从此时开始的。从1665年起他在盖斯巴赫当旅店店主,1667年任兰辛的乡长。他文学上的重要成就是《痴儿西木传》,小说共六卷,前五卷为史家所肯定。

《痴儿西木传》(1669)是格里美豪生在西班牙的流浪汉小说影响下写成的一部关于个人漫游和发展的传奇性作品。书中的主人公不断地在矛盾中成长，他的视野越来越大，对人生的意义也体会得越来越深。这部小说超越了流浪汉小说的范围，成为德国文学中叙述个人发展历程的长篇小说中的重要作品。在它之前有中世纪骑士传奇《帕齐伐尔》。在它之后，歌德的《威廉·麦斯特》和凯勒的《绿衣亨利》则达到了比它更高的水平。

小说讲述了主人公西木在儿童时期被一对农民夫妇收养，过着淳朴无知的生活。十岁左右，军队到了他的村庄，烧杀抢掠，迫使他流离失所，在树林里被一个隐士收容。隐士教他读书、识字。隐士死后，他又被战争卷进了一个新的环境，这个对世界一无所知、外表又很离奇的少年走入一个瑞典军营里。在这里他得到了西卜里切西木斯这个古怪的长名字，意思是淳朴无知。

在此后浪迹天涯的生活中，他曾在军队里充当供人取乐的小丑"侏儒"，多次因不堪折磨而逃跑。他也曾给骑兵当侍童，干过偷盗、欺骗和卖野药的勾当。他两次成婚，当过勇敢、多谋的骑兵，并获得猎手的光荣称号，也曾被瑞典人俘获，并因患天花而变得面目丑陋。但在艰辛曲折的生活中，他也得到好人相助，如他结识的一位叫做"知心兄弟"的老人，就多次与他共患难，直到受伤去世。最后西木遇到幼年时的养母，得知曾收养自己的隐士便是他的生父。在他第二个妻子去世后，他周游了中国、朝鲜、日本、印度、君士坦丁堡，然后途经意大利返回德国。在小说最后的第六篇里，远方的世界又引起他的向往，他于是航海到一个小岛上，在那里以劳动度过余生。

《痴儿西木传》里有两个相互对照的不同世界：一方面是血腥的战场，士兵的暴行，一方面是幽静的隐士生活；一方面是儿童的天真淳朴，一方面是成人的罪恶；一方面是对于尘世乐趣和冒险的追求，一方面是对疲于奔命的生活和世事纷扰的厌倦。主人公就是处在这种矛盾中逐渐了解着世界和人，充实着自己的精神家园。当然，他最后的归宿仍然是远离现实的孤岛，表明他遍尝人间的艰辛之后，心灵向往着安宁，认为人生最希冀的莫过于“一个幸福的死”。这也说明他不再有勇气和力量面对现实世界。

总之，格里美豪生掌握了民间的语言，体现出民间风格的淳朴无华。他的小说揭露了时代的弊病，发扬了在17世纪前半叶中断了的16世纪的民间文学传统，生动而具体地描绘出三十年战争时期的社会面貌，同时展现出生活在当时具体环境中的个人的丰富而微妙的内心世界。格里美豪生是17世纪欧洲重要的小说家之一，对后代作家如歌德和20世纪作家格拉斯都有很大影响。

第六节　俄罗斯文学

1598年沙皇费多尔病故，后嗣无人，至此“基辅罗斯”以来的留里克王朝灭亡。1601至1603年间发生了历史上罕见的旱灾、水灾和饥荒；1605至1606年间僭称为王者的德米特里在波兰雇佣军的配合下一度占据莫斯科王位；当时政局动荡，直到1613年沙皇米哈伊尔确立罗曼诺夫王朝，局势才趋稳定，史称17世纪初期为“乱世”。1653年，宗主教尼康按希腊、罗马教会规范改革俄国教会仪式，遭到大司祭阿瓦库姆等坚持古基辅罗斯教会仪式传统的信徒的激烈反对。从此，俄国教会分裂，古老信徒派（分裂派）遭受残酷迫害。1649年，沙皇阿列克赛颁布法典，确立农奴制度，束缚农民的人身自由，导致1667至1671年斯捷番·拉辛率领的哥萨克农民大起义。处在如此激烈的政治、宗教和社会动荡中，神权一统的意识形态有所削弱，近代人文思想萌发。16世纪末，西伯利亚西部并入俄罗斯版图。1654年，乌克兰脱离波兰立陶宛王国而统一于俄罗斯。自世纪下半期起，手工业工场和国内外贸易都有所发展，不但同西欧，还同中国有贸易往来。

从文学全景来说，一方面继续出现宗教仪式浓厚的编年史和使徒列传，同时在这些作品内部也开始出现近代人文思想的若干要素。另一方面，自世纪中叶起产生一批流浪汉小说、冒险小说和讽刺故事，有的具有狂欢化的民间笑文学色彩。生动的口语开始渗入艰涩的古俄语。基辅僧侣波洛茨基（1629—1688）大约在1664年末到莫斯科，他引进波兰音节诗体，写作俄国音节诗和剧本。在他的倡议下，于1687年莫斯科成立了古希腊学院（18世纪初改称斯拉夫–希腊–拉丁学院）。17世纪后半期建立了俄国第一座宫廷剧院。此外，主要以波兰语为媒介翻译出版了若干西欧文学作品，如《伊索寓言》、法国小说《波华王子的故事》和意大利的《诙谐故事集》。

《大司祭阿瓦库姆行传》（1672—1674）。从基辅罗斯时代起，断续出现使徒行传体裁的作品。到17世纪，一些使徒行传带有向家庭纪事和传记体近代小说过渡的特色。大司祭阿瓦库姆（1621—1682）在北极巴伦支海南岸普斯托泽尔斯克的流放地记述自己生平遭遇的《行传》便具有较广阔地描写社会生活的自传体小说的性质，其文学价值受到后世俄罗斯文学巨匠屠格涅夫、高尔基等的高度评价。

《行传》叙述阿瓦库姆出身于贫寒司祭家庭，是个虔诚信徒。当他还是个年轻司祭时，曾用烛火烤右手以驱逐淫欲邪念。当地方长官抢走一寡妇的女儿时，阿瓦库姆向他恳求“将女儿返还母亲”。长官不仅蔑视司祭的请求，还派一帮人到教堂毒打他，并捣毁他家。作品抨击官吏的横行霸道，描写作者因保护被侮辱与被损害者而遭受苦难的情景，这是俄国文学中人道主义思潮的萌发。1652年，阿瓦库姆任大司祭。

1653年，当阿瓦库姆在喀山大教堂任司祭时，宗主教尼康在沙皇支持下推行宗教仪式改革。阿瓦库姆由于坚持旧信仰、旧仪式，全家被流放西伯利亚11年。《行传》详细描绘他在严寒的西伯利亚被关进塔楼，并经常遭受地方长官毒打的情景。阿瓦库姆曾想不通，基督为何让人毒打曾经保护过寡妇的人，但是他身上这种近代人文思想的萌芽，立即为中世纪神学观念所摧毁。阿瓦库姆认为自己是有罪孽的，按《圣经》的教导应当经受许多悲哀才能走进天国。他在苦役中忍受许多苦难，吃草皮，吃狼啃剩下的野兽尸体，而随行的两个幼子都夭折了。

大司祭阿瓦库姆于1664年一度被召回莫斯科。《行传》描述他在归途中路经贝加尔湖畔，看到湖中白天鹅、海豹、鳟鱼等和谐生活的情景，感叹人们的狂暴、贪婪、虚荣和狡猾是因为不知末日审判而处在昏睡状态。回到莫斯科后，阿瓦库姆仍不肯妥协，坚持旧教会传统仪式，于1667年再度被流放到普斯托泽尔斯克，在那里死于火刑。

《大司祭阿瓦库姆行传》是一部交织着中世纪神学思想和近代人文思想的作品。它以生动的口语和俚俗词语写成，文字刚劲有力，是俄国近代叙事文学的一个重要成就。这部作品长期以手抄本流传，直到1861年才在俄国出版。

《戈列–兹洛恰斯基的故事》是写于17世纪中叶的一篇诗体故事，作者已无从查考。

故事的主人公是一个年轻人，富商之子。他厌烦古板的家教，想“按自己的意愿生活”，于是弃家出走。他曾受人欺骗，陷入窘境。后来得到善良人的帮助，获得财富，想娶妻安顿下来。这时，魔鬼戈列–兹洛恰斯基出现在他身旁，唆使他继续流浪，说财产与娇妻会给人带来杀身之祸。年轻人听从魔鬼的指引，又远走他乡而落入饥寒交迫之中。当他准备投河自尽时，魔鬼再次出现，教唆他走杀人越货的犯罪道路。这时，年轻人想起一条生路：进入修道院，于是摆脱了魔鬼的诱惑和纠缠。

作品虽然也透露出年轻一代希望改变旧生活的信息，但它着力宣扬的是《圣经》中“浪子回头”的思想。它以亚当、夏娃无视上帝的忠告，偷吃禁果而被逐出天堂的故事为引子，告诫人们：背离老一辈的教导，必遭厄运，最终只有皈依宗教，才能得救。在以往的宗教文学中修道院是信徒们的圣地，在这篇故事中它成了走投无路的世俗人的避难所。这反映了自“乱世”以来俄国社会生活的变迁。

作品中的年轻人没有姓名。他是俄国文学第一个具有一定典型意义的主人公，这个典型人物的出现，正是俄国文学开始从一般的历史典籍分离出来的一个重要标志。诗体故事的风格同民间歌谣近似。

《谢米亚卡法庭的故事》（17世纪下半期，作者不详）是一篇具有民间笑文学色彩的幽默讽刺故事。

故事情节梗概是：某一农村有两兄弟，哥哥富，弟弟穷。一天，弟弟到哥哥家借马运柴，哥哥把马借给他，但舍不得把套具借给他用。弟弟只好把装满柴火的雪橇绑在马尾巴上，拉回自己家，不慎把马尾巴弄断了。哥哥要向城里谢米亚卡法庭告状，弟弟也只好跟去。路上同宿一教士家，富有的哥哥受到佳肴款待，而弟弟躺在吊床上忍饥挨饿，一不小心从吊床上摔下来，压死了睡在下面的教士婴儿。这样，教士也同哥哥一起上路告状。来到城郊一座桥上，弟弟感到自己灭亡的时刻已临近，索性跳进河沟自杀，碰巧跌落在一老头身上，压死了他。结果其子也一起去向法庭告状。路上穷弟弟捡起一块石头，用头巾包上藏在帽子里。当哥哥第一个向法官谢米亚卡告状时，弟弟举起包石头的头巾，法官以为会有重金贿赂，便宣判把马交给弟弟喂养直到长出新的马尾巴来。当教士第二个起诉时，弟弟又举起那头巾包，法官便判将教士的妻子交给这穷弟弟，直到为教士生下一个儿子来。最后老人儿子起诉时，由于穷弟弟又举起那包着石头的头巾，法官便判这儿子从桥上跳下压死被告。宣判结束后，三个原告都以厚礼求穷弟弟不要执行判决。而法官则派人来向这穷弟弟索取那头巾中的重金，穷弟弟打开头巾拿出石头，说这就是重礼，原来他想如果判决不利于他，就用这石头砸死法官。谢米亚卡闻讯庆幸自己判对了，捡了一条命！

很明显，作品是对莫斯科王国时代审判制度及贪官污吏的辛辣讽刺。作品以带有木刻画插图的通俗读物形式在俄国广为流行。“谢米亚卡法庭”成为一个俄语成语，被用作贪婪而愚蠢的官吏的代名词。从俄国文学的发展来说，这篇故事使人看到讽刺性模拟手法的运用，在讽刺性地模拟法庭审判过程中表达作品的主题思想。

此外，还有一些中短篇故事也引人注目。《棘鲈的故事》（17世纪初）模拟法院诉讼的程序，揭发鲈鱼以其尖硬的鱼鳍伤害鳊鱼等弱小鱼类，并以自己是大贵族的后代、而鳊鱼的祖先是大贵族的奴仆为由，霸占了后者居住的湖泊。故事同时也对法院判决的狡黠进行讽刺。此篇也以通俗读物形式流行。书信体的《顿河哥萨克被围困于亚速堡的故事》（17世纪中期）以刻画哥萨克英勇豪迈的性格而值得注意，但其中有些战争场面的描述似乎有所夸张。本篇作者被认为是哥萨克派往莫斯科的使者之一弗多尔·波罗申（生卒年代不详）。《萨瓦·格鲁德琴的故事》（17世纪70年代）描写一个出外经商的青年人受魔鬼的诱惑爱上了其恩人的娇妻，堕入罪孽情海之中，后来因忏悔而得救。在这篇故事中出现了罪孽–忏悔–解脱的小说情节模式。后来不少俄国小说中都采用过这一模式。《弗罗尔·斯科别耶夫的故事》（17世纪末）描述贫穷的贵族弗罗尔用机智和巧计终于娶到大贵族女儿的故事，具有冒险小说的性质并富于狂欢化文学色彩。所有这些都说明俄国文学在叙事体裁方面有较悠久的传统。

17世纪的俄国已经引进印刷术，曾印刷出版了识字课本。但许多文学作品仍以未署名的手抄本形式流传。

第七节　东欧文学

17世纪，东欧各国民族和社会危机重重，内忧外患交相侵逼。波兰抗击土耳其、俄罗斯和瑞典侵略的多次战争损耗了国力，国内封建贵族利用“自由否决”与“自由选王制”各自为政，招致强邻的操纵与干涉。捷克在1620年反对奥地利统治的白山战役中遭到失败，从此沦为哈布斯堡王朝的一个行省。匈牙利于1687年将土耳其侵略军驱逐出境，但它仍处在哈布斯堡王朝的统治之下。罗马尼亚、保加利亚、塞尔维亚、马其顿、阿尔巴尼亚等国则继续在土耳其奥斯曼帝国的重轭下痛苦地呻吟。这种状况抑制了东欧各国人民和作家创造能力的发挥，但文学创作在艰难的条件下也取得了一些成果。

波兰文学 17世纪初，波兰的平民文学得到了较大的发展，大量诗歌在民间流传，短小的笑剧、讽刺剧在市场上公演。这些作品大都由手工业工匠、农民、商贩、贫穷的大学生和教师、教堂低级执事及行吟诗人所创作，反映了市民和农民的愿望与要求。其中有的诗歌，如《农民对地主的控诉》、《贫穷和苦难从波兰来到》谴责了封建地主对农民的压迫和剥削，对社会的不平表示了强烈的愤慨。有的诗作以辛辣的语言揭露了封建贵族不顾国家安危而沉湎于寻欢作乐的丑恶行径。讽刺喜剧《神甫的东征》则揭露了天主教神甫们虚伪、贪婪和阴险的面目。

这一时期具有平民倾向的诗人有齐莫罗维奇和罗兹津斯基等。**约瑟夫·齐莫罗维奇**（1597—1677）出身瓦匠家庭，曾任里沃夫市的文书和市长。他流传下来的两首诗《哥萨克人》和《俄罗斯的丑恶》反映了波兰和乌克兰农村田园荒芜的景象和农民的悲惨生活。**瓦伦提·罗兹津斯基**（1560？—1622）是铁匠出身。他的长诗《炼铁厂和冶炼作坊》是波兰第一部描写炼铁工人的生活和劳动的作品。它真实地描绘了炼铁厂的劳动情景，同时对波兰炼铁业的发展作了历史的回顾。

与平民文学形成鲜明对照的是巴罗克文学的兴起。**扬·安德烈·莫尔什亭**（1620—1693）是波兰显贵，曾受法国巴罗克文学的影响。他的作品除应制诗外，大多是绮丽轻靡的爱情诗。这些诗缺乏深刻的社会内容，充满封建宫廷的气味，形式上追求华丽的辞藻，流于繁琐累赘的装饰趣味。

17世纪时，耶稣会在波兰得到迅速发展，并掌握了文化教育大权，使祈祷书、颂辞和宗教诗成为风靡一时的读物，而真正反映现实生活的文学作品则遭到查禁和摧残，这些作品的手稿直到19世纪才被发现。**兹比格涅夫·莫尔什亭**（1628？—1689）是波兰兄弟会会员，曾参加反抗沙俄与瑞典侵略的战争，后被驱逐出波兰，晚年回国。他的主要作品《压迫的歌声》揭露了耶稣会对新教徒的残酷迫害，表现了诗人对祖国的热爱。**瓦兹瓦夫·波托兹基**（1621—1696）是个多产的诗人。他的主要作品有描写波兰军队反抗土耳其入侵、保卫霍奇姆的长诗《霍奇姆之战》，也有描写贵族风习的《诙谐诗园地》和《道德经》。他的诗歌语言优美，富于生活气息。

在波兰战乱频繁、社会动荡的年代由贵族出身的军政人员撰写的回忆录和日记之类的作品不断涌现。其中，**扬·赫里佐斯托姆·帕塞克**（生卒年不详）的《回忆录》记录了他自己不平常的经历和耳闻目睹的事件，歌颂了波兰人民反抗土耳其和瑞典侵略的英勇精神，描写了耶稣会迫害新教徒、控制城乡生活的情景，有较高的文学和史料价值。后来，密茨凯维奇和显克维奇都曾参阅他的作品进行创作。

捷克文学　17世纪是捷克历史中的黑暗时期，国内的文学发展走向衰落，但逃往国外的文学家写下了许多怀念祖国和悲叹祖国不幸命运的作品。其中，代表性的作家是考门斯基。

扬·阿莫斯·考门斯基（1592—1670），著名的教育家、哲学家和文学家。出生于捷克兄弟会成员的家庭。大学毕业后在兄弟会的学校任教。1618年任兄弟会最后一届主教。1627年流亡国外，先后在瑞典、东普鲁士和波兰等地居住和教书，但对自己祖国恢复独立的信念从未动摇。他一生著述有250多种。主要文学作品是《世界的迷宫和心灵的天国》（1631）。它描写一位朝圣者（即作者本人）在漫游城市（象征世界）和各条街道（象征不同社会阶层）时所看到的种种丑恶现象，控诉了人间的不平。作者借此反映了哈布斯堡王朝统治下社会的黑暗和金钱的罪恶，并由此感到万分沮丧，在“上帝的召唤”下躲进“心灵的天国”，显示出他所受兄弟会宗教思想的影响。

另一位作家**巴维尔·斯特兰斯基**（1583—1657）在逃亡生涯中写了《我的祖国——捷克》一书，表达了他对祖国的爱和对敌人的恨。而编年史家巴维尔·斯卡拉（生卒年不详）则对白山战役作了详尽的记叙。

匈牙利文学 反抗土耳其侵略与国内统治阶级的压迫是匈牙利17世纪文学的重要主题。其代表性作家如兹里尼。

兹里尼·米克洛什（1620—1664），匈牙利著名军事家和诗人。出身于大贵族家庭。1566年，其曾祖父在匈牙利南部同土耳其军作战时英勇牺牲，其祖父和父亲也都是反土耳其战争的英雄和军事家。兹里尼受过贵族学校的严格教育和欧洲进步思想的熏陶，喜爱文艺作品。1637年开始参加反土耳其的军事斗争。在苦战之后，深刻体验到哈布斯堡王朝对匈牙利士兵所受的痛苦与创伤无动于衷，也看到大贵族地主阶级的贪婪和对国家命运的漠不关心。为了唤起全国各阶层人民的觉悟，他于1645年至1646年写了一部长篇史诗《塞格德堡之危》。

《塞格德堡之危》由三部分组成。第一部分写塞格德堡军民抗击土耳其侵略军的各项准备；第二部分写围攻与反围攻的激战场面；第三部分写土耳其侵略军在匈牙利军队的沉重打击下狼狈逃窜的情景。这部史诗歌颂了诗人的祖先1566年在塞格德堡同土军浴血奋战的英雄业绩，以唤起人们的爱国精神。诗歌在形式上模仿意大利诗人塔索的宗教史诗，反映了时代面临的迫切问题，对当时的人民起了鼓舞斗志的作用。

1660年，兹里尼还写了一本名为《严防土耳其的鸦片剂》的小册子，揭露了土耳其人经济侵略与政治扩张的野心。

这一时期，匈牙利的特兰西瓦尼亚地区出版了许多宣传民族解放与普及科学知识的著述。著名学者与教育家**阿巴奇·亚诺什**（1625—1659）于1655年出版了《匈牙利科学文库》一书。**托特法鲁什·米克洛什**（1650—1702）出身于农奴家庭，毕业于荷兰的一所大学，回国后领导克卢日堡地区的出版事业，对普及文化教育，提高科学知识水平起过积极作用。

罗马尼亚文学　17世纪的罗马尼亚作家和文人致力于发展本民族文化事业，热心推广、使用本民族的语言文字，并使用罗马尼亚文从事宗教书籍的翻译和纪传体作品的写作。到1688年，罗马尼亚才有第一部完整的罗文《圣经》译作。**安丁·依维里亚努**（约1650—1716）写作的《箴言》谴责了富人奴役劳苦大众的社会不平现象，并对土耳其统治表示了不满。**格里戈雷·乌雷凯**（1590—1647）和**依昂·内库尔切**（1672—1745）分别撰写了不同历史时期内的《摩尔多瓦公国纪事》。这些纪事作品记述了君主的频繁更迭、贵族的明争暗斗和社会的动荡不安，鞭挞了那些危害国家利益的罪人，热情讴歌了那些为拯救祖国英勇捐躯的人。内库尔切的《纪事》中附有《故事新篇》42篇，其中有许多是歌颂斯特凡大公的故事。在作者笔下，斯特凡是洞察民间疾苦、深受百姓爱戴的君主，也是反抗土耳其侵略的爱国者。例如其中一则故事描写斯特凡一次与土耳其军作战失利，欲放弃战斗返回城堡，其母不给开城门，鼓励儿子坚持战斗。斯特凡遵从母命重整旗鼓，深入敌阵击败了敌人。这类故事描写生动，有较高的文学价值。

保加利亚文学　保加利亚17世纪时有少数学者致力于搜集、编纂一些“文选”、“文库”式的作品集。其中比较重要的有《达马斯金文集》与《合集》，内容包括宗教、历史与世俗生活的故事，如《〈圣经〉的诞生与青春》、《所罗门与皇后》、《君士坦丁堡的陷落》等。这些故事生动有趣，语言通俗易懂；此外还编入了有诗学、哲学、博物学、演说术以及异教文学等方面的材料。这种百科全书式的文集，保存和传播了过去的文化和文学成果，成为群众喜爱的读物。

南斯拉夫文学　17世纪，南斯拉夫大部分地区的经济、文化停滞不前，文学成就卓著者仍属杜布罗夫尼克地区。其最引人瞩目的诗人是**伊凡·贡都里奇**（1589—1638）。他出身于贵族家庭，一生从事国事活动，担任过行政长官、议员、法官等职。前期创作主要有十部爱情神话诗剧，其中仅留下《阿丽雅德娜》、《迪雅娜》、《阿尔米达》、《被劫走的普罗泽尔皮娜》等四部。这些诗剧大多是改编的古罗马诗人克劳狄安（？—404？）和意大利诗人塔索的作品。诗人第二阶段的代表作是宗教训谕性长诗《浪子泪》（1622），取材于《圣经》故事，写一个浪子回头，成为上帝的子民，具有较浓厚的巴罗克风格。诗人创作后期写了两部优秀作品：三幕寓意田园诗剧《杜布拉芙卡》（1628）和未完稿的叙事长诗《奥斯曼》（1621或1622）。

《杜布拉芙卡》写美丽的姑娘杜布拉芙卡与牧人米连科相爱，但受富人贿赂的法官作出了不公正的判决，企图将姑娘嫁给丑陋无比的老财主。牧人一气之下决定或自杀以示抗议，或杀死财主以报仇雪恨。当此之际，上帝作出了公正的判决，使两个相爱的青年男女终成眷属。诗人将美貌的杜布拉芙卡比喻为杜布罗夫尼克并使之成为自由的象征，世上的邪恶势力无法玷污她，只有善良的米连科有权得到她。

长诗《奥斯曼》是17 世纪杜布罗夫尼克文学中一部最优秀的作品。作者根据1621年波兰军大败土耳其的霍奇姆战役的资料写成。诗中主人公——17岁的苏丹奥斯曼是个骄横跋扈、野心勃勃、妄图霸占世界的人物。但其国内政治腐败，贵族争权夺利，互相倾轧，导致他的悲剧命运——霍奇姆战役的失败和他本人被废后遭囚禁。同奥斯曼对阵的是波兰国王弗拉迪斯拉夫。诗人歌颂了国王的显赫战功，将其描绘为斯拉夫人民和基督教世界同土耳其英勇斗争的代表和象征。长诗以农村歌手吟唱奥斯曼帝国行将灭亡的哀歌为结尾，可说是一首为它送葬的挽歌。长诗在思想观点和形式上受到塔索的《被解放的耶路撒冷》和但丁的《神曲》的影响，是一部具有重要历史与文学价值的名著。

杜布罗夫尼克于1667年发生大地震，整座城市遭到严重破坏，居民伤亡惨重，经济文化受到摧残。随后，其文学便与克罗地亚文学合流了。

阿尔巴尼亚文学 17世纪的阿尔巴尼亚文学仍然没有跳出宗教文学的窠臼，但已由翻译宗教经典书籍进入尝试写作散文、诗歌的阶段。影响较大的有三位作家：**彼得·布迪**（1566—1623）曾担任教职，后成为民族解放运动的领导人之一。他翻译出版了几部宗教书籍。译著中附有致阿尔巴尼亚僧侣的信，开创了散文写作的先例；还附有布迪编译和创作的诗歌20余首，使他成为阿尔巴尼亚诗歌的开拓者。**弗拉诺·巴尔利**（1606—1643）曾在罗马求学。回国后任教职，编纂出版了《拉丁–阿尔巴尼亚语辞典》，撰写了《捷·卡·斯坎德培——阿尔巴尼亚人和阿尔巴尼亚英勇常胜的大公》一书，表现了作者对土耳其占领者的仇恨和对灾难深重的人民的深情。**彼得·鲍哥丹**（1630—1689）是阿尔巴尼亚第一位散文作家，曾任教职，并参加过反抗土耳其统治者的斗争。他用祖国文字和意大利文撰写的《先知者支队》是一部神学和哲学著作。但在书中，他满怀爱国深情歌颂了祖国人民反抗异族统治的斗争精神，其散文体语言的运用标志着阿尔巴尼亚文学发展进入了以本国语言文字进行创作的新阶段。

第八节 意大利文学

意大利受西班牙统治的150多年（1559—1713）中，17世纪可以说是它历史中最阴暗的时期。意大利遭受战争的破坏和蹂躏，承受重税的负担。危机从16世纪中期开始，继续延伸扩展。17世纪是经济、政治和社会走向全面衰落的时代。虽然早在地理大发现时期，意大利就已经丧失了商业中的优越地位，但是西班牙统治者对意大利昏庸的管理，压制了一切生产和贸易活动，加速了经济的变化。意大利财力急剧下降，出现经济萧条景象，退居欧洲生活的边缘。经济危机，加上战乱不止，政局不稳定，使民不聊生，人口明显下降。教皇统治也同样暴虐。这是推行宗教裁判，公布禁书目录和耶稣会势力猖獗的时代。精神的不自由达到前所未有的程度。持有不同信念的人们被逼外出流亡，学者们的研究受到限制，出版书籍受到严格审查。

与此同时，意大利人民反抗西班牙统治的斗争也不断发展，从舆论谴责和政治对立，扩大为武装起义，尤其在南方，多次爆发大规模暴动。在北方，各地封建诸侯利用法、英两国在欧洲势力日益强大，西班牙地位开始下降的新形势，纷纷要求更多的自治权。其中威尼斯共和国、萨伏依公国和佛罗伦萨公国在相当大的程度上摆脱了西班牙的控制，维持独立。

17世纪在意大利也出现了积极的文化现象和有意义的文学创作。最为突出的是科学研究取得重要成果，现代科学正是从这个世纪开始，从伽利莱奥·伽利略（1564—1642）的著作开始。在美学方面，巴罗克代表一种新的趣味，尤其是在造型艺术方面，产生许多杰出人物，成就非常显著。由于宗教改革与反改革引起的宗教争论，吸引了广大公众的关注，昔日以宫廷为中心的文化活动扩大了范围，以适应这一变化。文化向社会下层移动，推动文学走向平民化，随之兴起方言文学，结束了托斯卡尼地区的优势。

宗教争论还广泛涉及道德伦理、哲学思想和历史问题，由此产生乔尔丹诺·布鲁诺（1548—1600）的唯物主义哲学、托马索·康帕内拉（1568—1639）的空想社会主义思想、保罗·萨比（1552—1623）的唯物主义历史学。他们同伽利略的物理学与天文学发现一起，组成反宗教改革时期最有意义和最富生气的新文化。这种新文化以文艺复兴运动提出的理性主义为基础。这些学者是人文主义精神的伟大继承者，他们在遭受残酷迫害的情况下，不屈不挠地坚持对真理的探索，是历史上少见的学者英雄。布鲁诺被教廷判处火刑，康帕内拉被关在监狱里长达27年，伽利略被宗教裁判判处徒刑，出狱后仍受严密监视，萨比遇刺受伤。他们以非凡的胆量与学识成为照耀黑暗时代的火炬。

他们一方面继承了人文主义者反对天主教神秘主义的传统，另一方面他们的新科学和新思想又打破了人文主义的理性秩序，引导人们进一步认识客观世界。新的宇宙观使人感到自己不再是世界的中心和尺度，也不再是世界的目的和某种程度上的立法者。伽利略证实，在一个复杂多样的无穷世界里，一切服从自然规律。人们感到自身的渺小，开始思考人生的短暂和偶然，再现人的实践活动与思想建树的脆弱。同美洲和远东往来的结果，带来各种怀疑与不安，也加深了欧洲文明传统观念的危机。宗教改革与反改革的较量，使基督教教义失去原始的单纯朴素，有关上帝的问题被用新的语言加以任意解释，表现出明显的政治的、社会学的诠释色彩。人们失去精神引导，内心动荡不安。因此，巴罗克文化得以风靡一时。

巴罗克艺术在意大利首先的特点是过分地追求新奇，用尽16世纪已有的一切精致的表达技巧，随意进行华丽的堆砌，不遵守任何规则与程式，以过度铺张和放纵的艺术手法追求新颖和奇特怪异的效果。它一反文艺复兴艺术的严肃、含蓄、平衡的和谐之美，显示出浮夸、豪华的虚幻之美。它以过分夸张的激情，过度渲染的富丽堂皇，高昂的气度和感人的情调，充分展现那个时代社会关系的复杂性和紧张性。必须指出的是巴罗克艺术掩盖了实质上的精神空虚，仅以自己的敏感形式为内容。巴罗克风格在教堂建筑艺术中展示得最为充分，教堂结构紧凑，外形富丽豪华并运用雕刻和绘画强化建筑物的装饰性和纪念性。建筑、雕刻、绘画结合成一个整体，在这三方面都追求动势、起伏，造成幻象，达到触目惊心的效果，用以重新激发人们的宗教感情。意大利巴罗克文化产生了像雕塑家贝尔尼尼（1598—1680）和音乐家蒙特威尔第（1567—1643）那样的大师级人物。

巴罗克在文学上的体现就是单纯追求语言和概念的新奇，这样的作家又被称为“奇特派”。奇特派作家活跃在诗歌、小说、散文、戏剧各个领域，共同的特点就是“在一个短句中集合神奇的观念”，力求作品中妙语连珠，奇趣横生，使读者感到出乎意外的惊讶，受到强烈的刺激，获得惊奇的快感。他们将惊奇定为审美的最高形式，作品只注重使人娱悦的乐趣，缺少道德与教育的目的。他们将艺术性简化为单纯的趣味性，因此轻松的假面喜剧被称为“艺术喜剧”；“艺术散文”以描写现实各方面多姿多彩的形态打动读者，令他们感到好奇和发出惊叹，而不是引导他们思考和争论；叙事作品注重编织曲折离奇的情节，在传奇故事的基础上产生了结构复杂的长篇小说。出于对表现形式的崇拜，诗歌不仅在语言上刻意雕琢，而且想象丰富多彩。变化多端的比喻、大胆新颖的象征，经常收到出奇制胜的效果，许多简单的事物经诗人神奇笔墨的渲染，焕发奇光异彩。巴罗克文风在诗歌创作中最为典型，代表人物是诗人马里诺。

姜巴蒂斯塔·马里诺（1569—1625）性格冲动急躁，行为狂放不羁，时有惊人之举。这种轻浮放纵的生活方式也似乎深深打上了巴罗克文化的烙印。他的冒险行为成为民间的传奇故事。他出生于那波里，父亲是著名的律师。他酷爱古典文学，少年时因不遵从父命学习法律而被逐出家门，浪迹了那波里的贵族圈子。19岁时因诱拐妇女罪他被捕入狱，两年后又因伪造证件再次坐牢。他才华出众，写诗作文挥洒自如，虽然行为不轨，屡次惹祸，却总有爱才的掌权人物出面搭救，使他很快出狱。1600年他前往罗马，结交了教会权贵。1605年他被教会派往威尼斯、菲拉拉、莫德纳、曼图瓦各地的宫廷任职，他的诗歌也随之风靡全意大利。1608年定居都灵后，他的诗才深受萨伏依公爵器重，被授予骑士十字勋章。1611

年他突然失宠，被囚禁一年多，颇觉灰心。从1615年起他旅居巴黎8年，其间获得法国国王路易十三和王后玛丽亚·梅迪契的赏识，也受到法国文化界的重视，创作十分活跃，完成了长诗《阿多尼斯》，享誉全欧洲。1623年他荣归故里，两年后病逝。马里诺一生风波迭起，有时一贫如洗，有时挥金如土。他及时行乐，享受人生，创作也以享乐主义作为诗歌的主题。这种颓废的思想情调迎合了封建贵族阶级的趣味。

马里诺认为"诗人的主旨就是给人以奇异的感觉"，因此，他是"语不惊人死不休"，一生追求的就是不落窠臼的创新。由于当时历史条件的限制，他不可能在思想上独辟蹊径，便在风格上独树一帜。他刻意寻求精巧灵活的表述方式，大胆进行与众不同的夸张描写，极其注重诗句的音乐性与感觉效果，时常达到矫揉造作的地步。他过分注重语言的修饰，不惜损坏思想内容，或者根本不关心内容，只追求形式上的美感。他要以诗歌的新、奇、美惊动读者。他的这一特点充分表现在其代表性作品《阿多尼斯》(1623)之中。这是一部长达45000行的鸿篇巨制，它的长度是《神曲》的三倍。全诗分为20歌，叙述古罗马神话故事中爱神维纳斯与美少年阿多尼斯悲欢离合的恋爱经过。长诗的主线情节单薄，而次要的插曲极其丰富，无数离题的描写排挤着主题。但是那些喧宾夺主的描写绘声绘色，精彩纷呈，美不胜收，博得读者的喜爱。他的一些独出心裁的比喻形象生动又深刻，如将美人的朱唇比做"诱人的监狱"，亲吻是"能医治百病的良药"，星星是"空中温柔的舞女"、"为白昼送葬的火炬"，"永恒爱情的火花"。他运用相反概念的修辞手法效果奇佳，如"快乐的痛苦"、"贫穷的富人"，"无知的学者"、"哑巴演说家"等。

马里诺是一个高产作家，写下了大量的诗歌、散文。他的诗歌形式多样，抒情诗、叙事诗、长诗、短诗、十四行诗、贺诗祝词、史诗、牧歌，样样具备。主要作品有：抒情诗集《七弦琴》(1608)、《祝婚诗》(1616)、《画廊》(1619)、田园诗集《风笛》(1620)、长诗《无辜者的惨案》

（1632）、散文集《神圣的谈话》（1614），还有两部未完成的史诗：《被毁灭的耶路撒冷》（1633），《被解放的安特卫普》（1956年出版）。最值得注意的是《七弦琴》和《风笛》中的一些抒情短诗，用牧歌或田园诗的形式赞颂自然美景，写得优雅柔美，较为清新自然，但有时也会出现过分矫饰的形象，损害了诗中的纯真感情。

马里诺生活在17世纪政治腐败、社会衰落的意大利，他以华丽浮夸为特色的作品是那个时代的产物，体现了贵族阶级的情趣。但是他的诗歌也反映了生活在动荡不安的社会里人们对新事物的强烈渴望和焦急期待。正因如此，他的作品在当时产生了广泛影响。他在诗歌艺术上匠心独运，自成一格，创造出铿锵起伏的韵律、新奇的遣词造句方式，出人意料的比喻、象征等特别修辞手法，打破了彼特拉克赋诗法则在诗坛上的一统天下，引起各国诗人的仿效，形成“马里诺诗体”和“马里诺诗派”，有力地促进了诗歌艺术的发展。

假面喜剧和**音乐剧**是17世纪意大利两个较为流行的剧种。巴罗克文化注重外在形式，倾向于戏剧性地表现具体的场面和情感，直接刺激接受者的感官，吸引他的注意力和激发他的想象力，这对戏剧艺术甚为适宜。因此，在17世纪戏剧成为广泛流行的热门艺术，尤其盛行艺术喜剧。所谓艺术喜剧就是脱离文学剧本，单纯依靠表演艺术支撑的一种喜剧。由于一些固定不变的角色反复出现在各个不同的戏中，而且他们都有特定的假面具，因此也叫假面喜剧。这种喜剧没有完整的剧本，只有一个称为“幕表”的演出提纲，演员们据此即兴发挥。专业化的演员们具有戏剧音乐、舞蹈、杂技等综合性的表演才能，能够根据时局和场地的变化，随机应变地巧凑出许多“噱头”，令观众惊奇欣喜。假面喜剧是书面文学和口头文学相结合的艺术。演员们组成剧团在各地巡回演出。即兴式的演出能与观众很好地沟通，深受欢迎，成为一种大众化的民间艺术。正规的喜剧反被冷落。

另一种戏剧文学在17世纪有较大的发展，这就是音乐剧，为配乐演出而写的剧本，也就是后来的歌剧脚本。音乐剧的兴盛得益于声乐艺术的变革，当时从合唱中分离出了独唱，独唱更适合表达单个人物的感情，因而能够以歌唱的形式表达剧情。佛罗伦萨的欧塔维奥·利努奇尼（1562—1621）是第一位适应谱曲的要求写剧本的剧作家，代表作是《达芙妮》、《埃乌利迪切》、《阿丽亚娜在纳索》。蒙特威尔第等音乐大师的作曲、歌唱家技巧完美的演唱，以及精美的舞台设计，有利于扩大音乐剧的观众。音乐剧也是突出表演的艺术，以音乐和演唱为主，剧本的文学价值退居其次。音乐剧的内容大多从古希腊悲剧和浪漫的田园剧改编而来。

随着托斯卡尼地区的语言和文学的优势结束，反叛古典模式和拒绝文艺复兴规则成为一时的风气，其结果之一就是流行用方言写作。从北方的威尼斯到南方的那波里出现了各地的民间乡土文学，一个新的社会层面，老百姓的世界，进入文学描写之中，用地方语言在作品中描述当地老百姓的具体经济活动、社会生活和他们的精神面貌。方言文学与民间文学平行并存。这种新的文学显著地拓展了文化的内涵。最著名的民间文学作家是博洛尼亚人朱利奥·切萨雷·克罗齐（1550—1609），他用方言写了两部极为流行的通俗作品：《贝托尔多的机敏》、《小贝托尔多可爱又可笑的单纯》。书中的故事充满民间的智慧。主人公贝托尔多将诚恳、朴实、天生对真理和自由的热爱、做人的尊严带入王宫，这些优秀品质正好与大多数封建贵族特有的各种败德丑行形成鲜明对照。在众多的方言作家中最杰出的是那波里的姜巴蒂斯塔·巴西莱（1575—1632）。他年轻时在威尼斯军队服役，后来辗转于各宫廷之间当侍从。他饱览人间的世态炎凉，胸中郁结着愤世嫉俗之情，1608年回到故乡后便开始发愤著书。他的代表作是用那波里方言写成的童话故事《五日谈》，原始的书名是《儿童趣闻录》。作品包括50个寓言故事。巴西莱仿效《十日谈》的结构，由十位老奶奶在一名仙女的安排之下，去帮助一位公主对付夺走了她丈夫的女奴，她们在五天之内每人每天讲一个故事。这本书名为儿童故事，其实是写给成年人的读物。通过一些描写妖魔鬼怪的故事，阐明善恶是非观念。作品实际讲述的是下层劳动人民在日常生活中灵活精明地应付各种意外灾祸、痛苦事件和不公正待遇的经历，再现了南方人特有的开朗风趣的性格和与生俱来的乐观情绪。故事情节变化多端，神妙莫测，充满奇思异想，奇情异趣。作家运用流光溢彩的方言口语，想象丰富的比喻以及怪诞的夸张形象，使作品极具巴罗克艺术的神韵。

第六章　十八世纪文学

第一节　概述

18世纪欧洲各国情况不尽相同。英、法仍然是最先进的国家。英国1688年的"光荣革命"推翻了复辟王朝，确立君主立宪政体，建成资产阶级和新贵族领导的政权。资产阶级在国外大规模进行殖民扩张，国内发展工商业，大型手工业工场发达。18 世纪中叶发生了工业革命，在一些生产部门开始采用机器。英国资产阶级在18世纪初期还有反封建残余的任务，同时它和劳动人民的矛盾随着经济的发展而日益尖锐。法国在欧洲大陆各国中工商业最为发达，60、70年代，手工业工场开始零星使用机器，并出现了规模较大的企业。但它仍然是个封建小农经济占优势的国家。专制王权对外不断发动战争，外交一再失败，对内加紧压榨人民，屡次宣告财政破产，封建阶级和第三等级之间的矛盾尖锐到极点。1789年的法国大革命是资产阶级反对封建制度的一次最彻底的斗争，它的胜利标志着欧洲新的社会政治制度的确立。在德国一些主要城市，工商业也有一定的进展，但很缓慢。德国一直处于割据状态，资产阶级在经济和政治上都依附封建诸侯，具有软弱性和妥协性。意大利继续受到外国侵略，教会势力猖獗，资本主义遇到很大阻力。俄国比西欧国家落后，从彼得一世时期开始才进行了一系列的改革，工商业有所增长，但对农奴的剥削比以前更为残酷。70年代爆发的规模巨大的普加乔夫起义尽管失败，但有力地打击了农奴制度，促进了俄国人民的觉醒。

18世纪资产阶级科学家在数学、物理、化学、植物、动物、天文学等方面作出卓越的贡献，其中以牛顿的成就最为突出。英国哲学家洛克继霍布斯之后发展了经验主义，推动了这一时期的唯物主义和自由思想的传播。他在政治上拥护君主立宪制，主张人民通过议会行使权力。他认为私有财产是人类的天赋权利，国家的主要任务在于保护私有制。洛克对欧洲启蒙运动影响很大。法国思想家贝尔和封特奈尔继承笛卡尔哲学中的唯物主义因素，摈弃其中上帝存在和灵魂不死的唯心主义思想，把理性作为反对封建制度和宗教权威的武器，提倡自由检验的科学精神，肯定人类要不断地进步。他们是法国启蒙思想家的先驱。

18世纪具有全欧性的思想运动是启蒙运动。启蒙思想家在资本主义经济发展的基础上，在自然科学和唯物主义哲学的影响下，形成了他们自己的体系。启蒙运动是宣传资产阶级思想的运动，为1789年法国资产阶级革命准备了思想条件。启蒙运动在法国声势最为浩大，在德国也有蓬勃的发展，俄、意等国启蒙思想也很流行。英国在17世纪虽已发生了资产阶级革命，但仍然有着启迪民众向封建势力继续斗争的历史任务。由于这个任务是在革命后提到日程上来的，所以英国的启蒙活动和法、德等国的启蒙运动并不完全相同。

启蒙运动是文艺复兴反封建、反教会斗争的继续和发展，它继承了人文主义者的理想，要求从教会束缚下解放个性，而且比人文主义者更进一步把斗争矛头直接指向封建社会的全部上层建筑，其目的是要推翻封建大厦，建立资产阶级政权。因此，这一思想运动也是一场非常剧烈的政治革命运动。大多数启蒙思想家肯定世界是物质的，国家权力是人民赋予的。他们用政治自由对抗专制暴政，用信仰自由和宗教容忍对抗宗教压迫，用自然神论和无神论来摧毁天主教权威和宗教偶像。他们不满意政治上无权的地位，反对贵族阶级的特权，要求在法律面前人人平等，创造了天赋人权的理论。他们在斗争中使用的武器是理性，他们用理性检验所有的旧制度、传统习惯和道德观点。

启蒙思想家具有乐观的战斗精神，相信人类不断进步，将要在封建社会的废墟上建立起一个新的社会，即他们所标榜的"理性的王国"。这个王国在他们看来将是真理和正义的社会。他们不否定私有制度，把这制度看成是不可动摇的原则，甚至是人权的一部分。他们真诚地相信封建制度一经铲除，全体人民将普遍享受自由平等的幸福生活，并且真诚地相信自己是为全人类而奋斗的。

启蒙运动家对物质世界的解释是机械唯物主义的，他们的社会历史观点是唯心主义的。他们过分强调思想意识的力量，认为人类历史之所以充满虚伪和谬误，是因为教会统治了一切，教会把人类推到黑暗和愚昧的深渊里。他们提倡用科学、文化和教育来改造社会。他们在对民众进行启蒙的同时，把希望寄托在教育统治者身上，希望统治者一旦接受了启蒙思想，便会成为"开明君主"，实行开明政治。关于宗教问题，他们中有人高举无神论的旗帜，反对神学，也有一些人用自然神论的观点否认上帝存在，却又承认自然本身就是神。此外，有些人还提出"自然人"的理论，来和社会的人对抗，号召人们"返回自然"。这种观点固然有反封建的积极意义，但也有否定人类文明的一面。这些思想表现出启蒙运动家的历史局限性，但他们仍然不失为卓越的思想家。

18世纪欧洲各国之间的文化关系非常密切，英、法两国对其他国家的影响最大。英国的社会制度为许多国家的先进人士所向往。法国的重要启蒙思想家几乎都到过英国，把英国的进步思想介绍给法国。莎士比亚的戏剧也是在18世纪才传到欧洲大陆，开始影响法、德、俄、意等国文学。这一时期的英国小说家理查逊受到狄德罗的热烈赞赏，他的小说影响了卢梭，卢梭又对德国的许多诗人产生影响。法国17世纪古典主义文学成就卓越，欧洲各国掀起了向法国文学学习的浪潮。许多国家从统治者到一般文人作家都竞相模仿路易十四时代的文学艺术。古典主义创作原则对一些国家民族文学的建立起过一定作用，但它的宫廷趣味迎合统治阶级的需要，使这些国家产生了一批华丽典雅、甚至过分雕饰的文学作品。另一方面，法国18世纪启蒙思想家的作品出版后，几乎立刻传到其他国家，很快就出现了译本，人们竞相传诵，成为欧洲各国人民反对封建专制、争取自由的有力斗争武器。

这一时期古典主义仍然统治着欧洲文坛，许多国家先后有了自己的古典主义流派。但在18世纪，最能体现时代精神的是启蒙文学和英国的写实小说。在英国，古典主义虽有相当声势，出现过以蒲柏为首的古典主义派，但这个时期成就最大的作家是笛福、斯威夫特、理查逊和菲尔丁。他们中有的强烈表达了资产阶级的思想感情和愿望，有的对封建阶级进行揭露，最进步的作家对本阶级所暴露的缺点提出尖锐的批判。他们的文学活动具有启蒙的性质。他们的长篇小说的主人公不再仅仅是国王和贵族，而是普通人，特别是社会的中、下层人物。他们关心社会问题，注意环境描写和性格刻画，为19世纪现实主义文学的发展准备了条件。在法国，古典主义牢牢地占领着文坛，不少作家仍按古典主义的原则从事创作，但没有写出优秀作品。这一时期最受民众欢迎的是以启蒙思想为内容的文学。孟德斯鸠、伏尔泰、狄德罗和卢梭是启蒙运动思想家和活动家，同时也是文学家。他们的作品具有强烈的战斗性和革命性，是欧洲启蒙文学最典型的范例。德国启蒙作家反对封建专制，争取建立德国民族文学，但也表现出和宫廷贵族妥协的软弱性。莱辛是最重要的德国启蒙作家，他把戏剧作为宣传启蒙思想的工具，在戏剧理论和创作两方面都有所建树。青年歌德和席勒也初露锋芒。意大利戏剧一度繁荣，哥尔多尼继承意大利文艺复兴时期的戏剧传统，受到法国启蒙思想家的深刻影响，写过不少富有民主思想的社会喜剧，反映了意大利资产阶级先进分子的日益自觉。俄国在30年代后形成古典主义流派。这一派作家受到启蒙思潮的影响，提倡科学、文化和爱国精神，讽刺并批评农奴制度所产生的不合理现象，90年代出现了反映农民革命情绪的作家拉季舍夫。

启蒙文学具有鲜明的政治倾向性和民主性。启蒙作家把文学创作看成是宣传教育的有力工具，他们常常深入浅出，把深奥难解的哲学思想写得通俗易懂，唤醒人民起来反对封建制度和宗教迷信。为了达到这目的，他们着重反映人民大众的日常生活，描写普通人的英雄行为和崇高感情。他们作品中的贵族一般是批判揭露的对象。他们之中只有少数人用诗体进行创作，绝大多数使用散文。他们喜欢采用民间故事和人民的语言，使作品容易为民众所了解。他们不把描写环境和性格作为创作的主要任务，但他们虚构的人物和情节常能引人入胜，发挥启蒙教育作用。他们常用的手法是讽刺和说理；讽刺作品尖锐辛辣，摧毁力很大；说理文逻辑严密，说服力很强。有的启蒙作家，如狄德罗和莱辛，在美学方面深入探讨，提出许多新的见解，丰富了欧洲资产阶级现实主义文艺理论。18世纪作家创造了一些新体裁，如正剧、哲理小说和抒情小说等，以适应启蒙运动的需要。

18世纪后期，欧洲产生了感伤主义文学流派，其发源地为英国。英国资产阶级统治的巩固加速了资本主义的发展，社会矛盾更加显著。资产阶级中、下层的人深感社会上贫富悬殊，自己的生活和社会地位得不到保障，感伤情绪由此产生，感伤主义文学正是这种情绪的反映。在理查逊的小说中已经出现感伤因素，但英国感伤主义代表作家是斯特恩，感伤主义就是以他的小说《感伤旅行》（1768）而得名的。这一派作家夸大感情的作用，细致描写人物的心情和不幸遭遇，以引起读者的同情和共鸣，有时对受压迫的百姓的疾苦表示怜悯，具有人道主义思想。然而，他们有时放任个人情感，沉溺于感情世界，脱离现实；有时则抒发个人对人生、死亡、黑夜和孤独的哀思，致使他们的作品往往充满失望的情调。感伤主义作家最爱用的体裁是哀歌、旅行记和书信体小说。

法国在18世纪并未产生真正的感伤主义文学流派。狄德罗的正剧，特别是卢梭的《新爱洛漪丝》虽然也有浓厚的感情色彩，但感情主要是用来对封建制度、封建道德作斗争的，因此富有战斗性。18世纪70年代在德国兴起的狂飙突进运动标志着德国资产阶级民族意识的觉醒，要求自由和个性解放。狂飙突进运动作家中有些人受了理查逊、斯特恩、卢梭等人的影响，他们的作品也带有浓厚的感伤主义色彩。18世纪末期，俄国开始出现感伤主义流派，代表作家是卡拉姆津。感伤主义文学对于19世纪浪漫主义的产生和发展有很大影响。

第二节　法国文学

在法国历史上，18世纪是一个重要的时期。伟大的启蒙运动诞生于法国，且贯穿于这一世纪的始终，因而18世纪又被称作“启蒙时代”。启蒙，就是宣传科学和理性，揭露和批判宗教蒙昧主义、狂热、迷信，反对封建专制主义的特权和黑暗统治，从而把人性从神权和王权的桎梏中解放出来。一大批本世纪杰出的法国文化人发动和领导了这场波澜壮阔的思想解放运动。

启蒙运动之所以首先发生在法国，是由法国当时特殊的历史文化环境决定的。18世纪，法国正处于从“旧制度”向“新制度”过渡的转型期，带有一切“旧文化废，而新文化兴”的转型期特点。所谓“旧制度”，是指17世纪路易十四确立的绝对君权制，而“新制度”，则是指后来由1789年法国大革命开启的资本主义制度。

这一转型时期最重要的特点是危机重重。在欧洲资本主义发展的大氛围中，法国当时的工商业得到了发展，一些新兴工业已经建立，海上贸易迅速扩展，但在这个依然是封建专制的国度里，旧的生产关系一成未变；都市里还远未形成真正的产业革命，行会制度仍然一统天下；属于“第三等级”的资产者在社会生活中扮演着愈来愈重要的角色，却始终被排斥在国家政治生活之外。在农村，教会和贵族占有耕地的绝大部分，农民终日劳作，生活贫困，还要承受极重的赋税。旧的生产关系严重阻碍了社会发展，激起民怨，再加上为争夺海外殖民地，法国继续陷在对外战争中，国库空虚，财政困难，政府只得靠增税寻找出路。然而捐税愈苛，民怨愈深，两者形成恶性循环。这些错综复杂的矛盾交织在一起，构成了一场难以救药的社会危机。

同时，法国人还面临着严重的信仰危机。17、18世纪，航海旅行者从世界各地传回的材料都证实了世上其他古老民族的存在，他们的历史和各自独特的文化传统是《圣经》历史既涵盖不了，也无法解释的。旅行报告称这些“异教徒”也同样真诚而有德行。这些事实从根本上推翻了基督教文化的根基，冲击着被传统严格禁锢的思想，造成了人们对信仰的动摇和混乱。强硬的神学家们竭力否定这些事实，更多的人则试图找到一种折中的办法，他们在其他的古老历史中寻找可以印证《圣经》历史的蛛丝马迹，以使两者调和。但就在他们把彼此毫不相干的历史生拽在一起时，无形之中他们已经认可了异国文化和历史的客观存在。对于那些思想先进的人来说，这些史料的发现更促使他们怀疑《圣经》历史，进而推动他们去重新检验“圣书”。

这种信仰危机在当时信奉天主教的各国普遍存在，但在法国却尤为严重，这主要是法国王室无情的宗教政策所致。路易十四在位期间，为巩固绝对君权、强化天主教的国教地位而残酷迫害新教徒。此举造成国家人才流失，也大大加重了法国人的精神焦虑。法国周边的新教国家由于进行了宗教、政治改革，促进了资本主义经济的发展。这些“异端”国家的崛起打破了法国人的心理平衡，促使他们重新审视传统价值观，重新考虑人和上帝的关系。这种对自身文化传统的哲学反思恰是转型期的另一重要特点。

反思引起的必然结果是批判传统，同时为更新传统而引入一切可资借鉴的历史的和异国的因素，因而转型期人民的心态呈开放型。英国和法国隔海相望，已进入工厂时代的英国，其先进的思想、体制都诱惑着法国人。18世纪20、30年代，牛顿和洛克的理论经伏尔泰等人介绍传入法国，给启蒙思想以很大的启迪。牛顿的万有引力定律压低了神在自然历程中的地位，使人和自然相对摆脱了神的控制，为自然神论和无神论提供了理论基础。洛克的经验主义认识论把哲学从经院派的玄学中解放了出来，使之成为一门建立在经验观察和常识判断之上的学科。这种能指导人生、解决实际生活问题的哲学，为18世纪启蒙思想家们提供了认识论方面的重要武器。在启蒙时代，法国人的眼光是向全球开放的，其中包括有着深厚文化传统的中国。启蒙思想家从当时传入欧洲的儒家学说中汲取了“以仁为本”、“仁政德治”等思想，丰富和充实到他们自己的政治、宗教改革计划中，这是中国文化对人类文明进步所作的重要贡献之一。总之，启蒙时代的法国乐于学习一切先进、有益的东西。

先进思想在法国得以流传，一方面证明了人类对外部世界及自身认识的进步已为理性主义的前进铺平了道路，另一方面，也说明法国当时业已存在一个有效的文化传播网。18世纪，凡尔赛已失去昔日文化中心的地位，王公贵族、资产者家中的沙龙成了重要的文化聚会场所。人们在沙龙里谈论着文学、艺术，也毫无戒备地交换着对宗教、道德的看法，这些场所无形中成为自由思想的传播地。在理性主义大踏步前进的时代，许多学术团体应运而生，学院、科学院的建立使文化交流成为一时风尚。此外还有更经济、更大众化的聚会场所，如图书馆、阅览室、咖啡馆、英国式俱乐部等。所有这一切都为18世纪的法国织就了一张纵横交错、四通八达的传播网。启蒙思想正是通过这些渠道，迅速传向外省和欧洲各地，因而

“在18世纪的法国，思想交流比货物流通快得多”。[①]

这张巨大的思想传播网的中枢，便是18世纪一大批杰出的启蒙作家、思想家。他们能登上思想政治舞台，说明18世纪法国作家的地位已大大提高。在各种文化聚会场所，作家、艺术家们都成为人们关注的中心。他们在那里与达官显贵频频相遇，既不必奴颜婢膝，也无须行特殊的礼仪，至少在思想上，他们是平起平坐的。当然这种“平等”只是相对而言，但文化生活的市俗化，知识的增值，确实提高了他们的地位，使他们有了一定的尊严。同时，随着印刷出版业的发展，职业作家也已出现。这些外部条件与知识分子主体意识的觉醒两相结合，使这个世纪的法国知识分子终于摆脱了以往对王权、教会的依附，形成了一个独立的社会阶层。这是18世纪法国文化生活最重要的特点，也是启蒙运动得以在法国诞生的主要原因之一。

在法国历史上这个新旧制度转折的关键时刻，文学不可能再孤立存在，它义无反顾地加入到启蒙宣传中去，成为宗教、政治问题的熔炉和各种新兴科学的最好讲坛。它直接参与了哲学思想进步的进程，导致了社会制度的变革。这一特殊的历史使命，造就了18世纪法国文学与思想、哲学、科技史密不可分的特点。在长达一个世纪的历史进程中，法国一批有胆识、有才华的作家，以笔为武器，对宗教迷信、政治陋习、社会不公进行了不妥协的斗争。他们以科学和理性的名义重新审视一切，大胆对传统和现存秩序质疑。恰如恩格斯所说：“他们不承认任何外界的权威，不管这种权威是什么样的。宗教、自然观、社会、国家制度，一切都受到了最无情的批判；一切都必须在理性的法庭面前为自己的存在作辩护或者放弃存在的权利”。[②]

---

① 皮埃尔·米盖尔：《法国史》，蔡鸿滨等译，第243页，商务印书馆，1985年。

② 恩格斯：《反杜林论》，《马克思恩格斯选集》，第56页，人民出版社，1972年。

在这种伟大的思想解放运动中，首当其冲被推上理性的法庭而受到严厉批判的是宗教神学。千余年来，基督教早已失去了其初期的人民性，成为统治阶级麻痹、愚弄人民的工具，而在法国，“君权神授”说又使它成为专制制度赖以生存的基础。只有彻底铲除这个基础，科学和理性的传播才能畅通无阻。

早在17世纪，启蒙思想的先驱者贝尔（1647—1706）和在“古今之争”中提到过的封特奈尔就已将批判的矛头指向了宗教神学。贝尔继承了16世纪蒙田和17世纪笛卡尔的怀疑论，以此作为反对基督教义的武器。在其主要作品《历史批判辞典》（1695—1697）里，贝尔实际上宣传了允许无神论社会存在的思想，对推动理性主义在法国的传播起了很大的作用。封特奈尔是贝尔的同代人和朋友，曾任法兰西学士院终身书记一职达40年之久。他利用这个讲坛为普及科学、宣传理性和知识的进步做出了毕生的努力。1684年，他发表了《神话的起源》一文，首创了比较宗教法，巧妙地揭露了基督教教义所宣传的那些神谕、奇迹与超自然力的荒谬。封特奈尔的作品文笔优美，表述清晰，他撰写的很多科普读物因而受到读者喜爱，其中最重要的作品是《宇宙万物对话录》（1686）。贝尔与封特奈尔都是启蒙文学的开先河者，同辈和后世的作家们从思想、内容到形式、文体都受到他们的影响。贝尔所采用的字典形式，甚至某些表达方式都为启蒙作家，特别是“百科全书”派所借鉴，而封特奈尔则撰写了大量的科学家生平，开创了法国传记文学的历史。在先驱者中还应提及梅叶。让·梅叶（1664—1729）是法国香槟省一个低级教区的神父，十分熟悉法国农民的生活。残酷的现实使他深深体会到宗教神学的欺骗性和封建专制制度的不合理性。他撰写的《遗书》是向神权和封建特权宣战的檄文。这本书揭露了基督教欺骗、愚弄人民，为权贵服务的实质，并指出这种极不合理的制度的基础是“土地和财富的私人占有制”。这样，梅叶就在马克思之前剖析了阶级矛盾、阶级冲突，从而在人类思想史上书写下了属于他自己的那一页。梅叶的这本书在1762年正式出版前就以手抄本形式从外省小镇迅速流传到巴黎和法国各地，给后来的启蒙思想家们以很大的启发。

继这些先驱者之后，孟德斯鸠、伏尔泰等人在18世纪20、30年代登上了启蒙运动的舞台。他们把对宗教神学的批判明朗化、尖锐化了。在这方面，伏尔泰的作品影响最大。在近60年的时间里，他调动一切文学形式，毫不留情地揭露宗教蒙昧主义的荒谬，教权主义的罪恶，以及以宗教神学为精神支柱的法国封建专制政府和司法机构的种种无耻行径。60年代以后，他又掀起了著名的“反无耻之战”，把对宗教神学的批判推向巅峰。在用笔论战的同时，他还亲自投入到援救卡拉、巴尔等无辜受害者的实际斗争中去，为法国知识分子介入社会、介入生活的“行动哲学”开风气之先。

年轻一代的启蒙作家们深受前辈们的影响，但他们的宗教观却更大胆。在孟德斯鸠、伏尔泰等人信奉的自然神论的基础上，18世纪下半叶的启蒙作家们渐渐向无神论过渡。狄德罗、爱尔维修（1715—1771）、霍尔巴赫（1723—1789）等人宣传宇宙自身的规律，认为物质自身是能动的，其内部运行和转化不需依靠任何外界的超自然力；而生命现象和思维、意识也都可以从物质自身的发展中找到基础，不再具有任何神秘色彩。在此前提下，道德问题就与人类的幸福直接相联了。人在合理地调整了自身与世界，与他人的关系并将之付诸实践后，终将成为自己的主人。众所周知，法国18世纪唯物主义是马克思共产主义理论的来源之一，而它对后世文学也产生了不小的影响。18世纪唯物主义者大多为精通医学、解剖学的学者，他们的无神论和唯物主义思想是直接建立在对人自身组织了解的基础上的。而19世纪医学在文化的各个领域内都大显神通，生理学和实验医学不仅启发了现实主义，更直接催生了自然主义。

以理性审视现存秩序的启蒙作家关注最多的另一个问题是政治

体制。在这方面孟德斯鸠和卢梭建树颇丰，均被视为现代政治学的奠基者。

孟德斯鸠（1689—1755）出身于贵族家庭，大学时攻读法律，后曾任波尔多法院的一名庭长。他青年时热衷于哲学和文学，1721年匿名发表了第一部书信体文学作品《波斯人信札》。该书因塑造了投合时人趣味的波斯人形象而大获成功。他对启蒙运动最大的贡献是撰写了《论法的精神》（1748），这是18世纪最完备的一部综合性政治学著述。作者在书中提出了一系列政治、法律理论，其中尤以政体分类说和三权分立说为最著名。他在对大量古今实例分析的基础上，综合出了共和、君主和专制三种政体，并对三者进行比较，突出宣传了英国的君主立宪制。他还根据英国的经验，在洛克分权说的基础上，提出了立法、行政、司法三权分立的学说，赋予了法律以最高权力。孟德斯鸠的本意是想改革法国的君主政体，但他的学说实际上代表了正处于上升阶段的资产者要求分享权力的愿望，因而在欧洲、北美的资产阶级革命中产生了深远的影响，至今仍被绝大多数资本主义国家奉为圭臬。孟德斯鸠所推崇的英国君主立宪制，是大多数启蒙作家理想的政治体制模式，伏尔泰据此倡导一种开明君主制。所谓开明君主制，就是由一个贤明通达的君主执政，以建立国富民强的制度。启蒙作家对开明君主制的偏爱，证明了他们的政治社会选择与真正意义上的自由、民主相去甚远。他们大多出身于资产阶级，首先希望的是在政治、经济方面奠定本阶级的最高权力。从本质上说，启蒙思想运动就是他们为资产阶级登上历史舞台而进行的舆论准备，而他们所宣传的自由、平等，也是想为建立资产阶级统治的新秩序提供一种保证。

启蒙作家共同的特点就是关注人类命运，他们无一例外都是人文主义者，同时又都是世界主义者。在博采众家之长，汲取各国先进思想的同时，他们也坚信自己代表着整个人类的利益。当他们审视宗教、社会问题时，眼光早已超越了国界，各民族的实践都是他们论证的依据。启蒙时代重视总结人类的经验：伏尔泰的《风俗论》阐述了人类文明的发展史，生物学家布封（1746—1788）在《自然史》中以自然分类法总结了自然界生物演化的历史。年轻一代的启蒙作家则更加野心勃勃，他们瞄准的是“人类全部的知识”，其成果就是由狄德罗倡导并亲任主编的《百科全书》。这是一部启蒙巨著，先后有160多位作家、科学家为其撰稿，其中包括所有的启蒙作家。这些人的观点和性格都不尽相同，是狄德罗用编写《百科全书》的伟大事业使他们结盟而战，因此狄德罗是18世纪下半叶启蒙运动的组织者。《百科全书》是人类文化史上的一个奇迹，它囊括了当时人类所掌握的全部知识，代表了18世纪自然科学和人文科学的最高学术水平。尽管他的学术价值今天已经过时，但它的启蒙价值却永存。这部巨著全面生动地描绘了启蒙时代的风貌，详细深入地介绍了启蒙运动成果，它是启蒙思想家留给后人的一份丰厚的文化知识遗产，被称作启蒙运动的“遗书”。

启蒙文学思考的是最严肃的问题：从人和上帝的关系到自然法则、天赋人权，从经济、社会危机到政治制度的改革。但其表现形式却极其灵活、轻松。这符合启蒙时代总体的艺术风格。在宗教危机中，法国人动摇了对“神”的信仰，并最终明白了自己有权要求幸福，于是他们开始追求一种美观、亲切、和谐的生活。在18世纪的法国，各种物质和精神的进步使追求享受成为时髦。艺术品不再只为宫廷、教堂专有，它终于也能进入寻常百姓家。文化的非神圣化促进了生活和艺术携手并进，法国人就这样在塞纳河畔创建了一种“生活的艺术”。它一经产生，其诱惑力便无法抗拒：巴黎时尚的生活方式在18世纪为全欧洲所仿效。正是为了适应这种“生活艺术”的需要，一种典雅、活泼的新型艺术风格很快在法国形成，它从室内装饰扩展到建筑、雕塑，然后又迅速影响到绘画、音乐，这便是18世纪统治了整个欧洲近三分之二世纪的洛可可艺术。

洛可可（Rococo）一词是从法文单词rocaille（用贝壳石子堆砌的假

山）而来。路易十五时期，随着绝对王权的衰落，宫廷生活不但不再能主宰潮流，相反却受到了市民阶级思想趣味的包围和影响。适应这种趣味的变化，建筑师们用假山或涡形的花饰来装饰宫廷和私宅。由此而得名的洛可可风，很快传播开来。于是继巴罗克艺术之后，出现了以玲珑、细巧、优雅为特色的洛可可式建筑。与建筑往往联为一体的园林设计，在18世纪也经历了革命性的变化。人们从绝对对称的传统观念中解放出来，眼光转向更轻松的田园风光。恰在此时传入欧洲的中国园林艺术，正是以这种"宛自天开"的特殊情调征服了法国和整个欧洲。它们和精美、小巧的中国工艺品一起，在18世纪的法国和欧洲，掀起了一股崇尚中国艺术的潮流，历史上叫做"中国热"。此时，绘画艺术也从宫廷走入私宅，从题材到形式都有了重大的变化。洛可可绘画注重表现上流社会轻松愉快的享乐生活，表现精美典雅的装饰环境，画风十分纤细和女性化。

这个时期的文学与其姊妹艺术之间，存在着诸多的相通之处。从形式上看，古典主义最推崇的悲剧虽仍享有霸主之尊，但新的、更适合时人趣味的轻松文体，如讽刺短诗、歌词、颂辞、故事、小说，已经大量涌现，形成了与悲剧、史诗相抗衡的局面。这与绘画的情况十分相似：肖像画、风俗画、装饰画日益繁荣，与历史画并列，且大有取而代之的趋向。在内容方面，文学也与音乐、绘画一样，着力于表现爱情的魅力，表现人的情感。马利伏是使爱情主题摆脱从属地位的开先河者。即使是那些处理重大社会题材的作品，字里行间也掩饰不住作家们对于真挚情感、纯朴的人性和永久幸福的眷恋与追求。

从修辞和结构的角度说，这个时代的叙事作品（故事、小说等），经常将现存世界扩大和缩小后加以描写，或是以镜中像的方式折射现实。这些表现技法可视为洛可可式图案在文学中的翻版。伏尔泰的哲理小说《小大人》是前者的典型：一位身高"十二万官尺"的天狼星人"小大人"周游宇宙，经土、木、火星，最后又来到地球。作者通过这个巨人的眼睛，描写了一连串体积和景观都依次缩小的星球。及至地球，竟已小到放在“小大人”的显微镜下才能勉强看清的地步。显而易见，这是一种装饰性很强的洛可可图案结构。至于镜中像的描写方式，则可举勒萨日的名作《吉尔·布拉斯》为例。作者将故事的场景安排在西班牙，但他笔下的一百多个人物无一不是取自法国社会。主人公在西班牙流浪过程中的所见所闻，恰似一面镜子折射出法国的社会现实。

由此可以窥见18世纪文学与艺术相通的另一层面：对异国情调的追求。画家们将丰富的想象糅进有限的素材，描绘出所谓的异国风光；作家们则酷爱写游记式的作品，常置主人公于流浪、漫游的境地，使他们在异国他乡的游历中学习人生、了解世界。在这个科学进步，重视知识的时代，作家们自然偏爱这一类“启悟主题”，但同时，他们也常以“异域”为保护色，以便更大胆地抨击、嘲讽法国现实。

一如洛可可艺术那样，洛可可文学也产生了强烈刺激人们感官和心智的效果。若从这种效果引申出去，我们便可接触到洛可可文学掩藏在轻松外表下的企图：刻意描写与现存概念相悖的事物，在一种反讽的外表下，引入一种革新的观念，以打破现存的秩序和规范，从而表述出对一个自然、理性、平衡的新世界的追求。正是在这一层意义上，某些文学史家们甚至提出：“洛可可风格，即为启蒙时代的风格”①。洛可可文学形成于摄政时期，于1730年后达到高潮。其早期的代表虽为封特奈尔、小克雷毕庸（1707—1777）和马利伏，但它真正传世的杰作迟至1740年左右才出现。孟德斯鸠的《论法的精神》、伏尔泰的《老实人》、狄德罗的《拉摩的侄儿》及卢梭的《社会契约论》，所有这些作品因为都以引入革新思想为目的，所以不论作者自己是否意识到，从宏观上说它们都属于洛可可文学

---

① 洛斐（R.Laufer），《洛可可风格，启蒙时代的风格》，第7页，约瑟·考蒂（José Corti）书店，1963年。

的范畴。

洛可可艺术自诞生之日起，就一直受到严厉的批评。崇尚古典主义原则的伏尔泰，在1723年发表的《趣味殿堂》中，就已对华多（1684—1721）画笔下的“小面孔”表示了极度的轻蔑；另一位启蒙作家达尔让侯爵（1704—1771）在其主要作品《犹太书简》中，也严厉指责洛可可画风的轻浮。当时的批评界普遍认为洛可可艺术过于纤细、琐碎、矫饰，因而损害了“伟大的情趣”。这种观点影响久远，至今仍可在诸多艺术史、文化史中听到它的回声。毋庸讳言，作为一种历史的产物，洛可可艺术自有它的不足和缺陷。的确有不少文人、艺术家以矫饰的风格去适应当时的沙龙生活。尤其是在它成形之后，许多原本是顺应时代、思想的发展而颇具变革意义的特点，却因被推向极致而走向反面，从而对后世思想艺术产生了负面的影响。布歇（1703—1770）的画、普莱伏的小说均属此列。他们对色情、纵欲的描写既是那个时代习俗变异的写照，反过来也不得不为其伤风败俗的后果而承担责任。

但是，评价任何一种艺术思潮，都应将它置于历史的全景图中予以全面地观照。洛可可艺术顺应时代潮流而诞生，是18世纪物质生活和思想进步的必然产物，它生就具有合理性。尤具讽刺意义的是，那些当年厉声斥责它的人，他们自己的文学创作早已自觉或不自觉地带上了洛可可风。这种理论和实践的矛盾在伏尔泰身上表现得尤为突出。这位启蒙大师在美学方面忠实于古典主义理想：他赞美路易十四时代的建筑和绘画，不遗余力地宣传拉辛的悲剧，斥一切不符合“三一律”的戏剧为“粗俗”、“野蛮”的艺术，但作者留下的大部分作品都属于洛可可式文体。尤其重要的是，伏尔泰一方面宣扬古典主义美学的理性主义原则，同时又承认美的相对性，认为美随时代、地点的变异而具有不同的内涵。这对古典主义宣扬的美的永恒性和绝对性来说，无疑是一种反叛。正因为伏尔泰的美学主张在古典主义的外壳内注入了诸多的革新思想，与17世纪的崇古派完全不可同日而语，所以在文学史上，他和与他类似的作家们便被称之为“伪古典主义”。

这种形式与内容、理论与实践的两难境地，实际上见诸任何一个新旧交替的时代；而在18世纪，它则因上一世纪的“古今之争”始终不断，一直延续下来，而表现得尤为明显。“古今之争”在18世纪仍然涉及文艺的各个领域。在语言方面，革新派的后继者们提出：字词是思想的符号，因而思想的进步、感情的丰富，理所当然就应带动语言的革新和法语语汇量的扩大。“崇古派”的后裔们则对此大加鞭挞，痛斥这一主张破坏了法语的“正确使用”，损害了其“优雅的情趣”。革新派的主张有力地推动了法语的改革，对创立启蒙时代新颖、灵活、尖刻、辛辣的散文文体贡献极大。而“崇古派”的立场又有助于法语简洁、明快的风格得以流传。在音乐方面，拉摩（1683—1764）和卢梭间的“喜歌剧之争”是一场关于意大利滑稽剧和法国歌剧各自功过的争论：拉摩坚决拥护法国音乐精细、庄严的传统，而卢梭等人则力主音乐向自然的回归。这场历经十年的争论最终以促成法国喜歌剧的诞生而告结束。

纵观整个18世纪，文艺领域中的各种论争几乎从未间断过。这是现代美学在分娩过程中必不可少的阵痛。作家、艺术家们在这个追求个人幸福的时代，借助着理性和科学的进步，试图为美寻找一个更确切的定义。这种探索往往表现为在两极间的不停摆动，这种摆动使各种革新因素不断校正、丰富了论争双方各自的观点，促成了现代美学的诞生。美不再只是人们从外部观察事物而提出的一个抽象概念，它是人与自身，人与宇宙相协调的产物。美是理性和感情的结合，它能满足感官和思想的各种需求，是对一个直接关系到人类幸福、主客观相协调的世界的诠释。毫无疑问，洛可可艺术直接参与了现代美学的创立，它以表现人生、满足人的感官、精神需求为特色，为新生的美学提供了理论和实践两方面的依据。当人们谴责它使色情在法国文化中泛滥时，也不该忘记它的历史功绩。

伏尔泰(1694—1778)原名弗朗索瓦-玛丽·阿鲁埃,是法国18世纪最重要的文学家、史学家、思想家,欧洲启蒙运动的精神领袖。他的作品和思想指导了整整一个时代,所以启蒙时代又被称作"伏尔泰时代"。

伏尔泰出身于一个公证人家庭,自幼思想活跃,喜爱文学。中学毕业后他遵从父命研习法律,但最终依然成了一名职业作家。1718年他的第一部悲剧《俄狄浦斯王》首次上演,获得极大成功,他也从此正式更名伏尔泰,开始了作家生涯。伏尔泰年轻时常与一批思想自由的文人来往,受到这些敢于怀疑上帝、针砭时弊的文人的影响,思想大胆,谈锋犀利,因而时常冒犯皇室和权贵,为此曾两次被投入巴士底狱。1726年他为躲避迫害而逃亡英国,在那里度过了近三年的流亡生涯。这是他一生中一个重要的阶段,他的政治观、宗教观由此而确立。在宗教观方面,他深受牛顿和洛克的思想影响,成了一名坚定的自然神论者,认为上帝只创造世界,但并不干预人世间的一切事务。在政治观方面,英国的君主立宪制给他留下了极深的印象,成为他日后主张的"开明君主制"的基本原型。他把在英国的见闻及反思写入了著名的《哲学通讯》(1734),这是伏尔泰的第一部哲学作品。从此,批判宗教蒙昧主义,宣传科学和理性,也就是宣传启蒙思想,就成了伏尔泰作品的主旋律。由于他的宣传执着而有效,法国的封建专制政权与教会都视他为大敌。他的作品屡遭查禁和焚毁,他在大半生里也一直过着漂泊流亡的生活。1758年,伏尔泰终于在法瑞边境法国一侧的费尔奈安顿下来。他在这里接见各方人士,并用文章和书信指导法国和欧洲各地的启蒙运动,向一切黑暗势力发起了最猛烈的进攻。由于他的威望和在启蒙运动中所起的领袖作用,人们尊称他为"费尔奈教长"。

纵观整个18世纪,伏尔泰是他那个时代最具代表性的作家,其作品反映了当时大多数人的美学趣味和政治愿望。他一生的创作可以50岁为界：50岁前他是闻名遐迩的诗人、剧作家，50岁后他成为启蒙运动公认的领袖，全部创作都聚焦在启蒙宣传上。作为作家，伏尔泰以多产而闻名法国。莫朗版《伏尔泰全集》多达52卷，伯斯泰尔曼版《伏尔泰书信集》达102卷。而他作品的形式也是最多样化的：史诗、悲剧、喜剧、短诗、小说、故事、题辞、随笔、辞典、政论文、史书、书信等等；他的作品几乎包括了18世纪所有的文类。

伏尔泰青年时代的理想是要成为一名能与维吉尔齐名、与拉辛比肩的伟大诗人，因而他早年的创作集中在诗歌和悲剧方面。基于古典主义美学观，他认为只有这两种形式才是"伟大的文类"。18世纪前法国没有一部讲述自己民族史的史诗，青年伏尔泰梦寐以求要为法兰西留下一部壮丽的颂歌。他仿效罗马诗人维吉尔的《埃涅阿斯纪》，创作了史诗《亨利纪》（1728）。该诗以法国统一大业的奠基者国王亨利四世为歌颂对象，描述了这位"人民国王"颁布南特敕令，给新教徒以信仰自由的过程，讴歌了他为结束法国宗教战争而作出的丰功伟绩。尽管诗中主人公具有史诗中人物的特点，单纯善良却又逃脱不了悲惨的命运，但严格说来，这部作品缺乏应有的恢弘气势和神秘色彩。它在文学史上的主要功绩有二：一是诗人赋予了主人公以丰富的情感，为浪漫主义的诞生做了准备；二是它生动地记述了16世纪法国的风俗，为后来的历史编撰奠定了基础。但伏尔泰在诗歌方面最脍炙人口的作品，还当数他的讽刺短诗。这些随手写就的诗作，数量惊人，形式短小，语言辛辣，在当时流传甚广，产生了很大的反响。

与诗歌相比，他在戏剧方面的成就更为显赫：他一生总共创作了近40部戏剧作品，其中27部为悲剧，因而被视为启蒙时代的戏剧大师。伏尔泰在悲剧创作中遵循古典主义的原则，崇尚"三一律"。不过，早在写《俄狄浦斯王》时，他就明白古典主义已无生命力了，必须寻找养料进行革新。在此后的50年间，伏尔泰为改革悲剧艺术进行了各种尝试。他的改革首先表现在内容上：他所有的作品都是为宣传启蒙思想服务的。以他上演时间最长的剧作《扎伊尔》（1732）为例，该剧讲述了发生在两种不同宗教信仰者之间的一个爱情悲剧：女基督徒扎伊尔自幼被掳往君士坦丁堡，后与苏丹奥洛斯曼相爱。就在他们即将结婚时，一位基督徒来赎这些俘虏。苏丹同意释放所有的人，唯独拒绝放走扎伊尔和另一位长者。经扎伊尔再三恳求，苏丹终于同意放走长者，但长者偏又发现扎伊尔恰是自己的女儿，年轻的姑娘终于重皈基督教。苏丹怀疑这是一场阴谋，杀死了姑娘，随即发现了自己的错误。在释放了所有俘虏后，他也自杀身亡。这出戏的启蒙意义是显而易见的：剧作家用扎伊尔的命运指明了宗教的相对性，并且一反世俗偏见，把伊斯兰教徒写得与基督徒同样善良，以此来反对基督教的不宽容。然而，悲剧对伏尔泰绝非一种简单的宣传工具。他在使其为启蒙服务的同时，也使启蒙为悲剧艺术服务：他把启蒙的内容与地方色彩、哀婉动人的情节紧密结合，以产生扣人心弦的戏剧效果。这后一点可说是他向莎士比亚戏剧学习的结果。早在流亡英国期间，他就发现了莎士比亚，并最早把莎士比亚的作品译介到法国。尽管后来他为了张扬古典主义美学思想，指责英国戏剧"粗俗"、不符合古典原则，但这并不妨碍他在创作中借鉴莎翁的手法，追求莎翁戏剧中那种强烈的戏剧效果：他让鬼魂登场，让雷鸣电闪、隆隆炮声轰响在舞台上；在每一出悲剧中他都根据剧情对布景、服装、道具、表演和朗诵的方式进行精心的改革，以求取得震撼人心，打动观众的戏剧效果。这是伏尔泰对悲剧所做的最重要的革新之一。为了给古典悲剧注入新鲜血液，伏尔泰还十分重视从外国戏剧中汲取灵感。他从莎士比亚的戏剧中借鉴了许多主题和情节：我们从《扎伊尔》一剧的苏丹身上不难找到奥瑟罗的影子，而《恺撒之死》（1735）、《塞米拉密》（1748）更是直接的仿作。除此以外，他还借鉴了阿拉伯、中国的艺术。其中尤值一提的是《中国孤儿》（1755）。这是根据我国元曲《赵氏孤儿》改编的五幕悲剧，是西方艺术第一次向中国艺术学习。从表面上看，剧作者按照三一律对原剧进行了重大改造，把时间、地点从春秋时代的晋国移到了宋末元初成吉思汗入主中原时的北京，又增设了成吉思汗与宋臣张惕之妻伊达梅之间的爱情线索，但伏尔泰仍保留了搜孤救孤的主要情节，并且高度忠实于原剧所要表达的思想内涵。他把这出戏命名为“五幕孔子道德戏”，意欲通过舞台演出宣传儒家道德思想，宣传文明必将战胜野蛮的历史观。

伏尔泰为革新悲剧作出了巨大的努力。这不仅表现在作品的数量上，也表现在他作品的艺术价值上。在伏尔泰优秀的剧作中，内部张力、价值冲突都表现得十分突出。由于他的努力，早在18世纪初就已奄奄一息的古典主义悲剧得以存活到世纪末，从而使这种古老的艺术形式延长了将近半个世纪。不过这仅是一种延长而已，因为这些悲剧之所以成功，恰恰在于它打破了古典主义的束缚，因而伏尔泰的成功实质上是为正剧和情节剧的诞生铺平了道路。

伏尔泰最富生命力的作品是哲理小说，它至今仍拥有大量读者。然而“哲理小说”一词并非伏尔泰的创造，而是出自1771年版《伏尔泰全集》出版者之手，意在点明这些虚构作品哲理思辨的内蕴。伏尔泰在近50岁时才开始写小说，一生总共创作了25篇哲理小说或故事。在他看来，这是些仅供消遣的小玩意，不可与史诗、悲剧同日而语。但由于语言生动，寓意深刻，也由于伏尔泰讲故事的特殊才能，“小玩意”反倒得以传诸后世，这是作者始料不及的。

《查弟格》（1747）是后代人阅读较多的一部作品。故事讲述了查弟格坎坷的一生。巴比伦的富家子弟查弟格纯洁善良，尽管他受过女人的欺骗，又被忘恩负义的男人们捉弄，但他对前途仍充满信心。他被国王赏识而当上了大臣，处处秉公办事、贤明通达，他爱上了皇后，受到小人算计，不得不踏上逃亡之路。他逃到埃及，卖身为奴，又因说真话而惨遭宗教狂们的毒打，于是被迫再次逃亡。在返回巴比伦的路上，查弟格与同样也沦为奴隶的皇后重逢。他参加了推翻统治者的起义，由于人品、才能出众，最终被百姓推举为王，娶了皇后，找到了幸福。《查弟格》的叙事特点，是用作者对人生及社会的各种反思将互无关联的各个小故事串为一体。伏尔泰在这篇小说的创作中找到了一种讲故事的最佳形式——漫游。他让主人公为了寻找幸福一次次地遭遇各种坎坷，最后以找到幸福和“开明”的制度而结束全文。伏尔泰在后来的创作中经常使用这种叙事模式。

伏尔泰哲理小说的代表作是《老实人》（1759）。老实人的老师是哲学家邦葛罗斯，他是个乐观主义者，认为人世一切皆善。但听从老师教诲的老实人却处处碰壁，甚至被逐出国门。他流亡荷兰，在那里遇到了落魄的邦葛罗斯，两人在世界上到处流浪，一路上总被宗教裁判所的法官们所追捕。他们无意之中来到了天堂般的“黄金国”，那里的一切都如梦想中的理想国一般美好。但一回凡间，灾难和恐怖又接踵而来。最后，老实人在君士坦丁堡附近再次与当年的恋人、年老而怪癖的居内贡小姐相会，他们买了一小块田地，辛勤劳作，意识到“要紧的还是种我们的园子”，维持一种普通人的平和生活。创作《老实人》时，伏尔泰已亲历了许多打击，目睹了人间无数的悲剧，特别是七年战争和里斯本大地震。他以这部作品反驳了莱布尼兹盲目的乐观主义，以及天意论者们宣扬的“一切皆善”的教条。但他又不是完全悲观的，他希望人类能够了解现存社会是一个布满了“恶”的社会，在这个世界上人不应指望上帝安排自己的命运，而应正视现实，争取现世、现实的幸福。正是在这个意义上，伏尔泰以《老实人》一作积极参与了由文艺复兴开启的伟大的人类解放运动。难怪20世纪思想家德勒兹称赞说：“《老实人》是一部伟大的作品。从莱布尼兹到伏尔泰，这是思想史上一个根本的时刻。伏尔泰，这就是启蒙时代，确切地说，就是光明的制度，物质的生活、理性的制度，即使莱布尼兹为新时代做了准备，但启蒙与巴罗克制度是完全不同的：神学之理彻底崩溃了，一变而为纯粹的人类之理”。[①]

伏尔泰其他著名的哲理小说还有《小大人》（1752）、《天真汉》（1767）等。这些作品都贯穿了他的启蒙精神，且都具有很高的语言赏析价值。伏尔泰是18世纪公认的语言大师。在继承了古典主义简洁、明快风格的基础上，他以敏锐的洞察力和超人的雄辩才华，形成了独特的论述风格，嬉笑怒骂淋漓尽致。他常常以三言两语就能清晰地表述出别人需要十几页才能说明的问题。而他的辛辣，也是他那个时代无人可望其项背的。他以最尖酸刻薄的语言，最机敏俏皮的嘲讽，使一切旧秩序中的“圣物”、“权威”威信扫地。他的语言风格对后世影响很大，成为法兰西引为骄傲的语言特点。

伏尔泰也是个著名的史学家，其主要史学作品有：《查理十二史》（1731）、《路易十四时代》（1751）和《风俗论》（1756）。《风俗论》是他史学方面最重要的作品，是第一部从人类文明发展的角度撰写的历史，伏尔泰因而被法国文史界称为现代史学“第一人”。出自伏尔泰之手的史学作品都具有很高的文学价值。作者视写史如同作画或创作剧本，曾在致友人的信中提出史书“应该有情节的展开、高潮、结局”，以求生动地描绘出一幅壮阔、感人的历史长卷。作为启蒙作家，他最大量的作品在哲学方面。除早年的《哲学通讯》外，主要代表作还有《哲学辞典》（1764）。令人惊异的是，他的哲学作品，一如他的哲理小说，丝毫未受到古典主义美学观的束缚。为了批判宗教神学的荒谬和现实的黑暗制度，伏尔泰调动了一切形式，从严肃的论文到灵活的小品、对话、书简无所不用。这就使他的作品既能最快捷、最广泛地得到传播，又能在读者的眼泪和笑声中产生深刻的社会影响。此外，他的书信也值得一提：他一生写有两万来封书信，文笔俏丽、风格各异。这些都成为他文学遗产中不可分

① 德勒兹（Deleuze），《为了言说》，第220页，Minuit出版，1990年。

割的部分。

德尼·狄德罗（1713—1784）是法国18世纪著名的思想家、作家、戏剧理论家和艺术评论家。他在本世纪的法国文学史上占有独特的地位，是继伏尔泰之后最具代表性的人物之一。

狄德罗出身于一个家境宽裕的制刀匠家庭，少年时他曾以优异成绩先后就读于家乡的耶稣会学校及巴黎的阿尔古勒中学。中学毕业后他师从一位法律代理人，但向往独立生活，中途出逃，家庭便中断了对他的供养。从此，他在巴黎过着漂泊不定的生活，充当过家庭教师，也曾靠译稿和捉刀代笔为生。在此期间，他结识了卢梭、布封、达朗贝尔（1717—1783）等启蒙作家。1746年，他应出版商的要求与达朗贝尔共同主持《百科全书》的编纂工作（1751—1772年出版，狄德罗负责编写前28卷）。同年他发表了第一部作品《哲学思想》，此书因宣传了自然神论而被查禁。1749年出版的《给明眼人读的论盲人的书简》，更明确地表现出了他的反宗教思想。狄德罗在书中公开宣称："若要我相信上帝，就得让我用手指触摸到他"。这种无神论倾向触犯了当局，狄德罗因而被捕入狱，被迫中断了《百科全书》的编纂工作。这部历经磨难的鸿篇巨制后来成为狄德罗终生奋斗的事业。在长达27年的时间里，他除亲自撰写了千余条条目外，还团结了绝大多数的启蒙思想家为之不懈努力。狄德罗才学广博，著有哲学、美学、戏剧、小说等方面的作品。他的作品表面含混紊乱、彼此矛盾，实际上却是对作家生活的时代所作的最好诠释。18世纪是个崇尚理性，同时又提倡人性解放的时代，而狄德罗既热情奔放，富于想象，又能冷静观察、勤于思索。他有机地将理性和情感结合起来，较完美地回答了他那个时代特殊的需求。这种时代和个性的契合，就是理解狄德罗全部作品的关键。1773年，狄德罗应俄国女皇叶卡婕琳娜二世之邀前往圣彼得堡，次年返国。狄德罗晚年潜心从事心理学研究。

狄德罗关注戏剧问题，一生创作了两部剧作：《私生子》（1757）和

《家长》（1758）。这两部剧在艺术上均不成功，但很好地体现了狄德罗的戏剧理论。他试图冲破古典主义理论在悲喜剧间划下的界线，发展起一种新体裁，以表现普通人的现实生活。早在他的第一部小说《泄露隐情的首饰》（1748）中，狄德罗就批判了古典悲剧，提出了写“真实”的原则。这一主张在后来的两篇论文《关于〈私生子〉的谈话》（1757）和《论戏剧诗》（1758）中得到了进一步的发挥。为了使人物更贴近现实，他提出了两个基本概念：“状况”和“画面”。所谓“状况”，即是有个性的性格。这不是古典悲、喜剧理论中抽象、一般的“性格”，而是根据现实生活中不同地区、职业、环境塑造出来的有特色的性格。通过这些个性化的人物，狄德罗希望在舞台上创作出一系列类似风俗画家格勒兹（1725—1805）笔下的“画面”来。总之，狄德罗改革的核心是想建立起一种表现资产阶级生活的写实戏剧。这种写实戏剧显然是以普通人为表现对象的，这就必然导致对戏剧主题的革新。这样一种“平民戏剧”理论为后来博马舍等人提倡的“正剧”铺平了道路。狄德罗的理论不是凭空产生的，他实际上继承了拉·肖塞创立的“流泪喜剧”，同时也受到了英国戏剧及伏尔泰等其他戏剧改革者的启迪。

狄德罗的写实论，也表现在他的艺术评论中。这方面的代表作有以《沙龙》为题汇集的画评和《论绘画》（1765）一文。前者原是为格里姆主编的《文学通讯》杂志而写，是作者在1759至1781年间为卢浮宫每两年举办一次的画展撰写的评论。《论绘画》一文亦发表在《文学通讯》上，是作者对造型艺术的总结。狄德罗艺术理论的核心是认为艺术与道德相联。他推崇格勒兹的风俗画作品，认为这些绘画起到了美德教育的作用。他认为，所有组成美的艺术都是一个整体，它们都与真和善密切相关。就绘画风格而论，他既反对古典主义的冷漠，也反对洛可可的艳情。狄德罗尤其欣赏静物画家夏尔丹（1699—1779）观察物体和用色的才能。他将艺术家的才能比作太阳，因为艺术不是对外部世界的平庸复制，艺术家应凭借自己的才能使作品超越自然以达到理想的真实。

在小说创作中，狄德罗具体实践了这种“理想真实”的原则。

《修女》创作于1760年左右，作者生前并未发表。这是一部自述体小说，讲述了一个修女悲惨的故事。少女苏珊·西蒙楠是私生女，母亲婚后与丈夫又有了两个女儿，父母为了剥夺苏珊的继承权而将她送进修道院。苏珊在那里受尽了折磨。她渴望自由、幸福，屡次想冲破这个与世隔绝的牢笼，均未成功。她求助于法律，但法院却和教会相互勾结，使她备受凌辱，处境愈发艰难。她最终出逃，隐姓埋名躲藏在巴黎，过着毫无保障的生活。情急之中，她想到要给一位开明贵族克卢瓦马尔侯爵写信求救。小说就从苏珊产生这个念头开始，而以主人公讲述自己逃亡巴黎后窘困无助的状况而结束，给读者留下悬念。狄德罗通过主人公苏珊的遭遇抨击了天主教对人性的践踏，也揭露了资产者在金钱诱惑下人欲横流的丑恶现实。《修女》有人物，有完整的情节，是狄德罗最合乎规范的虚构叙事作品。然而就其结构而言，人们仍很难将它准确归类：小说既非日记、书信、回忆录等体裁的作品，亦非纯记叙作品；在叙事时间上，作者在现在与过去之间跳动。这些都充分说明了当时小说的框架已经不能满足狄德罗的创作需要，他正力图突破传统的局限。

在狄德罗后来的两部作品《拉摩的侄儿》及《宿命论者雅克》中，这种突破表现得更加明显。《拉摩的侄儿》创作于1762年，后经作者不断修改，直至1779年才定稿，但在作者生前亦未发表。1805年，歌德把它改写成德文付梓出版。1821年，这个德文改写本被回译成法文。1891年，狄德罗的手稿被发现，这部作品才第一次得以完整出版。拉摩的侄儿（作品中称“他”）是位外表鄙俗、内心复杂的流浪汉音乐家。一天，一位哲学家（作品中称“我”）在咖啡馆遇见了“他”。两个人在数小时内海阔天空地闲聊起来，从人的天才到女子教育，从邪恶、幸福到道德与社会的关系，整部小说就以对话形式自由展开，涉及启蒙时代诸多重大主题，其间还讨论了狄德罗十分关注的艺术，特别是音乐问题。最后，歌剧院准点敲响的钟声结束了这场表面轻松、实质深刻的谈话。正像本文副标题所示，这是一部对现存社会的“讽刺作品”。作者借拉摩侄儿之口，对从“旧制度”向“新制度”过渡的法兰西社会的种种弊端给予了无情的揭露和嘲讽。这部作品被公认为狄德罗最成功的作品之一。这首先得益于作者成功地塑造了拉摩侄儿的形象。拉摩的侄儿是个音乐家，却得不到社会的承认，只得想方设法到处混饭吃。他玩世不恭，寡廉鲜耻，极端自私，对德行、天才、社会责任一概否认，但一谈起艺术，特别是音乐，又颇有见地，表现出高雅的气质，对许多社会问题也具有敏锐的洞察力。在这位无行文人身上，丑恶和美好、正确和错误令人惊讶地交织在一起。显然，这个具有多重性格的人不是一个抽象、理想的人，而是一个具有“真实性”的人。拉摩的侄儿在现实生活中确有其人，但狄德罗并未照搬此人的原型，而是在他身上集中了这一类人的特点，使其更具典型性，这与狄德罗在画论中提倡的“写真实”的原则是一脉相承的。正因为这部作品成功地塑造了一个具有多面性的人物，恩格斯高度评价它，称其为辩证法的典范。但后人往往因此而过于偏重内容，忽略了其形式。从表面看来，“我”与“他”的谈话内容驳杂，彼此毫无关联，只靠对话形式串联在一起。不过，只要分离出对话涉及到的不同因素，就能透过表面的混乱找到其内在结构。作品从整体上可分为对话段落与叙事段落两条主要脉络，它们各司其职，交错进行：对话段落推动情节发展，叙事段落则起到承上启下的“铰接”作用，从而把对话引向不同的主题。此外，当话题无法深入之时，“我”就会出面进行干预，以评论的形式对文本情境作一小结。这部作品通篇采用了对话体，这在18世纪很通行。当传统受到质疑，而新的社会价值、规范尚未确立之时，每个人都处在思索中，思想活跃却未成体系。采用这种轻松、灵活的对话形式即可在内容及结构两方面都为作者留下较大的回旋余地。

如果说对话体是处于文化转型期的启蒙作家普遍喜用的方式，那么狄德罗在运用对话塑造人物形象方面则达到登峰造极的地步。这一点在《宿命论者雅克》中表现得尤为突出。这部作品创作于1773年，是狄德罗小说中最难把握的作品。雅克是个年轻的仆人，机灵聪明，心直口快，对什么都想发表见解。他陪主人漫无目的地游历，一路上不断为主人讲述各种各样的故事，但不时要反仆为主，嘲讽和斥责主人。整部作品就以漫游为主线串联起无数的小故事，生动地反映出18世纪中后期法国社会的习俗和各种错综复杂的关系，抨击了封建专制制度和教会的黑暗统治。这部作品有三条线索：流浪汉小说、浪漫故事和同宿命论的哲学对话。但全文无章节之分，无完整、连续的情节，不标示时间、地点，没有性格描写。总之，它完全打破了传统小说的习惯模式。就这一点而言，这部作品极像是一部“反小说”：作者不断避开情节发展原本要求的叙事，以便赋予自我以更大的创作自由。这是狄德罗与20世纪的“新小说”的相似之处。狄德罗的现代性还表现在他建立的间离效果上：在《宿命论者雅克》中，作者没有确立任何目标，不断与读者对话，在结束时又借“出版商”之口提出三种可能的意见供读者选择，这就使读者在阅读时不断意识到与文本的距离。

一般人都认为狄德罗的作品结构松散，含混矛盾。实际上，这是他独立不羁思想的体现：他没有先入之见，拒绝任何体系，任“天性”自由表现，狄德罗的可贵之处就在于这种独立研究的精神。而对“自然”的兴趣也是狄德罗哲学、美学思想的根基。由于重视自然、天性，所以他反对基督教的不宽容，反对宗教迷信、狂热，并从自然神论者逐渐转变为唯物主义者。在艺术上，对“自然”的兴趣则导致了他写真实的理论和实践。自19世纪以来的文学评论家都高度评价狄德罗：19世纪史学家米舍莱（1798—1874）称他为替现代人盗火的“真正的普罗米修斯”，而著名法国文学史专家勒内·波莫（1917—　）则为他戴上了“启蒙时代的苏格拉底”的桂冠。20世纪的文学史家们从未停止过对他的研究，并且总是能从他的作品中发掘出与现当代相通的东西。人们不仅发现他是浪漫主义和现实主义美学的先驱，而且认为他的叙事作品超前地包含了某些现代叙事因素。在他的研究和创作中表现出来的全球意识，开放、活跃的思想，尤其使当代人感到亲切。

让-雅克·卢梭(1712—1778)在启蒙作家中，以其独特的政治观和浪漫气质而与众不同。卢梭生于信奉新教的日内瓦，父亲是位钟表匠，但酷爱文学，对幼年卢梭影响很大。卢梭从小就生活在社会底层，饱尝生活的艰辛。1728年，他因不堪忍受欺压而逃离日内瓦。此后长时间内他受到贵妇华伦夫人的庇护，从事过各种工作，同时自学了宗教、文学和音乐。1740年他与华伦夫人断绝关系后来到巴黎，充任过家庭教师、秘书等职，也曾以教授音乐谋生，并发明了简谱。他在巴黎结识了狄德罗和其他一些启蒙作家，为《百科全书》撰写了有关音乐的条目。他的启蒙观在这段时间内逐渐成熟。1750年，他在第戎科学院有奖征文中以《论科学和艺术》(1749)一文一举中奖，赢得了最初的声誉，从此便以写作为生。但他性格孤傲敏感，持论偏激，很难与人相处。1756年后他离群索居，先后在爱米达日、蒙莫朗西等地的贵族乡间别墅生活。卢梭在蒙莫朗西进入了创作的鼎盛期，他的主要作品《新爱洛漪丝》(1759)，《社会契约论》(1762)和《爱弥儿》(1762)等都创作于此。在此期间，他因观点不合，与狄德罗、伏尔泰等启蒙作家相继交恶。1762年，《爱弥儿》被禁，卢梭为躲避迫害而四处流亡，其间曾随哲学家休谟到英国栖身，但不久又与后者发生口角而返回法国。他这时患有较严重的被迫害狂症。他在流亡期间即已开始写作《忏悔录》，1770年他重新定居巴黎，直至病殁。这期间他在贫困孤独中完成了《忏悔录》，并撰写了续篇《孤独散步者的遐思》。法国人民为纪念他，在大革命后将他重葬于巴黎的先贤祠。

卢梭的政论文章是他作品的重要组成部分。在第一篇论文《论科学与艺术》中，卢梭提出了他整个思想体系的理论基点：人在自然状态下原本是善良的，是科学和艺术的进步——亦即文明——腐化了习俗。在促使人们不惜一切代价去牟取财富的社会中，人若仍以善待人是危险的，因而也就不得不遵循被腐蚀的习俗。第二篇论文《论人类不平等的起源和基础》（1755）是对前文的补充。卢梭在这篇论文中对恶的根源进行了探讨，分析了产生不平等的原因。他进一步扩大和深化了第一篇文章中的主要论点，更明确地将人的“自然状态”与“文明状态”对立起来。他认为原始时代的人为了抵御灾害结成群体，进入“自然状态”的第二阶段。这整个自然状态都是一个纯洁的世界，根本不存在恶。但自从人结成社会，懂得说“这是我的”以后，私有制就诞生了，一切也都随之蜕化变质，最终形成了专制。卢梭指出，专制君主既然以暴力统治，反过来人们也可用暴力推翻他。这种“以暴抗暴”的原则是卢梭政治思想中最大胆、最革命的部分，它为后来的法国大革命提供了理论依据，卢梭也因而被后世誉为“罗伯斯庇尔之父”。他的第三篇论文《社会契约论》在前两篇文章的基础上提出了一套政治解决方案，即建立一个以社会契约为基础的政体，以取代封建专制制度。他认为，人脱离了原始状态后，就成了一个社会中的公民，而人类社会应建立在全体社会成员共同一致的约定上，这是人世间一切合法权威的基础。通过一个由全体人民订立的“契约”，每个人就能找回他被社会所剥夺掉的自由。这是社会状态下建立在“契约”基础上的自由。正因为“契约”代表了全体公民的愿望，是人民主权，因而它也就化解了原来的不平等，建立起在法律面前人人平等的新秩序。由此，《社会契约论》否定了18世纪法国社会确立的一切旧秩序，提出了全新的国家组织原则。国家是自由民订立的社会契约的产物，代表了人民主权的愿望。这种具有超前意识的“人民主权”论是与卢梭的经历分不开的。正是在自己切身的痛苦中，卢梭才逐渐萌发了对于人民遭受痛苦的同情和对压迫者的不可遏止的痛恨。孟德斯鸠为了改革法国的君主政体，提出了君主立宪体制，而卢梭在政体问题上彻底否定了君权。在这个意义上说，《社会契约论》宣告了旧时代的结束和新时代的来临。

卢梭的作品充满了对人的关注和兴趣。从上述几篇论文到他的小说、自传，甚至书信，无一不是以人为研究对象的。与《社会契约论》同年出版的《爱弥儿》，是从论教育的角度对前者的一个补充。《爱弥儿，或论教育》是一部夹叙夹议的作品，作者在文中大段论述教育问题，又虚构了一个接受教育的对象——贵族子弟爱弥儿，在每段论述后都以他为实例，通过讲述各种虚构的事件和故事，具体而又系统地阐发了自己的教育思想。《爱弥儿》全书共分五卷，一至四卷分述人在婴儿、幼年、少年和青年时代的教育，最后一卷通过爱弥儿的婚姻及家庭生活论述女子教育及男女情爱教育。卢梭教育思想的大前提与他的社会政治思想一脉相承：人生来是善的，是社会使人变恶。从这点出发，卢梭提出了一整套与当时社会相对立的“自然教育”法，主张按照儿童身心的自然发展施教，塑造出真正符合他理想中的自然状态的人来。他以这种思想为指导来写爱弥儿的教育：要他到农村，到大自然里去陶冶纯朴的感情；要他通过感官的感觉来认识事物、积累经验；成年后又要求他自食其力，靠自己的双手养活自己等。若除去这部作品中的浪漫故事和道德、科学教育内容，这就是一篇真正论述自然状态的人的论文。从某种意义上说，卢梭通过这部作品回答了一直萦绕其心头的问题：“人如何避免被腐化”。

从纯文学的角度而言，卢梭一生只创作过一部作品，这就是书信体小说《朱丽，或新爱洛漪丝》。作品借用中世纪一段恋情中的女人的名字为题，讲述了贵族小姐朱丽与平民出身的家庭教师圣·普乐的恋爱故事。男女主人公在朝夕相处间产生了纯洁的爱情，但终因门第不同而无法结合。圣·普乐出走，朱丽被父亲强行婚配给了贵族沃尔玛。所幸，沃尔玛对妻子十分体贴，这对夫妇在婚后过着平静、和谐的生活。一日，圣·普乐突然返回，打破了朱丽的宁静，她向丈夫谈了这段旧情。沃尔玛十分信任妻子，大度地请圣·普乐回来当家庭教师。两个旧情人竭力克制，默默忍受着情感的折磨。朱丽最终患病而死，临终前给圣·普乐写了最后一封信，托付他教育自己的孩子。从内容来看，这部作品是作者对人学的诗意诠释。卢梭在作品中借开明人士之口猛烈抨击了封建社会的等级制度，称贵族都是“法律和自由的死敌”。这里再现了卢梭始终关心的平等问题。小说中的山村形象也颇含象征意义，它的清新、恬静，恰与巴黎的上流社会形成鲜明对比。而正是那种以巴黎为代表的“文明”生活才埋葬了纯真的自然感情。卢梭在作品中刻意描绘的克拉伦乡间生活，尤其发人深省。这个充满了温馨、纯朴之情的乡村，就像是大海中一个孤岛，它为文明世界所包围，却毫不去理会外界的一切，这恰是作者自身境遇的写照。克拉伦乡这个由“平等”建立起来的“自然秩序”，形象地凝缩了作者的政治理想。显然，这部小说是为补偿作者在现实中无法达到的理想而写的。它的丰富的思想内涵使这部小说自1761年出版以来获得了巨大的成功。在叙事技巧方面，这部作品也颇有特色。由于是书信体小说，《新爱洛漪丝》篇幅过长，叙事拖沓；而且从表面看来，小说中人物的行动既无逻辑性，也不尽合理。但作品在深层次上却并非无规律可循，小说的情节实际上是按照每位通信者的感受而发展的。这样，整部作品就按照人物内心生活的节奏跌宕起伏地推进，因此确切说，它更像是一首“抒情长诗”。这种叙事特点来源于卢梭独特的小说观。与传统观念相反，卢梭认为小说不应仅仅讲述和描写，同样也应解释和讨论。因而，他在小说中并不注重构筑事件的高潮，而重在描写自己的想象和幻想。这种“耽于幻想”的特点是卢梭对小说文类作出的贡献之一。此外，在表现哀婉动人的情感，在对大自然景色的描写等方面，《新爱洛漪丝》也都成为了后人的典范。

卢梭对后世产生重大影响的著作还有他的自传体作品《忏悔录》。《忏悔录》创作于1765至1770年间，共12卷，从作者出生一直记述到他流亡英国。该书在作者死后，于1782年和1789年分两次出版。卢梭写作《忏悔录》,带有明显的自辩性质,他要以此来控诉不合理的社会,讨回自己的公道。卢梭在对自己的不幸进行思索时,确信自己远胜过周围的一切人。他悲愤地写道:“万能的上帝啊!……让他们每一个人在您的宝座前,同样真诚地披露自己的心灵,看看有谁敢对您说:‘我比这个人要好些!’”这种强烈的辩护意识,使他在回忆中经常有意无意地将事实与虚构相混淆,以支持自己的论点。因此,尽管《忏悔录》在一定程度上可视为作者生平的纪实,但它更是一篇雄辩的辩护词。它在文学史上最主要的价值在于:使“我”在文学作品中占据了最重要的地位,成为一本书的主题。这种对个人的赞颂解放了一种全新的感受力,开启了直至当时尚不为人所知的领域。此外,《忏悔录》也是一部文笔优美、催人泪下的散文经典之作,它能激起读者无穷的想象力和感受力。卢梭后来写作的《孤独散步者的遐思》是《忏悔录》的续篇,但风格与之不尽相同:这部未完成的作品由十篇散文组成,篇与篇之间无任何连续性,但在一种抒情的“遐思”形式下,再现了卢梭以往表述过的全部思想。作者在这些“遐思”中不再愤世嫉俗,显得平静而恬淡。

卢梭兴趣广泛,除上述作品外,他还著有歌剧、喜剧和植物学等方面的著作。

在18世纪的作家中,卢梭对后世的影响最直接和明显。他在思想上和文体上都启迪了大革命时期的雅各宾党人,他的善辩和诗意的作品鼓动了民主派的群众,所以法国文学史家都称卢梭是赋予民主思想以最经久的文学表述形式的作家之一。而作家卢梭对法国19世纪浪漫主义的影响更是人人皆知的:他对自然、情感和自我的颂扬,以及在梦幻中逃避现实的写法,都为19世纪的浪漫主义作家所继承,他因此被称为浪漫主义的先驱。

卢梭的这种影响,实际上在他的晚年即已产生。18世纪末,已有一些作家仿效他而创作出情感丰富的作品。其中最值得一提的是**雅克·亨**

利·贝尔纳丹·德·圣皮埃尔（1737—1814）。贝尔纳丹少年时期也曾有过流浪的经历，青年时期受过正规教育，成为工程师。后因职业需要，游历过许多国家。他在卢梭晚年曾与之交往，随即投身文学事业。他最著名的作品是小说《保罗与维吉妮》（1789）。这是一部爱情奇遇记：保罗与维吉妮从小随各自的母亲生活在印度洋中的一座孤岛上，相亲相爱。长大后维吉妮到欧洲去求学，在返回孤岛时不幸遇海难而死。保罗痛不欲生，终因悲伤过度而离开人世。这部作品并不以情节取胜，而重在对自然和情感的描写。这显然受到了卢梭《新爱洛漪丝》的影响。但作者仍有自己的特点：贝尔纳丹在不违背读者原有阅读习惯的前提下，使用了许多具有异国情调的人名和植物名称，以营造出一种读者所不熟悉的生存环境。这样，他就独辟蹊径，在内容的多样化方面为浪漫主义开了先河。与卢梭不同的是，贝尔纳丹对宗教充满热情，这是他在19世纪初的文坛上大受欢迎的原因之一，夏多布里昂、拉马丁等人均奉之为楷模。

在18世纪法国文学中，小说是最不稳定、也最无地位的文类，没有一部诗学论及小说理论，而对它的批评却延续了几乎整个18世纪。人们普遍认为小说是一种浮浅、低俗、不入流的文类。然而小说创作在18世纪却得到了重大发展，作品数目一直呈上升趋势。究其原因，可归诸以下两点：首先是它适应了处于上升阶段的资产阶级的需求。小说易读、好看，能满足人们娱乐消遣的愿望，又能快捷适时地反映出资产者的社会状况和利益，因而拥有大量读者。其次是小说定义宽泛，无一定之规，形式灵活，易于尝试，具有很强的包容性：个人回忆录、历史记叙、政治讽刺、道德训诫、神怪、色情故事……转型期的各种思想、题材都可借此来表现或探索。

处于文化转型期的法国人追求现世、现实的幸福。他们厌倦了传统小说中那些酷似寓言的离奇情节和神话般的人物，希望能读到“真实”的故事。为了适应读者趣味的改变，作家们力求革新小说的题材和叙事结构，以表现现实生活，这促使本世纪的小说向现实主义转化。

外国小说的影响也为这种转化提供了契机。西班牙流浪汉小说和英国写实小说从内容到形式都给法国作家以启迪。其中尤以英国18世纪小说家理查逊作品的影响最为重要。

但归根结底，革新是离不开自身传统的。文学史家们认为，17世纪拉法耶特夫人的《克莱夫王妃》宣告了“法国式”小说的诞生，它以精微细腻的心理分析取胜，这在长时间内影响了后世作家，使法国文学一直注重描写“精神真实”，而这实质上就是法国感伤主义、现实主义文学的先声。

为了表现现实生活，作家们摒弃了不真实的高大形象，拒绝描写古典主义或巴罗克式的英雄。他们力图描画人的本来面目，包括其弱点和荒谬之处。同时，以往只出现在喜剧中的“小人物”此时也成为了许多作品中的主人公。出于写真实的愿望，作家们往往让作品中的人物经历世上发生的各种琐事，处理形形色色的问题。因此，小说也就成为了研究“人性”的理想场所。小说形式的灵活性使作品中的情境得以无限变化，即可展现一个人完整一生中的各种事件，通过人物言行细微刻画其心理，描画出极富个性的肖像；又可表现人类的普遍天性，研究人性的演变过程及其在不同“情境”中的反应。凡此种种，不仅使本世纪的小说较为准确地记录、描绘了法国当时的生活环境和社会习俗，揭示出转型期法国社会存在的各种问题，而且也使法国原有的风俗小说在写作技巧上得到了重大发展。

在文体方面，写实的倾向促使历险小说大量出现。这些作品大多取回忆录的形式，这就确保了叙事的生动活泼，使人感到真实，感到小说家并没有把自己的想象混在其中。而“我”这个叙事者又可自由地把无数小故事串联起来。其他一些易于表现“真实性”的文体，诸如对话、书信、游记、自传等，也都为本世纪的小说家们所钟爱，经常被用在他们的叙事作品中。

由于采用写实手法虚构的世界最接近读者的日常经验，小说成了宣传启蒙思想最有效的手段之一。本世纪的写实小说尤其注重把写真实与道德联系在一起，小说中的主人公往往随故事的发展而在道德方面不断进步。作家们希望通过小说使人类认识到自身原有的样子，从而起到扬善戒恶的教育作用。而在这个崇尚自然、天性的时代，人的情感也受到应有的重视。特别是在世纪末，相当一批作家受《新爱洛漪丝》的影响，热衷于表现情感与道德的关系。不过，需要指出的是，在追求个性解放、爱情自由的同时，有些作家也走向极端，毫无顾忌地描绘"纵欲"、"放荡"的人物和场景。

阿兰·勒内·勒萨日（1668—1747）是法国18世纪前期的重要作家。他出生于布列塔尼一个资产者家庭，少年时代即失去双亲和财产，靠卖文为生。他早年翻译、改编了大量的西班牙戏剧，受其影响，自己也创作了不少剧本，后转向小说创作，主要叙事作品有《瘸腿魔鬼》（1707）和《吉尔·布拉斯》（1715—1735），后者使他享誉世界文坛。

《吉尔·布拉斯》全名《吉尔·布拉斯·德·山悌良那传》，采取回忆录的形式，以第一人称叙事，讲述了主人公一生充满奇遇的经历。吉尔·布拉斯是一个年轻的仆人，他机敏善变，随遇而安。作品记叙了他在伺候一个又一个有钱有权的主子期间的遭遇和他学到的欺诈手段，写他如何钻到富人和剥削者当中，不择手段地排挤别人，以达到向上爬的目的。小说结尾时，吉尔·布拉斯退休到农村安度晚年。在结构上，《吉尔·布拉斯》继承了西班牙流浪汉小说的传统，通过主人公的游荡，把一个个小故事串联起来。但作者同时又赋予这部作品以法国写实风俗小说的特点：一是他注重景物、人物的细节描写，以给读者留下真实生活的印象；二是让作品主人公都具有自己独特的性格、语言、服饰，甚至手势。勒萨日尤其擅长肖像描写，尽管有时这种描写过于漫画化，但他笔下塑造出的却是一个个有个性的面孔。就内容而言，这部作品表面上讲述的是17世纪西班牙的故事，实际上却描述了法国的现实。作者把主人公作为现实世界的见证人和观察者，让读者随着主人公的游荡而深入到当时法国各个阶层中去，并以作者的眼光，即资产者的眼光来审视现实世界，批判和抨击一切封建权贵。《吉尔·布拉斯》的这些特点对后世作品产生了相当的影响。

继勒萨日之后，普莱伏(1697—1763)也以叙事自然、生动而著称，他的传世之作《曼侬·列斯戈》(1731)是法国18世纪感伤小说的代表作。

雷迪夫·德·拉·布勒托纳(1734—1806)生于一个富裕农民家庭，少年时因风流韵事而辍学，后由排字工人而成为印刷厂老板。1767年，他的第一部小说《道德之家》出版并大获成功，此后他便一发而不可收，成为一个多产作家。雷迪夫一生著有47部作品，总计卷数达194卷之多，但不少是与人合著，甚至请人代笔的。他喜欢与社会最底层的人交往，以自己的亲身经历和所见所闻进行创作，因而被视为写实作家。但他同时又极富想象，作品充满激情。雷迪夫72岁时贫病交加，死于巴黎。

作为农家子弟，他的作品大多讲述农民的生活，如《走邪路的农民，或城市的危险》(1775)，《父亲的一生》(1779)等。在这些作品中，他讲述了乡村圣洁的生活，表现了普通农民的日常生活，形象地表达了他们质朴平实的道德观和幸福观。为了真实表现农村生活，他还在作品中大胆使用了农民的口语。

雷迪夫对当时城市的生活深感失望，受卢梭影响，他晚年也写作了一部自传体作品，名为《尼古拉先生，或被揭穿了的人心》(1794—1797)。这部作品像卢梭的《忏悔录》一样，也注重剖析自我存在，表达了一种愤世嫉俗和逃避人世的情绪。

另一位影响雷迪夫的作家是梅尔西(1740—1814)。他以新闻纪实手法写作的《巴黎景观》(1781)启发了雷迪夫，使后者写出了多卷本的《巴黎之夜》(1788—1794)。这部作品广泛而真实地反映了1789年革命前后法国的城市生活,具有重要的史料价值。

如同本世纪其他启蒙思想家一样,雷迪夫也提出了许多社会改革的具体计划。他的著作都反映了一种变革社会和习俗的愿望。他把城市作为摧毁的目标,认为城市是产生一切腐败的根源;而他要建设的,是以农村生活为基础的世界,是个简朴、自然,以公正和美德为原则的世界,一如他在《父亲的一生》中所描写的那样。

萨德(1740—1814)出身于一个外省的贵族世家,中学未毕业便入军校受训,参加过英法七年战争,解甲为民后终身以写作为生。他一生放纵感情,多次因性虐待入狱,最后病死在疯人院中。萨德作品中充满了性变态描写,在文学史上以"色情作家"而闻名,西文"性虐待狂"(sadism)一词即取他的名字为词根。萨德的主要叙事作品有《美德的厄运》(1791)、《新朱斯蒂娜》(1797)、《爱情的罪恶》(1800)等。

《新朱斯蒂娜,或美德的不幸》是萨德的代表作。小说取《美德的厄运》中有关朱斯蒂娜的片断加以扩写,故命名为《新朱斯蒂娜》。作品讲述了两个性格迥异的姊妹的故事。由于家道中落,姊妹俩不得不自谋出路,姐姐朱莉埃特放荡不羁,却过上了奢华富足的生活;妹妹朱斯蒂娜纯洁贤惠,却受尽欺骗,身心备受伤害,落得悲惨的结局。作者想用这种截然相反的命运告诉人们:恪守礼俗道德只会引来厄运,人应该按照"天性"去寻求自己的幸福,直至纵欲。

萨德作品的主要价值,在于他敢于蔑视一切传统礼俗(包括宗教的和世俗的),不受其约束。他所提倡的享乐至上,确实是极端个人主义的,但在18世纪仍具有一定的积极意义:它是建立在反对现存社会的道德观之上的。萨德不承认上帝,他心中唯一的权威就是自然、天性。他用作品中主人公的命运来阐述他的无神论观念。

长期以来,萨德的作品在法国受到查禁。20世纪诗人阿波利奈尔和超现实主义者们重新发现了萨德的价值，将他重新定位，有人甚至称萨德为政治社会革命，甚或“弗洛伊德革命”之父，这些提法显然是过分的。

戏剧在18世纪的法国文学中是最受重视，也是变化最大的文类。

受古典主义的影响，悲剧在本世纪仍维持着文坛霸主的地位。写悲剧成为一个作家进入文学圈的必由之路。为了使这一“伟大文类”得以延续，以伏尔泰为代表的一批著名作家致力于悲剧的改革，这主要表现在以下两方面：一是使悲剧肩负起启蒙宣传的重任；二是更新题材；从东方、中世纪、《圣经》故事、莎士比亚戏剧，甚至法国历史中寻找新主题，以拓展悲剧的表现范围。此外，观众欣赏趣味的改变也导致了表演艺术的变革：舞台上出现了豪华壮观的场面，服装、道具、朗诵等都更接近现实。然而，古典主义悲剧终为自身的清规戒律所累，难以再有大的突破。随着世纪的结束，它也走向衰亡。

本世纪重要的悲剧作家除伏尔泰外，还有**克雷毕庸**（1674—1762）。他是小说家小克雷毕庸的父亲。像一切古典主义悲剧作家一样，他也在古希腊、罗马题材中选取创作主题，但他尤其擅长营造严酷的情境和塑造残暴的人物性格，主要作品为《拉达米斯特与泽诺比》（1711）。他的名言是“高乃依占据了天，拉辛占据了地，只给我留下了地狱”。这句话使他在文学史上以写作“残酷戏剧”而闻名。

与悲剧相反，喜剧在本世纪却有重大发展。首先是雅俗之分日趋明显。由于可在集贸市场和街巷演出，通俗喜剧拥有了大量观众。这使出身微寒的作者也有了成功的可能。它灵活的形式还方便了歌舞剧、音乐剧等新剧种的产生和发展。通俗喜剧大量采用滑稽戏仿，在笑声中使观众受到教益，有效地为法国大革命作了舆论准备。相比之下，高雅喜剧并无大的改革，尽管如此，它却是正剧产生的基础。实际上，正剧的发展史在很大程度上涵盖了本世纪的喜剧史。

以写喜剧为主的作家主要有勒萨日和马利伏。勒萨日是位多产的讽刺喜剧作家，一生著有百余部喜剧，大多据西班牙原著改编，最著名的剧作为《主仆争风》（1707）和《杜卡莱先生》（1709）。这些戏在保持法国风俗和性格喜剧传统的基础上，对现实进行了无情的嘲讽，具有道德教育意义。

马利伏（1688—1763）出生于巴黎，其父为里翁铸币厂厂长。他在里翁度过童年，1712年返回巴黎习法律，并经常出入贵族沙龙，培养起了对文学的爱好。在一场金融危机中，他几近破产，这迫使他从此卖文为生。马利伏是个多产作家，作品涉及小说、悲剧、喜剧等多种文类，但以喜剧为主，同时他还办过杂志。他的私生活颇为不幸：中年丧妻，57岁时独生女进了修道院。晚年他寄宿他人家中，在孤寂中病死。

在本世纪的古今之争中，马利伏坚定地站在现代派一边，受到现代派代表人物封特奈尔等人的极大影响。他虽以小说开始其创作生涯，但他的语言特点和美学、哲学思想却都是在他发现了自己最理想的表述形式——喜剧时才最终形成的。

他最著名的两部小说是：《马丽雅娜的一生》（1731—1742）和《暴发户农民》（1734—1735），但均未完成。马利伏的小说常使用第一人称，以便更深入地展现人物心理。此外，他注重世俗描写，被视为法国18世纪上半叶重要的写实小说家。

作为戏剧家，马利伏一生共创作了约37部作品。最主要的喜剧作品有：《双重不忠》（1723）、《乔装打扮的王子》（1724）、《奴隶岛》（1725）、《爱情与冒险的游戏》（1730）、《假隐情》（1737）、《考验》（1740）等。

马利伏的喜剧不仅数量大，且内容多样：从英雄故事、神话，到风俗、哲理、心理分析等一应俱全。他尤其擅长编织爱情情节和进行女性心理分析，是法国文学史上第一个将爱情作为独立题材来处理的作家。作为“现代派”的捍卫者，他在创作中对古典主义喜剧进行了大胆的革新。在结构上，他基本保留了古典主义喜剧的形式：时间、地点、情节的统一，引导对话，使用独白和旁白等；但他也继续使用传统的插科打诨和假面具等方式，以保存古典主义喜剧使人发笑的特性。与此同时，他又对这些手法加以改造，既使其适应自己作品的内容，又大大丰富了传统。如对乔装打扮这一手法，古典主义喜剧用它是为了引人发笑，而马利伏则用它来推进爱情主题，使主人公在假身份的遮掩下把心中萌发的情感大胆表述出来。他对喜剧最主要的革新是在舞台上展现情感发生、发展的历史。正因为如此，他作品中的戏剧冲突不是来自外部运动、外在因素，而是源自人物内心，是心理冲突，比如主人公在意识到爱情后往往由于羞涩或胆怯而不敢承认，要由配角（仆人）创造出一种情境迫使恋人们克服种种心理障碍。这使马利伏得以在舞台上引入通常只在小说中才能实现的对人物心灵的剖析。他的作品虽多，却很少重复，每一出戏都在舞台上表现出不同人物发现自我情感的特殊心路历程，从而深刻反映出18世纪的法国人，尤其是资产者，通过爱情自觉寻找现世幸福的各种努力。

《爱情与冒险的游戏》是马利伏的代表作，较集中反映了马利伏对喜剧所作的革新。该剧讲述了一对贵族青年男女奇特的恋爱过程。贵族出身的多朗特与西尔维雅小姐订了婚，他想对未婚妻作一番直接了解，便与自己的仆人布尔居恭调换服装，以便能接近西尔维雅。而女方出于同样的愿望，也和女仆莉赛特交换了角色。他们各自主仆易位，玩了一场爱情和冒险的游戏。谁知当两个乔装打扮的“仆人”实际接触时，他们却真诚地相爱了，但都误以为自己的所爱是对方的仆人。碍于世俗的门户偏见，他们不敢袒露真情，内心十分痛苦和矛盾。最后，在双方仆人的帮助下，他们了解了对方的真实身份，矛盾化解，有情人终成眷属。

值得指出的是，在表现18世纪法国人追求现世幸福方面，爱情并非马利伏喜剧的唯一主题。在《奴隶岛》一剧中，一场海难使原来的主子变成了奴隶，而使原来的奴隶获得了自由。作者通过一个成为统治者的奴隶之口宣称，人们地位的差异纯属偶然。这是反抗当时封建制度的呼声，尽管微弱，却涉及了当时社会的根本问题。

在马利伏的作品中，语言起到了很大的作用，有时对话甚至成为构成情节的主要因素。这一特点造就了“马利伏体”一词。该词在他生前就被使用，但一般为贬义，指一种优雅造作的文体，这与马利伏在当时法国文学界的地位有关。他虽于1743年被选入法兰西学院，但他生前作品并不被重视。直到19世纪文学评论家圣·勃夫指出马利伏作品的价值，人们才重新评价他。

18世纪后期最著名的戏剧家是博马舍，他从理论到实践都对新型剧种——正剧的产生作出了很大贡献。

正剧的诞生是18世纪戏剧史上最重大的事件。早在世纪初，人们就思考过建立一种介于悲、喜剧之间的文类的问题。封特奈尔和伏尔泰都曾提出过此类设想。1730年至1740年间拉·肖塞（1692—1754）倡导的严肃喜剧（又称流泪喜剧或感伤剧）十分走红，这是对混合剧种设想的具体实践。而后，在狄德罗、博马舍等人的推动下，正剧终于诞生。它集悲、喜剧的特征为一体，意图是宣传启蒙作家对人、道德、社会的看法，在戏剧舞台上赋予资产者以新的社会地位。但需注意的是，市民阶层仅在理论上、在意识形态层面上才是正剧理想的受话者。若从社会学角度而言，他们实际上并非当时剧院的常客，而正剧的主角也仍是贵族或与贵族关系密切的上层资产者。正剧十分注重人物的社会关系，因而更注重情境。情境往往代表了一种价值观，又经常与家庭问题相连。正剧喜用现代题材和自由的散文体表现现实人物，这大大加强了戏剧的感染力。此外，正剧的动作和朗诵都更自然，服装、布景都更真实，舞台空间也从传统的形式向“三面墙”的箱式舞台过渡。这些都标志着戏剧艺术整体的转变。正剧的出现顺应了时代的需求：启蒙时代认定人的天性是一致的，因此无须再用悲、喜剧之分来表现不同阶层的不同情感了。改革家们以自然法的名义来反对传统体制，这是正剧产生的哲学基础。

博马舍(1732—1799)原名彼也尔-奥古斯丹·卡隆，出生在巴黎一个钟表匠家庭。他13岁上继承父业，一生经历奇特。他与王室关系密切：曾任王室钟表匠，后买下了王室书记顾问一职，当过路易十五公主们的音乐教师，又多次受命参与外交调停，并以各种手段支持北美独立战争；但他同时也热衷于各种贸易、金融投机。他的家境亦随之多变，时而达到财富的顶峰，时而一贫如洗。他一生多次与法庭打交道，多次被捕。在一次继承遗产的法律诉讼中，他受法官陷害而败诉。为自我辩护，他写下了四卷本的《备忘录》(1773—1774)，深刻揭露了封建专制制度下司法的黑暗，引起世人瞩目。在文化领域他同样不甘寂寞：除自己创作外，他还出巨资出版了第一套《伏尔泰全集》，创立了一直延续至今的法国剧作家协会。法国大革命中，他曾被捕、流亡，返回巴黎后死于中风。

博马舍早期写过一些滑稽短剧，后创作了两出感伤剧：《欧也妮》(1767)和《两朋友》(1770)，均未获成功。但他发表在《欧也妮》剧本前的序《论严肃的戏剧文类》却是正剧理论方面一篇有价值的论文。该文继承了狄德罗关于正剧的理论，更清楚地阐述了戏剧应反映现实，以日常语言表现普通人日常生活的观点。他后来创作的"费加罗三部曲"，是对这些理论的具体实践。三部曲的前两部《塞维利亚的理发师》和《费加罗的婚姻》为喜剧，是他最重要，也最成功的作品；最后一部《有罪的母亲》(1792)是正剧，在内容及艺术上均不如前两部。

《塞维利亚的理发师》写于1772年，1775年正式上演，讲述的是一个机敏的仆人帮助一对青年恋人克服外在阻挠而终于结合的故事。西班牙老头巴尔多罗垂涎养女罗西娜的美丽，想霸占她为妻；而年轻的阿勒马维纳公爵也热恋着罗西娜。他想方设法接近罗西娜，赢得了对方的爱情，并在他从前的仆人——塞维利亚的理发师费加罗的帮助下，最终得以在老头家中与罗西娜成亲。在这出戏中，博马舍采用了狄德罗的主张，把人物性格放在情境中去描写。他笔下的费加罗远远超过了传统喜剧中仆人的形象：他不再是只知为主子服务的仆人，而是一个有职业、有才华、敢爱敢怒的自由人。这样的人物对启蒙时代的观众颇具吸引力，因而该剧上演后轰动巴黎。

1781年博马舍又完成了续篇《费加罗的婚姻》。剧情梗概是：阿勒马维纳公爵想要勾引夫人（从前的罗西娜）的侍女苏珊娜。在苏珊娜即将与未婚夫、仆人费加罗结婚的前夜，公爵提出要享有早已废除的“初夜权”。费加罗与公爵夫人联合起来，设计使公爵的计划落空，一对地位低下的青年恋人终于战胜了主子而幸福地结合。在这出戏中，冲突中心已从阿勒马维纳处转移到费加罗身上。在《塞维利亚的理发师》中对社会的嘲讽还仅限于费加罗的几段独白，到这出戏中就已延伸到全剧。博马舍在剧中公开抨击了贵族特权，矛头所指涉及个人价值、妇女地位等18世纪人们共同关注的问题，用掷地有声的戏剧语言系统地宣传了启蒙思想。该剧主题大胆，是对当时封建体制的彻底清算。被震惊的路易十六下令禁演此戏。经过博马舍长达三年的斗争，1784年《费加罗的婚姻》终于得以上演，并大获成功。这当然主要得益于剧本的主题，但博马舍独特的文体也是成功的原因之一。他的戏剧语言生动，富于鼓动性，许多话甚至直接取自他的亲身经历，因此震撼人心。他笔下的人物不再具有莫里哀剧中那些程式化性格，而是18世纪特有的众生相：悲伤的公爵夫人、活泼的苏珊娜、调皮的谢吕班、好色的公爵，一个个活生生的真实人物出现在舞台上。尤其是费加罗，这个性格复杂但充满了活力的人物是反抗行为的总指挥，他代表了当时法国躁动着的、渴望登上历史舞台的第三等级，是该剧真正的主角。《费加罗的婚姻》的作者就这样以戏剧方式反映了当时法国重大的社会问题，出色地解释了那个时代的愿望和矛盾。

事实上，这两部喜剧都富含正剧因素。倘若没有那些造成喜剧效果的“巧合”，那涉世深刻、时时令人情绪激昂的剧情完全可以发展成正剧。总之，对博马舍来说，舞台不是一个单纯消遣的地方。与大多数启蒙作家一样，他认定戏剧负有使命，是抨击一切弊端和罪恶的武器。他以寓教于乐的目的赋予戏剧一种整体统一，以此来捍卫市民正剧。博马舍就这样把情节喜剧与正剧的美学原则联系了起来，从而从内容到形式都创立了现代戏剧。

第三节 英国文学

经过了激烈动荡的17世纪，英国社会在18世纪是相对稳定的。1688年的“光荣革命”粉碎了詹姆士二世恢复天主教统治的企图，巩固了国教的地位，并从立法上确定了君主立宪政体。国王由独揽大权的实际君主变成了有名无实的形式君主，国家政治逐渐转为由土地贵族和新兴工商业资产阶级主导的国会控制。传统的土地贵族虽然基本上保持其特权，但在日益强大的工商业资产阶级面前越来越显得力不从心，他们渐渐采取依附工商界新贵的态度；而后者也想拉拢旧贵族作为靠山，于是形成两大实力阶级既互相争夺又互相利用的局面，构成了18世纪英国政治妥协平和的特征。

妥协政治在理论上的支柱来自洛克（1632—1704）。霍布斯和洛克是英国17世纪最重要的两位哲学家，但两人的政治观点截然不同。霍布斯对当时社会的动荡进行了反思，认为动荡的根源在于人的本性是恶的，只有强制手段可保社会平安。洛克同样分析了当时的历史情况，不过他从另一方面总结经验，认为出路在于国王、国会和平民都应遵守法规，在妥协中求得和平安定。洛克坚决反对狂热的政治斗争，认为狂热行为是一种危害极大的病态。整个18世纪英国政治可以说是洛克学说的实践。

由于政治比较稳定，政府又多采取鼓励工商业经济的政策，18世纪英国经济有了较快的发展。政府以殖民制度、保护关税制度和近代课税制度促进工商航海业发展；英格兰银行的建立和国债制度的实行，标志着英国社会开始进入以金融商贸为中心的时代。自从17世纪末开始，小规模的家庭手工业作坊逐渐为雇用较多工人的工场所代替。17世纪和18世纪是现代科学迅速发展的时期。1662年建立的皇家学会对科学事业发展起了一定作用，而牛顿（1642—1727）在物理和数学等方面的成就更开拓了科学的新纪元。科学的发展必然促进生产力的发展。到了18世纪中期以后，随着蒸汽机等实用机器的发明和应用，工业革命终于来临，使英国率先进入工业化时代。现代工业迅速发展，人口大量向城市集中，新的城市不断出现，因此18世纪英国社会又以城市与乡村的矛盾对立为特征。乡绅常以因循守旧的面目出现，而另一方面幽静的乡间又是新贵族消遣的乐园，被毁或被遗弃的荒村则成了工业化罪恶的铁证。这些都在文学作品中得到了反映。

与相对平稳的政治经济形势相适应的是宗教意识方面的自然神论（deism）和自由教论（latitudinarianism），两者的来源都与对17世纪宗教争端所引发的社会动荡的反思有关。自然神论者首先对由宗教信仰不同而导致的大规模流血冲突痛心疾首，进而反思这些信仰的合理性，并对神的存在产生怀疑。同时他们又受到牛顿科学发现的影响，认为在井然有序的自然界背后必有一个主宰，或者说是神。因此要了解神的真谛不需要背教义，只需要研究大自然就可以了。自然神论的另一个重要观点是针对性恶论的。既然大自然以美善为特征，人的本性也不能断定为恶。所以自然神论本质上是一种崇尚理性的乐观入世的理论，与18世纪欧洲大陆的启蒙主义理论有紧密联系。18世纪早期英国哲学家沙夫茨伯里（1671—1713）是自然神论的代表，而他又是洛克的学生，其中也不能说没有师承关系。

自由教论同自然神论有许多相似之处，有时两者很难区分。自由教论也反对清教关于人性恶的观点，认为人有向上求善的倾向，并非注定堕落。同时自由教论反对清教重信仰，轻善行，甚至把信仰同善行对立起来的观点。自由教论认为善行同信仰一样重要，前者是后者的具体体现，空谈信仰而不行善者是伪善的人。但自由教论并不否认上帝的存在，也不摒弃教义，因此它仍属国教，是在中下层教民中影响较大的一派。除国教之外，清教仍具有很大的影响，特别是在工商者中间。到本世纪中期，卫理公会(methodism)在下层教民中兴起，而清教势力则渐弱。尽管18世纪以宗教衰微为重要特征，各种不同宗教信仰的冲突和矛盾仍不时在作品中和文坛风波中表现出来。

正如洛克的政治思想是18世纪妥协政治的基础，他的经验主义哲学是这一时期英国哲学的基础。洛克反对观念先天说，主张人的观念意识来源于对外界的感知。他还提出了观念联想说，认为如果一无关事物在人的观察过程中重复出现，人们就有可能形成奇怪的联想，引出荒唐的结果。小说家斯特恩的《商第传》集中反映了洛克观念联想说的影响。洛克经验主义哲学在18世纪的继承者是贝克莱(1685—1753)和休谟(1711—1776)。贝克莱从唯心主义观点出发修正了洛克的理论，他提出既然只有通过感知才能得到对外界的认识，就可以假定没有被认识的事物是不存在的，进而得出外部世界依赖感觉而存在的观点。休谟则把洛克的经验主义哲学推向极端，认为既然认识来源于感觉，而我们只能感觉已经发生的事，那么我们将永远达不到对世界的真正认识，所有认识观念都可能是错的，于是他就走到怀疑主义的路上去了。

在这种社会历史背景下产生的18世纪英国文学以古典主义和经验主义为特征。18世纪前期继承复辟时期文学传统，讽刺文学发达，与模仿古典文学尤其是古罗马文学关系很大。讽刺文学作家的基本政治社会观点是比较保守的，往往用怀旧的理想观点来检验分析当时社会，代表作家主要有蒲柏、斯威夫特和约翰逊。小说的发展与经验主义哲学和现代商品经济发展息息相关，反映的观念意识也大多代表新兴工商业资产阶级。经验主义哲学关于一切知识来源于实际观察或实践的观点为早期小说家描写平常人的日常生活提供了哲学依据。现代商品经济的发展提供了小说发展所必需的生活素材、印刷发行条件和消费群体。18世纪英国不仅出现了笛福、理查逊、菲尔丁、斯摩莱特、斯特恩等著名小说家，还有被20世纪批评家称为小说之母的一大批女小说家。

与讽刺诗的繁荣和小说的兴起相比，18世纪英国文学中戏剧的成就比较小。世纪开始时以感伤喜剧为主，亦有少量模仿古典悲剧，如艾迪生的《卡托》。20年代以后，讽刺剧兴起，以盖伊和菲尔丁最为著名，同时出现了市民悲剧。到了后期，哥尔德斯密斯和谢里丹使幽默喜剧获得新生，但反映现实生活的重任主要是由小说来担当了。

18世纪是文学商品化的重要时期，作家逐渐成为自由职业者，不再需要显贵作“恩主”。这是由两个方面的因素造成的。一方面，印刷和出版业的发展以及读者面的扩大，使作家依赖市场生存成为可能。另一方面，汉诺威王朝的王室成员生长在德国，对英国文化知之甚少，当然也不会大力支持文人创作。同时，其他贵族或有势力的阶层对文人的兴趣也不大，文人只好另找靠山。于是作家往往受雇于书商，写作或编译各种著作。成名作家有较高的地位，并可以预约出书。作家时常觉得被人利用，与书商矛盾很多，因此攻击书商成为讽刺诗歌或剧本的流行主题之一，亦有不少人对文学商品化十分担忧。作家多集中在伦敦，往往和党派有密切联系，特别在18世纪上半叶，他们利用期刊、小册子和传单对时政发表看法。所以，文人同政界关系密切也是该世纪文学的一个重要特点。

18世纪早期的英国文学在文学史上常常被称作蒲柏时代，其特征是古典主义统治文坛。古典主义在当时英国盛行有其历史原因。当英国在17世纪忙于内战的时候，古典主义文学在法国得到了长足的发展。1660年王政复辟，查理二世把法国文坛时尚也带回英国，促进了古典主义的发展。德莱顿是复辟时代的文坛之主，是古典主义的倡导者和身体力行者。18世纪早期文学基本上继承了复辟时期文学的特征，这也是一般英国文学史常常把复辟时期文学并入18世纪文学的原因。

古典主义者提倡模仿自然，但他们所说的自然主要不是指自然界，而是指所谓万世不变的人性。这在一定程度上决定了当时的文人着重描写带普遍意义的行为，而不是独特的或强烈的情感。模仿自然又引到古典主义的另一个特点，即师法古人。蒲柏在《论批评》中说，模仿自然就是模仿古人，因为他们离纯自然最近。18世纪是古希腊、罗马文学在英国广泛传播的时期，尤以古罗马文学为重，一个重要原因就是当时人们认为古罗马文学是对古希腊文学的文明化。在复辟时期和18世纪前期，英国文人和17世纪后期法国崇今派文人一样，都把当时本国的文学与奥古斯都大帝时的罗马文学相提并论，因此文学史上又称这个时期为奥古斯都时期。古典主义者受贺拉斯《诗艺》一书影响甚深，认为诗或文学是一种熟能生巧的技艺，诗人成就的高低就看他能不能把人之常情用高超的艺术形式表现出来。在所有这几个方面，蒲柏都是最突出的代表。

亚历山大·蒲柏（1688—1744）是18世纪早期英国文学的主要代表人物。蒲柏于“光荣革命”那一年出生在伦敦一个天主教徒家庭。詹姆士二世的被迫逊位带来了对天主教徒的歧视和迫害，因此蒲柏幼年不得不随父母搬往伦敦郊外居住。因家境比较殷实，他从小受到良好的教育，尤其精通古典语言，并早露诗才，但因宗教信仰问题被拒于大学门外，只能自学成才。蒲柏十几岁时得了骨结核，自此弯腰驼背，衣食住行难以自理，受尽折磨。但自有诗名后他交友甚广，与斯威夫特、盖伊、阿伯斯诺特医生（1667—1735）等组成研讨知识、文化和写作的“斯克瑞布勒瑞斯俱乐部”又译“涂鸦社”。蒲柏的创作大致可分成三个阶段：第一阶段代表作是长诗《论批评》和滑稽讽刺诗《夺发记》；第二阶段主要翻译出版了荷马史诗《伊利亚特》和《奥德赛》；第三阶段发表了哲理诗《人论》，长篇讽刺诗《笨伯记》和许多短诗。

蒲柏在文学史上的贡献首先是把英雄双韵体推到近乎完美的境界。英雄双韵体早在14世纪就被乔叟用过，但以后失传；到复辟时期才在德莱顿笔下获得新生并迅速流行起来，到18世纪上半期形成了在诗坛独霸天下的局面。蒲柏的绝大部分作品，包括他的译作都是采用英雄双韵体。由于句式用韵十分规范，这种诗体易产生冗长枯燥的感觉，但在蒲柏笔下英雄双韵体却异彩纷呈，妙趣横生。蒲柏的又一个贡献是把英国讽刺文学推向新的高度。他早期模仿贺拉斯，以写温和讽刺诗见长；中后期熔贺拉斯和朱文纳尔于一炉，嬉笑怒骂皆成诗章。他与挚友斯威夫特和盖伊一起把讽刺文学在诗歌、散文、戏剧三个领域都推向了高峰。蒲柏也是早期英国文学批评史上重要的评论家。

《夺发记》（1712，1714）起因是一个贵公子剪掉了某千金小姐的一绺金发，引起两家族反目，友人请蒲柏写诗平和争执。蒲柏在这首诗中用滑稽讽刺手法，把劫发引起的争执同荷马史诗描写的帕里斯拐走海伦，引起特洛伊战争联系起来，既刻画了小姐的美貌，又委婉地指出两家争执实在是小题大作。同时蒲柏这首诗的某些表现手法后来又用在翻译荷马史诗中，从而收到了一种特殊的讽刺效果。《夺发记》是英国文学史上最负盛名的滑稽讽刺诗，而蒲柏运用英雄双韵体的高度技巧在诗中得到了充分体现。

《论批评》（1711）和《人论》（1733—1734）是蒲柏附和当时以诗写论的时尚而写出的两部重要作品。《论批评》尽管没有提出多少新见解，却把人们熟知的一些文学批评观点用诗体生动地表现了出来。它对传统批评理论的归纳总结和对当时文坛的讽刺性描写，在英国文学批评的发展和文风的改变过程中起了重要作用。蒲柏在《人论》中的哲学观点今天看来多失之平庸，但当时确实反映了一般哲人的思想。这首诗是当时盛行的生物链理论(The Great Chain of Being, 也可译为“存在之链”)的集中化和规范化。这一理论从文艺复兴开始就十分流行,在18世纪占统治地位。它认为整个宇宙是一个从上到下井然有序的整体,上至上帝、天使,下至爬虫草芥,世间万物都在链上有自己的位置,不得逾越。它的重点在于强调社会和宇宙的秩序,教人安分守己,不犯上作乱,是一种比较保守的社会观。到18世纪末进化论初现苗头以后,这一理论逐渐退出历史舞台。

《笨伯记》又译《群愚史诗》最早发表于1728年,次年蒲柏又出版了一个注释本,共有三卷,约2000行,对当时的二三流文人及曾攻击过自己的诗敌加以鞭挞。1742年他又出版《新笨伯记》,次年又把新旧两诗修改后合在一起出版,始成现今通行本《笨伯记》。该诗集中反映了蒲柏这位古典主义诗人对文学商品化、庸俗化的担忧。这种担忧虽然不无道理,但蒲柏幻想恢复诗人清高自在、与世无争的旧时代则是陈腐之见。今天人们读蒲柏的诗,目的主要是欣赏其诗文,体会其韵律美。比如他论奇思怪喻的诗行:“真才气是把自然巧打扮,/思想虽常有,说法更圆满,”以及“一知半解是危险的事情”,“错误人难免,宽恕最可贵,”等都成为后世人们经常引用的名句。蒲柏是一个天才的诗文韵律能手,尽管英雄双韵体是其诗律主调,他也曾在各种短诗中运用多种诗律,各有特色。同时蒲柏诗中反映出的当时人们的社会历史观,对于认识18世纪英国社会也是很有帮助的。

约翰·盖伊(1685—1732)是以蒲柏和斯威夫特为中心的“斯克瑞布勒瑞斯俱乐部”的一员。虽然与那两位大名鼎鼎的师兄比起来他的地位似乎无足轻重,但他的《乞丐的歌剧》(1728)是一部重要作品。歌剧以著名大盗魏尔德的生活为素材,实际上是攻击英国当时的首相沃波尔。剧中主人公之一皮库姆一面收受倒卖赃物,一面把不喜欢的窃贼送进监狱。他发现女儿保丽爱上并自主嫁给了大盗麦克希斯,便告密把麦克希斯投进监狱。狱监的女儿露西又爱上了麦克希斯，并和保丽互相争夺。最后出于对麦克希斯的爱，露西把他放走了。皮库姆和麦克希斯两人合起来基本相当于魏尔德的形象，间接影射寡廉鲜耻又在政坛春风得意的沃波尔首相。这出戏既讽刺了英国的政治法律制度，又嘲弄了当时流行的豪华庸俗的意大利歌剧，是18世纪英国舞台上最成功的剧作之一。该剧的成功促使盖伊写了续集《保丽》，但由于政府查禁未能上演。

18世纪英国文学的最高成就是小说。英国小说得以在18世纪迅速发展有多方面的原因。首先，随着现代工商业的发展而产生和壮大起来的中产阶级需要用一定的文学形式反映他们的观念和要求，而小说正生逢其时地担当了这一重任。18世纪英国小说的创新性是不可否认的，但它同时也是对当时流行的传奇加以改造的产物。这一改造有两个方面：一是用接近于现实生活的普通人取代传奇作品中的王公贵族；二是受经验主义哲学影响，用具体细致的写实主义手法塑造人物，而不是因循常规旧套。另一个促进小说发展的因素是妇女的参与。现代化生产的发展剥夺了妇女原来在家里做手工或在作坊里劳动的机会，把大批中产阶级妇女赶出了生产第一线，使她们成了纯粹的消费者。而她们大多受过一定教育，是小说的理想读者，甚至也试图握笔创作。再者，从17世纪以来，历史、传记、游记、日记、人物特写和期刊文论等散文体裁的发展都为小说提供了有利的文学条件。最后一个原因是印刷和出版业的发展。印刷技术的改进和书商业的兴起为小说兴盛准备了出版发行方面的物质条件。丹尼尔·笛福和江奈生·斯威夫特是18世纪英国小说发展的先驱。

丹尼尔·笛福（1660？—1731）出身清教家庭，政治上和宗教上都属于新兴中产阶级。由于清教在王政复辟时期遭迫害，笛福未能入大学。1685年他参加了反对詹姆士二世继承王位的起义，事败之后侥幸逃脱；1688年他又参加威廉三世的队伍逼詹姆士二世逃离伦敦。后来他兴办实业，投机经营，但多不得法，负债累累。1702年笛福发表《对待非国教徒的最简便方法》，抨击托利党的宗派政策。由于反讽手法运用十分巧妙，文章貌似主张把异教派斩草除根，初发表时得到托利党欢呼，但他们醒悟过来之后把笛福先绑在柱子上示众，后又投进监狱。但不久托利党的首领觉得笛福大有用场，便把他放了出来。自此笛福先后甚至同时为辉格党和托利党服务。笛福办报撰稿、写诗作文、议论时弊、抨击政客，可谓无所不做，但文学成就不大。只是到1719年近60岁时他才以《鲁滨孙漂流记》一鸣惊人，从此一发不可收拾，短短几年又有《茉尔·弗兰德斯》（1722）、《罗克萨娜》（1724）、《辛格尔顿船长》（1720）等多部小说问世，在英国小说史上写下了重要的一页。

笛福曾经办过报纸，熟悉新闻写法，也写过游记和政论小册子等等，都以写实为主，这对他的小说特点有重要影响。笛福的小说以白描手法见长，绝少冗长的心理描写，重点在叙述人物的行动言谈。他的小说大都用第一人称手法，由主角讲述自己的故事。这一方面可增强故事的可信性，但另一方面也引起了作品道德伦理观的混乱，因为很难把握小说人物的具体态度，且有时亦很难把作者同人物的态度区分开来。笛福小说给人的主要印象是真实，他的《瘟疫年纪事》（1722）写的是1665年伦敦鼠疫流行的惨况，虽系虚构，却往往被当作实际历史来读。

《鲁滨孙漂流记》是笛福流传最广的小说。该书以当时一个水手赛尔科克流落荒岛的真实故事为素材，描写主人公鲁滨孙因海事落难荒岛，在与世隔绝的28年里克服困难生存下来。小说前半部关于鲁滨孙在荒岛创业的篇章历来受到推崇，而他搭救并训导星期五成为忠实奴仆的后半部现在越来越受到文化研究批评家的重视。我们从这部小说可以认识到资本主义原始积累时期新兴资产阶级的精神面貌。鲁滨孙不安于现状，他总是在行动，在追求；他在荒岛上不惜劳力，不怕艰难，用自己的双手创造了新的天地。除了表现新资产者的创业精神之外，《鲁滨孙漂流记》也刻画了主人公的清教徒心理。鲁滨孙把自己落难荒岛看作是上帝对他违抗父命的惩罚，认为只有痛心悔过，祈祷上帝保佑之后，他才在岛上站稳了脚跟。鲁滨孙这个形象也反映了殖民主义者的一些特点。他贩卖黑奴，经营种植园，在荒岛上以代表资本主义文明的火枪和基督教征服土人，并把资本主义社会人与人的契约关系带到了岛上。

《茉尔·弗兰德斯》和《罗克萨娜》都采用了流浪汉小说的架构，不过这里的主人公是流浪女，且是幸运发迹的流浪女，因此其主旨也由早期西班牙和法国流浪汉小说的广泛社会讽刺转到探讨严酷的社会环境对个人性格和生活的巨大影响，甚至成为决定力量。茉尔·弗兰德斯是在狱中出生的孤儿，长大后心灵手巧，在一位绅士家当女仆；她被大少爷诱奸、抛弃后，嫁给了二少爷，一步步走上堕落道路。为了活命她先后五次结婚，其中有一次丈夫竟然是同母异父的弟弟；为了活命她成了盗贼、囚犯，最后被流放美洲，但得到了早已发送美洲的母亲的遗产，从而安度晚年。虽然小说以女主人公忏悔的角度叙事，但在字里行间也流露出被蹂躏者偶尔获得成功时的喜悦，因而可以看作是一部落难孤女创业史。《罗克萨娜》的主旨与《茉尔·弗兰德斯》近似，尽管主人公遭遇大不相同。罗克萨娜出身于殷实家庭，但不幸嫁了酒鬼丈夫，家产被挥霍一空，而丈夫一走了之。罗克萨娜在饥寒交迫中委身于慷慨相助的珠宝商，后来命运又使她成为王公贵族的情妇，甚至变成了高级妓女。就在她沉醉于上流社会荣华富贵的时候，被遗弃的亲生女儿的出现打破了她的美梦，使她在梦魇中了却后半生。

笛福对小人物命运的真实描写，为后来的现实主义小说勾画了轮廓。他注重人物的行动和心理动机，致力于展示客观环境对人物的影响。他生活在中下层，广泛接触各类人物，熟悉他们的生活和语言。因此他的小说人物语言比较鲜明生动，故事也颇引人入胜。但笛福毕竟只是现实主义小说的一个先驱，从他的小说到英国现代小说成熟还有一大段距离。笛福小说刻画人物心理活动不多，细致入微的心理描写要待理查逊来提供。笛福小说基本上以主人公生活经历为线索，故事之间连贯性不强，全书结构都是单线式，比较松散，情节也较简单，在这方面需待菲尔丁的小说补其不足。

江奈生·斯威夫特（1667—1745）出生在爱尔兰，是一个英国牧师的遗腹子，毕业于都柏林大学三一学院。1688年光荣革命以后爱尔兰出现反国教形势，斯威夫特返回英国本岛。他为辉格党人威廉·邓波尔爵士做秘书，想以此为契机，在政界或宗教界取得地位，但并不如意。从1699年到1714年这段时间，斯威夫特时而住在伦敦，时而住在爱尔兰；他政治上先是支持辉格党，后又因反对辉格党容忍非国教派，不支持他在爱尔兰的教会事业，转而支持托利党，并在该党得势的1710至1714年发挥了重要作用。但是随着安妮女王之死和乔治一世继位，辉格党抓住托利党倾向于斯图亚特王朝复辟的弱点，一举把他们逐出内阁，开始了长达40年的辉格党主政时代。斯威夫特欲得主教职位未果，只好怀着对女王和托利党的怨责回到爱尔兰，任都柏林圣帕特里克大教堂教长，过着自认为近于流放的生活。但从另一方面来说，由于斯威夫特支持并参加了爱尔兰人民反对英国殖民统治的斗争，他又得以成为爱尔兰人民世代敬重的民族英雄。

斯威夫特在文学史上的贡献除讽刺寓言小说《格利佛游记》之外，还有各种讽刺文章和诗歌以及作于1696年前后的《书之战》，该书于1704年同《一只木桶的故事》一起出版。《一只木桶的故事》讽刺16世纪宗教改革以来新教、加尔文教和天主教互相斗争的闹剧，在寓言和讽刺交相辉映之中，斯威夫特伸张了自己的新教立场。《书之战》以当时的崇古与崇今派的论争为背景，站在崇古派一边，讽刺攻击崇今派。他的讽刺散文以《一个小小的建议》（1729）为最著名。该文致力于抨击英国当局对爱尔兰人民的残酷压迫，运用反讽手法指出穷人走投无路，唯一的办法是出卖婴儿，给有钱人作菜肴。文章口气冷静无比，经济上考虑和计算周密精细，显示了谋臣策士的无耻、毒辣，以及他们的英国主子和上层富人的奢淫无情。这与笛福所著《对待非国教徒的最简便方法》相映成趣。

斯威夫特的诗作现在受到越来越多的重视。虽然德莱顿曾对斯威夫特说他不是诗才，斯威夫特自己也曾自嘲说他费半天劲写出来的几段诗还比不上蒲柏的一个双韵句，但他的诗却另有一番情趣。《城市阵雨》描写伦敦市内大雨突降时的众生相，形象丰富，描绘生动，很得体地将罗马田园诗反其意而用之。《晨曦》则利用白描手法十分洗练地描绘出不同人在清晨的形象。但斯威夫特的诗数量最多、最有争议且最受重视的则是他针对女性的讽刺诗，例如：《淑女的梳妆室》，《美艳小女子准备要就寝》等。这些诗透过时髦女性华美的外表，揭示人物的心灵及其物欲。其基本内容类似蒲柏的《夺发记》，但表现手法却截然不同。蒲柏的诗让人读后既为女主人公的美貌倾倒，又对她的小题大做感到可笑，甚至可怜。斯威夫特的诗则撕去华美的外表再现人物的真相，而这种真相实在有几分不堪入目，但我们又不得不承认其真实性。

斯威夫特最负盛名的作品是《格利佛游记》。该书1726年出版，是以主人公自述的口气匿名出版的。斯威夫特的目的之一是给当时游记的浪漫化倾向泼一瓢冷水。当时游记流行，主题大都是海员发现新大陆，获得财产，或遭遇野蛮部落战而胜之，或施以教化，而斯威夫特则反其道而行之，通过游记来讽刺、鞭挞英国及欧洲社会。细心的读者还可以发现该书开始对格利佛身世和落难的描写与《鲁滨孙漂流记》十分相似，也可以说《格利佛游记》是对笛福小说的讽刺模仿。《格利佛游记》历来最吸引人的是第一和第二两卷。第一卷写格利佛在小人国利立浦特的宫廷看到身高不过六英寸的小人以种种卑鄙手段争权夺利、互相倾轧。政客们按照鞋跟高低的不同而分成两党，彼此势不两立。利立浦特和另一个小人国因为争论吃鸡蛋时该打破大端还是小端而连年血战。皇帝想利用格利佛吞并敌国，遭他拒绝。格利佛为了免遭报复，逃离利立浦特。小人国这一卷主要讽刺英国统治集团的争权夺利、党派纠纷和以宗教信仰分歧为借口的掠夺战争。第二卷塑造的大人国(布罗丁奈)尽管法律条文不多,文化落后,却有一种纯朴的自然美和庄重感,实际上表现了作者的某些正面理想。格利佛本人则成为一个向大人国国王卖身求宠,并献计用大炮摧毁所有敌对势力的小人。作者还通过国王的话谴责了英国的腐败和侵略战争。第三卷内容比较庞杂,但在讽刺英国对爱尔兰的殖民统治,揭露皇家学会成员进行的愚蠢可笑的科学研究方面则是很有见地的,直至今日看来,斯威夫特对有些现象的批判并非全无借鉴价值。

《格利佛游记》最引起争议的是第四卷,这里人成了堕落无耻的畜生,而马成了智慧精明的主人。故事开始,格利佛船长受到叛乱船员的迫害,被抛弃在一个海岛上,又受到一群猴子似的怪兽的攻击。正在他无计可施之时,忽见怪兽四散逃去,但奇怪的是没有发现任何猎户牧人,只见一头大马温文尔雅地站在一旁。当格利佛要走开时,马却不放他。最后他只好随马来到一个马厩之类的地方,这才发现原来马是主人,而开始骚扰格利佛的怪兽被称为猰胡,供马役使。更令人惊讶的是格利佛发现怪兽实际上同他自己没有什么大区别,只是它们没有穿衣服,于是,他更加小心地用衣服把自己裹紧,以保持与怪兽的区别。不幸有一天一头小马驹一早来叫格利佛,发现他不穿衣服正像一头猰胡。好在马主人通情达理,觉得格利佛虽与猰胡相貌无异,毕竟还有几分灵性,便屈尊教格利佛学马语,以期能互相交流。格利佛不久便掌握了马语,向马主人介绍英国及欧陆时事,使马主人时而发笑,时而惊异,但他最终得出的结论是人类的思维能力不仅没有使人类变得文明,反而变得比野兽更野蛮、更残忍。在不断的交谈过程中,马主人的形象越来越高大,而格利佛及其所代表的人类则不断下降,终于在格利佛自己的眼里,人也与猰胡为伍了。因此,自《格利佛游记》问世以来,许多读者和批评家指责斯威夫特对人类的攻击表明他自己才是真正的无理性的疯子。实际上,斯威夫特的目的在于揭露他那个时代人类文明掩盖下的野蛮，而不是全盘否定人类文明。书中格利佛最后眷恋慧马国，被迫返回英国后又拒绝与妻儿共同生活，宁愿与马为伴，好像是格利佛神经错乱闹出的笑话。实际上，斯威夫特通过格利佛对马的极端崇拜而做出的可笑之举也批评了慧马所代表的纯理性。作者虽然希望人类能够杜绝猰胡般的贪婪纵欲，但也不愿他们变成毫无情感的冷酷理性化身。如果我们简单地以为斯威夫特是以理性的马为人类的榜样，那就忽视了他以基督教道德体系为中心的社会理想。

英国文学界围绕《格利佛游记》能否归于小说一直有争议。许多批评家以该书缺乏统一的故事情节，格利佛的形象多有矛盾为由，把它看作讽刺散文，而非小说。20世纪80年代以来，批评家们倾向于从更广泛的范围内看小说发展，《格利佛游记》终于被当作英国小说发展史上的重要作品。《格利佛游记》可以说是针对笛福的流行小说而作的。笛福使鲁滨孙落难荒岛，艰苦创业，表明文明人利用和改造自然的能力；斯威夫特就让格利佛证明文明人的堕落。笛福写他的人物历尽磨难，终于改邪归正，斯威夫特却让其人物在泥潭中越陷越深，不能自拔。笛福的小说基本上是新闻报道之类的写实主义风格；斯威夫特却驾着想象的翅膀，创造出天方夜谭般的离奇古怪世界。但小说发展的历史表明，正是在这两种倾向的交叉糅合中产生了崭新意义上的现代小说。

复辟时期英国的风俗喜剧发展到了17世纪末，受到来自各方面的攻击，其中尤以杰洛米·考利尔（1650—1726）的《英国舞台道德堕落之管见》（1698）为最著名。在这一新的形势下，感伤喜剧应运而生。与风俗喜剧用欣赏口味表现不道德现象不同，感伤喜剧往往一面表现丈夫寻花问柳的不道德行为，一面表现被冷落的夫人恪守贞操、垂泪叹息，最后丈夫被夫人感化，回心转意，夫妻和好如初。这种喜剧的开端是考利·锡伯（1671—1757）的《爱的最后转变，或赶时髦的傻子》（1696）。感伤喜剧实际上是一种说教喜剧，是18世纪早期喜剧的主调，但成就一般不高，锡伯是这一类戏剧的代表作家，而蒲柏最后定稿的《笨伯记》选了锡伯作其讽刺的主要对象，其地位可见一斑。菲尔丁的部分喜剧也属于这一类，但成就比起他受盖伊影响而创作的讽刺剧来便小多了。英国喜剧只是到了18世纪后期才在哥尔德斯密斯和谢里丹笔下获得了新生。

悲剧通常是描写英雄或王公贵族的，但复辟时期开始出现描写一般人的悲剧，其中的代表作是托马斯·奥特维（1652—1685）的《孤女》（1680）。这种以一个受难女性为中心的悲剧在18世纪早期很流行，代表作家是尼考拉斯·罗（1674—1718）。他的《简·绍》（1714）取历史题材，描写女主角简·绍最初抛弃丈夫，做了英王爱德华三世的情妇，后受到惩罚，流落乞讨，死前向丈夫忏悔求恕。女性悲剧可以看作是感伤喜剧的反面，而一喜一悲正表现了性道德方面的双重标准：男性可以放荡后改过，女性则一失足即成千古恨。

18世纪早期悲剧的一部重要作品是乔治·理娄（1693—1739）的《伦敦商人》（1731）。乔治·班威尔是一个正直善良的徒工，被妓女米尔沃德引诱堕落，先后偷窃雇主，残杀叔父，最后被送上绞架。该剧一出现就大获成功，以后也常在假日为徒工演出，以警告他们不可走邪路。这是第一部把工商业者日常生活搬上悲剧舞台的作品，当时被迅速译成法、德、荷等语言，受到莱辛和狄德罗等人的推崇。

约瑟夫·艾迪生（1672—1719）和**理查德·斯梯尔**（1672—1729）是18世纪早期英国文坛的重要作家。他们在牛津大学是同学，后来在政治上同为辉格党支持者，且都曾当选国会议员，艾迪生官至副国务秘书。他们二人都是剧作家，艾迪生的《卡托》（1713）是表现理性主义者重义忘情的古典派悲剧杰作，当时获得极大成功。斯梯尔擅长喜剧，他的第一部喜剧《葬礼》（1701）描写一位贵族怎样揭露了不讲仁义道德的妻子。该剧在当时舞台文风转变方面起了一定作用。斯梯尔最成功的喜剧是《清醒的恋人》（1722），描写比维尔怎样做一个好儿子、好朋友和好恋人。尽管道德说教比较明显，但全剧仍妙趣横生。

不过艾迪生和斯梯尔在文学史上影响最大的还是创办杂志，尽管他们并不是英文杂志的首创者。第一份英文杂志是创刊于1692年的《君子报》。由于出版物审查法的废止（1695）、政治斗争的需要、印刷条件的改进、城市的发展以及读者的增多，期刊事业在18世纪得到了迅速发展，出现了繁荣局面。当时的重要文人几乎都创办过期刊。笛福1704年创办《评论周报》，独立编辑近十年之久。斯威夫特在1710至1711年间主编托利党喉舌《考察者》报，菲尔丁创办《战士》报（1739—1740）、《考文特花园杂志》（1752—1753），斯摩莱特创办并主编《批评评论》（1756—1763），约翰逊创办《漫游者》（1750—1752），并曾在《环球纪事》主办《闲人》专栏（1758—1760）。此外还有职业报人办的各种杂志如《君子杂志》、《每月评论》等等，以及许多二三流文人办的期刊。但就文学史和文化史的影响来看，艾迪生和斯梯尔创办的《闲谈者》（1709—1711）和《旁观者》（1711—1712，1714）是18世纪早期最有名的两份期刊，尤其是后者。《闲谈者》最初是斯梯尔创办的，开始带有报纸性质，刊登人们关心的国内外时事和诗歌戏剧等消息，并有一个号称“吾斋文”的专栏。后来这个专栏越来越突出，形成了朴素清新的风格。不久艾迪生入盟，同斯梯尔一同编辑，蒲柏、斯威夫特等文坛名流都曾在《闲谈者》撰文，斯威夫特的名诗《城市阵雨》和《晨曦》最初都发表在《闲谈者》上。

1711年1月，《闲谈者》停刊，两个月后艾迪生和斯梯尔合办的《旁观者》创刊，每日一期，登载一篇文章，绝大部分为艾迪生或斯梯尔所写。文章内容或议论社会生活，或评介作家作品，具有一定启蒙性质，尤其受到中产阶级读者欢迎。《旁观者》的文风影响了一代读者，对现代英语散文的发展起了重要作用；它倡导的道德行为规范在18世纪文化中影响很深。艾迪生评弥尔顿《失乐园》的文章是英国文学批评史上的重要文献，而他论想象的乐趣的文章在美学史上地位很高。特别值得注意的是《旁观者》塑造了以罗杰·德·考佛莱为中心的“旁观者俱乐部”，成员包括商人、军官、花花公子各色人等，性格鲜明，与一般小说中人物无异，因此可以说《旁观者》对早期小说发展也产生了重要作用。

18世纪中后期在文学史上也称约翰逊时代，因为在古典主义逐渐衰微的情况下，约翰逊仍然是坚守阵地的最主要作家。英国小说在这一时期形成第一次繁荣，出现了理查逊和菲尔丁争雄的局面，同时还涌现了斯摩莱特、斯特恩、麦肯兹（1745—1831）及一批女小说家。在戏剧创作上主要有谢里丹和哥尔德斯密斯。诗歌方面有墓园派诗及模仿古人的诗作。还应该提到的是这一时期是英国文学史和文学批评开始繁荣的时期，出现了伯克的《论秀丽美与崇高美》（1757）等重要著作，而约翰逊的《英国诗人传》更是文学史和文学批评的经典之作。

塞缪尔·约翰逊（1709—1784）是18世纪中后期英国文坛泰斗。他自幼聪慧好学，曾试把蒲柏的诗译成拉丁文。因家境贫寒，他在牛津大学只读了一年就被迫辍学。1737年，像许多同时代文人一样，约翰逊离开家乡到伦敦碰运气，为《君子杂志》撰稿并做编辑工作。次年，他的第一篇重要诗作《伦敦》发表，1744年发表《理查德·塞维芝先生传》，这是《英国诗人传》的先声。1747年他提出了词典编纂计划，但未获得应有的支持。两年后他的代表诗作《人生希望多空幻》发表，这也是他第一次用真名发表作品。1750年他创办《漫游者》杂志，一为补充生计，二为词典编纂之外的消遣。1755年约翰逊的《英文辞典》终于问世，同年牛津大学授予他博士学位，但他的经济状况并未得到改观，仍需为各种杂志撰稿来勉强维持生计。1759年他用一个星期的晚间写出了哲理寓言小说《阿比西尼亚王子拉塞勒斯传》，以筹款为母亲支付殡殓所需。1762年，约翰逊终于结束了苦涩的生活，乔治三世给了他每年300英镑的终身津贴。次年他遇到鲍斯威尔，后者成了他出色的传记作者。是年冬，约翰逊同画家雷诺兹、伯克、哥尔德斯密斯等文学艺术界名流创立“俱乐部”，史称“文学俱乐部”。后期的主要著述有《英国诗人传》(1779—1781)。

约翰逊当时是英国文坛的无冕之王，即使今天看来他的贡献仍然是重要的和多方面的。他编的词典不仅在英语词典编辑上地位崇高，而且他所辑录的例句使这部书成了文学经典语录。作为18世纪古典主义讽刺文学的尾声，约翰逊的讽刺诗《伦敦》和《人生希望多空幻》形象而又深刻地反映了当时文坛和社会的风貌。《拉塞勒斯传》描写生活在“福谷”的阿比西尼亚王子拉塞勒斯不满足于“福谷”看似美满，实则无聊的生活，在哲人伊姆莱克的引导下，同妹妹一起逃出“福谷”，到外面世界去寻找幸福。结果他们却发现完美的幸福是不存在的，人的本性决定人只能在变化中得到暂时的幸福。这一作品看起来是仓促之作，实际上是约翰逊对现实社会及人类本性长期思考的结晶。正因如此，这部寓言小说自问世以来一直畅销不衰，与大约同时出版的伏尔泰的《老实人》有异曲同工之妙。约翰逊的《英国诗人传》，介绍和评论了自弥尔顿以来的英国诗人，是英国文学批评史上第一部系统评价诗人的著作，也可说是一部英国17、18世纪诗史或文学史。

约翰逊继承18世纪初艾迪生和斯梯尔的传统，肯定中产阶级的道德观念，以“文学反映永恒人性”为标准来衡量文学。尽管约翰逊是古典主义者，并在很大程度上把古典主义文学理论系统化，但他锐利的洞察力和真挚的人文主义情感却使他的文学批评摆脱了古典主义教条的束缚，提出许多真知灼见。他的《莎士比亚集序言》(1765)肯定莎士比亚在悲剧中加进喜剧因素，并为莎士比亚不遵守三一律辩护。《英国诗人传》注意材料的搜集和生活细节的叙述，对作品的评价见解精到，又是独具一格的传记文学。

约翰逊在当时英国文坛上起的作用是多方面的。他那封犀利的《致切斯特菲尔德书》(1755)是标志文人摆脱对贵族“恩主”依赖的重要文献。他在各种杂志上发表了对时政和文坛现象的评论，对于当时文风产生了重要影响，比如他对小说特点的分析就很有见地。约翰逊还是一位诲人不倦的良师，许多年轻文人如哥尔德斯密斯都受到他的提携，他们的作品得到他的修改。还应该指出的是约翰逊实际上代表了文风从古典主义向浪漫主义转变的倾向。他的主要诗作继承古典主义传统，但他的散文作品，他对过去和当代诗人的评价，对理查逊等当代小说家的支持则表明他对文风转变的理解。

詹姆斯·鲍斯威尔（1740—1795）在文学史上以写作《约翰逊传》而闻名于世。他出身于一个苏格兰贵族家庭，其父系苏格兰大法官。1763年鲍斯威尔在伦敦遇约翰逊，结为忘年之交。后来尽管他住在苏格兰，却总利用一切机会去伦敦，以接近约翰逊。1773年鲍斯威尔陪约翰逊游苏格兰，并于同年获准入"文学俱乐部"。他的《约翰逊传》（1791）记下了约翰逊在各种场合的言谈举止，活画了一个令人极为难忘的形象，且创造了一种崭新的传记文学风格。鲍斯威尔行为放荡，他的《伦敦日记》真实地记下了他当时的生活，是一份认识18世纪伦敦和英国社会的极为难得的资料。

18世纪中后期文学的主要成就是小说创作。小说创作在经历了20年代以笛福和斯威夫特为代表的兴起阶段以后，有过十几年的沉闷期。这一时期不是没有小说，只是缺少重要的传世之作。当时写小说的大都是无所事事的中上层女性。她们以读荒诞的传奇小说消磨时光，也模仿那种小说写作。文学史历来对这些作品视而不见，仿佛它们并不存在，这是不公允的。

文学史推崇的是理查逊、菲尔丁、斯摩莱特、斯特恩四大小说家，其中理查逊和菲尔丁最为重要，因为这两位小说家基本上奠定了英国小说的基础。斯摩莱特对于他们主要是继承，发展创新较少，而斯特恩的功绩是肢解他们创造的小说形式，体现了小说创作上的超前意识。比理查逊和菲尔丁为代表的现实主义小说稍晚，出现了贺拉斯·沃波尔创造的哥特式小说，并在18世纪末期形成一股相当强的潮流。感伤主义小说自《克拉丽莎》起，经过斯特恩的《商第传》和《感伤旅行》到麦肯兹的《有情人》达到高潮。同时进行小说创作的还有一大批女作家，其突出成就是范妮·伯尼的小说。

塞缪尔·理查逊（1689—1761）生于伦敦一个小手工业者家庭，父亲是个木匠，艰难地维持生计。理查逊17岁时去给一个印刷商当学徒。他勤奋好学，技艺精湛，深得老板赏识，后娶其女为妻。1721年，理查逊建立了自己的印刷铺，工作勤勤恳恳，事业发展很快。理查逊从小爱读书，给年轻女子讲书，并替她们写情书之类的信件。这种经历为他日后用书信体小说描写年轻女性在婚姻恋爱问题上的复杂心理准备了条件。作为一个靠自己奋斗发迹的小业主，理查逊信守英国小资产者所特有的清教道德伦理，这在他的创作中有清楚的表现。他最早出版的著作是《徒工手册》（1733），其中汇集他由亲身经历总结出的徒工道德举止准则。1739年他出版了充满道德说教的新版《伊索寓言》（1739），而他的小说中道德伦理方面的说教更是俯拾皆是。重道德说教是当时理查逊小说得以广泛流行的原因之一，也正因为如此他的小说在现代读者中较少知音。

理查逊成为小说家似乎是很偶然的。1738年，几个出版商约他为年轻女子写一部书信尺牍。他在写了几封信之后忽然起意要用一个人物和故事来串联其书信，于是把尺牍放下，专心先写想象中的故事，这就是于1740年至1741年出版的《帕美勒，或美德有报》，而原计划的《不同场合书信尺牍》则在小说出版后一年多才问世。由于《帕美勒》是分册出版的，被故事迷住的读者翘首期待后续章节的发表，所以销路极好。理查逊认为他发明了“一种新的写作形式”，这不无道理。虽然在他之前已有不少英法作家写过书信体小说，但多流于荒唐的浪漫传奇，而理查逊把书信体小说提高到严肃文学的高度。《帕美勒》故事情节很简单。女仆帕美勒·安德鲁斯服侍的主人B夫人辞世，她面临被迫回到生活贫困的父母身边的前景。所幸的是B夫人的儿子大度地宣布所有服侍过他母亲的人都要继续留在府内服务。但不久帕美勒就发现B公子对她不怀好意，她在信中把危险告诉父母，两老让她坚决抵制，并赶紧回家以免贞节受到损害，但帕美勒拖延离去。这期间B公子想方设法勾引和调戏她，甚至以送她回家为名把她拉到另一处庄园软禁起来。尽管B公子想尽千方百计，包括企图用强力奸污她，但帕美勒始终守身如玉。最后B公子被她的贞节感动，冲破社会习俗向她求婚，二人喜结良缘。但小说并未就此结束，继而编写的第二部进一步展现他们结婚之后帕美勒怎样以自己的美貌和德行赢得了贵族乡邻和B公子姐姐以及其他家人的尊敬。小说展现的主题是代表新兴资产阶级道德观的帕美勒用道德贞操击败了B公子视女仆为草芥的旧贵族意识，并教育了B公子，从而使两人在新的基础上实现了美满婚姻。但由于小说的结局表现了从女仆到主妇的变化，在商品交换的背景下又可以把帕美勒恪守贞操看作是待价而沽的商品交换，由此引发了文坛的争议和批评。另外，由于小说几乎全是从帕美勒的角度用书信进行的叙述，这种时刻不停地写信本身就难免牵强，并且使读者怀疑帕美勒的真情实感。

理查逊在他的代表作《克拉丽莎，或一位闺秀的历史》（1747—1748）中弥补了《帕美勒》的不足，取得了卓越的成就。小说描写女主人公克拉丽莎·哈娄的生活悲剧。哈娄家族是当地新富，极想进入贵族阵营。克拉丽莎生得美貌绝伦，为人处世皆得称赞，是当地公子追逐的偶像。祖父去世时留给她一小块地产，以表示对这个得意孙女的疼爱，但这却引起她的父亲和哥姐妒忌。家里给她介绍了几个公子，她皆不如意。小说开始时，贵公子拉夫雷斯经介绍来见克拉丽莎的姐姐，但却看上了克拉丽莎，从而使姐姐记恨在心。拉夫雷斯是贵族世家，克拉丽莎的两个独身叔叔有心把财产传给她，这桩婚姻将使拉夫雷斯尽快封爵。这时她的哥哥詹姆斯从大学回家，发现拉夫雷斯是他在大学时的死对头，坚决反对克拉丽莎与拉夫雷斯继续来往。克拉丽莎的父母和叔叔对詹姆斯这个家族继承人的主张完全支持。他们竟强迫克拉丽莎嫁给新富索姆斯，因为索姆斯许诺如果婚后克拉丽莎无子，将由哈娄家族继承财产。克拉丽莎坚决不从，而拉夫雷斯也千方百计与克拉丽莎保持联系。后来，在哈娄家族发誓逼克拉丽莎成婚时，拉夫雷斯用计把克拉丽莎半诱半骗地弄到伦敦。

在伦敦克拉丽莎与拉夫雷斯对外以夫妇称之，但克拉丽莎严守贞操，拉夫雷斯也不敢冒犯。拉夫雷斯曾受过女人欺骗，他不仅不相信爱情，而且对一切女人存有偏见。他起初并不想成婚，而是要证明这位闻名遐迩的大家闺秀也会同其他女性一样向他这个男子汉屈服。在他们一起居住的长达几个月的时间里，拉夫雷斯时而像个痴心情郎那样献殷勤，时而煞有介事地表示他在努力争取家人同意这桩婚事，时而又像为克拉丽莎鸣不平似地抱怨哈娄家的人。但克拉丽莎却一直为违抗父命而自责，对拉夫雷斯的殷勤不置可否，尽管从她给好友安娜·豪的信中可以看到她既对拉夫雷斯这一玩弄女性的老手十分鄙视，但也憧憬着有机会改造拉夫雷斯，因此不能说她对拉夫雷斯毫无情意。但当她发现他们居住的地方竟然是一个臭名昭著的妓馆时，她才察觉到自己的危险，赶快逃了出去。不幸的是拉夫雷斯又把她找了回来，并在妓馆老鸨的协助下先用药酒把克拉丽莎麻醉又禽兽般地把她奸污。自此以后，尽管朋友家人力劝克拉丽莎与拉夫雷斯结婚，但克拉丽莎对生已无所求，终于不久就病衰而去。克拉丽莎的死使其家人看清了自己的罪恶，而拉夫雷斯也在与克拉丽莎的表哥决斗中丧生。

与《帕美勒》相比，《克拉丽莎》的不同有以下几个方面。首先，小说主题由喜剧变为悲剧，克拉丽莎在受尽凌辱之后不是接受世俗之见与拉夫雷斯成婚，而是以死抗之。其次，在写法上一改《帕美勒》一人独述的方法，而由男女主人公分别与一个男女友人通信，从而为几乎任何一个细节都提供了至少两个不同的解释，有时甚至是四种以上的解释。第三，《克拉丽莎》对资产阶级道德予以深刻的剖析，精辟地揭露其本身存在的要害问题：资本主义财富积累打破了贵族统治的旧局面，是一种社会进步。但见利忘义，一切以钱划线的倾向又扭曲了人性，毁灭了骨肉亲情等人世间最美好、最可贵的东西。第四，在人物形象刻画上改变了《帕美勒》简单化、表面化的倾向，致力于探索人物复杂的内心世界和下意识。或许正是由于这些特点，《克拉丽莎》具有极强的艺术感染力，一时间几乎整个欧洲都在为克拉丽莎流泪。《克拉丽莎》的流行对感伤主义文学在英国和欧陆的产生和发展起了重要作用。卢梭的《新爱洛漪丝》和歌德的《少年维特之烦恼》都明显地受了理查逊的影响。

理查逊的最后一部小说《查尔斯·葛兰底森爵士》（1753—1754）标志着他创作上的一大转变。与前两部小说不同，这部小说的主人公是一位男性贵族，在他身上体现着人类所有的美德。但是正如所有优秀作品所反复证实了的，完美的人物难以成为生动的艺术形象。在这部以葛兰底森为主角的长篇小说中，葛兰底森的形象显得相当苍白无力，而几个女性角色则很丰满。这或许从另一方面证明理查逊本质上是一位擅长女性心理描写、极富想象力的作家，而当他一旦接触他不太熟悉的贵族男性人物时就显得逊色了。

由于理查逊的小说篇幅很长，在节奏迅速的现代社会拥有的读者已经不多，除《帕美勒》第一部之外，其他作品较少有人问津，《克拉丽莎》更以英国文学中读者最少的巨著而闻名。但理查逊在英国文学甚至欧洲文学，特别是小说发展中的地位是不容置疑的。他的作品使小说摆脱了低级趣味的纠缠，成为既能娱人又能教人的著作，甚至可以说他的小说在当时的教化力量胜过任何一本教义。理查逊极其入微的心理描写开拓了小说写作的一个新领域，他为后来的奥斯丁、艾略特和乔伊斯等心理描写大师开了先河。

亨利·菲尔丁（1707—1754）生于英国西南部的索姆塞特郡一个破落贵族家庭。菲尔丁少年时进入著名的伊顿公学，但因家境败落，无力进剑桥牛津。在他的远房亲戚、名流蒙太古夫人的帮助下，他的第一本剧作《戴着各种假面具的爱情》于1728年初在伦敦上演，并获得成功。他旋即入荷兰莱顿大学，约一年以后，又因经济拮据而辍学。1730年他回到伦敦重操剧作旧业，在此后七年中先后创作了二十多部各种类型的剧本，多采取滑稽闹剧形式，以讽刺时弊为主旨，较有代表性的有《大拇指汤姆》、《作家的闹剧》、《堂吉诃德在英国》等等。《巴斯昆》（1736）和《1736年历史纪事》（1737）是菲尔丁讽刺剧创作高峰，矛头直指以寡廉鲜耻、胁君专权而闻名的英国第一位首相沃波尔及其党羽。《巴斯昆》讽刺评说时政，抨击政治宗教等方面的弊端，尤其是选举中的贿赂。《1736年历史纪事》借用当时记述国内外大事的年鉴的名义，把政坛丑恶的内幕揭露无余。作者采用了剧中剧的手法，剧中正在排的戏演几个政府大员商议怎么样弄钱；有人主张征税，另一个说他正在考虑还有什么可征的税，最后他们一致同意对无知征税，因为大多数有钱人是无知的。这两部作品获得了极大成功，但也大大激怒了首相沃波尔。在他控制下的议会很快通过了剧院管理法，关掉了除两家大剧院之外的其他剧院，并规定所有剧本必须经过大法官审查才能排演，这个法规结束了菲尔丁的戏剧生涯。

为了生计，菲尔丁从1737年底开始学习法律，并于1741年成为律师。但理查逊的书信体小说《帕美勒》的出版却改变了菲尔丁的人生道路。菲尔丁认为《帕美勒》从内容到形式都虚伪透顶，十恶不赦。于是他即兴写了《沙美勒》，即虚假的帕美勒之意，来讽刺理查逊的原著。这篇小说从情节和人物设置上模拟《帕美勒》，但却淋漓尽致地揭露了帕美勒天真正直的表象背后掩盖的权术与心计，堪称英国滑稽模仿小说的经典之作。40年代菲尔丁先后发表了《约瑟夫·安德鲁斯传》、《大伟人江奈生·魏尔德传》和《汤姆·琼斯》。与此同时，他作为律师从事法律事务。1745年斯图亚特王朝的支持者发动叛乱，菲尔丁创办《真爱国者》杂志号召人民为了宗教和政治自由而反击叛乱者。1748年菲尔丁被任命为威斯敏斯特地区治安法官，为英国地方治安管理和警察的创立作出了贡献。他还曾撰写小册子提出降低犯罪和改善流民管理的建议。菲尔丁的晚年除写了《阿米丽亚》之外，主要精力放在治安管理上。1754年重病的菲尔丁离开伦敦去葡萄牙里斯本疗养，不久在那里病逝。他在去葡萄牙途中写的《里斯本航程日记》在他逝世后于1755年出版，从中可以看到菲尔丁病重时仍持的乐观情绪。

《约瑟夫·安德鲁斯传》（1742）的主人公约瑟夫是帕美勒的弟弟，他坚守童贞，顽强抵制了他的雇主、寡妇布比夫人的引诱，被赶出府第。约瑟夫在回乡路上先后遇到他的朋友亚当斯牧师和恋人、女仆芳妮。小说主要描写三人在路上的遭遇，生动地展示了18世纪中期英国乡村社会的风俗画。亚当斯牧师天真善良，又学究自负，他在书中的举止谈吐构成了全书最生动的篇章。这一形象是英国文学中继福斯塔夫之后又一个不朽的喜剧典型，有英国的堂吉诃德之称。在继续嘲弄理查逊的同时，菲尔丁创立一种新的小说形式，即"散文体的滑稽史诗"。它的特点是反映的生活面广阔，以普通人为描写对象，富有滑稽、幽默、讽刺的成分。

菲尔丁在1743年发表了以讽刺沃波尔为主的《大伟人江奈生·魏尔德传》。从内容上看该书或许作于沃波尔当政时期，如果确实，则可证明假如没有理查逊的《帕美勒》，菲尔丁也可能仍会转向小说创作。魏尔德利用手下盗贼作案，赃物大部归他所有。他小时的同学——开珠宝店的哈特夫利诚实善良，对他十分热情，他却骗走哈特夫利的大批珠宝，害他入狱，并骗走他的妻子，企图霸占她。但魏尔德终于失败被捕，上了绞架。这部讽刺小说以强盗魏尔德的"事迹"为根据，对政客的盗匪实质及所谓的"伟大"做了淋漓尽致的讽刺和揭露，抨击了沃波尔的时政，同时也对哈特夫利轻易受骗做了善意批评。

菲尔丁的代表作是《汤姆·琼斯》(1749)。小说通过弃儿汤姆·琼斯和乡绅女儿苏菲亚·魏斯登的恋爱故事，描绘了一幅18世纪中叶英国社会的广阔画面。全书由三部分组成，分别讲述汤姆早年在农村，在逃往伦敦的路上和在伦敦的活动。身份不明的汤姆被乐善好施的乡绅奥尔华绥抚养长大。他天真善良但轻率放任；虽然得到苏菲亚的爱，但因出身卑贱，又受到奥尔华绥的外甥、伪善自私的布利菲尔的中伤，被逐出家门。苏菲亚也为了逃避被迫嫁给布利菲尔的厄运而逃往伦敦。他们各自在路上的遭遇构成本书的第二部分。在伦敦汤姆又在寻找苏菲亚的过程中落入圈套，遇到许多波折，但最后布利菲尔的阴谋败露，汤姆的真正身份得到澄清，他终于和苏菲亚结婚。小说通过汤姆和布利菲尔的对比，肯定了发自内心的真善，否定了损人利己的伪善；又通过汤姆和苏菲亚超越世俗偏见的爱情，抨击了以门第金钱为条件的婚姻。全书人物众多，几乎包括了各个阶层；许多人物形象生动，具有典型意义。作品规模宏大，结构完整，表现了菲尔丁驾驭复杂情节的高超技巧，在18世纪小说中不可多得。同时，每卷第一章均为一篇独立的散文，阐述作者对小说艺术的看法，在文学批评史上占有重要地位。

《阿米丽亚》(1751)是菲尔丁的最后一部小说。温柔纯洁的阿米丽亚出身富家，却爱上并自主嫁给穷军官布斯上尉。婚后生活的贫困，有权势的人物对阿米丽亚的野心和布斯的轻率性格，都给他们带来困难和痛苦。最后布斯在历经磨难之后认识了自己的错误，又得到意外的财产，他们才终于苦尽甘来。这部小说在风格上与《约瑟夫·安德鲁斯传》和《汤姆·琼斯》很不同，滑稽幽默成分很少，而严肃说教成分较多，并带有一定感伤主义情调，可以明显看出理查逊的影响。正如理查逊最后一部以男性为主角的小说不太成功一样，菲尔丁最后一部以女性为主角的小说也不是十分成功的，但它对社会不公和邪恶的批判比前两部更集中、更深刻，实际上开了社会批判小说的先河。

菲尔丁是英国文学史上重要的喜剧作家，擅长把喜剧基调与幽默讽刺结合起来。这一特点在他的戏剧和小说中都很明显，而在他最有代表性的《约瑟夫·安德鲁斯传》和《汤姆·琼斯》中表现尤其突出。菲尔丁认为好小说家应该具有四个条件，即丰富的阅历、广博的学识、较高的天赋和真挚的人情。这四条他都当之无愧。就反映社会生活的广阔而论，菲尔丁的小说远胜于同时代的其他任何小说。他的小说揭露拜金主义、道德败坏、包办婚姻等社会弊端，歌颂了中下层人民中保持着的天真纯朴、正直善良等美德。作为一个精通古典文学的学者型作家，菲尔丁有意模仿史诗结构，使小说摆脱了纯自然的叙事，而成为一种繁而不乱、有条不紊、情节曲折、结构严谨的艺术形式。受古典主义理论影响，菲尔丁侧重于描写类型化的形象，重外部言谈行为的描绘，而对心理刻画重视不够。同时，由于受两性关系方面的社会偏见影响，菲尔丁在女性形象塑造方面也有很大的局限性。这两点恰恰是理查逊的长处所在，因此可以说理查逊和菲尔丁二人对英国小说发展的贡献各有千秋，相得益彰。

托比亚斯·斯摩莱特（1721—1771）是18世纪英国文学史上比理查逊和菲尔丁稍后的一个重要小说家。他出生于苏格兰，父母早亡，由祖父抚养成人，在格拉斯哥大学肄业，跟一个外科医生学医。1739年他带着剧本《弑君者》到伦敦碰运气，但未获成功。于是他入皇家海军，做军医助理，并参加了在西印度群岛对抗西班牙的军事行动。1744年他在伦敦开业行医。1745年斯图亚特王朝的未遂叛乱诱发他创作了题为《苏格兰之泪》的诗作，尽管他实际上并不是斯图亚特王朝的追随者。斯摩莱特的第一部小说《蓝登传》1748年问世，大获成功。这是一部用第一人称手法写的流浪汉小说，许多情节都是作者自身经历的影子。蓝登的父亲因婚姻问题出走。蓝登童年受家族歧视、教师虐待。他当过外科医生的学徒，后来到伦敦谋生，作了军舰上的医生，参加战争。离开军队，他就伪装贵族，在国外靠欺骗和赌博为生。最后他和舅父一起到海外贩运黑奴，在美洲遇到发了财的父亲，和他一同回国。蓝登终于和恋人纳西莎结婚。小说结构简单，人物形象也不复杂，但在反映人性粗野及利用实际生活语言方面有独到之处，使斯摩莱特在小说发展史上占有一席之地。之后斯摩莱特又发表了《皮里格林·皮克尔历险记》（1751）及其他小说，但都不太成功。后来他为《批评评论》撰文，写了一部《英国通史》（1757—1758），尽管观点引起争议，它的销量却使斯摩莱特第一次摆脱了经济困境。

斯摩莱特最优秀的小说是1771年发表的《亨弗利·克林克》。这是他唯一一部用书信体写的小说，也是理查逊之后为数不多的优秀书信体小说之一。小说通过老乡绅马修·布兰鲍尔和他的家人在一次旅行中所写的书信，广阔地展现了18世纪中后期英国社会生活风貌。布兰鲍尔有疑心症，便遵医嘱，带家人环游英国散心。途中遇一无业男子——亨弗利·克林克——自愿服侍布兰鲍尔。后来他们多次遇险，克林克分别从火灾和洪水中救了布兰鲍尔，最后发现克林克竟然是布兰鲍尔早年的私生子。通过不同人物的书信，作者描写了贵族和有闲阶级在游览胜地巴斯时的奢华生活，公路上盗贼横行的情形，工业革命后伦敦等城市的畸形发展，劳动人民的失业现象等。小说创造了几个生动的人物形象，笔调轻松幽默，是把理查逊的书信体艺术同菲尔丁的小说主题结合在一起的成功之作。

劳伦斯·斯特恩（1713—1768）是18世纪后期重要的感伤主义小说家。他出生在爱尔兰，父亲是一位英国下级军官，但他的曾祖则是约克主教，故仍不失为宗教世家。他1737年从剑桥大学毕业就任教职，次年获得约克附近的一个教区牧师职位。斯特恩的布道享有盛誉，先后获得多个教区，并被任命为当地治安法官。但他生活颇不检点，近似酒色之徒。1758年他把自己的一个教区租给代理牧师，专事写作《商第传》。该书从形式到内容把由理查逊、菲尔丁和斯摩莱特基本完善的小说规范全部推翻，以一种无中心人物和中心故事的近乎荒诞的形式出现。小说最初两卷遇到出版困难,修改后得以于1759年问世,不久斯特恩惊喜地发现自己成了社会名人。后来新卷不断出版,到1767年共出九卷。若不是肺病夺走了斯特恩的生命,《商第传》可能会长得多。

《商第传》全名为《商第先生的生平和观点》,但主人公直到第三卷才开始出生,到第六卷仍只是孩童。小说真正表现的是商第的父亲和叔叔的种种怪癖,尤其是在战争中致残的商第叔叔托比迷恋于构筑堡垒、设计进攻,但他的心肠却软得不忍打死一只苍蝇。小说打破了传统小说的叙事手法,打乱时间顺序,常常放下正在叙述的故事而言其他。比如在第三卷叙述商第出生时,突然插入了长达数十页的题外话,好像时间在那时凝结了。有时作者又有意把故事实际发生过程同读者阅读时间联系起来,形成一种怪诞的手法。书中不时出现片言只语的书页,甚至整页花纹或黑页。这种手法看似离奇,实际上却在某种程度上反映了人们心理活动的变化。斯特恩有意遵循洛克提出的观念联想说,同时他的手法也间接表现了休谟所谓人没有一贯统一性格的观点。斯特恩不循常规,只循观念意识的写作手法可视为意识流小说的滥觞。

斯特恩的另一部重要著作是《感伤旅行》(1768,全名为《穿过法国和意大利的感伤旅行》),借《商第传》中人物约里克牧师之视角写作者自己在英法战争期间取道法国往意大利旅行的经历。但与一般游记不同,它主要不是写一路的见闻,而是写对一些小事的感受。这些感受表现了主人公的人道主义特性。斯特恩曾在致友人的信中说,他的目的是教育人更好地珍爱世界和同胞。但他又不是纯粹说教,其基本手法富有喜剧色彩。《商第传》和《感伤旅行》都以描写人物心理感受见长,书中的人物富于感情,往往对常人所不注意的琐碎小事感叹不休,读来有一种哀婉情调。这两部著作同理查逊的《克拉丽莎》,斯摩莱特的《亨弗利·克林克》,哥尔德斯密斯的《威克菲尔德牧师传》和麦肯兹的《有情人》(1771)构成了18世纪中后期英国感伤主义小说的主调,对当时的欧洲文坛发生了重大影响。

哥尔德斯密斯（1730—1774）出生于一个爱尔兰牧师家庭，大学毕业后又学医，以后住在伦敦靠写作为生。他是以约翰逊为首的“文学俱乐部”的一员，尽管他的谈吐常被引为笑料。他在小说、戏剧、诗歌、散文、翻译等方面都有所建树，并且是当时最为多产的报刊撰稿人。自从他的第一部著作《关于欧洲纯文学现状的探讨》在1759年问世到他去世的15年中，他创作、改编、翻译、编辑了至少20部著作。《关于欧洲纯文学现状的探讨》道出了当时文人的共同心声：他们的艺术无人欣赏，他们的工作得不到褒奖。他的散文著作《世界公民》（1762）（原名《中国人信札》）假托一个中国人把他在伦敦的见闻寄回中国，以讽刺幽默的笔触反映了当时英国社会的风俗习惯、政治文化及各种人物的精神风貌。

《威克菲尔德的牧师传》（1764）是哥尔德斯密斯唯一的一部小说，也是感伤文学的重要作品。小说叙述威克菲尔德的乡村牧师普里茅斯心地善良，却屡遭不幸。他受到乡绅欺压，女儿被乡绅蹂躏，儿子也遭到迫害，全家入狱，最后乡绅的叔父出现，揭露了乡绅的恶行，使牧师一家苦尽甘来。读者不断为书中人物的不幸而叹息流泪，又为牧师的坚韧不拔而感佩。小说结局体现了诗的正义（poetic justice），坏人得到揭露和惩处，好人得到好报。作品批判了坏乡绅欺压善良的罪恶，也通过对牧师妻子和女儿的描写讽刺了资产阶级中下层人们的虚荣心。小说文笔质朴清新，情节委婉曲折，已成为英国文学中的经典作品。

哥尔德斯密斯的两部剧作《好脾气的人》（1768）和《委曲求全》（1773）属于风俗讽刺喜剧。《好脾气的人》主人公霍尼沃德是个愚蠢的好心人，把钱财盲目地施舍给一帮寄生虫。他的叔父通过使他落入债户监狱教训他，使他懂得人必须识别善恶，不能盲目好心。《委曲求全》描述了害羞的年轻贵族马娄不敢正眼看哈德卡索尔小姐，但当他把小姐误认为旅店侍女时却想方设法调戏引诱。哥尔德斯密斯用这种引人发笑的轻喜剧给感伤喜剧一个沉重打击，并把幽默气氛重新注入喜剧。

哥尔德斯密斯传世的诗作主要有《旅行者》和《荒村》。《旅行者》（1764）从一个英国人在欧洲大陆旅行的角度对英法等国的社会经济政治制度进行了描述，显示了诗人担忧工业革命必将引起对田园生活的破坏。发表于1770年的《荒村》是哥尔德斯密斯最优秀的诗作，以十分哀婉的笔调写出了在工业革命推进下，大庄园主驱走农民，以占有土地伺机发财，从而给农村带来的荒凉景象。哥尔德斯密斯把一种理想化了的过去同夸张了的现实作对比，收到了十分感人的艺术效果，但作品对工业革命的笼统否定和对过去乡村的美化又反映出诗人保守的人生观。十几年后乔治·克莱布（1754—1832）发表诗歌《乡村》（1783），以一种写实的笔调描绘出工业革命尚未波及到的贫困乡村的惨状，指出这才是真正的“荒村”。

理查·布林斯莱·谢里丹（1751—1816）是18世纪英国最有成就的喜剧作家。谢里丹出生在爱尔兰，其父是剧院经理和演员，其母是当时颇有名气的作家，曾发表小说和剧作。但谢里丹在哈罗公学很不得志，被笑为笨伯，后来父亲命他攻法律，他也不上心。1775年他的第一部喜剧《情敌》上演大获成功，从而开始了戏剧生涯。1776年他成为伦敦最重要的戏剧中心德鲁利街剧院经理，同年参加“文学俱乐部”，次年《造谣学校》上演，使他名声大振，1779年发表讽刺剧《批评家》再获成功。此后他的兴趣转向政界，取得国会议员席位，但他欲成为内阁大臣却始终未能如愿。谢里丹以挥霍无度著称，尽管收入颇丰，却总是入不敷出，1813年因债入狱，1816年病死。他希望作为政治家留名于世，但他留给后世的只是两部喜剧：《情敌》和《造谣学校》。

《情敌》对中上层社会的风气，尤其是对女主角利迪娅向往与一个穷军官私奔的浪漫婚姻作了温和的讽刺，并创造了一个咬文嚼字但经常使用错别字的喜剧人物马拉泼洛普夫人，她带有菲尔丁小说《约瑟夫·安德鲁斯传》中布比太太的女仆斯利普斯劳普的影子。谢里丹最有名的作品

《造谣学校》揭露了上流社会的造谣中伤、虚假伪善、淫逸放荡的风习。出身寒微而嫁给老爵士的提兹尔夫人一心想学贵妇人的派头，与一群道德败坏、搬弄是非的人为伍，几乎失身给伪君子约瑟·萨尔菲斯。作品另一条线写约瑟和他弟弟查理的对比：前者满口仁义道德，骨子里却是自私自利；后者行为放荡，本质上却诚实善良。他们共同追求一个女子。后来他们的叔父从国外回来，化装为高利贷者和穷亲戚，分别去见他们，才揭露了约瑟。《造谣学校》是18世纪英国上流社会的缩影，讽刺辛辣，情节生动，人物语言符合个性特点，是一部优秀剧作。

18世纪文学中一个引人注目的现象是一批女作家的兴起。英国文学史上第一个职业女作家是阿芙拉·本（1640—1689），她是复辟时期重要作家，曾写过小说、戏剧和诗歌作品，其小说《奥鲁努考，或王奴》约1688年问世，在18、19世纪反贩奴、蓄奴的宣传中起了重要作用。阿芙拉当时只是孤军作战，但在文人中具有相当高的地位，与德莱顿等人交往甚密。不幸的是到了18世纪，她却被斥为不道德的作家而打入冷宫。但阿芙拉·本毕竟给知识女性展现了一条谋生的道路。

18世纪的女子文学可以分成三个时期。世纪初至30年代末为第一时期，其特点是作家较少，作品一味模仿法国荒唐传奇，且受复辟时期文风影响，道德伦理观较差，这些女作家被讥为臭名昭著的涂鸦女人，代表人物有玛丽·德拉里维尔·曼利夫人（1663—1724）（曾继斯威夫特之后主编《考察者》报）和伊莱萨·海伍德夫人（1693?—1756，有女“笛福”之称）等等。第二时期是40至60年代，特点是受当时的大作家理查逊和菲尔丁影响较大，重视道德教化和艺术技巧。萨拉·菲尔丁（1710—1768）是菲尔丁的胞妹，受过良好古典教育，其小说兼有菲尔丁和理查逊小说的特点。她最著名的小说是《大卫·辛普尔》（1744），描写主人公漫游世界寻找天真诚实，但只是找到虚伪和欺骗。夏洛蒂·琳诺克斯（1720—1804）所著《女吉诃德》（1752）曾得到菲尔丁的赞扬。故事描写阿瑞贝拉生长在一个偏僻的古堡里，醉心于读浪漫传奇。她把自己看作传奇里的女主角，认为所有的男子都是她的奴隶，或是要绑架她的恶棍，因而惹出了许多笑话。最后她终于冲出迷雾，与恋人成婚。第三时期主要出现了一批哥特式小说作家，如安·拉德克利夫夫人（1764—1823）。

这些女作家中比较特殊的是**范妮·伯尼**（1752—1840）。其父与约翰逊等文坛名流交往，她从小生活于这一氛围，对她的小说创作影响很大。1778年她的第一部小说《伊芙莱娜》匿名出版，一举成功。小说从一个涉世不深的少女的角度看世界，特别反映了女性毫无自主权，婚前靠长辈，婚后靠丈夫的命运。该小说对于人世间尔虞我诈、虚伪妒忌等弊端进行了温和讽刺。四年后发表的《赛西里娅》影响也很大，但讽刺性大为减弱。她用书信体写作，内容多富喜剧色彩，是理查逊、菲尔丁与奥斯丁之间重要的过渡作家。

文学史习惯上把18世纪英国文学称作古典主义文学，而把1798年华兹华斯和柯尔律治发表《抒情歌谣集》看作浪漫主义文学的开端。但这并不是说18世纪就没有富于浪漫色彩的作品。18世纪早期出现的“自然描绘”诗，40、50年代形成高潮的墓园派诗人，和下半世纪出现的哥特式小说都具有浪漫主义文学的某些特征。

“自然描绘”诗发展很早，蒲柏早期的一些短诗属于这一类，代表作是《温莎林》（1713），生动描绘了英国皇家温莎林的秀丽景色，并抒发了年轻诗人的情感。詹姆斯·汤姆逊（1700—1748）的长诗《四季》（1726—1730）是当时最负盛名的“自然描绘”诗。诗中描写了大千世界瞬息万变的各种事物和诗人的感受。与蒲柏不同的是，汤姆逊的诗重在向大自然寄托诗人孤独忧郁的心情，感伤主义情调较浓，与墓园派诗有些相似。18世纪后期威廉·库伯（1731—1800）的《任务》（1785）也是一部很有影响的重在描写自然事物的长诗，抒发了诗人对日出而作、日落而息和夜伴炉火的乡间归隐生活的向往。

墓园派诗人是对古典主义的一种反动。如果说古典主义重理性思索，墓园派诗人则着重表现深沉的情感。这种诗的发端应该说是托马斯·帕奈尔（1679—1718）死后才得以发表的《死亡夜吟》（1721）。但墓园派诗人的代表作是爱德华·杨格（1683—1765）的长诗《夜思》（1742—1745）和托马斯·格雷（1716—1771）的名作《墓园挽歌》（1751）。《夜思》长达九卷一万余行，由无韵诗体写成，诗人显然有意模仿弥尔顿作一部史诗。该诗利用夜与死亡的自然联想，把古代贤哲，近代文人和诗人亲友的死亡联系起来，唱出了一曲委婉的哀歌，对感伤主义文学发展起了重要作用。格雷的名作《墓园挽歌》（1751）是一首用五步抑扬格诗句写成的抒情诗，每四行成一节，以abab为韵律，其格调之哀婉，音律之讲究，历来为文体学家和批评家所称道。像别的古典主义代表作家一样，格雷不是致力于发表新见解，而是用新的形式表述人所共知的常识。人走过墓园心情忧伤；人生一世或轰轰烈烈，或默默无闻，但死亡却对王公平民一视同仁，这都是人所共知的。但这些忧思在格雷笔下却变成一首动人心扉的挽歌。格雷还有《诗之发展》（1754）和《歌手》（1757）等以诗论诗的作品，对浪漫主义诗歌发展也有一定影响。威廉·考林斯（1721—1759）严格说起来不是墓园派诗人，但他所写的《黄昏颂》（1747）、《怜悯颂》（1747）等在基本情调上与墓园派是相通的。同时应该指出的是，他的《诗人性格颂》（1747）一改古典派直言清晰的特点，侧重比喻引申，实际上是浪漫主义诗歌特征的集中体现。

哥特式小说与墓园派诗人一样对浪漫主义文学发展有重要影响。浪漫主义文学的特征之一是对中世纪的极大兴趣，而这正是哥特式小说的基本倾向。哥特式小说的发端是贺拉斯·沃波尔（1717—1797）的《奥特朗托堡》（1764），它叙述在一个中世纪古堡里发生的扣人心弦的故事。但到后来，哥特式小说从中世纪古堡转到描写魔怪幽灵，追求一种夸张的感官刺激。拉德克利夫夫人（1764—1823）的《尤道弗的秘密》（1794）

和马修·格雷戈里·刘易斯(1775—1818)的《僧人》(1796)是其中最优秀的两部。《尤道弗的秘密》描写孤女艾米丽被恶棍姑父劫持到亚平宁山中古堡的经历,情节曲折离奇,人鬼难辨,以艾米丽获救并与恋人成婚结束。《僧人》写的是一个正直的僧人被恶鬼引诱堕落后,追逐、迫害忏悔女的故事。虽然小说充满荒唐情节,但由于故事十分动人,当时极为流行,刘易斯本人也得了"僧人刘易斯"的绰号。哥特式小说致力于表现发生在偏僻古堡的离奇故事对人物感情和性格的影响。它是对写实小说的一种反动,但又是任想象驰骋的一种形式。因此,它除了影响浪漫主义诗歌之外,还对勃朗特姐妹及其他19世纪小说家产生了重要影响,而奥斯丁的言情小说则是在与哥特式小说的直接对抗中发展起来的。

18世纪中叶,许多诗人对中世纪感到兴趣。格雷在60年代初以古威尔士故事写诗,翻译了冰岛的史诗。稍后,托马斯·波西(1729—1811)搜集古代民歌,编成《英国古诗选》(1765),也反映了社会上对中世纪的兴趣又一次抬头,对于带有忧郁的、悲剧情调的诗歌,兴趣更浓。苏格兰农民出身的詹姆斯·麦克菲尔逊(1736—1796)搜集凯尔特人的民歌,并以现代英语仿作《莪相集》(1762—1765)假托是古代苏格兰高地诗人莪相的作品,歌颂古代英雄,惋惜英雄时代的消失。《莪相集》的影响一时遍及全欧。托马斯·查特顿(1752—1770)假托古诗人之名,发表了一些富有中世纪浪漫色彩的诗歌。这些新发现的古代诗歌或仿古诗歌对浪漫主义诗歌兴起也起了一定的作用。

第四节 德国、奥地利和瑞士文学

德国文学 1618至1648年发生在德意志土地上的所谓宗教战争,使德意志除政治的涣散外,更增加了经济上的艰难。30年的战火使德意志大量土地寸草不生，生产力受到了极大的破坏。而分裂成360多个小国的德意志关税森严，贸易得不到发展，封建的生产关系得不到改善，诸侯们专制独裁，依然过着荒淫无度的生活。这种局面使德意志产生不出像英法那样强大的资产阶级。德国的资产阶级依然具有小生产性质，而且一般都依靠为宫廷服务谋生。

情况到18世纪才逐渐有所变化，手工业发展悄悄地变为手工业工场，资本主义终于得到了一定的发展。在诸多的国家中，普鲁士的发展尤为突出，它不仅发展贸易、工场手工业，还开凿了运河，建造道路和桥梁，实行统一的币制，更重要的是建立了一支强劲有力的常备军，并用以推行其中央集权，最终使普鲁士成为一个强大的军事专制国家。

由于资本主义的发展，资产阶级要求民族统一，反对封建割据的思想情绪日益增长。英、法启蒙运动的传入不仅把先进的思想带到了德意志，而且在德国文坛上引起了一场大辩论，最终产生了以莱辛为代表的建立民族文学的启蒙运动。

当时的德国文坛比较混乱，在戏剧界盛行演“历史大戏”，这些“历史大戏”以历史作为题材，内容庞杂，往往以离奇的情节来吸引观众，格调很低，戏剧对话中外来语被滥用并以此作为时尚，整个戏剧界呈现出一片杂乱的景象；而在宫廷里则盛行以阿那克里翁诗体为代表的文学。德国启蒙运动的产生就是为了改变这种糟糕的状况，在文化领域里发展其先进的思想。

德国启蒙运动分为前后两个阶段，以18世纪40年代为界限，前一时期的代表人物是高特舍特。他首先提出了文学应合乎“理性”的口号，要求文学的创作应以教育人为目的。为此，他大力推崇法国的古典主义，主张戏剧创作要以法国的高乃依和拉辛为榜样，反对文学创作中的“想象”，认为它会损害戏剧的完美。但是高特舍特把法国古典主义看作是绝对的经典，到18世纪中叶后，他所坚持的文学主张和清规戒律就成了发展新文艺的障碍，终于使一些人起来同他论争。

首先起来反对高特舍特的是瑞士的两个诗人，博德默尔和布赖廷格尔。他们曾经追随过高特舍特，以他为榜样。但当博德默尔翻译了英国弥尔顿的《失乐园》后，高特舍特和他们发生了争论。高特舍特不能理解《失乐园》中所表现出来的丰富的想象力和奔放的热情。他认为这些是与法国古典主义的创作相违反的。表面看来，这场“诗人之战”的关键是以法国还是以英国为榜样的争论，实质上这场争论与德国当时的社会发展密切相关。18世纪中叶德国的资本主义已有所发展，建立德国的民族文学已是势在必行，高特舍特首先充当了开路先锋的角色，为后人扫除了障碍。他不但纯洁了祖国的语言，改革了德国的剧坛，更重要的是他主张用理性来启迪和教育人们，使文学明确地具有了教育功能。但他坚持自己的观念而不能追随时代进步，最终则成了德国文学发展的阻力。博德默尔、布赖廷格尔在介绍推崇英国文学时向德国人民展示了一种更能代表资产阶级发展倾向的文学，也正是由于这个原因，一些原来追随高特舍特的人渐渐变成了他的反对者。例如1744年在不来梅出版了一种刊物，参与这一杂志的人被称为“不来梅杂志同人”。其中两位最重要的成员是克利斯丁·腓希特高德·格勒特(1715—1769)及约翰·埃利阿斯·史雷格尔(1719—1749)。他们两人最初都拥护高特舍特，但后来都成了他的反对者。前者用寓言的形式写了《寓言和故事》(1746—1748)。这一文学形式在18世纪德国资产阶级文学中成为向人民群众进行启蒙教育的极生动的方式。后者是一位极具才华的戏剧家和理论家。1747年他写的一篇论著《对丹麦剧院改革的一些看法》是对高特舍特和法国悲剧的一份宣战书，某些论点和莱辛相似。史雷格尔同时也十分重视民族形式，他认为戏剧必须要具有民族的特性和气质，否则就不会受到人们的欢迎。从“不来梅杂志同人”的出现就可以知道，曾经是德国文坛上绝对权威的高特舍特已逐渐演变为人们的攻击对象。而克洛卜施托克于1748年在“不来梅杂志”上发表的《救世主》则更是对高特舍特的一个致命打击。

但不管是主张以法国古典主义为榜样还是以英国的弥尔顿为榜样，争论双方都没有能使德国建立起真正的民族文学。只有莱辛的理论和实践才使这个目标得以实现。莱辛是德国启蒙运动后期的代表人物，他的思想充分体现了上升资产阶级的先进性。

约翰·克利斯托弗·高特舍特（1700—1766）生在普鲁士的柯尼斯堡的一个传教士家庭。1714至1723年在当地柯尼斯堡大学学习神学、哲学和语言学。1724年因逃避兵役来到莱比锡，最初在莱比锡大学讲授文学、逻辑学及哲学。1734年成为该校的教授，并历任五届校长。高特舍特是德国早期启蒙运动的文艺理论家、思想家、剧作家。他为了宣传自己的主张曾效法英国人办过一些刊物，内容很通俗，谈论的是各种日常生活中的问题，它们为宣传启蒙思想，普及文学起了很好的作用。在18世纪的德国，这种刊物非常普遍，据说有500种之多。高特舍特创办的周刊有《爱挑剔的有理智的女人》（1725—1726）及《老实人》（1727—1729）。他深感德国文坛混乱，尤其是戏剧，庞杂的“历史大戏”充塞德国的戏坛。高特舍特企图对这种状况进行改革，他认为戏剧应以理性为准则，把提高和完善人的道德作为目标。他在1730年写的《为德国人写的批判诗学试论》一书就是根据这一要求，提出以法国古典主义作为德国文学的典范。

《为德国人写的批判诗学试论》分为两个部分：第一部分论诗的一般原理，他认为模仿和教育是文学的两大原则，明确提出一切均要合乎理性。在第二部分，高特舍特提出了一整套文学创作的规则和形式。他大力推崇法国古典主义的创作原则，实际上他的理论来自法国古典主义文艺理论家布瓦洛。

高特舍特用法国古典主义戏剧来整治德国混乱的戏剧现状，他大力提倡法国的高乃依、拉辛和莫里哀的戏剧，他还翻译过拉辛的作品。他得到著名演员诺伊贝尔夫人的合作，演出许多严格符合“三一律”的戏剧。这对扫除德国民族戏剧发展路途上的阻力是有积极意义的。

《为德国人写的批判诗学试论》曾再版了四次，在德国的文坛上，高特舍特是长达20年之久的权威。虽然到1750年后他的声望一落千丈，后来甚至成为被人嘲笑的对象，但是他在德国文学史上的历史作用是不可抹煞的。他为传播启蒙思想充当了开路先锋，为德国建立统一的书面语言作出了贡献。他不仅写有《建立德国的语言艺术》（1748），还著有《合理的雄辩术概论》（1729）、《全部哲学的真髓》（1733—1734）。他还汇编出版了《遵循古希腊罗马戏剧规则创作的德国戏剧》（1740—1745）和《德国戏剧历史不可缺的储备》（1757—1765），其中收入了1750年以后的德国剧目。他创作的悲剧《濒死的卡托》（1732）采用了真人真事，虽然内容显得有些枯燥，但赞美了对暴力的反抗，歌颂了热爱自由的精神。

弗利德利希·高特里卜·克洛卜施托克（1724—1803）出生在奎特林堡的一个律师家庭。15岁时曾在一所贵族学校学习。1745至1748年他先后在耶拿和莱比锡攻读神学，结识了“不来梅杂志同人”。在两个瑞士人和高特舍特的论争中，他站在瑞士人一边。他通过博德默尔受到了弥尔顿的影响，从而写出了影响极大的史诗《救世主》。

《救世主》分两个部分，共20篇。第一至第十篇描写耶稣受难，后十篇写基督升天和他的胜利。这部作品最初用散文形式，后改用荷马史诗的六音步扬抑格。克洛卜施托克写这部作品从1748年直写到1773年，足足花了25年。作品最初的三章于1748年发表在不来梅同人杂志《理智和机智的娱乐新论》上，立刻引起了不同凡响。它们受到了高特舍特及其拥护者的强烈反对，因为《救世主》不但在形式上打破了模仿法国推崇的亚历山大体的做法，更重要的是突破了高特舍特所主张的理性和理智的束缚。作品充满了激情，尽管它的革命性不如弥尔顿的《失乐园》，但它的出现不仅对那些沉湎于偏狭的情感游戏的阿那克里翁文风是个打击，同时对那些崇尚理性、干枯说理的诗风也是个挑战，因而受到了广泛的欢迎。

克洛卜施托克最大的成就是他写的颂歌。他的颂歌内容涉及友情、爱情、自由、祖国、自然等多方面的人文主义思想。1748年到1750年他在亲戚家当家庭教师时爱上了表妹，体验到了爱情。他写的《芬妮颂歌》即是这时期的作品。1750年博德默尔请他到瑞士，次年被丹麦国王邀请到哥本哈根，并赠给他终身年金，以便让他完成《救世主》。在哥本哈根他住了20年之久，1770年才离开丹麦，移居汉堡，直到去世。1771年出版颂歌集，引起强烈反响，其中的《苏黎世湖》（1750）、《春天的庆典》（1759）、《早年的坟墓》（1764）、《夏天的夜晚》（1766）都是名篇。他的颂歌深受贺拉斯、品达、弥尔顿的影响。他重新运用古希腊、罗马诗人的韵律。由于经常变换韵律，他写的颂歌具有一种生动优美的音乐感。一些颂歌被谱成了歌曲。

除了颂歌，克洛卜施托克还写有许多政治诗，这些作品充分反映了诗人反对封建专制政体的思想。早在1747年他就写过《厄运》一诗，指出了国王的愚蠢残暴，哲学家的不切实际，牧师的不道德。1775年写的《公侯赞》声称他神圣的诗歌不能为宫廷服务，这是当时那些看诸侯脸色行事的文人所不能理解的。1789年爆发法国革命时，他写了歌颂法国大革命的诗歌。在《三级议会》一诗里，他认为看到大革命是他的幸福，要向法国人学习，并提出市民的花圈远胜于国王的桂冠。在《认识你们自己》一诗中他认为德国人的弱点之一是沉默，但这种沉默不应该是痛苦的忍耐，而应该是暴风雨前的酝酿。1792年，当普奥联军干涉法国革命时，克洛卜施托克写了《自由战争》表示抗议，并把此诗送到了联军统帅那里。正由于克洛卜施托克对法国大革命的理解和歌颂，1792年法兰西共和国赠给了他荣誉公民的称号。但法国雅各宾党人专政时期，他和许多德国的知识分子一样退缩动摇了，1793年写了《我的错误》对支持法国革命作出反省。

除了诗歌，克洛卜施托克还写有剧本。它们是根据古代日耳曼传说写的《赫尔曼战役》（1769）、《赫尔曼和王侯们》（1784）、《赫尔曼之死》（1787）三部曲，歌颂了古代德意志人的英雄精神，但因结构松散，戏剧情节不够丰富，未能引起注意。他写的散文《德意志学者共和国》（1774），设想能建立起一个由诗人和思想家组成的共和国。他也写过一些有关语言的作品，如《论德语正字法》（1778）、《关于语法的谈话》（1794）等。

克洛卜施托克是德国启蒙运动后期的一位代表作家。他用他的创作实践击败了高特舍特的主张。他的作品不仅在形式、语言的运用上，同时也在思想上具有极大的开创性，它们犹如石子，投向德国文坛的死水里，引起了极大的涟漪。这些作品为德国的启蒙运动从高特舍特走向莱辛架好了桥梁。

高特荷德·埃夫拉姆·莱辛（1729—1781）是德国18世纪启蒙运动后期的杰出代表，生于萨克森的卡门茨，其父是牧师，家庭经济不好。他少年时就学习古希腊文、拉丁文、希伯来文等古代语言，精通英文、法文，还喜欢宗教、哲学、数学、文学等学科。1746年他到莱比锡大学攻读神学，后改学医学，但他的兴趣却是文学和哲学。当时的莱比锡是德国文化、商业极为发达的城市。1748年他来到柏林，父母因不满意他从事文学工作而中止对他的经济支援。但莱辛并不像一些依附统治者或贵族生存的文人，他依靠自己的写作养活自己。他经常奔波于柏林、莱比锡和维腾贝格之间。他为柏林的《福斯报》写稿，出版季刊《历史与戏剧丛刊》，在柏林出版《戏剧文库》，在莱比锡参加编辑《德意志万有文库》，与人合办《关于当代文学的通讯》。从1759到1760年他写了大量文章与高特舍特展开激烈争论。1760年他到布莱斯劳为一个普鲁士将军当秘书，在那里他悉心研究古希腊文化与艺术、宗教史和斯宾诺莎的哲学。与此同时他也亲眼目睹了普鲁士军官奢侈放荡的生活。1748年到1765年间莱辛不仅在报纸杂志上发表大量文章，写了第一个剧本《年轻的学者》，讽刺死读书的学风，该剧在诺伊贝尔夫人等人帮助下得以上演。他还写有《犹太人》（1749）、《无神论者》（1749）等剧本，出版了六卷《文集》（1753—1755），内容包括诗歌、寓言、剧本和评论。1755年写的悲剧《萨拉·萨姆逊小姐》是德国文学史上第一部市民悲剧，标志着德国戏剧的发展新方向。其剧情是讲性格软弱的梅勒封特狂热又喜新厌旧，他先是爱上市民女子玛尔乌特，并生有一女，继之又爱上了萨拉·萨姆逊小姐。小姐经不起他的甜言蜜语，被引诱至旅店，准备结婚。玛尔乌特又愤恨又妒忌，对梅勒封特劝说无效后乘萨姆逊小姐一人在旅店时，毒死了她，然后携女儿一起逃跑。梅勒封特回店见萨姆逊已死，就在她的尸体旁自杀。莱辛通过此剧揭示了市民阶级的脆弱性，但更有意义的是此剧为市民戏剧开了先河。

1765年莱辛回到柏林，于次年完成了具有重大意义的美学名著《拉奥孔，或论画与诗的界限》。诗与画的关系是个老问题，在西方基本是遵循古希腊诗人西摩尼得斯的论点，认为“画是一种无声的诗，诗是一种有声的画”。在17和18世纪，诗画一致的说法几乎被看作是不容置疑的，就连莱辛的先驱德国艺术史家温克尔曼（1717—1768）也持这样的论点。温克尔曼在《关于在绘画与雕刻中模仿希腊作品的一些意见》（1755）一文中，把拉奥孔雕像与维吉尔作品中关于拉奥孔之死的描绘作了比较，认为希腊古典艺术理想是“高贵的单纯和静穆的伟大”。莱辛是在高特舍特和瑞士学者的大论战及温克尔曼大力推崇希腊造型艺术理想的文化气氛中成长的，但在诗画分界的问题上，他和温克尔曼有着极大的分歧。因为莱辛非常敏锐地看到，这种模糊两类艺术界限的观念使诗渐渐乏味而僵化，而在绘画领域里则盛行用人物来象征某种抽象概念的“寓意画”和以历史上的大人物和伟大事件为题的“历史画”。这种“寓意画”及“历史画”体现了封建宫廷的艺术趣味，而莱辛则认为不应把“静穆”的理想应用到诗的领域。他在遗稿附录中说得很清楚，诗人所要求的“不是静穆而是静穆的反面，因为他所描绘的是动作而非物体，而动作愈复杂，相互冲突的动机则愈多，也就愈完善”。在他看来，由于诗和造型艺术的形式不同，因而其反映现实的方法也就不能相同，诗所表达的应是连续不断的行动，而造型艺术则应表达“固定的一瞬间”，因此，“把绘画的理想移植到诗里是错误的”，从而画要静穆的美，而诗要真实的表情。这种观点对于今天来说，已经显得不够完善正确，但是就当时的德国现状来看，莱辛的主张打破了艺术界的停滞状态。《拉奥孔》一书以具体分析的范例划定了代表一般文学的诗与代表一般造型艺术的画的界限，并指出了艺术的共同规律和各门艺术的特殊规律。他用诗和画的特殊规律划清了长期以来模糊不清的界限。当然，在《拉奥孔》一书中还涉及了多种审美范畴，例如美与丑、悲剧与喜剧、恐惧性与崇高性等问题。莱辛对诗画一致说的冲击，他对表情的强调和个性特征的重视对后来的“狂飙突进”运动有很大意义。歌德在他的《诗与真》中谈到《拉奥孔》时曾这样说道：“这部著作把我们从一种可怜的观看的领域引到了思想自由的原野”。

1766年，汉堡有位作家雷文为了使演员能真正在艺术上有成就，与汉堡的12个商人筹款在汉堡建立了“民族剧院”，1767年莱辛应邀到该剧院任艺术顾问及剧评家，他就一年中演出的52出戏写了104篇评论文章，于1769年集成上、下两册出版，书名为《汉堡剧评》。虽然该书收集的是零散的文章，但是却比较全面地反映了德国当时的戏剧情况：当时的德国戏剧界没有自己民族的剧本，三分之二的戏来自法国，或由法国剧改编，其余的也是模仿法国的戏剧；而观众的素养也很低，他们来剧院的目的就是为了消遣娱乐。同时德国也缺少像样的戏剧评论家，不能从理论上来提高戏剧的水平。而且，德国的剧作家还不能独立生活，自由创作，对建立民族戏剧缺少认识。《汉堡剧评》更重要的意义是它奠定了德国现实主义戏剧的理论基础。莱辛明确提出“真实”是戏剧的首要因素，他认为只有从现实出发描绘生活，才能产生伟大的作品；戏剧中的人物应该来自现实生活，人物的性格、环境和行动必须统一，不能任意分割；剧情要合乎逻辑，要清除“奇迹”；“丑角”也应代表一个集体或一部分人的思想和情感，不应单纯插科打诨。他也反对在舞台上有过度的激情，免得产生矫揉造作之感。

莱辛在《汉堡剧评》中坚决反对以法国古典主义戏剧作为德国戏剧的榜样，他认为法国古典戏剧中的人物大多是国王、公侯或贵族一类的上层人物，他们讲着崇高的语言，演着壮烈的悲剧，但却不能打动人心。莱辛指出，只有与我们最接近的人的不幸，才能最深地打动我们的灵魂，“如果我们同情国王，那么我们就不是把他当作国王，而是把他当作一个人来同情”。为此，莱辛大力呼吁要写市民悲剧，并且在创作中实践他的理论，《萨拉·萨姆逊小姐》就是一例。此外，他对法国古典主义所遵循的“三一律”也作了某些修正，他认为其中最重要的是行动的统一，其他两点：时间与地点，都应服从行动的统一。而且作家不应为了遵守僵硬的规定而破坏人物性格的完美与统一。

在《汉堡剧评》里，莱辛还对亚里士多德《诗学》里所提出的悲剧是引起人的怜悯和恐惧的观点进行了阐发，他反对高乃依把这两种不同感情分裂开来的看法。他认为这样做的结果，就会导致好人绝对地好，坏人绝对地坏这种塑造人物的简单化倾向。在他看来，“在真正的悲剧中往往同时具有怜悯和恐惧；悲剧的英雄既不应该是一个完全有德行的人，也不应该是一个完全的罪人，因为这两种都是不现实的，抽象的、夸张的形象不可能引起怜悯和恐惧”。他认为怜悯和恐惧是悲剧所造成的两个方面影响，对悲剧人物遭遇的怜悯应用于自身就会产生出恐惧感，正是这种“净化”起到了从善避恶的教育效果。

莱辛还特别提倡单纯的、自然朴素的语言。他认为古代的戏剧语言不能作为当代戏剧语言的榜样，因为语言随着历史社会的变化也在不断变化，连贵族说话也应该力求自然。戏剧人物的语言要和行动相配，不能一味搬用古代的已经僵化的语言。

在《汉堡剧评》中，莱辛还强调，作家模仿自然和人生的目的是教育人，为此作家的模仿要着眼于事物的本质方面，他有义务来选择，也有权利来强调某些现象，即便这些现象在现实生活中也许还表现得不够明显，但作家要善于抓住它们，而不要让不重要的、偶然的事物来分散自己和人们的注意力。莱辛要求作家自觉地反映现实生活中的本质现象，塑造人物时应从一个人生活的具体环境出发。在第19篇中，莱辛明确指出："在剧院里我们不要去管这个或那个角色做了什么，而是具有一定性格的人在特定的环境里将要做些什么"。莱辛的论点实际上已接近"典型"的意义了。

《汉堡剧评》在今天看来虽然有不足之处，但许多论点依然很具启发性。它不仅为德国现实主义文学，为德国启蒙运动时期的文学奠定了理论基础，同时更为在德国建立民族戏剧作出了巨大贡献。用海涅的话说，是莱辛把德国戏剧从异族的统治下解放出来。

1767年莱辛还写了喜剧《明娜·封·巴尔赫姆，或军人之福》。在德国文学中，喜剧不多见。莱辛的这部喜剧以七年战争为背景，主人公普鲁士军官台尔海姆在战争中负了伤，却被人污蔑受贿而退了职。他出于自尊心并考虑到别人的幸福，要和在战时与他订婚的明娜·封·巴尔赫姆解除婚约。明娜·封·巴尔赫姆很理解他的心理，就装作被舅父赶出，并声称自己被剥夺了遗产继承权。这一招果然引起了台尔海姆的同情而终于与她言归于好。全剧以普鲁士国王承认台尔海姆清白，恢复他的军职告终，但实际上却是对普鲁士国王专制统治的嘲讽，更重要的是剧本充分反映了市民阶级的正义感、责任感、自尊心等思想意识和道德观念。这个剧本与19世纪浪漫主义作家克莱斯特的《破瓮记》和自然主义作家豪普特曼的《獭皮》并列为德国三大喜剧。它至今是德国剧场的保留剧目。

汉堡剧院成立一年后就倒闭了。由于经济上的原因，莱辛不得不于1770年到沃尔芬比特尔的布劳恩施魏克公爵图书馆当管理员。在此期间，他写出了著名的悲剧《爱米丽雅·迦洛蒂》（1772），并在当地演出。

《爱米丽雅·迦洛蒂》早在1757年就已开始酝酿，经历了15年之久，才终于完成。剧本以文艺复兴时期的意大利为背景，写的是意大利北部古斯塔拉小邦的公爵由于爱上了爱米丽雅而抛弃了情妇奥齐娜。他使尽各种计谋都未能得到爱米丽雅，因而听从了侍从马里奈利的计谋，在爱米丽雅去庄园和其未婚夫阿庇阿尼结婚时，他们雇用了一批强盗把阿庇阿尼于半途杀死，然后把爱米丽雅带到公爵的别墅，假称是他们救了她。爱米丽雅的母亲赶到别墅，识破了公爵的阴谋。她的父亲欧托阿多也从奥齐娜那里得到了公爵施诡计的消息，赶来见女儿。为了保全女儿的贞操，免遭公爵的玷辱，他不得不杀死了爱米丽雅，以取得道德上的胜利。

剧情虽发生在文艺复兴时期的意大利，但莱辛所揭露的却正是18世纪德国封建小邦的各种鄙陋状态。这些统治者为所欲为，对老百姓实行专制残暴的统治，自己过着纵奢淫欲的生活，宫廷内处处是腐败。剧中的公爵、侍从马里奈利及奥齐娜都是典型的封建上层人物。他们之间的关系也极具现实意义。奥齐娜作为公爵的旧情人，她的反抗是出于嫉恨并非真有什么觉悟。但通过她，人们可以对封建小邦统治阶级的奢靡生活有所认识。马里奈利是宫廷中通过满足公爵一切愿望来取得自己地位的阴险人物。爱米丽雅·迦洛蒂一家虽属贵族，但没有财产，没有地位，他们唯有“道德”，实际上他们的思想意识在莱辛时代已属于市民阶级。爱米丽雅的父亲欧托阿多虽然坚强、正直，但在德国当时特定的历史环境下，他对公爵却奈何不得，只能杀死自己的女儿以取得道德上的胜利。他的行为真实地反映了德国市民阶级的软弱性。《爱米丽雅·迦洛蒂》是一部政治意义极强、反封建意识很浓的剧本，它所表露的反抗意识虽有局限，但给后来的狂飙突进诗人以巨大的影响。在艺术手法上，该剧情节的安排、人物的塑造和语言的应用诸方面都显示了莱辛创作戏剧的才华，它同时也是莱辛的《汉堡剧评》中所阐述的各种戏剧理论观点的实践。

1776年莱辛和夏娃·柯尼希结婚，同年夏娃死于难产，这对莱辛是个很大的打击。其间莱辛和汉堡的牧师葛茨在宗教问题上发生争论，莱辛撰写了11篇文章，于1778年结集为《反葛茨》发表。莱辛与这位路德正统派牧师的辩论，由于布劳恩施魏克公爵的干涉而被迫中止。莱辛为了继续论争，不得不改用戏剧的形式表达他的观点，这就是他最后一部剧本《智者纳旦》（1779）。剧情发生在十字军时代，地点在耶路撒冷。主人公，年轻的"神庙骑士"于第三次十字军东征时，在耶路撒冷被苏丹萨拉丁所俘，并被判死刑。但由于他和苏丹失踪的哥哥长得相似，苏丹就赦免了他。犹太教徒纳旦对人宽厚，虽然他的妻子和七个儿子均被基督徒所杀害，但他还是收养了一个基督教家庭的女孩，名叫莱霞。当纳旦外出运货时，家中发生火灾，神庙骑士把莱霞救了出来，并和她发生了爱情。由于宗教信仰不同，神庙骑士就去耶路撒冷向教父求教，但得到的回答却是，纳旦没有按基督教教义教育莱霞，因而应该把他烧死。这时纳旦通过苏丹的财务大臣——一个回教僧侣的介绍去见苏丹，苏丹因财政困难要请纳旦帮忙，纳旦不但在金钱上满足了苏丹借贷的愿望，同时也回答了苏丹的问题：什么信仰是真正的信仰？纳旦向苏丹讲述了三个戒指的故事。他说古代东方一个家庭有一枚世代相传的戒指，谁占有它就会得到上帝和众人的爱。父亲总是把戒指留给自己最喜欢的儿子。但传到某一代，父亲有三个儿子，而且同样喜欢，于是临终前他又做了两只完全一样的戒指，分别留给三个儿子。三个儿子争论不休，谁都说自己的戒指是真的，于是请法官判决。而法官却说，每个人都可以把自己的戒指看作是真的，因为每个人都应该用自己的行动去争取上帝和众人的爱。听了这个故事，苏丹终于领悟到了三种宗教具有同样价值的道理，从此和犹太人结下了友情。而随着剧情的发展，我们得知原来神庙骑士和莱霞都是苏丹兄长的子女，于是出现了全家团聚的结局。这个结局说明了莱辛的理想：伊斯兰教、犹太教和基督教是一家人，应和睦相处。这正是启蒙运动所宣扬的博爱、宽容思想的体现。这部戏剧是莱辛反对葛茨那种正统教会的偏见和宗教战争的直接产物。

莱辛虽因脑溢血过早地去世，但他创作了大量的作品。除上述之外，还有许多寓言、箴言诗和抒情诗。他的寓言有90多篇，许多是针对封建统治和黑暗教会的。最初的寓言采用韵文，后改用散文，语言更显朴素自然。他创造了一些新词，丰富了德语。他的寓言收在《文集》的第一卷，名为《寓言与故事》，1759年有《寓言，三卷，附关于此类文学体裁的几篇论文》。他写的箴言诗有200首左右，内容都是针砭时弊。莱辛认为箴言诗就应有“锋芒”，受他这种看法影响后来歌德和席勒都重视箴言诗的写作。他的抒情诗主要是在年轻时写的阿那克里翁式诗句，在歌颂爱情美酒的同时，也显露了对封建宫廷生活的批评。

综观莱辛的一生和他的创作，他在德国文学史上具有很重要的位置。他不仅用《汉堡剧评》和《拉奥孔》奠定了德国现实主义文艺理论的基础，同时也用他丰富的创作实践了自己的理论。莱辛宣扬了启蒙运动的革命理想，是德国新兴资产阶级的代言人，他不仅对封建统治阶级发起了攻击，即连他本阶级的弱点，他也不放过。20世纪德国文艺理论家赫尔德曾评价莱辛说，卑躬屈节的虚伪，虚假的礼貌，伪善的博爱都是莱辛最为敌视的罪恶。此外，莱辛在语言的使用上也极为杰出。他的语言不空洞，不僵化，和路德的语言一样堪称德国语言的典范。

除莱辛外，这个时期有影响的作家还有**克里斯朵夫·马丁·维兰特**（1733—1813）。维兰特生于牧师家庭，先学习法律，1752年去瑞士进行中古文学的研究，后任瑞士宫廷教师，1772年到魏玛做宫廷教师。维兰特长期从事古希腊罗马文学的翻译，还译过22部莎士比亚的剧本。他是个多产的作家，1794到1802年共出版了42卷作品集。他最初的作品具有强烈的宗教情感，以后才转向现实生活。《阿伽通的故事》（1766—1767）是他第一部成功的小说，也是启蒙运动的教育小说，叙述了18世纪德国社会中青年的造就和发展。维兰特强调青年要在道德上完善，个人的幸福要和社会整体相结合，带有乌托邦的思想倾向。小说《金镜》（1772）反映出作者的改良主义思想，相信自上而下的革命，但也对时代的弊端做了大胆的揭露。维兰特虽不反对狂飙突进运动，但也并不积极投入。他在《德意志信使》上发表小说《阿伯特拉城居民的故事》（1774），对德国小市民的市侩习气进行了尖锐的讽刺。

维兰特的作品往往被人称为洛可可文学的代表，但他的作品却把启蒙思想中的理性和人道作为核心，经常把政治、爱情、欲望、宗教、自由追求等融合在一起。维兰特的最大功绩是恢复了中断将近一个世纪的小说形式，他是启蒙运动中最有成就的小说家。

狂飙突进运动是德国启蒙运动发展的继续，它发生在德国18世纪70年代到80年代中叶。众所周知，德国前期启蒙运动虽然也对封建制度不满，但并没有和公侯贵族彻底决裂，直到后期以莱辛为代表的启蒙运动才要求废除封建制度，消除德国的分裂状态，在文学上要求建立自己的民族文学。

这种要求是和德国当时的经济发展、社会变化密切相关的。1756到1763年发生的七年战争尽管给人民，甚至也给统治阶级带来了灾难，但是战争又对军事武装配备，纺织业和制鞋业等工业产生了刺激作用，促进了它们的发展，也使资产阶级日渐觉醒。同时普鲁士国家的官僚组织和军事组织、普鲁士容克的政治统治也在不断得到巩固。这种状态致使一部分知识分子对封建诸侯的腐化生活更加感到不能容忍，对城市平民及农民的同情更为深切。他们反对封建贵族，要求思想不受干涉的自由倾向在启蒙运动时已很明显，但到狂飙突进运动时就更为鲜明并有所发展。

首先是对“自然”的态度。启蒙运动对待“自然”主要是冷静的观察，而狂飙突进运动则开始要求与“自然”结合。德国的资产阶级知识分子对法国卢梭的观点极为拥护，他们和卢梭一样倡导“返归自然”。他们赞成卢梭在《社会契约论》中所提出的一系列的思想观点，其中天赋人权、自由平等和主权在民的观念更使他们大受鼓舞。他们向往一个自然的、合乎理性的社会秩序。因而在德国狂飙突进运动的文学作品中，随处可以看到作家对儿童、单纯朴素的人以及对于原始公社制的歌颂，这种歌颂正是立足在“回归自然”的思想基础上的。

其次是对于“天才”的推崇。这里的“天才”指的是那些与封建社会格格不入，具有极强的资产阶级觉醒意识的先进人物。他们往往与当时的社会现实背道而驰，表现出对封建社会的极端不满和强烈的反抗情绪，要求冲破一切束缚，要求个性自由和人权。狂飙突进所提出的“天才”是和人民有着密切关系的人，他们立足于自己的人民，自己的国土，自己的民族历史。

在这点上，狂飙突进的作家所推崇的“天才”与狂飙突进运动的另一特点密不可分，那就是民族意识的觉醒。在启蒙运动时期，德国的资产阶级知识分子就已表达了这一倾向，而到狂飙突进时期，这种倾向就更为强烈。在政治上他们再不能容忍德国四分五裂的状态。他们反对封建政权，反对教会专制；他们要求把德国民族视为一个不可分的整体。他们不仅反对封建宫廷一心模仿法国的作风，同时也反对德国封建宫廷的风尚及虚伪的道德。他们强烈要求发扬德国的民族风格，而且不是在王公贵族中而是到农民、市民中去挖掘自己的民族风格，因而长期被忽视的民间文学，也在此时再度得到了重视。

狂飙突进是第一次带有全德性质的文学运动，其名称来源于这一运动的成员弗利德利希·马克西米里安·克林格的一部同名剧本。狂飙突进的名称恰如其分地反映了这一运动的性质及气势。启蒙运动作家所提倡的理性及道德教育在狂飙突进运动的作品中是看不到的，代之而起的是疾风暴雨式的强烈的反抗。这种反抗情绪通过震慑人心的人物形象和语言表达了出来。狂飙突进运动虽然没有演变成为一场政治运动，但其作品却充满了强烈的政治色彩，在题材方面涉及的都是当时的现实社会生活，具有极强的揭露性和反抗性。当时涌现了一大批反封建、反专制的青年作家。这一时期的作品偏重于戏剧，因为戏剧上演时，其狂热的充满激情的言辞极易煽动台下观众的情绪，唤起他们的觉醒意识。

德国狂飙运动虽然经历的时间不长，但它在德国文学的发展史中却具有很重要的地位，尽管它突破了理性的束缚，以感性体验为主，但就其实质来讲，它在反封建、反专制方面与启蒙运动不但有着继承的关系，而且发展了启蒙运动，在人民性和民族性方面这点尤为显著。

狂飙突进拥有许多作家，除瓦格纳、伦茨、克林格、舒巴特之外，还有约翰·亨利希·福斯（1751—1826）和高特夫里特·奥古斯特·毕尔格（1747—1794），他们属哥丁根林苑派，受到克洛卜施托克的影响。福斯是解放了的农奴的孙子，其抒情诗具有极强的民歌风格，其内容涉及的是农奴的解放问题，贵族与农民的矛盾，农民的朴素、勤劳、正直的生活。毕尔格一生反对封建制度，同情法国革命，善用民歌风格，是德国叙事谣曲的奠基者。他编译的民间故事书《闵希豪生的旅行和冒险》（1786）可与《梯尔·欧仑史皮格尔》比美。

狂飙突进运动时期最重要的作家之一是德国文学史上具有很重要地位的文艺理论家赫尔德，他被称为这个运动的纲领制订者。此外当推青年时期的歌德和青年时期的席勒，他们均属德国文学史上伟大的作家。他们在狂飙突进时期所创作的小说、戏剧不仅在德国具有极大的影响，而且还有一定的世界性。

约翰·高特夫利特·赫尔德（1744—1803）出生于东普鲁士的一个手工业者家庭。他曾学过医，后改学神学和哲学，曾是哲学家康德（1724—

1804）的学生。在学期间，他接触到了卢梭和莎士比亚的作品，这对他的影响很大。1764年赫尔德在里加一所教会学校任助理教师，在这段时间他开始了创作，著有《论德国近代文学片断》（1767）和《批评之林》（1769）。这两部作品都涉及对莱辛作品的看法。尤其《批评之林》是部美学价值很高的论著，赫尔德把文学看作是力的艺术，认为文学具有影响人的心灵的力量，这是文学的本质。

1769年赫尔德来到法国，在巴黎结识了法国思想家狄德罗，受到很大影响。之后他去了布鲁塞尔、阿姆斯特丹等地，在回到汉堡时又遇到了莱辛。这次外出对赫尔德思想境界的提高起到了积极作用，使他从启蒙运动的思想转向狂飙突进。1770年赫尔德在斯特拉斯堡见到青年歌德，他们交往密切。赫尔德向歌德介绍莎士比亚的作品，从而开阔了歌德的眼界。1771年至1776年赫尔德在比克堡任牧师，他进入狂飙突进的创作，其作品有《论语言的起源》（1772）及1773年完成的《莪相和古代民族的民歌》和《莎士比亚》。在这些作品里赫尔德不但驳斥了语言起源于上帝的论点，而且大力主张打破格律和各种条条框框。他极力推崇莎士比亚，但反对一味地模仿，认为一个作家应该到人民的生活和民间的文学中去寻找灵感，这对建立德国的民族文学是非常重要的。正因他的这些进步论点，赫尔德曾经一度成为狂飙运动的中心人物。

1776年，由歌德推荐，赫尔德来到魏玛任教会总监和市立教堂的首席牧师。在魏玛他结识了维兰特和席勒，并为他们主编的《德国墨丘利》即《德意志信使》和《季节女神》撰稿，同时继续从事民歌的收集和研究。1778年他出版了《民歌集》，1807年再版时改为《民歌中各族人民的声音》，该书收集有德国、法国、西班牙、英国、希腊、丹麦，甚至美洲、非洲等各地的民歌162首。在内容上不仅有关于忠贞爱情和风光的描绘，更重要的是对各族人民解放斗争的同情，对反抗封建主压迫的歌唱。这部作品不仅对德国狂飙运动及建立民族文学起到了推进作用，同时对于欧洲民歌的收集和整理作出了贡献。

1784到1791年赫尔德从事《关于人类历史哲学的思想》一书的写作。这是部涉及面很广、极为庞大的著作，它论述了世界各国的历史、地理、自然、人民，更有各地的语言、风俗、宗教和文学、艺术及科学等方面的内容。但可惜只完成了四部，其他只有过计划。1789法国爆发革命，赫尔德自始至终对它采取支持的态度。1798至1800年，他与19世纪德国重要作家让·保尔成为密友，而与歌德的友谊却时好时坏。晚年他在魏玛的生活很孤独，心情很压抑。1793年至1797年他写了另一部重要作品《有关促进人性的书简》。该书论及世界主义和爱国主义之间的关系问题。

赫尔德虽然不是创作家，但他是位杰出的文艺理论家、思想家。他的作品涉及天文地理、宗教、历史、文学、艺术、语言、医学、教育、心理等各个方面。在各个领域里他都提出了自己的见解，核心思想是人道主义。从人道主义出发他认为任何民族都无权奴役其他民族，各族人民都有自由的生存权利。他提倡的民族感情，超越了抽象的理性观念。正是从这种民族感情出发，他挖掘和整理了民间文学，从而使人民看到了德国民族在文化上的一致性及其丰富的传统。他把宗教看作历史发展中的一个文化现象。他对语言本质的研究，说明了语言和思想之间的关系，他的语言理论研究对后来的语言学产生了重要的影响。

约翰·沃尔夫冈·歌德（1749—1832）生于莱茵河畔的法兰克福，在魏玛去世时82岁。在这漫长的岁月里，欧洲、德国都发生过许多重大事件。歌德亲身经历了这些巨大变化，并在他丰富的作品中反映了这个时代。歌德的生平和创作可以分为两个阶段：从诞生到18世纪末是第一阶段，和席勒合作起到去世是第二阶段。

歌德的祖父是裁缝，后在法兰克福开设饭店。歌德的父亲曾在大学得到博士学位，但在上层贵族社会里很不得志，只是买到一个皇家参议的头衔。他的性格很严肃，知识渊博，爱好艺术，漫游过意大利。歌德的母亲是法兰克福市长的女儿，性格活泼幽默，富于幻想，擅长讲故事，对歌德的成长影响颇大。歌德很小就学会了多种语言，除去法语和英语，还有拉丁、希腊、希伯来等古代语言。童年时代他就喜欢阅读国内和国外的各种书籍。

1756年爆发普奥七年战争。法兰克福曾一度被法国军队占领，就在此时歌德看到了随军法国剧团演出的莫里哀、高乃依、拉辛等人的戏剧，使他初次接触到了法国文化。

1765年歌德遵照父命到莱比锡大学攻读法律，但他在三年的学习生涯中感兴趣的却是自然科学和文艺。1768年歌德得了重病，不得不回家休养。在学习期间他曾写过一些抒情诗和两部剧本，但其风格属宫廷文学，意义不大。

1770年歌德到斯特拉斯堡继续学法律，那里的自然环境和哥特式教堂建筑给了他极深的印象。更重要的是在斯特拉斯堡他结识了许多朝气蓬勃的青年朋友，他们都是狂飙突进运动的成员，其中最重要的是赫尔德。他对歌德的影响很大，当时歌德在家乡养病，曾一度热衷于炼金术和神秘主义哲学，而赫尔德则向歌德介绍莎士比亚作品，荷马史诗，"莪相"的诗歌等，使歌德耳目一新，接触到了一个新天地。赫尔德那时对民歌的收集，也影响了歌德。这对歌德后来的诗歌创作起到了极为重要的作用，他的有些名篇就来自民歌。在斯特拉斯堡的一年多时间中，他看到了中世纪的建筑艺术，走进了自然，发现了民歌，还接触到了斯威夫特、菲尔丁等作家的作品。这时期他写出了许多著名的抒情诗，如《五月之歌》、《欢迎与离别》等。

1771年8月歌德回到法兰克福，10月在法兰克福举行"莎士比亚命名纪念日"的活动，歌德在《莎士比亚命名日》这篇著名的讲演中，热情歌颂莎士比亚，全面否定刻板的"三一律"。他公开宣称："我觉得地点的一致像牢狱般可怕，行动和时间的一致是我们想象力的枷锁”。歌德形容自己读莎士比亚的感觉是“我跳到自由的空气里，我这才感到，我有了手和脚”。歌德的这种感受正是德国狂飙突进精神的体现。歌德还进一步实践了这种精神，就在1771年，他故意违反三一律写出了剧本《高特夫利特·封·贝利欣根的历史》，这就是著名的《铁手骑士葛兹》的初稿。

1772年5月歌德在韦茨拉尔帝国高等法院实习，一次在舞会上遇到了夏绿蒂·布甫。歌德非常爱慕她，但她已和凯斯特纳订婚。为此歌德苦恼万分，正在这时，有一青年因恋爱而自杀，这触动了歌德，这样的事件和个人的感受为他创作《少年维特之烦恼》提供了重要的素材。

9月结束实习到1775年11月，歌德主要是在法兰克福。这是他创作的第一个丰收期，也是狂飙突进运动的重要时期。歌德不仅经常在《法兰克福学报》上发表一些有关狂飙突进运动的评论文章，而且写出了剧本《克拉维歌》（1774）以及许多极具反抗性的诗歌，例如诗剧片断《普罗米修斯》（1773）等。但这时期最重要的是《铁手骑士葛兹·封·贝利欣根》（1773）及《少年维特之烦恼》（1774）。当然还有《浮士德》初稿。

历史上的葛兹（1480—1562）是一个没落的骑士。德国农民起义时，他曾一度当过他们的领袖，但动摇不定，最后还是背叛了农民。歌德却把这样一个历史人物改写成一个与封建诸侯斗争，争取自由的战士。剧中的葛兹在政治上拥护皇帝，要求建立中央集权，统一德国。他同情并帮助被压迫、被损害者，支持正义，心胸宽大。正如剧中人物对他的评语：他是“为诸侯所憎恨，为压迫者所归依的好汉”。但是由于封建诸侯玩弄阴谋，挑拨他和皇帝的关系，致使他不但没有实现自己的理想，反而被监禁起来。后来他当了农民起义的领袖，却又不同意农民进行暴力革命，因而跟农民发生了矛盾。最后他被皇帝和诸侯的军队捕获，死于牢狱。葛兹作为历史上已经没落的骑士阶级的代表维护落后的社会制度，遭到失败是必然的。但歌德却把他作为一个时代的叛逆者加以歌颂。他把狂飙突进运动所要求的反封建、统一德国、争取自由的精神赋予了葛兹。葛兹在牢狱里临死时对妻子和妹妹讲的一段话:“欺骗的时代来到了,欺骗得到了自由。……天国里的空气呀——自由!自由啊!”道出了歌德对当时德国鄙陋状况的看法。歌德把葛兹最后牺牲在牢狱里的一场写得非常崇高悲壮,实际上他对葛兹悲剧下场所表达的哀悼和敬意是献给德国当时社会的叛逆者的。《铁手骑士葛兹》一剧不仅在思想内容上反映了德国狂飙突进运动的精神倾向,同时也在戏剧手法上做了突破,彻底抛弃了传统的三一律,尤其是地点及情节的变化更是频繁,这是歌德受莎士比亚影响的例证。

《少年维特之烦恼》是德国文学史上第一部在国际上发生巨大影响的作品。18世纪末,法语有15种译本,英语有12种,意大利语有3种,此外还有俄、波、西、匈、荷、丹、瑞典、葡等国译本,而在中国,五四运动以后不久就有郭沫若的翻译,现在已有多种译本。

这是部书信体小说。小说主人公维特来自市民阶层,一次在舞会上他结识了夏绿蒂,产生了爱意,但是她已订婚,维特内心非常痛苦。在上层社会,维特的聪明和才华非但得不到赏识和发展,反而受到冷遇和奚落,为此他辞去了下级官员的职务来到夏绿蒂的住地。夏绿蒂已结婚,而维特对她的爱情并没有消失,这就更增加了他的绝望心情。就在处处不顺心的情况下,他终于走上了自杀的道路。

小说发表后不仅在德国引起轰动,而且产生了全欧性的效应,因为这部小说并不是一部单纯的爱情小说。维特是一位觉醒了的市民阶级青年知识分子,他在封建等级社会中的遭遇,他的愤怒,他的痛苦,他对个性解放、发展个人才华的要求,引起了广大进步青年的共鸣。歌德采用书信体的形式,把主人公对于周围的腐朽现象,贵族的伪善、小市民的狭隘、没有希望的爱情等感受通过比较自由、亲切的方式抒发出来。小说一方面鞭挞了封建伦理道德和等级观念,另一方面歌颂了大自然、天才和纯朴的儿童。全书充满了狂飙突进的精神。而歌德写情写景的优美文笔更使小说吸引了众多的读者。尤其是主人公与社会格格不入，却又无力改变现状的心态，正是这时期欧洲和德国的青年所面临的现实。为此，小说初发表时虽然遭到了官方和教会的反对，但在青年中引起的反响却是空前的，甚至一度形成了“维特热”。

1775年歌德应魏玛当权者卡尔·奥古斯特的邀请来到魏玛公国，次年被聘为枢密顾问。魏玛是德国许多封建小邦中的一个，人口仅十万，但比起普鲁士、奥地利来，其统治者比较开明，注重文化，是德国当时的文化中心。当时维兰特已是那里的宫廷教师，由于歌德的推荐，随后赫尔德也来到这里，席勒晚年也由耶拿迁到魏玛。歌德则一直在这里居住到去世。

歌德来到魏玛的最初十年，积极从事各项活动，涉及政治、经济、文化、科学各个领域。他整顿财政，修建公路，裁减军队，减轻农民的税收，治理矿山，建立剧院等，整天陷入实际的事务工作。但他的努力，所施行的各项政策并未改变公国的封建本质。相反，歌德不得不与来自宫廷的阻挠势力周旋，甚至妥协，为此他的内心充满矛盾。由于不断克制自己，产生的苦闷就更为强烈，在创作上也产生了危机。在这十年内，他没有继续创作狂飙突进的作品，只写了一些诗歌和为宫廷演出的剧本。诗人歌德和身为枢密顾问的歌德之间产生了斗争，诗人厌恶周围的鄙陋，但作为枢密顾问，他又必须适应它，“伟大”与“渺小”在歌德身上同时存在，他生活中充满了矛盾痛苦。最后歌德终于不能再容忍令人窒息又浮嚣的宫廷生活，于1786年不辞而别，改名换姓，独自去了意大利。

这次意大利之行持续了一年九个月之久，歌德游遍了威尼斯、佛罗伦萨、那波里、西西里岛等地，居住最长的是罗马。意大利人民丰富多彩的生活和魏玛宫廷的枯燥乏味形成鲜明对比。意大利所独有的古代艺术，风光明媚的自然景色使歌德获得了新生，并促成了他那纯朴、宁静、和谐的美学理想。在意大利他完成了悲剧《哀格蒙特》(1788),该剧讲述的是16世纪尼德兰反抗西班牙统治的故事。主人公总督哀格蒙特为百姓所爱戴,但他对敌人态度不够坚定,最后被西班牙的阿尔巴将军处死。歌德对哀格蒙特的处理就像对葛兹·封·贝利欣根一样,将一个历史上反动的哀格蒙特写成一个正面的理想人物,从他对民族解放、自由的追求可以感受到狂飙突进运动的精神。

歌德的《伊菲格涅亚在陶里斯》原本为散文稿,他在1787年将它改为无韵诗体。这部诗剧在德国文学史上往往和莱辛的《智者纳旦》、席勒的《堂卡洛斯》一起被称为三部表现人道主义最为突出的剧作。歌德在这部作品里竭力要表达人性的感化力量,宣扬人道主义的胜利,主人公伊菲格涅亚只是歌德心目中人道主义的化身。在艺术手法上,该剧还是按照古典主义戏剧形式,遵照三一律写成,因此,不管从思想内容还是从形式上看,《伊菲格涅亚在陶里斯》已脱离了狂飙突进运动的精神。《托夸多·塔索》也在这时开始创作,此剧于1789年完成,内容是讲意大利文艺复兴时代的诗人塔索和宰相安托尼奥之间的冲突,实际上反映了歌德在魏玛宫廷生活中不能解决的问题,即文艺创作和为宫廷政治服务哪个更有价值。在拟初稿时歌德曾想把主人公写成叛逆者,可是最后作者还是承认了实干家安托尼奥的价值。这说明此期歌德的思想已很重视自我克制。这时期他还开始了《浮士德》的写作。

1788年6月歌德从意大利回到魏玛。他辞去了大部分职务,专心从事创作和自然科学方面的研究,开始了新的历程。

约翰·克里斯托弗·弗里德里希·席勒(1759—1805)出生在内卡河畔的马尔巴赫,父亲是医生,母亲是面包师的女儿。席勒童年时代就对歌剧、演戏感到兴趣,1768年入拉丁语学校,但1773年被符腾堡公爵选入他所创办的军事学院。这是所不让学生有任何个人自由的专制学校,当时有位诗人舒巴特称它是"奴隶养成所"。但是这里有位心理学教师阿贝尔，他的思想非常进步，是他使席勒接触到了克洛卜施托克、莎士比亚、卢梭、歌德等人的作品，并激起了席勒对文学的热情。从1776年起，席勒就在杂志上发表一些抒情诗，这所“奴隶养成所”不但没有把席勒培养成公爵所要求的奴才，相反它那铁一般的纪律，它那充满封建压迫的学校生活反而促成了席勒反封建专制思想的形成。1777年席勒开始写剧本《强盗》。1779年在完成医学考试后，席勒到斯图加特当军医。1781年《强盗》完成，次年1月在曼海姆上演，引起巨大反响。据目击者记述，当时剧院就像疯人院，有的评论家甚至认为席勒是德国的莎士比亚。《强盗》之所以如此成功，主要是因为该剧强烈的反封建专制思想引起了德国青年的共鸣。该剧讲伯爵的两个儿子，长子卡尔在莱比锡学习，性格正直豪放，而弟弟则阴险凶狠。为了继承父位，霸占哥哥的未婚妻，他挑拨父亲和哥哥断绝了关系，然后把父亲囚在林中的古塔里。卡尔则在绝望中成了林中侠盗的头目。当他回到老家时，弟弟已成了家中主人。卡尔救出了父亲，弟弟因阴谋暴露而自杀，父亲很快也去世。未婚妻希望卡尔重新开始生活，但卡尔由于遵守永不离开盗群的诺言而杀死了她，最后自首。

剧中的主人公卡尔身上充满了狂飙突进的精神。它追求自由，对当时社会提出挑战，他是时代的叛逆者。席勒公开歌颂卡尔绿林好汉式的豪侠气质，尤其通过他杀死自己未婚妻这一行动，在很大程度上赞扬了这个豪侠青年在公与私的问题上的抉择。该剧唤起观众激情的更重要因素是卡尔发表的一系列具有极大揭露性的言论。他把他所处的时代称为“被墨水玷污了的世纪”，“萎缩的，被阉割的世纪”。当法官派牧师来劝降时，卡尔理直气壮地伸出带有数枚戒指的手，一一道出它们罪恶的旧主人，从而对德国当时的社会做了强烈控诉。席勒在剧本扉页上引用了古希腊医生希波克拉底的名言：“药治不了的，要用铁；铁治不了的，要用火”。在第二版的封面上还添上了“打倒暴虐者！”的铭语。这些言语充分反映了德国人民对封建社会的反抗激情。正因如此，在剧场演出时，观众席里反映强烈，人们顿足，叫喊，素不相识的人们抽泣着拥抱起来。卡尔入伙盗群的行为实际上体现了封建重压下的德国人民的自发反抗，而这种反抗是注定要失败的，正如卡尔在自首前的独白所说的："我想，我是个愚人，妄想用恐怖把世界改好，妄想用反律法来树立律法！我把这个叫做复仇和公理。……这只是幼稚的妄想罢了"。主人公的悲剧是历史的必然，但尽管这样，它歌颂了一个向全社会公开宣战的豪侠青年。

同年5月《强盗》在曼海姆第二次上演时，因席勒没有请假私自去参加而受到了公爵的惩罚，被禁锢两周并不得再写戏剧。为逃避公爵的压迫，席勒于9月从斯图加特逃往不属公爵管辖的曼海姆，虽然生活艰难，但获得了创作自由。在曼海姆之前，席勒已开始写作第二部剧本《斐爱斯柯在热那亚的谋叛》。到曼海姆后又用七周的时间完成了《阴谋与爱情》。

1784年1月和4月《斐爱斯柯在热那亚的谋叛》和《阴谋与爱情》相继上演。前者写的是意大利西岸热那亚共和国里发生的一次贵族叛变的故事，主人公斐爱斯柯企图事成后上台进行独裁统治，但他的野心为一个共和主义者梵利那所看透，在事成之际，他将斐爱斯柯推入了水中。此剧的结局虽经多次修改，演出效果却并不理想。而《阴谋与爱情》的演出却再次引起了轰动。这是部市民悲剧，取材于现实生活，写宰相的儿子斐迪南和平民音乐师的女儿露易丝的悲惨爱情。宰相为获得更大的权势，强迫斐迪南和公爵的情妇结婚，以便帮助公爵不受障碍地另结婚姻，以谋求政治利益。为达到这个目的，宰相借故把音乐师逮捕，然后迫使露易丝写一封假情书给宫廷侍卫长，以此作为释放音乐师的条件，并且要她发誓绝不说出实情。这封假情书按照预谋落到了斐迪南的手中，斐迪南赶去责问露易丝，但露易丝在承认此信确是出自自己之手后，却因誓言没有说出事实真相。斐迪南信以为真，用下过毒的饮料让露易丝喝下，当露易丝知道自己即将死去时，才把真相告诉了斐迪南。斐迪南痛不欲生也将毒药喝下而死去。

《阴谋与爱情》揭露了上层统治阶级在政治上的腐败、生活上的糜烂、宫廷里的种种尔虞我诈的行径。剧中有一场，公爵令侍从给他的情妇送去一匣首饰，情妇问侍从，这些首饰花了公爵多少钱，侍从回答她说，公爵不用花一分钱，原因是“昨天我们有七千个子弟被运到美洲去了——他们替他清了账”。席勒能通过几句简洁的对话就揭露统治者的罪恶面貌。至于公爵、宰相、秘书、情妇之间更是充满了利欲、欺骗、虚伪的关系，是典型宫廷生活的写照。

出现在《阴谋与爱情》中的另一个主题是封建等级制。斐迪南是宰相的儿子，而露易丝却是平民音乐师的女儿，这两者之间的等级差异，在当时的历史条件下势必造成悲剧。尽管斐迪南已有了冲破等级制的先进思想，但他终于敌不过旧势力的恶意破坏。但通过音乐师和露易丝这两个人物的刻画，可以看到封建等级制虽然森严，但平民意识已经有所觉醒。音乐师虽对统治阶级有所顾忌，但他已有了自我尊严，他与宰相的对话就说明这点：“我可以为你奏一曲柔板——但娼妓买卖我是不做的。”“大人在国内可以为所欲为，这里却是我的屋子。如果我要递一份申请，我一定恭恭敬敬，但是对待无礼的客人，我就会把他撵出大门。”而露易丝则发出了这样的呼声：“等级的限制都要倒塌，可憎可恨的阶级外壳都会破裂，人都是人！”。尽管斐迪南和露易丝都失败了，就像《强盗》中的卡尔，但是他们的反抗却真实地反映了德国当时的社会现实。在艺术手法上，《阴谋与爱情》的结构要比《强盗》严谨得多。在语言的应用上，该剧和《强盗》一样有号召力。席勒善于使用充满激情的言辞，这些台词再加上演员的演技往往能对观众产生极大的激励作用。难怪上述揭露公爵贩卖七千青年以换一匣首饰送情妇的一场，在后来演出时，往往被统治者删去。

《阴谋与爱情》是席勒青年时代作品中最为优秀的。剧本上演成功给席勒很大的鼓舞。青年时代的席勒写的最后一个作品是剧本《堂卡洛斯》。这部作品先后写了多年，从形式到内容都有变化，从散文到韵文，由爱情悲剧到政治悲剧。这种变化恰恰说明了席勒的思想演变。

《堂卡洛斯》(1787)取材16世纪的西班牙宫廷斗争。国王对内专制残暴，甚至抢占了王子堂卡洛斯的未婚妻伊丽莎白做自己的王后；对外他则残酷镇压尼德兰人民的独立斗争。堂卡洛斯善良正直，同情尼德兰人民，他和伊丽莎白依然相爱。他们秘密幽会，但消息走漏，王子面临危险。堂卡洛斯的好友波沙侯爵对王子寄予希望，期待堂卡洛斯做大事业，做一个开明君主。为救王子，他写假情书给王后，以吸引国王注意力，从而被国王处死。死前他把真情告诉了王子，王子痛恨父亲的暴行，准备与之决裂并前往尼德兰解救人民。在他和伊丽莎白告别时国王逮捕了他，并把他交给宗教法庭审判。

从《堂卡洛斯》看来，席勒已从《强盗》、《阴谋与爱情》的狂飙突进的革命精神转向对开明君主的期盼。这个剧本是席勒由狂飙突进进入古典主义时期的过渡。

在完成《堂卡洛斯》的同时，席勒因深感友人对他生活和精神上的帮助而写出名诗《欢乐颂》，此时他与友人居住德累斯顿。1787年他前往诗人荟萃的魏玛，并在那里结识了维兰特和赫尔德。从1788年起，他开始历史和哲学的研究。

狂飙突进运动比较重要的诗人还有舒巴特、克林格、伦茨和瓦格纳。

克利斯蒂安·弗利德利希·达尼尔·舒巴特(1739—1791)生于平民家庭。学过神学，后任符腾堡公爵的宫廷乐师，亲眼看到上层阶级的腐朽生活和专制暴政，写出了一些具有自由思想、讽刺宫廷生活的文章，因而被驱逐出公国。从1774年起，他在奥格斯堡创办《德意志纪事报》(1774—1778)，公开抨击贵族和教会的封建统治，就是他把公爵创办的军事学院称之为"奴隶养成所"。1777年公爵将他诱骗至自己的管辖地区,然后将他打入牢狱,其罪名是"竟然敢攻击世间所有的王公贵族",囚禁达十年之久。在狱中他完成了自传性的作品《生活和思想》(1791)、《狱中诗抄》(1785)还有一些美学著作。1787年被释放后,他改变了策略,一反往常,大肆赞美公爵,而对其他王公贵族却猛烈攻击。他在新办的《祖国纪事报》上对统治阶级贩卖青年,强制征兵都加以揭露;同时对北美独立战争、法国大革命、波兰独立运动、俄国农民起义却大加赞扬,深表同情,充分表现出他那深刻的民主自由思想。其文章不仅犀利,而且讽刺性极强。

舒巴特创作的诗约有800首,不仅具有鲜明的政治倾向,而且民歌气息极为浓厚。他的《成衣匠之歌》(1753—1756),被浪漫派诗人收入著名的《男童的神奇号角》(1806—1808)。他于1782年写的《鳟鱼》就像一首优美的民歌,后被奥地利作曲家舒伯特(1797—1828)谱成乐曲而闻名世界。

舒巴特对席勒的思想和创作产生很大影响。席勒的青年时期作品《强盗》和《阴谋与爱情》都从舒巴特作品受到启发和鼓励,舒巴特强烈的反封建专制统治的思想为狂飙突进运动开辟了道路。

弗利德利希·马克西米利安·克林格(1752—1831)生于军人家庭,学习法律、神学和文学,曾与歌德往来密切。他曾为剧团写剧本,并随团到各地演出。1778年起到1803年他先后在奥地利军队及俄国军队里服务,1803年任多尔伯大学总监,但因思想进步于1816年被迫辞职。其成名作是1776年的《孪生兄弟》。他于1777年写的剧本《混乱》具有极强的政治倾向,对自由的追求尤为明显,虽然结构有点松散,但其反封建的激情引起很大反响。剧情是讲一个英国人为反抗社会,改名为"粗野",跑到美洲,参加自由战争,和他一起的还有两个朋友,一个是富有幻想的"火",另一个是忧郁无聊的"怠惰者"。"粗野"在那里遇到了过去的爱人,但是两人的父亲却是仇人，于是就发生了一系列纠纷。但最后两人互相谅解，终于结合，而“火”则和一热情女子一起过田园生活，在山洞里当隐士。全剧充满反抗精神，既严肃又不乏诙谐。作者曾说：“我的天才在狂飙突进中用火的潮流在咆哮”。该剧在出版时改名《狂飙与突进》（1776），而德国的狂飙突进运动也由此而得名。

1780年的剧本《施蒂波和他的孩子们》公开否定封建专制君主和贵族的高压统治。他写的剧本还有《康拉丁》（1784）、《达摩克利斯》（1787）等。克林格也写过多部揭露批判封建制度的小说，其中最为著名的是《浮士德的生活，事业和入地狱》（1791）。该剧通过浮士德的一生经历，刻画了丑恶的德国专制政权和教会的种种罪行。

雅各布·米夏埃尔·赖因霍尔德·伦茨（1751—1792）生于牧师家庭，学习神学，1771年任家庭教师并在此时结识歌德和赫尔德。他曾去过魏玛、瑞士，1778年精神错乱，随后在俄国流浪，终因穷极潦倒死于莫斯科街头。

伦茨是狂飙运动的主要参加者。他的主要剧本是《家庭教师》（1774）和《士兵们》（1776）。前者以作者亲身的体会写出了家庭教师在上层阶级中所受到的奴仆般的待遇，对封建贵族进行了抨击，也描述了市民阶级知识分子的懦弱。后者揭露了贵族军官的道德沦丧，嘲讽了市民的虚荣心和向上爬的心态。伦茨还写过一些小说，例如《策尔宾，又名新哲学》（1776）及未完成的《林中隐士》等。他的剧本注重人物的刻画。他在《论戏剧》（1774）中大力推崇莎士比亚的戏剧，该论著被视为狂飙突进运动戏剧理论的纲领性文件。

亨利希·莱奥波尔特·瓦格纳（1747—1779）出生在斯特拉斯堡的商人家庭，大学时学法律，与歌德同学。1776年他在法兰克福任律师，曾出版过《诗歌年刊》。其作品主要是戏剧，内容多数是写市民的生活以及他们与社会的冲突。瓦格纳死于肺病，仅活了32岁。他写有《一个不知名的好人》（1775）、《国王的加冕礼》（1775）、《塞巴斯蒂安·齐利希的生与死》（1776）等，最著名的是《杀婴儿的女人》（1776）。该剧讲述一个平民出身的姑娘被贵族军官诱奸而怀孕，军官虽有结婚许诺，但其好友却认为门第不当，从中阻拦并假借军官名义宣布与姑娘断绝关系。姑娘悲痛又无奈，在精神恍惚之中将亲生孩子溺死。姑娘的父亲虽然找到了她，但她却被无情地作为杀死婴儿的凶手而判处死刑。剧本反封建门第的思想非常突出，同时也揭露了贵族军官的道德腐败，具有很强的狂飙突进运动精神倾向。但在1779年，作者却把该剧结局改成大团圆，杀婴的行动被阻止了，父亲找到女儿并原谅了她，军官最后也跟她结了婚。这一改动大大削弱了这个剧本原有的进步思想。

奥地利文学　今日面积狭小的奥地利从中世纪到19世纪中叶一直是整个德语地区无可争议的政治和文化中心。奥地利皇室哈布斯堡家族统治着几乎全部德语地区、捷克、斯洛伐克、匈牙利、斯洛文尼亚、克罗地亚、波兰、乌克兰广大地区及意大利北部。实际上，当时的奥地利是皇室正统，德国是藩邦诸侯。普鲁士按所谓“小德国方案”统一德国后，奥地利被排斥在外，但奥匈帝国则继续作为欧洲强国存在到第一次世界大战结束。其首都维也纳更以悠久的城市历史和灿烂的文化成为德语都市中的一颗明珠。

奥地利文学在整个德语文学中的独特地位始于民族迁徙时代。当时，奥地利所在的多瑙河流域产生了大量的传说故事。到了12、13世纪，在统治奥地利的巴奔堡家族和哈布斯堡宫廷的庇护、鼓励下，许多行吟诗人先后将本为口头流传的片断故事加以汇总、改造，促成了德语文学的首次繁荣。除维也纳外，迈尔克和哥特维克也都是文学重镇。中古德语最重要的史诗《尼伯龙根之歌》和《谷德仑》均产生于奥地利。中古德语成就最高的抒情诗人福格威德也诞生于此，并深得维也纳宫廷的赏识。

统一德语的形成及新高地德语的诞生并不像一般断言的那样是所

谓德语区东北部的功劳。马丁·路德的《圣经》翻译虽对此进程起了较大的推动作用，但哈布斯堡王朝所设帝国文府的成绩不可抹杀。帝国文府开始设于布拉格，后移至维也纳，作为皇室机构颁布政令，自上而下地推行官话，在统一德语的过程中，其功绩可与马丁·路德媲美。

马克西米利安一世（1508—1519年在位）时期，政通人和，帝国文府的文化整合活动也最为频繁。**康拉德·策尔提斯**（1459—1508）创立了“多瑙诗社”，并在宫廷支持下进行了一系列诗人加冕活动，一时间诗风大兴。1517年，马丁·路德开始在德国北部进行宗教改革，创立新教，在“德意志民族的神圣罗马帝国”首都维也纳的天主教中心立即组织力量加以反击。与此同时，哈布斯堡王朝的政治权势达到极盛。除了“德意志民族的神圣罗马帝国”的角色，它还统治着斯拉夫地区的西南部、匈牙利、意大利东北部、西班牙、荷兰等地。在这种政治形势及耶稣会教士的直接影响下，巴罗克文化逐渐兴起并主要在天主教国家达到高潮。

巴罗克文化在奥地利文学中曾占很显要的地位。它继承中世纪传统，以天主教为基础，强调各生活领域、各艺术门类的结合，气势宏伟，豪放奢华，融天地古今于一体，既立足现实，赞美生活和皇权的浩大，又放眼来世，随时等待、期盼着死亡。巴罗克艺术中不乏生活与死亡、暂时与永恒、有限与无限的对立。作为音乐和文学的结合物，音乐剧在奥地利宫廷应运而生。但当时奥地利文坛影响最大的首推耶稣会士剧。它继承中世纪神秘剧和圣体节剧的传统，尤其注重布景和音乐，色彩绚烂，声势浩大，演员众多，内容庞杂，惯用抽象概念人格化的手法，形象生动。1620年，耶稣会获准在维也纳创立了能容纳三千观众的“学院剧场”，这对促进耶稣会士剧的繁荣起了推动作用。在赞颂崇高、神圣的同时，耶稣会士剧等巴罗克剧种普遍使用丑角，使演出通俗幽默，充满喜剧色彩。丑角戏从而逐渐形成。

17世纪上半叶，奥地利本土未受三十年战争之苦，文化艺术活动得以正常进行。通过反对路德的新教改革和反对以奥斯曼帝国为代表的伊斯兰教北上和西进扩张，奥地利成为天主教世界举足轻重的堡垒。维也纳宫廷神父阿伯拉罕·阿·桑塔·克拉拉（1644—1709）也成为17世纪后期奥地利文学的主要代表。他的《维也纳，千万不能忘记！》以1679年流行的黑死病为题，描绘的景象阴森恐怖，故事叙述扣人心弦。有感于世界的苦难和道德的沦丧，克拉拉以末日审判告诫世人保持宗教清醒。《首恶犹大》（1686—1695）进一步展现了他创造性运用语言的天赋，使他成为德语文学中最杰出的布道士。

18世纪初期，丑角戏在奥地利获得发展。演员约瑟夫·安东·施特拉尼茨基（1676—1726）塑造的“汉斯乌尔斯特”形象引起轰动，“汉斯乌尔斯特”也自此成为德语中“丑角”、“小丑”的代名词。这些丑角在剧中多以仆人身份出现，活泼实在，嘲讽无忌，往往与他们过分强调理想的主人形成鲜明对照，深得观众喜爱。但另一方面，大量流行的丑角戏中的丑角常常动作粗陋、语言低俗，以致引起一些人的不满。

1749年，摄政皇后玛丽亚·德丽萨在维也纳美泉宫召见北德启蒙作家高特舍特，下旨净化德语，这实际是奥地利自上而下启蒙运动的开始。奥地利启蒙运动主将**约瑟夫·封·索嫩费尔斯**（1733—1817）在社会政治舞台上扮演着重要角色，左右着玛丽亚·德丽萨时代及约瑟夫二世时代的奥地利官方文化生活。他推崇理性，以国务参议的身份改革了刑法；他既是维也纳大学校长，又是维也纳美术学院院长；既是戏剧检察官，又是评论家。在他主办的道德周刊《没有偏见的人》及他撰写的《维也纳戏剧书鉴》中，索嫩费尔斯详细阐述了他以法国新古典主义戏剧为样板的理性主义戏剧观，主张提高观众欣赏品味，建立内容严肃、形式严谨的戏剧，禁止靠演员临场发挥的喜剧，并大幅度限制丑角的出现。在索嫩费尔斯的整顿下，奥地利戏剧舞台陡然变得严肃起来。启蒙作家布鲁毛尔（1755—1798）和阿尔克星俄（1755—1797）的“理性主义”作品大行其道。然而，这些作品由于自身规矩太多，作茧自缚，显得苍白无力。在音乐、戏剧历来发达，享乐主义盛行的维也纳，这场以"严肃"为标志的启蒙运动尤其显得与生活脱节。

相反，**菲力浦·哈夫纳**（1735—1764）虽同样看到了丑角身上粗俗的弱点，却深知他们所体现的生活气息与生命力的重要。他创作了多出性格喜剧，如《市民太太》（1763）、《可怕的女巫米盖拉》（1764—1765）、《东奔西走的喜剧家》（1774）等。这些戏剧诙谐生动，人物形象鲜明，完全不同于"启蒙"戏剧的呆板、空洞，获得了巨大成功。哈夫纳继承了维也纳戏剧的巴罗克传统，在保持丑角浓郁生活气息的前提下对其提升、改造，成为维也纳民风剧的奠基人。他的许多剧本还被改写成歌剧脚本，由知名音乐家谱曲，德语歌剧也由此开始了光辉的历程。

然而，经过索嫩费尔斯不懈的鼓吹，奥地利文学中的启蒙倾向毕竟成为一时风尚。1780年，"革新皇帝"约瑟夫二世即位（1780—1790年在位），奥地利政治改革的幅度迅速加大。他推崇理性主义和功利主义，以国家至上为原则，要求宗教、文化为国家服务，并自称为"国家的第一仆人"；他废除了农奴制，大力普及教育，限制天主教会对学校的影响，同时解散耶稣会，将教堂收归国有。在约瑟夫二世政策的影响下，盛极一时的巴罗克文化走向衰亡。就巴罗克戏剧而言，丑角虽为其一大特色，但丑角的玩世不恭恰与巴罗克剧的"神圣"主旨相克，久而久之，也从内部决定了巴罗克剧消亡的必然。

约瑟夫二世对戏剧界的一大贡献是将维也纳"皇城根剧场"提升为"国家及皇宫剧院"，即直到今天在整个德语区首屈一指的"皇宫剧院"。"皇宫剧院"作家**赫尔曼·封·阿伦多夫**（1733—1819）严守三一律和亚历山大体的格律，创作了宣扬"国家至上、真理至上、道德至上"这些约瑟夫二世启蒙政治原则的奥地利古典剧，并以《赫尔曼之死》开了克莱斯特爱国剧[①]的先河。**海因里希·约瑟夫·科林**（1771—1811）则将“皇宫剧院”的古典剧推向高潮。他的剧作《国王》、《高里奥朗》（1804）弘扬英勇、正义等启蒙理想，措辞慷慨激昂，很像席勒。科林的《战士之歌》是反拿破仑战争中德语区的著名爱国歌曲。

约瑟夫二世仅当政十年，他的理性统治、宽容态度和解放农民的措施使他深受民众爱戴；他的“国家至上”原则也为不久之后奥地利及整个德国抗击拿破仑入侵奠定了基础。但是另一方面，他的许多改革步子迈得太大，实行不久就显得与实际严重脱节，于是不得不一一收回。启蒙文学在奥地利则更表现出仿古“高雅”、呆板无力的致命弱点。

与此同时，一种新的文学风格悄然诞生并逐渐形成潮流。**米歇尔·德尼斯**（1731—1800）继承巴罗克传统，与德国的克洛卜施托克展开竞赛，争夺创作桂冠。他的诗取材广泛，声势浩大，充满浓郁的宗教气息。《献给天主》成为一代绝唱。同时，他化名斯尼德翻译、创作了充满神奇色彩，同时又质朴、自然的《莪相的诗篇》，强调情感、自然、原始状态和力量，凸显民间文学的自然天成。这不仅为当时处在启蒙思想下的德语文学带来了崭新的风气，也对欧洲其他文学，尤其是法国文学的浪漫倾向起了巨大的促进作用。1764年《莪相的诗篇》的出版实际上标志着奥地利及德语区浪漫派文学的诞生。德尼斯（斯尼德）既是最后一个巴罗克诗人，又是最早一个浪漫派作家。他跨越了“启蒙”时代，巴罗克文学和浪漫派在他身上的结合不是偶然，而是说明这两种文学深层的亲和性。

在奥地利，民风剧的发展也对浪漫文学的诞生起了巨大的促进作用。哈夫纳在“启蒙者”的围剿中保住了民风剧的虎虎生气，但他毕竟早逝。1769年，汉斯乌尔斯特的另一个天才扮演者普利豪泽去世，丑角

---

① 海因里希·封·克莱斯特（1777—1811）是德国剧作家、小说家、现实主义诗人。恩格斯称其为最彻底反对拿破仑的普鲁士男子，因此此类戏剧以他命名。

被“启蒙者”们完全逐出宫廷舞台，民风剧陷入低潮。1781年，戏剧家马里内利在维也纳创立“雷欧波尔特城区剧院”，这是奥地利浪漫主义文学诞生的一个标志，它和约瑟夫城区剧院及维也纳河畔剧院专门演出民风剧，被誉为“幽默药房”。这样，民风剧又东山再起，产生了格莱希（1772—1841）、迈色尔（1775—1853）、卡斯特里（1781—1862）、波亦乐（1786—1859）、骚特（1804—1854）等作家。他们的作品充满幻想，幽默风趣，同时又流露出对维也纳美女、美酒和优美音乐的眷恋。这些取材于鬼怪、神话，充满宗教思想同时又针砭时弊的维也纳民风剧作品和后来德国浪漫派的所谓“病态”不同，它们且梦且醒，沉醉又充满嘲讽，可以说是清醒的浪漫派。1848年后，民风剧走向衰落，直到19世纪末在轻歌剧中得到再生。

使维也纳民风剧创作达到高峰的无疑是**费迪南·莱梦特**（1790—1836）。他创造性地发展民风剧，使之在拥有大量观众的同时毫无通俗文学之嫌。莱梦特大部分时间是演员，他在维也纳的戏剧舞台上共扮演了173个角色。他的创作则更使他流芳后世，他被誉为自文艺复兴诗人“汉斯·萨克斯以来唯一能将全（德语）民族都吸引到舞台前来的作家”。

莱梦特戏剧从古代神话写到巴罗克寓言，从莎士比亚写到卡尔德隆，题材神奇，无所不包。他的作品都围绕一个核心，即让世界由不和谐走向和谐。他表现高尚战胜卑劣，善良战胜邪恶，不是为了歌舞升平，更不意味着浅薄幼稚。莱梦特知道，恶存在于世界各个角落，但他要正视并汇集一切力量制服它。莱梦特惯于描写并行的两条线索，构思独特，戏剧冲突性强。《神王的钻石》（1824）、《仙国女子或农民富翁》（1826）和《被捆绑的幻想》（1828）都是这样。《阿尔卑斯王和愤世嫉俗者》（1828）则更胜一筹，除了妙趣横生的戏剧冲突，神在这出戏里已退居次位，人靠着自身形象和自我反思了解了自己，进而主动走上心灵康复之路。在莱梦特戏剧中，悭吝、嫉妒、傲慢等抽象概念一跃成为戏剧人物，明显表现出莱梦特对巴罗克传统的继承。

除了上述喜剧，莱梦特也写过《莫伊萨苏的魔咒》和《带来不幸的神奇王冠》（1829）两出悲剧。但这两部剧放弃了幽默、讽刺和无拘无束的自由想象，只靠高尚理想维持，显得苍白无力。虽然莱梦特的喜剧也高歌理想，但它们不脱离生活。尤其重要的是，他的喜剧往往是知其不可为而为之，深深植根于悲烈雄壮之中，常常是含着眼泪的笑。同时，莱梦特一生充满悲剧色彩，这也从根本上保证了他的喜剧不轻率、不虚飘；莱梦特自幼多愁善感，年少时就曾企图跳河自杀；他向安冬妮求婚被拒绝后，草率另娶，闹得误入洞房。在演艺和创作方面，19世纪内斯特罗伊的出现更使莱梦特遇到了前所未有的挑战，他压抑、郁闷，1836年被狗咬后疑心自己会得狂犬病，于是开枪自杀。

瑞士文学　早在罗马帝国时代，在莱茵河、朱拉山和阿尔卑斯山之间的三角地区就生活着赫尔维蒂亚部族。1291年这个地域讲德语的农民团体成立联邦，在这之后的两个世纪里逐渐扩展到西部和南部的法语区、意大利语区和莱托罗曼语区。16世纪初，联邦在与马克西米利安一世的对抗中获胜，1648年争取独立的斗争得到日耳曼帝国的承认。这个联邦就是今天的瑞士联邦，说德语的人口占总人口的百分之六十五以上。

瑞士德语区长期受南部拉丁民族和北部日耳曼民族的文化影响，在语言方面却保持了自己的特色。这里使用的书面语言是标准德语，这使瑞士能够分享广大欧洲德语区的精神文化财富。然而当地居民的口头语言却是连德国人也听不懂的瑞士德语，从而使瑞士得以保持自己的文化特性。不过，瑞士由于使用书面的标准德语，因此没有像荷兰那样在语言上完全与德语分离。

瑞士德语文学发展史可以追溯到中世纪早期。圣加伦修道院是古代高地德语文学发源地之一，祈祷词、《圣经》以及古代文献的翻译产生了初期的德语文学。欧洲文学史中重要的宫廷骑士诗人哈尔特曼·封·奥埃（1160？—1210？）是瑞士地域人。最早的一部完整的、用德语撰写的宗教戏是13世纪初穆里修道院的“复活节戏”。出生在图尔高的海因里希·维腾维勒（生卒年代不详）创作的情节怪诞，具有讽刺性的教育史诗《人情世道》（1420？）可以与拉伯雷和塞万提斯的同类作品相比。文艺复兴时期瑞士地域第一位人文主义者是出生在阿尔高的尼克劳斯·封·维尔（1410—1478），他翻译介绍了彼特拉克和薄伽丘的作品，聚集着不少人文主义者的巴塞尔城是欧洲一个重要的人文主义中心。

由于瑞士联邦逐渐脱离德意志帝国，使瑞士文学在政治上具有自己的特色。15世纪流传的民间歌谣的主题多半是战争与和平，歌颂民族英雄人物，比如威廉·退尔，这标志着民族意识的增长。

随着城市新贵族的形成及地位的逐步巩固，由人文主义倡导的宗教改革所带来的成果面临得而复失的危险，个人的自由有可能重新受到威胁。农民战争失败后，城市贵族加强了对文学和戏剧的控制，对出版和印刷的检查。即使只注重形式的宫廷巴罗克文学，因瑞士地域的严重分割也得不到大的发展。

总的来看，17世纪瑞士地域思想迟钝，文学不够发达。值得一提的是1638年弗兰茨·魏拉斯（生卒年代不详）的作品《霍伊蒂利亚》，它机智、巧妙地讽刺了17世纪瑞士社会的种种弊端。

启蒙运动打破了17世纪思想文化的停滞，促进了经济、科学和文化的繁荣。此时瑞士的声望甚至超过了15世纪因瑞士军队的战斗力而享有的荣誉。伏尔泰在《路易十四时代》序言中曾写道：“当前瑞士是欧洲教育水平最高、自然科学传播最广、实用技术最有成效的地区之一。”

然而，瑞士的政治状况阻碍着精神领域进一步发展。城市贵族于18世纪初叶完成了政治变革后便开始竭力将既得利益的政体形式固定下来，用把社会分成等级的制度来限制人的自由发展。这种社会状况决定了瑞士启蒙思想具有以下特征：否定法国的唯理论，推崇英国的政治制度和生活方式，批判城市贵族的物欲熏心，强调瑞士的历史传统，重视研究和实施民众教育。

启蒙派的代表人物是**约翰·雅各布·博德默尔**(1689—1783)和他的朋友**约翰·雅各布·布赖廷格尔**(1701—1776)。博德默尔博学多才，集历史学家、文艺理论家和翻译家于一身，他和文艺理论家、希伯来文学与希腊文学教授布赖廷格尔是苏黎世学派的首脑。他们接受莱布尼兹和弥尔顿的影响，在文学创作理论上推崇想象，捍卫奇特。他们同德国作家高特舍特的论战持续七八年之久，是18世纪德国文学史上的重要事件。两位瑞士文艺理论家反对高特舍特顶礼膜拜法国的古典主义，反对束缚诗人奔放的感情和创造力，认为不能把理性同发挥想象和抒发感情对立起来。他们强调诗的美来源于奇特的新意，诗人应该善于给那些平常的、为人所熟知的事物以新的面貌，而感情激发出的幻想力会让诗人拥有这种能力。诗人对事物的表现不能总是按其真实和自然的规格，仅出自于对作品效果的考虑就必须去扩大或者缩小对现实的表现，诗人应该有创造和深化的权力。一部文学作品不应该只限于说教，而应该能打动读者的心。

通过这场论战，两位瑞士人把由于过分强调合理性和低估感情因素而几乎走进死胡同的文学重新引导到正确的道路上，为德语文学的发展作出了贡献。

博德默尔为宣传他的文艺观点，翻译介绍了弥尔顿、但丁和荷马的作品。为驳斥某些启蒙派将中世纪视为野蛮时代、将中世纪文学视为野蛮文学的观点，他研究、整理、出版了《尼伯龙根之歌》，表现出他对文学传统的重视。这对后来瑞士文学的发展有很大的影响。

尽管在上述论战中，博德默尔的某些观点失之偏颇，并受到莱辛的批评，但他的观点总体上符合新兴资产阶级的文艺主张。在当时的文坛上他享有很高的声望，许多德国作家包括歌德和克莱斯特曾到苏黎世拜访他。他对克洛卜施托克和维兰特等作家的成长起了重要作用，以至于歌德称他为“天才的接生婆”。

讴歌阿尔卑斯山的著名作家是哈勒尔。**阿尔布莱希特·封·哈勒尔**（1708—1777）出生于伯尔尼一个贵族家庭，十几岁就失去了双亲。他15岁上大学读医学，19岁获得博士学位。1728年他游览阿尔卑斯山，创作了使他成名的诗歌《阿尔卑斯山》（1729）。然而无论他的文学才华还是他的医学水平都未能使他在家乡伯尔尼市站住脚。1736年他应邀去哥廷根大学教授解剖学、外科学和植物学。他的教学与研究在国际上有很高的声望，被称为“全欧洲的导师”。然而二度丧偶造成的家庭不幸以及世态炎凉，终于使他放弃在大学的工作重又返回故里。哈勒尔先做了五年之久的市政厅大楼总管，然后被委派担任制盐场经理。虽然与他的专业相去甚远，但他充分调动自己的能力，不但提高了盐产，而且还改造了周围旱地。他同时行医，研究植物，观察气象，总结农耕经验，调解边界纠纷。他的多方面的业绩表明，作为启蒙时期的杰出人物，哈勒尔完全可以排列在由莱布尼兹、伏尔泰、莱辛和歌德等组成的行列里。

哈勒尔的诗歌不多，主要作品除了上面提到的，还有《关于理性、迷信和无信仰的思考》（1729）、《人类道德的虚伪》（1730）、《败坏了的世风》（1731）和《恶之源》（1732—1733）等。但他的诗以其独特的风格开了一代新风。他的诗歌描绘大自然，借景抒情，情中寓理，语言朴实，思想丰富，哲理深刻易懂。他的成名作《阿尔卑斯山》就体现了这些特点。启蒙派思想的核心之一就是崇尚自然、赞颂无拘无束的人。古代及至文艺复兴时期人们惧怕的阿尔卑斯山，如今成了科学研究的对象，成为人们抒发情感的场所。阿尔卑斯山是纯朴自由之乡，是不为城市中那种腐败生活所干扰的净土。雄伟而又纯朴的高山把人们的目光引向天际，人们的情感在宇宙里徜徉，沐浴着耀眼的自然神的光辉。诗人称山民为大自然的子民，只有“他们还拥有辉煌灿烂的时代”，“只要单纯持续，富裕就会永存”。像在他的其他诗歌中一样，对山水花木的描绘，对纷呈的风光和大自然的奇妙的展现，无不伴随科学家的观察和哲学家的思考。诗人眼中的山野风光的魅力在于它的单纯和朴素。他认为正是山乡农村的贫乏和艰苦、农民生活的穷困和粗俗能够产生节制和道德、和谐与自由，人们才能勤劳节俭、知足常乐，而这些正是人生幸福的标志。与此相反，富裕是滋生罪恶的温床，宫廷和大城市的奢侈和文明在铸造阻碍人们幸福的金锁链。因此他痛恨没有信仰、生活腐化的法国社会，视英国社会为榜样。

如果说在《阿尔卑斯山》这首诗里诗人揭示了理性在哪里，那么在《关于理性、迷信和无信仰的思考》一诗中他告诉人们，假如理性退位或者它自命为唯一的统治者，那将会带来什么后果。没有理性将出现迷信和盲从，只有理性则将导致殃及自身毁灭的怀疑。两者都不会让人幸福，都不会让人的心灵得到安宁。理性只有当它给信仰一席之地，允许信仰存在，才能指引人们走上通往幸福之路。他的另一些诗歌如《败坏了的世风》等是诗人愤世嫉俗之作。他在故乡市井里见到的多半是些生活放荡、贪杯好色之徒；许多官员表面上道貌岸然实际上却贪赃枉法；不少大人物以爱国者自居，暗地里却把权势用来兴旺自己的家世。从他的诗歌创作中可以看出诗人内心的痛苦和矛盾。他努力试图认识这个世界，但终于对它的可认识性感到绝望，最后只能从信仰上帝方面寻找寄托。

关于哈勒尔的诗歌在当时就有全然不同的评价。莱辛在《拉奥孔》里谈及苏黎世学派时，指出哈勒尔的诗歌是失败之作。他承认诗人观察得精确，描写得恰当，但这不是诗歌。诗人犯了只见树木不见森林的毛病。他没有能赋予自然景物以精神，只有客观冷静的观察与思考。但是歌德很欣赏哈勒尔的诗，称他的诗是一代民族诗歌的开端。他的诗在当时就广为流传，他的哲理诗对克洛卜施托克、席勒和荷尔德林都有一定影响。

1789年，瑞士出版家约翰·海因里希·菲斯利出版了一本由一位贫苦农民写的书，获得极大成功。这本书的出版使一个只读过十个星期书的农民儿子成为瑞士德语文学史上第一位平民作家。他就是乌尔里希·布莱克尔（1735—1798），这书的题目叫《托肯堡穷小子的传奇故事》（1789）。书中的主人公布莱克尔出生于阿尔卑斯山一个一贫如洗的农民家庭，少年时就辍学放羊，稍大些就不断外出打短工挣钱养家。他处世幼稚，一再受人愚弄和算计，因为他总是相信人家的好话和一张张装扮出的诚实的面孔。成年后，他父亲的一个熟人带他到外面大千世界去赚大钱，不料这人要把他卖给普鲁士的征兵官，幸亏他及时察觉，便主动争取到一位征兵官的允许在他身边当差。谁知道这个官儿不久便将他卖给了普鲁士国王，在柏林他亲身经历了新兵遭受的种种不人道的待遇。七年战争爆发后他被送往前线，目睹了战争的残酷，不久便伺机逃回家乡。他成家后听从妻子的要求做棉线生意，但无论是持家还是做生意他都不能胜任。他的爱好是读书，没钱买书便设法进入读书社。读书提高了他的文化素养，培养了他的写作能力，使他终于能如愿以偿，将他自己坎坷的一生记录下来。虽然一辈子颠沛流离、受苦受难，但他感到欣慰，以至于在临死前他写道："我是幸福的，我的愿望实现了。"

除了这部传奇外，他还著有《论莎士比亚的戏剧》（1780）。他认为莎士比亚的戏剧是生活的镜子，他参照自己生活阅历发表了不少独到的见解。他的日记选和其他散文作品也很引人注目。

启蒙运动以来，尤其是70年代德国狂飙突进运动的兴起，要求个性解放、崇尚感情，关注普通人命运成为时代的焦点。表现在文学体裁上，诗歌和传记文学格外受到重视。因此就不难理解，为什么布莱克尔这本以一个社会最底层人的眼光、以最淳朴的形式所记叙的一个普通人命运的传记在当时能够大获成功。

约翰·海因里希·佩斯塔洛奇（1746—1827）出生在苏黎世一个外科医生家庭，在大学学习宗教和法律。在青年时代他就接受启蒙思想，作为博德默尔的弟子，他曾公开抨击一位道德败坏的牧师，也曾因反对日内瓦当局迫害卢梭而被关押。同许多眼睛只朝上看的启蒙派不同，他不寄希望于统治者主动实施变革。他认为博德默尔等启蒙派的理想不切合实际，卢梭在《爱弥儿，或论教育》中所描述的更是无法实现的梦幻。他认为应该做些实在的工作去关心、帮助和拯救民众，而关键是民众的教育。从25岁起他就致力于开办各种形式的教养院、孤儿院，让处于社会底层的民众子女有受教育的机会。但最终都因为资金短缺和社会的偏见而不能持续下去。然而他并不气馁，不能实际办学便用文学的形式来宣传自己的教育思想。他于1781年至1787年间创作的小说《利恩哈德和格特露德》以朴素的语言描绘了偏僻的农村生活。在一个叫波纳尔的村庄里，一个手工匠的妻子很有胆识，她说服村里的封建主去约束飞扬跋扈的地方官，让他颁布人道的法规，建立一种新的、有利于孩子成长的教育体制。在小说中佩斯塔洛奇形象地阐述了他的教育观点。他认为：教育的目的应该使教育者最终能自己帮助自己；人的天性各不相同，教育也应采用各种不同的手段和方式，才能将每个人的内在力量开发出来；个性的培育不能只诉诸理性，必须通过情感的影响；教育者要能感知受教育者个性的活动规律；教育工作主要不是培养智力和技巧，而是引导受教育者去同生活本身打交道，沿着正确的道路去寻找适合自己个性的位置。他认为教育的主要场所不仅是学校，而且还有家庭的起居室；没有人比母亲更具有高度敏感的感知能力，血缘联系使母亲比任何人都更了解自己孩子的心灵。佩斯塔洛奇认为上帝创造了万物，赋予人以认识和学习的能力，培养这种能力就是敬奉上帝。

《利恩哈德和格特露德》共有四卷，是德语文学史上这类作品的经典之作。小说的头两卷写得生动，越往后，尤其是最后一卷议论过多，减弱了感人的力量。

他的其他作品有：《格特露德如何教育孩子》（1801）、《蜇居者的傍晚时光》（1780）、《克里斯托夫和艾尔泽》（1782）和《天鹅之歌》（1826）等。

佩斯塔洛奇还写了许多寓言，表达了富于哲理的真知灼见，比如：大山对平原说："我比你高"。"这是可能的"，平原回答道。"但我是一切，而你只是我的一个例外"。

佩斯塔洛奇在他所从事的改善平民百姓命运的事业中经历过许多挫折，有时遭到诽谤和中伤，甚至像疯子和罪犯一样被驱逐。法国大革命后，年逾半百的教育家才有了实现其理想的较好条件，他兴办的学校在国外如德国、法国、英国、意大利，甚至在美国都有影响。法国国会于1792年宣布他为法兰西荣誉公民。

第五节　意大利文学

意大利在18世纪有50年战争时期和50年和平时期。它在上半叶被三次卷入欧洲战争，领土被多次重新瓜分，最终奥地利取代了西班牙在意大利的统治，一些城邦国也改朝换代，意大利出现新的政治格局。奥地利人比西班牙人统治有方，对混乱的经济状况进行疏导，新的城邦主也较从前开明。他们针对贫富悬殊太大，教会势力太强等社会问题，联手采取了一些改革举措。他们对教会实行限制财富和教士人数的规定，剥夺贵族的免税法等封建特权，废除审判异端的宗教法庭和农奴制。社会矛盾得以缓和，时局稳定，经济有了发展。

意大利结束了被西班牙封闭了一个半世纪的隔离状态后，新的城邦主如洛林家族和博博尼家族有外国血统，与欧洲其他国家的联系更多，使意大利半岛重新参加欧洲大陆的政治经济生活，特别是恢复了同欧洲市场的贸易往来。意大利增加了港口和道路等设施，便利了海上和陆地的交通，打开了意大利与欧洲的经济通道。这时欧洲正处于经济迅速发展时期，农业革命方兴未艾，工业革命跃跃欲试，给意大利的经济带来生机与活力。意大利向几个欧洲主要国家供应粮食、葡萄酒、食油等农产品，提供加工业的原料，如织绸料的生丝和造肥皂的油料。在战乱中萧条的农业又活跃起来。为了提高生产，人们试图在农村推行资本主义经营方式。经济改革势必触动政治制度和思想观念，人们不失时机地引进法国启蒙主义运动的新思想，用以唤醒民众，推动社会进行全面革新。

18世纪下半叶，意大利先后创办了《咖啡馆》、《观察家》、《文学批评》、《威尼托日报》等一批报纸杂志，宣传新思想，开展新文化运动。在米兰、那波里等资本主义发展较快的地方启蒙主义运动迅速展开，不过在大部分地区由于封建势力严重而难以推广。而且，意大利仍然处于新的外族的压迫之下，启蒙运动受到外国统治者的政策制约。资产阶级虽然较以前壮大，但他们赢得政治、经济、文化等方面主导地位的历史条件尚未成熟。启蒙主义运动在意大利没有变成政治革命运动。启蒙主义思想在意大利被看成是文艺复兴时期人文主义思想的继续和发展，但人们对待社会现实不采取革命的态度，而采取温和的批判态度。这也反映了当时意大利资产阶级的弱势。

意大利文学随着社会的变迁也经历了两个完全不同的阶段：世纪之初的阿卡迪亚派对诗歌进行更新改造，世纪中叶开始的启蒙主义文学在诗歌、戏剧方面推行更深入的改革。这两次不同的文学运动都以理性为基础展开。在第一阶段，理性意味着思想简单明确，感情纯朴，语言表达条理清晰，语意连贯一致，其实质是用理性约束创作。而在第二阶段，理性是以科学的方法观察和处理问题，对文学从内容到形式进行合理的破旧立新，以适应新的时代。

阿卡迪亚诗派不可能对诗歌进行深入的改革，因为他们的闲情逸致属于贵族沙龙文化。没落中的贵族阶级已无力实施任何真正的改革，革新必须由有文化的资产阶级来完成。对变化中的社会最敏感的知识分子，很快接受了从法国传入的启蒙主义思想。但是由于资产阶级势力弱小，意大利的启蒙主义者缺乏后盾支持，不少启蒙主义作家处境孤独，作品产生的影响不大。哥尔多尼由于成功地改革了17世纪传下的假面喜剧，将写实的新喜剧推向广大观众，广泛宣传了启蒙主义思想，因而成为18世纪最富成就的作家。诗人帕里尼嘲笑封建贵族的讽刺诗也享有盛誉，但他的嘲讽是温和的，他所采取的阿卡迪亚诗的形式，难以完全容纳启蒙思想的内容。阿尔菲耶里填补了意大利民族文学中悲剧形式的空缺，他写的悲剧与现实斗争有紧密的思想联系，反映出意大利人民民族意识的觉醒和政治热情的高涨。

总之，意大利跨越了过渡性的17世纪之后，从文艺复兴运动走向了启蒙主义运动，从政治动荡走向了稳定，从经济萧条走向复苏，文学从衰退逐渐走向繁荣。

阿卡迪亚诗社1690年创立于罗马。1654年逊位后的瑞典女王克利斯蒂娜皈依天主教而侨居罗马，在她家的沙龙里聚集了一群诗人。1689年女王死后诗人们没有走散，第二年由14位诗人创立诗社。他们在罗马市中心的姜尼可洛山丘顶上集会，朗诵自己的作品。他们决心按照古典诗人的法则写诗，以简明的形式表达朴素的情感，树一代新诗风，将巴罗克的"恶俗趣味根除"。他们从唯理性主义出发，将理性视为生活与创作的中心，认为写作是一个需要自制力的过程，诗人应当克制自己的思想，驾驭自己的情绪，经过深思熟虑之后再动笔。创作是发挥理智，不是迸发激情，应当想象合理，修饰适度。其实，这是他们在外族入侵的情况之下，小心谨慎、明哲保身的软弱态度在创作上的反映。

诗社的名称取自古希腊的高原牧区阿卡迪亚，那里是牧歌的发源地。诗社的大本营设在罗马，在意大利各地建立"营地"，开会的地点称为"巴那斯树林"，意为"诗林"，每一位诗人以希腊牧羊人式的化名出席。

诗社的保护神是圣婴耶稣，因为耶稣诞生时就受到牧羊人的崇拜。诗社的徽章是潘神头戴桂冠、吹风笛的形象。阿卡迪亚诗人们吟诵的是古代田园牧歌的传统主题：牧羊的青年男女在原始大草场上充满甜蜜与痛苦的爱情故事，小鸟在恋人头上啁啾，羊羔在身边依依相随。阿卡迪亚诗人们追求的是一个不真实的虚幻世界，他们通过文字虚构世外桃源。作品在轻柔舒缓的音韵中，展现出令人陶醉的梦境，为人们勾画出躲避现实的归隐图。

诗人们按古代羊皮书上未必真实的田园生活记载，塑造出天真未凿的牧民情侣，在沙龙里由美丽盛装的贵妇和衣冠楚楚的绅士们装腔作势地扮演，假声假气地朗诵。这其实是贵族们的一种赏心悦意的游戏，一种闲适的雅兴。阿卡迪亚诗人们很大一部分作品是一些应酬性的唱和，在一个狭小的社交圈子里为结婚、洗礼、毕业等喜庆活动而作，庆典的俗套代替了真正的诗的灵感。阿卡迪亚派革新的结果只是找到了一种比较简洁透明的语言，但他们的诗也像巴罗克诗一样内容空虚，形式矫揉造作。两者的区别在于审美趣味不同，一个追求“古雅”，一个向往“奇特”。阿卡迪亚派最有意义的作品也只是优雅地抒发对时局的伤感，流露出淡淡的忧虑。

阿卡迪亚诗歌是一种从追求高雅清新的古典之美的理念出发的创作，它实质上关注的是古雅的情趣，古板的程式，古朴的语言，亘古不变的返璞归真的意境，是古典诗歌模式的一次重现。诗人们以复古的形式抒发怀古的幽思，在精美的沙龙里悠然做起田园生活的清梦。这种沉迷可以逃避山河破碎的严酷现实，像麻醉剂可以镇痛一样诱人。从1725年开始，诗社的分支遍布全意大利，几乎所有的文化界精英全都加入进来。失去领土和主权的意大利人只有以祖宗遗留的高雅文化来证明自己的存在。

然而，阿卡迪亚诗歌也有其积极的一面，诗社给生活在危机社会中的人们以精神支柱。阿卡迪亚派以唯理性主义的清醒头脑和清晰明丽的诗风，形成一股可贵的传统文化清流，不与世俗的污泥浊水相混，是对入侵者的软性抵抗。阿卡迪亚诗派也起到了普及民族文化和增强国家统一观念的作用。当然，由于它回避现实的政治问题，作为一次全国性的文学运动，只发挥了有限的社会作用。阿卡迪亚诗派的作品沿袭彼特拉克抒情诗的创作方法，缺乏创新精神。除了梅塔斯塔齐奥的诗剧之外，没有产生其他有影响的作品。

彼特罗·梅塔斯塔齐奥（1698—1782）是阿卡迪亚派中出类拔萃的诗人和重要的剧作家，他原名彼特罗·特拉帕西，出生于罗马，家境清贫。从小被诗人格拉菲纳（1664—1718）收养。格拉菲纳是阿卡迪亚诗社的创始人之一。他悉心地培养彼特罗，并为他改了一个希腊化的姓氏“梅塔斯塔齐奥”。在导师的指点下，梅塔斯塔齐奥潜心研读古代精典，学习写诗技法。他天赋极高，从10岁起就在罗马和那波里的上流社会沙龙里即兴献诗。1718年他19岁时加入阿卡迪亚诗社，出版第一部诗集。后来他结识了著名女歌唱家玛丽亚娜·波嘉雷利和作曲家波尔波拉，学习音乐，从写田园诗、悲剧改为写音乐剧剧本。

当时音乐剧是一种大众化的民间艺术，一部分阿卡迪亚诗人对此不屑一顾，认为是缺乏诗意的大杂烩。梅塔斯塔齐奥对音乐剧不抱偏见，认为音乐剧起源于希腊的古典悲剧，可以比悲剧更自由，结局可以变成喜剧式的，地点、时间、情节可以改动。他用自己擅长的诗体写剧本，集叙事与抒情为一体。他写的第一部音乐剧《被抛弃的狄多》（1724）引起轰动。剧本选取维吉尔的史诗《埃涅阿斯纪》中的部分情节，描写特洛伊英雄埃涅阿斯与迦太基女王狄多的爱情悲剧，突出英雄舍弃美人为国效力的神圣使命感，心理描写细腻生动。接着又写了《西洛埃》（1726）、《卡图在乌提卡》（1728）。1730年他被聘为奥地利宫廷诗人，从此移居维也纳，直至逝世。他在维也纳的头十年里写出一系列精品之作。《奥林匹亚德》(1733)将庄重深沉的古希腊悲剧赋予田园剧的轻松明快风格。《蒂托的仁慈》(1734)通过描写理性同感情的冲突,歌颂忠于职责的崇高英雄主义行为。《忒米斯托克勒》(1736)叙述希腊英雄忒米斯托克勒在波斯的流亡生涯,赞扬爱国主义精神和坚贞不屈的品格。梅塔斯塔齐奥的音乐剧借用古典悲剧的题材,内容庄重并充满英雄气概,但他善于用贵族趣味淡化剧中惨烈的情节,增加甜蜜的爱情、田园生活等柔美的成分,尤其着力刻画人物的心理变化层次,使之更加具有抒情性,更加生活化,更有观赏性而更易于为观众接受。梅塔斯塔齐奥还以中国元曲《赵氏孤儿》为蓝本,改编成《中国英雄》(1752),其中的异国情调十分吸引人,成为流传很广的剧目。他在晚年写了一部童话传奇剧《鲁杰罗》(1771),故事情节曲折离奇。他还写过大量的抒情诗和歌词,但其成就不如剧本。

梅塔斯塔齐奥成功地改造了17世纪只重音乐不重剧情的音乐剧,提高了音乐剧剧本的质量,使之成为具有很高艺术价值的文学剧本,使音乐剧得到繁荣,促进了18世纪欧洲正歌剧的诞生。

18世纪上半叶意大利的学术研究相当活跃,为接受启蒙主义的传入做好了思想准备。历史学家**彼特罗·贾诺内**(1676—1748)花了近20年的心血,写成40卷的《那波里王国文明史》(1723),此书引起欧洲各国的普遍重视,被译成多种文字出版,但他本人却因此冒犯教廷,被打入狱中,受迫害至死。他在长期的监禁之中,写下多部历史著作,其中最著名的是《罗马教皇的三重冠》(1895)。贾诺内的历史著作沿用研究政治历史的传统方式,分析了国家与教会的关系问题,认为教皇干预政治是致使意大利社会衰退的根本原因。他像马基雅维利一样,视国家为崇高的政治形式,而不是上帝赐予君主的封地,明确地提出了教会应当服从国家的正确主张。

另一位历史学家**鲁多维科·安东尼奥·莫拉托利**(1672—1750)的主

要著作是一部宏大的《意大利编年史》(1749)。他收集整理了从公元500年至1749年的意大利历史资料,其中许多材料是首次公开发表。他加上详细的注解,并写了序言。这是研究意大利历史不可缺少的一部工具书。这部史书的显著特点在于它那崭新的历史学观念,不再只写政治斗争,而是将历史写为全面的文明史。他认为历史应该包括具体社会生活的各个方面,这种宽阔的视野扩大了历史研究的领域。他是启蒙主义历史学家的先导,引导他们开始重视经济因素和文化因素在历史发展中的作用。

姜巴蒂斯达·维柯(1668—1744)是一位重要的哲学家和文学批评家,他出生于那波里一个小书商之家,家境穷困又有疾病缠身,但他以坚韧不拔的意志自学成才。1686至1695年他当家庭教师,1698年起在那波里大学教修辞学。1701年他加入阿卡迪亚诗社,发表了第一部著作《意大利古老的民族文化和拉丁语的来源》。他的主要著作是《关于民族共同性的新科学原理》(1725)。在出版以后的20年中,他不断进行修改和补充,发表了1730年和1744年两个新版本。他的哲学著作生前不被重视,只能凑钱出版。18世纪末那波里的流亡政治家们将他的书带到北方,引起关注,19世纪得到浪漫主义理论家的推崇。他写的《自传》详细记述他的哲学思想的萌发和成熟过程,也是一部重要作品。

维柯是唯心主义的哲学家。他强调知识和行动有密切联系,有行动才能有知识,"本质的东西就是被制造出来的东西"。人创造了历史,就能正确地认识历史,找出历史的规律性,使之成为一门"新科学"。他运用历史比较方法研究古代和中世纪宗教信仰、生活方式、社会风俗、政治制度,总结历史发展的规律,在此基础上创立历史循环论。他认为人类社会是由原始野蛮时代,通过神的时代(国家出现之前),英雄时代(封建贵族统治)而达到人性的时代(人民统治)。社会达到最高阶段后自行瓦解,再从野蛮时代开始。这样周而复始,循环不已。但维柯的循环论与古希腊、罗马的悲观主义循环论有所不同,他认为每一个新的周期在比前一个周期更高的水平上发展，历史是一个不断前进的过程。

他从历史发展的观点来研究美学，认为在“英雄时代”，人按其本性都是诗人；荷马史诗是当时人民的集体创作，不能把荷马作为唯一作者。但丁是意大利的荷马，《神曲》是意大利民族形成时代的一部历史。他从美学的角度对古希腊的经典著作进行仔细的剖析，提出许多具有挑战性的新见解，成为文学批评领域中至今仍争论不休的话题。

他认为诗歌是精神“受干扰和激动”后，通过幻想实现的表达。诗的语言是一种直觉的认识形式，早于哲学和科学的理性认识，隐含特别的人生观。诗歌既不受理性的支配，也不是快乐的源泉。较为原始的荷马、但丁的诗比冷静的理性时代的维吉尔、彼特拉克的诗丰富和生动得多。

历史循环论，关于诗的定义以及对原始时代和原始时代诗人的重新评价，是维柯思想中最重要的组成部分。维柯是第一个试图探求社会发展规律的历史哲学家。他的“新科学”代表新兴的资产阶级的利益，是18世纪启蒙思想的组成部分。

卡尔洛·哥尔多尼（1707—1793）是启蒙时期最重要的作家。他的卓越贡献在于对当时意大利流行的即兴喜剧进行改革，创作出大量思想进步、内容健康而又诙谐有趣的作品，成为近代意大利现实主义喜剧的奠基人。

哥尔多尼出生在威尼斯，父亲是一个走方郎中。他从小跟随父亲四处漂泊，见闻颇广。他的祖父和父亲都是戏剧爱好者，他在幼年时就受影响对戏剧发生兴趣，喜欢读喜剧作品，并在沙龙的演出中成功地扮演角色。他在帕维亚中学学习法律时，广泛地阅读了英国、法国和西班牙的各种新剧本，马基雅维利的喜剧《曼陀罗花》尤其使他受到启发，产生创作欲望，开始写剧本。1731年他从帕多瓦大学法律系毕业后，在威尼斯、维洛那、米兰、比萨等地当律师，1741至1743年间曾担任热那亚共和国驻威尼斯的领事。从1734年开始他兼职任剧团的“戏剧诗人”，即剧本创作员。

他起初写了一些悲喜剧、悲剧和音乐剧，逐渐转向以写喜剧为主，并且开始对喜剧进行改造。

当时舞台上盛行的喜剧是意大利独有的剧种——名为“艺术喜剧”的即兴喜剧，也叫“假面喜剧”。这种没有固定台词、角色固定不变、对白随机应变的喜剧产生于16世纪，代表市民阶层的趣味，曾经在文艺复兴运动中起过批判封建主义的战斗作用。但是经过二百多年的流传，其社会讽刺作用日渐萎缩，变为庸俗的闹剧，程式也显得僵化，不能适应启蒙主义的新文化。哥尔多尼认为必须更新形式，以适应表达更加丰富复杂的内容。这是一个历史悠久的通俗剧种，拥有广泛的观众。哥尔多尼采取了谨慎的循序渐进的改造办法。他首先于1738年在喜剧《侍臣莫莫洛》（1738）的剧情设计中将主角的那部分戏全部写成文字稿，其余部分留给演员即兴编造。接着以这种混合方式又编写了《浪子》（1739）和《破产》（1741），最后于1748年写出第一部完整的喜剧剧本《狡猾的寡妇》。

哥尔多尼从《一仆二主》（1745）开始，对喜剧的内容进行重大的变革。他将过去在剧中插科打诨、制造笑料的小丑写成主角，让他占据舞台中心，左右剧情发展，把才子佳人的故事挤到次要地位。这出戏起初仍旧保留了假面喜剧的一些特点，主角仍沿袭定型丑角的名字特鲁法金诺，台词也是半即兴式的，后来才充实为完整的文字剧本。这出戏以来自社会下层的仆人做主角，既真诚地刻画了他纯朴憨厚的本质，又热情地描绘了他聪明机灵的性格特色。这种表现卑贱者才智的主题在意大利过去的喜剧中是鲜见的。这是哥尔多尼在内容上的创新，体现了启蒙主义者平等博爱的资产阶级民主思想。喜剧改变了过去纯粹逗乐开心的功能，载寓了时代的新思想内容。

在以后的创作中，哥尔多尼进一步深化喜剧的思想内容，使之反映现实生活的重要方面。这一改革在《狡猾的寡妇》中充分实现。意大利寡妇萝桑娜美貌年少。英国勋爵、西班牙骑士、法国贵族蜂拥而至，竞相夸耀自己的财富和国家，争先恐后地想要得到她的青睐。萝桑娜巧妙地周旋于他们之间，施计试探他们的动机，结果发现他们只是把女人当作开心的玩物而逢场作戏，都是虚情假意的爱情骗子，因此严正地拒绝了他们的追求。此剧赞美忠实的爱情和理性的胜利，并通过女主角歌颂意大利民族的尊严和伟大，表达了爱国主义思想。在当时外族不断入侵、国土四分五裂的历史条件下，无疑具有进步的现实意义。著名的喜剧演员梅德巴克领导的剧团在1747年9月上演这部作品，观众反应热烈。哥尔多尼被梅德巴克聘请为剧团的“喜剧诗人”，从此成为职业剧作家。

根据他与剧团签订的合同，哥尔多尼每年应写10部喜剧。他常常超出这个数目，在1750年一年中就完成了16部喜剧。他才华出众、精力过人，立志改革的决心是他创作旺盛的动力。哥尔多尼在《喜剧剧院》（1749）一剧里阐明自己的喜剧理论，这是他改革的宣言，创作的纲领。他主张废除假面具和剧情提纲，撰写固定台词，变即兴喜剧为完整的文学剧本；他认为喜剧应当从“自然的伟大海洋”中汲取素材，广泛反映生活的各个方面，充分发挥“颂扬美德，嘲讽恶习”的教育作用，并称之为“风俗喜剧”。他反对“三一律”和盲目崇拜亚里士多德的倾向，要求喜剧忠实于生活，发扬民族特色。他提倡剧本着重塑造鲜明生动的人物性格，强调描写多种性格对比和性格的相互冲突，因而他称自己的喜剧为“性格喜剧”。他将改革的理想付诸实践，灵感源源不断地涌现，1751年又写出17部作品。1753年推出“性格喜剧”杰作《女店主》。

《女店主》精心刻画了各阶级代表人物的典型性格。年轻美丽的女店主米兰多琳娜身边有两位起劲的追求者，一是破落的世袭贵族弗尔利侯爵，一是商人阿尔巴菲奥里达伯爵，他的爵位是花钱买来的。侯爵囊空如洗，一文不名，却爱摆臭架子，耍威风。他付不出房租，吃白食，占小便宜，吹牛撒谎，却因自己的高贵出身而要求别人对他毕恭毕敬。他声称女店主需要他这样的绅士保护，痴心妄想米兰多琳娜仰望他的爵位而报之以爱情。哥尔多尼入木三分地刻画了这个封建没落阶级人物虚伪而又虚弱的狼狈相。伯爵相信金钱万能，也能买来爱情。他时常向女店主赠送贵重礼物，一心以为米兰多琳娜会将他的礼物连同他的追求一起收下，因而举止狂妄放肆，一副市侩嘴脸。哥尔多尼对这个资产阶级暴发户以及他的价值观念进行了淋漓尽致的揭露。日暮途穷的旧贵族与野心勃勃的新资产者，这一对情敌的情场角逐实际上是新旧阶级力量较量的一种形式，表现了那个时代的特征。哥尔多尼让他们在争风吃醋中常常就名利观争论不休，互相指责批判，将各自的灵魂暴露得一览无余。这种性格对照的手法造成强烈的反差，增强了作品的表现力。

剧中的人物个个形象生动，特征鲜明。处于形形色色追求者包围之中的米兰多琳娜显得最为光彩照人，是哥尔多尼塑造得最为成功的妇女形象。她在复杂的人事关系中应对裕如，才智过人，显得既热情爽朗又姣好妩媚。她理智地拒绝新老贵族的追求，选择勤劳忠诚的仆役范布里齐奥为伴侣，显示出平民的尊严和自信。她还教训了轻视妇女的骑士巴夫拉达，充分证实女性的自尊和力量。她与骑士之间展开的不是利害冲突，而是心理较量。这是肤浅的即兴喜剧中不可能有的内容。哥尔多尼扩大了喜剧的容量，心理深度使喜剧朝近代化迈进一步。米兰多琳娜作为平民阶级的代表人物，不仅同新老贵族迥然不同，而且以其精明泼辣的作风与沉默朴实的范布里齐奥相区别。侯爵、伯爵、骑士这类人物也是各具性格特色，差别显著。

1753年哥尔多尼转入威尼斯著名的圣路加剧院。这时他遭到来自各方面的攻击：语言学家因他爱用威尼斯方言写作而批评他用语不纯正，保守派戏剧家哥齐诽谤他抛弃传统就是背叛祖国；另一剧作家与他在威尼斯唱对台戏，抛出许多哗众取宠的浅薄之作争夺观众。哥尔多尼向博洛尼亚、帕尔马、罗马等地转移。1759年他回到威尼斯，重入圣路加剧院，东山再起。1759至1762年间写出一系列成功作品后，他的伟大艺术终于达到了完全成熟的境界。

《老顽固们》（1760）是这一时期的杰作。哥尔多尼将批判的矛头直接指向处于上升时期的资产阶级，揭露封建主义旧思想旧风俗在他们身上留下的根深蒂固的影响。故事发生在威尼斯商业资产阶级之中，一个商人的女儿想在结婚前见一面素不相识的未婚夫。这事情违反当时的封建习俗。在一位聪明热心的太太帮助之下，她如愿以偿，未婚夫妇彼此很满意。可是两家的父亲都是顽固的家庭暴君，因此事而解除婚约。那位太太出面调解，终于成全了这对青年男女。作品将老顽固们作风专横、心胸狭隘、缺乏教养的种种缺点和粗鄙丑态暴露无遗。各个顽固人物性格上的细致差别刻画得很成功，充分显示了“性格喜剧”的特色。威尼斯独具的生活场景和习俗得到细致逼真的描绘，因此这个剧本也不愧为出色的“风俗喜剧”。

《乔嘉人的争吵》（1761）是典型的“风俗喜剧”，诙谐风趣地再现了劳动人民的生活画面。剧本描写渔民们争吵打架，最后由一位年轻的律师出面调停，使大家言归于好，并成全了几对婚姻。剧本由一系列明朗生动的日常生活场面组成，通过争吵的形式充分展示劳动人民的一些优良品德，表达了作家对劳动人民的热爱和同情。类似的作品还有《广场》（1758）。

哥尔多尼由于写出了以上反映民众生活，洞察社会状况的优秀、深刻的作品，遭到保守势力更加猛烈的围攻。剧作家哥齐（1713—1786）公开诋毁他的喜剧是扰乱社会的谋反行为。1762年4月哥尔多尼远走巴黎，为法国的“意大利喜剧院”工作。他在巴黎写出了《扇子》（1763）、《父爱》（1763）、《善心的急性人》（1771）、《悭吝人》（1776）等作品。他为了迎合异国观众的需要，着力在引人入胜的复杂情节上下功夫，往往选取琐细的事情为题材，通过一连串误会和意外事故，将事情经过变得曲折复杂，波澜起伏。这是一些富于趣味性和观赏性的轻松喜剧。他的喜剧失去从前的积极思想内容和战斗力，但仅就单纯的戏剧艺术技巧而言，却变得更为严谨精巧，这是牺牲原有的生动自然的风格而换来的。

《扇子》是艺术上精雕细刻的典型代表作品。虽然这个剧对贵族老爷的贪婪无耻和仗势欺人进行了讽刺，但是情节主线却是由扇子这一媒介物串联起来的两个寻常的爱情故事，并无重大旨趣。扇子几易其主，由它产生误会，又消除误会。故事构思巧妙，情节曲折而流畅，剪裁精当，布局紧凑，堪称结构完美之作。

哥尔多尼只在"意大利喜剧院"工作两年，其后入凡尔赛宫，教王室子弟意大利语。后来革命的国民公会取消了王朝给他的退休金，他在贫病交加中度过风烛残年，于议会恢复他的待遇的前一天与世长辞。他留居巴黎期间以幽默生动的笔调撰写《回忆录》（1784—1787），记叙他一生从事喜剧改革的经历。

哥尔多尼一生共写267个剧本，其中喜剧超过150个。这些作品真实而广泛地反映了18世纪意大利的社会风貌，塑造了各阶层人物栩栩如生的艺术群像，是世界戏剧宝库中的珍贵财富。许多作品是久演不衰的保留剧目。哥尔多尼继承了文艺复兴喜剧反映现实的优秀传统，扬弃了它的糟粕，吸收了法国莫里哀等人剧作的长处，开创出轻松自然的生活化的意大利式喜剧风格。哥尔多尼的喜剧以通俗的形式广泛地传播了启蒙主义思想，在历史上起到了进步作用。

朱塞佩·帕里尼（1729—1799）是意大利启蒙运动的主要代表人物，著名讽刺诗人。他出生在意大利北方波西西奥镇的一个小丝绸商之家，家境不宽裕，从小依靠亲戚的资助，得以在米兰上学，长大后遵循资助者的要求当了神父。他于1752年出版第一部作品《利帕诺·埃乌比利诺诗选》，收入92首诗。诗风受阿卡迪亚诗派影响，简洁严谨，显示出深厚的古典文学功底，获得好评。不久，他被米兰著名文学团体"改革者协会"吸收为会员。此后他在塞尔贝洛尼公爵家当了八年家庭教师，目睹了贵族阶级骄奢淫逸的生活，也亲身体验了侍奉贵族的甘苦，为以后的写作积累了素材。

诗人于1757年写了一篇对话录《关于高贵的对话》。他设计一个贵族和一位诗人死后由于墓穴相邻而攀谈。两个人议论的主题是关于贵族的起源、特权和虚荣心，表达了作家关于人无贵贱之分、只有品德高下之别的民主思想。对话中还批评了那些因出身贵族而妄自尊大的人的偏见，指出高尚的道德不可能由祖宗遗传，而是通过学习获得。

长篇讽刺诗《一天》是他的代表性作品。长诗分为《早上》（1763）、《中午》（1765）、《黄昏》（1780）和《夜晚》（1791）四部分，第四部分没有写完。诗人以诙谐幽默的笔调，描述一位贵族公子如何打发一天的光阴。他详尽而生动地描写他早上的梳洗打扮和练习歌舞，中午与贵妇人共进午餐和男女调情，黄昏时的礼节性拜会和散步，夜晚举行的盛大豪华宴会，着力刻画懒散、昏聩、骄矜、虚伪的没落阶级特征，揭示贵族寄生生活的空虚无聊和日暮途穷的前景。他在作品中还描写了社会下层平民的疾苦，谴责贵族与平民之间天壤之别的贫富和地位差距，表现出对劳动人民的关心与同情。帕里尼对贵族阶级的讽刺是温和的，始终没有脱离阿卡迪亚诗派温文尔雅的腔调。但是对贵族生活方式的这种全盘否定的描写，只有在启蒙主义思想的指导之下才可能出现。诗人全新的眼光和诙谐又不失典雅的文笔赢得了全欧洲的赞誉。他个人的境遇也开始好转。他先后获得《米兰新闻》的主编、宫廷学校的教授和公共学校总监等重要职位。诗人晚年主要从事教育工作。

他还写过许多抒情诗和19首颂歌，其中晚年所写的12首颂歌是他最优秀的作品。他的这些诗作反映了许多社会问题，表达了意大利人民的爱国主义热忱和对新生活的向往，成为新文学的象征。但是他是一个改良主义者，在诗中流露出不切实的幻想，把根治社会弊病的希望寄托在统治者采取开明措施之上。他也是一个理想主义者，在作品中勾画了一个以农民和手工艺匠人为主体的新社会蓝图。帕里尼的诗歌具有启蒙主义积极向上的思想情感，又具有成熟的新古典主义艺术特征，文笔娴熟，风格清新，达到相当完美的境界。他在散文集《以美的技巧写美文的一般基本法则》（1792—1796）中，总结了新古典主义美学的基本观点。

1789年爆发法国大革命，帕里尼对革命寄予很大希望。1796年法国军队进入米兰，他在新的国民议会任职，不久因维护米兰人民的利益被法国人解除职务。他从此感到失望和苦闷，积郁成疾，两年后去世。

维多里奥·阿尔菲耶里（1749—1803）是启蒙主义时期的剧作家，意大利古典主义悲剧的创始人。他出生于北方阿斯蒂城的伯爵府，自幼丧父，母亲改嫁，寄宿在都灵军事学校读书八年，然后出国长期旅行，游遍欧洲各国。他于1772年返回都灵，开始用意大利语和法语写作。1775年他发表第一部悲剧《安东尼和克莉奥佩特拉》，在都灵上演获得好评，从此他决定全力以赴写剧本。为了系统学习古典文学知识和掌握纯正意大利语，他于1778年迁居佛罗伦萨。在那里他爱上斯图亚特公爵夫人，与她开始终生的同居。1785年他偕同公爵夫人侨居巴黎，1789年法国大革命爆发时，他写颂歌《推翻巴士底狱的巴黎》，向革命人民表示敬意。革命后期雅各宾党人的过激行为，令贵族出身的作家难以安身，1792年他仓皇逃回国，定居佛罗伦萨。

1775至1790年的15年是阿尔菲耶里创作的高峰期，他完成了一生中最重要的作品：19部悲剧、4部政治论著和《诗集》的前半部分。这些作品表达了鲜明的启蒙主义思想。1792年以后他主要从事古罗马作品的翻译，撰写自传《生命》（1798）。

阿尔菲耶里的政治论文尖锐犀利，锋芒毕露，具有极强的批判力。《论暴政》（1777）猛烈抨击一切形式的封建专制，但他不相信人民的力量可以推翻暴政，认为只有少数杰出的个人能同暴君对抗。《论君主和文学》（1786）揭露封建君主以保护文艺为名，行收买御用文人之实，主张作家人格独立，充当自由的使者和旗手，认为文学创作是优越于人类其他一切活动的行为。这篇作品几乎是文学家的独立宣言，成为后来作家经常引用的经典。《普林尼对图拉真的赞歌》（1785）赞颂自动放弃世袭政权、还臣民以自由的封建君主，主张人人都应是独立的公民。他提倡的是一种自上而下的解放道路。《论不为人知的美德》（1786）怀念一位已故的朋友，将他誉为新人类的象征，这是一种不求闻达、甘于寂寞、品德高尚、趣味高雅、崇尚自由与尊严的人。阿尔菲耶里的这种人生观是纯粹贵族化的理想。他认为只有极少数特殊的人具有如此之高的情趣，只有在他们之间才能建立亲密而又严肃的友谊关系，才能远离尘世的俗人俗物。政论作品表达了他的社会理想和政治主张。显然有些思想是有局限性的，很难经受实践的考验。果然他后来发生思想倒退，发表诗歌《憎恶高卢》（1798）攻击法国革命。他的《诗集》（1789）中类似的思想经常出现。

阿尔菲耶里对原来不成熟的意大利悲剧进行了改革。当时流行取材于神话、古代传说或《圣经》故事的五幕剧，结构松散，内容杂乱。他遵循“三一律”，删除一些不必要的情节枝蔓，清理出主要情节线索，使剧本结构严谨，层次清晰，重点突出。他的剧本沿用历史题材，注入新的启蒙思想，以精美的诗句行文，博得观众的喜爱。这些剧作具有人物性格特征鲜明，语言洗练的特点，尤其以激情澎湃，气势高昂，感染力强见长，奠定了意大利古典悲剧的基础。

阿尔菲耶里的作品反封建意识强烈。他着意描写人民同暴君，民主同专制的冲突，许多剧本均以此为主题，如《腓力》（1776）、《老布鲁图斯》（1786）、《小布鲁图斯》（1788）、《维吉尼娅》（出版年代不详）等。这些作品鞭挞封建主的残暴专横，赞颂平民的力量和智慧。剧中的英雄人物形象高大完美，经常是壮烈牺牲，因此他的悲剧被称为“悲壮的英雄史诗”。作品饱满的政治热情和昂扬的英雄主义鼓舞了意大利人民反抗外族压迫、争取民族独立和统一的斗志。他被认为是民族复兴运动的先驱者。

取材于《圣经》的《扫罗》（1782）和由神话故事改编的《弥拉》（1784）是艺术性很高的两部力作。前者通过以色列王扫罗同英雄大卫的矛盾，精心刻画扫罗的内心世界，活画出一个骄傲、狭隘、嫉妒、惊惧不安的灵魂，表现了人生的困境。《弥拉》描写一个少女的心灵悲剧。公主弥拉被神惩罚而迷恋父王，遭受爱的欲火与乱伦的恐惧的双重折磨，她的未婚夫因发现情变而愤然自杀，公主也羞愧自刎。欲望与理智的冲突，感情同道德的矛盾，人在厄运中的孤苦无助与绝望挣扎，被描写得非常感人。这两部作品也是描写命运的悲剧，表达了作家对人生的悲观认识。

第六节　俄国文学

18世纪初叶，彼得一世（即彼得大帝，1682—1725年在位）所推行的改革对振兴俄国起了极为重要的作用，并决定了整个18世纪俄国的近代化进程。他在年轻时代亲自赴西欧学习航海和造船业。1698年回国后，他采取激烈措施，改变俄国中世纪形态的国家机器和社会风尚，振兴工业，发展教育，组建近代化军队，并且与瑞典查理二世争夺涅瓦河口，在那里修建新都彼得堡，打开了通向西欧的窗口。1709年的波尔塔瓦战役是彼得一世对瑞典的决定性胜利。彼得一世是在强化封建农奴制度的基础上建立近代化的专制帝国的，他还废除了宗主教制，设立“东正教最高会议”，使教权服从于专制王权。

彼得一世逝世后，从1725到1741年是宫廷政变频仍，改革派与保守派纷争以及皇室宠臣争权夺利的时期。直到彼得一世的女儿伊丽莎白二世治世（1741—1761年在位），政局才趋稳定。18世纪下半叶，叶卡捷琳娜二世（1762—1796年在位）时代是俄国国力继续增强，但社会矛盾也进一步激化的时期。她曾经与法国启蒙派学者伏尔泰和狄德罗等交往，标榜开明进步，但她惧怕革命，残酷镇压了普加乔夫农民起义（1773—1775），并迫害著名的俄国启蒙作家诺维科夫和拉季舍夫。叶卡捷琳娜二世虽然试图推行法制，但她所颁布的法令都旨在强化贵族的特权，而广大农奴仍处在无权的地位。这样，受过西欧文化教养的俄国贵族阶层和广大农民之间的文化鸿沟严重加深。叶卡捷琳娜二世时代，俄国军事力量更为增强，对外采取扩张主义政策，取得对土耳其战争的胜利。她晚年惧怕发生法国革命那样的动乱，1793年曾下令焚毁法国启蒙派学者的著作。

彼得一世的改革推动了18世纪俄国文化和文学的迅速发展。近代化的建筑、绘画、雕刻和书籍印刷业取得长足进步。彼得宫、冬宫等豪华和杰出的建筑闻名于世。科学院（1726）、莫斯科大学（1755）、俄罗斯悲剧、喜剧院（1756）相继设立，促进了自然科学和人文科学的振兴。中世纪占统治地位的神学权威受到冲击，出现了以罗蒙诺索夫为代表的一批科学家和文学家，但东正教传统观念仍相当普遍。

新兴的俄国文学接受了古典主义文学思潮，自40年代起荷马、柏拉图、西塞罗和维吉尔等的古希腊、罗马文学著作被译介到俄国。西欧诗歌体裁（颂歌、哀歌、讽刺诗、寓言、史诗、长诗、悲剧和喜剧等）逐渐为俄国诗人所掌握。他们进行了文学语言的改革，并结合自己民族文化的传统，推出了一批描写历史和反映现实的作品。康捷米尔（1708—1744）写讽刺保守、愚昧和批判封建等级制的讽刺诗，开创了18世纪俄国文学的批判讽刺潮流。特列佳科夫斯基（1703—1769）的诗歌创作和语言文学活动也对此时期文学的进展作出贡献；1766年，他还译介了法国费纳隆的《忒勒马科斯历险记》。启蒙派学者诺维科夫（1744—1818）创办讽刺杂志《雄蜂》（1769—1770）、《画家》（1772—1773）等，尖锐抨击农奴制和贵族的寄生生活，大力促进了俄国的启蒙思想文化。60年代末、70年代初，有若干《民歌谚语集》相继问世，对俄国文学的发展提供了民间文学的养分。

18世纪的俄国文学中，诗歌体裁占压倒优势，但自60年代起也出现一批冒险小说和流浪汉小说。由波兰移居俄国的埃明（1735？—1770）首先发表自传体冒险小说《米拉蒙特历险记》（1763）。接着，民间文学收集家丘里科夫（1743？—1792）发表了情节生动的流浪汉小说《漂亮的女厨师》（1770），描绘一个军士的寡妇的艰难生涯。科马洛夫（1730—1812？）发表了《骗子瓦尼卡·该隐记》（1775）。这批小说对19世纪俄国小说的兴起起了不小的作用。

博学多才的卡拉姆津（1766—1826）受到英国感伤主义思潮的影响，于1792年发表了中篇故事《苦命的丽莎》，描写农家少女丽莎被负心的贵族青年所抛弃，以致投湖自尽。这篇故事引起热烈的社会反响。感伤主义思潮在俄国也流行起来。

彼得大帝的改革揭开了俄国启蒙主义时代的序幕。在这种改革的推动和影响下，俄国知识界出现了以开明君主主义为政治理念，提倡科学与文化的新思潮。其代表人物之一是**米哈伊尔·瓦西里耶维奇·罗蒙诺索夫**（1711—1765）。他出身于白海边的渔民家庭，19岁进入莫斯科的斯拉夫–希腊–拉丁学院学习，1736年去德国学习自然科学，1741年回国后，任职于俄国科学院，在他的努力下创办了莫斯科大学。罗蒙诺索夫博闻强记，博学多才，集科学家、文学家、语言学家等于一身，对俄国的科学和文化的发展作出了巨大贡献。

在罗蒙诺索夫的文学创作中，诗歌，尤其是颂诗占有重要的地位。他的颂诗主要有：《攻占霍丁颂》（1739）、《伊丽莎白女皇登基日颂》（1747）等。罗蒙诺索夫认为诗歌的任务不是歌唱鲜花、美酒和爱情，而在于抒发公民感和爱国激情，比如诗篇《与阿那克里翁的对话》（1747—1762）。因此，他的颂诗以英雄主义和爱国主义为主题，歌颂俄罗斯的宏伟和富饶，军队的胜利和人民的力量，呼唤掌握科学、进行生产劳动，以开发祖国的大自然宝藏。罗蒙诺索夫的颂诗大多是歌颂君主的，因为他认为像彼得大帝、伊丽莎白女皇这样的君主代表全民族的利益。他颂扬他们，是希望君主接受他的启蒙思想，重视科学与文化，把俄国引上繁荣富强之路。例如，在《伊丽莎白女皇登基日颂》中，他歌颂科学，认为科学能给人类带来幸福。

还有一组诗作，可视为自然哲学的颂诗，如《夜思上天之伟大》（1748），《晨思上天之伟大》（1751）和《论玻璃的益处》（1752）等。这组诗篇表达出具有唯物思想的自然神论的观点，对普及科学知识具有积极作用。例如，在《晨思上天之伟大》诗作中他歌颂太阳的力量时这样写道："那里有火红的旋风飞卷，/许多世纪搏击不停。/那里岩浆像水一样沸腾，/雨水灼热，响声隆隆。"这是诗人对太阳上物质运动的一种假说，后来，他根据这种假说提出热是由于微粒运动而形成的理论。

罗蒙诺索夫还写过两部悲剧和未完成的长诗《彼得大帝》（1760）。他的诗歌富于隐喻，常使用夸张手法，把巴罗克风格的自由和激情与古典主义的规范化体裁糅合在一起。

罗蒙诺索夫的语言学论著颇丰，主要撰有《论俄文诗律书》（1739）、《修辞学》（1748）、《俄语语法》（1755）、《论俄语宗教书籍的裨益》（1758）等。他按照俄语的语言特点，提出把音节诗体改为重音诗体，大大推进了俄语诗歌形式的发展。针对当时俄语词汇的混杂状况，罗蒙诺索夫将俄语词汇进行分类整理，归纳成斯拉夫语词汇、斯拉夫语和俄语共用的词汇和俄语口语词汇三大类。后来，又提出"三级文体论"，即高级体、中级体和低级体三级文体，并具体指出哪一类词汇适用于哪一种文体，这是罗蒙诺索夫对俄罗斯民族语言和文学语言的发展所作出的重要贡献。

亚历山大·彼得罗维奇·苏马罗科夫（1717—1777）出生于破落的名

门贵族家庭，毕业于贵族武备学校。他反对暴政，呼唤开明的君主，1756年至1761年任国家剧院院长，因与上司不合而退职。1769年他从彼得堡迁往莫斯科，以示对宫廷的不满。他因娶农奴为妻而与贵族亲属决裂，常年贫困，晚景凄惨。

苏马罗科夫写过悲剧、喜剧、颂诗、讽刺诗、寓言、歌曲等多种体裁的文学作品，而以悲剧体裁为主。是他第一个把悲剧引入俄国文学，丰富了俄国的古典主义文学体裁，被誉为“北方的拉辛”。他一生共写了《霍列夫》（1747）、《哈姆莱特》（1748）、《辛纳夫和特鲁沃夫》（1750）、《阿尔季斯多娜》（1750）、《谢米拉》（1751）、《雅罗波尔克和捷米莎》（1768）九部悲剧。

苏马罗科夫的大部分悲剧取材于俄罗斯古代。例如在《霍列夫》中，俄罗斯大公居伊夺取了基辅大公扎夫罗赫的王位。居伊的弟弟、王位继承人霍列夫与扎夫罗赫的女儿阿斯涅尔达相爱，却不得不与扎夫罗赫作战。但他在击败扎夫罗赫之后，因得知阿斯涅尔达被居伊毒死，而自刎身亡。在《僭称为王者德米特里》（1771）中，作者塑造了一个暴君的形象。暴君德米特里占领莫斯科后把这个“美丽的城市”变成了“大贵族的监狱”，并惩罚了许多的“无辜者”。他还企图毒死自己的妻子，并强迫大贵族舒伊斯基的女儿克谢尼亚嫁给他。舒伊斯基佯装降服，但在暗中组织民众，准备起事。当暴动的民众占据了沙皇的宫殿之后，德米特里声言如不立即停止暴动，就将刺死克谢尼亚。舒伊斯基认为，爱国主义的原则应当高于一切，他表示宁肯牺牲爱女，也决不妥协。这种精神感动了德米特里的一个宠臣，他冒死把克谢尼亚解救了出来。暴君遭到彻底孤立，终于自杀。

古典主义悲剧中常见的理性和私欲、社会职责与个人感情之间的矛盾和斗争，几乎构成了苏马罗科夫全部悲剧的情节冲突基础。苏马罗科夫在悲剧中极力宣扬克制个人感情，履行公民职责的思想。

杰尼斯·伊万诺维奇·冯维辛(1744—1792)出身于贵族家庭,曾就读于莫斯科大学,后长期在外交部供职。1769年,他创作了喜剧《旅长》,在剧中嘲笑了贵族的粗暴、愚昧和盲目崇外的心态,因而受到外交大臣、政府的反对派潘宁的注意,并被聘为潘宁的私人秘书。1782年,其代表作喜剧《纨绔少年》上演,获得成功。1783年以后,发表了讽刺作品:《某些能引起聪明和正直的人们特别注意的问题》、《宫廷语法》等,揭露宠臣的专权、宫廷权贵的恶习。1782至1783年在潘宁的授意下他写作了《论国家大法之必要》一文,这篇政论文后来曾被十二月党人用来宣传限制君权的思想。

喜剧《纨绔少年》的主人公米特罗方的名字源出于希腊语,其涵义为"像母亲一样"。他的母亲普罗斯塔科娃是个自私、愚昧、狡黠的农奴主。她对寄养在她家的孤女索菲亚百般虐待,对农奴更是肆无忌惮地进行压榨,她给老保姆的报酬居然是"一年五个卢布,外加每天五记耳光"。但这个女农奴主对自己的儿子却极度溺爱,让他过着百无聊赖的寄生生活。当她得知索菲亚可从自己的舅父那里得到一大笔财产时,她竟强迫索菲亚嫁给米特罗方。米特罗方就是在这种畸形的家庭环境中长大的,到了16岁,连加减乘除都不会。他整日闲逛,成了一个十足的纨绔少年。"我不要学习,我要结婚!"成了他的生活信条。喜剧真实地描写了1762年叶卡捷琳娜二世重申彼得三世颁发的"贵族自由令"之后贵族们纷纷回到庄园赋闲、一批纨绔子弟应运而生的这种社会现象;揭示了腐朽的贵族生活方式正是滋生纨绔少年的温床。喜剧遵循了古典主义三一律的规则,也没有脱出奖善惩恶、大团圆结尾的老套——女农奴主因作恶多端而被政府接管了庄园,索菲亚嫁给了自己所爱的青年军官米朗。作家从生活实际出发,在剧中成功地塑造了农奴主的典型形象,真实地再现了18世纪俄国贵族庄园的生活习俗和道德风貌。

加夫里拉·罗曼诺维奇·杰尔查文(1743—1816)出生于小贵族家庭,

1762年入伍，约十年后获准尉军衔。他参加过镇压普加乔夫的起义，1777年离开军职。服役期间，他开始写作颂诗。诗作内容以赞颂理想的君主和俄国杰出的军事统帅为主，充满爱国主义的激情。

杰尔查文最著名的颂诗为《费丽察颂》（1783）。费丽察是拉丁文中“幸福”的意思。诗人是从女皇叶卡捷琳娜二世给她的孙子写的一篇名为《关于赫洛尔王子的童话》中撷取的这个名字。童话描写的是：费丽察公主派自己的儿子拉苏托克帮助被俘虏的俄罗斯王子赫洛尔找到了无刺的玫瑰，完成了自己的父亲吉尔吉斯汗交给王子的这一艰难的任务。颂歌中的费丽察是个理想化的形象。她敬业乐群，公正不阿，生活俭朴，一心造福于民。诗人用歌颂吉尔吉斯公主费丽察，来赞美女皇叶卡捷琳娜二世。同时，也对宫廷权贵的骄奢淫逸进行了揭露，鞭挞了宠臣们把公务置之脑后，整天做着“当苏丹”的梦，或者醉心于夜间的游猎等。诗人打破了古典主义的清规戒律，把讽刺引入颂诗之中。《费丽察颂》发表后，诗人曾被任命为女皇的秘书，后来还当过省长等职务，1803年退休。在进一步了解了宫廷生活之后，他的颂诗中的讽刺成分也更加突出起来。如《达官贵人》（1774—1794）一诗就以讽刺一个不关心人民疾苦、整日酣睡的大臣为主要内容。《致君主与法官》（1787—1794）一诗则呼吁上帝惩罚那些昏庸的君王。这些诗篇都洋溢着公民激情。杰尔查文还发表过《阿那克里翁体歌曲集》（1804）。

杰尔查文将颂诗与抒情诗的要素糅合在一起，称之为“抒情颂诗”。他在《麦谢尔斯基公爵之死》（1779）、《上帝》（1784）等诗作中对生与死、人的命运、人生的意义等问题进行了探讨。在《瀑布》（1798）中，他以高超的技巧描绘了绚丽的自然风光。《致叶夫盖尼·兹万卡的生活》（1807）一诗更对古典主义不屑于涉及的多彩的日常生活做了形象而逼真的描写。所有这些都使俄国诗歌更加接近于生活的真实。

亚历山大·尼古拉耶维奇·拉季舍夫（1749—1802）出身于贵族，在贵族子弟军官学校毕业后，被派往德国莱比锡大学学习法律。留学期间（1766—1771）他受到法国启蒙思想家卢梭、狄德罗和空想社会主义者马布利（1709—1785）的影响。1771年他满怀报国热忱返回俄罗斯，先后在元老院和军事法庭任职。官场中的贪污舞弊、军事法庭的残酷专断、人民的无权，使他深感失望和痛心。1773年他在自己翻译的马布利的《论希腊史》一书的注释中，指出“专制制度是最违反人性的一种制度”，并表示“我们不能受制于无限的权力”。1773至1775年沙皇政府对普加乔夫起义的镇压，更加深了他对专制制度的认识。1775年他申请退职，1780至1790年在贸易部、彼得堡海关管理局任职。在此期间，他写了《给住在塔波尔斯克的一位朋友的信》（1790）、《漫谈何谓祖国之子》（1789）、《乌沙科夫传》（1789）和《从彼得堡到莫斯科旅行记》（1790）。

《旅行记》是拉季舍夫的代表作。他在书中公然提出了用暴力推翻专制农奴制的主张，因而激怒了女皇叶卡捷琳娜二世，1790年6月30日遭逮捕，并被判处死刑，后改为流放西伯利亚十年。1796年女皇死后，他才被新沙皇巴维尔赦免，但仍受到警察的严密监视。1801年，他被亚历山大一世任命为立法委员会委员，并重返彼得堡。他竭尽全力想通过自己对法律条文所作的对农民有利的解释和说明，来改善他们的恶劣处境。当他知道自己的愿望根本无法实现时，就于1802年服毒自杀。他的遗言是：“后世子孙将为我报仇”。

《旅行记》是以旅行笔记的形式写成的，它记录了作者从彼得堡到莫斯科的旅途见闻。作品广泛地反映了18世纪下半叶俄国的现实生活，并深刻地指出了人民苦难的根源是专制农奴制。革命的思想贯穿于整部作品。

《旅行记》生动地再现了在地主的残酷剥削下农民的悲惨生活。书中描写了农民的沉重劳动，比如，旅行者在一个星期日的中午，见到一个农民正在烈日下耕地，而另一匹马正在地头休息。旅行者感到愤懑不平：

两匹马还能轮流喘息，而农民却得整天给地主干活，只有星期日和夜间才能耕作自己的土地，这不是连畜生都不如吗？作者指出，之所以会这样，是因为俄国专制政府的法律规定了地主有役使农民的权力，“地主的农民在法律上不是人”。

这些农民虽然终年劳碌，却陷于赤贫的境地。地主把农民的份地和草地都夺走了，然后强迫他们全家终年为自己干活。他们吃不饱饭，住在低矮、阴暗、狭窄的陋室里，甚至不得不与猪、牛共眠。这些农民还被剥夺了做人的起码的权利，地主可以把农奴置于街头，把他们当作牲畜、家仆一样拍卖。

《旅行记》在无情地揭露和鞭挞地主欺压凌辱农民的暴行的同时，也表现了农民自发的反抗斗争。书中讲述一个地主的儿子企图在农民结婚的那天强奸其未婚妻，新郎为了保护未婚妻免遭凌辱，在村里农民的鼎力协助下把地主父子打死了。作者为农民辩护说，农民是出于自卫才杀人的，而自卫乃是人的天赋权利，因此“杀人者无辜”，这“是和数学一样地明确”。

《旅行记》把批判的锋芒指向了封建专制农奴制的统治。他的卷首题词把专制农奴制比喻为一头身躯庞大、肥胖臃肿、张开百张血盆大口狺狺而吠的怪物。书中记载了旅行者所做的一个富于寓意的梦：他梦见自己成了沙皇，坐在金碧辉煌的宫殿里，身着华丽的袍服，头戴桂冠，文武百官对他顶礼膜拜，歌功颂德。但真理女神摘除了他眼睛上的翳障后，沙皇才看清了真实情况：原来自己的衣服上沾满鲜血、浸透眼泪，手指上是人的脑浆。周围的人们向他投射来的是充满妒忌和憎恨的目光。他派出征战的统帅沉溺于骄奢淫逸的生活之中，军中士兵的待遇不如牲畜。在这里，作者已经明显地是在用影射的手法讽刺女皇及其宠幸的大臣和将军了。作者甚至把沙皇称作“一切凶手中最残暴的一个，一切罪犯中罪行最严重的一个”，并预言凶手和罪犯是终将受到惩罚的。他运用法国启蒙思想家卢梭等宣传的天赋人权的思想，对俄国封建农奴制进行了有力的批判。正如高尔基所说，“《旅行记》这部卓越的作品，乃是法兰西哲学当时在俄国所产生的影响的最鲜明的表现。”正因为如此，女皇在读了《旅行记》之后，认定拉季舍夫是“比普加乔夫更坏的暴徒”。

当然，在《旅行记》的个别章节中，作者也表现出对统治者仍然存在某些幻想，他天真地希望能说服地主们，让他们理解农奴制的危害，而自动地解放农奴。

《旅行记》是一部宣扬民主主义思想的杰作。它的内容涉及政治、经济、宗教、法律、道德、教育、文化等等广泛的领域。作者在作品中提出的很多民主主义的见解充满了哲理性，犹如箴言警句。

这部作品所使用的是感伤主义文学中最流行的体裁——旅行记。它不是以刻画人物性格为主，而是以叙述旅途见闻、抒发作者内心感受见长。书中表达了一种炽热的公民感情、忧国忧民的思绪。它朴素、真实地反映了农民的生活。这部作品一直被列为禁书，只能以手抄本形式流传。直到1858年，赫尔岑才在伦敦将它公开出版。

第七节　西班牙、葡萄牙文学

西班牙文学　18世纪一开始法国路易十四的孙子费利佩五世（1700—1746年在位）在西班牙登基，这样开始了历时13年的西班牙王位继承战争，最后以波旁王室获胜而告结束。此时“黄金世纪”那些优秀作家所显示的奇异的创作才华业已丧失殆尽。软弱的西班牙顺从国际潮流从各个方面效仿法国，深受法国影响。这不仅表现为西班牙语带上了法语风格，而且表现为生活方式、艺术以及政治上的法国化。法国文学作品、学术著作，高乃依、莫里哀、孟德斯鸠、伏尔泰、卢梭等人的思想也通过翻译传入西班牙。

进入18世纪，四种文化运动相继发展，它们是上个世纪就已经存在的巴罗克思潮、启蒙思想、前浪漫主义和新古典主义。在费利佩五世统治时期，卡尔德隆流派风格继续影响着西班牙文坛。在费尔南多六世（1746—1759年在位）和卡洛斯三世（1759—1788年在位）时代，启蒙主义思想得到发展。前浪漫主义持续的时间不仅短而且影响不大，它的发生和完结都是在卡洛斯三世执政时期。而新古典主义在卡洛斯四世（1788—1808年在位）时期兴旺发达，其余波甚至延续到19世纪，最后被浪漫主义所取代。

在深受巴罗克文风影响的西班牙文人中，18世纪出现了一批敬仰法国文化的文人，他们准备按照法国、意大利方式引进古典主义。当时的戏剧作家继续按照卡尔德隆与其弟子们的戏剧模式进行创作，喜欢撰写宗教圣理剧以及有关荣誉问题的正剧。这时有两位为剧团撰写剧本的作家——安东尼奥·德·萨莫拉（1660?—1728）和何塞·德·卡尼萨雷斯（1676—1750），但他们的作品文学价值不大。诗歌创作上也只有三流诗人，他们仍然喜欢夸饰文体和警句主义风格。而平民百姓则对盲艺人演唱的瞎子谣曲极感兴趣。

此期的小说创作几乎绝迹，这个文学体裁从上个世纪末就已衰退。叙事文体主要在文艺评论与研究领域上发挥作用，成为引进、介绍、宣传18世纪欧洲其他国家文化成果和各种思潮的一种形式。这个世纪的前几年，叙事文学方面只有一个巴罗克式作家值得注意，他是克维多流派较疏远的弟子，名叫迭戈·德·托雷斯·比利亚罗埃尔（1694—1770）。他的《堂·迭戈·德·托雷斯传》（1743）是一部当时颇受欢迎的作品，具有诙谐和讽刺意味，语汇丰富，体现了很高的语言修养。该书将那个时代的众多事件以白描方式直接表述出来，人物多是庸医、斗牛士、大学教师、占卜家、逃犯等，带有消遣性的流浪汉小说的特色。

对巴罗克文风持抨击态度的代表作家有三位：贝尼托·赫·费霍（1676—1764），弗朗西斯科·德·伊斯拉（1703—1781）以及伊戈纳西奥·德·卢桑（1702—1754）。费霍神父是第一位站出来与愚昧无知进行斗争的文人，他以一种人人都能接受的简洁明快的方式宣传了他那个时代的科学。他撰写的传播百科全书学派主张的论文和演讲被收集在《总体批判战场》（1765）和《奇妙的博学信札》（1765）中。他的叙事文体摆脱了咬文嚼字的毛病，通俗易懂，适合于具有中等以上文化水平的人阅读。他可以被视为西班牙第一个现代作家。伊斯拉神父试图改革布道，反对巴罗克式的布道方式，为此目的他撰写了小说《著名讲经师"笨伯"赫龙迪奥·德·坎帕萨斯传》（1758）。全书充满诙谐口吻。伊戈纳西奥·德·卢桑以其《诗艺》（1737）为18世纪诗歌创作立下新规则。他模仿法国、意大利的诗作规则，阐明诗歌与戏剧应遵循的条条框框。这部作品对这个世纪后30年有很大的影响，成为新古典主义作家的教科书。

启蒙主义思想传入西班牙后，受其影响的文学主要为改革进行宣传，歌颂18世纪所特有的进步精神，致力于把西班牙从文化落后状态中解救出来。在启蒙主义文人中值得专门介绍的有何塞·卡达尔索和加斯帕尔·梅乔·德·霍维亚诺斯。前者是位充满浪漫激情的作家，他主张开发科学，倡导文化，吸取欧洲先进国家经验来振兴西班牙；后者是18世纪西班牙启蒙思想理论的身体力行者，他不但创作了抒情诗和哲理诗，把前浪漫主义和启蒙思想结合起来，而且为西班牙教育、农业和机构改革著书立说。在启蒙思想推动下出现了新的国家机构，其中以国家之友协会和商业洪达（即委员会）最为著名。此外，为新思想鸣锣开道的新闻报刊也应运而生。这个阶段还建立了一系列的文化机构，如费利佩五世时期成立了皇家语言学院（1714）、历史学院（1738）、国家图书馆（1711）。语言学院对西班牙语的演化起了指导作用，它组织出版了一部《权威字典》（1714）、一本《正字法》（1741）以及编撰了《西班牙语语法》（1771）。

西班牙前浪漫主义阶段诗歌反映在两个流派上：塞维利亚派和萨拉曼卡派。两派都善于将过去的古典主义、以卢梭为代表的感伤主义以及英国作家的革新所形成的新精神结合起来。萨拉曼卡派从莱昂神父的作品中寻求灵感，而塞维利亚派则受益于费尔南多·德·埃雷拉的文体风格。在萨拉曼卡派诗人中，马努埃尔·何塞·金塔纳（1772—1857）继承启蒙主义与新古典主义所开创的道路，歌颂社会进步与国家自由，如《献给印刷术的发明》（年代不详）赞扬印刷术把“人是自由的”呼声传播到四面八方，《献给特拉法加尔之战》（1795）用罗马虽曾战败但始终是个强大的国家，来激励西班牙对未来的信心。塞维利亚派的诗作除了18世纪常见的主题外，喜欢撰写宗教诗以及说教诗。

18世纪最重要的西班牙诗人是萨拉曼卡派的胡安·梅伦德斯·巴尔德斯（1754—1817），他的众多诗作可分成两个时期。第一个时期以颂歌、牧歌以及田园诗为主，继承西班牙古典传统，其文风过于细腻，远离当今的情感。第二阶段以“诗简集”、“谣曲集”为主。这个阶段的诗作，把启蒙精神与对大自然的观赏、对历史往事的酷爱以及对自由的向往等浪漫主义情感结合起来。

1737年卢桑的《诗艺》出版，标志新古典主义在西班牙取得胜利。新古典主义通过戏剧与诗歌得以在西班牙传播，用所谓的正统、典雅、细腻完美的形式取代了情感的表露。这类作品接受了古典的三一律原则，形式结构严谨，在内容方面则多是冷冰冰的说教。新古典主义戏剧在西班牙的代表作家是莱安德罗·费尔南德斯·莫拉廷，他也是位诗人和散文作家，他具备很高的文化修养，是亲法国的典型知识分子，戏剧经他之手后，变成内容比较真实可信的教育工具。他试图改革民间戏剧占据主导地位的舞台，还翻译过莫里哀剧作，从而开创了西班牙现代戏剧。

除新古典主义戏剧外，这时期的民间戏剧主要以拉蒙·德拉·克鲁斯（1731—1794）的说唱剧为代表，如《马诺洛》（1769），充满了诙谐情调。

此外还有两位寓言诗歌作家托马斯·德·伊利阿特（1750—1791）（著有《文学寓言》，1782）和费利克斯·马利亚·萨马涅戈（1745—1801）（著有《道德寓言》，1781）。他们的作品成为老幼皆宜的说教叙事诗典范。

加斯帕尔·梅乔·德·霍维亚诺斯（1744—1811）出生在一个贵族家庭，但兄弟姐妹过多，家境并不十分宽裕。他自幼就有汲取文化的强烈愿望，1757年他到奥维耶多大学学习哲学，后转到阿维拉和阿尔卡拉大学学习神学，有机会接触启蒙思想。经朋友劝说，他最终放弃从事神职的念头，于1767年在塞维利亚找到一份差事，从而迁到安达卢西亚的首府，一住就是十年。这十年对他的成长至关重要，他阅读了欧洲伟大思想家的大量作品，如伏尔泰、卢梭、休谟等。1774年霍维亚诺斯晋升为王家法院的法官，并成为远近闻名的学者。从这时起他开始涉足文学创作。

1778年霍维亚诺斯到马德里就任新职，他与上层贵族的关系极为密切，成为几个学院的院士。他积极参与卡洛斯三世倡导的改革运动，在宣传启蒙思想、鼓动改革的公众活动里显得极为活跃。1788年卡洛斯四世登基，西班牙的改革停滞不前，启蒙主义者处于劣势地位。霍维亚诺斯被流放到萨拉曼卡。这之后他曾再度被重用，又二次被流放，历尽了政治艰辛，直到阿兰胡埃斯暴动后，才于1808年5月获得自由。但他拒绝接受来自法国的新国王何塞·波拿巴任命的大臣职务，选择了参加中央洪达的抗法工作。最后他在返回阿斯图里亚斯的途中遇暴风雨，患了肺炎，不治而逝，结束了他那疲于奔命的一生。

霍维亚诺斯学识渊博，涉猎各种不同的学科领域。他是一个尊重传统的改革家，但又不完全屈从于传统思想。他反对激进的做法，试图对酿成不平等状况与恶习的社会组织进行改革；他反对对国家的发展毫无贡献的贵族继续保留他们的特权；他认为僧侣亦不应维持他们的优越待遇，并支持更加合理地分配财富和土地的宪法改革方案。

他关心的另一个问题就是教育体制的革新。教育是人人皆应享有的权利，而不能只局限在少数特殊阶层。在这方面培根、洛克等人的思想对他影响极大，他一直主张国家应牢牢地掌握教育权。

在宗教问题上，他是个热忱而又忠诚的天主教信徒，但他认为大学的领导权不应由僧侣垄断，他反对宗教裁判所，主张让罗马教廷尽可能少干预西班牙宗教事务，加强西班牙天主教的自主权。

作为经济学家，他将重商主义理论与重农主义结合起来进行研究。在接触欧洲新思想的过程中他发现了西班牙的差距。在18世纪，西班牙重商主义占据着主导地位，以大量出口贵金属来支持经济。但霍维亚诺斯则认为一个国家的繁荣不是靠出口矿产换取金钱，而是要拥有自己的工业产品。他看到土地是西班牙经济的关键环节之一，主张在重视农业的基础上，提倡经济自由主义。他的《关于农业法》（1795）一书阐述了他进行农业改革的观点。

文学创作上，他的重要作品有宣传资产阶级博爱思想的剧本《正直的罪犯》（1774），要求废除肉刑逼供，宣传刑事改革。此外他还有见解独特的、关于西班牙艺术的论述《对美术的赞美》（1782）。

何塞·德·卡达尔索–巴斯克斯（1741—1782）出生在西班牙南部城市加的斯。他出生时父亲正在西班牙美洲，直到1752年方见到自己的生父。根据他撰写的传记说，他的母亲生他时死去，他是靠亲戚们的照料长大的，在加的斯的耶稣会学校受到启蒙教育。1754年（或1755年）他去巴黎，从而获得丰富的拉丁文与人文科学知识，扩大了他的视野。1758年他在为贵族家庭设立的马德里皇家学校注册，结束学业后再次出国游学一年半。

1762年他开始了军人生活，并参加过葡萄牙战役。服役期间他开始从事文学创作活动，1770年回到马德里。他曾试图在戏剧上做出成就，但是他的第一部剧作《桑乔·加西亚》（1771）首演失败。1773年他再次到萨拉曼卡的驻军服役，从而有机会与萨拉曼卡派的年轻诗人交往，与他们保持联系并对他们施加影响。1774年再次回到马德里后他开始撰写《摩洛哥人信札》。后来他在直布罗陀担任总司令的助理，1782年2月在与英国军队作战中受伤阵亡。

卡达尔索主要作品是《假学者》、《忧郁的夜晚》和《摩洛哥人信札》。《假学者》于1772年发表。全书分为七“课”，是一位教师在一周内给他的学生们讲授的全部课程，目的是让学生在最短的时间里学到各种知识以便炫耀于社会，其便捷的窍门就是让学生认识必不可少的名字与阅读书籍的目录。这部作品的意图是讽刺那些夸夸其谈的年轻人，他们只满足于一知半解，但又四处炫耀、卖弄，不学无术。

他的另一部作品《忧郁的夜晚》（1779？）以对白形式展开，讲述了三个夜晚发生的事情。主人公特迪阿托计划把恋人的尸体从墓地挖出，带回家中，然后点燃房间，与尸体一起化为灰烬。第一夜风雨交加，伸手不见五指，特迪阿托同伙伴洛伦索没能完成任务。第二夜他不巧碰见杀人，涉嫌入狱。第三夜特迪阿托同洛伦索终于在墓地又见面。洛伦索十分贫困，感到活得太惨不如死去，特迪阿托鼓励他，并说：“只要能够让别人高兴，这人就不会不幸福”。原稿到此中断，1815年再版时，一个伪作者给第三夜增加了一个结尾，即他们掘墓之事被发现，法官将特迪阿托治罪，流放他乡。

对《忧郁的夜晚》有过各种推测，但认为这部作品带有作者自传性质的说法早已过时。卡达尔索本人在《摩洛哥人信札》的第67封信中通过努尼奥之口谈到它时说：“我为一位朋友之死而写下了《忧郁的夜晚》，是模仿杨格博士的《夜思》模式而写就的。”

《摩洛哥人信札》是卡达尔索著作中最有趣的一部作品，卡达尔索在世时没有公开出版，当时只是以手抄本形式流传。1789年以连载形式在

《马德里邮报》上发表。

该书由三个人物之间往来的90封书信组成。三个人物分别是：加塞尔——一个伴随摩洛哥大使来到西班牙的青年，他利用延长在西班牙逗留的期限了解这个国度；本·贝莱伊——一位资深的老者，加塞尔的老师；努尼奥——加塞尔的西班牙朋友，他帮助加塞尔了解、认识西班牙的本质，使之排除误解，看清实情。

全书内容涉及三个方面：1）较全面地回顾国家民族的历史；2）具体地触及18世纪的西班牙社会问题；3）对人类伦理道德的高瞻远瞩。卡达尔索带着满腔爱国之情写就本书，驳斥外国人对西班牙的种种诬陷。他也以一个优秀的启蒙主义者的眼光对西班牙的问题提出了建设性批评。作者对涉及的问题并没下最后结论，而是留有余地，让三个人从不同的视野和角度去做探讨：努尼奥从内部，加塞尔从外部，而本·贝莱伊则从较高的立场来作评述，使讨论既丰富，又全面。在回顾西班牙的历史时，作者推崇16世纪的西班牙，并为西班牙海外殖民作了一些辩护；在谈及现状时，他承认自己的国家在文化、科学等方面落后于欧洲其他国家。他批评追求奢侈豪华、无休止的争论、厌恶劳动、追逐加官晋爵等腐败现象，提出唯一解救西班牙的办法是劳动和科学进步，并且要求加强道德教育。在三个人的书信交流中，有关道德的思考和论述几乎都是由本·贝莱伊和努尼奥完成的，因为他们肩负着教育青年人加塞尔的任务。

莱安德罗·费尔南德斯·德·莫拉廷（1760—1828）是18世纪遐迩闻名的文学团体“圣塞巴斯蒂安饭店文艺座谈会”的创始人，启蒙主义戏剧家，诗人尼古拉斯·费尔南德斯·德·莫拉廷的长子。莫拉廷自幼受过良好的教育，还表现出绘画天才。他父亲希望他去罗马深造，但遭到母亲的反对。他就留在家中，继承祖业，做了首饰车间的学徒。

1779年他以诗歌《天主教国王堂费尔南多和王后堂娜伊萨贝尔收复格拉纳达》获得西班牙皇家语言学院颁发的奖项。1782年他又在皇家语言学院组织的文学竞赛中以诗歌《诗歌课程——讽刺卡斯蒂利亚诗作中的陋习》获得二等奖。1786年开始他的戏剧创作生涯。

1787年莫拉廷作为卡巴鲁斯（著名的西班牙经济学家）的秘书赴巴黎。翌年回国，在马德里继续从事文学活动。费尔南多七世（1814—1833年在位）的宠臣戈多伊掌权之后，成为莫拉廷戏剧创作的保护人。1792年他再次赴法国，并到伦敦以及意大利，直到1796年方回国，并当上了戏剧管理委员会成员。

1808年开始的西班牙独立战争改变了他的生活。他站到拿破仑的弟弟何塞·波拿巴一边，后被这位新国王任命为国家图书馆馆长，并被授予国王本人创建的五角骑士团的骑士称号。1812年法国入侵军在阿拉皮莱斯战败后，从西班牙撤退时莫拉廷也跟随离去。1820年西班牙国王费尔南多七世大赦，莫拉廷方得以回到巴塞罗那。由于瘟疫盛行，1821年他不得不到法国波尔多避难，靠他的朋友接济，后来被吸收为西班牙皇家语言学院院士，但他未回国就职。1827年莫拉廷赴巴黎，翌年在流亡中逝世。

莫拉廷的剧作很少，只有五出。另外还有几出改编的外国戏剧。

诗剧《老人与少女》（1786）是莫拉廷的第一部剧作，描写年龄相差很大的婚姻给年轻妻子造成的终身痛苦。这出戏1790年在戈多伊的庇护下方得以首演。

1803年首演的另一出诗剧《男爵》是作者由同名的说唱剧改编的，矛头仍然指向不合理的婚姻，但又讽刺了渴望沿着社会的阶梯向上爬的丑行。

诗剧《虚假的女人》1791年写就，但1804年方首演。戏剧情节围绕堂马丁和堂路易斯兄弟俩展开。前者严肃、刻板，后者坦诚、开放豁达。两个人以其各自待人处世的方式培养教育自己的女儿。堂路易斯的女儿伊内斯纯朴、自然，以坦诚的方式表露自己的内心世界；而卡拉腊为了逃避父亲堂马丁的严厉管教，变得虚假、伪善。最后弄巧成拙的卡拉腊嫁给了浪荡子克劳迪奥，但慷慨的伊内斯将一位阔亲戚的遗产分给了他们一半，帮助卡拉腊获取了父亲的谅解。这部作品曾遭宗教裁判所干涉，逼作者删去揭露慈善行为虚伪的某些内容。

《新喜剧或咖啡馆》是1792年首演的一出散文体剧作，作者以启蒙主义观点抨击盛行于当时西班牙舞台上的粗制滥造但又引人入胜的正剧。剧中的主人公埃莱乌特里奥是个剧作家。他的正剧《维也纳之围》的首演对他来说至关重要，是为他开启所有大门的一把金钥匙。但更为具体的是可以帮助他解决两个亟待处理的问题：养活五个孩子以及为妹妹马里吉塔和埃莫赫内斯举行婚礼筹措费用。热爱丈夫的阿古斯蒂娜以及让人难以忍受的、夸夸其谈的埃莫赫内斯的一片赞扬声使得主人公处在自我陶醉之中。而与这些人截然相反的一位头脑十分清醒的人物，堂佩德罗·德·阿吉拉尔从一开始就很不客气地指出这部剧作以及那个时代其他人写的同类剧作都是垃圾。通过这个人物，我们听到莫拉廷的声音。最后，当演出彻底失败后，这位当时十分严肃抨击主人公的堂佩德罗成为唯一一个向失败的剧作家伸出援助之手的人。他给剧作家提供了一份固定职业以便他继续从事文学创作。

该剧的整个场景设置在附属于剧场的一个小咖啡馆里。通过演出前后或中间出没于这里的剧中人的言谈话语，交待人物之间的关系以及剧情的发展。咖啡馆的侍者皮比起着向观众介绍将要发生的事情的作用。实际上这是一出以戏剧形式进行的“戏剧评论”。

1801年写就的剧本《姑娘们的许诺》于1806年首演，获得空前的成功，连续上演26天，场场爆满，并在其他省城演出。就在这一年，该剧本在马德里再版了六次。该剧用散文写就，全剧分为三幕。与过去的作品相比，作者的戏剧技巧业已达到炉火纯青的地步。作者善于完美地安排场次，忠实地执行三一律原则，但又未陷入缺乏真实感的泥坑，最后达到一个幸福美满的结局。

这个剧的情节并不复杂：56岁的堂迭戈想娶堂娜伊雷内的女儿堂娜弗朗西斯卡，而后者恰好爱的是堂迭戈的侄子、青年军官卡洛斯。堂娜伊雷内为了获得一大笔钱财，用高压手段逼迫女儿许诺嫁给老头子。卡洛斯从驻地赶来，原想阻拦这桩婚事，但当他得知情敌竟是对自己恩重如山的伯父时，只能留给少女一封诀别的信后离去。这封信误入堂迭戈手中，令他恍然大悟。这位老人便毅然退出，成全了年轻人的好事。《姑娘们的许诺》中总共有七个人物，人物各具特色。堂娜伊雷内是被抨击的靶子：她自诩为母爱，实际出于晚年归宿的自私考虑，强迫女儿与一个富翁结婚。作者讽刺了她的家长独断作风以及因与教会神职人员有着亲属关系而自鸣得意的优越感。与这个人物正好相反的是那位老骑士，他能从自己年龄上的差距考虑，对这桩婚事产生怀疑，认定只要姑娘不愿意，他就不能贸然从事。所以他一再批评堂娜伊雷内的种种逼迫做法。弗朗西斯卡是个健康、正直的女孩，但她受到的教育逼迫她隐匿自己的真正情感，服从母命。她的虚伪来自她的怯懦，她是旧教育制度的受害者。卡洛斯的形象有些模糊不清。他所采取的尊重、服从的态度有时让人觉得过于温顺，与仆人夸耀他的骁勇不太一致。他一度动摇、打算退出情场，可能是出于对堂迭戈的孝心。几乎所有的人物都是以成对的方式出现的，除了卡洛斯和弗朗西斯卡，两个仆人卡拉莫查和丽塔也是一对。而年长的一对堂迭戈和堂娜伊雷内在伦理道德上形成了鲜明的对比。

葡萄牙文学 18世纪国王唐·若奥五世（1706—1750年在位）统治葡萄牙，在他推行的重商主义政策鼓励下，葡萄牙同比利牛斯山北面的欧洲国家的接触越发广泛了。葡萄牙王权开始注意社会经济的发展和文化改革。被宗教法庭放逐到其他国家的葡萄牙移民成为葡萄牙与世界联系的纽带之一，他们看清葡萄牙因为宗教裁判而落后，深感揭露、抨击宗教蒙昧主义的责任重大。在这些“开明派”中，以路易斯·安东尼奥·韦尔内伊（1713—1792）的影响最大。他积极参与了唐·若奥五世时期推行的教育改革，试图以取自远方的火照亮自己的祖国。他撰写的16篇通讯被编成《学习方法的真谛》论文集，尽管文集引起长时期的争论，但它标志葡萄牙经院哲学的终结。在当时颇为流行的巴罗克式的概念主义散文和诗歌作品中，韦尔内伊的作品以深入浅出，言简意赅的文风在18世纪葡萄牙文坛上独树一帜。他是当时最有才气的散文作家之一。

1755年里斯本大地震之后，成立了旨在推动文艺改革的学术团体，如1756年成立的“葡萄牙阿卡迪亚诗社”以及1796年出现的“新葡萄牙阿卡迪亚诗社”。前者规定其成员必须采用古希腊、罗马的人名作为笔名，试图从古代的和谐中找到抵制荒诞的贡戈拉主义的有效途径，以便达到“革除一切无用的疣瘤”的目的。这之后宫廷和贵族集团垄断文学创作的一统局面被打破，资产阶级开始登上文坛。代表这种资产阶级写实手法的优秀作品是讽刺诗，如安东尼奥·迪尼斯·达·克鲁斯·埃·西尔瓦（1731—1799）撰写的《洒圣水器》（1768）。作者利用葡萄牙东部城市埃尔瓦什的主教和副主教之间曾因礼仪上的分歧而产生的重重矛盾，采用滑稽叙事诗形式讲述了在民间作为笑柄广为流传的故事，从而讽刺了经院哲学，贡戈拉诗风和奢侈靡华的宗教社会。他的另一部作品《加泰罗尼亚的分裂史》（年代不详）描写了作者目睹的历史事件。这个诗社的成员们在葡萄牙文学上占有重要地位，尽管除了《洒圣水器》以外，没有留下什么至今值得一读的作品，但他们结束了贡戈拉派的绮丽文风，使诗歌接近具体的现实，革新了诗歌语言，为诗坛提供了新的内容。

“新葡萄牙阿卡迪亚诗社”的重要成员之一，马努埃尔·马里奥·巴尔博萨·杜·博卡诺（1765—1805）把沙龙中的诗歌带到大庭广众之中。他的诗歌和散文作品具有强烈的个性，反映了时代的动荡。他的叙事文体类似演说体，遣词随意，不加修饰，神话典故与村俗俚语交替使用。而尼古拉·托伦蒂诺·德·阿尔梅达（1741—1811）遵循阿卡迪亚诗社开创的描写具体事物和日常生活的道路，用准确朴素的语言，巧妙而别出心裁地揭露了虚伪的道德，传统的伪善和被极力掩饰、但本质上肮脏的社会现实。他善于揭露荒谬的思想，任其在作品中发展，直至成为一种无稽之谈，如讽刺诗《战争》，乍读起来还以为在歌颂战争，作品中充满使人为之感动的启蒙主义的人情味。他的讽刺类似伏尔泰，有时是在自嘲，并带有抒情色彩。这种通俗朴实、取材于日常生活的讽刺诗与贡戈拉主义贵族诗歌形成鲜明对照。阿卡迪亚诗社的最后一个代表人物是菲林多·埃利西奥（1734—1819，原名为弗朗西斯科·曼努埃尔·多·纳西门托），著有八卷集的《菲林多·埃利西奥诗集》。

第八节　东欧文学

18世纪的东欧各国处于剧烈社会变革和民族解放斗争兴起的前夜，其社会矛盾和民族危机同以往相比没有发生大的变化，有的国家如波兰，甚至被俄、奥、普三次瓜分，完全丧失了国家和民族的独立。尽管如此，近代机器生产和资本主义商品货币关系毕竟在东欧许多国家原有的土壤中萌生出来，法国启蒙运动和资产阶级大革命的政治、思想和文化影响也冲破了异族统治者筑起的文化樊篱，传播、渗透到东欧许多国家中来，促进了这些国家民族意识的复苏与启蒙运动的兴起，一批具有近代进步思想、近代艺术形式与较高艺术水平的文学作品也随之涌现出来。

波兰文学　18世纪上半叶，波兰由于政治腐败与教会的严密控制，其文学处于衰落状态。18世纪下半叶，随着国家危机的加深和贵族内部革新派的兴起，波兰启蒙运动文学开始蓬勃发展起来。

从18世纪60年代开始到1780年左右，是波兰启蒙运动文学发展的第一阶段。这一阶段的作家大都与宫廷有直接关系。他们反对豪强分裂，提倡中央集权，拥护和歌颂王权，讽刺和揭露教会和封建贵族的恶习。但对沙俄等外国侵略者则同国王一样采取了妥协、顺从的态度。在艺术上，他们多采用古典主义的创作方法，提倡用波兰文写作。

亚当·纳鲁舍维奇（1733—1796）是诗人和历史学家，出身于贵族家庭，曾在德国和意大利求学，回国后任大学的诗学教授，晚年曾任教会职务。他撰写过《波兰民族史》（1780—1786），主编过宣传启蒙思想的刊物《有益和有趣的娱乐》（1770—1777），写过应制诗与田园诗，但他有价值的作品是针砭时弊的讽刺诗。如《真正的贵族》一诗揭露波兰贵族享有的“黄金自由”（即“自由否决权”与“自由选王权”）给国家带来了灾难；《死者的声音》（1778）一诗指出波兰的衰亡应由贵族负责；《瘦小的文人》一诗抨击了贵族的愚昧无知，对农民和商人给予了同情；《阿谀奉承》一诗嘲笑了贵族中阿谀奉承者的恶习，指责他们是想借此谋取私利；《假面舞会》一诗则通过对假面舞会参加者的描绘，嘲弄他们是一群赌徒、醉鬼和拈花惹草的能手。这些诗歌从不同角度较深刻地揭露了波兰的社会弊病和贵族阶级的腐败，表现了作者的革新思想。

斯塔尼斯瓦夫·特伦伯茨基（1739—1812）出身贵族，曾留学意大利和法国，同狄德罗、卢梭等有过交往，回国后将《百科全书》等两千多种法文书籍带回波兰，扩大了启蒙思想的影响。他曾担任过波兰国王的宫廷秘书，其创作包括叙事诗和寓言诗。早期诗歌具有反宗教色彩，宣扬自然神论，讴歌理性精神。如《不予发表的诗》（1773—1774）嘲笑了教会神甫的愚昧。长诗《波旺斯基》（1776）、《索菲夫卡》（1806）等以描写大封建主的府邸和花园为题材，揭露封建主对农民的剥削，表现了对农民的同情。长诗《波兰卡》（1779）表现了诗人主张农奴解放，发展资本主义的愿望。

伊格纳齐·克拉西茨基（1735—1801）是波兰启蒙运动时期最重要

的诗人与作家。出身大贵族家庭,毕业于罗马神学院,曾任格涅茨罗大主教。他拥护王权,反对豪强分裂,反对宗教迷信和贵族恶习,提倡理性精神。早期诗歌《热爱祖国》(1774)表达了诗人为祖国不惜牺牲生命的责任感,在群众中广为流传。长诗《群鼠》(1775)根据古代有关巴彼尔国王因暴虐无道被群鼠咬死的传说改写而成。诗中描写巴彼尔和他的宠臣,即家猫,拟对群鼠组织一次大规模的追击,群鼠举行会议商讨对策。可是“显贵们”面临大敌却议而不决。这正是诗人对波兰议会及其无休止争吵的辛辣讽刺,也是波兰贵族只顾一己私利,导致国家软弱衰败的写照。长诗《莫纳霍玛西亚》(1778)写天主教两大教派在一次宗教辩论会上唇枪舌剑,争吵不休,结果却以众人各饮一大杯葡萄酒而告终。这是诗人对教士的无聊争斗的绝妙讽刺。

克拉西茨基写的《寓言诗集》(1779)也很有价值。如“恭顺的狮子”一诗写狮子虚情假意地想听取批评意见,当绵羊如实说出“你是个暴君”时,狮子便一口把它吞掉。“羊与狼”抨击了弱肉强食的不公正社会。“牛部长”揭示了勤劳和智慧终究要战胜狡诈和愚昧。“马”写一匹配有马具的马自以为是地指教同伴怎样戴上挽具为主人拉车奔跑,同伴回答说:“我什么都做得很好,但最好不过的是自在逍遥”。诗人在这里鞭挞奴性,歌颂的是自由。克拉西茨基的诗格律严谨,寓意深刻,富有幽默讽刺效果,是波兰启蒙时期的文学珍品。

克拉西茨基写有三部小说。其中《米科瓦伊·多希维亚德钦斯基历险记》(1776)写得最为成功。它通过主人公的成长过程揭露了司法人员的贪赃枉法和贵族们追求时髦、挥霍无度的恶习;描写了主人公在历险中见到的乌托邦的情景以及他在回乡后所实行的改革。小说表现了作者在波兰建立资产阶级理想王国的政治理想,是一部宣传启蒙哲学的作品。

从1780年到18世纪90年代是波兰启蒙运动发展的第二阶段。在这一阶段，波兰的民族危机更为严重，社会矛盾更为激化，中小贵族与市民阶层代替大贵族成为革新运动与启蒙运动的中坚力量。他们以胡果·科旺泰与斯塔西茨为首组成爱国联盟，要求维护国家的主权与独立，实行自上而下的改革。1788年至1792年间议会通过了有利改革的宪法，引起沙俄与波兰大贵族的惊恐，他们联手对改革加以镇压，推翻四年议会的成果，导致波兰第二次被瓜分。1794年爆发以柯希丘什科为首的民族起义，再遭沙俄镇压，波兰第三次被瓜分。这些民族斗争与政治斗争，在这一时期的波兰文学中都有所反映。

弗兰齐塞克·扎布沃茨基（1752—1821）是诗人与喜剧作家，曾参加1794年的民族起义，翻译和创作了不少喜剧作品。其中《迷信者》（1780）、《求婚的纨绔子弟》（1781）、《贵族至上》（1784）等剧对波兰贵族的种种恶习进行了揶揄和嘲讽。他的诗歌犹如匕首，直刺波兰的统治者。如《致议长波托茨基》揭露了权贵们的贪赃枉法，《致巴涅茨基》抨击了波兰权贵卖国求荣的叛国行为，其他一些诗对社会的黑暗现象进行了无情的揭露，因而遭到统治者的查禁。

尤利安·乌尔森·聂姆策维奇（1757—1841）是民族解放运动的积极战士和作家。曾是起义民族政府的成员，先后流亡美国和巴黎。他的作品包括政治寓言诗、讽刺诗、小说、戏剧、政论和回忆录。其中，《议员还乡》（1790）是一部反映四年议会期间政治斗争的喜剧。它热情歌颂了四年议会所进行的一系列改革，揭露了保守贵族反对进步，维护旧制度的行为，是波兰第一部比较成熟的独创性喜剧作品。它的上演轰动了华沙，后遭到当局禁演。他的组诗《历史之歌》（1816）写古代传说中帝王将相的丰功伟绩，充满爱国激情，在群众中引起广泛的反响。

沃伊切赫·博古斯瓦夫斯基（1757—1829）是著名剧作家，曾任华沙公共剧院经理，翻译了近百部西欧戏剧作品供剧院上演。他所创作的剧作中，《亨利六世在狩猎》（1792）取材于英国历史，表现了作者拥护王权，反对豪强割据的思想。《假想的奇迹，又名克拉科夫人与山民》（1794）由民间传说改编而成，歌颂了劳动人民的团结，表现了他们渴望自由的心情，是爱国主义的名作。

雅库布·雅辛斯基（1761—1794）是一位激进诗人。1794年民族起义时他是立陶宛地区起义军司令，参加过华沙保卫战，牺牲在战场。他的早期作品有反教会内容，后期诗歌主张人人平等，加强了对封建等级秩序的抨击。《华沙的成长》等诗还揭露了资本主义发展带来的恶果。最后三年的诗作热情赞颂法国大革命，对波兰权贵悼念法王路易十六被处死一事进行了辛辣的嘲讽。在民族起义前夕所写的《致人民》一诗，号召人民与外敌进行斗争，树立敢于战胜强敌的决心与信心，是一首充满爱国激情的诗作。

四年议会和民族起义期间，波兰出现不少由群众创作的战斗诗篇，成为革命起义的传单。如《前进》一诗是波兰雅各宾派的战歌；《致武装起义的人民》一诗欢呼起义使暴君们胆战心惊，期待着人人都享有平等。这些诗激情饱满，语言质朴有力，对后来的诗歌创作产生了较大的影响。

捷克文学　17世纪末，捷克的文学活动几乎陷于完全停滞的状态，18世纪前期也只是在民间创作方面取得一些成就。这是由于白山战役后，大批德国移民涌入捷克，使未移居国外的捷克贵族和市民逐渐丧失民族性而被日耳曼化。再加上耶稣会利用一切手段严格控制捷克的思想文化和文学创作，使捷克的民族语言、民族文化和民族文学只有在农村、在平民中得以保存下来并有所发展。民间流传的口头文学，内容丰富、体裁多样，有诗歌、戏剧、传说、故事等。其中，有的作品表现了农民与地主之间的矛盾，如民歌《谁了解农民的苦难》诉说了农民的困苦生活，民歌《列霍斯基的小庄园》诅咒了地主的寄生生活。长诗《可怜的我啊！》则描述了一位农民领袖参加起义和被捕入狱的情景。一些民间传说和童话故事如《达赫舒尔》、《玫瑰草原》和《侠客》等反映了当时的社会矛盾，表达了劳动人民的美好愿望。18世纪中叶，农村集镇中开始出现民间歌剧，其歌词和乐曲大都以历史战役为题材，如歌剧《农民暴动》对1775年捷克农民起义作了充分而真实的反映。这一时期，在斯洛伐克也流传着丰富的民间文学，最有名的是歌颂传奇人物、绿林好汉扬诺希克行侠仗义、劫富济贫的民歌。它表达了农民反对封建压迫，要求社会改革的强烈愿望。

从18世纪70年代开始，捷克新兴的民族资产阶级及其知识分子在西欧启蒙运动的影响下，掀起了一场争取民族解放和经济、文化独立的民族复兴运动。而复兴捷克的民族文化，争取捷克人民使用本民族语言文字的合法权利，恢复民族历史的本来面目，具有思想、文化启蒙的意义，成为民族复兴运动的重要内容。这一时期，捷克涌现出许多进步的语言学家、历史学家和文学家。他们有的编纂捷克语字典、语法和民族史、文学史著作，有的搜集整理民歌和民间传说。其中约瑟夫·多布罗夫斯基（1753—1829）于1792年撰写的《捷克语言文学史》（德文版）阐述了捷克语言文学发展的历史，充分肯定了胡斯运动文学和考门斯基文学活动的历史地位。维亚切斯拉夫·克拉美留斯（1759—1808）致力于诗歌、小说、剧本、游记以及青年读物的翻译和编写，对于传播捷克的民族复兴思想起了很大作用。1786年，布拉格建立起了“木栅剧院”，亦即第一座民族剧院，几年中上演了三百多个剧目，其中大多数是译自欧洲各国的戏剧名作。18世纪末，捷克文坛出现了一个以安托宁·普赫马耶尔牧师（1769—1820）为首的诗人团体。这一团体的参加者于1795年和1797年出版了两卷《诗歌选集》，为捷克19世纪的新诗创作奠定了基础。

匈牙利文学　18世纪的匈牙利文学比起东欧其他国家都显得更为繁荣与成熟。

1703年，匈牙利爆发反对封建地主与哈布斯堡王朝统治的大规模农民起义——库鲁茨(十字军参加者)起义。在持续多年的斗争中，无名诗人们创作出大量库鲁茨诗歌，其中最著名的有《契诺姆·包尔科》、《盲人波卡恩之歌》、《两个贫苦青年的谈话》、《拉科治流亡至波兰》等。这些诗歌赞颂了起义战士的英勇精神，表现了贫苦农民对斗争获得胜利的欢欣。1711年，库鲁茨起义在统治者的镇压下失败，起义者有的被流放或处死，有的逃亡国外。此后的库鲁茨诗歌着重表现了逃亡战士被迫离开祖国的痛苦和他们对叛徒和贵族老爷的憎恨，表达了人民对起义领袖拉科治公爵及库鲁茨军队士兵的热爱与怀念之情。拉科治本人通过写《回忆录》与自传体的《自述》(1731—1733)，叙述了自己的生活与斗争经历以及流放时期的遭遇，描写了昔日所见的维也纳宫廷风习，并对这种风习进行了辛辣的讽刺。

米凯什·凯列敏(1690—1761)是18世纪匈牙利著名的散文作家，拉科治的战友，起义失败后与其一道流亡国外。他写的《土耳其通讯集》(1735—1737)由两百封书信组成。书信中谈到他少年时代的生活，在拉科治府邸中供职的情况与流亡时的悲惨遭遇。他的书信写作受法国书简作品的影响，文笔清新、委婉，叙事中兼有抒情，并与幽默、讽刺融为一体，在匈牙利文学史上占有重要地位。

70至80年代，法国启蒙运动开始波及匈牙利，出现了一批启蒙作家。

贝塞聂依·久尔吉(1746—1811)是匈牙利启蒙运动的早期思想家、哲学家、政治家、作家和戏剧家，早年曾在哈布斯堡王朝的宫廷近卫军中服役。他自学哲学与欧洲启蒙文学，参加激进的文学团体，崇拜伏尔泰，因而不见容于宫廷，被遣回祖国，归国后专事文学创作。

贝塞聂依最著名的作品是悲剧《阿吉斯》(1772)，它取材于古希腊的历史故事。剧中主人公阿吉斯和他的战友向斯巴达皇帝列奥尼达提出减轻农奴赋税的主张，并要求恢复古斯巴达立法者来库古制定的“平等”法律。皇帝开始时同意恢复古代的法律，后听信了佞臣的中伤与诽谤，要年轻人放弃他们的政治信仰。但阿吉斯等意志坚强，宁死也不愿放弃自己的理想。在剧中，阿吉斯被塑造为反对专制暴政的典型形象，表达了作者对现有制度的批判态度。作者写的其他悲剧，如《胡尼亚第·拉斯洛》（1772）和《阿蒂拉和布达》（1773）则取材于中世纪匈牙利的历史事件，表现英雄人物为了自由而不惜牺牲生命的斗争精神。这些剧作对推动民族戏剧的发展起了重要的作用。

贝塞聂依的另一部较著名的作品是喜剧《哲学家》（1777）。剧本塑造了一个不学无术、自满自负的地主形象，对他进行了嘲讽。处于闭塞偏僻地区的地主波恩基家道殷实，惯于自吹自擂，作威作福，但除了猪、牛、马、羊以及如何霸占大片土地之外，他对国家大事懵然无知，漠不关心。他的愚昧浅薄、残忍暴戾、因循守旧、墨守成规，正是匈牙利贵族地主阶级的性格特征。喜剧《拉依斯》（1777）表现了同样的主题。它除了表现贵族地主的反面形象外，还表现了贫穷者的正直与高尚的品格。但不及前部作品富有民族色彩。

贝塞聂依写的长篇小说《泰里曼游记》（1802—1804）是一部有影响的启蒙作品。它的写作受伏尔泰《老实人》一书的影响。书中展现了18世纪欧洲社会生活的广阔画面，表现了对贫苦农民的同情。贝塞聂依在自己的政论著作中表达了基督教原始平等的思想，抨击了贵族地主压迫农民的不道德行径。

18世纪90年代，匈牙利启蒙运动分化为两派。温和派的作家为**格瓦达尼·尤若夫**（1725—1801）。他出身贵族家庭，参加过七年战争，后辞去将军职务从事文学创作，他的代表作为讽刺长诗《乡村公证人的布达旅游记》（1790）。长诗主人公查依泰·安德莱是个乡村公证人，他从穷乡僻壤来到布达研究现代诉讼程序。但他在京城所看到的只是那些身穿德国服装，口讲德语或法语，蔑视祖国文化传统，对人民利益漠不关心的贵族阶级人物。作品通过主人公所见所闻所感，揭露了匈牙利贵族的道德堕落和精神空虚，抨击了奥地利统治所造成的匈牙利社会停滞和麻木状态，促进了匈牙利民族意识的觉醒。

匈牙利启蒙运动激进派的代表为马尔丁诺维奇革命文学团体。这一团体是在法国资产阶级大革命的思想影响下，于18世纪末组合起来的，其政治目标是争取在匈牙利建立共和制度。其中一批最激进的作家被人们称为“匈牙利雅各宾党人”，领导者为大学教授、神学家马尔丁诺维奇，重要成员有包恰尼和考岑奇等。

马尔丁诺维奇·伊格诺茨（1755—1795）的著作《哲学回忆录与自然界的奥秘》（1791—1793）揭露了上帝创世说的不真实性，表明了自己关于客观世界起源的唯物主义观点。他猛烈抨击教会，认为反封建必须反对教会的上层分子。他在其他的著作中还要求消灭匈牙利的特权阶层，从根本上改变农奴的状况和地位。1792年后他策划组织神秘团体，准备以革命的行动推翻奥匈帝国的专制制度。由于谋事不机密，以马尔丁诺维奇为首的七名共和政体拥护者被处死。

包恰尼·亚诺什（1763—1845），出身贫苦，少年时四处流浪，了解农奴的要求，后变换过许多职业，一生坚持反对专制暴政，在诗歌中公开提出捣毁王座，建立平等自由的社会。法国大革命中，巴士底狱被巴黎人民攻占，包恰尼发表著名诗篇《法兰西的变革》（1789），警告本国统治者：人民早就要惩罚你们，你们应把目光投向巴黎！诗人因这首诗而被捕入狱，在法庭上，他发表了揭露专制暴政的演说。1795年在狱中，他写下了《沉思》、《囚徒与飞鸟》、《受苦人》等优秀诗篇。获释后他到维也纳任银行职员。拿破仑进军维也纳时，他发表宣言，号召匈牙利人参加法国军队，共同摧毁哈布斯堡王朝。反法同盟联军攻占巴黎后，他重遭逮捕，后被放逐里茨城。

考岑奇·费伦茨（1759—1831）与马尔丁诺维奇同时被捕，先后被判死刑和无期徒刑，在狱中度过七年后大赦出狱。此时，贝塞聂依退隐故乡，包恰尼被放逐，其他作家意志消沉，考岑奇担负起了重新组织进步文学活动的重任。他从偏僻小镇向全国进步作家发出信函与号召书，鼓动他们编辑文集、继续创作或从事西欧文学作品的翻译和介绍工作。他本人大量翻译了莎士比亚、莱辛、歌德、莫里哀等人的作品，为丰富祖国的语言，促进欧洲文学作品在匈牙利的传播作出了巨大的贡献。

18世纪最后20年，匈牙利文化活动的中心由佩斯移到第二大城市德布勒森，以诗人秋柯诺伊为首，在这里成立了德布勒森文学小组。这个组织在复兴匈牙利古代的民间诗歌和创造新的民主主义文学中起过非常重要的作用。

秋柯诺伊·维德茨·米哈依（1773—1805）是匈牙利启蒙时期杰出的抒情诗人。他出身于贫困的乡村理发师家庭，一生经历坎坷，正当盛年时逝世。早期署名李拉的组诗《李拉之歌》（1797），以揭露负心的爱情为主题，抒发了诗人因爱情上的挫折而产生的种种复杂感受。《傍晚》（1796）是秋柯诺伊的代表作，表达了他的启蒙思想和渴望自由与光明的信念。他的诗剧《陀罗季雅》（1799）把违背道德的邪恶现象同自然永恒的美加以对比，以幽默、生动的诗歌语言讽刺和嘲笑了人世间的虚假与伪善。秋柯诺伊还写了讽刺喜剧《捷姆比菲伊》（1801）。它揭露了匈牙利贵族的无知、粗鲁、偏见和恶习，艺术地阐明了贵族阶级是国内发展的巨大障碍。在诗作中，秋柯诺伊最擅长描写村姑、农民、牧羊人、骠骑兵；来自人民中的普通人成了他诗中的主人公。在艺术形式上，他的诗歌朴实无华、语言流畅，幽默生动，在匈牙利诗歌史上占有重要地位。

德布勒森文学小组的第二个杰出诗人是**法泽考什·米哈伊**（1766—1828）。他年轻时当过兵，曾作为奥匈帝国军队的一员同法国革命时的起义军作过战。但他同起义军的接触使他的世界观发生了根本的变化，由此从军队中辞职，回到匈牙利东部的德布勒森市从事文学创作。他的作品发扬了匈牙利启蒙运动文学反封建的战斗传统，捍卫处于无权地位的农民群众的利益，号召农民起来向自己的压迫者复仇。其代表性作品是叙事长诗《牧鹅少年马季》（1815）。长诗在农民同对立的封建主阶级——贵族老爷的尖锐冲突中展开情节，刻画人物性格。一天，少年马季赶着20只鹅到集市上出卖，一贯欺行霸市、鱼肉乡民的贵族老爷杰勃烈吉将鹅抢走，还命令打手将马季毒打50大棒。马季立誓报仇。他远走他乡，寻求知识，积累财富，锻炼智谋，然后回乡实施他的复仇计划，三次痛打了杰勃烈吉老爷。作者在匈牙利文学中第一次塑造了一个来自人民的小人物形象。在诗人笔下，马季的思想性格同逆来顺受、忍气吞声的乡民迥然不同，他已成长为一个具有平等观念和反抗意识，并知书达理、胸怀韬略的人。他同贵族老爷的冲突发展成为时代的社会冲突，转变为上升的"第三等级"同濒于灭亡的封建贵族地主阶级的斗争。他的形象在匈牙利已成为人民群众向统治者复仇的象征。

罗马尼亚文学　罗马尼亚18世纪初的重要作家是**迪米特里·康特米尔**（1673—1723）。他曾任摩尔多瓦公国君主，对土耳其作战失败后流亡俄国，成为彼得大帝的亲信参事，后被选为柏林科学院院士。他的长篇小说《象形文字史》（1705）以寓言和讽喻的形式，借写动物之间的争吵，嘲笑了当时封建统治集团之间毫无意义的内讧。他把动物拟人化，如狮王朝指摩尔多瓦公国，鹰王朝指罗马尼亚国，独角兽是作者本人等，把两个公国王位之争比喻为难以理解的象形文字。小说故事情节复杂，语言幽默。由于揭露了土耳其统治的残暴与王公贵族的腐败堕落和相互倾轧，书成后未能出版，只是在人民群众中秘密传阅。

在启蒙运动时期，罗马尼亚的特兰西瓦尼亚地区受西欧的影响较多，文化上形成了阿尔迪亚尔（亦称特兰西瓦尼亚）学派。它力图通过历史、语言和文学著作来反映时代的要求。这一学派在文学上的代表是**依**

昂·布达伊—德列亚努（1760—1820）。他受伏尔泰《奥尔良的处女》的影响，写了反对教权主义的长诗《吉卜赛人之歌》（1800—1812）以及滑稽英雄史诗《三勇士》（未完成）。前者由12章组成，描述15世纪罗马尼亚君主采佩什率部（包括吉卜赛人）抗击奥斯曼帝国入侵的事迹。在作者笔下，采佩什作战英勇，曾攻入土耳其兵营，狠狠惩罚了敌人，却被卖国贵族推翻而流落异乡。作品揭露了封建贵族平日的飞扬跋扈与作恶多端，外敌入侵时却贪生怕死，不惜叛国投敌；谴责了教会和僧侣的虚伪和贪得无厌，竟然把教徒的捐献据为己有。作品对吉卜赛人的不团结和懦弱、懒散，土耳其侵略者的凶残、奸猾和狂妄等也进行了较为生动的描写，被称作是一部罗马尼亚最早的现实主义史诗。

与德列亚努同时代的弗克雷斯库一家三代都是诗人。父亲耶纳基策·弗克雷斯库（约1740—1797）的诗作《文学遗嘱》表达了一个罗马尼亚人对国家的深厚感情和对子孙们的殷切希望；儿子尼古拉·弗克雷斯库（1784？—1828）的仿民歌体诗《歌》赞颂了海杜特战士反土耳其的英勇行为，讽刺诗《回答》鞭挞了醉生梦死的寄生虫。孙子**扬库·弗克雷斯库**（1791—1863）被称为"罗马尼亚诗歌之父"。他创作了各种体裁的诗歌。比起他的祖辈来，他的诗更多地反映了人民的生活与要求，运用了生动而丰富的民间语言。在罗马尼亚诗歌史上，扬库以写战斗诗著称，但他也时常抒发自己内心的感情。如在诗歌《爱情的春天》中，他赞美祖国大自然绚丽的景色，同时也流露自己的忧愁与痛苦并将其"倾诉给雄伟的大山"。他的诗集《爱国忠言》以炽烈的语言唤醒同时代人的爱国感情，鼓舞他们为国家建立功勋。其中，《人民在专制制度下的呼声》是他的名篇，深切地表达了诗人对专制制度的憎恨，号召人们奋起反抗，争取社会公正与民族自由。

保加利亚文学　18世纪，保加利亚的民族解放运动开始进入思想酝酿与舆论准备的阶段，其标志是民族意识的复苏。而促成这种复苏的是启蒙思想家和作家帕伊西与索弗罗尼。

帕伊西·希伦达尔斯基(1722—1798),生于马其顿的班斯科城。在希腊阿索斯山希伦达尔修道院清修时,他强烈感受到土耳其的长期统治与希腊总主教的宗教控制造成了保加利亚人民民族意识的削弱和对祖国历史的无知。为此,他决心以新的视角写出一部祖国的历史著作,以唤醒同胞的民族自信心和民族自豪感。他于1762年写了《斯拉夫—保加利亚史》。这部著作既是一篇闪烁着民族复兴思想火花的政治宣言,也是民族解放斗争新文学诞生的里程碑。书中叙述了基里尔兄弟及其弟子创制斯拉夫文字、发展斯拉夫文化的贡献,中世纪保加利亚的明君贤臣开疆拓土、建国卫国的功勋和业绩,保加利亚军民在抗击拜占庭和土耳其人侵时所表现出的勇敢精神和英雄气概,全书洋溢着热烈的爱国激情。作者成功地运用了古代和民间的历史传说,把真实与虚构,正史与稗官野史糅合在一起,并运用生动形象的语言,使著作显示出民族解放斗争新文学的某些特质。它不仅在当时哺育了一代民族解放领袖和战士的成长,而且至今仍是家喻户晓的珍贵典籍。

索弗罗尼·弗拉查斯基(1739—1814)是帕伊西的追随者。其代表作为《罪人——索弗罗尼的生平与苦难》(1861出版)。这部自传性的回忆录作品以18世纪后半期保加利亚的社会动乱为背景,描写作者亲身经历的屈辱与苦难,揭露了土耳其统治者、希腊教士和本国财主的野蛮罪行。在作者的笔下,土耳其乱兵所到之处,烧杀掳掠,无所不为,村庄城镇一片废墟,黎民百姓辗转呻吟。这一幕幕颠沛流离、生灵涂炭的情景,震撼了保加利亚民族的良知,弗拉查地区的人民揭竿而起,驱逐那些抢劫和焚毁他们村舍的敌军。作者以兴奋的心情描写了百姓的反抗,在书中倾注了民族复兴的启蒙热忱。

南斯拉夫和塞尔维亚文学　南斯拉夫启蒙运动中曾发挥过重要作用的文化名流有:斯洛文尼亚第一位启蒙作家马尔科·波赫林(1735—1801)、

斯洛文尼亚诗歌奠基人瓦伦丁·沃德尼克（1758—1819）。后者使用民间语言写作诗歌，出版了斯洛文尼亚第一部诗集《诗歌的尝试》（1806）。克罗地亚的启蒙作家有蒂托·布莱佐瓦茨基（1757—1805）和马亚·安·雷尔科维奇（1732—1798），前者的主要作品为《森林之神》（1762）。塞尔维亚启蒙作家扎哈里·斯特凡诺维奇·奥尔费林（1726—1785）曾著有诗篇《哭塞尔维亚》（1763）。所有这些作品都渗透着爱国主义情感，具有一定的人民性。

启蒙时期塞尔维亚最杰出的作家是**多希代依·奥勃拉多维奇**（1740—1811）。他出生于穷苦手艺人家庭。幼年失去双亲，进修道院为僧，热衷于禁欲和殉难。后他游历欧洲各国，在启蒙思想启迪下同教会决裂，转而从事民族解放斗争。他积极投身于塞尔维亚的反土耳其武装起义，独立后任教育大臣。其代表作为《奥勃拉多维奇生平奇遇》（1783）。在书中，作者叙述了自己怎样由一个贫穷、无知的青少年成长为一个启蒙战士的过程，并以亲身经历揭露了教会的伪善和对青年的毒害，进而提出了如何培养青年和在人民群众中普及文化知识、启发民族觉悟的问题。由于对主人公及其周围的现实作了真实的描写，这本书被誉为塞尔维亚第一部现实主义作品。平易质朴的叙述、从容不迫的议论、真诚的训诫、妙趣横生的世态场面以及绚丽多姿的自然风光的描绘，使这部作品既富有严肃的思想内涵，又包含特有的生活情趣。

阿尔巴尼亚文学　阿尔巴尼亚18世纪末具有启蒙思想的诗人是**哈桑·居科·康拜里**（生卒年份不详）。他生活困窘，曾周游四方，参加过奥匈帝国军队，饱尝了战争的艰辛。他的诗歌大多以世俗生活为题材。抒情诗中重要的有《我的命运》、《新婚之夜》、《寡妇》、《这是我的诗》等。这些诗真实地反映了阿尔巴尼亚农村的社会生活，揭露了奥斯曼帝国的腐败和王公贵族的荒淫无耻，富有鲜明的人民性与写实精神，在阿尔巴尼亚文学史上占有重要地位。

第九节　北欧文学

18世纪风靡欧洲大陆的启蒙思想对北欧五国产生了不同程度的影响。在文学上，除丹麦在戏剧上有较为突出的成绩外，北欧其余几国的文学成就都是在诗歌方面。

17世纪的丹麦文学主要是圣歌，其代表作家是神学家托马斯·金果。在欧洲宗教改革和启蒙思想影响下，18世纪的丹麦文学发生了重大转折。20年代出现了启蒙文学先驱作家路德维·霍尔堡，他是个小说家、诗人、评论家，而他的喜剧更为杰出。他用通俗易懂的语言创作了抨击和嘲弄社会弊病的喜剧，把丹麦文学提高到一个崭新的阶段。

17世纪的瑞典文坛同丹麦相似，以宗教抒情诗为主。18世纪的瑞典文坛仍然是以诗歌为主，但是在乌洛夫·达林为首的启蒙运动代表倡导下，18世纪初期的诗歌以哲理性的抒情诗为主。60年代出现了反映瑞典下层人民现实生活的大诗人贝尔曼。18世纪中叶以后瑞典文坛出现了反对法国古典主义和启蒙思想的前浪漫主义诗歌。

挪威自14世纪末起成为丹麦属地，丹麦文是挪威的正式文字，挪威作家用丹麦文进行创作，自这以后的挪威文学基本上进入丹麦与挪威文学合一时期。由于启蒙运动的蓬勃开展，18世纪的挪威独立倾向加强，到了18世纪末，居住在丹麦的挪威作家和留学生组成“挪威社”积极宣传争取民族独立的爱国主义文学创作活动。

冰岛自1262年成为挪威附属国后，在文学上“萨迦”创作艺术逐渐衰退。1534年随着挪威被丹麦兼并冰岛也沦为丹麦属地，文学创作处于萧条时期。1750至1835年随着工业和贸易改革，冰岛人民从贫困和失望的深渊中开始挣扎着接受启蒙思想，在文学上的反映是各种文学团体纷纷成立，并出版一些知识普及读物。最重要的作家有埃盖尔特·奥拉夫松（1726—1768）和永·索尔劳克松（1744—1819）。他们不但自己发表诗作，而且还翻译英国诗人弥尔顿、蒲柏和德国诗人克洛卜施托克的作品，对以后的青年诗人有很大影响。

自1154年到1809年芬兰一直处于瑞典统治之下，虽然广大芬兰人民讲芬兰语，但是芬兰的官方语言一直是瑞典语。到了1902年芬兰语和瑞典语同时成为芬兰官方语言，一直延至今日。芬兰最早的文学是中世纪的口头传奇文学；16世纪的口头文学是歌谣；17世纪时芬兰出现用拉丁文和瑞典文写作的抒情诗，但文学价值不大。18世纪的芬兰文学以收集、研究和出版歌谣和传说为主。19世纪初期起芬兰文学才开始繁荣。

在整个18世纪的北欧作家中属瑞典诗人贝尔曼和丹麦作家霍尔堡较为突出，但是贝尔曼的影响仅限于北欧，而霍尔堡的喜剧不仅受到北欧人民的喜爱，还被译成多种文字在欧洲许多国家上演，成为世界著名的喜剧大师之一。

丹麦文学　16、17世纪的丹麦文学主要是圣歌，代表作家是托马斯·金果（1634—1703）。到了18世纪，随着数学、物理、化学、天文学及哲学在欧洲大陆不断取得成就，自然科学和自由思想得到传播，宗教统治受到挑战，一批启蒙思想家在欧洲出现，文艺复兴和宗教改革继续发展。在此影响下，18世纪的丹麦文学也开始发生变化。18世纪上半叶丹麦文坛存在两种不同流派：一派是以路德维·霍尔堡为代表的，受到法国、英国文学和哲学影响的批判文学；另一派是以汉斯·阿道夫·布罗松为代表的，受到德国影响的宗教文学。丹麦剧坛在18世纪上半叶也出现了重要转折。1772年第一座丹麦剧院在哥本哈根建立，这标志着丹麦戏剧从此摆脱和改变了法国、德国、意大利剧团垄断丹麦剧坛的局面，丹麦自己的戏剧开始登上丹麦舞台。

路德维·霍尔堡（1684—1754）出身于挪威卑尔根一个军人家庭，1702年移居丹麦，1704年毕业于哥本哈根大学神学院。从1704年至1716年他曾在欧洲旅居。1706至1708年在英国和1714年至1716年在巴黎和罗马的两次旅居，对他产生了十分重要的影响。霍尔堡接受了当时欧洲，尤其是法国的批判哲学和文学的新思想。1717年霍尔堡任哥本哈根大学形而上学和历史学教授。

霍尔堡的第一部文学作品是以汉斯·米格尔森的笔名发表的、亚历山大体的讽刺诗《彼德·鲍斯》（1719—1720），并获得很大成功。当1722年9月丹麦建立起自己的第一座剧院时，剧院负责人邀请霍尔堡为剧院创作剧本。霍尔堡欣然同意，他总共为这个剧院创作了32部喜剧，其中15部为“性格喜剧”，11部为“风俗喜剧”，创作于1723至1727年。晚年他还写过一些道德讽刺剧，但同他以前的剧作相比大为逊色。

霍尔堡用欧洲模式创造出18世纪丹麦文学，并使人民在笑声中达到娱乐的目的。他在“性格喜剧”中选择社会上的一些人物类型，展示其性格的缺陷和弱点，进行道德说教。《政治工匠》（1722）讽刺了那些以为自己是潜在的政治伟人的野心家；《法国的让》（1722）揭露在丹麦讲法语、学法国人的愚蠢的势利小人；《大惊小怪的人》（1726）讽刺那些无事瞎忙、一事无成的人；《山上的耶柏》（1722）是丹麦文学中最诙谐、最动人的一部喜剧之一，描写无辜的农民耶柏被人哄骗，被庄园主加以愚弄，最后又成为不公正审判的受害者。霍尔堡最著名的“风俗喜剧”有在1723年至1727年间创作的《亨立克和潘尼拉》、《假面舞会》、《蒙面女人》和《圣诞游戏》等。这一类喜剧大都描写年轻男女一见钟情，几经曲折最后终成眷属的故事。

霍尔堡是丹麦18世纪启蒙运动的先驱，他对丹麦文学最杰出的贡献是在现实主义喜剧创作方面。他的喜剧将丹麦文学推进到一个新的阶段这不但使他本人蜚声欧洲文坛，而且使丹麦文学成为当时欧洲文学的一部分。为此，他被誉为“世界上20位最伟大的剧作家之一”[①]。他在创作中大胆地借鉴阿里斯托芬、柏拉图和莫里哀的手法。他作品的题材和风格受莫里哀戏剧影响最深，有“丹麦的莫里哀”之称。不过霍尔堡和莫里哀之间有个重要的区别，莫里哀是宫廷剧作家，而霍尔堡剧本中所写的人都是他同时代的一些普通人物，如军官、工匠、农民和小城镇居民等等。他着力刻画他们的纯朴和智慧，在作品中给予了对他们的无限同情。此外，霍尔堡在作品中对庸俗无聊而又狂妄自大的贵族、唯利是图而又虚荣吝啬的商人进行了无情的揭露和鞭挞；对盲目媚外以及愚昧无知的习俗进行了淋漓尽致的讽刺和嘲弄。霍尔堡喜剧作品的特点是语言朴实通俗，形式活泼清新，充满浓郁的生活气息和情趣。

除喜剧外，霍尔堡还著有用拉丁文写的讽刺小说《尼尔斯·克里姆地下之行》（1741）。这是一部描述到异国旅行的幻想故事，妙语连珠，引人入胜。他还著有随笔集《道德思想》（1744）、《自传》（1727—1745）和《书信五百封》（1748—1754）。这部《书信五百封》通过和一位假想的通讯者写信的形式反映了霍尔堡自己对生活、婚姻、妇女、宗教、鬼怪、科学、哲学和历史事件的看法，是18世纪丹麦最精彩的论文集。作为历史学教授，霍尔堡还著有多册关于欧洲、丹麦和挪威历史的作品，其最主要的历史著作是三卷本《丹麦王国历史》（1732—1735）。霍尔堡尽管著有不少历史著作，但他真正的兴趣还是在于当时的丹麦。他赞颂实际的改革家和有成就的发明家，他认为古代和中世纪只不过是“无知”和“粗野”。

霍尔堡一生没有结婚，浩繁的作品以及俭朴的生活使他成为一个十分富裕的人，他用积累的财富创建了索勒学院，并因而获男爵称号。

---

① 埃利斯·勃兰兹道尔夫（Elias Bredsdorff）：《斯堪的纳维亚文学介绍》，第49页，剑桥，1951年版。

与霍尔堡同时代的重要作家是汉斯·阿道夫·布罗松（1694—1764）。他是一位教区牧师，在德国虔诚派的影响下发表了两部赞美诗集，《信仰的珍奇之宝》发表于1739年，《天鹅之歌》是在他去世以后出版的。布罗松的圣歌同丹麦17世纪圣歌诗人金果不同，金果的圣歌听起来富有气势，而布罗松的作品则优雅娇柔。

1740至1770年之间，丹麦文坛没有发生重大事件，也没有出现第一流作家和杰出的作品。

18世纪末叶，丹麦文学开始复兴，出现了几位重要作家。约翰·海尔曼·韦索尔（1742—1785）出生在挪威的牧师家庭，在挪威上完中学后到哥本哈根上大学并任家庭教师。1772年，他的悲喜剧《没有长袜子的爱情》上演，引起轰动。剧中的男主人公不是王子，也不是贵族，而是一个裁缝；女主人公则是一个女佣。因为男主人公在婚礼上缺少一双长袜子而不得不到他的情敌那里去偷，爱情和道德的冲突引起悲剧，最后剧中人一个个自杀身亡，舞台上像一场战役结束后那样躺满尸体，天上的保护神又使他们恢复生命，全剧在歌曲声中落幕。韦索尔的这部悲喜剧重要之处在于它结束了丹麦戏剧对法国和意大利古典主义的模仿。除了剧本外，韦索尔还创作了一些幽默的叙事体诗歌。韦索尔是“挪威社”中的活跃分子。

约翰内斯·埃瓦尔（1743—1781）是丹麦前浪漫主义作家代表，出身于日德兰半岛南部一个虔诚派牧师家庭。他的作品以抒情诗为主，是丹麦文坛上最杰出的抒情诗人之一。他的诗歌充满对人类的爱和对上帝的崇敬。他还从斯堪的纳维亚古代的文学、神话、萨迦、丹麦教士萨克索·格拉马蒂可斯作品以及中世纪民谣中吸收养料。他的诗有时壮丽雄伟，如《克里斯蒂安国王》（1779）；有时热情激昂，如《灵魂颂》（1780）；有时则悲痛忧伤，如《这个病人》；有时又愉快欢乐，如《尤斯台德的极乐》（1775）和《献给我的莫尔梯格》（1780）。

埃瓦尔在研究了莎士比亚、弥尔顿等作家的作品后，以丹麦历史事件为题材创作了几个剧本。《罗尔福·克拉阿》（1770）是丹麦文坛上第一部重要的悲剧。《白洛之死》（1774）是丹麦第一部以无韵诗体创作的悲剧。《渔夫》（1779）具有强烈浪漫色彩，是丹麦第一部歌颂普通人的严肃戏剧。这个剧本中的一首歌《克里斯蒂安国王站在高高的桅杆旁》被选为丹麦国歌。埃瓦尔的这些剧作为19世纪的丹麦浪漫主义戏剧运动打下了基础。除了诗歌和剧本外，埃瓦尔还写过以《生活和意见》（1773—1777）为题的自传。

韦索尔和埃瓦尔都是早逝的作家，在世纪末以前都去世了。他们去世后的18世纪最后的十几年里，丹麦没有出现过比他们更杰出的作家。不过彼得·安德莱斯·海贝格（1758—1841）和马·考·勃鲁恩（1775—1826）还是值得一提的。他们虽不是伟大的作家，却是激进主义文学的代表。18世纪末期的法国大革命对丹麦文学影响很小，只有海贝格和勃鲁恩是当时丹麦文坛中两个唯一具有激进思想的作家。尤其是有挪威血统的海贝格，他愤世嫉俗，发表了讽刺、揭露和抨击社会弊端的作品，如小说《钞票的轶事》（1787—1789）和喜剧《德旺诺和德万诺》（1792）等。1798年他因发表了两篇具有激进政治主张的文章《政治声明》和《语言研究》而被丹麦驱逐出境。1800年他移居法国，作为难民一直居住了40年。他的散文属优秀的新闻报刊文章，而他的诗歌大部分是标语口号式的作品，文学价值不大。

瑞典文学　17世纪初期至18世纪是瑞典对外扩张争夺波罗的海霸权时期。17世纪中叶，瑞典国力强盛，所占领土除芬兰外还有丹麦的一小部分以及立窝尼亚（即立陶宛）和爱沙尼亚等地。18世纪初期，在国王卡尔十二世率领下，瑞典打败俄国彼得大帝的四万大军并一度攻入俄国境内。1718年11月瑞典军队遭到惨败，卡尔十二世战死在疆场。由于连年战争，国库空虚，人口锐减，人民生活极为贫困。他们渴望和平，迫切要求在政治和经济上进行改革。瑞典国内的这种情绪使在当时欧洲大陆流行的启蒙思想很快在瑞典得到响应和传播，启蒙文学也随之在瑞典出现。

18世纪瑞典文学最主要的成就在诗歌，小说创作不多，主要是把冰岛萨迦故事译成瑞典文。戏剧成就也不突出。最初10至20年的诗歌是以模仿17世纪著名宫廷诗人谢恩赫尔姆（1598—1672）的作品为主。他的诗歌特别注重形式和诗韵的安排，而18世纪初期的诗歌用词则更为夸大，形式更为讲究。不过这种情况没有维持太久。1732年12月，第一期《瑞典百眼神》杂志出版，标志着瑞典文坛启蒙时期的开始。《瑞典百眼神》是仿效英国艾迪生和斯梯尔的《旁观者》刊物的一本杂志，其宗旨是专门介绍欧洲各种新思潮，由**乌洛夫·冯·达林**（1708—1763）创办。达林出身于西部一个贫苦牧师的家庭，曾在南部隆德大学学习，深受他的教员的自由思想影响。19岁时达林到斯德哥尔摩深造。由于他学识丰富，知识渊博，曾在几个贵族家庭当家庭教师，后又当了王储，即以后的古斯塔夫三世国王的教师。达林创办《瑞典百眼神》杂志时年仅24岁，杂志中的大部分文章出自他的手笔。他采用日常最普通的语言，以妙趣横生的讽刺对话形式进行写作，使这本杂志受到读者的普遍欢迎。他也因此成为著名作家、瑞典启蒙运动的主要代表人物之一。这本杂志发行了两年，从1732年12月创刊到1734年12月停刊。杂志停刊后，达林把创作兴趣从散文转到戏剧和诗歌，但是无论是他的喜剧《爱嫉妒的人》（1738）、悲剧《勃林希尔达》（1738），还是史诗《瑞典的自由》（1742）都没有太大的特色，而他的历史著作《斯维亚王国史》（一至三卷，1747—1760）则同过去传统的历史著作写法不同，采用简洁明了的散文体，较有新意。此外达林还发表过一篇题为《智慧的尝试，或阿尔恩格里姆·帕尔塞尔克先生对一件出土文物的卓越见解》为题的论文，以理性为武器对那些到了18世纪30年代仍旧死抱住古板传统的学究进行了无情的讽刺。《马的故事》（1740）是达林最杰出的散文，作品中的马寓指瑞典人民，而马的几位主人是自古斯塔夫·瓦萨[①]以来的几位瑞典国王。这个故事以马和它几位主人的关系来叙述瑞典历史。18世纪20和40年代是达林文学创作最有成就的年代。他的作品有散文、戏剧、论文、诗歌和民谣，但是他对瑞典文学最杰出的贡献是散文。他以清晰、通俗易懂的作品形成了从未有过的风格绝殊的散文体文学，不但吸引了众多的读者，也熏陶了以后几代瑞典作家。他无疑是18世纪上半叶瑞典文坛上无与伦比的重要作家。

18世纪上半叶瑞典产生了几位重要科学家，他们在数学、天文学、植物学、医学和矿物学等方面作出重大贡献，具有国际声誉的重要科学家有两位，哲学家埃马纽埃尔·斯维登堡（1688—1772）和植物学家卡尔·冯·林奈（1707—1778）。斯维登堡是一个神秘主义者，富于幻想，西方文学史家对他推崇备至，认为他的思想对欧洲不少作家产生过影响。林奈虽然是植物学家，但是他通过到瑞典各地旅行，收集植物标本，领略了大自然的美，并用他科学家细腻的笔触发表了描述大自然美景的散文。这些作品扩大了年轻作家的视野，启发了他们从瑰丽多姿的大自然中寻找创作源泉。

18世纪中叶当达林把主要精力放在创作宫廷诗上的时候，瑞典诗坛出现了一股新的力量。1753年，中年女诗人海德维·夏洛塔·努滕弗利克特（1718—1763）和两个青年诗人古斯塔夫·弗里德里克·于伦博里（1731—1808）、古斯塔夫·菲利普·克雷伊茨（1731—1785）组成“思想建设社”，出版了两部文学选集，一部题为《我们的尝试》，共三卷，分别于1753、1754和1756年出版；另一部为《文学作品》，共两卷，出版于1759和1762年。这个“思想建设社”积极倡导启蒙运动，宣传自由思想，把18世纪中叶欧洲启蒙运动中更为先进、更为革命的哲学和宗教思想介绍到瑞典，被

---

① 古斯塔夫一世。瓦萨（1496？—1560）出身贵族，1521年领导瑞典人民开展摆脱丹麦统治的武装斗争，1523年打败丹麦占领军，被拥立为国王。

后辈作家吸收，创作出成功的作品。努滕弗利克特是瑞典第一位把诗歌作为工具来抒发自己内在感情的诗人。她的《悲伤的斑鸠》（1743）是瑞典诗歌中第一部抒情诗集。克雷伊茨是悲观主义诗歌的代表。他的田园诗《阿提斯和卡米拉》（1761）在歌颂自然美和忠贞爱情的同时，流露出伤感情绪。他的《夏季之歌》是瑞典文学中第一部深入细腻描写优美自然景色的作品。于伦博里也是一个悲观主义诗人，他的长诗《鄙视世界的人》和《人类的灾难》（1762）都表现出了他的悲观情绪。但是他发表于《文学工作》诗集（1759—1762）的《灵魂力量的颂歌》和《冬天之歌》表现出乐观积极情绪。前一首诗是对古代希腊和罗马自由传统的赞颂，后一首诗号召回归到“信心、刚毅和勇敢”的哥特英雄时代，是一首描写大自然风光的爱国主义诗篇。这首诗反映了他明显受到孟德斯鸠关于气候影响民族性格论的影响。

卡尔·米契尔·贝尔曼（1740—1795）是瑞典18世纪最重要的诗人，他的诗歌超越国界，受到北欧国家的普遍欢迎。贝尔曼除了早年到首都附近乌普萨拉上了不到一年的学以及后来为了躲债到挪威待了几个月外，一直都住在首都斯德哥尔摩。他虽然出生在一个相当富裕的资产阶级家庭，从小受到良好教育，但是却十分熟悉下层人民，尤其是小酒馆里人民的生活。他以破落的钟表修理匠弗列德曼和小酒馆里酒鬼、无赖、妓女和其他下层人民为其作品的主人公，以婉转流畅的语言写出一首首欢快、活泼、生动的诗作。从《致爱神和酒神》可看出他的风格。该诗轻快活泼地赞颂了饮宴寻欢的生活，声称平生无大志，“只想要当上/爱神的护花使者，/酒神的贴身侍从。”在有的诗歌里贝尔曼在幽默诙谐的诗词中烘托出沮丧心情，悲喜交织是贝尔曼对当时下层人民现实状况的真实写照。人景交融是贝尔曼作品的另一个特色，他在描述人物的同时，也歌颂了斯德哥尔摩和瑞典农村的自然景色，在一幅幅优美的风景画中显示出活生生的人情事态。把首都景色和瑞典农村写进诗歌也是由贝尔曼首创的。贝尔曼的诗主要不是为阅读和朗诵写的，而是让人来歌唱的，有的诗他自己谱曲，有的诗配上流行的曲调，而有的诗则用古典作曲家的曲子来配。词曲融合是贝尔曼诗歌的又一个特色。直到今天，北欧人在节日或集会中仍然喜爱唱贝尔曼的歌。在瑞典，每年的6月26日是“贝尔曼日”，斯德哥尔摩的学生们到贝尔曼的塑像前洒酒歌唱。1768年至1774年是贝尔曼创作最旺盛的时期，他的大部分诗歌后来都收集在两本诗集里：《弗列德曼诗体书信》（1790）和《弗列德曼之歌》（1791）。

18世纪70年代以后的瑞典文坛称为“**古斯塔夫时代**”。国王古斯塔夫三世（1771—1792年在位）酷爱科学艺术，创立了音乐学院、国家剧院、艺术学院和瑞典学院。他亲自编写剧本，大力提倡用瑞典语演出，使瑞典戏剧逐步摆脱法国的影响，为现代瑞典戏剧奠定了基础。

瑞典学院是古斯塔夫国王仿效法兰西学士院于1786年建立的。学院共有18名院士，其任务是致力于使瑞典语言纯洁、有力和高尚，编纂瑞典语辞典和词汇手册，提高对文学作品的鉴赏能力，促进文化事业的发展。后来瑞典著名科学家阿尔弗雷德·伯恩哈德·诺贝尔（1833—1896）于1895年立下遗嘱，把其全部财产捐献出来，用其利息作为奖金，其中文学奖由瑞典学院颁发，这个诺贝尔文学奖使瑞典学院成为举世瞩目的机构。

“古斯塔夫时代”是瑞典文学、艺术、戏剧较为繁荣昌盛的时期，出现了不少作家，如约翰·加勃莱尔·奥克森谢尔纳（1750—1818）、约翰·亨利克·谢尔格伦（1751—1795）、卡尔·古斯塔夫·莱奥波尔德（1756—1829）和女诗人安娜·马丽亚·伦格伦（1754—1817）都是接受“思想建设社”的美学原则，传播法国古典主义和启蒙思想的作家。谢尔格伦和莱奥波尔德都是瑞典学院第一批院士。莱奥波尔德是一个典型的宫廷诗人。他的诗句华丽，技巧娴熟，当时红极一时，可是今天看来，这些作品文学价值不高。谢尔格伦起初也是一位宫廷诗人，曾当过国王的助手，协助他创作戏剧。1778年他创办《斯德哥尔摩邮报》，发表启蒙运动的文化思想和观点。他的诗作《不能因为一个人疯了就把他看成天才》（1787）、《光明之敌》（1792）和《愚人的生活》（1791）等表达了他对人类理性的信念。他的《新创世记》（1789）一诗则带有18世纪末出现的前浪漫主义倾向。女诗人伦格伦在1795年至1800年之间在《斯德哥尔摩邮报》上匿名发表了大量诗作，她的作品以田园诗和讽刺诗为主，短小精悍，文字精炼朴素，深受读者欢迎。她的诗集《写诗的尝试》（1819）是在她去世之后发表的。汤马斯·图里尔德（1759—1808）和奔特·李德奈尔（1757—1793）是两位反对法国古典主义和启蒙思潮的前浪漫主义作家。图里尔德主张写不拘泥于已有格式和原则的无韵诗，并发表了实践自己美学观点的诗作《激情》（1785），后来他又发表论文《对批评者的批评》（1791—1792）继续阐述其主张。

大事年表

年　代	历史阶段和主要历史事件	主要文学潮流和作家、作品
公元前3千纪至前12世纪	青铜时代	克里特—迈锡尼文化
公元前12世纪—前8世纪	希腊原始社会向奴隶制社会过渡	《圣经·旧约》开始形成（最晚部分形成于公元前3世纪）
公元前12世纪初	特洛伊战争	荷马史诗《伊利亚特》和《奥德赛》编成（公元前10世纪—前9世纪前后）
公元前8世纪—前6世纪	希腊奴隶制城邦形成罗马原始公社解体，王政时期	希腊赫希俄德教谕诗《农作与时日》（公元前8世纪末—前7世纪初）希腊女诗人萨福（公元前7世纪末）和诗人阿尔凯奥斯（公元前7世纪末—前6世纪初）
公元前6世纪—前1世纪	罗马奴隶制贵族共和国时期	希腊《伊索寓言》（公元前6世纪上半叶） 希腊琴歌作者阿那克里翁（公元前6世纪中叶—前5世纪初） 希腊合唱琴歌品达罗斯《皮托竞技胜利者颂》第十首（公元前498）
公元前5世纪—前4世纪（公元前492—前449）	希腊奴隶制社会全盛时期雅典奴隶主民主制度的建立希腊波斯战争	希腊悲剧诗人埃斯库罗斯的三联剧《俄瑞斯忒斯》和《普罗米修斯》（公元前5世纪前半叶）

续表

年　代	历史阶段和主要历史事件	主要文学潮流和作家、作品
公元前431—前404	雅典和斯巴达之间的伯罗奔尼撒战争	希腊“历史之父”希罗多德《历史》(公元前5世纪后半叶) 希腊悲剧诗人欧里庇得斯的悲剧《特洛伊妇女》和《美狄亚》等(公元前438—前405) 希腊悲剧诗人索福克勒斯的悲剧《俄狄浦斯王》(公元前430) 希腊喜剧诗人阿里斯托芬的喜剧《阿卡奈人》(公元前425) 希腊哲学家苏格拉底《苏格拉底之死》(公元前469—前390) 希腊历史学家修昔底德《伯罗奔尼撒战争史》(公元前460—前400) 希腊的哲学家德谟克利特的原子论哲学(约公元前460—前370) 希腊著名演说家吕西阿斯《控告忒翁涅托斯辞》(公元前459—前380) 希腊的哲学家柏拉图《理想国》(公元前4世纪前半叶) 希腊演说家伊索格拉底代表作《泛希腊集会辞》(公元前380年左右) 希腊演说家狄摩西尼三篇《反腓力辞》(公元前351、前350和前341)
公元前338	马其顿征服希腊	希腊哲学家亚里士多德《诗学》(公元前4世纪后半叶)
公元前4世纪末—前2世纪中叶	希腊奴隶制社会衰落 罗马奴隶制社会发展时期	“希腊化”时期的文化 希腊米南德新喜剧《恨世者》(公元前316)
公元前264—前146	罗马发动三次布匿战争	罗马普劳图斯的喜剧(公元前3世纪末)
公元前214—前168	罗马发动三次马其顿战争	罗马泰伦斯的喜剧(公元前2世纪前半叶)
公元前138—前132	西西里奴隶起义	
公元前74—前71	斯巴达克领导的奴隶起义	罗马恺撒的历史著作(公元前1世纪) 罗马卢克莱修哲理诗《物性论》(约公元前54) 罗马西塞罗的主要演说辞(公元前44—前43)

续表

年 代	历史阶段和主要历史事件	主要文学潮流和作家、作品
公元前31—公元14	罗马屋大维执政	罗马文学的黄金时代 罗马诗人维吉尔的史诗《埃涅阿斯纪》（公元前30—前19） 罗马诗人贺拉斯的诗歌（公元前1世纪后半）
公元1世纪—2世纪	罗马帝国时期，罗马奴隶制社会由盛及衰	罗马文学的白银时代 罗马诗人奥维德的神话诗《变形记》（公元初） 罗马悲剧作家塞内加的《特洛伊妇女》（公元1世纪上半叶） 罗马寓言诗人菲德鲁斯《寓言集》（公元初） 罗马文艺理论家朗吉努斯的《论崇高》（公元初） 罗马诗人朱文纳尔的讽刺诗（约98—127） 罗马历史学家塔西佗的《历史》、《编年史》（公元1世纪） 希腊语作家普鲁塔克的《希腊、罗马名人传》（约100—120） 希腊语作家琉善的讽刺故事（2世纪） 罗马小说家阿普列尤斯的小说《金驴记》（2世纪）
2世纪—5世纪	罗马帝国衰落	《圣经·新约》写成
376	西哥特人进入罗马帝国，日耳曼民族大迁移开始	
476	西罗马帝国灭亡	
5世纪—11世纪	欧洲封建社会初期	
711	阿拉伯人侵入西班牙，西班牙开始光复运动，15世纪完成	
768—814	法兰克国王查理大帝统治	英国史诗《贝奥武甫》写成（8世纪）
800	法兰克国王查理大帝称罗马皇帝	

续表

年　代	历史阶段和主要历史事件	主要文学潮流和作家、作品
822	基辅罗斯建国	日耳曼史诗《希尔德布兰特之歌》写成（9世纪） 芬兰史诗《卡勒瓦拉》写成（7世纪—12世纪）
10世纪—13世纪	工商业发达的城市出现，威尼斯、佛罗伦萨建立共和国	
1072—1092	突厥人势力扩张到小亚细亚	
1096—1099	第一次十字军东征（主要八次）	
1154—1186	德国国王弗里德里希一世六次侵入意大利，建立“神圣罗马帝国”，延续到1806年	法国史诗《罗兰之歌》（12世纪初） 西班牙史诗《熙德之歌》（约1140） 俄罗斯史诗《伊戈尔远征记》（1185—1187）
12世纪—15世纪	欧洲封建社会中期	德国史诗《尼伯龙根之歌》（约1200） 冰岛《埃达》和《萨迦》（约11世纪—13世纪） 巴伐利亚诗人埃森巴赫的史诗《帕齐伐尔》（12世纪—13世纪） 德国史诗《谷德仑》（13世纪初）
1235	教皇格雷哥利设“宗教裁判所”，扩及意、法、西各国；法国于1772年，西班牙于1820年废止	骑士文学盛行（12世纪—13世纪） 城市文学《列那狐传奇》（12世纪—13世纪）
1270	第八次十字军东征	
14世纪—17世纪	资本主义生产先后在西欧各国萌芽	文艺复兴 意大利但丁《神曲》（约1307—1321） 意大利马可·波罗《马可·波罗游记》（1307）
1338	英法百年战争开始	意大利彼特拉克《歌集》（14世纪前半叶） 意大利薄伽丘短篇小说集《十日谈》（1348—1353）
1381	英国农民起义	英国乔叟《坎特伯雷故事集》（1387—1400）

续表

年　代	历史阶段和主要历史事件	主要文学潮流和作家、作品
1396	土耳其占领巴尔干半岛	
1402—1414	扬·胡斯改革运动	
1434—1492	梅迪契家族统治佛罗伦萨	
1436	德国古登堡开始活字印刷	
1492	哥伦布航抵美洲	
1494—1559 15世纪末	法国侵略意大利的战争 英国圈地运动开始	西班牙戏剧《塞莱斯蒂娜》（15世纪—16世纪）
16世纪—17世纪	欧洲封建社会后期	意大利达·芬奇、米开朗琪罗创作盛期（约1500） 西班牙骑士小说《阿马迪斯·德·高拉》（1508） 尼德兰人文主义学者埃拉斯慕斯《愚蠢颂》（1509）
1515—1547	法国弗朗索瓦一世统治	德国民间故事书《梯尔·欧仑史皮格尔》（1515） 英国人文主义学者莫尔《乌托邦》（1516） 意大利阿里奥斯托的长诗《疯狂的罗兰》（1502—1532）
1517	德国马丁·路德宣布宗教改革纲领	
1519—1555	西班牙查理一世当选为神圣罗马皇帝，称查理五世	法国拉伯雷小说《巨人传》（1532—1564）
1524—1525	德国农民战争	
1527	查理五世侵占罗马	
1536	法国加尔文提倡新教	
1543	波兰哥白尼发表《天体运行论》，带来知识革命	法国“七星诗社”成立（约1550） 西班牙流浪汉小说《小癞子》（1554）
1555—1598	西班牙费利佩二世统治	
1558—1603	英国伊丽莎白女王统治	
1562—1594	法国胡格诺战争	

续表

年　代	历史阶段和主要历史事件	主要文学潮流和作家、作品
1572	法国迫害新教的圣巴托罗缪大屠杀	意大利塔索叙事诗《被解放的耶路撒冷》（1575） 法国蒙田《随笔集》（1580—1588） 德国民间故事书《浮士德博士的生平》（1587）
1588	英国击败西班牙无敌舰队	
1589—1610	法国亨利四世统治，波旁王朝开始	英国马娄《浮士德博士的悲剧历史》（1594—1604） 英国培根《随笔集》（1592—1625） 英国莎士比亚悲剧《哈姆莱特》（1601）
1603—1625	英国詹姆士一世统治	莎士比亚悲剧《奥瑟罗》（1604） 莎士比亚悲剧《李尔王》（1605） 西班牙塞万提斯小说《堂吉诃德》（1602—1615）
1618—1648	德国三十年战争	西班牙洛佩戏剧《羊泉村》（1619）
1624—1642	法国黎世留当政	西班牙卡尔德隆戏剧《人生一梦》（1635） 法国古典主义文学产生 法国高乃依悲剧《熙德》（1637）
1642	英国资产阶级革命，欧洲近代史开始	
1648—1649	法国反专制的“福隆德”运动	
1649	英国查理一世被处死，成立共和国	
1660	英国封建王朝复辟	
1661—1715	法国路易十四统治	法国莫里哀喜剧《达尔杜夫》（1664） 法国拉辛悲剧《安德洛玛刻》（1667） 英国弥尔顿史诗《失乐园》（1667） 德国格里美豪生小说《痴儿西木传》（1669） 法国拉封丹《寓言集》（1668—1694）

续表

年　代	历史阶段和主要历史事件	主要文学潮流和作家、作品
1674—1675	法国农民起义	法国布瓦洛古典主义理论著作《诗的艺术》（1674）
1682—1725	俄国彼得一世统治	
1688	英国“光荣革命”，建立君主立宪政体	
1701—1713	西班牙王位战争	
1702—1704	法国卡米扎尔农民起义	法国资产阶级启蒙运动 法国勒萨日小说《吉尔·布拉斯》（1715—1735） 英国笛福小说《鲁滨孙漂流记》（1719） 法国孟德斯鸠《波斯人信札》（1721） 英国斯威夫特小说《格利佛游记》（1726） 法国伏尔泰《哲学通讯》（1734）
1733—1735	法、西对奥地利战争	英国理查逊书信体小说《帕美勒》（1740—1741） 感伤主义文学出现
1741—1748	奥地利王位战争	伏尔泰哲理小说《查第格》（1747） 英国菲尔丁小说《汤姆·琼斯》（1749） 法国狄德罗主编《百科全书》（1751—1772） 意大利哥尔多尼喜剧《狡猾的寡妇》（1748）
1752—1768	法国爆发六次农民起义	法国卢梭《论人类不平等的起源和基础》（1755）
1756—1763 约1760	七年战争 英国工业革命开始	卢梭书信体小说《朱丽，或新爱洛漪丝》（1759）
1762—1796	俄国女皇叶卡捷琳娜二世统治	狄德罗小说《拉摩的侄儿》（1762） 德国莱辛《汉堡剧评》（1767—1769） 英、德等国对古代民歌的搜集、编辑（60—70年代） 英国产生“哥特式”小说（60年代） 感伤主义文学流行（18世纪后半叶） 英国斯特恩小说《感伤旅行》（1768） 德国“狂飙突进运动”（1770—1785）

续表

年　代	历史阶段和主要历史事件	主要文学潮流和作家、作品
1773—1775	俄国普加乔夫起义	
1774	法国路易十六即位	德国歌德书信体小说《少年维特之烦恼》(1774)
1775—1777	法国城市反饥饿暴动	
1776	美国独立	
		法国博马舍喜剧《费加罗的婚姻》(1781)
1782—1786	法国城市反饥饿暴动	俄国冯维辛喜剧《纨绔少年》(1782) 德国席勒悲剧《阴谋与爱情》(1784)
1787—1791	俄土战争	俄国拉季舍夫《从彼得堡到莫斯科旅行记》(1790)
1789—1794	法国资产阶级革命	
1789—1804	法兰西第一共和国	
1792—1793	法国吉伦特党执政	法国卢歇·德·利勒革命歌曲《马赛曲》(1792)
1793—1794	法国雅各宾党专政	
1793	路易十六被处死	

索　　引

索　引　I

（以姓氏中文译名的拼音为序）

A

B

G

H

J

K

L

M

T

W

X

Y

Z

索　引　II